SOPHIE MILLER | Das Echo der Lüge

Über den Roman

Drei Monate ist es her, seit Pascal bei einem Tauchgang im Südatlantik verschwand. Obwohl seine Leiche nicht gefunden wurde, geht die Polizei vor Ort davon aus, dass Pascal ums Leben kam. Nur seine Frau Antonia glaubt nicht an einen Unfall. Dennoch ist sie zutiefst verunsichert, als Ray Stein vom Frankfurter Betrugsdezernat sie eines Tages aufsucht, um ihr mitzuteilen, dass man gegen Pascal ermittelt. Hat ihr Mann als Investmentbanker tatsächlich Millionen unterschlagen und sich dann mit dem Geld abgesetzt? Und welche Rolle spielt Pascals Exfrau, die er für Antonia verlassen hat? Offenbar verstrickte Pascal sich immer mehr in Lügen, doch sollte Antonia so blind gewesen sein? Allein auf sich gestellt, versucht sie dem Rätsel seines Verschwindens auf die Spur zu kommen und muss erfahren, dass nichts in ihrem Leben ist, wie es scheint …

Über die Autorin

Sophie Miller ist das Pseudonym einer deutschen Autorin, die bereits mehrfach ausgezeichnete Romane veröffentlicht hat. Sie lebt mit ihrer Familie in Berlin.

SOPHIE MILLER

Das Echo der Lüge

Roman

Diana Verlag

MIX
Papier aus verantwortungsvollen Quellen
FSC® C014496
FSC www.fsc.org

Verlagsgruppe Random House FSC® N001967
Das für dieses Buch verwendete
FSC®-zertifizierte Papier *Holmen Book Cream*
liefert Holmen Paper, Hallstavik, Schweden.

Redaktion | Angelika Lieke
Umschlaggestaltung | t.mutzenbach design, München
Umschlagmotiv | © mauritius images/Alamy; shutterstock
Satz | Leingärtner, Nabburg
Druck und Bindung | GGP Media GmbH, Pößneck
Printed in Germany
978-3-453-35727-3

www.diana-verlag.de

Für Doris und George

1

Kurz vor der Dämmerung tauchten wir hinunter, eine Stunde östlich von Rio de Janeiro. Pascal schwamm voraus, manchmal drehte er sich um, als wollte er sagen, er allein habe diese Unterwasserpracht geschaffen und erwarte mein Lob dafür. Wir tauchten in den Meereskanal, Pascal machte Licht, wir folgten dem Strahl seiner Lampe. Ich hörte das Geräusch meines Atems, sah meinen Mann mit kräftigen Beinen schlagen, schließlich erreichten wir das *Reich der Tiger*, wie die Einheimischen die Höhle nennen. Die Tigermuräne, Jäger bei Nacht, zeigte im künstlichen Licht keine Scheu und fraß weiter. »Die Zähne der Tigermuräne sind aus Glas«, hatte Pascal erklärt – jetzt kam mir das Tier mit seinen langen, durchscheinenden Zähnen, den schwarzen Augen, den Schecken auf dem schlangenhaften Körper unheimlich vor. Pascal leuchtete die Muräne an. Sie schlang einen Knoten in den eigenen Leib und zog den Kopf eines noch lebenden Beutefisches in diese Schlinge, hielt ihn fest und riss mit dem Maul Fleischstücke heraus. Dann öffnete sie ihren Leibesknoten und ließ die Überreste zu Boden sinken.

»Leben bedeutet fressen«, sagte Pascal später beim Abendessen. Versonnen fügte er hinzu: »Es gibt viele Arten zu fressen.«

Am nächsten Morgen fuhr er allein zum Tauchen und nahm die Kamera mit. Als er mittags nicht zum Essen auftauchte, beunruhigte mich das nicht; in der Tiefe des Meeres fühlte Pascal sich wohl wie an ganz wenigen Orten. Später versuchte ich es auf dem Handy. Erst am späten Nachmittag verständigte ich jemanden vom Hotel. Die Suche dauerte die ganze Nacht und den kommenden Morgen, ohne Erfolg. Man entdeckte nur seine Taucherausrüstung. Minuten nachdem man es mir mitgeteilt hatte, wollte ich mich unbedingt an Pascals letzte Worte erinnern. Sie fielen mir nicht ein, nur dieser eine Satz: Es gibt viele Arten zu fressen.

Drei Monate waren seitdem vergangen. Ich drehte mich auf die Seite. Draußen war noch Tag. Das Licht drang nur spärlich in diese Ferienwohnung, die keiner wollte, weil sie am tiefsten Punkt der Schlucht lag. Zum Glück, denn Saanen war so gut wie ausgebucht. So tief die Schlucht auch war, sie lag auf tausend Metern und hieß *Rüttischlucht*. Pascal hatte mir oft versprochen, mich in seine Heimat mitzunehmen; nun war ich allein gekommen. Das Surreale nahm mir den Atem – allein, als was: als verheiratete Frau, als Witwe?

»Saanen ist nicht Gstaad«, hatte Pascal erklärt. »Nur die Snobs, die sich beweisen müssen, dass sie es sich leisten können, ziehen nach Gstaad, die anderen besuchen Saanen.«

Nun war ich ohne Pascal hier, weil ich ihn liebte. Verzweifelt und fast hoffnungslos klammerte ich mich an diese Liebe, sie ließ mich glauben, dass er noch lebte. Ich hatte Zettel in der Ferienwohnung ausgelegt. Notizen in meiner kräftigen, unweiblichen Schrift, auf denen ich aus Erinnerung Worte gebildet und rasch erkannt hatte, dass ich keine Ereignisse aufschrieb, nur meine Gedanken dazu, keine Tatsachen, nur Annahmen. Meine Sicht der Dinge genügte nicht, den Geschehnissen auf den Grund zu gehen, darum konnte ich nicht sagen: Pascal ist tot, finde dich ab und schlag das nächste Kapitel auf. Zu viele Zettel trugen rote Fragezeichen, weil ihre Fragen unergründlich waren, und das ängstigte mich. In Rio, wo ich Pascal verloren hatte, kannte ich noch keine Angst. In Rio hatte ich zu viel damit zu tun gehabt, die Geschehnisse zu bewältigen. Später erst war die Angst aufgetaucht – dass etwas nicht stimmte. Deshalb war ich hier – in Pascals Heimat musste ich rekonstruieren, was geschehen war, in seinem Land.

Pascal hatte erzählt, das Giferhorn bilde die Grenze zweier Länder. Saanen, diesseits des Gipfels, lag im Kanton Bern, jenseits war der Kanton Wallis. Nicht die einzige Grenze; im Westen stand der Berg Vanel, dahinter sprachen die Menschen Französisch. Ein Berg, zwei Sprachen auf wenigen Kilometern. Pascal und ich hatten Deutsch und Englisch gesprochen, in meiner Heimat, Kanada, dort war er der Fremde gewesen, dort hatten wir uns kennengelernt.

Ich bin ein Kind deutscher Eltern. Mein Vater, von Beruf Mechaniker, war nach Kanada ausgewandert, als die Kanadier von Yards und Inches, Pounds und Gallons auf das metrische System umstellten. Alle Waagen Kanadas mussten neu geeicht werden, mein Vater hatte eine Reparaturwerkstatt für Waagen eröffnet und war dabei wohlhabend geworden. Er lernte eine junge Hamburgerin kennen, die wie er *drüben* ihr Glück machen wollte. Sie heirateten und konnten sich bald ein Haus am Stadtrand von Toronto leisten, dort war ich geboren worden. Meine Mutter hatte darunter gelitten, von ihrer Sprache abgeschnitten zu sein. Daheim wurde Deutsch gesprochen, ein gewähltes Deutsch, wie ich es nirgends sonst je hörte. In einer Lage wie meiner, Witwe mit Mitte dreißig, flüchtet man normalerweise zu seinen Eltern. Meine Eltern waren tot, das Haus meiner Kindheit gab es nicht mehr.

Ich stand auf, zog die festen Schuhe an, löschte das Licht und verließ die Wohnung. Der Weg zog sich in Serpentinen nach Saanen hoch. Wo es zu steil wurde, hatte man Pflöcke in den Boden getrieben und Stufen gebaut, ich hielt mich am Geländer fest. Mit jeder Biegung wurde das Land weiter, weicher. Die Alpen, hatte ich angenommen, seien schroff und majestätisch; umso mehr erstaunten mich die spätsommerliche Heiterkeit auf den Almen, die lichtdurchfluteten Wälder, Dörfer und Weiler, die sich in die Falten der Natur schmiegten, beschützt von schneebedeckten Riesen. Ich genoss, wie sich das Bild mit jedem Schritt veränderte. Lief ich daheim durch die Natur, änderte sich kaum etwas, gerade Straßen, ein tiefer Horizont. Auf meinem Weg nach Saanen wollte der Himmel erst erobert werden. In der Sohle war er ein Versprechen gewesen, danach begrenzte ihn der Nadelwald. Näherte man sich der Gemeinde, zeigten die Drei- und Viertausender im Hintergrund, dass man noch ein gewaltiges Stück hätte höhersteigen müssen, ehe man dem Himmel nahe kam.

Ich lief die Straße in den Ort hinein, vor das Gebäude der Gemeindeverwaltung. Ich hatte einen Termin mit dem Vizestadtpräsidenten, was ich mir mit Stellvertreter des Bürgermeisters übersetzte. Ich wurde vorgelassen und in ein Büro geführt, in dem mich der Vizestadtpräsident erwartete, zugleich der Bruder meines Mannes.

Das Gesicht, die Haltung, selbst die Hände erinnerten so stark an Pascal, dass mir der Atem stockte. Sein Bruder schüttelte mir die Hand. Ich folgte der Einladung, mich zu setzen, nicht beim Schreibtisch; er führte mich zur Sitzgarnitur. Außer der Begrüßung hatte ich noch kein Wort hervorgebracht, sah ihn ängstlich, freudig, ungläubig an.

»Ich bin Pascals Bruder, Roman Zuermatt«, sagte er, als ob das nicht offensichtlich wäre. Er besaß Pascals freche Nase, auch seine wilden Augenbrauen. Hatten mich Pascals braune Augen immer an einen Freibeuter erinnert, der das Leben als stürmisches Gewässer nahm, passte der Blick des Bruders genau in dieses Büro; seine Augen wirkten nüchtern, ihnen fehlte Neugier und jegliche Freude.

»Ich spreche Ihnen mein Beileid aus, Frau Zuermatt«, sagte er.

»Dafür ist es zu früh.«

»Sind Sie nicht deshalb zu mir gekommen, um die Frage des Testaments zu klären?«

»Mich kümmert Pascals Testament so lange nicht, solange es Hoffnung gibt, dass er lebt.«

»Lebt?« Der Bruder nahm eine Akte und legte sie vor mich auf den Couchtisch. »Das sind die Unterlagen der Stadtverwaltung von Rio de Janeiro sowie die Bestätigung des brasilianischen Gerichts.« Während er las, legte er den Kopf zur Seite. »Man wird meinen Bruder für tot erklären, die Frist wurde auf sechs Monate anberaumt.« Er suchte nach dem Datum des Dokuments. »Das bedeutet, in knapp drei Monaten.«

Die nüchternen Fakten schockierten mich immer noch, mittlerweile wusste ich, wie ich dem begegnen konnte.

»Das ist die gängige Praxis, wenn die Leiche eines Vermissten nicht gefunden wird«, sagte ich. »Bei Unfällen im Meer darf das Gericht den Zeitraum bis zu einem Jahr verlängern, wenn auch nur die leiseste Hoffnung besteht, dass sich der Verschollene aus eigener Kraft retten konnte.« Meine Kehle wurde eng. »Die Hoffnung habe ich immer noch.«

Roman Zuermatt schüttelte den Kopf. »Im Fall meines Bruders gibt es genügend Hinweise, dass er mit an Sicherheit grenzender Wahrscheinlichkeit ertrunken ist.« Er schlug die Mappe zu. »Aufgrund des Gerichtsbeschlusses kann sein Nachlass erst eröffnet werden, wenn die Frist verstrichen ist. Sie haben sich zu früh herbemüht.«

Ich wandte mich ab. Die Kälte dieses Mannes machte mich sprachlos. Glaubte er wirklich, ich sei wegen Pascals Testament gekommen? Ich sehnte Pascal herbei, seine Berührung; wohin war mein Mann verschwunden? Keine Antwort konnte so schlimm sein wie die Endgültigkeit – Abschied von Pascal für immer! Alles in mir sträubte sich, das zu glauben. Die Wochen der Suche, fortgesetzte Expeditionen in die Höhle der Muränen, Suche im Umland, ob jemand aufgetaucht, angespült worden sei, schwer verletzt womöglich, im Koma, mit Gedächtnisverlust, ein Namenloser. Suche in allen Krankenhäusern, Suchmeldung im Fernsehen. Bis in die Yellow Press hatte Pascal es geschafft – *Schweizer Geschäftsmann verschollen* –, dieses Wort hatte mich aufgerichtet, weiter glauben, weiter handeln lassen. Er war nicht tot, nur verschollen.

Ich holte tief Luft. »Ich möchte meine Familie kennenlernen.«

»*Ihre* Familie?« Sein sarkastischer Unterton war nicht zu überhören. Was bildete die Kanadierin sich ein, musste er denken, bloß weil sie einen Namen in ihrem Pass hatte, von dessen Wurzeln, von den Generationen, die ihn getragen hatten, sie nichts wusste.

»Ich habe Pascal als Letzte gesehen. Ich bin sicher, die Familie will erfahren …«

»Meine Mutter ist noch nicht so weit.« Er stockte, fand vielleicht den persönlichen Ton unangebracht; nicht der Vizepräsident hatte geantwortet, sondern der Sohn.

»Die Familie hat wenig zur Suche beigetragen«, sagte ich.

»Sie wurden unterstützt.«

»Von einem Berner Anwalt, und nur am Telefon.«

»Doktor Burckhardt hielt uns auf dem Laufenden.«

»Jemand von der Familie hätte kommen können.«

»Wenn es sterbliche Überreste zu überführen gegeben hätte, wären wir gekommen«, sagte Zuermatt und machte noch einmal klar, wie weit außerhalb dieser Familie ich stand.

Ich wollte erwidern, dass ich viel mehr Hilfe gebraucht hätte, doch wäre es die Wahrheit? Die Behörden vor Ort hatten alles getan, mich zu unterstützen. Dass ich am Ende allein am Strand saß und um Pascal trauerte, konnte ich niemandem vorwerfen. Manchmal hatte ich das Gefühl, ihm in dieser Zeit näher gewesen zu sein als je zuvor. Die Sehnsucht war ein Kokon, in den ich mich eingesponnen hatte, eine Welt, in der es nur Pascal und mich gab, die Welt der Wünsche, der verklärten Erinnerungen, genährt von dem Funken Hoffnung, dass Pascal da war und irgendwo auf mich wartete.

Roman Zuermatt stand auf. Seine Augen blickten etwas freundlicher, er räusperte sich und sagte: »Ich will mit Mutter sprechen.« Er gab mir die Hand. »Ich werde mein Möglichstes tun.«

2

Das Elend war wieder da. In der Enge der Ferienwohnung, der Schlucht, wo schon die Nacht hereinbrach, während oben noch die blaue Stunde herrschte, saß ich auf dem soliden Holzbett, Schweizer Bauart. Wo bist du, Pascal? Ist meine Hoffnung nur Trotz gewesen? War es nicht wahrscheinlicher, dass er derselben Muräne zum Opfer gefallen war, der wir beim Fressen zugesehen hatten? Wohin führte mein verbissener Glaube an das Unmögliche? Ich lief in dem beengten Viereck auf und ab. Seit Pascals Verschwinden war mein kurz geschnittenes dunkles Haar so weit nachgewachsen, dass ich die Büschel packen konnte.

Die Unterwasserhöhle war bis in den letzten Winkel abgesucht worden. Sie hatten Pascal nicht gefunden, nur sein Atemgerät und die Flaschen, zwischen zwei Felsblöcken verkeilt. Die Taucher hatten Fotos davon gemacht. Pascal musste eingeklemmt gewesen sein, lautete die Analyse, musste, um sich zu befreien, die Flaschen abgenommen haben und ohne Atemhilfe weitergeschwommen sein, musste sich unter Wasser verirrt, den Ausgang der Höhle nicht gefunden haben und ertrunken sein. Vielleicht war er auch durch den unterlassenen Druckausgleich ums Leben gekommen, nach oben geschwommen und kollabiert. Dann hätte er allerdings angeschwemmt worden sein müssen. Ich starrte aus dem Fenster ins Schwarze.

Umringt von Zetteln, durch die ich meinem Kummer mit Sachlichkeit begegnen, meine Gefühle durch Fragen begrenzen wollte, konnte ich das Elend nicht länger fernhalten, warf mich aufs Bett, weinte und hoffte einzuschlafen.

Der Schlaf kam nicht, aber die Verklärung, wie schön alles gewesen war. Ich setzte mich auf, öffnete den Laptop und ließ die Schnappschüsse unserer gemeinsamen Zeit erscheinen. Ich dachte an meine Mutter, die zu solchen Anlässen ihren Schuhkarton mit den Familienfotos hervorgeholt hatte. Heutzutage konnte man die guten und die schlechten Zeiten nicht mehr anfassen, ein Bildschirm musste genügen, auf dem die Fotos nie vergilbten.

Pascal war ein Fremdkörper auf der Comicmesse gewesen, zu reich, zu teuer gekleidet unter all den vorwiegend jungen Lesern. Ich lächelte in die Dunkelheit. Da ich als freie Übersetzerin nicht genug verdiente, hatte ich mich damals mit Gelegenheitsjobs über Wasser halten müssen. Die Messe war international, die Auswahl gigantisch. Ich war froh, als Aushilfe bei *Cocult*, dem kanadischen Comic-Verlag, meinem einsamen Schreibtisch zu entkommen. Pascal hatte irgendwie verloren gewirkt, als er am Cocult-Stand auftauchte. In seinem feinen Anzug hatte ich ihn für einen Einkäufer von Lizenzen gehalten oder jemanden, der einen Verlag erwerben will. Dabei war er nur auf die Messe gekommen, weil er Comics liebte.

»Reiner Zufall«, hatte er mir später erzählt. Nach einer Konferenz in Toronto hatte er sich anders als die anderen Geschäftsleute vergnügen wollen und war nach dem Meeting losgezogen, um auf andere Gedanken zu kommen.

»Kann ich helfen?«, hatte ich gefragt.

»Das müssen Sie sogar.« Eine Geste zu den Regalen, junge Titel, junge Farben, Comicgesichter, von jungen Künstlern gezeichnet. Dazwischen der seriöse Mann im Dreiteiler mit teurer Uhr und Siegelring, sein Hemdkragen stand offen, die Krawatte war verrutscht, ein langer Tag lag hinter ihm.

»Was interessiert Sie?« Es war nicht meine Aufgabe zu beraten – ich hatte nur Bereitschaftsdienst, wenn die Verlagsmitglieder Termine hatten.

»Wenn ich das wüsste.« Er wandte den Blick von den Bildern zu mir. Es war nicht Sympathie, nicht zu Beginn, eher dieser Männerblick, Geschäftsmann auf der Suche nach Entspannung. Ich war müde gewesen, den ganzen Tag stehen, verbindlich sein; mein Schlauchkleid, das morgens meine Figur umschmeichelt hatte, beulte an manchen Stellen. Um die Frisur brauchte ich mir keine Gedanken zu machen, ich trug mein Haar igelkurz. Ich schätzte Pascal auf Ende vierzig, er sah aus wie einer, der versprach, im Alter noch verlockender zu werden. Groß, breite Schultern, leichter Bauchansatz. Sein Englisch war perfekt, die Aussprache knorrig, ich vermutete einen Skandinavier, später, als er ein Handygespräch annahm, einen Deutschen, doch das traf es nicht.

»Woher kommen Sie?«, fragte ich.

Er ließ mich zweimal raten, dann verriet er es mir. Damals hörte ich den Namen zum ersten Mal – *Saanen.* Da mir das nichts sagte, setzte er hinzu: »Switzerland of course!«

»Of course, Switzerland.« Ich ließ ihn noch eine Weile in dem Glauben, dass ich kein Deutsch sprach. Es machte Spaß, Leute in ihrer Muttersprache Dinge ausplaudern zu hören, weil sie glaubten, der andere verstünde nichts.

Bald darauf führte Pascal ein weiteres Telefonat. »Was soll ich dort?«, sagte er auf Deutsch. »Da sitzt nur ein Haufen Langweiler beisammen. Außerdem habe ich hier was Hübsches aufgetan.« Er warf mir einen Blick zu. »Mal sehen, wie sich das entwickelt.«

Ich betrachtete seine Hand, kein Ring, und doch sah er verheiratet aus. Kleines Abenteuer im Ausland, dachte ich, netter Abend, schnelle Sache – was sonst konnte er von mir wollen? Ich wollte nichts von ihm, aber er gefiel mir.

»Ich heiße Pascal.«

»Tony.« Wir schüttelten uns nicht die Hand.

»Toni? Sie scherzen! So heißen bei uns kleine Mädchen, die zum Volksfest auf den Wagen mit den geschmückten Kühen sitzen.«

»Ich mag Kühe. Und außerdem: Bei uns schreibt man Tony mit ›y‹.«

»Antonia ist aber kein typisch kanadischer Name.«

Ich sagte ihm auf Englisch, dass ich deutsch erzogen worden sei.

»Dann verstehen Sie mich also?«, rief er in klingendem Schweizerdeutsch.

»Natürlich.«

Von da an gab es bezüglich der Sprache keine Missverständnisse mehr. Er wollte sich mit mir verabreden, aber meine Arbeitszeit am Stand endete erst um sieben, und danach war ich für die Verlagsparty eingeteilt, zur Kundenbetreuung.

»Was schlagen Sie vor?« Für ihn gab es keinen Zweifel, dass ich ihn wiedersehen wollte.

»Kommen Sie morgen wieder«, antwortete ich gleichgültiger, als ich war.

»Morgen verhandle ich von früh bis spät, dann nehme ich die Nachtmaschine nach Hause.« Er hakte mich unter »Müssen Sie wirklich zu der dummen Party?« Ich wollte es ihm nicht so einfach machen und sagte Ja. »Wenn Sie zu dieser Party müssen, muss ich eben auch zu dieser Party.« Danach hatten wir uns getrennt.

Ich habe nie herausgefunden, wie er sich Zutritt verschafft hatte. Jedenfalls war Pascal auf der Party aufgetaucht, im gleichen Anzug, frisches Hemd, mit bester Laune.

»Ich lege mich für Sie ins Zeug«, hatte er gesagt und Rotwein bestellt.

»Warum eigentlich?«

»Im Ausland eine Frau zu treffen, die Tony heißt und mich versteht, das ist schon was Besonderes.« Er lachte mit vielen Falten.

Die Atmosphäre war locker, bald wurde getanzt. Er wollte mich auffordern, ich war nicht in Stimmung und trank mehr Wein, als ich gewohnt war. Zwischendurch plauderte ich mit Stammkunden von *Cocult*; schließlich wurde es so spät, dass ich meine berufliche Pflicht für erledigt hielt. Pascal schlug vor, woanders hinzugehen. Im Freien spürte ich den Alkohol unvermittelt, ich taumelte, er bot mir seinen Arm. Nun, da wir allein waren, wurden wir nicht vertrauter, eher das Gegenteil. Wortkarg liefen wir durch die fast menschenleeren Straßen. In seiner Hotelbar sei bis zum Morgengrauen was los, sagte er und auf meinen skeptischen Blick: »Machen Sie sich bloß keine falschen Hoffnungen – ich bin viel zu müde.«

In der Lobby des Hotels tummelte sich eine lustige Gesellschaft, Mitglieder eines PEN-Kongresses, der in Toronto tagte.

Schriftsteller und Philosophen amüsierten sich im besten Hotel am Platz. Pascal bestand darauf, endlich mit mir zu tanzen, und nahm mich um die Taille. Ich konnte es nicht genießen, das Gedränge war zu groß. Ich floh aus seinem Arm, wollte zur Bar und rannte einen kanadischen Dichter um. Pascal half uns beiden auf, die Leute lachten. Ich fühlte mich ausgelacht und war im Begriff, mir einen Drink zu bestellen, als Pascal dem Barkeeper zuwinkte, mir nichts mehr zu geben. Nur eine flüchtige Geste, doch ich werde sie nie vergessen. Das war der Wink eines mächtigen Mannes, einer der nimmt, befiehlt, taxiert und verkauft, der ungern teilt, aber gern verschenkt. Ich starrte ihn an. »Wer bist du?«, fragte ich, betrunkener, als mir bewusst war.

»Der, der dich jetzt ins Hotel bringt.«

»Wir sind schon im Hotel.«

»Aber in meinem, Tony.«

»Ich muss gar nicht ins Hotel.« Ich stieß mich vom Tresen ab.

»Stimmt, das ist deine Stadt.« Er führte mich durch das Gewimmel zum Ausgang, zum Taxi, er überließ mich nicht mir selbst, sondern begleitete mich. Unterwegs ließ ich das Fenster herunter und rief in die Nacht, dass ich kein kleines Kind sei, das man zur Mami bringen müsse.

»Lebst du noch bei deinen Eltern?«, fragte er ungläubig.

»Meine Eltern sind tot.«

»Da hast du Glück gehabt.«

Als wir meine Adresse erreichten, brachte mich Pascal zur Tür, aber nicht weiter. So endete unsere erste Nacht.

Da hast du Glück gehabt – erst später verstand ich diesen Satz. Pascal und seine Familie hatten ein merkwürdiges Verhältnis zueinander; in unseren gemeinsamen Jahren war es mir nicht gelungen, das Wesentliche seiner Beziehung zur Familie zu begreifen.

»Wann fahren wir endlich zu deinen Leuten?«, hatte ich gefragt. Pascal versprach es, er wollte mir auch die Schweiz zeigen. Immer war etwas dazwischengekommen, ein unaufschiebbares Meeting, der Geburtstag eines Freundes, ein Kongress. Dass er mich seiner Familie nicht vorstellte, hatte mich damals kaum gestört. Er brauchte mich nicht mit nach Hause zu nehmen, um zu zeigen, dass er mich liebte. Er zeigte mir alles andere, die ganze Welt.

Pascals Familie kennenlernen zu wollen, zu einem Zeitpunkt, da ihn jeder außer mir für tot hielt, erkannte ich nun als verrückte Idee. Warum er mir die Familie vorenthalten hatte, konnte ich mir nach wie vor nicht erklären. War ihr Verhältnis zerrüttet, gestört gewesen, aber wodurch? Trotz meiner Anspannung legte ich mich wieder ins Bett. Es war immer noch zu früh zum Schlafengehen, doch um etwas zu unternehmen, hätte ich noch einmal aus der Schlucht hochsteigen müssen. Ich griff nach einem Buch, las und merkte, dass ich nicht mitkriegte, was ich las. Mein Handy vibrierte, eine Nachricht von Pascals Bruder: morgen, am späten Vormittag, im Hause der Zuermatts. Es folgte eine kurze Wegbeschreibung. Kein Gruß, kein freundliches Wort. Ich zog die Decke unters Kinn und versuchte noch einmal, Pascal lebendig werden zu lassen.

3

Er war nicht abgeflogen. Pascal hatte seinen Rückflug verschoben und rief mich am nächsten Tag an. Ich hatte einen harten Tag gehabt, der Rotwein verursachte mir Säure, die Drinks hatten mein Sehvermögen beeinträchtigt. Ich blinzelte die Messebesucher an und trank schrecklich viel Kaffee.

»Bist du ein Schluckspecht?«, fragte Pascal am Telefon.

Ich kannte das Wort nicht, er erklärte es und sagte, nach dem letzten Abend habe er Respekt vor mir. Bei der Menge, die ich konsumiert hätte, wäre er im Krankenhaus gelandet.

»Habe ich mich schlecht benommen?« Ich musste mich gegen ein Regal lehnen, war kaum bei mir. Die Szene im Hotel fiel mir ein, mit der Zunge fuhr ich über die trockenen Lippen. »Wieso sind Sie überhaupt noch da?«

»Deinetwegen, Tony. Darf ich dich daran erinnern, dass wir Bruderschaft getrunken haben? Ich will dich wiedersehen«, sagte er herzlich. »Sonst säße ich schon über dem Atlantik.«

»Wohin ging dein Flug?«

»Frankfurt.«

»Wann fliegst du?«

»Morgen früh.«

»Was versprichst du dir davon, dass wir uns wiedersehen?« Ich schloss die Augen, riss sie aber schnell wieder auf, weil sich alles drehte.

»Die Antwort lautet: *Ein* Abend mit dir ist besser als kein Abend mit dir.«

Nachdem wir den Treffpunkt vereinbart hatten, legte er auf. Ich hatte ihn immer noch nicht gefragt, ob er verheiratet war.

Wir trafen uns in einem teuren Lokal und aßen fernöstlich. Mir war merkwürdig zumute; unser erstes Date war zugleich ein Abschiedsdinner. Ich trank Tee, auch zum Anstoßen; irgendwann zahlte Pascal, danach wussten wir beide nicht, wie es weitergehen sollte. Nach seinem Beruf hatte ich ihn schon gefragt. Er besaß eine Firma, die nichts herstellte, sondern mit Werten jonglierte, die er von hier nach da verschob und Gewinn damit machte. Im Übrigen hatte er sich den Anschein gegeben, als wolle er mich mit seiner Arbeit nicht langweilen. Nur einmal sprach er von der Magie des Weltmarkts, der weniger durch reale Entwicklungen als durch die Psychologie der Vorstellung kommender Entwicklungen funktionierte.

Wir gingen durch Torontos City, er nahm meine Hand. »Willst du nicht endlich wissen, ob ich verheiratet bin?« Ich sah ihn an, er nickte. »Ich bin verheiratet. Ich werde sie verlassen.«

»Wie lange seid ihr zusammen?«

»Vierzehn Jahre.« Er sagte mir ihren Namen, Jessica, auch, dass sie in Frankfurt noch zusammenlebten und dass sie beruflich etwas Ähnliches mache wie er. Das Wesentliche, den Grund der Trennung, verschwieg er. Ich respektierte das. Und doch, ein verheirateter Mann allein in einer fremden Stadt, wir waren unterwegs in sein Hotel – worauf lief das hinaus? Ich fühlte mich wohl in seiner Nähe, ich wollte ihn. Ob ich ihm glaubte, war mir nicht so wichtig.

Als wir den Hotelfahrstuhl verließen, hatten wir uns zum ersten Mal geküsst. Er sagte, er wolle mir ein Bad zeigen, das man nur zu zweit genießen könne. Hotels dieser Kategorie verfügten über Luxusbäder, das war nichts Besonderes. Ich erwartete einen Jacuzzi, doch Pascal führte mich auf die Terrasse und präsentierte mir eine alte Steingutwanne auf gedrehten Füßen. Sie war riesig, sie stand im Freien, wir hatten März.

Ich schaute auf die Skyline Torontos, Pascal ließ Wasser ein. Wir schlüpften aus den Kleidern, ohne jede Peinlichkeit. Ich hatte erwartet, dass er seine Hose ordentlich zusammenlegen würde; als er es tat, lächelte ich.

Er hatte einen netten Bauch, starke Arme, die Beine eines Sportlers und schöne Füße. Er war erregt und schmunzelte über meinen Blick. Zärtlich streichelte er mich und hob mich mit Schwung in die Wanne. Das dampfende Wasser, die kalte Nacht, die Spitze des *CN Tower* blinkte in einem langsamen Intervall, als würde der höchste Fernsehturm der Welt vor sich hin dösen. Wir ließen uns Zeit, redeten kaum, die Wärme machte uns müde. Irgendwann setzte ich mich auf Pascal, sah seinen Kopf verschwinden. Prustend kam er hoch, das schwarze Haar vom Wasser angelegt. Er hatte einen mächtigen Schädel, die Sehnen seines Halses waren angespannt. Wir liebten uns lange, fast bedächtig, mittendrin hob mich Pascal mit einem Griff aus der Wanne und trug mich triefend, mit platschenden Schritten, ins Schlafzimmer. Als ich mich versehentlich auf die TV-Fernbedienung legte, wurde der Bildschirm hell. Wir rutschten auf der

Seite des Bettes zusammen, die am wenigsten nass war, und guckten fern, bis wir einschliefen.

Pascal hatte den Weckdienst geordert, doch meine innere Uhr war ebenso verlässlich. Es dämmerte, ich stand auf, bestellte telefonisch Kaffee und nahm das Tablett entgegen, bevor Pascal sich das erste Mal geregt hatte. Ein stilles Frühstück, wir beide fertig angezogen, beide traurig, wir sagten, dass wir telefonieren würden. An diesem Morgen wusste ich nicht, ob ich mich darauf freuen sollte. An diesem Morgen ließ ich mein Leben Revue passieren. Da es niemanden gab, dem ich mich ganz hingeben wollte, kam mir mein Single-Dasein natürlich vor. Wenn ich Arbeit hatte, lebte ich mit meinen Texten, übersetzte aus dem Deutschen ins Amerikanische. Die Lektorin, die mir die Aufträge zuschanzte, war zugleich meine beste Freundin. Ich hatte die dreißig überschritten, zwei festere Beziehungen lagen hinter mir. Stuart hatte mich verlassen, um wenige Wochen später die Frau zu heiraten, mit der er mittlerweile drei Kinder hatte. Dass John und ich nicht zusammenbleiben würden, war uns irgendwann so deutlich geworden, dass wir zwanglos von einer Liebesbeziehung zur Freundschaft übergegangen waren. Seit er in Ottawa lebte, hatten wir uns aus den Augen verloren. Auch wenn ich nur zur Miete wohnte, verwendete ich viel Sorgfalt auf mein One-Bedroom-Apartment. Das Bad war meine eigene Kreation, ich hatte unterschiedliche Fliesen in der Art eines Mosaiks zusammengesetzt. Obwohl die Wohnung weder Balkon noch Aussicht besaß, liebte ich die kleine Welt, in der ich arbeitete, lebte, mich behaglich fühlte, und die nach dem Tod meiner Eltern mein einziger Zufluchtsort geworden war. Ich war mir bewusst, dass dieses Leben das Richtige für mich war. Nun war ein reicher Mann aufgetaucht, der von seiner Villa in Frankfurt erzählte und geschäftlich um die Welt jettete. Unsere beiden Leben passten nicht zueinander, trotzdem war ich merkwürdig niedergeschlagen, als wir nach unserer gemeinsamen Nacht den Lift bestiegen, in die Lobby fuhren und uns in der Kälte trennten. Sein Angebot, mich zu Hause abzusetzen, schlug ich aus.

Vor Pascal war ich mit einem Mann niemals nach nur einer flüchtigen Begegnung ins Bett gegangen. Ihn zu lieben war mir natürlich erschienen, alles musste so geschehen, wie es schließlich gekommen war. Alles – bis auf sein Verschwinden.

Die Nachtgeräusche in der Schlucht waren besonders. Ein Kreischen aus der Stille, dann lange nichts, darauf die Antwort wie ein Röhren. Der Fluss rauschte in der Nähe; ich hatte das Fenster offen, wegen der Kälte waren Mücken nicht zu befürchten.

Ich wollte meinen Laptop an den Strom anschließen, fand aber am Adapter nicht den rechten Stecker für die Schweizer Buchse. Der Laptop war meine einzige Verbindung zur Außenwelt, denn obwohl die Ferienwohnung karg war, besaß sie Anschluss ans Netz. Ich legte mich nieder und schlief problemlos ein.

Der Morgen darauf brachte die ängstliche Vorstellung dessen, was mich bei Pascals Familie erwarten würde. Ich frühstückte, löste das Schuhproblem, indem ich die eleganten Schuhe in eine Tüte packte und in den Bergschuhen loszog. Beim zweiten Mal kam mir der Anstieg nicht so erschöpfend vor. In Saanen nahm ich den Bus, den Pascals Bruder mir genannt hatte, unterwegs wechselte ich die Schuhe.

Das Haus der Zuermatts lag außerhalb Saanens in Richtung Gstaad. Ich musste bis in den Kurort fahren und von dort ein Stück zurückgehen, so bekam ich das berühmte Dorf zu sehen. Es war Saanen ähnlich, nur zeigte der Tourismus deutlicher seine Fratze. Ich ertappte mich dabei, nach einer Berühmtheit Ausschau zu halten, schüttelte über mich den Kopf und verließ Gstaad über die Transitstraße.

Ein Chalet hatte ich erwartet, wie sie in der Gegend üblich waren, breit hingesetzte Häuser mit Holzfassade und Schnitzwerk. Doch als ich Roman Zuermatts Angaben folgte, kam ich zu einem Steinhaus mit Mittelerker, der in ein Türmchen mündete. Die Läden vieler Fenster waren geschlossen. Obwohl das Haus nicht verwahrlost aussah, machte es einen traurigen Eindruck. Alles, selbst der Garten, wirkte steinern, es war, als ob die vermoosten Steine die Blumen nicht umfassen, sondern erdrücken würden. Kein Name am Eingangstor, keiner an der Tür, ich drückte auf die Klingel. Schritte näherten sich, Roman Zuermatt öffnete, was mich nicht überraschte, aber störte. Spontan und unvoreingenommen hatte ich mir die Begegnung mit Pascals Mutter gewünscht und begriff schon beim Eintreten, dies war eine offizielle Audienz.

»Hier entlang bitte.« Er brachte mich in ein Zimmer, das nicht der Salon sein konnte, zu klein, zu bescheiden, eine Art Vorzimmer zum Wohnraum. Er bat mich zu warten. Ich wusste nicht, wohin mit meiner Schuhtüte, und stellte sie in die Ecke. Zeit verging, bald hatte ich jedes Möbelstück betrachtet, mich an das laute Ticken der Wanduhr gewöhnt, die Aussicht aus beiden Fenstern bewundert. Ich war im Begriff, mich bemerkbar zu machen, als die Tür aufging.

»Niemand hat mir gesagt, dass Sie schon da sind!« Lisbeth Zuermatt gab mir die Hand.

Ich war überzeugt, dass sie von meinem Kommen längst unterrichtet war, wahrscheinlich sogar von meiner Ankunft in Saanen. Ich antwortete, in ihrem schönen Haus sei mir die Zeit nicht lang geworden.

»Wir müssen leider mit dem Austragzimmer vorliebnehmen«, sagte sie. »Hinten haben wir einen Wasserrohrbruch.«

In Saanen war mir aufgefallen, dass alte Schweizerinnen oft schlank, ja hager wirkten. Lisbeth Zuermatt jedoch war schwer, auf ihrem Busen prangte eine auffällige Kette, geschliffener Lapislazuli. Sie trug das graue Haar gescheitelt, mit Spangen hinters Ohr gesteckt, und hatte ein meergrünes Kleid an. Sie unternahm nichts, mir den Anfang leichter zu machen, wartete nicht ab, ob ich lieber im Sessel oder auf der Bank Platz nehmen wollte, und beanspruchte die Lederbank für sich.

»Setzen Sie sich doch.« Ihr Gesicht strahlte Wachsamkeit aus. Ich erkannte Pascals Nase an ihr, auch das Kinn.

Es schien mir unsinnig, weiter die Form zu wahren. Sie war seine Mutter, sie hatte ihn geliebt, ich liebte Pascal, wir waren beide traurig, dass er sich von uns entfernt hatte. »Pascal hat viel von Ihnen erzählt«, sagte ich und spürte sofort, es war die falsche Einleitung.

»Ich habe Sie mir kleiner vorgestellt«, sagte Frau Zuermatt. »Pascal hatte eine Vorliebe für kleine Frauen, blonde meistens.«

Sie legte es darauf an, mich als eine von vielen Freundinnen ihres Sohnes hinzustellen. Dabei musste sie wissen, dass er sich damals von Jessica endgültig getrennt hatte, um mit mir zusammen zu sein. Ich hatte mich nicht in seine Ehe gedrängt, trug keine Schuld, ich war von ihm gebeten worden, mein Leben mit ihm zu teilen. Die Sache mit Jessica sei abgeschlossen, hatte er erklärt, ihnen sei es sogar gelungen, sich wie alte Freunde zu trennen. In meiner kleinen Wohnung in Toronto war Pascal auf die Knie gesunken und hatte mich gebeten, seine Frau zu werden. Als ich vor Staunen nicht gleich antwortete, hatte er gesagt, ihm sei der Altersunterschied bewusst, er werde alles tun, sich in Schuss zu halten. Darauf mussten wir lachen, ich hatte ihn gebeten aufzustehen. Der Brillantring, den er formlos aus dem Etui nahm, wurde nie mein Lieblingsring. Erst ein Jahr später schenkte Pascal mir einen schlichten, fein gearbeiteten Goldring, den ich seitdem nicht wieder abgenommen habe. Nachdem ich meine Scheu vor dem großen, dem entscheidenden Lebensschritt verloren hatte, war mir die Heirat mit Pascal einfach und richtig erschienen. Alles war an seiner Seite einfach gewesen; jetzt, ohne ihn, hörte das Einfache auf, die Dinge wurden falsch und kompliziert. Aug in Aug mit seiner Mutter kam ich mir plötzlich wie eine Ehebrecherin vor. Für seine Familie musste ich wie ein Eindringling wirken, das wurde mir so deutlich wie das penetrante Ticken der Uhr. Wie stand seine Mutter zu Pascals Scheidung? Wo war Jessica heute, was hatte sie in den drei Jahren gemacht, die Pascal und ich zusammen gewesen waren? Hatte sie ihn gehasst, mich gehasst, hatte Pascals Familie ihr den Rücken gestärkt? Pascal hatte mir immer nur ausweichende Antworten gegeben. Würde man mir hier mehr erzählen?

Lisbeth Zuermatt musterte meine Frisur. Ich hatte den Kurzhaarschnitt seit jener Nacht in Rio nicht erneuert. Pascal liebte diese etwas zu jugendliche Frisur. Ich hatte meinen Mann verloren, die Jugend war vorbei.

»Nun, Antonia«, sagte Frau Zuermatt.

»Meine Freunde sagen Tony zu mir.«

»Ich bin sicher, dass sie das tun.« Die Herablassung lag nicht in ihrem Ton, nur in der Wortwahl. »Warum erzählen Sie nicht ein wenig von sich?«

Ich hätte ihr Angebot gern für Interesse gehalten, doch es war ihre Art, mich auf Distanz zu halten. Indem ich von meinen deutschen Eltern erzählte, unserem Leben in Kanada, der Krankheit meines Vaters, den Schwierigkeiten, in die seine Firma geschlittert war, indem ich das preisgab, öffnete ich mich, während Frau Zuermatt ihr Haus, ihre Geschichte, ihr Gefühl vor mir verschlossen hielt.

Ich hatte früher nie darüber nachgedacht, was nach Pascals Tod sein würde. Er war Ende vierzig gewesen – wer denkt da an Tod und Testament? Ich hatte nie von ihm versorgt werden wollen und meinen Lebensunterhalt immer selbst bestritten. Seit dem Tag, als wir uns kennenlernten, war Pascal großzügig gewesen, ohne mir das Gefühl zu geben, ich sei abhängig von ihm. Sein Reichtum hatte kaum Bedeutung für mich gehabt, jetzt aber, im Vorzimmer seines Elternhauses, bekam es Wichtigkeit. Ich saß seiner Mutter gegenüber und spürte, darum würde es gehen, vor allem darum, ob ich vorhatte, Ansprüche zu stellen.

»Pascal ist tot«, sagte Lisbeth Zuermatt, nachdem ich nichts mehr zu erzählen wusste. »Wir müssen uns damit abfinden und weiterleben. Alles andere können wir erst erörtern, wenn er offiziell für tot erklärt wurde.«

Es war ein Schlag ins Gesicht. Ich war gekommen, um Rat und Nähe bei der Mutter meines Mannes zu suchen. Sie führte mir vor Augen, dass ich nicht auf derselben Stufe der Trauer stand wie sie. Sie gewährte mir dieses eine Gespräch, danach würde ich mit Pascals Familie nichts mehr zu tun haben. So wie sie bisher aus der Ferne mit mir kommuniziert hatten, über ihren Anwalt, so wollte Lisbeth es belassen. Ich war überzeugt, auch für später, wenn ich ein Recht haben würde, Ansprüche zu stellen, war bereits alles mit dem Anwalt geklärt worden.

»Ich glaube nicht, dass Pascal tot ist«, sagte ich. Meine Stimme war rau, das Ticken der Uhr schien mir fast unerträglich.

»Wie kommen Sie darauf?« Sie hob das Kinn, ihr Blick blieb nüchtern. »Drei Monate sind wir ohne Nachricht von ihm, drei lange Monate.«

»Seine Leiche wurde nicht gefunden.«

»Das ist häufig bei Unfällen im Meer.«

»Es gibt andere Tatsachen, die mir merkwürdig vorkommen.«

»Was für *Tatsachen*?« Sie schien mit einem Mal aufmerksamer.

»Am letzten Tag, als er zum Tauchen aufbrach, nahm er seine Kamera mit, eine teure Unterwasserkamera. Die Polizeitaucher haben die Höhle gründlich abgesucht, später auch das Team, das ich beauftragt habe. Keiner von ihnen hat die Kamera gefunden.«

»In einer Höhle unter Wasser?« Sie schüttelte den Kopf. »Das kommt mir nicht sehr unwahrscheinlich vor.«

»Wo sein Atemgerät gefunden wurde, ist der Boden steinig«, fuhr ich fort. »Die Kamera hätte entdeckt werden müssen. Wieso wurden außerdem nur die Druckluftflaschen gefunden und keine anderen Ausrüstungsgegenstände?«

»Es gibt dafür bestimmt eine vernünftige Erklärung.« Mit einer ungeduldigen Bewegung berührte sie ihre Kette.

»Pascal kannte die Höhle gut. Es ist mir unbegreiflich, warum er zwischen die Felsen getaucht sein soll. Jeder Anfänger weiß, dass man sich vor engen Schächten fernhält. Dazu kommt, dass die Höhle nicht tief liegt. Ein geübter Schwimmer hätte die Oberfläche auch ohne Atemgerät erreichen können.«

Mit einem rasselnden Geräusch ließ sie die Kette los. »Wir wissen nicht, was dort unten geschehen ist. Vielleicht ein Krampf, vielleicht ein Kreislaufkollaps – niemand weiß das.«

»Wieso hatte er dann Zeit, die Flaschen abzuwerfen und fortzuschwimmen? Denn das muss er getan haben, sonst hätte man seinen Körper gefunden.«

»Ich kenne mich mit diesen Dingen nicht aus«, sagte sie unerwartet schroff. »Das Ganze regt mich zu sehr auf. Verstehen Sie, ich will davon nichts mehr hören. Pascal ist fort, und wir müssen es hinnehmen. Wir müssen!« Bei diesen Worten kam sie hoch, ihr Atem ging heftig.

Ich dachte an Roman Zuermatts Worte, der seiner Mutter die Aufregung hatte ersparen wollen. Zugleich war ich froh, sie aus der Reserve gelockt zu haben. »Wünschen Sie sich nicht auch, dass Pascal lebt?« Ich stand ebenfalls auf.

»Sie sind ein energischer Mensch, Antonia, ich kann mir vorstellen, dass Pascal gerade das an Ihnen fasziniert hat.« Ihr Blick wurde weicher, einen Augenblick sah es aus, als würde sie meine Hand berühren. »Aber wenn Sie ehrlich in sich hineinhorchen, glauben Sie dann nicht auch, dass sein Tod die wahrscheinlichste aller Möglichkeiten ist?«

Ich spürte hektische Flecken auf meinen Wangen. »Nein, das glaube ich nicht. Ich habe mit anderen Tauchern gesprochen. Sie bestätigen meine Zweifel. Ein Strömungsexperte aus der Gegend hat mir Karten gezeigt. Pascal könnte hinausgetrieben worden sein, aufs offene Meer, ein Schiff könnte ihn geborgen haben, er könnte …«

»Bei all dem Wenn und Aber bleibt eine entscheidende Frage offen.« Lisbeth fasste mich an der Schulter. »Wenn er überlebt hat, wieso hat er sich dann nicht gemeldet? Weder bei Ihnen, noch bei mir?«

Ich wollte erklären, was ich mir zurechtgelegt hatte, was auf meinen Zetteln stand: Fälle von Gedächtnisverlust infolge eines Unfalls waren bekannt, Schädigung des Gehirns durch Sauerstoffentzug. Es gab viele mögliche Antworten auf die Frage, weshalb Pascal mir bis heute kein Lebenszeichen gegeben hatte. Ich spürte ihre Hand auf meiner Schulter, den Druck und zugleich die Beruhigung. Ich antwortete nicht.

»Solche Schläge hält das Leben für uns bereit.« Sie nickte, als ob sie mein Dilemma spürte. »Auch ich habe meinen Mann in jungen Jahren verloren. Ich bin darüber hinweggekommen.« Ihre Augen waren ernst und voll Gefühl. »Ich hoffe nur, es gab nichts Unausgesprochenes zwischen Pascal und Ihnen, bevor er verunglückte.«

»Nein«, antwortete ich. »Rio war für uns eine unsagbar schöne Zeit.«

»Nehmen Sie ihn so mit, wie Sie ihn in Erinnerung haben.« Sie trat zurück. »Mehr können Sie nicht tun.«

In diesem Augenblick gab ich ihr recht. Zum ersten Mal in drei Monaten ließ ich in mir die Möglichkeit zu, dass ich einem Phantom auf der Spur war, einem erhofften Geheimnis, das nicht existierte, außer in meiner Fantasie. Die Wirklichkeit in dem kargen Zimmer, Pascals Mutter, die sich überraschend verständnisvoll zeigte, ließen meine Hoffnungen und Tagträume ins Wanken geraten. Für alle anderen war Pascals Tod Gewissheit – wieso klammerte ich mich an das Unmögliche? Warum kehrte ich nicht in mein Leben zurück, mein früheres Leben, wandte mich ab von Pascal, den ich jetzt erst wirklich verlor? Während ich mit dieser Erkenntnis rang, spürte ich, unser Gespräch war zu Ende. Ich begriff zugleich, warum Pascal die Verbindung zwischen seiner Familie und mir stets verhindert hatte, diese Verbindung war nicht erwünscht gewesen. Vielleicht hatte er sich wegen der Scheidung von Jessica mit seiner Mutter überworfen, oder es gab einen anderen Grund. Heute spielte es keine Rolle mehr. Nach seinem Tod bestand für die Zuermatts erst recht kein Anlass, das Versäumte nachzuholen.

Ein paar Sätze noch, dann dankte ich seiner Mutter und ging, fremd, wie ich gekommen war, mit meiner lächerlichen Schuhtüte in der Hand. In meinem aufgewühlten Zustand lief ich die wenigen Kilometer nach Saanen zu Fuß und merkte erst beim Abstieg in die Schlucht, dass es besser war, in die festen Wanderschuhe zu schlüpfen.

4

Der Schrank war halb geleert, der Koffer halb voll. Ich wusste noch nicht, wie ich dem Vermieter meinen überstürzten Aufbruch erklären, ob ich von der Miete etwas zurückbekommen würde. Eine Woche hatte ich in der Schweiz bleiben wollen, nun hielt mich nichts mehr. Zum ersten Mal fühlte ich nicht mehr den Schmerz, alleingelassen zu sein, sondern erkannte die Tatsache an, dass es so war. Die irrige Hoffnung, falls ich mich nur genügend anstrengen würde, wäre Pascals Tod aufzuheben, kam mir in den Minuten, als ich mein Quartier räumte, so verrückt vor, dass ich mehrmals den Kopf schüttelte. Meinen Zetteln schenkte ich keinen Blick, raffte sie zusammen und warf sie in den Koffer. Es war billiger, einen neuen Flug zu buchen, als den bestehenden zu ändern. Allerdings gab es keine Verbindung mehr, die ich heute noch erreichen würde, weder von Genf noch von Basel aus.

Wozu die Hektik, dachte ich, wieso willst du aus der schönen Gegend fluchtartig aufbrechen, warum nicht noch eine Nacht, einen Abend in Saanen verbringen? Aber nicht an diesem finsteren, unattraktiven Ort. Ich verspürte plötzlich Lust, etwas Ungewöhnliches zu tun. Ein bisschen Luxus wollte ich mir gönnen, statt die düstere Pflicht zu erfüllen, die mich hergebracht hatte. Einen Abend lang wollte ich es genießen, als Flachland-Kanadierin in den Alpen zu sein. Ich buchte im Hotel *Solsana* ein Zimmer, packte meine restlichen Sachen ein, verhandelte mit dem Vermieter, der mir netterweise nur zwei Nächte berechnete, und bat ihn, mir ein Taxi zu bestellen. Der Wagen kam, ich sah den Mann vor seinem düsteren Haus zurückbleiben, während das Taxi die Straße hochfuhr, Schleife um Schleife ins Sonnenlicht, bis wir Saanen erreichten und vor dem *Solsana* hielten. Es lag erhöht über der Ortschaft, war ein ehrwürdiges Gebäude, im Inneren leider ernüchternd modern. Ich nahm ein Zimmer für eine Nacht und begutachtete im Prospekt, was das Hotel zu bieten hatte. Ich lieh mir an der Rezeption einen Badeanzug, schlüpfte in einen weißen Frotteemantel und ging ins Hallenbad. Danach wirst du hungrig sein, dachte ich, wirst dich über Rösti und Ochsenschwanz und die anderen Köstlichkeiten hermachen, von denen Pascal dir vorgeschwärmt hat.

Das Wasser war für meinen Geschmack zu warm. Als Einzige zog ich meine Bahnen; die anderen Gäste waren wahrscheinlich draußen, unternahmen Wanderungen und Bergtouren. Hätte mein Schweizbesuch nicht unter diesem unglücklichen Stern gestanden, wäre ich zu gern auf Erkundungstour gegangen. Aber so stand fest, dass ich am nächsten Tag abreisen würde. Eine Erschütterung zeigte an, dass jemand ins Becken gesprungen war. Nach der nächsten Wende sah ich einen Mann, er schwamm auf der Außenbahn im Schmetterlingsstil.

Eine Viertelstunde später stieg ich aus dem Becken und wollte unter die Dusche.

»Gerade erst angekommen?« Der Mann hielt sich am Beckenrand fest und nahm die Schwimmbrille ab. »Ich habe Sie noch nie hier gesehen.« Schwungvoll kam er aus dem Wasser.

»Ich bin auf der Durchreise.« Ich strubbelte mein Haar.

»Hier reist man nicht durch«, antwortete er. »Wer nach Saanen kommt, will nirgendwo anders hin.« Er mochte kaum älter sein als ich, sportlich, kleiner als Pascal. Dieser Mann hatte einen geschmeidigen Körper, helles Haar, das bereits schütter wurde.

»Stimmt, das Saanenland ist wunderbar.« Ich wollte weiter.

»Sie stammen nicht aus der Schweiz.« Er folgte mir zu den Duschen.

Ich drehte mich um. Beim Schwimmen ging es normalerweise schweigsam zu. Man kam und schwamm, es war ungewöhnlich, dass jemand hier ein Gespräch suchte.

»Sie haben recht, ich bin nicht von hier.« Ich ging weiter.

»Österreich?« Obwohl die Bereiche für Männer und Frauen sich trennten, blieb er an meiner Seite.

»Warum wollen Sie das wissen?«

»Ihre Sprache klingt ungewöhnlich. Ich kann Ihren Akzent nicht einordnen.«

Ich musste an meine Mutter denken, die mir ihre Sprache gleichsam vererbt hatte, den Schatz der deutschen Sprache, gesprochen in einem fremden Land. Wie konnte der Fremde in der Badehose das nach wenigen Sätzen erkannt haben?

»Ich stamme aus Kanada, meine Eltern waren Einwanderer.«

Er wischte Wassertropfen von der Stirn. »Darauf wäre ich nicht gekommen.«

»Sind Sie öfter hier?«

»Jedes Jahr.«

»Von wo kommen Sie?«

»Frankfurt.«

»Frankfurt? Dort habe ich …« Keine vorschnelle Vertraulichkeit, dachte ich. Wozu sollte ich ihm auf die Nase binden, dass Pascal dort eine Villa besaß?

»Kennen Sie Frankfurt?«

»Flüchtig.«

Wir standen vor dem Frauenbereich; ich wollte nun weiter.

»Klettern Sie?«, fragte er, als suche er nach einem Thema, mich aufzuhalten.

Mit dem Zeh verwischte ich die Pfütze, die unter mir entstand. »Klettern, wieso?«

»Vielleicht ist Ihnen aufgefallen, dass hier einige ansehnliche Berge stehen.« Er grinste.

»Das machen Sie also in Saanen – Sie klettern auf Berge?«

»Es gibt nichts Schöneres.«

Bevor er weitersprechen konnte, nickte ich ihm zu, verschwand um die Ecke, drehte das heiße Wasser auf und hielt das Gesicht in den Strahl.

Meine Haut spannte vom Chlorwasser; auf dem Zimmer cremte ich mich ein, legte mich aufs Bett und wartete, dass ich müde wurde. Ich war seltsam aufgedreht, musste an den Deutschen denken, den ich wahrscheinlich nicht wiedersehen würde. Morgen ging ein Flug von Genf nach Toronto. Er war zwar ausgebucht, aber man hatte mir Hoffnung gemacht, dass die Warteliste nicht lang sei.

Ich zog mich an und erkundigte mich an der Rezeption nach einem Restaurant. Als ich das Hotel verließ, tauchte die untergehende Sonne das Panorama in einen leuchtenden Brand. Es war, als stünden die Gipfel in Flammen. Ich setzte mich auf eine Bank im Hotelpark, schaute und staunte, bis alles vorbei und das Licht grau und violett geworden war.

Das gesuchte Restaurant hieß *Alpenrösli*. Ich fürchtete kitschige Folklore, doch es war moderner als sein Name und sehr gut besucht. Der Kellner fragte, ob ich reserviert hätte, und sah sich besorgt um, wo er mich platzieren könnte.

»Ich müsste Sie irgendwo dazusetzen.«

Mein Blick glitt über Familien, Ehepaare, eine Stammtischrunde in der Ecke. »Danke, nein, dann werde ich lieber …« Ich war enttäuscht, überlegte, wie ich den Abend retten sollte, und ärgerte mich, nicht vorbestellt zu haben. Hinter mir ging die Tür auf.

Es war der Deutsche. Ich blieb unentschlossen stehen, als er den Kellner nach einem Tisch fragte. Ihm erging es genauso wie mir.

»Sieht ziemlich voll aus«, sagte er. Unsere Blicke begegneten einander.

»Verfolgen Sie mich?«

»Saanen ist nicht groß.« Er lächelte. »Das *Alpenrösli* ist ein Geheimtipp.« Er trug einen Leinenanzug, ein Pflaster auf seiner Wange zeigte, er hatte sich beim Rasieren geschnitten. Sein Haar war so frisiert, dass es fülliger wirkte.

»Leider haben wir heute …« Noch einmal hob der Kellner bedauernd die Schultern.

»Ich bleibe nicht, vielen Dank.« Ich verließ das Lokal. Gleich darauf hörte ich Schritte.

»Sie finden mich bestimmt aufdringlich.« Der Deutsche kam an meine Seite. »Aber da wir beide nicht wissen, wohin …«

»Sie haben recht, ich finde Sie aufdringlich.« Als hätte ich die geringste Ahnung, was ich als Nächstes tun würde, ging ich schneller.

»Sie haben doch auch Hunger?«

»Ich werde mir im Hotel etwas aufs Zimmer bestellen.«

»Die Hotelküche ist nicht zu empfehlen.« Ein paar Schritte lief er schweigend neben mir. »Entschuldigen Sie, mein Name ist Hilperth.«

Aus Höflichkeit hätte ich mich vorstellen müssen, aber ich wollte meinen Schweizer Namen nicht nennen.

»David Hilperth«, setzte er hinzu.

»Danke für Ihre Aufmerksamkeit, Herr Hilperth. Sie meinen es bestimmt nett, aber ich möchte lieber allein essen.« Ich ging weiter.

»Auf dieser Straße kommen Sie direkt in den Wald!«, rief er mir nach.

Wozu dein Trotz, dachte ich. Einen stimmungsvollen Abend wollte ich verbringen, meinen letzten in der Schweiz – warum nicht mit einem sympathischen Mann, der nicht übel aussah? Ich drehte mich um, Hilperth stand da, die Hände in die Hüften gestützt. Was sollte schon passieren? Ich seufzte und ging zurück, die Straßenlaternen warfen meinen Schatten abwechselnd vor und hinter mir auf das Kopfsteinpflaster.

5

Wir kamen an einem Lokal vorbei, das *Hausseman's* hieß, überlegten nicht lange und traten ein. Ein hübscher Tisch war frei. Als der Deutsche neben mir in die Nische trat, nahm ich seinen Geruch wahr. Das war kein Rasierwasser, keine Creme – so roch er selbst. Ich ertappte mich dabei, wie ich kurz schnupperte. Der Wirt legte uns die französische Karte vor, wir bestellten beide das Tagesmenü.

»Ich arbeite an der Börse.« Hilperth hatte den Wein ausgesucht, der Kellner schenkte ein.

»Wirklich?« Ich stieß mit ihm an. »Gibt es in Frankfurt eigentlich irgendjemanden, der nichts mit dem Tanz ums Goldene Kalb zu tun hat?«

Er öffnete die Serviette mit Schwung. »So schlimm ist unser Business auch wieder nicht. Ich kenne eine Menge Leute, die keine Ahnung haben, wie Aktienhandel überhaupt funktioniert.«

»Genau wie ich.« Brot und Butter wurden vor uns abgestellt. »Die Börse, überhaupt dieser Drang, sich mit Geld zu befassen, ist das ein *Männerding*?«

»Früher vielleicht. Aber Sie würden sich wundern, wie viele Frauen sich mittlerweile auf dem Finanzparkett tummeln.«

Schneller als erwartet kam der erste Gang, Gänseleber mit gerösteten Weißbrotscheiben.

»Gehören Sie etwa zu denen, die Profit für etwas Unanständiges halten?« Er wartete, bis ich meine Serviette entfaltet hatte, nahm dann Messer und Gabel.

Meine Antwort wäre ein klares Ja gewesen, aber so einfach wollte ich es ihm nicht machen. »In der Sprache der nordkanadischen Athapasken-Indianer gibt es kein Wort für Geld.«

»Und was sagen die Athapasken, wenn sie etwas verkaufen wollen?«

»Verwandlung.«

»Und wenn sie kaufen?«

»Verwandlung.«

»Glückliche Indianer.« Er machte sich einen appetitlichen Happen zurecht. »Wahrscheinlich brauchen sie in den subarktischen Wäldern wirklich kein Geld.« Als er abbiss, knirschte es. »Trotzdem behaupte ich, diese Art von *Verwandlung* liegt dem Menschen im Blut.« Lächelnd beobachtete er, wie ich probierte und genussvoll die Augen schloss. »Zu allen Zeiten wollten die Leute das Gleiche wie heute: Geld einsetzen, um ohne Arbeit noch mehr Geld zu ergattern.«

»Zu allen Zeiten?«

»Im siebzehnten Jahrhundert gab es die berühmte Tulpenzwiebelspekulation. Adelige, Bürger, Seeleute – alle beteiligten sich daran. Sogar die Lumpensammler und Kesselflicker wollten von der Tulpenzwiebel-Hausse profitieren. Der Preis für die Zwiebeln stieg um das Vierundzwanzigfache.« Er aß hastig, schon war sein Teller leer.

»Was geschah mit den Tulpenzwiebeln?«

»Sie sind verfault, nehme ich an. Es ging gar nicht um die Zwiebeln, nur um den Wert, den sie in den Köpfen der Menschen besaßen.« Er fuhr mit der Zunge über die Lippen. »Bisschen versalzen, oder?«

So einer bist du, dachte ich, leistest dir das Feinste vom Feinen und hast dann noch dran rumzumeckern.

»Welt – Wirtschaft – Weltmarkt«, sagte er. »Es gibt nichts Aufregenderes.«

Ich hatte ihm das Stichwort gegeben, nun war er in seinem Element und nicht mehr zu bremsen.

»Nicht Ideologien oder Religionen haben die Völker einander nähergebracht, sondern die Wirtschaft. Heutzutage bedeutet das: Verständigung im Sekundentakt, Handel bis in die letzten Winkel der Erde. Aus Schwellenländern werden Industrienationen. Es bedeutet die Aufhebung jeder Distanz.«

»Aber wozu?« Ich sah den Kellner mit der Suppe kommen.

»Das ist der Lauf der Dinge.« Seine Augen glänzten, die Stirn war gerötet. »Vor hundert Jahren haben Autos, Filme, Röntgenstrahlen die Wirtschaft revolutioniert. Heute ist es Nanotechnik, heute ist es *www.dot.com.*« Er quittierte das »bon appétit« des Kellners mit einem Nicken. »Es ist ein ewiger Kreislauf, eine Spirale, die sich nach oben schraubt. Wer hätte vor zwanzig Jahren vorausgesehen, dass China in der Wirtschaft die Weltspitze erobern würde, und zwar völlig unblutig?« Auf meinen fragenden Blick hin antwortete er: »Die drei größten Banken der Welt haben ihren Sitz in China.«

Am Nebentisch drehte sich ein Schweizer Ehepaar um. Sie fühlten sich durch den euphorischen Monolog des Deutschen gestört. Mir gefiel es, dass jemand so leidenschaftlich wurde, wenn er von seinem Beruf sprach. Unwillkürlich musste ich an Pascal denken, der selten über seine Arbeit gesprochen hatte. Ich löffelte die Gemüsesuppe; eine Zeit lang aßen wir schweigend.

»Wie hat es Sie aus den kanadischen Wäldern hierher verschlagen?« Hilperth wischte sich den Mund ab.

Ich zögerte – warum sollte ich ihm nicht die Wahrheit sagen? »Ich suche meinen Mann.«

»Sie *suchen* ihn? Hat er sich mit einer Freundin in die Schweiz abgesetzt? Entschuldigen Sie«, fügte er hinzu, als ich ernst blieb.

»Er ist tot.« Zum ersten Mal hörte ich mich den Satz sagen. »Es wird behauptet, dass er tot ist.«

Seine fröhliche Miene fiel in sich zusammen. »Verzeihen Sie meine Respektlosigleit. Wie konnte ich wissen …?«

»Das konnten Sie nicht.«

»Und Sie selbst glauben nicht, dass er tot ist?«

»Ich will es nicht glauben.« Ich erklärte, dass mein Mann Schweizer sei, dass seine Familie hier lebte und dass ich nach wochenlangen Versuchen, ihn in Brasilien zu finden, hergekommen war, um mich mit ihnen zu beraten, ohne besonderen Erfolg.

»Wenn Sie in Frankfurt leben und mit der Börse zu tun haben, kennen Sie meinen Mann vielleicht.« Ich nannte Pascals Namen.

Der Deutsche nickte betroffen. »Ich habe von der Sache in den Nachrichten gehört. Jeder in unseren Kreisen kennt Pascal Zuermatt.« Er legte den Löffel beiseite und senkte den Blick. »Persönlich hatte ich allerdings nie das Vergnügen.«

Wir warteten, dass die Teller abgeräumt wurden. Ich betrachtete die Blumentapete und war sicher, dass Hilperth mich beobachtete.

»Werden Sie in der Schweiz bleiben?«, fragte er. »Bei der Familie Ihres Mannes, meine ich?«

»Aber nein!« Ich musste fast lachen. »Das war nie meine Absicht. Ich wollte nur in Erfahrung bringen …« Ich stockte, der Grund meines Besuchs hatte sich merkwürdig verflüchtigt und mich ratlos zurückgelassen. »Ich reise morgen ab.«

»Schade.« Sein Bedauern klang echt. »Dann haben Sie gar nichts von der Gegend genossen?«

»Wenig.«

»Keinen Berg bestiegen?«

»Ich bin eine Flachländerin. Das sagte Pascal wenigstens immer.«

Der Kellner brachte den Loup de Mer auf einem Servierwagen und filetierte ihn vor uns.

»Warum kommen Sie nicht mit mir?«, fragte der Deutsche spontan. »Ich will morgen einen Gipfel schaffen.«

»Dreitausend Meter hochzuklettern ist nichts für mich«, antwortete ich und wunderte mich, dass ich seinen Vorschlag überhaupt in Erwägung zog.

»Die Dreitausender wirken zwar nahe, sind aber ziemlich weit von Saanen entfernt. Ich will morgen aufs Giferhorn, das ist nur lächerliche zweitausendfünfhundert Meter hoch.«

»Das Angebot ist sehr nett, Herr Hilperth, aber morgen Mittag geht mein Flug.«

»Wohin?«

Ich sah ihn an. Der Gedanke war lächerlich, aber ich fühlte mich ausgehorcht. »Lassen Sie sich den Fisch gut schmecken.«

»Ihre Gesellschaft hätte die Route bestimmt noch schöner gemacht.« Er griff zum Besteck. »Es ist nun mal schöner, ein Erlebnis mit jemandem zu teilen.«

»Warum teilen Sie das Erlebnis nicht mit Ihrer … Entschuldigung, das geht mich nichts an.«

»Ich bin allein hier«, antwortete er. »Ich bin geschieden.« Ein trauriger Glanz trat in seine Augen. »Unabhängigkeit ist etwas Wunderbares, aber nicht in den Bergen. In den Bergen braucht man einen Partner.« Plötzlich beugte er sich vor. »Kommen Sie mit, ich bitte Sie. Ein Flug lässt sich umbuchen.«

Da war er wieder, dieser Geruch, weich, zugleich männlich, er gefiel mir. Hilperths Dringlichkeit rührte mich, Einsamkeit schimmerte durch seine Worte. War es nicht ein freundlicher Wink des Schicksals, mir diesen sensiblen Mann vorbeizuschicken, der eine gemeinsame Wanderung vorschlug? Ich musste daran denken, dass mein Sitzplatz noch nicht bestätigt worden war, dass ich nur vage Pläne und im Grunde nichts zu tun hatte, als mit der neuen Situation fertigzuwerden.

Er spürte mein Zögern. »Wir würden früh aufbrechen und wären am Nachmittag zurück. Eine Abendmaschine nach *Werweißwohin* könnten Sie sogar noch kriegen.«

Ich sagte weder Nein noch Ja. Ich aß, lobte den Fisch; er verstand und wechselte das Thema. Was erwartet dich denn dort, wo du hinfliegst, dachte ich. Das Alte gibt es nicht mehr, dein Leben wird wieder auf Anfang gerückt, etwas Neues beginnt. Warum soll es nicht mit dem Erklimmen von zweitausendfünfhundert Metern beginnen? Ich lächelte den Deutschen an und trank mein Glas leer.

6

Das Licht um sechs Uhr früh. Ich hatte die Reinheit in den Bergen für eine kitschige Übertreibung gehalten, nichts war übertrieben. Der Himmel, der allmählich von Grau zu Blau wechselte, tiefer und höher wurde, die Rosatöne – dann, als die erste Sonne die Gipfel traf, war so viel Hoffnung in der Luft, dass der Druck meiner erfolglosen Bemühungen sanft von mir abfiel. Ich wollte hinauf, so hoch es ging. Wie konnte man sein Leben im Flachland verbringen und das Angebot eines solchen Morgens nicht kennenlernen?

Hilperth holte mich von meinem Zimmer ab. In kompletter Montur öffnete ich die Tür. Das Hotel *Solsana* war auf Fälle wie mich vorbereitet und verlieh Alpinausrüstungen. Ich hatte Bergschuhe, wollene Stutzen mit Edelweißmotiv, eine Kniehose aus Cord bekommen, dazu ein wasserdichtes Cape, ein Filzhut mit Hahnenfeder saß auf meinem Kopf.

»Holodrioh«, sagte er, als er mich in dieser Aufmachung erblickte.

Wir liefen zum Fahrstuhl. »Kein Pickel, kein Seil?« Ich musterte seine saloppe Kleidung, bloß Jeans und Pulli.

»Ich scheine Ihnen zu abenteuerliche Hoffnungen gemacht zu haben. Das Giferhorn ist eher ein Spaziergang.«

Sein Wagen stand vor der Tür. Hilperth brauste aus dem schlafenden Ort, ohne auf die Einwohner Rücksicht zu nehmen. Wieder ging es in Richtung Gstaad.

»Eigentlich sollte man die ganze Route, also auch den Weg bis Scheidbach, zu Fuß machen, aber Ihnen zuliebe kürze ich ab.«

Im Vorbeifahren blieb mein Blick an der Buchenhecke hängen, die das Anwesen der Zuermatts verbarg. War das erst gestern gewesen, dass ich voll Hoffnung in Pascals Elternhaus getreten war?

»Kleine Stärkung gefällig?« Hilperth holte zwei Müsliriegel und Joghurt aus seinem Rucksack, zauberte Plastiklöffel und zwei Bananen hervor. Nach dem Aufstehen hatte ich nichts essen können, nur Kaffee getrunken, jetzt meldete sich der Hunger.

Beim Aussteigen zeigte Hilperth in die Höhe. »Hinter den Hügeln, dort liegt unser Berg. Erst wenn wir die geschafft haben, können wir das Giferhorn sehen.«

Er parkte an der Talstation einer Seilbahn, schloss die Limousine ab und ging voran. Bereits nach ein paar Hundert Metern geriet ich ins Schwitzen, nahm den Hut ab und wusste nicht, wohin damit. Es ging aufwärts, erst über Grasland, dann steil durch den Wald, der ins nächste Tal führte. Das Turnelstal, erklärte Hilperth; entlang eines Baches führte er mich zu einer Brücke, dort begann der eigentliche Aufstieg. Ich bereute, die dicken Sachen angezogen zu haben. Das T-Shirt klebte mir am Körper, die raue Wolle pikste an den Waden, ich schnaufte und fuhr mit der Zunge über die Lippen, während Hilperth in stetigem Tempo vorauslief und sich nur manchmal umdrehte. Dann gab ich mir den Anschein, als ob ich mühelos folgte, und schwenkte den Hut.

»Nicht zu heiß?«, rief er.

Ich musste einen hochroten Kopf haben. »Geht schon!«

»Was zu trinken?« Er nahm den Rucksack ab.

»Nur, wenn Sie auch trinken.« Ich lief rascher.

»Besser nicht, sonst wird unser Durst nur größer.« Er schulterte den Rucksack wieder und ließ mich mit hängender Zunge stehen. »Wir sind schon auf tausendfünfhundert Metern«, sagte er fröhlich. »Man hat den Höhenunterschied kaum gemerkt, stimmt's?«

Ich hätte ihm gern zugerufen, dass die Vorstellung, noch mal tausend Meter höher zu müssen, mich den letzten Nerv kostete, biss aber die Zähne zusammen und stapfte weiter. Quer zum Hang ging es bergauf. Wäre die Anstrengung nicht gewesen, ich hätte die Umgebung zauberhaft gefunden. Verstreut über die sonnenbeschienene Alp lagen Einzelhöfe, jeder ein Reich für sich. Erst jetzt merkte ich, dass sich Hilperth über mir auf einen Baumstumpf gesetzt hatte. Er zeigte auf ein dunkelgraues Felsmassiv, das ich auf den ersten Blick enttäuschend fand.

»Bitte sehr! Das Giferhorn!«

Endlich holte er die Wasserflasche hervor und ließ mir den ersten Schluck. Ich trank gierig wie das Vieh, erschöpft sank ich neben ihm auf den bemoosten Strunk.

»Bereuen Sie es, mitgekommen zu sein?«

Sein gönnerhaftes Lächeln missfiel mir. Ich kam wieder hoch und gab mir den Anschein, den Weg leichtfüßig weiterzulaufen. »Nur keine Müdigkeit vortäuschen!«

»Spar deine Kräfte!«, rief er. »Jetzt wird es anstrengend.« Er holte mich ein. »Hier oben finde ich das *Sie* irgendwie zu gespreizt – Sie nicht auch?«

Du oder Sie – in meinem Zustand war mir das egal. »Ich heiße Tony«, keuchte ich.

»Hallo, Tony.«

»Hallo, David.«

Der Weg wurde breiter, wir gingen nebeneinander. Zwischen zwei Almhütten führte ein Steig in die Steinregion, die Bäume verschwanden, nur noch niedriges Gesträuch duckte sich zwischen den Felsen. Allmählich merkte ich, wie mein Tritt gleichmäßiger wurde, ich setzte Fuß vor Fuß, die Landschaft blieb unter mir zurück. Bald war die Spitze des Giferhorns das Einzige, was sich vor dem wolkenlosen Himmel abhob, und während ich aufhörte, ans Ziel zu denken, kam ich ihm näher.

Wir erreichten die Giferhütte. In der warmen Jahreszeit war sie unversperrt, ich sah mich im Inneren um, während David im Freien seine Schätze auspackte. Kleine Hartwürste, frisches Brot, Streichkäse und Äpfel; er öffnete das Schweizermesser und teilte alles auf. Ein fürsorglicher Mann, dachte ich; bevor ich zugriff, lächelte ich ihn an. Ich versuchte nicht, meinen Heißhunger zu verbergen, biss in den Apfel, dass es krachte, und verschlang drei Würste hintereinander. David zeigte auf das Panorama, dort hinten liege das Abristhorn, sagte er, rechts davon der Lohner. Er aß nur wenig und legte sich danach ins moosige Gras.

»Eine halbe Stunde Rast gönnen wir uns.«

Ich schmunzelte, wie selbstverständlich ich akzeptierte, dass er das Programm bestimmte, ließ mich gegen die Hüttenwand sinken und war glücklich, mitgekommen zu sein. Wieder musste ich denken, dass die Welt, aus der Ebene betrachtet, nicht annähernd so verlockend war wie die Weite hier oben. Wahrscheinlich rührte von daher der Name Jammertal, von einem Jammerberg hatte ich noch nie gehört. Die halbe Stunde verging in tiefem Frieden, nichts war zu hören als die Schwingen eines großen Vogels, ein leichter Wind, das Knacken der Holzwand in der Mittagssonne. Als David seine Sachen packte, fühlte ich mich ausgeruht, der Schweiß im Rücken war getrocknet. Ich spürte den Temperaturabfall in der Höhe und war froh, mich wetterfest angezogen zu haben.

Obwohl der Steig gut markiert war, musste mancher Fels erklettert, manche Nase umgangen werden, der Gipfelanstieg war nur mit Händen und Füßen zu meistern. Unvermittelt traten wir auf einen Grat hinaus, vor dem mir schwindelte. Senkrecht, so kam es mir vor, fiel die Wand ab, an ihrem Fuß sah ich Wasser.

»Das Bergzummloch«, sagte er und blieb ab jetzt dichter bei mir, sicherte Abbrüche, die übersprungen werden mussten. An Kanten, wo der Abgrund unvermittelt nahe kam, stellte er sich zum Schutz davor.

»Ich habe vergessen zu fragen, ob du schwindelfrei bist«, sagte er mit besorgtem Blick.

»Daheim auf unserem Fernsehturm habe ich keine Probleme. Da gibt es allerdings auch Geländer.«

Das felsige Band wurde noch schmaler. Ich zögerte nicht, Davids Hand zu nehmen, und setzte jeden Schritt mit äußerster Vorsicht. Ich schaute nicht hinunter, nur nach vorn und hinauf. Über mir war fast nur noch Himmel.

Beim Erklimmen des Gipfelplateaus ließ David mir den Vortritt, die Freude über mein großes Staunen war ihm ins Gesicht geschrieben. Da stand das Kreuz aus Eisen, daneben ein heller Stein, rechts und links und vorne und hinten nichts mehr. Weite, Endlosigkeit. Meine Zweifel, all die sich selbst auffressenden

Gedanken, meine verworrenen Gefühle waren mit einem Schlag vergessen, abgetaucht in die Tiefe, die ich überwunden hatte. Tränen der Freude schossen mir in die Augen, die mich nicht blind machten, sondern klarer sehen ließen. David trat hinter mich, er schien meine Gefühlsaufwallung zu verstehen und wartete, bis ich mich beruhigte.

»Dort drüben, das sind Eiger, Mönch und Jungfrau«, erklärte er. »Das sind die wahren Riesen, dagegen stehen wir hier nur auf einem Hügel.«

»Mir genügt es.« Ich fand kein Taschentuch. »Wie gern hätte ich das mit Pascal erlebt.« Augenblicklich tat der Satz mir leid, ich ergriff Davids Hand. »Versteh mich nicht falsch. Ich bin dankbar, dass du mich mitgenommen hast.«

»Erzähl mir, was mit deinem Mann passiert ist.« Er ging in die Hocke und schraubte die Wasserflasche auf. »Wenn du willst.«

Hier, wo es um uns nur Licht und Ferne gab, war es leicht, die Wahrheit auszusprechen. Es schien mir natürlich, das Schmerzlichste zu benennen. Ich erzählte von meiner großen Liebe, dem Glück, das mir dieser um einiges ältere Mann geschenkt hatte. Ich sprach voll Inbrunst von Pascal, schweifte über unsere Jahre glücklich hinweg und erzählte, dass er zuletzt anstrengende Monate hinter sich gehabt hatte. In der Firma hatte ihm etwas Schwierigkeiten gemacht, die Ringe unter seinen Augen waren violett gewesen. Ich hatte begriffen, dass Pascal kein junger Mann mehr war, dass dieser eigentlich starke Kerl dringend Erholung brauchte. Doch von einem Tag zum andern schienen alle Probleme ausgestanden zu sein, er kam zu mir und sagte: »Was hältst du von Sonne und Wärme und türkisfarbenem Meer? Nur du und ich, eine Hütte, und der Sand ist so heiß, dass du darüber hinwegfliegen möchtest, um ins Wasser zu kommen.« Das war sein Vorschlag gewesen, und der Name, der das alles umschloss, war Rio. Ich hatte sofort zugestimmt. Minuten, tatsächlich nur Minuten später, lag der Ausdruck der Flugtickets vor mir. »Ich will wieder tauchen«, hatte Pascal gesagt. »Ich habe das seit Jahren nicht mehr gemacht. Kannst du tauchen?« Ich hatte ihm gestanden, dass ich über einen Schnupperkurs im Swimmingpool nicht hinausgekommen war. »Ich zeige es dir.« Wir reisten noch in derselben Woche ab.

Ich schwieg, David drängte mich nicht, fortzufahren. Dann erzählte ich von Rio, beschrieb unseren Bungalow, als ob das von Bedeutung wäre, das breite Bett unter dem Moskitonetz, offene Wände nach allen Seiten. Morgens und abends kam Joaquin und brachte uns das Essen. Das Salz im Haar, der Geschmack der Früchte, der Schweiß in den Nächten, der rasende Ventilator, ich erzählte von vielen Kleinigkeiten, weil ich den Tag, als wir in die Muränenhöhle hinabgetaucht waren, hinauszögern wollte, die Nacht darauf, den Morgen, als Pascal sich verabschiedete und nicht mehr zurückkam.

Während David sich von paradiesischen Stränden erzählen ließ, vom Geheimnis der Unterwasserhöhle, schaute er in die Bergwelt, unterbrach mich nicht und ließ einige Zeit verstreichen, nachdem ich geendet hatte.

»Wenn dein Gefühl stimmt und dein Mann wirklich leben sollte, muss es einen Grund geben, warum du seitdem nichts von ihm gehört hast.« Er sprach konzentriert, als ob ihm kein falsches Wort dazwischenrutschen dürfe.

»Wenn er *lebt*? Du glaubst also auch …!«

»Ich glaube gar nichts, bin bloß ein Außenstehender, der die

Bestandteile betrachtet, die du vor mir ausgebreitet hast. Sollte Pascal überlebt haben, musst du dich fragen, warum er sich bei dir, der Frau, die er liebt und die ihn liebt, nicht gemeldet hat. Wenn man es logisch betrachtet, kann er eigentlich nicht mehr am Leben sein.« Wir wechselten einen Blick. »Da du aber drei Monate lang fest daran geglaubt hast, muss dir irgendetwas diesen Glauben gegeben haben, etwas, das vielleicht nur dein Unterbewusstes wahrgenommen hat.«

»Was meinst du damit?«

»Etwas an den Umständen seines Verschwindens muss dir merkwürdig erschienen sein.«

»Die Umstände ...?« Mir fiel das Telefonat ein, das ich mit meiner Freundin Karen in Toronto geführt hatte. Es war wenige Tage nach Pascals Verschwinden gewesen; um die nüchternen Verhöre zu verkraften, hatte ich mit einer vertrauten Stimme sprechen müssen. Damals hatte ich Karen die Vermutung mitgeteilt, die die Polizei in Rio geäußert hatte.

»Selbstmord?«, hatte sie gefragt, die Pacal von mehreren fröhlichen Begegnungen kannte.

»Die Polizei muss natürlich alle Möglichkeiten in Betracht ziehen.«

»Hältst du es denn für möglich, dass er sich umgebracht hat?«

Was hatte ich Karen damals geantwortet? Dass ich Pascal als Menschen kannte, der das Leben bejahte wie kein Zweiter. Dass er es in sich aufsog, dass er es liebte. Er war in seiner Lebensumarmung jünger als die jüngsten Männer, die ich kannte. Der Tod, schien mir, war eine Option, die für Pascal noch keine Realität besaß.

Auf dem Gipfel des Giferhorns antwortete ich David das Gleiche. »Ich wüsste nicht einen einzigen Grund, warum er versucht haben sollte, sich das Leben zu nehmen.«

»Vielleicht wegen der Schwierigkeiten in der Firma, von denen du sprachst, oder möglicherweise eine Krankheit?«

»Pascal strotzte vor Gesundheit.«

»Ist er vor eurem Urlaub beim Arzt gewesen?«

»Nein!«, sagte ich mit Nachdruck. »Und was den Stress betrifft, Pascal liebte Druck. Er brauchte das, er war der geborene Kämpfer.«

»Vielleicht ein müder Kämpfer«, erwiderte David. »Du sagst selbst, wie erschöpft er dir vorgekommen ist.«

»Das ist absurd!« Ich trat so weit zurück, wie es das enge Plateau zuließ. »Wenn er sich umbringen wollte, hätten sie seine Leiche gefunden.«

David schwieg einen Augenblick. »Es ist wahrscheinlich das Schwerste, den eigenen Leib zu besiegen«, sagte er einfühlsam. »Wenn dein Mann das Leben so geliebt, es mit beiden Händen angepackt hat, wie du erzählst, könnte ihm dort unten, in der Muränenhöhle, plötzlich der Mut gefehlt haben, und er ist … gescheitert.«

»Ich glaube kein Wort davon«, antwortete ich, um meine Beklommenheit abzustreifen. »Ich glaube weder, dass er sich umbringen wollte, noch dass er damit gescheitert ist, und vor allem nicht, dass ich davon nicht das Geringste bemerkt haben soll!«

»Was weißt du eigentlich von seinen Geschäften?«

»So gut wie nichts. Was hat das damit zu tun?«

David überlegte kurz. »Männer, die solche Macht und so viel Verantwortung in Händen halten, empfinden es oft als angenehm, daheim nichts davon zu erzählen. Ihr Zuhause ist die

Oase, die sie zum Auftanken brauchen.« Er hielt inne. »Ich weiß das. Ich habe auf diese Art meine Ehe ruiniert, weil ich meiner Frau nichts mehr erzählte. Sie fühlte sich ausgeschlossen und begann irgendwann, ihre eigenen Wege zu gehen.«

Seine Worte, meine Vorstellungskraft, der außergewöhnliche Ort, an dem wir uns befanden, ließen plötzlich alles vor mir verschwimmen. Der Erdboden drehte sich, der Himmel stürzte ein, mit letzter Kraft hielt ich mich am Gipfelkreuz fest.

»Was ist los?« David kauerte sich zu mir.

Ich zwang mich, nicht wieder zu weinen. »Wenn er es nicht geschafft haben sollte, sich umzubringen, warum ist er nicht zu mir zurückgekommen?«

«Ich weiß es nicht. Wir können es nicht wissen.« Er nahm mich an beiden Schultern und richtete mich auf. »Ich habe nur versucht, mich in dich hineinzuversetzen, habe die Spekulationen mit dir durchgedacht. Aber ich bin ein Mann der Fakten. Nach allem, was ich bis jetzt über das Verschwinden deines Mannes weiß, ist die wahrscheinlichste Schlussfolgerung die, dass er tot sein muss.«

Mit dem Gang in die Berge könnte ich den Anfang eines neuen Lebens setzen, hatte ich geglaubt und gehofft, mich von dem schrecklichen Unglück zu befreien. Auf dem Gipfel des Giferhorns stießen die Worte dieses Mannes mich unbarmherzig in mein Schicksal zurück. Ich misstraute ihnen, zugleich konnte ich sie nicht auslöschen; sie würden mich begleiten, lange nachdem ich ins Tal zurückgekehrt sein würde. Mit einem Mal fiel es mir leichter, den Gedanken zuzulassen: Pascal war tot. David konnte nicht wissen, wie viel mir unser Gespräch bedeutete. Selbst auf der einsamen Höhe dieses Gipfels fühlte ich mich durch seine Anwesenheit geborgen. Wir ruhten uns noch ein wenig aus, er erklärte mir die Bergwelt rundum. Bald wurde es kühl, wir begannen den Abstieg.

7

Die Maschine startete pünktlich von Genf aus, ich hatte den letzten Platz bekommen. Der Preis war unverschämt, doch ich wollte meine Abreise um keine Stunde länger verschieben, nachdem ich nun doch noch eine weitere Nacht in Saanen geblieben war. Bis Paris musste ich mit einem Mittelplatz vorliebnehmen, für den Langstreckenflug hatte ich einen beinfreien Exitsitz ergattert.

David war sehr verständnisvoll gewesen, hatte begriffen, dass er etwas Tiefgreifendes in mir ausgelöst hatte. Schweigend, mit gesenkten Augen war ich den Grat und den Felsensteig zurückgegangen, hatte die aufziehenden Wolken, den Nieselregen kaum bemerkt. Bald hatte es so stark geregnet, dass mir mein Hut noch gute Dienste leistete. Erst im Auto war ein knappes Gespräch in Gang gekommen. David hatte mich zum Dinner eingeladen, ich sagte Nein. Dieser Mann, den ich erst vierundzwanzig Stunden zuvor kennengelernt hatte, war mir nähergekommen, als ich mir erklären konnte. Ich hatte unruhig geschlafen und war frühmorgens nach Genf gefahren. Noch nie hatte ich ein Flugzeug so deutlich mit dem Gefühl bestiegen, einem verrückten Traum zu entkommen. Um Klarheit zu finden, war ich in die Schweiz gekommen, verwirrter, haltloser flog ich in meine Heimat zurück.

Die Einsamkeit meiner stillen Wohnung. Alles hier war von mir, jedes Detail hatte ich ausgesucht, eingerichtet, diese Wohnung war so sehr ich, wie es ein Ort, wie es Gegenstände sein können. Dennoch kam mir das Apartment an diesem dunstigen Augusttag frostig und verlassen vor. Der Grund war klar: Pascal hatte diese beengten zwei Zimmer als sein Zuhause angesehen. Er, der sich die schicksten Apartments, die weitläufigsten Häuser leisten konnte, der mich auf unseren Reisen mit Luxus verwöhnt hatte, war während unserer Ehe am liebsten hier gewesen, in meiner kleinen Wohnung an der South Side von Toronto. Nicht die feinste Gegend, der Vorteil lag in der Nähe zum Wasser; in nur fünf Minuten gelangte man ans Ufer des Ontariosees.

Unsere zeitlosen Gänge, wie Pascal sie nannte, hatte ich bei jedem Wetter genossen. Das waren Tage gewesen, wenn er die Fessel seines Zeitplans abstreifte und wir scheinbar unabsehbar nur einander gehörten. Ich hatte unsere Wanderungen im Herbst geliebt, wenn der See, der wegen seiner Größe Gezeiten hat, wild und stürmisch wurde und Treibgut aus den Vereinigten Staaten, manchmal Abfall von Containerschiffen anschwemmte. Oder im Frühling, wenn die Menschen sich nach dem harten kanadischen Winter endlich aus ihren Anoraks schälten und die ersten Mutigen bis zu den Knien ins Wasser gingen. Selbst im Sommer schwamm kaum jemand im See; seit dem Giftskandal vor Jahrzehnten galt das Baden als riskant. Das störte die Schwäne und Möwen, die Haubentaucher und sonstigen Vögel nicht. Außerhalb der Stadt waren lang gestreckte Uferbereiche in Vogelschutzgebiete umgewandelt worden.

Wenn Pascal und ich nach stundenlangem Marsch hungrig in die Wohnung zurückkehrten, ich zu kochen begann, wenn er

Musik aussuchte und mich am Herd von hinten umarmte, hätte mein Glück nicht größer sein können. In diesen Momenten glaubte ich daran, eine wirkliche Ehe zu führen, was durch Pascals Lebensstil leider selten vorkam. Zu oft rissen ihn seine Geschäfte von mir fort, sodass ich manchmal gar nicht wusste, an welchem Punkt der Erde er sich gerade aufhielt. Manchmal bot er mir an, ihn zu begleiten, meistens lehnte ich ab. Doch Pascal spürte jedes Mal, wenn er mich zu lange vernachlässigt hatte. Genau zum rechten Zeitpunkt lagen dann Flugtickets auf dem Küchentisch, die uns an Orte entführten, von denen ich sonst nur träumte. Das bedeutete allerdings, dass ich mich ausnahmslos nach Pascals Zeitplan richtete. Als freiberufliche Übersetzerin war ich flexibel, dennoch begann es mich irgendwann zu stören, dass ich ein Leben auf Abruf führte. Meine Freundin Karen und ich sprachen darüber; meistens stellte sie sich auf Pascals Seite.

»Wäre dir ein Stubenhocker lieber, der beruflich nichts auf die Reihe kriegt? Oder ein treu sorgender Angestellter, der pünktlich um sechs Uhr abends am Familientisch sitzt? Man kann leider nicht beides haben, den Power-Player und den Rund-um-die-Uhr-Mann. Wenn Pascal in Toronto ist, ist er für dich da, er ist aufmerksam und liebevoll. Das ist mehr, als die meisten Frauen bekommen.«

Ich glaubte Karen, deren Beziehung das glatte Gegenbeispiel darstellte. Ihr Mann war ein graugesichtiger Vertriebsmensch aus dem Verlag, der wenig Ehrgeiz und keine Abenteuerlust kannte. Pascal hätte so nicht leben können.

Nun stand ich in meinen vier Wänden, für immer ohne ihn? Ich ließ den Koffer beim Eingang, warf die Tasche aufs Sofa und öffnete die Fenster. Ich hatte den Impuls, Karen anzurufen, wollte ihr aber nicht gleich etwas vorheulen und beschloss, erst ein wenig Ordnung in die neue Situation zu bringen. Ohne ausgepackt zu haben, lief ich zu meinem Auto und fuhr zum Supermarkt. Ich kaufte ein, als ob ich Monate in Toronto bleiben würde, dabei war das alles andere als klar. Schwer bepackt nach Hause zurückgekehrt, wollte ich etwas gegen meine Aufgedrehtheit tun, die vom Jetlag herrührte. Ich nahm ein Bad. In einer Steinwanne im Freien hatten Pascal und ich uns zum ersten Mal geliebt; meine Badewanne, umgeben von bunt gekachelten Wänden, war unser Allerheiligstes gewesen, hier hatten wir die Außenwelt weggeschaltet.

Zu Beginn unserer Beziehung liebten wir uns ständig. Kaum hatte Pascal die Tür hinter sich geschlossen, lagen unsere Kleider schon am Boden, das Wasser rauschte in die Wanne, wir hatten uns ineinander verloren. Manchmal beschlich mich das Gefühl, Pascal würde bloß ein Sexabenteuer in unserer Beziehung sehen, er konnte einfach nicht genug davon kriegen. Wenn ich mitunter vorschlug, lass uns heute mal was anderes machen, hatte er schmutzig gegrinst und geantwortet: »Sind wir jetzt schon so weit, dass wir uns bei einem Glas Wein kultiviert unterhalten?« Ich hatte gelacht und mich mit ihm fallen lassen.

Ich lag in der Wanne, es plätscherte um meine Knie, ich benutzte das gleiche Badesalz wie damals, hatte die Schwimmkerzen angezündet – trotzdem war alles, alles vollkommen anders. Ich brach in Tränen aus und weinte, bis ich mein eigenes Geheul nicht mehr hören konnte, untertauchte und unter Wasser weiterflennte. Ich war der Hoffnung aufgesessen, dass die Rückkehr in das Gewohnte mir mein früheres Leben wiedereröffnen würde, das Leben vor Pascal. Stattdessen öffnete sich mir die Leere, die ich während der monatelangen Suche verdrängt und vor mir hergeschoben hatte. Ich sagte mir, dass ich mit der Trauerarbeit beginnen müsste, und hatte keine Ahnung, was das in Wirklichkeit bedeutete. Wie soll man um jemanden trauern, dessen Tod man nicht akzeptiert?

Ich beendete mein Bad und rief Karen an. Vor allem, weil ich sie als Freundin sprechen wollte, nicht zuletzt aber, weil sie mein wichtigster Auftraggeber war. Ich hoffte, dass ich durch Arbeit mit meiner neuen Lebenslage am besten fertigwerden würde, ich brauchte schnell einen Job. Am besten einen umfangreichen Roman.

»Hi, ich bin zurück«, sagte ich ins Telefon. »Passt es gerade?«

»Lass mich nur …« Ich hörte, wie Karen das Zimmer verließ. »So. Jetzt bin ich da.«

»Pascal ist tot.« Ohne Vorankündigung sagte ich den Satz, so als müsste ich ihn aussprechen, um die Vorstellung real werden zu lassen.

»Hat man seine Leiche endlich gefunden?«, erwiderte Karen, pragmatisch, wie sie war.

Ich erzählte das meiste, gab meine Eindrücke wieder, beschrieb sogar die Landschaft, in der ich gewesen und wo ich mit den ernüchternden Erkenntnissen konfrontiert worden war. Ich tat, als sei durch meine Reise in die Schweiz endgültig erwiesen, dass ich einem Gespenst hinterhergejagt war.

»Dann wird es am besten so sein«, sagte Karen, nachdem wir schon eine Weile geredet hatten.

»Am besten – was meinst du?«

»Dass du erst mal hier zur Ruhe kommst.«

»Genau das habe ich vor«, antwortete ich, zugleich wurde mir flau. Auch Karen riet mir also, die Suche aufzugeben. Von nun an würde ich der liebevollen Erinnerung an einen Toten nachhängen, einer Liebe, die mit der Zeit kleiner werden und eines fernen Tages so weit entschwunden sein würde, dass ich einen anderen Mann in meinem Herzen aufnehmen konnte. Die Vorstellung war mir so zuwider, dass ich erneut mit den Tränen kämpfte. Ich brach das Thema ab.

»Karen, ich brauche einen Job.«

»Du?« Ihre Überraschung war echt. »Du bist doch jetzt eine reiche Witwe.«

»Das ist noch nicht gesagt.«

»Ich dachte, Pascal hat die Millionen nur so gescheffelt.«

»Ich weiß nicht, wie vermögend er wirklich war, und bevor er nicht gerichtlich für tot erklärt wurde, sehe ich keinen Penny.«

»Das ist typisch«, rief Karen. »Meine beste Freundin angelt sich einen Millionär, ich fange zu glauben an, dass es das Märchen vom Aschenputtel und dem Prinzen wirklich gibt, und am Ende geht Aschenputtel leer aus.«

»Ich bin nicht Aschenputtel, sondern freie Übersetzerin. Außerdem hätte ich in jedem Fall weitergearbeitet. Ich muss etwas *tun*, sonst werde ich verrückt. Verschaff mir einen Job, ich bitte dich! Am besten einen Tausendseitenroman, an dem ich monatelang arbeiten kann.«

»Ist im Moment schwierig.« Ihre Stimme wurde sachlich. »Beim alten Alistair konnte ich dich problemlos durchsetzen, der kannte deine Arbeit und war zufrieden damit.«

»Was ist mit Alistair passiert?«

»Rausgeschmissen haben sie ihn.«

»Alistair gefeuert? Er war die Seele des Verlags!«

»Fallende Umsätze, das bringt auch den seelenvollsten Verleger zu Fall. Jetzt sitzt da ein Neuer und füttert sein Ego damit, dass er sein eigenes Team zusammenstellt.«

»Heißt das … du musst auch um deinen Job fürchten?« Ich spürte, wie der Hörer in meiner Hand schwitzig wurde.

»Keine Gefahr. Dafür sitzt mein lieber Mann zu fest im Sattel. Er ist jetzt stellvertretender Vertriebsleiter, weil er den neuen Verleger von der Uni kennt. Bloß habe ich nicht mehr *plein pouvoir* wie früher.«

»Wann ist das alles denn passiert? Als ich vor ein paar Tagen in die Schweiz gefahren bin, hast du kein Wort davon erwähnt.«

Karen holte tief Luft. »Das ist schon ein paar Wochen her. Aber du warst so unglücklich, dass ich dich mit meinen Sorgen nicht belästigen wollte. Lass dir mal keine grauen Haare wachsen, irgendwas kann ich bestimmt für dich tun. Gib mir ein paar Tage Zeit.«

Ich dankte ihr, doch meine Erleichterung war aufgesetzt. Ich hatte angenommen, Karen noch am selben Tag, spätestens morgen zum Essen zu treffen oder wenigstens in ihrer Lunchpause. Aber sie musste zu einer Tagung und würde erst am Wochenende wieder in Toronto sein. Meine wirtschaftliche Lage war dramatischer, als Karen wusste. Seit Pascals Verschwinden hatte ich von dem Haushaltskonto gelebt, das er mir eingerichtet und durch das er zum Ausdruck gebracht hatte, dass er nicht gratis bei mir wohnen wollte. Dieses Geld würde bald aufgebraucht sein. Ich musste handeln, Lektoren anderer Verlage anschreiben, Redaktionsarbeiten übernehmen. Schmerzhaft wurde mir klar, dass ich mein Leben zu stark auf Pascal abgestimmt, meine Unabhängigkeit in der Ehe so weit verloren hatte, dass ich sie nicht so schnell zurückerobern würde. Und das bereute ich an diesem heißen Spätsommertag in Toronto am meisten.

8

Meine Tante Dora war die exzentrischste Person in unserer Familie, so verrückt, dass man sie nur von Zeit zu Zeit genießen konnte. Doras Lebensgeschichte war schillernd. Wie ihr Bruder hatte sie sich von Deutschland aus aufgemacht, in Kanada ein besseres Leben zu finden; der wahre Grund war jedoch ihre gescheiterte Ehe mit einem Mann aus Bayern gewesen. Als ausgebildete Zahnarzthelferin hatte sie bei einem Zahnarzt in Toronto bald einen guten Job gefunden, ihm die Buchhaltung abgenommen und ein sorgloses Leben geführt. Zu sorglos. Selbst meinen Eltern war aufgefallen, dass Dora teure Reisen nach Barbados und Acapulco unternahm, dass sie ihren arbeitslosen Lebensgefährten dorthin einlud und auch sonst mit dem Geld um sich warf. Lange Zeit war der Krug unbeschadet zum Brunnen gegangen, bis eine Steuerprüfung des Zahnarztes ans Licht brachte, dass Dora ihn jahrzehntelang betrogen hatte. Mit jeder Abrechnung hatte sie kleine Summen auf die Seite geschafft. Der Zahnarzt hetzte ihr die Justiz auf den Hals, Dora verlor alles und wäre wohl ins Gefängnis gewandert, hätte sie sich nicht rechtzeitig auf die US-Seite der Niagarafälle abgesetzt. Ihr Lebensgefährte Ernie war mangels Alternativen mitgekommen.

Wie früher mit meinen Eltern fuhr ich den Highway südwestlich Richtung Niagara Falls, ins Grenzgebiet zwischen Kanada und den USA. Obwohl es nur 150 Meilen bis dorthin waren, hatten meine Eltern Dora selten besucht. Ich vermutete, mein Vater hatte sich dafür geschämt, dass seine Schwester als Kriminelle angesehen wurde. Nach dem Tod meiner Eltern stellte Tante Dora die einzige Familie dar, die ich noch besaß. Zu ihr wollte ich, weil ich hoffte, dass in der fremden Umgebung alles, was mich beschäftigte, in einem anderen Licht erscheinen würde.

Es gab die Stadt Niagara Falls zweimal, östlich und westlich der Wasserfälle, der Fluss bildete die Staatsgrenze, beide Städte lebten von den Touristen, die das Naturschauspiel besuchten und deren Zahl die Einwohnerzahl um ein Vielfaches überstieg. Dora wohnte im US-Bundesstaat New York, sie und Ernie lebten von einer winzigen Rente. Das Einzige, was ihr gehörte, war das Haus. Mein Vater hatte es ihr gekauft, weil er seine Schwester nicht völlig mittellos sehen wollte. *Dora Castle*, wie sie es nannte, war eine Bruchbude, und doch hatte ich liebevolle Erinnerungen daran.

Nach einer flüchtigen Grenzkontrolle fuhr ich über die Brücke ins Nachbarland und durchquerte das Städtchen. Doras Haus stand am Stadtrand, wohin sich nie ein Tourist verirrte. Dahinter befand sich ein stark befahrener Parkplatz, dort luden die großen Laster ihre Fracht um, bevor sie zum Zoll und nach Kanada weitermussten. Tag und Nacht war das ein Anrollen und Abfahren, die Lichter der Scheinwerfer fielen in Doras Fenster, nicht selten tauchte die Zollfahndung auf dem Parkplatz auf.

Ich erreichte Dora Castle am späten Nachmittag und erschrak, wie sehr das Haus seit meinem letzten Besuch gelitten hatte. Als ich mich dem Eingang näherte, hörte ich Rumbamusik.

»Yo soy un hombre sincero, de donde crece la palma!«, erscholl eine kräftige Frauenstimme von drinnen. Ich hatte mich bei Dora telefonisch angemeldet, ohne eine genaue Zeit zu nennen. Ich klopfte, der Gesang verlagerte sich in ein anderes Zimmer. Ich klopfte lauter. Die Sängerin näherte sich der Tür, das alte Holz ging knirschend auf. Dora stand vor mir. Sie hatte in ihrer besten Zeit hundert Kilo gewogen, die Armut hatte sie nicht schlanker, nur herber gemacht. Mittlerweile wäre Dora wahrscheinlich weißhaarig gewesen, färbte ihr Haar aber wie eh und je goldblond. Sie trug ein langes Hauskleid mit Papageienaufdruck. Alles an ihr war Vergangenheit – *damals*, als sie sich Acapulco noch hatte leisten können.

»Y antes de morirme quiero!« Meine Tante beendete erst den Refrain, bevor sie mich begrüßte. Sie umarmte mich, doch so flüchtig, als sei ich gerade mal zum Einkaufen draußen und nicht jahrelang fort gewesen. »Komm in die Küche, ich muss den Pie rausholen.«

Es duftete im ganzen Haus. Dora war eine vorzügliche Köchin, früher hatte sie zu jeder Party einen ihrer berühmten Pies mitgebracht.

»Gestern hat ein Gemüselaster Blaubeeren ausgesondert, weil sie angeblich verfault waren.« Sie öffnete den Ofen. »Die meisten waren noch tadellos, mussten aber schnell verwertet werden.« Mit ihren Topflappen in der Form von Schweineohren holte sie den Kuchen heraus. »Willst du ein Stück?«

»Lass mich doch erst mal hinsetzen«, sagte ich lächelnd.

»Ernie!«, rief sie nach oben.

Dora war nicht imstande, mit Zimmerlautstärke zu sprechen. Ergriff sie das Wort, war es laut und durchdringend, wenn sie schrie, wackelten die Wände. Zwischen meinen Füßen zischte der fette Kater aus der Küche.

»Ist das Benjie?«, fragte ich erstaunt.

»Natürlich ist das Benjie.« Sie hob das Blech auf die Anrichte.

»Aber der müsste heute … zwanzig Jahre alt sein.«

»Das ist Benjie der Dritte. Genaugenommen ist es eine Sie, wir nennen sie trotzdem Benjamin. Ja, wo ist denn der Benjie«, tirilierte sie. Die Katze ließ sich nicht mehr blicken. »Wo kommst du gerade her?«

»Aus der Schweiz.« Ich ließ mich auf den Aluminiumstuhl fallen.

»Ah, Switzerland! In jungen Jahren war ich mal in Davos, habe ich das erzählt? Ski gelaufen bin ich nicht, hatte nur ein fabelhaft eng sitzendes Skidress an. Die Männer standen Schlange, um mit mir in der Gondel den Berg hochzuschweben. Ernie!«, schrie sie, dass ich zusammenfuhr. Wenn er jetzt nicht sofort erscheinen würde, hatte er mit dem Schlimmsten zu rechnen.

Dora war eins achtzig groß, Ernie etwas über eins fünfzig, sie war eine Megafrau, er ein gemütlicher Knautschsack. Er hatte nie viele Haare besessen, sie aber immer so geschickt drapiert, dass es nach mehr aussah. Jetzt war er grau und drapierte immer noch.

»Hi, Tony, was geht ab?« Ernie sprach nicht, er nuschelte, knatschte die Worte hervor, als würde er einen Kaugummi ausspucken.

»Wie wär's mit Pie, Ernie?«, sagte Dora.

»Klar.« Er setzte sich mir gegenüber und drückte meine Hand. »Gut steht dir das längere Haar.«

Ich hatte vor Wochen mit Dora telefoniert und erzählt, dass mein Mann vermisst wurde. Pascal und sie hatten sich nie kennengelernt, dafür hatte seine Zeit nicht ausgereicht. Dennoch wäre es natürlich gewesen, zu fragen, was aus ihm geworden war. Die beiden überließen es jedoch mir, davon anzufangen.

»Wie ist es euch mittlerweile ergangen?« Ich hielt Ernies warme Hand lange fest.

»Wir verhungern, wir vermodern, wir verrotten.« Dora lockerte den Teig am Rand. »Ich weiß wirklich nicht mehr, wie es weitergehen soll, und Ernie weigert sich, eine Arbeit anzunehmen.«

Soweit ich wusste, hatte er noch nie ernsthaft gearbeitet. Ernie war Friseur gewesen, ich persönlich hatte ihn nur einmal Haare zusammenfegen sehen, nachdem er sie meiner Mutter geschnitten hatte.

»Wer stellt mich schon ein, in meinem Alter?« Er grinste, um zu zeigen, dass es ihm ganz recht so war. Ernie war gebürtiger Grieche, ebenfalls Einwanderer, seinen Nachnamen hatte ich nie aussprechen können.

»Willst du im blauen oder im rosa Salon schlafen?«, fragte Dora über die Schulter.

»Ist das Dach über dem rosa Salon repariert worden?«

»Natürlich nicht.«

»Dann lieber im blauen. Kann ich duschen?«

»Wie viel Uhr haben wir?« Sie zog Ernies Handgelenk mit der billigen Golduhr zu sich. »Warte noch ein halbes Stündchen, das Wasser ist noch nicht warm.«

»Wie wäre es, wenn ich euch zum Dinner ausführe?«

»Ach, du liebe Zeit, was soll ich da anziehen?« Dora machte

eine abwehrende Geste, doch ihre Stimme verriet, dass sie den Vorschlag verlockend fand. »Was meinst du, Ernie?«

»Warum nicht.«

Sie hielt den Kuchen mit beiden Händen empor, als wäre es der Heilige Gral. »Was mache ich jetzt mit meinem Pie?«

Für einen Augenblick bereute ich, hergekommen zu sein. Auch wenn die beiden sich um gute Stimmung bemühten, war die angespannte Lage, in der sie lebten, zu spüren. Sofort schämte ich mich dafür, so egoistisch zu denken. »Dann dusche ich eben kalt.« Ich stand auf, nahm meinen Koffer und schleppte ihn die schmale Treppe hoch.

Vor langer Zeit, bevor das hässliche Hotel hochgezogen worden war, hatte das Restaurant *Twist of the Mist* einen schönen Blick auf die Wasserfälle gehabt. Mittlerweile war das neue Hotel veraltet, die Korrosion hatte die Eisenstreben der Balkone freigelegt, aber immer noch behauptete das *Twist of the Mist*, den besten Blick auf die Niagarafälle zu bieten. Dora hatte sich für einen violett-weiß gestreiften Hosenanzug entschieden, der ihr zu weit geworden war. Ernie trug stets das Gleiche, Polohemd und eine Hose, die er liebte, weil man Flecken darauf nicht sah. Es war nicht nötig, im *Twist of the Mist* vorzubestellen, der Kellner fand es nicht der Mühe wert, uns zum Tisch zu bringen, zeigte nur ungefähr in die Richtung. Dora schwebte durch das Restaurant wie ein Hollywoodstar, der das Blitzlichtflimmern an sich abperlen lässt.

»Die Fischplatte ist hier natürlich nicht mit der in Miami zu vergleichen.« Sie prüfte, ob das Blechbesteck sauber war. »Dort kam der Fisch praktisch noch lebend in die Pfanne, weißt du noch, Ernie?« Sie lachte und erwartete, dass er mitlachte. Ernie verzog kaum den Mund, jede ihrer Geschichten hatte er schon millionenmal gehört. Ich hatte den Eindruck, wenn Dora erzählte, klappte er einfach die Ohren von innen zu.

»Dreimal Fischplatte«, sagte sie, nachdem wir die Getränke bestellt hatten. Der Kellner notierte nichts. »Servieren Sie noch diese kleinen Fische … Wie hießen die? Ernie, erinnerst du dich, auf Jamaika, wie hießen die kleinen Fische?«

»Sardinen.«

»Aber nein! Das waren andere … sehr teuer.« Als ob sie eine Erscheinung hätte, zeigte sie zur Fensterfront. »Das gibt's doch nicht! Wann haben sie das *Mallory* abgerissen?«

»Vor fünf Jahren«, antwortete der Kellner.

»Wollen Sie behaupten, dass ich seit fünf Jahren nicht mehr hier war?«

Die Fischplatte kam, war reichhaltig, schwamm in Fett, das Bier war kanadisch, Dora mischte es mit Gingerale. Sie nahm einen kräftigen Schluck und sah mich an.

»Willst du es uns irgendwann erzählen, Tony, oder muss ich raten, was mit dir los ist?« Ihre eisgrauen Augen fixierten mich. »Du bist die Frau eines stinkreichen Schweizers – wieso kommst du ausgerechnet hierher, an den hässlichsten Fleck im Staate New York?«

»An den hässlichsten Fleck von ganz Nordamerika«, ergänzte Ernie.

Dora hatte recht, es war kindisch, ihnen mein Schicksal vorzuenthalten, bloß der hilflose Versuch, eine Zeit lang nicht daran denken zu müssen.

»Ich habe euch gesagt, dass mein Mann seit drei Monaten vermisst wird«, begann ich. »Mittlerweile glaube ich selbst daran, dass er tot ist. Alle Umstände sprechen dafür.«

»Welche Umstände?«

Widerwillig erzählte ich, was auszusprechen mir schwerfiel.

»Mein Beileid, Tony.« Dora wartete, bis der Kellner das Geschirr abgeräumt hatte. »Aber das beantwortet meine Frage nicht.«

»Weshalb ich euch besuche – liegt das nicht auf der Hand? Mom und Dad sind tot, du bist meine nächste Verwandte.«

Dora sah Ernie an. »Das ist schmeichelhaft, Schätzchen, aber wir haben geglaubt, du lebst in Saus und Braus, hast hippe Freunde überall auf der Welt und kannst dir aussuchen, ob du in Südfrankreich, London oder Zürich leben möchtest.«

»Stimmt leider nicht.« Ich hatte keine Lust, über die Testamentsangelegenheit zu sprechen. »Mir fällt in Toronto derzeit die Decke auf den Kopf. Darum bin ich hier.«

»Hast du am Telefon nicht mal ein Haus in Frankfurt erwähnt?« Dora ließ nicht locker.

»Pascals Villa.« Ich nickte.

»Warum ziehst du nicht dorthin?«

»Weil ich da nichts verloren habe.« Ich musste lachen, die Idee war mir nie gekommen. »Genau genommen bin ich dort nur ein einziges Mal gewesen, und selbst das war ein unglücklicher Zufall.«

Während ich erzählte, fiel mir die merkwürdige Begebenheit selbst wieder ein. Pascal hatte mich an viele schöne Plätze der Welt entführt, seltsamerweise nie nach Frankfurt, wo sein Haus stand. »Was sollen wir dort?«, hatte er gesagt. »Es ist ungemütlich, seit meiner Scheidung fühle ich mich dort nicht mehr wohl.« Er und seine erste Frau hatten die Villa in heruntergekommenem Zustand gekauft und gemeinsam renoviert, mehr wusste ich nicht. Einmal, im Dezember, hätten wir in Frankfurt zwischenlanden sollen, bevor es auf die Philippinen weitergehen würde. Durch heftiges Schneetreiben war der Flug um 24 Stunden verschoben worden. Es hatte mich einige Überredungskunst gekostet, Pascal dazu zu bringen, nicht in ein Flughafenhotel zu gehen, sondern mit mir in die City zu fahren.

In dieser verschneiten Winternacht war ich Jessica zum ersten Mal begegnet. Nicht leibhaftig, aber ihre Persönlichkeit war in dem weitläufigen Haus spürbar gewesen. Eine Jugendstilvilla, in der jede Wandfarbe, jeder Teppich, jedes Möbelstück von Jessica ausgesucht worden war. Pascal hatte kein Interesse daran gehabt, irgendetwas zu verändern. Während ich durch die Räume strich und sein Unbehagen spürte, dass wir uns hier aufhielten, war ich von Jessicas Geschmack, ihrem stilsicheren Auge beeindruckt gewesen. Trotzdem strahlte die Villa Kälte, fast etwas Bedrohliches aus. Um der frostigen Stimmung zu entgehen, hatte Pascal mich an seinen Lieblingsplatz mitgenommen, vor den offenen Kamin. Ein prächtiges Feuer hatte gebrannt, er war mit einer Flasche Wein aus der Küche gekommen, auf dem flauschigen Fell hatten wir es uns gemütlich gemacht. Pascal erzählte, dass Jessica beruflich stets auf eigenen Füßen gestanden habe. Als deutlich wurde, dass ihre Ehe zu Ende ging, waren sie übereingekommen, dass er ihr vor der Scheidung ihren Anteil der Villa abkaufen würde.

»Heute kann ich mir kaum noch erklären, warum ich das getan habe.« Pascal hatte meinen Nacken sanft berührt. »Mich verbindet nichts mehr mit diesem Haus. Ich bin viel lieber bei dir.«

»Warum verkaufst du es dann nicht?«

»Vielleicht mache ich das.« Er küsste mich. »Eines Tages, schon bald, werden wir unser gemeinsames Haus haben, unser Nest, unser Versteck, wo uns keiner findet.«

Ich hatte seine Worte für romantisches Geflüster gehalten, doch der Wunsch, mit Pascal einen Platz zu finden, der unser Heim sein sollte, mit ihm Kinder zu haben, war verlockend gewesen. In dieser Nacht, während wir auf unseren Weiterflug warteten, hatten wir das leidenschaftlichste Erlebnis miteinander genossen, an das ich mich erinnern konnte. Erst im Morgengrauen fielen wir in einen erschöpften Schlaf. Davon erzählte ich Dora nichts, sondern nur, dass es bei diesem einzigen Aufenthalt in der Villa geblieben war. Seitdem hatte ich das Haus nie wieder betreten.

»Glaub mir, Dora, nirgends könnte es derzeit gemütlicher für mich sein als bei euch«, beendete ich meinen Ausflug nach Frankfurt. »In ein paar Tagen muss ich sowieso nach Toronto zurück. Wenn ihr mich so lange hier aushalten könnt, wäre ich froh.«

Dora streichelte meine Wange. »Du kommst ganz nach deiner Mutter.« Sie lächelte. »Wenn ich mir vorstelle, mir wäre das passiert – ein Millionär, Champagnercocktails, Stretchlimousinen …« Sie verdrehte schwärmerisch die Augen.

»Wir wissen, was du dann getan hättest«, schmunzelte Ernie.

»Zuallererst hätte ich einen Sesselpupser wie dich sitzen lassen«, gab sie zurück. »Nein, ich hätte dich zu meinem Chauffeur degradiert.«

Früher hatte Dora lange Abende durchzechen können, und kaum einer war vergangen, ohne dass sie einen Musiker oder eine Combo fand, die für sie alte Schlager spielten. Dann hatte sie inbrünstig und laut gesungen, manchmal zum Leidwesen meiner Eltern, die Doras Auftritte peinlich fanden. Diesmal wurde sie früh müde, ihre Ausrede war, dass zu Hause der Pie auf uns wartete. Ich zahlte, in Doras klapperiger Limousine fuhren wir heim. Auf dem Parkplatz wurde rangiert, Scheinwerfer strahlten in alle Richtungen, Dieselgestank lag in der Luft.

Ich ging auf mein Zimmer, die dünnen Wände ließen mich das Gespräch der beiden belauschen. Dora redete Ernie gab manchmal einen Laut von sich, der ihren Monolog wieder in Schwung brachte. Schließlich wurde es still. Ihr ganzes Leben hatte Dora sich nach dem Heiteren, Luxuriösen gesehnt und sich vorgegaukelt, sich diesen Luxus auch leisten zu können. Seit zwanzig Jahren büßte sie dafür. Trotzdem imponierte sie mir, weil sie selbst in dieser miesen Umgebung ihr Paradiesvogeldasein fortsetzte. Sie lebte mit Ernie im Exil, von Blaubeeren, die keiner mehr essen wollte.

Ich lag im Bett und starrte den Plafond an. Lichter huschten darüber hin, vor Mitternacht würden die Trucks nicht stillstehen. Der Lärm störte mich nicht, die durchgelegene Matratze störte mich nicht, das klappernde Fenster störte mich. Ich setzte mich auf, tastete auf den Nachttisch, wo meine Papiere lagen, fand ein kleines Stück Pappe und klemmte es zwischen die Fensterfugen. Nachdem ich mich zur Seite gedreht hatte, fiel mir ein, was ich da ins Fenster geklemmt hatte, Davids Visitenkarte. Seine Nähe, sein Rat hatten mir gutgetan, der Tag mit ihm war besonders gewesen, doch ich hielt es für unwahrscheinlich, dass ich je von seiner Karte Gebrauch machen würde. Wo sie jetzt steckte, hatte sie eine sinnvolle Funktion, das Klappern hatte aufgehört. Im Lärm der Motoren schlief ich ein.

9

Ich hielt mich bereits drei Tage bei Dora auf, nicht besonders froh, nicht besonders unglücklich: ich befand mich in einer Zwischenwelt. Ich kaufte für unseren Haushalt ein und genoss es, die gute Fee zu sein, die einen Hauch Luxus in die Bude brachte. Hautfreundliche Seife, ein Parfum, das Dora liebte, weil es einen französischen Namen trug, Zigarren für Eddie, teures Dosenfutter für Benjie.

»Was das Vieh da frisst, ist feiner als das meiste, was Ernie und ich in den letzten Monaten auf den Tisch gekriegt haben.« Dora räumte den Kühlschrank ein. Riesengarnelen auf Spießen, Straußensteaks, tiefgekühlte Eistorte. »Mit meiner kleinen Nichte zieht das Schlaraffenland bei uns ein.« Sie umarmte mich, dass mir der Atem wegblieb.

Am vierten Tag endlich rief Karen an. Sie war besorgt, weil sie mich zu Hause nicht erreicht hatte. Ich berichtete von Dora und Ernie und ließ sie dann von ihrer Tagung erzählen. Als sie das Thema *Job* spürbar ausklammerte, wurde ich unruhig. Die Angst vor Arbeitslosigkeit ließ mein Herz klopfen.

»Ich habe vielleicht etwas für dich«, sagte Karen endlich. »Es ist nicht das, was du bis jetzt für uns gemacht hast, aber …« Sie suchte die richtigen Worte. »Es ist ein Jugendbuch.«

»Wunderbar, warum nicht?« Ich gab mich optimistisch, um es ihr leichter zu machen.

»Wir könnten dir dafür allerdings nicht dein übliches Honorar zahlen.«

Ich schluckte bei dem Betrag, der erschreckend niedrig war, hörte Karens Unbehagen, mir nichts Besseres anbieten zu können, und sagte trotzdem zu. Es war schließlich ein Anfang. Ich nahm mir vor, den neuen Verleger von meinen Qualitäten zu überzeugen. Zu guter Letzt war die Stimmung am Telefon richtig fröhlich. Als ich auflegte, hatten wir eine Dreiviertelstunde geplaudert. Ich vermisste sie und war trotzdem froh, nicht in Toronto sein zu müssen.

Als Dora in mein Zimmer kam, hatte ich eine Idee.

»Weißt du was, ich richte für uns ein Konto ein, auf das wir alle drei Zugriff haben.« Ich stutzte. Klang das nicht, als ob ich länger in Niagara Falls bleiben wollte?

»Ernie braucht keinen Zugriff«, antwortete sie.

»Hör mal, er ist dein Mann. Er hat zu dir gehalten, als du …«

»Darum geht es nicht. Ernie ist mein Sonnenschein, ohne ihn wäre ich längst tot. Trotzdem nützt ihm der Kontozugriff nichts.«

»Wieso nicht?«

»Hast du das nie mitgekriegt?« Sie trat einen Schritt zurück.

»Was mitgekriegt?«

»Er ist Analphabet. Ernie kann weder lesen noch schreiben.«

Einen Augenblick war es still. Ich versuchte mich zu erinnern, ob ich ihn je Zeitung lesen oder ein Kreuzworträtsel lösen gesehen hatte. »Aber wieso nicht?«, flüsterte ich, als ob er uns belauschen würde.

»Er hat es einfach nie gelernt. In Griechenland nicht, und hier hat es sich nicht ergeben. Um Friseur zu sein, ist Schreiben nicht erforderlich.« Mit der erstaunlichen Neuigkeit ließ sie mich zurück. Gleich darauf zog der Geruch von Straußensteaks durch das Haus.

In dieser Nacht weckte mich ein Geräusch, das mit dem Lärm auf dem Parkplatz nichts zu tun hatte. Es war ein Schmerzenslaut, fast unhörbar, und doch so intensiv, dass ich aufstand, auf dem oberen Flur lauschte und in Doras Schlafzimmer ging. Ernie saß am Bett, seine Hand auf ihrer Stirn. Er sprach nicht zu ihr, sondern machte tiefe, beruhigende Laute.

»Was ist los?«

»Wir haben Anfang September, der Sommer ist zu Ende. Jetzt gehen die Schübe wieder los«, sagte er.

»Schübe?«

»Spürst du nicht, wie feucht es hier überall ist? Das kommt von den Fällen.« Er zuckte die Schultern. »Die Niagarafälle bringen deine Tante um.«

Dora war wach, doch sie schien unfähig, sich zu bewegen. Ihre Finger umklammerten die Bettdecke, hexenhaft verkrümmt, wie Klauen.

»Chronische Polyarthritis«, sagte Ernie.

Ich musste daran denken, dass er den Fachausdruck nicht gelesen haben konnte. Wahrscheinlich wusste er ihn von Dora oder dem Arzt.

»Was kann man da machen?«

»Gar nichts. Schau dich um, siehst du eine Tapete im Haus, die nicht gewellt oder fleckig ist? Das ist keine Luftfeuchtigkeit mehr, das ist, als ob es hier drinnen regnen würde.«

Ich hatte das tropenhaft feuchte Klima bei meiner Ankunft

wahrgenommen und den Wasserfällen zugeschrieben, aber nicht bedacht, dass sich Niagara Falls mit Einbruch der kälteren Jahreszeit in eine feuchte Nebelhölle verwandelt.

»Warum seid ihr nicht weggezogen?« Ich bereute die Frage sofort. »Natürlich, ich weiß schon.«

»Ernie hat keine Ahnung.« Dora bewegte beim Sprechen kaum die Lippen. »Der Arzt hat auch keine Ahnung. Es sind die Nerven, es ist der Schock.«

»Welcher Schock, Dora?« Ich wollte irgendetwas tun und nestelte nur hilflos an der Patchworkdecke.

»Der Schock, dass ich damals fast ins Gefängnis gemusst hätte. Das habe ich nie wirklich verkraftet. Als alles über mir zusammenstürzte, hat das mit den Anfällen begonnen.« Sie hob den Blick. »Kannst du dir mich in einer kalten, schmutzigen Gefängniszelle vorstellen, wo ich meine trostlosen letzten Jahre verbringe?«

Ich verbiss mir ein Schmunzeln – selbst unter Schmerzen schwelgte sie in melodramatischen Bildern. »Sag mir, welche Medikamente du brauchst, und ich besorge sie dir gleich morgen.«

»Willst du wissen, was ich brauche? Ein Apartment in Florida oder Mexiko. Sonne, Wärme und eine Golfausrüstung für Ernie, damit er nicht ständig daheim rumhängt. Dann wäre ich bald wieder die Alte.« Sie seufzte. »Aber irgendwann muss man aufhören zu träumen und sich sagen: Mehr wirst du in diesem Leben nicht erreichen, ein Parkplatz am Rande von Niagara Falls. Im Übrigen wartet auf dich nichts als der Tod.«

Worte, die ich von Dora nicht kannte und bei meiner trällernden Tante nicht erwartet hätte.

»Wir sollten alle noch eine Runde schlafen«, sagte Ernie und band seine Pyjamahose zu.

»Morgen gehe ich in den Drugstore.« Ich küsste Dora auf die Stirn. »Und eines Tages fahren wir alle gemeinsam dorthin, wo es warm ist.«

»Dein Wort in Gottes Ohr.« Vorsichtig drehte sie sich auf die andere Seite.

Später, unter der Bettdecke, rieb ich die Füße gegeneinander; es wurde früh kühl dieses Jahr. Ich ertappte mich dabei, nachzurechnen, wann die Frist verstrichen sein und Pascal für tot erklärt werden würde. November, dachte ich, November war ein passender Monat, um sich mit Tod und Begräbnis zu beschäftigen. Würde es denn ein Begräbnis geben, sollte man einen leeren Sarg in die Erde hinablassen? Besser eine Gedenkfeier, überlegte ich und gestand mir ein, dass Pascals Tod in meiner Vorstellung immer deutlichere Konturen gewann.

10

»Jemand hat nach dir gefragt.« Dora wischte Wasser von den Plastikstühlen. Ein kühler Regen war niedergegangen.

»Wer?« Ich hatte große Einkaufstüten im Arm.

»Ein sympathischer Kerl, sprach perfekt Englisch, aber einer alten Emigrantin machst du nichts vor. Der Mann kam aus Deutschland.«

Ich erschrak. Gab es Neuigkeiten über Pascal? »Hat er seinen Namen gesagt?«

»Er wollte wissen, wie lange du hierbleibst.«

Auf den Stufen zur Veranda blieb ich stehen. »Hör mal, ein Ausländer erkundigt sich nach mir, und du fragst nicht, wie er heißt und was er will?«

»Er kommt morgen wieder.« Ohne mir etwas abzunehmen, ging sie ins Haus. Zwischen ihren Beinen huschte Benjie ins Freie.

Nachdenklich stieg ich eine Stufe höher. Als Frau von Pascal war ich gelegentlich einigen Deutschen vorgestellt worden, doch darunter war gewiss niemand, der sechstausend Kilometer fliegen würde, um mich zu besuchen. Obwohl der Gedanke abwegig war, ging mir David durch den Kopf. Doch das konnte nicht sein, ich kannte ihn kaum, außerdem hätte David bestimmt vorher angerufen. Trotzdem hätte es mich gefreut, wenn gerade er durch diese Tür spaziert wäre.

Beim Einräumen des Kühlschranks fiel mir seine Visitenkarte im Fensterschlitz ein. Ich wollte hochlaufen und sie holen.

»Das musst du dir ansehen!«, rief Dora aus dem Wohnzimmer.

Ich ging hinüber, überlegte, ob ich sie nach dem Aussehen des Fremden fragen sollte, setzte mich aber wortlos aufs Sofa. Sie hatte ein Fotoalbum hervorgeholt.

»Als wir in Rio waren, wurde die Christusstatue gerade renoviert.« Dora tippte auf ein Bild, das den Betonchristus von hinten zeigte. »Die Vorderseite war gesperrt und sollte erst zur Wiedereröffnung präsentiert werden.« Lachend lehnte sie sich zurück. »Wir haben nichts als den Hintern des Heilands gesehen! Wusstest du, dass die Spannweite der ausgebreiteten Arme achtundzwanzig Meter misst?«

Dora hatte ihr türkisfarbenes Hauskleid an, die falschen Korallen umgelegt und tat, was sie am liebsten tat: Sie schwelgte in Erinnerungen. Geduldig schaute ich mir zahllose Riobilder an. Sie und Ernie hatten so ziemlich alles abgehakt, was die Stadt dem Touristen bot. Nur ins Wasser war Dora nicht gegangen. Der Südostwind hätte die Wellen zu stürmisch aufgepeitscht, sagte sie.

»Ich liebe die Farbenvielfalt der Südamerikaner. Was hast du abends getragen, wenn ihr in die Bars gegangen seid oder auf den Hippiemarkt nach Ipanema?«

»Die meiste Zeit trug ich Weiß. Das lässt sich mit allem gut kombinieren.«

»Ich schätze Weiß mehr an Männern.« Sie suchte ein bestimmtes Bild. »Die Senhores in den weißen Seidenanzügen sahen blendend aus. Ich habe Ernie auch so einen gekauft, er wirkte darin allerdings eher wie ein Bademeister.« Sie zeigte mir das Foto eines Hispanos, der sich emporrecken musste, um der großen Dora den Arm um die Schulter zu legen. »Das war unser Reiseleiter, Paolo!« Sie klimperte mit den Wimpern, um anzudeuten, dass es mit Paolo ein süßes Geheimnis gegeben habe.

Während Dora *ihr* Rio vor mir ausbreitete, erstand meine eigene Zeit dort wieder. Ich sah mich im weißen Hosenanzug auf der Polizeistation, sah mich auf Kommunalbeamte einreden, die nur wenig Englisch verstanden und zusätzliche Mittel für die Suche nach Pascal verweigerten. In Weiß war ich auf das Schweizer Generalkonsulat gegangen, der Konsul hatte mich persönlich empfangen. Als er verstanden hatte, dass ich die Unterstützung der Schweiz für ihren vermissten Bürger erwartete, wurde er ziemlich reserviert und verabschiedete sich schließlich, um eine neue Gondel auf den Zuckerhut einzuweihen, Schweizer Fabrikat. Ich erinnerte mich des Moments, als ich in der Mittagshitze auf der Praça Mercado Municipal gestanden hatte, meine Jacke auf dem Arm, die Augen gegen den ewigen Wind geschlossen, und mich inmitten Tausender Menschen einsam fühlte.

Plötzlich wünschte ich mir, dass es David sein möge, der hierhergekommen war, um mich zu treffen, und den ich morgen hoffentlich wiedersehen würde. Der einfühlsame Börsianer, der humorvolle Bergsteiger. In Gedanken an David ließ ich Doras Geschichten über mich ergehen und bot schließlich an, das Abendbrot zu kochen, die sicherste Methode, sie dazu zu bringen, selbst an den Herd zu eilen.

Ich ging ins Freie, schnappte frische Luft, erntete ein paar harmlose Bemerkungen der Truckfahrer, die, an ihre Laster gelehnt, Kaffee tranken. Ich traf Ernie auf der Straße. Er hatte ebenso wenig Lust wie ich, ins Reich der Quasselstrippe zurückzukehren. Wir zogen noch einmal in die Stadt los und dehnten unseren Spaziergang so weit aus, bis wir plaudernd auf die Rainbowbridge gelangt waren, die Grenze zwischen Kanada und den USA. Der Wind stand günstig, wehte uns also nicht den Sprühregen der Wasserfälle ins Gesicht. Wir schlenderten bis zum Checkpoint, nickten den Grenzbeamten zu und machten wieder kehrt.

»Bereust du es manchmal, nicht zurückzukönnen?«, fragte ich mit Blick auf die kanadischen Uniformen.

»Ich könnte ja zurück. Aber wozu?« Ernie tippte mit der Hand aufs Geländer. »Armut ist hüben und drüben anstrengend.«

Hinter uns donnerten die Wasserfälle. Wir schenkten dem weltberühmten Naturschauspiel kaum einen Blick und gingen nach Hause, um mit Dora Garnelenspieße zu essen.

Am kommenden Vormittag blieb ich daheim. Karen hatte mir das Manuskript des Jugendbuches gemailt, ich saß am Computer, las und lauschte zugleich mit halbem Ohr, ob jemand an die Eingangstür kam. Hin und wieder hielt ich nach einem unbekannten Auto Ausschau. Einmal lief ich auf die Treppe, doch es war nur die Post, die den üblichen Werbekram abwarf. Ich holte die Sendungen herein, legte die Supermarktangebote für Dora bereit und kehrte in mein Zimmer zurück. Beim Lunch fragte Dora mich, ob ich sie in den Waschsalon begleiten wolle; ihre Waschmaschine hatte vor Jahren den Geist aufgegeben. Ich sagte, ich hätte zu arbeiten. Als der Nachmittag verstrich, ohne dass der angekündigte Besucher aufgetaucht war, geriet ich in eine unerklärliche Nervosität, fand mein Zimmer, das ganze Haus beklemmend und verfluchte meine lächerliche Idee, hier, am Ende der Welt, auf *Familie* zu machen. Ich sprang auf, zog meine Jacke an und suchte Dora, um ihr zu sagen, dass ich wegfahren und zum Dinner nicht daheim sein würde. Ich fand sie nicht im Haus, entdeckte sie aber durch das Küchenfenster; sie hatte den Truckern Kuchen gebracht und genoss die kleine Runde, die mit ihr plauderte. Ich lief zum Eingang und knallte dem Fremden die Fliegengittertür hart an den Kopf. Er taumelte zurück und griff sich an die Stirn.

»Tut mir leid, ich habe Sie nicht …«

Der Mann war mir unbekannt. Ich starrte ihn an, meine Vorfreude auf Besuch verflog.

»Mrs. Zuermatt?« Obwohl er mich fragend ansah, hatte ich den Eindruck, er wusste, dass ich es war.

»Ja?«

»Mrs. Antonia Zuermatt?«

»Ja, das bin ich.«

So wie er die Frage stellte, klang sie amtlich, dabei wirkte der Mann wie das Gegenteil einer Amtsperson. Er hatte wildes schwarzes Haar, helle Augen und einen Dreitagebart. Soweit man das unter der derben Lederjacke sehen konnte, war seine Figur sportlich. Unter anderen Umständen hätte ich diesen Mann für einen Globetrotter gehalten, der sich auf einer Reise quer durch den amerikanischen Kontinent befindet. Auch seine staubigen Schuhe passten zu diesem Bild.

»Mein Name ist Stein.« Er streckte mir die Hand entgegen.

»Könnte ich Sie bitte sprechen? Es wird nicht lange dauern.« Sein Englisch klang schwer; er sprach, als ob er sich in der Fremdsprache nicht wohlfühlte.

»Worum handelt es sich?« Sein Händedruck war kräftig. »Wir können Deutsch sprechen.«

»Einverstanden.«

»Wollen Sie hereinkommen?«

Aus dem Augenwinkel bemerkte ich, dass Dora mit dem leeren Kuchenblech zurückkehrte.

»Die Angelegenheit ist allerdings persönlich.« Er drehte sich suchend um. Am anderen Ende der Straße gab es einen Internetpoint, wo man auch Kaffee trinken konnte.

Als Dora den Besucher sah, beschleunigte sie ihren Schritt. »Da sind Sie ja wieder!«

»Entschuldigung, dass ich Sie noch einmal belästige.«

»Lassen Sie mich raten, Sie stammen aus Bayern, stimmt's?«

»Woher wissen Sie das?«

»Mein Mann stammt auch von dort.«

Der Fremde wandte sich zur Tür, wo Ernie hinter dem Fliegengitter auftauchte. »Ihr Mann?«

»Nicht der!«, lachte Dora. »Mein erster Mann.« Als wäre sie die Gastgeberin einer Talkshow, trat sie zwischen uns. »Aus welcher Ecke von Bayern kommen Sie?«

»Ein kleiner Ort. Sie kennen ihn bestimmt nicht.«

»Ich war das letzte Mal in Bayern … Mein Gott, das ist über dreißig Jahre her!«

»Warum gehen wir nicht in das Café dort drüben?«, schlug ich vor. Auch wenn der Internetladen die Gemütlichkeit einer Kühlhalle besaß, würden wir dort wenigstens ungestört sein.

Ernie öffnete die Außentür. »Kommt ihr rein, oder was?«

»Ja, kommen Sie doch«, ermunterte Dora.

»Später vielleicht. Ich möchte Ihre Nichte zuerst unter vier Augen sprechen.«

Dora überspielte die Zurückweisung. »Wie wär's später mit einem Stück Blaubeer-Pie?«

Ich holte meine Jacke, der Fremde und ich zogen los. Solange wir in Hörweite des Hauses waren, schwieg er, dann wandte er sich zu mir. »Sie sind nicht leicht zu finden, Frau Zuermatt.«

»Wieso haben Sie mich gesucht?«

Er hob den Kopf, bis zum Ende der Straße war es nicht mehr weit. »Sie waren viel unterwegs in letzter Zeit.«

Wir traten ein, ich begrüßte den Besitzer, einen jungen Araber, bestellte zweimal Kaffee, wir gingen in den hinteren Teil des Ladens.

Der Mann, der Stein hieß, zippte die Tasche seiner Lederjacke auf. Er wirkte wie einer, der sich eine Zigarette drehen würde, doch ein kleiner karierter Notizblock kam zum Vorschein. »Frau Zuermatt, ich muss Ihnen ein paar Fragen bezüglich Ihres Mannes stellen.«

Die Einleitung verwunderte mich nicht. Wenn mir jemand extra aus Deutschland hinterherreiste, musste es mit Pascal zu tun haben. Eine Versicherungsangelegenheit oder etwas Privates, vermutete ich. »Sind Sie ein Freund von ihm?«

»Das nicht.«

Der Kaffee kam in Pappbechern, Stein kippte den Zuckerstreuer zweimal, bevor er umrührte.

»Sagt Ihnen der Ausdruck *Front Running* etwas?«

Ich schüttelte den Kopf.

»Wirklich nicht?« Er nippte und verzog den Mund. »Im Zusammenhang mit der letzten Finanzkrise ist der Begriff häufig gefallen.«

»Tut mir leid, ich höre ihn zum ersten Mal.«

»Vereinfacht gesagt beschreibt Front Running die Verwertung von Insiderkenntnissen an der Börse, wodurch risikolos Gewinne eingestrichen werden können.«

Obwohl ich mit einem Mann verheiratet war, der an der Börse handelte, hatte ich kaum eine Ahnung vom Aktiengeschäft. »Aber ist das nicht gerade der Witz an der Börse, dass man Entwicklungen voraussieht und entsprechend kauft oder verkauft?«

»Die Ausbeutung von Insiderwissen ist in Deutschland seit 1994 ein Strafdelikt.« Als er mich ansah, bemerkte ich, dass er dichte schwarze Wimpern hatte, was die auffallend helle Farbe seiner Augen noch unterstrich.

»Was hat das mit Pascal zu tun – und mit mir?«

»Geschäfte dieser Art werden meistens in kleinerem Rahmen abgewickelt und sind später schwer nachzuvollziehen. So umgeht man eine Anzeige durch die Börsenaufsicht.« Er bemerkte meinen verständnislosen Blick. »In kleinem Umfang gilt Front Running als Kavaliersdelikt, es ist ein ziemlich dehnbarer Paragraf. Indem Ihr Mann seine Transaktionen über ausländische Investmentfonds tarnte, betrieb er solche Geschäfte allerdings in einem Umfang …«

Ich unterbrach ihn. »Was soll das heißen? Wovon sprechen Sie überhaupt?«

»Ich spreche von hundertzwanzig Millionen Euro, Frau Zuermatt.« Er trank einen Schluck und stellte den Kaffee weg.

»Sind Sie von der Börsenaufsicht?«

»Nein. Die Börsenaufsicht hat uns lediglich informiert.«

»Kommen Sie von der Steuerfahndung?«

Mit einem Mal hatte ich das Bild vor mir, als ich mit meinen Eltern durch die Nacht gefahren war. Wir hatten am Horizont einen hellen Schein ausgemacht, kurz darauf sahen wir unser Haus in Flammen stehen. Was Stein sagte, fühlte sich wie dieser helle Schein am Horizont an, auf den die Katastrophe folgen würde.

»Ich komme vom Betrugsdezernat Frankfurt.« Sein Haar fiel ihm in die Stirn, er strich es zurück.

»Wollen Sie sagen, Pascal hätte sich etwas zuschulden kommen lassen?« Ich stieß einen ungläubigen Laut aus. »Ermitteln Sie etwa gegen ihn?«

»Was finden Sie daran so ungewöhnlich?«

»Sie ermitteln gegen einen Toten!«

»Genau darin liegt das Problem, Frau Zuermatt. Was wissen Sie über seinen Tod?«

»Er ist beim Tauchen verunglückt.«

Stein nickte. »So steht es in den Akten der brasilianischen Polizei.«

»Es ist die Wahrheit.«

»Seine Leiche wurde nicht gefunden.«

»Ich habe wochenlang nach meinem Mann gesucht und nach ihm suchen lassen. Nicht nur am Unglücksort, auch in der Umgebung.«

»Das wissen wir mittlerweile.« Er lächelte, er hatte kräftige Zähne.

»Dann wissen Sie auch, dass es viele Gründe geben kann, warum Pascals Leiche nicht gefunden wurde. Die Unterwasserhöhle ist riesig, die Strömung in diesen Gewässern …«

Ich fuhr mir mit der Hand über den Mund. In welch einer bizarren Situation befand ich mich! Ich benutzte die Argumente, mit denen ich monatelang untermauert hatte, dass Pascal am Leben sein müsse, um diesem Fremden zu beweisen, dass mein Mann tot war. Ich wusste so gut wie nichts von Pascals Geschäften, die Finanzwelt war mir ein Buch mit sieben Siegeln, und da tauchte dieser ungewöhnliche Beamte auf und nannte eine Zahl, deren Größenordnung unvorstellbar schien. »Ich habe Himmel und Hölle in Bewegung gesetzt, Pascal zu finden.«

»Deshalb haben wir unsere Ermittlung bis jetzt auch nicht auf Sie ausgedehnt.«

Das kam so unvermittelt, dass ich lachen musste. »Was wollen Sie von mir?«

»Sie sind seine Ehefrau. Sie sind der direkte Link zu Pascal Zuermatt. Da seine Leiche nicht entdeckt wurde …« Er machte eine vielsagende Geste. »Könnte das auch bedeuten, dass es keine Leiche gibt.«

Als ich begriff, was er sagen wollte, drehte sich mir der Magen um. »Sie glauben, Pascal ist nicht tot?«

»Das ist unser Ausgangspunkt.«

Verwirrung, Hoffnung und Freude mischten sich auf absurde Weise in mir. »Sie glauben, er hat seinen Tod vorgetäuscht und hält sich irgendwo versteckt?«

»Das hoffe ich mit Ihrer Hilfe herauszufinden.«

»Sie glauben, *ich* wüsste, wo Pascal ist?«

»Wissen Sie es?«

»Natürlich nicht! Ihre Story hört sich an wie aus einem Agentenfilm: Jemand täuscht seinen Tod vor und taucht mit neuer Identität an irgendeinem Fleck der Erde wieder auf!«

»In der Wirtschaft geht es oft abenteuerlicher zu als in Agentenfilmen«, sagte er ruhig.

»Pascal ist nicht so … Er war nicht so. So etwas könnte er nicht.« Ich suchte nach Worten. »Versteckt, verkleidet, im Untergrund – so ein Dasein könnte er niemals führen!«

»Es gibt Möglichkeiten, sich unter sehr angenehmen Umständen zu verstecken.«

»Aber wo?« Die Frage rutschte mir heraus, bedeutete sie doch, dass ich die Möglichkeit in Erwägung zog. Nach den Monaten, in denen ich hatte glauben wollen, Pascal lebte, nach den letzten Tagen, in denen in mir die Gewissheit gewachsen war, er sei tot, traf mich die neuerliche Kehrtwendung wie ein Schlag ins Gesicht.

»Am naheliegendsten wäre, dass er sich noch in Südamerika aufhält.«

»Wieso liegt das nahe?«

»Weil er in diesem Fall kein Flugzeug besteigen musste, um unterzutauchen. Er wäre auf keinem Flughafen kontrolliert worden, sondern hätte sein Ziel auf dem Landweg erreichen können. Brasilien ist riesig, aber es gibt noch andere Länder.«

»Wollen Sie andeuten, Pascal fuhr mit mir nur nach Rio, um von dort einen besseren Fluchtweg zu haben?«

»Das nehmen wir an. Wir nehmen an, dass Pascal Zuermatt gewarnt wurde. Dass er von unseren Ermittlungen erfahren und erkannt hat, dass wir ihm auf der Spur sind. Wir nehmen an, dass er nicht panisch reagiert hat, sondern genau kalkulierte. Das schloss auch Sie in seinen Plan mit ein, Frau Zuermatt.«

»Und ich *nehme an*, dass Sie sich täuschen! Pascal ist tot!«

»Offiziell muss er erst für tot erklärt werden.«

»Dazu wird es bald kommen.«

»Das gilt fürs Erste nur in Brasilien. Danach wird ein deutsches Gericht den Fall neuerlich prüfen, da das sogenannte Verschollenheitsgesetz in beiden Ländern unterschiedlich angewandt wird. Es dient übrigens nicht nur dazu, eine Person davor zu bewahren, fälschlich für tot erklärt zu werden«, sagte Stein. »Es soll auch genau dieser Art von Betrug vorbeugen, mit der wir es hier zu tun haben könnten.«

»Das ist Ihre Version.« Ich verschränkte die Arme.

»Ich hoffe, Sie von meiner Version zu überzeugen, in Ihrem eigenen Interesse. Sollte sich nämlich erweisen, dass sich im Nachlass Ihres Mannes unrechtmäßig erwirtschaftetes Geld befindet, stünden Sie unter Verdacht, an der Sache beteiligt zu sein.« Freundlicher fuhr er fort: »Sie könnten einiges dazu beitragen, Ihren Mann zu finden.«

Ich antwortete nicht gleich. »Angenommen, ich ziehe Ihre Theorie in Erwägung – was sollte ich tun?«

»Bei Pascal Zuermatts Verschwinden geht es nicht nur um Geschäfte, es sind auch Gefühle im Spiel. Wo immer Ihr Mann sich aufhält, er musste Sie zurücklassen, Sie im Unklaren lassen, was wirklich geschah. Er darf Sie auch jetzt nicht kontaktieren, damit seine Tarnung nicht auffliegt.«

»Woher wissen Sie, dass er es nicht bereits getan hat? Wenn er noch lebt, warum sollte er sich nicht längst bei mir gemeldet haben?«

»Weil man heutzutage jede Telefonnummer weltweit zurückverfolgen kann. Das würde Ihr Mann nicht riskieren.«

»Bedeutet das …« Ich beugte mich vor. »Dass Sie mein Telefon anzapfen oder das meiner Tante?« Er schwieg. »Sagen Sie schon: Werde ich abgehört?«

Er hob die Brauen, seine Augen bekamen einen jungenhaften Glanz. »Ja, Frau Zuermatt, Sie werden abgehört.«

»Ich bin kanadische Staatsbürgerin!«

»Es gibt ein Abkommen zwischen Kanada und der Europäischen Union …« Er zuckte die Schultern. »Wir bewegen uns im Rahmen der Legalität.«

Solche Dinge passieren nur im Film, dachte ich noch einmal, doch Steins Argumente klangen absolut realistisch. Seine Behörde hatte ihn losgeschickt, um ein Verbrechen aufzuklären. Trotz seiner saloppen Aufmachung wirkte er wie einer, der seinen Auftrag ernst nahm.

»Wie lange sind Sie schon hinter mir her?«

»Wie gesagt, Sie sind schwer aufzuspüren.«

»Das verstehe ich nicht.«

»In der Schweiz waren Sie zunächst in keinem Hotel eingetragen, vom *Solsana* erfuhren wir zu spät. Ich wollte Sie in Toronto aufsuchen, aber Sie haben es ja bloß ein paar Tage dort ausgehalten. Erst als Sie in Niagara Falls in die USA eingereist sind, war ich ziemlich sicher, wo ich Sie finden würde.«

»Ich besuche meine Tante!«

»Ihre vorbestrafte Tante.« Er legte den Kopf schief. »Entschuldigen Sie, das war leicht herauszukriegen. Sie sind so sprunghaft durch die Welt gereist, dass wir annehmen mussten, Sie haben mit der Angelegenheit etwas zu tun.«

»Und jetzt nehmen Sie das nicht mehr an?«

»Werden Sie mir helfen?«

»Ich kann Ihnen nicht helfen«, antwortete ich spontan. »Ich habe Pascal so lange gesucht, so lange daran geglaubt, dass er lebt. Gerade beginne ich mich damit abzufinden, dass er tot ist. Und jetzt kommen Sie und erzählen …« Ich presste die Lippen zusammen – um keinen Preis wollte ich vor diesem Fremden die Beherrschung verlieren.

»Es tut mir leid, aber ich muss Ihnen das sagen: Sie haben einen gefährlichen Mann geheiratet.«

»Pascal – gefährlich?« Ich starrte ihn an.

»Nicht in der Art eines gewöhnlichen Verbrechers, und doch war Pascal Zuermatt einer der gefährlichsten Haie im Pool der Wirtschaft – der Weltwirtschaft.«

Ich schaute hinaus. Alles an der Umgebung wirkte ärmlich und heruntergekommen. Alles war Lichtjahre von der Welt entfernt, von der Stein sprach, die Welt meines Mannes, der auf fürchterliche Weise wieder zum Leben erwacht war.

11

Die Visitenkarte war eingerissen, durch die Feuchtigkeit aufgequollen, aber die Schrift noch gut zu erkennen. Ich saß auf dem Bett in meinem Zimmer und starrte Davids Karte an. Er hatte so viel Verständnis für meine Lage gezeigt, dass ich hoffte, mit ihm auch über diese neue, unfassbare Situation sprechen zu können. Ich griff zum Telefon – und legte gleich wieder auf. Bevor ich etwas unternahm, wollte ich es noch einmal überdenken. Dora einzuweihen erschien mir sinnlos. Wozu sollte ich sie ängstigen?

Ich verließ das Haus. Draußen sah ich mich vorsichtig um und musste darüber fast lachen: Fürchtete ich, beschattet zu werden von dunklen Gestalten des FBI oder abgehört von irgendwelchen Nachrichtendiensten? Ich lief die Straße hinunter, erreichte den Internetpoint zum zweiten Mal und bat, telefonieren zu dürfen. Überrascht zeigte der Besitzer auf die Zellen. In einer Welt, wo fast jeder ein Handy besaß, kamen sonst nur die ärmsten Einwanderer in diesen Laden, um nach Hause zu telefonieren. Ich schloss die Tür, wählte, es läutete zweimal, dann hörte ich Davids Stimme.

Ob er ein paar Minuten Zeit hätte? Ich hielt mich mit keiner Vorrede auf und berichtete das Vorgefallene. Ich sagte, ich würde sonst niemanden kennen, der mit Börsenangelegenheiten Bescheid wüsste, es gehe um Dinge, die zutiefst einschüchternd für mich seien. Ich fragte, ob ich mir am besten einen Anwalt nehmen solle.

Die Telefonzelle bestand aus lackierten Sperrholzplatten, die Farbe löste sich, es roch muffig hier drin. In dieser Umgebung hörte ich mich die Summe von hundertzwanzig Millionen nennen. In welcher Währung war fast egal, alles mutete wie ein Monopoly-Spiel an, buntes Geld, irreales Geld. Ich erzählte, was Stein mir vorgeschlagen hatte: Ich sollte ihm helfen, meinen Mann ans Messer zu liefern. Als Belohnung würde ich Pascal zurückbekommen.

»Es war richtig, dass du mich angerufen hast.« David hatte mich kaum unterbrochen. »Von wo aus sprichst du?«

Fragte er sich also auch, ob ich abgehört würde? »Ich habe nichts verbrochen«, antwortete ich leise.

»Das glauben die vom Betrugsdezernat aber wahrscheinlich.«

Ich wechselte den Hörer ans andere Ohr. »Was soll das heißen?«

»In den meisten Fällen ist die Ehefrau eingeweiht und wickelt für ihren Mann die Angelegenheiten ab.«

»*In den meisten Fällen?* Kommt so etwas öfter vor?«

»Es wäre nicht das erste Mal. Häufig geht es um Steuerhinterziehung. Dann setzen sich die Leute in Länder ab, die kein Auslieferungsabkommen mit Deutschland haben. Aber in deinem Fall …«

»Ich bin kein Fall!« Ich spürte Schweißperlen auf der Oberlippe. »Als ich glauben wollte, dass Pascal lebt, hat man mich zur trauernden Witwe gestempelt. Jetzt soll ich glauben, dass er lebt, und man stempelt mich zur Gangsterbraut!«

»Du siehst das zu melodramatisch«, besänftigte er mich.

»Das liegt bei uns in der Familie.« Ich riss mich zusammen. »Was soll ich tun, David, was soll ich denn tun?«

»Komm her«, sagte er nach einem Moment des Zögerns.

»Kommen, bedeutet das …?«

»Nach Frankfurt.« Er machte eine Pause. »Wenn wirklich etwas gegen deinen Mann vorliegt, ist das hiesige Betrugsdezernat dafür zuständig. Hat dieser Fahnder dir seine Karte gegeben?«

Ich kramte sie aus der Tasche hervor. »Du hast recht, die Behörde sitzt in Frankfurt.«

»Okay. Nur von hier aus kannst du etwas unternehmen. Du brauchst Akteneinsicht, du solltest dir wirklich einen Anwalt nehmen.«

Die Summe der Ereignisse lähmte mich. »Ich habe nicht genug Geld für so etwas.«

»Hat Pascal dir nichts hinterlassen?«

»Er konnte doch nicht voraussehen, dass er beim Tauchen …« Ich unterbrach mich. Das stimmte nur in dem Fall, wenn Pascal verunglückt war. Hatte er sich, wie Stein behauptete, *abgesetzt*, hätte er mich absichtlich mittellos zurückgelassen. »Es gibt ein gemeinsames Konto«, fuhr ich sachlicher fort. »Ich habe bisher davon gelebt, aber viel ist nicht mehr drauf. Ich habe wieder einen Job angenommen, bloß …«

Ich musste die Zellentür aufmachen, die Luft war kaum noch zu atmen. Der Besitzer musterte mich aufmerksam.

»Hast du noch genug Geld für den Flug?«, fragte David.

»Ich glaube schon.«

»Dann buche, heute noch. Komm her, dann sehen wir weiter. Und, Tony …«

»Ja?«

»Lass diesen Fahnder wissen, was du vorhast. Es darf nicht aussehen, als ob du abhauen würdest.«

»Ich verstehe.«

»Tony …«

»Was?«

»Ich helfe dir – vertrau mir.«

Es tat gut, diesen Satz zu hören. »Lass mich wissen, wann du kommst.«

Es war ein großes, umfassendes Danke, das ich David sagte. Im Grunde unverständlich, wieso er all das für mich tat. Gab es solche Menschen wirklich, die einer Fremden spontan und uneigennützig halfen, obwohl mein Fall außer Unannehmlichkeiten nichts einzubringen versprach? Nachdem ich aufgehängt hatte, legte ich meine Hände auf beide Augen. Der Albtraum geht weiter, dachte ich, er hat sich nur verändert, er ist noch schlimmer als früher. Es war mir unmöglich, mir Pascal als Betrüger, als geschickten Meisterverbrecher vorzustellen. Bilder, die ich in Dokumentationen gesehen hatte, tauchten auf – Nazigrößen, die in Südamerika untergetaucht waren und dort, umgeben von Hispanos und Indios, ihr *Herrendasein* weiterführten, ohne Auslieferung fürchten zu müssen. Hirngespinste! Das ist nicht Pascal, sagte ich mir. Er sitzt nicht in Chile oder Paraguay, im weißen Anzug, raucht dicke Zigarren und lacht sich ins Fäustchen. Er lässt mich nicht allein auf der Welt zurück. Er hätte irgendetwas gesagt, etwas angedeutet oder hinterlassen, einen Brief, er hätte Geld hinterlassen. Ich fand es schrecklich, in solchen Kategorien zu denken, aber drängten sich diese Überlegungen nicht auf?

In der tristen Umgebung der Telefonkabine fiel mein Blick auf Pascals Ring. Etwa ein Jahr nachdem wir ein Paar geworden waren, hatte ich eine Veränderung an ihm bemerkt. Davor war er entweder erschöpft oder ausgelassen von irgendeiner Geschäftsreise zu mir nach Hause gekommen; bei diesem Aufenthalt hatte er mich durch eine Innigkeit und Tiefe überrascht, die ich nicht an ihm kannte. Pascal war ernst und versonnen gewesen, seine Zärtlichkeit hatte etwas Bedingungsloses, als wollte er die letzte Barriere zwischen uns niederreißen. Ich fragte ihn, was los sei, er gestand mir seine Liebe, wie er es nie zuvor getan hatte. Aus einem Impuls heraus flogen wir nach New York, wo wir in einem Hotel am Central Park abstiegen. Am nächsten Morgen hatte er mich nach Midtown geführt, in die Straßen der Juweliere. Wir streiften durch mehrere Geschäfte, ohne dass ich wusste, was er suchte. Dann sah Pascal den Ring in der Auslage, zierlich, unauffällig, zugleich wunderschön. Als ich seinen Blick mit einem Nicken erwiderte, ging er hinein, verwirrte den Händler ziemlich, weil er nicht eine Sekunde um den Preis feilschte, und erstand den Ring. Auf der Straße, umgeben von langen jüdischen Mänteln, neben einer fahrbaren Imbissbude, in der fettes *knish* gebacken wurde, steckte Pascal mir den Diamantring an den Finger.

»Du bist meine Frau«, sagte er. »Du bist meine geliebte Frau.«

Bewegt nahm ich sein Geschenk entgegen. Wir küssten uns lange.

In der Telefonzelle in Niagara Falls spielte ich mit dem Ring an meinem Finger. Etwas fiel auf meinen Schoß und bildete einen kleinen Fleck. Ich wischte die Tränen ab. *Du bist meine geliebte Frau.* Ich durfte mich von dem, was war, und dem, was sich vor mir auftat, nicht überwältigen lassen. Bedingungsloses Vertrauen schien mich jetzt nicht weiterzubringen. Immer nur einen Schritt nach dem anderen, musste meine Devise lauten, und der erste Schritt hieß: ein Ticket nach Deutschland. Was würde Dora sagen, da ich nun nach wenigen Tagen schon wieder aufbrach? Hatte ich ihr nicht versprochen, sie in die Wärme mitzunehmen? Wenn ich jetzt wieder fortgehen würde, blieb ihr als Perspektive nur, dass der Herbst kam und mit ihm die Nässe. Ich verließ die Zelle, bezahlte das Telefonat und für eine halbe Stunde Internet und fragte den Besitzer, ob sein Drucker funktionierte. Dann begann ich nach günstigen Flügen zu suchen.

»Glaubst du, ich hätte nicht damit gerechnet?« Dora und Ernie saßen mir auf der Couch gegenüber. Sie hatte eine Schale mit Nüssen auf dem Schoß. »Kein Mensch bleibt freiwillig hier, wenn er nicht muss.«

»Ich fühle mich wohl bei euch. Aber diese Angelegenheit ist wichtig. Vielleicht dauert sie ja nicht lange, und ich kann schon bald …«

»Wem machst du was vor?«, sagte Dora herzlich. »Mich schmerzt nur, dass du in die alte Heimat fliegst. Ich hätte das alles gern noch einmal gesehen.«

»Dort wird es jetzt auch bald kalt.«

»Ernie wäre ohnehin nicht nach Germany mitgekommen.« Sie legte ihm die Hand aufs Knie. »Er mag Deutschland nicht, wahrscheinlich weil dort alle Leute zwei Köpfe größer sind als er.«

»Schreib mal ’ne Karte.« Ich merkte Ernie an, dass ihm der Abschied schwerer fiel als Dora.

»Wir sehen uns wieder.« Ich bettelte fast um ihr Verständnis, zugleich spürte ich den Ausdruck meines Tickets in der Jackentasche. Zwei Tage hatte ich mir noch in Niagara Falls zugestanden. Der Flieger würde von Toronto aus starten, direkt nach Frankfurt am Main.

12

Front Running, hatte Stein gesagt und die Börse als einen Ort dargestellt, wo neben legalen Gewinnen tausendmal höhere illegale Profite möglich waren als auf den sogenannten klassischen Feldern der Kriminalität. Er hatte mich damit einschüchtern, mich auf seine Seite ziehen wollen, damit ich meinen Mann von nun an als einen anderen erkennen sollte als den, den ich geheiratet hatte. Ich brauchte mein Bild von Pascal nicht umzukrempeln; in mir vollzog sich keine innere Wandlung, weil ich bestimmte Geschäfte von jeher als fragwürdig angesehen hatte. Ich war so erzogen worden, dass das, womit man seinen Lebensunterhalt verdient, die Honorierung einer wirklichen Leistung sein soll und nicht das Resultat geschickter Voraussicht von Kursschwankungen. Nur zu Beginn unserer Beziehung hatte ich mit Pascal darüber diskutiert und anerkannt, dass er sich Mühe gab, mir die Sache begreiflich zu machen. Im Dschungel von Ausdrücken wie *Bund*-und *Buxl-Future, Swaps* und *Turboscheine* hatte er mir die Realität seiner Berufswelt erläutert.

Es war in der Anfangszeit unserer Verliebtheit gewesen, Pascal hatte mehrere Wochen in Toronto verbracht und mein Schlafzimmer einfach in sein Büro umfunktioniert. Dort arbeitete er konzentriert, umgeben von Papieren, den Laptop auf dem Schoß, das Telefon griffbereit. Einmal abends hatte er uns Cognac eingeschenkt und gesagt: »Stell dir vor, die Firma X soll in drei Monaten einen Betrag von 10 Dollar aus einem Warenverkauf erhalten. Der Schatzmeister der Firma rechnet aber mit fallenden Wechselkursen, weshalb er aus dem Betrag am Fälligkeitstag nur noch 8 Dollar erlösen wird. Um sich vor dem Kursverlust zu sichern, verkauft er die erwarteten 10 Dollar zum aktuellen Terminkurs, schließt einen Short-Hedge-Vertrag ab und legt darin bereits heute den Wechselkurs fest. Die Firma X macht somit ein Geschäft ohne Wechselkursrisiko.«

Wir diskutierten lange über die Moral dieser Geschäfte, ich musste feststellen, dass Pascal andere Wertmaßstäbe hatte. Er hatte mir von Anfang an reinen Wein eingeschenkt, ich hatte nur nicht verstanden, wie weit das in Wirklichkeit ging. Denn was sich mit 10 Dollar erwirtschaften ließ, ließ sich natürlich auch mit 100 Millionen Dollar erwirtschaften. Nein, Pascal hatte kein Geheimnis daraus gemacht, woher sein Reichtum stammte. Nicht Steins Offenlegung wühlte mich also auf, sondern die Angst, dass Pascal mich im Stich gelassen haben könnte. Wenn er wirklich am Leben war und sich irgendwo versteckte, um sich vor Strafverfolgung zu schützen, dann war der Pascal, dem meine Liebe gehörte, gestorben. Dennoch war ich bereit, zu ihm zu halten, so lange es ging. Die Hoffnung, dass er nicht für immer verschwunden, sondern noch am Leben war, versetzte mich in eine merkwürdige Euphorie.

Mein Flieger landete pünktlich in Frankfurt. Ich hatte David ausgeredet, den weiten Weg zum Flughafen zu machen. Er sollte mich vom Hauptbahnhof abholen. Wir begrüßten einander wie alte

Bekannte. Nach dem langen Flug brauchte ich Bewegung und bat ihn, noch ein bisschen spazieren zu gehen. Es war noch früh am Morgen, wir liefen die Bahnhofstraße hinunter. Peepshows und Sexshops reihten sich aneinander, um diese Zeit sämtlich geschlossen. Ich kannte Frankfurt kaum; hinter den Häusern des Bahnhofsviertels erhob sich die Skyline, die mich daran erinnerte, dass ich im Business-Zentrum von Deutschland gelandet war.

»Ich nehme mir erst mal ein Zimmer«, sagte ich, als wir an einem Hotelschild vorbeikamen. In Pascals Haus zu ziehen konnte ich mir nicht vorstellen.

»Wenn du nichts dagegen hast, mache ich dir einen Vorschlag.« David blieb stehen. »Seit meiner Scheidung kommt mir mein Apartment unsinnig groß vor. Du würdest mir einen Gefallen tun, wenn du mein Gast wärst. Ich habe keinerlei Hintergedanken dabei«, setzte er so eilig hinzu, dass es fast beleidigend war. »Ich weiß, was gerade auf dich einstürzt, also glaub nicht, dass ich die Lage ausnutzen möchte. Ich würde dir nur gern helfen.«

»Können wir vielleicht erst mal in deine Wohnung fahren, und ich überlege es mir dann?« Der Gedanke, an keinen anonymen Ort zu müssen, gefiel mir.

»Dann sollten wir jetzt zum Bahnhof zurückkehren.«

»Wieso?«

»Weil dort mein Auto steht.«

David wohnte in einer alten Villengegend, doch das Apartmenthaus, vor dem er hielt, war modern, ein Architektenbau, dessen Eigenheit darin bestand, dass es keine rechten Winkel gab; die Linien liefen schräg aufeinander zu.

»Hinten ist noch ein Extrazimmer«, sagte er. »Wir haben es eigentlich nie benutzt, es hat sogar einen kleinen Balkon.«

Ich stellte meine Sachen in dem freundlichen Zimmer ab.

»Frühstück?«, fragte David.

Ich hatte im Flieger gegessen, sah ihm aber gern zu, wie er alles vorbereitete. »Wieso ist deine Frau hier ausgezogen und nicht du?«

»Ich habe ihr eine neue Wohnung gekauft.« Er schaute vom Herd auf. »Entschuldige, das klingt großspurig, aber es war die sauberste Lösung.« Etwas nachdenklicher fügte er hinzu: »Kann sein, dass ich auch bald ausziehen werde. Mich erinnert hier zu viel an früher.«

Nachdem ich den ersten Kaffee getrunken hatte, machte David mir eine überraschende Eröffnung. »Ich habe bereits etwas in Erfahrung gebracht. Ich kenne einen guten Anwalt, der wiederum deinen Mann kannte, und der hat sich umgehört.«

»Ein Anwalt?« Ich erschrak. »Was wird der verlangen?«

»Vorläufig nichts. Dr. Hollmann tut mir bloß einen Gefallen.«

»David, ich kann das nicht annehmen. Wir beide sind uns nur zweimal begegnet, wir haben eine Wanderung gemacht – und jetzt umsorgst du mich, leitest Dinge in die Wege …« Es gelang mir nicht, zu erklären, was mich daran störte.

»Komme ich dir zu übergriffig vor?« Er seufzte. »Das war schon immer die Krux mit mir: Ich kann den Dingen nicht ihren Lauf lassen. Wenn ich ein Problem sehe und weiß, wie ich es lösen kann, löse ich es. Verzeih, ich bringe dich in Verlegenheit. Du willst es natürlich auf deine Weise machen.«

»Das ist es nicht.« Der Toaster sprang hoch, ich legte die Scheiben auf unsere Teller. »Ich kann Hilfe dringend brauchen, aber wir sollten erst klären, wie ich mich eines Tages revanchieren werde. Nein, das meine ich nicht – wie ich es zurückzahlen kann. Ein Anwalt, all die Zeit, die du aufwendest – das kostet Geld. Wie wollen wir das regeln?«

»Das macht dir Sorgen?«

»Begreifst du das nicht?«

»Okay, regeln wir es«, sagte er, doch ich spürte, ich hatte ihn verletzt. »Wenn dein Mann für tot erklärt wird, erbst du etwas. Das sollte reichen, um einen Anwalt zu bezahlen. Lebt dein Mann aber noch, nehmen deine Probleme auf andere Weise ein Ende. Du befindest dich also in einer klassischen Win-win-Situation.«

»Win-win?« Ich lächelte. »Ich habe bis jetzt geglaubt, ich sei der typische Loser.«

»Du denkst nicht logisch«, sagte er fast väterlich. »Auf der einen Seite ermittelt Stein. Seine Behörde will natürlich nur das rauskriegen, was ihre Theorie erhärtet. Du brauchst daher Fakten, die deinen Mann entlasten. Dazu hast du eigentlich alles in der Hand.«

»Habe ich das?« Die Butter war zu hart zum Streichen, mein Toast zerbrach.

»Die Villa«, nickte David. »Der Anwalt hat mich informiert, dass der Gerichtsbeschluss, der nötig ist, um Pascals Villa zu durchsuchen, noch nicht genehmigt wurde. Wegen eines Formfehlers, es hat mit dem Verschollenheitsgesetz zu tun. Das heißt, Stein will um jeden Preis in die Villa, darf aber nicht. Ich bin sicher, er wird versuchen, dich zu überreden, ihn reinzulassen.«

»Reinlassen?« Ich schüttelte den Kopf. »Ich war ja selbst nur ein einziges Mal dort.«

»Das heißt, du hast keinen Zugang?«, fragte er eine Spur schärfer. Überrascht sah ich ihn an, sanfter fuhr er fort: »Du könntest dir auch keinen Zugang verschaffen, selbst wenn du wolltest?«

»Was ist das für eine Frage?« Seine insistierende Art verunsicherte mich.

»Du bist Pascals Frau, seine nächste Angehörige. Du hast das Recht, sein Haus zu betreten, wann und so oft du willst. Im Gegensatz zu Stein brauchst du keinen Gerichtsbeschluss.«

»Wozu sollte ich mir denn *Zugang* verschaffen?«

David bestrich seinen Toast mit Pflaumenmus. »Ich bin überzeugt, in dem Haus befinden sich Dinge, die dir helfen werden, die Frage zu beantworten: Ist dein Mann noch am Leben?«

Ich betrachtete den verschleierten Himmel vor dem Fenster. »Sollte Pascal geflohen sein, hat er bestimmt alles vernichtet, womit man ihm das nachweisen kann. Andererseits ...« Ich schmunzelte. »Ich könnte mich ja mal umsehen.«

»Du weißt also, wie man reinkommt?«

»Schon möglich.«

»Hast du einen Schlüssel?«

»Das nicht, aber ich habe eine Ahnung, wo er liegen könnte.«

»Wo?«

Ich musste lachen, weil er schon wieder übergriffig wurde. »Wozu die Eile? Lass uns erst mal frühstücken.«

»Entschuldige.« Er grinste zurück. »Manchmal solltest du mich wirklich bremsen.«

Ich strich kurz über seine Hand. »Ich werde den Teufel tun, einen guten Geist wie dich zu bremsen.«

»Du kannst jederzeit in die Villa! Das ist ja großartig.« Er biss genussvoll ab. »Es wird dir mit Sicherheit weiterhelfen, und deinem Anwalt natürlich auch.«

»Noch ist er nicht mein Anwalt.« Ich nahm eine Traube.

»Dr. Hollmann wäre bestimmt gut für dich. Er ist ein richtiger Fuchs.«

»Ich möchte, dass die Angelegenheit rechtmäßig abläuft – wozu brauche ich dafür einen Fuchs?«

»Das Feld, auf das du dich begibst, ist Wirtschaftskriminalität. Glaub mir, niemand kämpft dort mit fairen Bandagen.«

»Willst du mir Angst machen?«

»Ich möchte nur nicht, dass du blauäugig in diese Sache hineinläufst.«

David hatte sicher recht und ich im Grunde keine Ahnung.

»Und jetzt möchte ich duschen.«

Er zeigte mir das Bad neben meinem Zimmer und legte ein Handtuch bereit. Ich schloss die Tür und begann mich auszuziehen.

13

Tagsüber hatte ich, unvernünftig bei Jetlag, ein paar Stunden geschlafen. David war fort gewesen und am späten Nachmittag mit zwei Thaisuppen zurückgekommen. Wir hatten gegessen, der Abend lag vor uns. Nun bereute ich es doch ein wenig, nicht im Hotel zu wohnen. Er war geschieden, ich eine Frau, der im Moment so ziemlich auf jedem Gebiet der Boden unter den Füßen weggezogen worden war. Ich hatte keine Angst, bei ihm schwach zu werden, und er machte nicht den Anschein, als ob er es darauf anlegte, doch was würde geschehen, wenn der Abend gemütlich wurde, die Chemie zwischen uns stimmte, wenn wir die Flasche Wein, die er aufmachte, geleert haben würden?

»Worauf lässt sich am besten trinken?«, fragte ich.

»Dass Pascal noch lebt?« Er hielt sein Glas hoch.

Ich stieß an. Mich durchfuhr keine Freude bei dem Gedanken, ich hatte Angst vor dem, was vor mir lag. Angst gibt es nur vor dem Unbekannten, dachte ich, du musst der Angst zuvorkommen. Eigentlich hatte ich vorgehabt, wenigstens einen Tag zu warten, bevor ich Pascals Villa betreten würde. Sollte Stein meine Schritte überwachen, war es besser, nicht zu voreilig zu wirken. Andererseits machte es keinen Sinn, tatenlos in der fremden Stadt zu sitzen. Ich musste hinaus und dem Dämon begegnen.

»David, ich möchte gleich in die Villa fahren.«

»Jetzt?« Er sah aus dem Fenster. »Bis wir dort sind, ist es dunkel.«

Ich stand vom Sofa auf. »Ich muss etwas unternehmen. Dazu bin ich schließlich hier.«

»Du willst im Finstern nach dem Schlüssel suchen? Und selbst wenn du reinkommst – bist du sicher, dass der Strom nicht abgeschaltet wurde?«

»Der Strom, wieso?«

»Die Villa ist seit Monaten unbewohnt. Wäre es nicht merkwürdig, wenn wir das Haus mit der Taschenlampe betreten müssten?«

»Wir?« Ich sah zu, wie er seine Jacke nahm. »Willst du etwa mitkommen?«

»Eine Seilschaft bleibt eine Seilschaft.« Er lächelte ermutigend. »Ich lasse doch meine Bergkameradin nicht im Stich.«

Froh über seine Hilfe, kam mir die Selbstverständlichkeit, mit der er mich begleitete, merkwürdig vor. Ich holte meine Tasche, gab ihm die Adresse, er führte noch ein kurzes Telefonat, wir verließen das Haus.

»Du hast recht.« Er schloss das Auto auf. »Es ist richtig, in die Höhle des Löwen zu gehen.«

»Es ist nur ein Haus«, erwiderte ich. »Ein großes, unbewohntes Haus.« Jessicas Haus, ging mir durch den Kopf. Während wir durch alte Wohnstraßen fuhren, einen Stadtring erreichten und die andere Seite Frankfurts ansteuerten, fragte ich mich, warum ich nie den Ehrgeiz gehabt hatte, in Pascals Welt Fuß zu fassen.

Wieso war es mir nicht in den Sinn gekommen, zu ihm zu ziehen und die Villa nach meinen Vorstellungen zu verändern? Hätte Pascal etwas dagegen gehabt? Warum hatte er mich bis auf das eine Mal nie mitgenommen? War es die Vergangenheit, mit der Frankfurt für ihn belastet war, oder hatte er vorausgesehen, dass ich mit seinen Geschäftspartnern und deren Frauen nicht klarkommen würde? In seinen Augen war ich wohl nicht die Art Ehefrau, die Mitglied im Tennisclub werden und sich mit den Gattinnen seiner Freunde im Fitness-Center treffen würde. Jessica muss so ein Mensch sein, dachte ich, obwohl ich sie nur aus Erzählungen kannte. Und jetzt war ich im Begriff, in diese Welt einzudringen.

David bog in eine Allee ein, ich erkannte die Gegend wieder. Er steuerte den Wagen in die Einfahrt der Villa, wir näherten uns dem Haus durch den Garten.

»Ich bin gespannt.«

»Worauf?«

»Ob du den Schlüssel wirklich findest.«

»Ich komme mir wie eine Einbrecherin vor.« Ich ließ den Haupteingang rechts liegen und erreichte die Seitentreppe, die zur Küche führte.

Es war nicht lange vor unserer Reise nach Rio gewesen, dass Pascal mir erzählt hatte, er habe panische Angst davor, Schlüssel zu verlieren. »Was tust du dagegen?«, hatte ich gefragt. Er habe überall Verstecke angelegt. »Aber was machst du, wenn du vergisst, wo das Versteck ist?« Das sei das Problem, hatte er gelacht und den Platz erwähnt, wo der Schlüssel für die Frankfurter Villa liege.

Ich rückte eine Steinskulptur beiseite, die auf dem Mauergesims stand. Niemand würde darunter eine Öffnung vermuten; wahrscheinlich war hier früher der Dachrinnenabfluss verlaufen. In der Dunkelheit ertastete ich ein Plastikpäckchen, darin klapperte etwas.

»Wer sagt's denn!« Ich hielt David den Beutel hin.

»Gratuliere.« Er schüttelte lächelnd den Kopf. Wir stiegen die Treppe hoch, ich probierte zweimal, bis ich den richtigen Schlüssel fand und herumdrehte.

»Alarmanlage?« Davids Stimme war ganz nahe. Wieder stieg mir sein männlicher Geruch in die Nase.

»Das glaube ich nicht.« Vorsichtig drückte ich die Klinke. »Als wir damals herkamen, hat er keine ausgeschaltet.«

Mit einem Ruck ging die Tür auf. Ich wartete mehrere Sekunden, keine Sirene, keine Warnleuchte, nichts passierte. Im nächsten Augenblick fand David den Schalter, das Licht ging an. Rasch orientierte ich mich. In dieser Küche hatte Pascal Tee gekocht, dort ging es weiter in den Salon. Ich erreichte das Wohnzimmer mit dem nussbraunen Flügel, dem Sessel aus Südamerika, dahinter die Bibliothek. Gegenüber befand sich der offene Kamin; die Asche war ordentlich zusammengefegt worden, kein Brennholz lag bereit. Ich erzählte David nichts von der wunderbaren Nacht, die ich vor diesem Kamin verbracht hatte.

»Wo willst du beginnen?«, fragte er. Zusammen schauten wir die Zimmerflucht entlang. Hinter einer Flügeltür schloss sich das Speisezimmer an, danach ein Korridor.

»Ich weiß nicht einmal, wonach ich suchen soll.«

»Pascals Arbeitszimmer«, schlug er vor.

»Das ist im ersten Stock.«

Wir verließen den Salon durch eine andere Tür und kamen in

die Halle mit dem Haupteingang. Ich schaute die Treppe hinauf und musste daran denken, dass ich nun gleich in Pascals Angelegenheiten stöbern würde. Es war mir zuwider. Ich nahm die ersten Stufen und wandte mich um.

»Sei mir nicht böse, David, aber ich möchte es zuerst allein versuchen. Keine Ahnung, was ich dort oben finde. In jedem Fall ist es sehr persönlich. Ich bin dir dankbar, dass du mitgekommen bist, aber …« Ich hoffte, es nicht weiter erklären zu müssen.

Er wich vom Treppenabsatz nicht zurück. »Du sagst selbst, du weißt nicht, wonach du suchen sollst.«

»Geschäftspapiere sollte ich erkennen können.«

»Wie willst du zu mir zurückkommen?«

»Ich nehme ein Taxi. Falls es zu spät wird, belästige ich dich heute nicht mehr und schlafe hier.«

»Hier?« Es klang, als ob er die Idee völlig verrückt fand.

Ich hob die Schultern. »Ich bin Pascals Frau. Ich habe ein Recht, in diesem Haus zu sein. Wir reden morgen weiter, ja?«

Mit sichtlichem Widerwillen trat er zurück. »Na schön. Es ist schließlich dein Kriminalfall.« Einen Moment lang sah es aus, als wollte er mich zum Abschied umarmen, doch dann ging er. Ich blieb auf der Treppe, bis er die Eingangstür hinter sich zuzog.

Nachdem ich im ersten Stock zwei Türen geöffnet hatte, fand ich Pascals Schlafzimmer und ließ mich aufs Bett fallen. »Pascal«, sagte ich in das stille Zimmer. »Wenn dein Geist noch in diesem Haus schwebt, dann hilf mir.«

Ich sehnte mich nach ihm und wusste zugleich, Sehnsucht verschleiert den Blick. Ein anderes Gefühl meldete sich, handfester, dringender. Ich war hungrig und beschloss, mir vor Erledigung meiner Aufgabe etwas zu essen zu holen. Im Erdgeschoss fand ich die gut gefüllte Vorratskammer. Mit einem Paté-Döschen, getrockneten Tomaten in Öl, eingelegtem Gemüse und Räucherfisch kehrte ich in die Küche zurück, öffnete eine Flasche Wein und zündete Kerzen an. Gestärkt und ein wenig beschwipst, verlor ich die Scheu vor dem großen Haus und beschloss, die Durchsuchung auf den nächsten Tag zu verschieben. Mit einer Packung Pistazien legte ich mich im Wohnzimmer auf die Couch und guckte deutsches Fernsehen. Ich entschied mich für einen amerikanischen Spielfilm und sah ihn bis zum Ende, bevor ich in Pascals Schlafzimmer zurückkehrte, eine Zahnbürste fand, mich in sein Bett legte und sofort einschlief.

14

Die Fülle der Unterlagen, die ich am nächsten Morgen entdeckte, war unmöglich zu bewältigen. Zugleich wusste ich, wirkliche Geheimnisse fand man heutzutage nicht auf Papier, sondern verschlüsselt auf Dateien, und damit besser versteckt als in einem Safe. In Pascals Arbeitszimmer stand einer. So merkwürdig es war, kannte ich möglicherweise die Chiffre. Noch nie im Leben hatte ich einen Tresor geöffnet, nervös, zugleich bedächtig, gab ich die sechsstellige Kombination ein. Sie bestand aus meinen Initialen und Pascals Geburtsjahr. »Warum ausgerechnet dieser Code?«, hatte ich gefragt. »Weil ich ihn mir leicht merken kann.« »Wieso vertraust du ihn mir an?« »Warum sollst du ihn als meine Frau nicht kennen?« »Weil ich ohne dich wahrscheinlich nie in Frankfurt sein werde.« Pascal hatte mich in den Arm genommen: »Wer weiß, Tony, wer weiß das schon?«

Mir war das Ganze damals nicht wichtig erschienen. Jetzt, als ich vorsichtig den Riegel umlegte und an der Tür zog, spukten mir seine Worte durch den Kopf. Hatte Pascal mich auf diesen Moment vorbereitet?

Der Safe öffnete sich geräuschlos, darin lagen Dokumente. Im nächsten Moment wurde mein Herz schwer, im unteren Fach entdeckte ich etwas, womit ich an diesem Ort zuletzt gerechnet hatte – den Stein aus Papua. Auf einer unserer Wanderungen durch das Hochland der Insel hatte Pascal diesen Stein gefunden und gesagt, er ähnle der Form meines Kopfes. Er hatte ihn den ganzen Tag über mitgeschleppt, bis wir wieder im Hotel waren. Ich nahm ihn aus dem Tresor und küsste den Papuastein, die Erinnerung durchströmte mich. Als ich ihn zurücklegen wollte, berührte ich die Höhlung an der Unterseite, dort fühlte sich etwas weich an. Ich steckte einen Finger in die Vertiefung und brachte ein Stück Papier zum Vorschein. Es war nicht achtlos hineingestopft worden, um die Höhlung auszufüllen, jemand hatte es sorgfältig gerollt. Ich stellte den Stein auf den Schreibtisch, machte die Lampe an, richtete sie auf das Papier und entfaltete es vorsichtig. Es war ein Zettel, aus einem Notizblock gerissen. Nur drei Worte standen darauf: *Licht über Maria.*

Nicht die geringste Erkenntnis durchzuckte mich, keine Ahnung oder Hoffnung, nur der Gedanke, dass Pascal nicht romantisch genug war, um geheime Botschaften auf diese Art zu übermitteln. Und doch war die Zeile in seiner Schrift geschrieben, er selbst musste den Zettel im Stein versteckt haben, einem Gegenstand, der nur für uns beide Bedeutung besaß. Ich ließ mich in den Sessel sinken. Wenn Pascal ertrunken war, was er nicht hatte voraussehen können, waren die drei Worte nicht für die Nachwelt bestimmt, die nach seinem Tod den Safe öffnen würde. Wenn er jedoch seinen Tod nur vorgetäuscht hatte, könnte es eine Botschaft sein, die niemand, der Pascal aufspüren wollte, entschlüsseln durfte. Er hatte schließlich nicht wissen können, wer den Safe zuerst öffnen würde, es hätte auch der Ermittler vom Betrugsdezernat sein können. Kaum glaubhaft schien mir jedoch, dass *Licht über Maria* eine Nachricht an mich sein sollte. Viel eher nahm ich an, dass sie an jemanden gerichtet war, der mit Pascals Geschäftstransaktionen zu tun hatte. Wie hätte er voraussehen sollen, dass ich jemals in diesem Haus, in seinem Arbeitszimmer sein würde, dass ich den Safe öffnen und die Nachricht finden könnte?

»Licht über Maria.« Ich kannte niemanden, der Maria hieß, erinnerte mich auch nicht, dass Pascal je eine Maria erwähnt hätte. Ich strich das Papier auf der Tischplatte glatt. Kein Zweifel, es war seine schräg gelegte Schrift, die Buchstaben mit Bedacht gesetzt. Vielleicht stellte *Licht über Maria* eine gebräuchliche Wendung dar, die mir allerdings unbekannt war. Ich schaltete den Computer ein, ging online und googelte den Begriff. Es tauchte keine brauchbare Antwort auf. Ich sah mich im Zimmer um, dunkle Möbel, antik und modern kombiniert, Bücherregale bis zur Decke. Stand in einem dieser Bücher die Lösung, gab es ein Lieblingsbuch Pascals, in dem ich suchen sollte? Den Zettel in der Hand, strich ich an den Buchrücken entlang Romane, philosophische Werke, Reiseführer. Es schien keine Ordnung zu herrschen, Bildbände mit religiösem Inhalt standen neben Comicheften.

Comics, dachte ich. Pascal und ich hatten uns auf einer Comicmesse kennengelernt. Vielleicht war *Licht über Maria* ein Schlüssel, zu dem ich nun das Schloss suchen musste. Ich rückte einen Stuhl vor die Regalwand, stieg darauf und holte die Comichefte aus dem Fach. Ich legte sie auf den Boden, den nächsten Stapel daneben und so weiter, bis ich sämtliche Comics zu meinen Füßen ausgebreitet hatte. Der offene Safe, der Stein auf dem Tisch, der Zettel und die Hefte – sollte jetzt jemand hereinkommen, würde man mich für verdächtig halten. Ich brachte alles wieder in Ordnung und schloss den Safe.

David fiel mir ein. Ich hätte ihn längst anrufen sollen, ihm sagen, dass es mir gutging, dass ich mit meiner Suche vorankam. Ich entschied mich anders, setzte mich auf den Boden und schlug das oberste Heft auf.

Ein Sandwich in der Küche, im Haus herrschte Stille. Nachdem ich zahllose Comics durchgeblättert hatte, war ich um nichts klüger geworden. Ich wusch das Geschirr und wischte die Arbeitsplatte sauber. Jessicas Geschmack war hier überall spürbar. Ich saß auf einem Barstuhl aus Chrom, die Ellbogen auf die helle Marmorplatte gestützt, alles strahlte Kühle aus. Wer war die Person, die entschieden hatte, dass die Küche so und nicht anders sein sollte, dieser kühle Mensch – wer war Jessica? Sie war ein Phantom zwischen Pascal und mir gewesen. Seine Beziehung zu ihr, die immerhin zwölfjährige Ehe, stellte ein Gebiet auf der Landkarte seines Lebens dar, von dem er kaum etwas preisgegeben hatte. Pascal und Jessica hatten die Firma gemeinsam gegründet, Jessica war allerdings nach ein paar Jahren ausgestiegen, um beruflich eigene Wege zu gehen. Die Scheidung sei der logische Schlussstrich unter ein Kapitel gewesen, das ihnen beiden nichts mehr bedeutet habe, so Pascal. Hatte er seine Ehe nur so dargestellt, um es mir leichter zu machen, seinen Heiratsantrag anzunehmen? Nachdem wir ein paarmal miteinander ins Bett gegangen waren, hatte ich ihm klipp und klar gesagt, ich würde mich nicht in seine Ehe drängen, niemals eine langjährige Partnerschaft kaputtmachen. In den Wochen darauf hatte er alles getan, mir zu beweisen, wie leicht dieses Bündnis aufzulösen war.

Warum hatte ich kein einziges Mal versucht, Jessica kennenzulernen? War es mir lieber so gewesen, scheute ich die Begegnung mit ihr, weil ich den Vergleich scheute? Sie, die erfolgreiche Geschäftsfrau mit dem exquisiten Geschmack, ich, die schlichte Übersetzerin in Jeans und Turnschuhen, in deren Wohnung die Stile wild durcheinandergewürfelt waren. Wie war Pascal ausgerechnet auf mich verfallen? Der Altersunterschied konnte es nicht gewesen sein – ein Mann wie er hätte interessantere, hübschere Frauen für sich gewinnen können. Meinem IQ schrieb ich es auch nicht zu, für besonders witzig oder geistreich hielt ich mich nicht. Was hatte Pascal an mir gefunden? In Jessicas spiegelnder Küche stand die Frage plötzlich mit einer Deutlichkeit vor mir, dass mich schauderte. Da mein Mann sie nicht mehr beantworten konnte, gab es nur eine Person, die zu fragen sich lohnte.

Heute ist der Tag dafür, dachte ich, deshalb bist du hier: Du wolltest dich den Dämonen stellen. Tue es gründlich und wundere dich nicht, wenn die vergangenen Jahre plötzlich in einem ganz anderen Licht erscheinen.

Es war eine Sache von Minuten, Jessicas Telefonnummer herauszukriegen, schwieriger schien es, zu telefonieren. Ich hatte nur mein amerikanisches *cellphone* dabei, es wäre unsinnig gewesen, mit einem kanadischen Handy von Frankfurt aus jemanden in Frankfurt anzurufen. Ich zögerte, das Festnetz in der Villa zu benutzen, Steins Leute hatten die Leitung womöglich angezapft. Andererseits wusste der Ermittler bestimmt, dass ich hier war. Was würde ein Anruf bei Jessica schon aussagen? Ich ging in Pascals Arbeitszimmer und wählte ihre Mobilnummer.

Nur ein Klingelton, dann hob jemand ab. »Ja?« Die Stimme klang neugierig.

»Jessica?«

Eine Pause. »Sind Sie in der Villa?«

»Woher wissen Sie … ach, die Nummer. Ja, ich wusste, wo der Schlüssel liegt.«

»Guten Tag, Frau Zuermatt«, sagte sie mit unüberhörbarem Unterton.

»Guten Tag, Frau Zuermatt«, gab ich zurück.

»Ich heiße nicht mehr so.«

»Ich weiß. Sie haben Ihren Mädchennamen …«

»Was wollen Sie?«

»Es geht um Pascal. Jemand vom Betrugsdezernat hat mit mir gesprochen.« Ich wartete, wie sie reagieren würde.

»Nicht einmal im Tod lassen sie ihn in Ruhe.«

Jessica musste nicht nur wissen, dass Pascal verunglückt war, sondern auch, dass die Behörde das anzweifelte. Wenn Stein es der Mühe wert gefunden hatte, mich in Niagara Falls aufzuspüren, war es für ihn viel leichter gewesen, Jessica zu befragen.

»Deshalb bin ich hier«, sagte ich. »Ich möchte beweisen …« Ein dummes Wort, es sagte das Falsche aus. Ich wusste noch nicht, sollte ich beweisen, ob Pascal ein Betrüger war, der noch lebte, oder ging es mir darum, den toten Pascal reinzuwaschen? »Was glauben Sie, wie sieht die Wahrheit aus?«

»Keine Ahnung.« Wieder eine Pause. »Wir sind seit drei Jahren geschieden.«

»Ich fände es gut, wenn wir uns treffen.« Da sie nicht antwortete, setzte ich hinzu: »Nicht in der Villa.«

»Was versprechen Sie sich davon?«

»Pascal ist für mich nur noch Erinnerung«, antwortete ich. »Ich möchte dieser Erinnerung ein klareres Bild geben. Wer war er wirklich, mit wem ist er vor mir verheiratet gewesen? Warum trinken wir nicht was zusammen?«

»Sekunde.« Sie schien den Hörer zuzuhalten und mit jemand anderem zu sprechen. Dann war die Leitung wieder klar. »Einverstanden. Ich könnte aber nur jetzt gleich«, sagte sie umgänglicher. »Heute Nachmittag habe ich ein Meeting nach dem anderen. Ab morgen bin ich nicht mehr in der Stadt.«

»Gleich?«, rief ich überrascht. »Gern, ja, danke! Wo?«

Sie schlug ein Lokal in der Innenstadt vor und legte auf.

15

Jessica hatte mir das *Flux* als Bistro beschrieben, das direkt am Main lag, ich nahm ein Taxi dorthin. Unterwegs fühlte ich mich, als liege ein Vorstellungsgespräch vor mir. Sonst, wenn ich der Ex eines Freundes begegnet war, hatte ich lediglich ein Gefühl der Neugier gehabt. Wer war die, die er vor mir geliebt hat? Der entsprechende Mann war dann an meiner Seite gewesen, hatte den Arm um mich gelegt und gezeigt: Jetzt bist es du, die andere ist Vergangenheit. Pascal war inzwischen Vergangenheit – so sah die Wirklichkeit aus. Heute trafen sich seine beiden Frauen, und es war nicht entschieden, welche die *richtige* war.

Jessica traf kurz nach mir ein, ebenfalls im Taxi. Sie war schön, das wusste ich von den Fotos, sie war exquisit gekleidet, das beeindruckte mich nicht, aber die Reihe von Männern, die ihr nachstarrten. Sie ging mit markanten Schritten an den Straßentischen des *Flux* vorbei, trat ein, entdeckte mich und kam auf mich zu.

»Hallo, ich bin Jessica.« Ihre Stimme war wärmer, einnehmender, als ich bei ihrer Erscheinung erwartet hatte, auch ihr Blick gefiel mir. Jessica hatte tiefgrüne Augen, das naturrote Haar hatte sie in der Mitte gescheitelt und im Nacken zu einem Knoten geschlungen. Sie war kaum geschminkt und trug wenig Schmuck. Ihre weiße Hand fühlte sich warm an.

»Danke, dass Sie gekommen sind.«

»Es klingt merkwürdig, aber darf ich Ihnen mein Beileid aussprechen?« Sie setzte sich neben mich auf die Lederbank.

»Müssten wir das nicht gegenseitig tun?«

»Die Zeit ist das Einzige, das eine Beziehung definiert.« Sie hob nur die Augenbrauen, schon näherte sich der Kellner. »Sie sind seine Frau. Mich hat die Zeit aus seinem Leben hinausgeschwemmt.«

Die Bemerkung hätte ich bei ihr nicht erwartet und war angenehm überrascht.

»Wenn Sie mir Ihr Beileid aussprechen, heißt das, Sie halten ihn für tot?«

»Da gibt es nicht den geringsten Zweifel.« Ihr Blick war ehrlich. »Ich hätte Pascal ein anderes Ende gewünscht. Andererseits war er immer vernarrt ins Wasser. Der Tod im Meer könnte in seinem Sinn gewesen sein.«

Ich war so verblüfft, dass ich einen Augenblick brauchte, um beim wartenden Kellner ein Getränk zu bestellen. Jessica nahm Mineralwasser.

»Sie glauben also nicht, was der Mann vom Betrugsdezernat behauptet?«

»Seit Jahren versucht das Dezernat, Pascal etwas anzuhängen. Glauben Sie mir, Tony – darf ich Sie Tony nennen –, Pascal war nicht mehr und nicht weniger ein Verbrecher als jeder einflussreiche Investor. Die Börse ist in den letzten Jahren viel komplizierter geworden. Die Finanzkrise hat, gottlob, muss man sagen, viele faule Fische in den Gully gespült. Die gesunden Firmen überlebten. Pascals Unternehmen ist solide, daher ist er übrig geblieben.«

Es tat mir gut, dass endlich jemand etwas Positives über Pascal sagte. »Wer leitet seine Firma jetzt, nachdem er …«

»Ein Konsortium, Leute, denen Pascal vertraut hat. Für Ausnahmefälle wie dem jetzigen wurde vertraglich vorgesorgt. Andererseits gibt es bis zu dem Zeitpunkt, an dem er offiziell für tot erklärt wird, ein juristisches Vakuum.« Unvermittelt legte Jessica ihre Hand auf meine. »Aber das sind nicht die Dinge, die wir besprechen wollen, nicht wahr?«

Ich war so erleichtert, dass sie nicht die böse Rivalin war, vor der ich mich gefürchtet hatte, dass ich fast vergaß, dass es genau diese Dinge waren, über die wir reden sollten. Hatte David mir nicht auseinandergesetzt, dass nur ich in der Lage sein würde, Beweismittel beizubringen, die Pascal entlasten würden? Zahlen, Transaktionen, *Front Running* – ich hatte keine Lust, mich mit alldem zu befassen, dennoch fragte ich: »Wenn das Betrugsdezernat aber nicht lockerlässt und man gegen Pascal Anklage in Abwesenheit erhebt, was soll dann geschehen?«

»Pascals Anwalt hat die Sache im Griff«, antwortete sie.

»Davon hat der Ermittler nichts erwähnt.«

»Natürlich nicht.« Jessica lächelte. »Weil er Sie verunsichern will. Das Dezernat weiß genau, ist die Frist bis zur offiziellen Erklärung des Todes erst verstrichen, kann es kaum noch etwas ausrichten. Deshalb setzt man Sie unter Druck. Sie sind, wie die Dinge liegen, das schwächste Glied in der Kette, und das nutzen die aus. Es geht um sehr viel Geld«, setzte sie hinzu, als ich nicht gleich antwortete. »Wenn so viel Geld auf dem Spiel steht, wird mit harten Bandagen gekämpft. Das gilt für Stein genauso wie für die Vertreter meines Mannes.« Sie stockte, ein kurzer, irritierter Blick. »*Ihres* Mannes, entschuldigen Sie.«

»Ich mache mir nichts aus Geld«, antwortete ich. Meine Bemerkung musste ihr naiv vorkommen, und das war sie auch. Ich ärgerte mich, es gesagt zu haben.

»Ich verstehe, was Sie meinen, Tony, aber Geld bedeutet nur zu einem Teil persönliche Bereicherung. Geld gibt die Möglichkeit, etwas zu *tun*. Ohne Geld müssen Sie das Leben so nehmen, wie es kommt. Mit den entsprechenden Mitteln können Sie etwas bewegen. Die Menschen, die auf dieser Welt etwas verändert haben, wussten das. Nur die Dummen sehen Geld als etwas an, mit dem sich protzen lässt. Die Klugen agieren weitsichtig damit, meist ohne dass es die Öffentlichkeit erfährt. Pascal war genau so ein Mensch.«

»Sie wollen ihn doch wohl nicht zum Wohltäter stempeln?«

»Natürlich nicht.« Sie lachte. »Er war immer auf seinen Vorteil bedacht. Gerade Ihnen wird das in ein paar Monaten zugutekommen.«

»Wieso?«

»Haben Sie nie über die Erbschaft nachgedacht?«

»Ich hatte ehrlich gestanden so viel damit zu tun, herauszufinden, ob er noch lebt, dass ich …«

»Sie sind die Haupterbin, davon bin ich überzeugt. Die Familie kriegt natürlich etwas, und ich weiß, dass er für Robbie vorgesorgt hat.«

»Wer ist Robbie?«

»Sie wissen nicht …?« Ihr Staunen ließ das schöne Gesicht für Momente mädchenhaft wirken. »Er hat Ihnen bestimmt von Robbie erzählt.«

»Es tut mir leid, ich weiß wirklich nicht, wer das ist.«

Sie wandte sich ab, brauchte einige Sekunden, die Fassung wiederzugewinnen. »Ich kann nicht glauben, dass er Ihnen das verschwiegen hat. Es macht überhaupt keinen Sinn.« Ernst und mit einer Spur von Mitleid sah sie mich an. »Robert ist unser Sohn. Er ist jetzt sieben Jahre alt. Als Pascal und ich uns trennten, war Robbie noch nicht mal vier.«

Jessica trank einen Schluck; das Thema machte ihr sichtlich zu schaffen. »Robert hat seinen Vater vergöttert. Er leidet fürchterlich unter Pascals Tod.« Sie sah mich an.

Ich hörte die harmlosen Gespräche rund um uns, das Gedudel der Musik, ich sah die Reflexion der Sonne in den Fensterscheiben. Wie in einem zerfallenden Puzzle brach mein Bild von Pascal, von unserer Ehe, Stück für Stück auseinander. Dahinter kam ein Mann zum Vorschein, der mir erschreckend fremd war. Wie hatte er so unehrlich, so feige sein können, mir sein Kind zu verschweigen – und warum? Er und ich hatten selten über Kinder gesprochen, das Thema besaß für mich noch keine Priorität. Nun bekam ich die Antwort, warum Pascal mich drei Jahre lang von Frankfurt ferngehalten hatte. Diese Stadt war der Ort, wo sein Kind lebte. Wann immer er hier gewesen war, hatte er Robbie besucht.

Es war nicht nötig, Jessica Fragen zu stellen. Sie erzählte freiwillig und gefühlsbetont, dass Robert ein hübscher Bursche sei, außergewöhnlich begabt im Klavierspiel; Pascal und sie hätten überlegt, ihn später auf eine Musikhochschule zu schicken. Unbefangen sprach sie über die gemeinsamen Unternehmungen von Vater und Sohn. Ich rechnete nach und stellte fest, dass Pascal und ich jedes Mal zu diesen Zeiten aus irgendeinem Grund nicht zusammen gewesen waren. Einmal hatte ich Weihnachten allein gefeiert, weil er angeblich nicht rechtzeitig von einem Meeting in Japan loskam. In Wirklichkeit war er in Frankfurt gewesen. Ein Detail fügte sich zum andern, sie alle besagten, dass Pascal unehrlich zu mir gewesen war. Was fürchtete er zu verlieren, wenn er mir eingestanden hätte, dass er ein liebender Vater war, dem sein Kind auch nach der Scheidung viel bedeutete? Welche Rolle hatte Jessica zwischen den beiden gespielt? Wie musste es für sie gewesen sein, wenn Pascal jedes Mal von der *anderen* kam, um sein Kind zu sehen? So befreiend das Treffen begonnen hatte, so niederschmetternd war Jessicas Eröffnung für mich. Mir tat der Junge leid, der seinen Vater verloren hatte, doch für echtes Mitgefühl war meine eigene Verletzung zu frisch.

Es hätte einiges gegeben, was ich von Jessica noch erfahren wollte, aber ich musste die Nachricht erst verdauen. Ich täuschte einen Termin vor, sie sagte, sie müsse auch weiter, und zahlte für uns beide. Wir gaben einander die Hand und hielten sie einen Augenblick länger fest.

»Kennen Sie jemanden in Pascals Umkreis, der Maria heißt?«, fragte ich.

»Maria? Wer soll das sein?« Ihr Ton klang härter, fast inquisitorisch.

»Ich dachte nur, falls Sie eine Maria kennen … Nicht so wichtig.« Ich verließ das *Flux.* Im Bewusstsein, dass sie mir nachsah, ging ich an der Fensterfront vorbei, Richtung Taxistand.

16

Vor der Villa erwartete mich Stein. Er trug dieselbe Lederjacke wie in Niagara und hatte offenbar schon einige Zeit auf mich gewartet. In seinem Wagen saß ein zweiter Mann.

»Kann ich Sie kurz sprechen, Frau Zuermatt?« Stein bemühte sich um einen aufgeräumten Ton.

Ich war nicht in Stimmung für ein Gespräch über Pascals angebliche Betrügereien, nicht nach dem, was ich gerade erfahren hatte. In diesem Moment hätte ich ihm jeden Betrug zugetraut. Eine Blase aus Schmerz und Enttäuschung war in mir geplatzt, das konnte ich nur schwer verbergen.

»Haben Sie kurz Zeit?«, wiederholte er.

»Nein.« Ich wollte weiter zum Haus.

»Frau Zuermatt, Sie sind nach Frankfurt gekommen, weil Sie uns helfen wollen, den Fall Ihres Mannes aufzuklären.«

»Jetzt passt es mir aber nicht.«

Ich blaffte den Falschen an. Pascal wollte ich anschreien, ihm meine Vorwürfe ins Gesicht schleudern, stattdessen brüskierte ich den Mann vom Betrugsdezernat.

Er trat einen Schritt zurück. »Wenn es Ihnen später besser passt, komme ich gern noch mal wieder.«

»Das haben Sie sich fein ausgedacht«, erwiderte ich. »Sie wissen so gut wie ich, dass Sie ohne Gerichtsbeschluss nicht in die Villa dürfen.«

»Frau Zuermatt.« Er redete wie mit einem störrischen Kind. »Ich könnte Sie auch ins Präsidium vorladen. Wollen wir nicht weiterhin in gutem Einvernehmen miteinander auskommen?« Er lächelte auf eine Art, dass ich ein schlechtes Gewissen bekam. Ich hatte nichts gegen ihn, fand den Ermittler sogar sympathisch. Bis jetzt hatte er wegen seiner Vorwürfe gegen Pascal für mich auf der *falschen* Seite gestanden – allmählich musste ich mich fragen, ob nicht vielleicht ich die Tatsachen im falschen Licht betrachtet hatte.

»Sie haben recht, verzeihen Sie. Aber in die Villa darf ich Sie nicht lassen. Das ist Ihnen bekannt.«

»Ich will nicht ins Haus. Bloß auf der Straße sollten wir auch nicht reden. Wie wäre es im Garten?« Er strich sein Haar aus der Stirn. »Oder nehmen Sie an, Ihr Mann hat belastendes Material unter der Eiche verbuddelt?«

Ich lachte. Es tat gut, die Spannung ein wenig abzubauen. »Also schön, gehen wir in den Garten.«

Dass der Sommer unwiderruflich vorbei war, sah man nicht nur an der Kastanie, die Pascals Grundstück beschattete. Die Vorboten des Herbstes hatten die Blätter des Apfelbaumes gelb, die Äpfel rotbackig werden lassen. Das Gras hatte nicht mehr das fette Grün eines Sommerrasens mit Klee und Löwenzahn, die Wiese wirkte ausgelaugt, die Farbe stumpf. Ich war froh, den Schal mitgenommen zu haben, und wickelte mich hinein.

»Es ist kühl geworden.«

»Die richtige Atmosphäre für ein Verhör.« Ich zeigte zur Marmorbank unter der Kastanie.

»Ich dachte, ich hätte Sie überzeugt, dass ich nicht Ihr Feind bin.« Er setzte sich, die Unterarme auf den Knien. »Ich ermittle in einer Angelegenheit, die so kompliziert ist, dass selbst wir Fachleute einige Zeit brauchten, Ihrem Mann auf die Schliche zu kommen.« Er hob den Blick, als erwarte er einen Einwand von mir.

Pascal ist zu schlau für euch alle, dachte ich, er war auch schlauer als ich. Er hat mir drei Jahre lang ein falsches Leben vorgegaukelt, hat mich in sich verliebt gemacht, mir Treue versprochen und während der ganzen Zeit verschwiegen, dass er Vater eines Jungen war, den er liebte und der seinen Vater braucht. Mich interessierte der *Fall* nicht, auf den Stein zu sprechen kam, mich interessierten die Beweise nicht, die er brauchte, um Pascal die Schlinge um den Hals zu legen. In diesen Minuten wäre ich froh gewesen, wenn er die Papiere endlich gefunden hätte, damit das Lügengebilde, das Pascal um sich errichtet hatte, zusammenbrechen würde. Erst dann würde man mich in Ruhe lassen, und ich könnte in ein neues Leben entkommen.

»Das Bundesaufsichtsamt begann gegen Ihren Mann zu ermitteln, nachdem seine Firma mit einem angeblichen Großauftrag aus Australien an die Öffentlichkeit ging«, sagte Stein. »In der Mitteilung hieß es, die australische Firma habe eine neue Methode zur Installation von Firewalls auf PetCards entwickelt, deren Lizenz Zuermatt erworben hatte. Voraussichtlicher Jahresumsatz: dreiundvierzig Millionen Dollar.«

Hundertzwanzig Millionen, dreiundvierzig Millionen, dachte ich, es machte schon keinen Unterschied mehr.

»Dieser Vertrag kam nie zustande«, fuhr er fort. »Ihr Mann erzielte den Gewinn aber trotzdem durch einen Hedgefonds-Vertrag.«

»Kommen Sie mit.« Abrupt stand ich auf.

»Wohin?« Etwas irritiert erhob er sich auch.

»Ich verstehe nichts von dem, was Sie erzählen. Ich würde die Unterlagen, die Sie suchen, nicht erkennen, selbst wenn ich sie in der Hand hielte. Ich kann Ihnen also nicht helfen. Sie müssen sich selbst helfen, Herr Stein.«

»Was wollen Sie damit sagen?«

»Gehen wir hinein. Das wollen Sie doch. Zögern Sie nicht. Wir gehen rein, Sie suchen, was Sie brauchen, danach lassen Sie mich hoffentlich in Ruhe.«

»Das sollten Sie sich gut überlegen, Frau Zuermatt«, sagte er in verändertem Ton. »Tun Sie nichts, was Sie später bereuen könnten.«

»Was sind Sie denn für ein Schnüffler!« Mein Lachen war übertrieben. »Ich lasse Sie von der Leine, und Sie zieren sich?«

»Wenn Sie mich ohne Gerichtsbeschluss ins Haus lassen, muss ich meinen Kollegen verständigen, damit er bezeugt, dass Sie aus freiem Willen handeln, dass ich Sie zu nichts gezwungen, Ihnen nichts eingeredet habe.«

»Wollen Sie jetzt Ihre ganze Meute mit reinschleppen?« Ich wurde laut, weil mich die Situation überforderte. Meine Wut richtete sich gegen alle und alles, gegen den frühen Herbst, den verhangenen Himmel, vor allem gegen Pascal.

»Sollte ich im Haus etwas Belastendes finden, müsste mein Kollege den Fund bezeugen«, beharrte Stein. »Andernfalls könnten Sie später behaupten, ich hätte es Ihnen untergeschoben.«

Auf halbem Weg zum Eingang drehte ich mich um. »Halten Sie mich für fähig, so etwas zu tun?«

»Nein.« Er lächelte herzlich. »Aber ich kenne Dr. Hollmann, den Anwalt Ihres Mannes. Eine solche Vorgehensweise würde zu ihm passen.«

»Wie war der Name?« Ich blieb wie angewurzelt stehen.

»Welcher Name?«

»Der des Anwalts.«

»Hollmann. Er vertritt Ihren Mann seit vielen Jahren. Kennen Sie ihn?«

»Nein, ich nicht. David hat …« Ich unterbrach mich.

»Wer ist David?«

Sollte ich ihn wissen lassen, dass David mir nicht irgendeinen Anwalt empfohlen hatte, sondern ausgerechnet Pascals Rechtsbeistand?

»Ein Bekannter.« Ich ging weiter. So hilfsbereit mir David bis jetzt erschienen war, begriff ich die Rolle plötzlich nicht mehr, die er spielte. Wieso hatte er ohne mein Wissen mit Pascals Anwalt geredet?

»Also schön, holen Sie Ihren Hilfssheriff«, sagte ich, nahm die ersten Stufen der Treppe und erwartete Stein beim Kücheneingang.

»Wie Sie wollen.« Er wandte sich zur Straße. »Ich habe Ihnen die möglichen Konsequenzen erklärt.«

Er verschwand für einen Augenblick, dann tauchte er in Gesellschaft wieder auf. Nicht der Mann aus dem Wagen betrat neben Stein den Garten, sondern David. Ich starrte ihn an wie ein Gespenst.

»Was machst du hier?«, rief ich quer über das Grundstück.

»Ich dachte, du brauchst vielleicht Hilfe! Wie es aussieht, komme ich gerade im rechten Augenblick.«

Ich hätte mich freuen sollen, ihn zu sehen – David im hellblauen Hemd, mit den fröhlichen Augen und dem schütteren Haar, den gut aussehenden David, der mein Dilemma, meine Überforderung vorausgesehen hatte und Feuerwehr spielte. Stattdessen war ich alarmiert; wegen der Sache mit dem Anwalt und weil ich es satthatte, dass die Dinge über meinen Kopf hinweg entschieden wurden.

»Hilfe ist nicht nötig«, entgegnete ich. »Herr Stein und ich haben alles besprochen.«

Mit raschen Schritten kam David durchs Gras. »Das glaubst du jetzt. Morgen wirst du froh sein, dass ich dich abgehalten habe.«

»Wieso bist du überhaupt hier?«

»Weil du noch einen Koffer bei mir hast. Weil ich die ganze Nacht und den halben Tag nichts von dir gehört habe.« Er erreichte die Treppe, besorgt sah er mich an. »Du bist überreizt, der Jetlag hat dich im Griff. In diesem Zustand willst du eine Entscheidung von solcher Tragweite treffen?«

»Darf ich fragen, wer Sie sind?« Auch Stein war näher gekommen.

»Darf ich zuerst fragen, wer *Sie* sind!«, gab David zurück.

Im nächsten Moment schauten wir auf die Plakette einer Frankfurter Behörde. Ich las das Wort Betrug, ich las Steins Namen, das Foto schmeichelte ihm nicht.

»Raimund Stein«, sagte er.

Raimund, dachte ich, passt nicht zu so einem Kerl von Mann. Knuth, Dirk, Heiko hätte ich ihn genannt, Raimund niemals. Inzwischen hatte David sich vorgestellt, ohne sich auszuweisen.

»In welchem Verhältnis stehen Sie zu Frau Zuermatt?«

»Ich berate sie«, antwortete er, bevor ich die leiseste Idee hatte, wie man Davids Funktion mir gegenüber benennen könnte.

»Sind Sie verwandt mit Frau Zuermatt oder ihrem Mann?« Stein ließ die verständnisvolle Maske, die er mir gegenüber aufgesetzt hatte, fallen und spulte seine Standardfragen ab.

»Nein«, antwortete David. »Wir sind Bekannte. Ich kenne allerdings Dr. Hollmann, Zuermatts Anwalt.«

Auch Davids Ton wurde schärfer. Meinen fragenden Blick, als er Pascals Anwalt nannte, übersah er geflissentlich.

»Ich bin sicher, ihm gefällt es nicht, dass Sie auf diesem Grundstück stehen. Er könnte das als Beeinflussung einstufen.«

»Ich bin auf persönliche Einladung von Frau Zuermatt hier.« Stein schaute zum Tor, ob sein Kollege dort auftauchen würde.

»Haben Sie Zeugen für diese Einladung?« David stellte sich neben mich. »Ich sehe hier nur meine Bekannte, die nach einer langen Reise die Zeitverschiebung noch nicht verkraftet hat. Sie könnten ihr wer weiß was erzählt haben.«

Stein lächelte, seine Augen blieben kalt. »Wollen wir Frau Zuermatt das nicht selbst entscheiden lassen?«

»Nein.« Davids Ton war trompetenhell. »Das wollen wir nicht.« Er zog das Handy aus der Brusttasche. »Ich rufe Dr. Hollmann an, er kann in wenigen Minuten hier sein.«

»David, nicht«, ging ich dazwischen.

Stein trat einen Schritt zurück. »Lassen Sie nur, Frau Zuermatt. Es gibt andere Mittel, meine Untersuchung fortzusetzen.«

»Nur zu.« David richtete sich auf, der kleine errungene Sieg schwellte ihm die Brust.

»Ich rufe Sie bald an«, sagte Stein zu mir.

»Dann werden Sie erfahren, dass Frau Zuermatt ohne Rechtsbeistand nichts mehr zu sagen bereit ist.«

Stein verabschiedete sich, ging zum Ausgang und verschwand hinter der Hecke.

»Tut mir leid, aber das war dringend geboten.« Sofort setzte David sein argloses Gesicht wieder auf.

Ich wollte keine beschwichtigenden Worte mehr hören, nur noch die Wahrheit. »Wieso hast du mir verschwiegen, dass du Pascals Anwalt kennst und konsultiert hast?«

»Komm rein, bitte, komm zuerst rein, dann erkläre ich dir alles.« Er nahm meine Hand. »Weißt du, wie nahe du dran warst, eine Riesendummheit zu begehen?«

Ich entzog ihm die Hand, betrat die Küche, machte Licht und setzte mich abwartend an den Tisch. David nahm gegenüber Platz. Ich musterte sein liebenswürdiges, ein wenig weiches Gesicht und fragte mich, ob ich ihm trauen durfte. Ich hörte ihn markante Sätze sagen, über Gefahr und Umsicht, und dass ich lernen müsse, eine klare Richtung einzuschlagen. Es sei eine bestimmte Gangart festzulegen und einzuhalten.

»Deshalb habe ich nicht irgendeinen Anwalt konsultiert, sondern gleich den richtigen«, fuhr er fort. »Den einzigen, der die Sache in ihrer Komplexität überblickt, Pascals Anwalt.«

»Woher weißt du so viel über die Angelegenheiten meines Mannes? In der Schweiz hast du behauptet, du kennst diese Sache nur aus den Nachrichten.«

»Stimmt.« Er fuhr sich über die Stirn. »Aber nach deinem Anruf aus Amerika habe ich mich umgehört. Das sagte ich dir schon bei deiner Ankunft.«

»Warum, David, wieso interessierst du dich so sehr dafür?«

»Liegt das nicht auf der Hand?« Sein Lächeln war scheu.

»Ehrlich gestanden … du musst mir schon weiterhelfen.«

»Ich bin seit zwei Jahren geschieden«, sagte er. »Ich mag es nicht besonders, allein zu sein. In der ganzen Zeit hatte ich eine flüchtige Affäre und war froh, sie wieder zu beenden. Ich war unglücklich. Plötzlich bist du in der Schweiz aufgetaucht, wir sind zusammen aufs Giferhorn gestiegen. Tags darauf bist du abgereist, ich dachte, ich würde dich nie wiedersehen. Das tat mir leid. Dann hast du mich aus heiterem Himmel angerufen und batest um meine Hilfe. Das hat mich glücklich gemacht.« Er senkte die Augen. »Muss ich noch deutlicher werden?«

»Nein, David.« Ich schluckte. »Aber … als wir in deiner Wohnung waren, hast du nicht die geringste Andeutung gemacht.«

»Wofür hältst du mich?« Er richtete sich auf. »Du bist in Not, du brauchst Beistand – es wäre nicht gentlemanlike gewesen, dich mit meinen Gefühlen zu überfallen.«

Ich legte meine Hand auf seine geballte Faust. »Ich danke dir für deine Offenheit.«

»Ich bin froh, dass es heraus ist.« Er schien genauso verwirrt zu sein wie ich. »Lass uns die Dinge bitte nicht miteinander vermischen.«

»Du hast recht. Erzähl mir mehr von Hollmann.«

Die Ereignisse überschlugen sich. War das erst eine Stunde her, dass ich von der Existenz des Sohnes meines Mannes erfahren hatte? Jetzt machte mir ein Mann, dem ich eben noch misstraut hatte, eine Liebeserklärung.

»Dr. Hollmann ist in seiner Branche hoch geachtet«, sagte David. »Außerdem gilt er auf dem Feld des Wirtschaftsrechts als jemand, der mit allen Wassern gewaschen ist. So jemanden brauchst du: eine Respektsperson, die mit dem Fall Zuermatt bestens vertraut ist.«

Darauf fragte er mich, ob ich im Haus etwas Belastendes gefunden hätte, und war überrascht, als ich verneinte. »In einem Haus wie diesem, einem großen, alten Haus, muss etwas da sein!«

»Ich habe das Arbeitszimmer durchsucht, den Schreibtisch, die Bücherregale, den Safe.«

»Und hast nichts gefunden?«

Ich war in Versuchung, ihm von *Licht über Maria* zu erzählen. Nicht, weil David mir seine Zuneigung eingestanden hatte, sondern weil ich ihn für einen authentischen Menschen hielt. Trotz seiner Männerattitüde beim Schlagabtausch mit Stein, obwohl er mir verschwiegen hatte, dass er mit Hollmann in Kontakt stand, behielt ich den Eindruck, David sei ein einfühlsamer Mann.

»Wollen wir noch mal gemeinsam nachsehen?«, fragte er auf mein Schweigen hin. »Vertraust du mir so weit?«

»Ich vertraue dir, David. Wir können auch zusammen suchen, aber nicht jetzt. Ich habe gerade …« Ich stand auf und öffnete den Schrank, in dem die Spirituosen aufbewahrt wurden, nahm eine Flasche Williamsbirne und holte zwei Gläser heraus. »Das ist der Moment, in dem man üblicherweise sagt: Jetzt brauche ich einen Drink.«

Er sah mir beim Einschenken zu, in jedes Glas einen Doppelten. »Stoß mit mir an.« Ich drängte ihm das Glas auf, klickte mit meinem dagegen und trank einen Schluck, meine Kehle brannte. »Ich habe gerade erfahren, dass ich Stiefmutter bin.« Ich ließ mich auf den Stuhl fallen.

David nippte. »Wie hast du das erfahren?«, fragte er, nicht sonderlich überrascht.

In mir brach ein Damm. Ich musste jetzt alles erzählen, was ich selbst kaum begriff. Dass Pascal Vater eines vierjährigen Jungen gewesen war, als er mich kennengelernt und geheiratet hatte. Er hatte sich scheiden lassen und ein neues Leben mit mir begonnen, zugleich aber sein altes Leben nicht aufgegeben. Ich trank und sagte, dass es mich nicht im Geringsten gestört hätte, einen Mann zu heiraten, der einen Sohn aus erster Ehe mitbringt. Nur die Lüge störte mich. Welche Herablassung, zu glauben, ich würde nicht dahinterkommen? Welche Überheblichkeit! Dass Jessica und ich einander früher oder später begegnen würden, schien vorgezeichnet. Pascal hatte sich einfach darüber hinweggesetzt.

»Könnte er nicht aus Angst so gehandelt haben?« David sah zu, wie ich mir das nächste Glas einschenkte. »Vielleicht hat er aus Furcht, dich zu verlieren, nichts von dem Jungen erzählt.«

»Ich liebe Kinder! Ich hätte den Kleinen bestimmt ins Herz geschlossen.« Der Schnaps tat gut, ich wurde streitlustig. »Du bist ein Mann – sag mir, warum ein Mann so etwas tut. Ist es nicht furchtbar, dass ich nach seinem …« Ich dachte *Tod*. »Nach seinem Verschwinden nur schreckliche Dinge über ihn erfahre?« Ich riss den Kopf nach hinten, weil mir schwindelig wurde. »Man geht nicht mit alter Unterwäsche aus dem Haus!«

»Was?« David starrte mich an.

»Meine Mutter hat mir das beigebracht. Man sollte stets gute Wäsche tragen, für den Fall, dass man einen Unfall hat oder irgendetwas passiert.« Ich lachte und trank. »Pascal trug dreckige Unterwäsche! Und jetzt kann sie jedermann sehen!«

Ich wollte mich zurücklehnen, verlor das Gleichgewicht und fiel vom Stuhl. Während ich zu Boden sackte, lachte ich, weil alles so irrwitzig war. David versuchte mir aufzuhelfen.

»Womit habe ich das verdient, kannst du mir das sagen?« Vergnügt schlang ich die Arme um seinen Hals. Da war dieser Duft wieder, den ich von Anfang an gemocht hatte. Ohne Scheu schnupperte ich an David. »Ist das dein Eau de Toilette?«

»Was … nein, ich benutze nichts.«

»Dann riechst du selbst so verführerisch.« Ich kicherte.

»Hör auf, du hast zu schnell getrunken. Hast du heute schon was gegessen?«

»Ein Sandwich.«

»Sonst nichts?« Er wollte mich auf die Beine bringen. »Der Jetlag, Tony.«

»Hör schon auf! Alles schiebst du auf den Jetlag.« Lachend rief ich: »Ich bin ein gefallenes Mädchen!« Ich sah seinen Mund vor mir und küsste seine Lippen. David zuckte so unverhältnismäßig zurück, dass ich ihn gleich noch einmal küsste. Er ließ es zu, erwiderte den Kuss aber nicht.

»Das geht nicht.«

»Warum nicht?«

»Nicht nach dem, was wir … was ich dir anvertraut habe.«

»Aber gerade deshalb! Du magst mich, das ist wunderbar.« Ich zog ihn an mich, spürte seine kräftigen Rückenmuskeln und zerrte ihm das Hemd aus der Hose.

»Nein! Hör auf! Nicht so!«

Plötzlich küsste er mich so heftig, dass unsere Zähne gegeneinanderschlugen. Ich fuhr mit der Zunge in seinen Mund, er blutete, ich leckte es ab. Er wollte sich aufrichten, ich öffnete seine Gürtelschnalle und spürte seinen Penis. Davids Becken begann sich zu bewegen, er begehrte mich, aber der vernünftige Teil von David tat alles, das zu verhindern.

»Tony, lass los! Das macht alles nur noch komplizierter!« Er keuchte und wollte mich hochziehen, wir fielen übereinander, rollten gegen den Stuhl, rollten gegen das Tischbein. Ich zog den Reißverschluss seiner Hose auf und riss sie ihm über den Hintern. Dann ließ ich ihn los, zog meine Jeans mit wenigen Griffen bis zu den Knien und warf mich wieder in Davids Arme. Es war ein ziemliches Kunststück, Sex zu haben, wenn nicht wenigstens einer die Hose auszog, aber es war nicht unmöglich. Ich drängte mich ihm entgegen, er berührte mich und drang in mich ein. Während mein Po auf den kalten Terrakottaboden gepresst wurde, während ich Davids Gewicht spürte, seine Erregung, seinen Duft genoss und mir wünschte, dass er die zusammengekniffenen Augen öffnete, fiel mir ein, dass Pascal und ich einander beim letzten Mal auch auf einem Fußboden geliebt hatten. Die letzte Nacht im Bungalow, die tropischen Geräusche und Gerüche; ineinander verschlungen waren wir vom Bett gerollt und hatten auf den Fliesen weitergemacht. Ich hatte unter das Bett gesehen und bemerkt, dass das Zimmermädchen es mit dem Putzen dort nicht so genau nahm. Durch unsere wilden Bewegungen waren die Flusen aufgeflogen. Mitten in der Liebe hatte ich Pascal gesagt, wie dreckig es unterm Bett sei, stöhnend hatte er, während er kam, geschrien, bei diesen Preisen sei das eine Frechheit.

In der Küche von Pascals Villa lag kein Stäubchen auf dem Boden. Das ist merkwürdig, dachte ich, dann dachte ich nichts mehr. Über mir der heiße, schwere Mann, unter mir der Boden, draußen wurde es bereits dunkel.

17

Vor seinem Aufbruch hatte David kaum gesprochen. Während er seine Kleider in Ordnung brachte, sagte er lediglich: »Du solltest dich mit Dr. Hollmann treffen.«

Ich war nicht einverstanden, hatte ihm aber nicht widersprochen, einen Termin zu vereinbaren. Durch das Küchenfenster hatte ich David davoneilen sehen. Ich duschte, lehnte mich gegen die Fliesenwand und ließ das Wasser über mein Gesicht laufen. Ich war so zufrieden, wie man in meiner Lage sein konnte. Nach drei Monaten Abstinenz hatte ich Sex mit einem Mann gehabt, und er bedeutete mir etwas. David hatte mir von Anfang an gefallen, weil er frech war, nicht oberflächlich, weil er zur Verfügung gestanden hatte, als ich ihn dringend brauchte. Nicht deshalb hatte ich mit ihm geschlafen, sondern weil ich spürte, dass sich David bei allem, was er für mich tat, in einem Dilemma befand. Er hatte Gefühle für eine verheiratete Frau, die nicht wusste, ob sie ihren Ehemann betrauern oder verfluchen sollte. Er wollte mir helfen, meinen Mann zu finden, *obwohl* er etwas für mich empfand. Sex macht alles komplizierter, hieß es, vielleicht war es so, aber das war mir in diesem Moment egal. Es gab noch genug komplizierte Dinge, die auf mich warteten, David war erwachsen und musste auf sich selbst aufpassen. Wie hatte er es ausgedrückt? *Eine Seilschaft bleibt eine Seilschaft.* Ich war noch Lichtjahre davon entfernt, mir einen neuen Mann vorzustellen, solange der alte als Gespenst über mir aufragte, solange ich mich in seinem Haus aufhielt und keine Ahnung hatte, wie mein Leben weitergehen würde.

Ich brauchte einen klaren Kopf und wechselte von heißem auf kaltes Wasser. Beim Abtrocknen dachte ich an den kleinen Jungen – ob er Pascal ähnlich sah? Sieben Jahre, überlegte ich, Robbie ging also in Frankfurt zur Schule. Morgens machte Jessica ihm Frühstück, oder hatte sie eine Hilfe dafür?

In einem Haus wie diesem, einem großen alten Haus, fielen mir Davids Worte ein. Irgendwo hier bewahrte Pascal bestimmt Fotos von Robbie auf. Ich zog einen Bademantel über und begann erneut in der Villa zu suchen. An der Südseite führte ein Korridor in den Wintergarten mit seinen schmiedeeisernen Fenstern. Pascal hatte diesen Raum als Werkstatt eingerichtet. In Toronto hatte ich oft gestaunt, wie geschickt der Mann, der seinen Beruf in erster Linie virtuell ausübte, mit den Händen war. In meinem abgewohnten Apartment gab es immer etwas zu reparieren; nur im Notfall hatte Pascal einen Handwerker geholt. »Das kann ich selbst«, hatte er gesagt und sich auch vor schmutzigen Arbeiten nicht gescheut, bei denen er unter die Spüle kriechen musste. Der Mann in den teuren Anzügen, der mit Millionen jonglierte, hatte die Ausgabe für den Klempner gespart.

Ich betrat den Wintergarten. Alles wirkte ordentlich: die Schraubenzieher nach Größe und Funktion aufgehängt, die Hämmer sortiert, die Kabel der Schleifmaschine und der Kreissäge aufgewickelt. Ich scheute mich, etwas vom Platz zu bewegen, in diesem Raum befand sich mehr von Pascals Persönlichkeit als in seinem Arbeitszimmer. Ich öffnete Schubladen, in denen Schrauben aller Größen, sogar verbogene Nägel aufbewahrt wurden. Es gab auch eine Schublade für Gebrauchsanweisungen; ob Flex oder Rasenmäher, Akkubohrer oder Fräsmaschine, alles war hier ordentlich aufbewahrt.

Darunter lagen die Fotos. Es waren sieben Stück, als ob er für jedes Lebensjahr seines Kindes ein Bild aufbewahrt hätte. Die ältesten zeigten Robbie noch neben Jessica, dann verschwand sie, und es war nur noch Robbie da. Dunkelhaarig wie Pascal, mit dem gleichen intensiven Blick, ich meinte sogar Pascals Unersättlichkeit an ihm zu entdecken. Robbie kam nach seinem Vater; alles war noch zart und unfertig, aber glaubte man den Bildern, wuchs hier ein typischer Zuermatt heran.

Mit einem Schlag wurde ich so traurig, dass ich mich, die Bilder in der Hand, auf den Boden setzte. Es war kalt, der Raum war aus Glas, ich fühlte mich ausgesetzt wie in einem Raumschiff. Rund um mich hatte alles Kontur und Gestalt, nur mein eigenes Leben nicht. Ich wollte Grund finden und fand nur Abgrund, wollte eine Richtung einschlagen und verlor mich immer weiter. Ich verließ den Wintergarten und ging langsam zurück. Der Boden des Korridors bestand aus alten, handgeschöpften Cottosteinen. Ich fühlte eine Unebenheit zu meinen Füßen. In die Bodenfliese war ein Relief eingearbeitet, die Konturen waren durch die vielen Schuhe, die darüber gelaufen waren, kaum noch zu erkennen. Normalerweise interessierte ich mich für Details wie diese, doch nicht jetzt. Ich hatte genug von den unbekannten Dingen, die diese Villa barg.

Draußen war es endgültig dunkel geworden. Ich hatte keine

Lust, den Abend in dem menschenleeren Haus zu verbringen. Nach vollzogenem Sex zu anhänglich zu werden, gilt als Fehler, das Klischee war mir bekannt, doch ich kannte in Frankfurt niemanden außer David. Ich wollte ihn überraschen. Kurz entschlossen zog ich mich an, bestellte ein Taxi und verließ das Haus.

Der Wagen verspätete sich, es hatte zu regnen begonnen. Ich wartete unter den Ästen der Eibe, die sich über den Zaun neigte. Das Taxi kam, der Fahrer wählte seine Route durch die Frankfurter Innenstadt, dieser merkwürdigen Mischung aus Verspieltem und Stromlinienförmigem, aus Mittelalter, heruntergekommenen Nachkriegsbauten und Science-Fiction. Eines der sieben Fotos hatte ich eingesteckt, holte es hervor und betrachtete Robbie im Schein der Straßenbeleuchtung.

Das Taxi erreichte Davids Adresse. Sein Haus unterschied sich von den Bürgerbauten durch seine Durchlässigkeit, die Vorderfront war praktisch aus Glas. Davids Wohnung lag im dritten Stock. Ich stand auf dem Gehweg, Robbies Bild in der Hand. Oben brannte Licht, ich machte den ersten Schritt auf die Haustür zu, da sah ich David hinter der Glasfront auftauchen. Er erschien mit einem Weinglas in der Hand, redete und gestikulierte. Ich war ernüchtert, dass er nicht allein war. Wie gut, dass ich schon von der Straße aus bemerkte, dass er Besuch hatte, nun konnte ich ungesehen abziehen und mir Peinlichkeiten ersparen. Ich fuhr mir durchs Haar, der Regen klatschte es an. In der mir unbekannten Gegend sah ich mich nach einer Tramhaltestelle oder einem Taxistand um. Zum Lebewohl warf ich noch einen Blick nach oben. Davids Besuch trat hinter die Glasfront, es war ein Mann. Ich fühlte so etwas wie Erleichterung, dass es keine Frau war.

Der Mann war schwerer als David, er trug einen Dreiteiler, von dem er die Jacke abgelegt hatte. Er drehte sich nach vorn, auch er hielt ein Weinglas. Mit geballter Faust redete er auf David ein. Dass es Pascal war, wusste ich, bevor ich sein Gesicht deutlich sah, es war Pascals Haltung. Breitbeinig trat er vor den Jüngeren und beschimpfte ihn. David erwiderte nichts, hielt den Kopf gesenkt. Pascal trank einen Schluck, dabei trat er hinter die Scheibe und schaute auf die Straße hinunter. Er konnte mich in der Dunkelheit unmöglich sehen, doch für mich war es, als ob mein Mann und ich einander nach Monaten zum ersten Mal in die Augen blickten. Ich spürte nicht, wie mir Robbies Bild entglitt, sah das Pflaster nicht, sah nur, wie Pascal nach oben wegkippte. Ich nahm den Nachthimmel wahr, nicht den Schlag, als ich auf dem Bordstein aufprallte. Merkwürdigerweise sah ich meine Beine, die sich anwinkelten, als wollte ich mich hier und nirgendwo sonst zum Schlafen hinlegen.

18

Dass er Arzt war, glaubte ich ihm, dass es mir schon besser ging, nicht. Ich war weit fort von mir und sah die Decke, die auf meinem Körper lag, wie aus großer Entfernung. Ich wollte schlafen.

»Jetzt müssen Sie erst mal wach bleiben, junge Frau«, sagte der Arzt. »Wir müssen Ihren Blutdruck ankurbeln, der macht mir Sorgen.«

»Blutdruck«, wiederholte ich, als sei es ein unbekanntes Wort.

Er wandte sich zur Schwester und tippte mit einem Kugelschreiber auf mein Krankenblatt. »Jede Stunde«, hörte ich ihn sagen, beide verließen das Zimmer.

Ich hatte die Vorstellung zu erfrieren. Unter anderen Umständen hätte ich um eine wärmere Decke gebeten, aber ich wollte die Schwester, den Arzt nicht auf mich aufmerksam machen. Keiner sollte das Wort an mich richten, ich wollte nicht mehr belogen werden. Ich schlotterte unter der Decke, presste die Arme an den Leib und zog die Beine an. Ich hatte in dem Irrtum gelebt, dass andere mir Wärme geben würden. In dieser Illusion hatte ich geheiratet. Ich hatte – heute oder gestern, welcher Tag war heute? – mit einem Mann geschlafen, weil ich mich nach Wärme sehnte. Das kalte Pflaster fiel mir ein, der

Rinnstein, in dem ich gelandet war. Ich konnte zu nichts und zu niemandem zurück, es gab nichts Vertrautes, alles musste zurückgelassen, musste neu erfunden werden. Alles, was ich für Pascal gehofft, was ich um seinetwillen spekuliert hatte, musste ich vergessen. Was zwischen David und mir gewesen war, reihte ich in die Kategorie Betrug ein. Alle Ratschläge, die ich von ihm bekommen hatte, waren aus meinem Gedächtnis zu löschen. Wie hatte David, der letzte Nacht von Pascal besucht worden war, mich in die Villa schicken können, damit ich dort nach Unterlagen suchen sollte, die niemand finden würde, da es solche Unterlagen nicht gab!

Wie ein Versuchskaninchen kam ich mir vor, das von hier nach da gesprungen war und immer das getan hatte, was die Lügner mir auftrugen. Ich war von den Lügnern abhängig, ihnen ausgeliefert gewesen und hatte es nicht bemerkt. Wie war ich überhaupt ins Krankenhaus gekommen? Hatten David oder Pascal mich vom Fenster aus zusammenbrechen sehen und einliefern lassen? Das war unwahrscheinlich, da sie fürchten mussten, dass ich das Geheimnis, das entscheidende Geheimnis, sofort ausplaudern würde: dass Pascal noch lebte. Nicht an einem obskuren Ort in Südamerika; er befand sich in Frankfurt, war greifbar, er war dingfest zu machen. Wahrscheinlich hatten mich nicht David oder Pascal gefunden, sondern jemand anders, ein nächtlicher Passant, ein Autofahrer, dessen Scheinwerfer plötzlich eine im Rinnstein liegende Frau erfasst hatten. Vielleicht waren David und Pascal erst aufmerksam geworden, als der Krankenwagen vor dem Haus hielt und das kreisende Blaulicht zu Davids Fenstern hochblinkte. Waren sie hinuntergestürzt, hatten zugeschaut, wie ich auf der Trage in den Wagen geschoben wurde? Vielleicht sollte ich die Schwester fragen, wer mich eingeliefert hatte – später.

Bis jetzt hatte ich Pascals Geheimnis gedeckt, war sein Schutzschild gewesen, indem ich wie eine Verrückte meinen tot geglaubten Mann suchte, wodurch die meisten angenommen hatten, dass er wirklich tot war. Nun wusste ich, er lebte. Pascal wusste, dass ich es wusste.

Nur Stein hatte Pascal das Verwirrspiel von Anfang an nicht abgenommen, den Tauchunfall in Rio, die Muränenhöhle, die Suche nach der Leiche. Es gab keine Leiche, mein Mann trank Rotwein, er kannte David, mein Mann war in der Stadt. Stein schien der einzige Aufrichtige in dieser Sache zu sein, seine Theorie hatte sich als Wahrheit entpuppt. Ich musste ihn sprechen! Wie viel Uhr war es? Dunkelheit draußen, es regnete immer noch. Ich schlug die Decke zurück, setzte mich auf. Ich vermutete meine Kleider im Schrank und schob die Beine aus dem Bett. Beim Versuch, das Gewicht darauf zu verlagern, wäre ich fast umgekippt. Was hatten die mir gegeben? Mein niedriger Blutdruck konnte unmöglich der Grund für diesen Schwächezustand sein. Ich zog mich aufs Bett zurück wie auf eine Insel. Ich musste Stein telefonisch verständigen; auch dazu hätte ich meine Kleider gebraucht, in meiner Brieftasche steckte seine Karte. Ich klingelte nach der Schwester.

»Können Sie mir bitte meine Brieftasche geben?«

»Wozu?«

»Ich soll nicht einschlafen, dazu muss ich mich beschäftigen.«

»Soll ich den Fernseher anmachen?«

»Wie viel Uhr ist es?«

»Gleich Mitternacht.«

»Wann bin ich eingeliefert worden?«

»Vor zwei Stunden.«

»Wo bin ich hier eigentlich?«

Sie nannte mir die Station und erklärte, dass ein gewisser Stein ein paarmal angerufen habe. Verwirrt bat ich die Schwester um meine Handtasche, fand mein Telefon und tippte Steins Nummer.

Die Mailbox. Tag und Nacht erreichbar? Von wegen: Die Herren vom Frankfurter Betrugsdezernat schliefen. Ich hinterließ keine Nachricht. Das Telefon in der Hand überlegte ich, was ich mit zwei nutzlosen Beinen sonst unternehmen konnte.

Es klingelte, ich starrte auf das Display; es war die Nummer, die ich eben gewählt hatte.

»Na endlich.« Steins Stimme klang nicht schlaftrunken. »Wie geht es Ihnen?«

»Sie hatten mit allem recht«, sagte ich.

»Womit?«

»Pascal lebt.«

Ich deutete die Stille als Verblüffung.

»Ich fürchte, Sie irren sich, Frau Zuermatt.«

»Ich bin im Krankenhaus, ich hatte einen Zusammenbruch.«

»Ich weiß.«

»Woher?«

»Ich bin auf dem Weg zu Ihnen und werde Ihnen die Sache gleich erklären.«

»Welche Sache? Pascal lebt!« In mir überschlugen sich die Gedanken. Wenn Stein von meinem Zusammenbruch wusste, gab es dafür nur die Erklärung, dass er mich beschatten ließ. Ich hatte vor Davids Haus gestanden. War ein Ermittler in Davids Wohnung gegangen, hatte er Pascal dort entdeckt?

»Verstehen Sie nicht, was ich sage?«, rief ich. »Ich habe Pascal gesehen!«

Ich hörte ihn seufzen. »Ihr Zustand tut mir leid, Frau Zuermatt, aber ich fürchte, Sie haben Ihren Mann nicht gesehen. Nur ein paar Minuten Geduld. Ich habe das Krankenhaus fast erreicht.«

Ich starrte das Telefon an. Wofür Geduld? Dass ich schon wieder belogen wurde? Ich hatte Pascal so deutlich erkannt, wie ich dieses Ding aus Plastik sah, Pascal mit Rotweinglas, Pascal in Pascalhaltung, kein Zweifel war möglich. Ich ließ das Telefon sinken. Wie hatte Stein meinen Mann genannt – einen Hai. So leicht ließ sich der Hai nicht kriegen. Diesen Schweizer Hai zog man so leicht nicht an Land. Bestimmt hatte Pascal sofort einen Plan entwickelt, um seine Entlarvung zu verhindern.

Es klopfte an der Tür. Noch bevor ich etwas sagen konnte, trat Stein ein. Die Schwester folgte ihm. »Aber nur kurz, hier herrscht Nachtruhe.« Er beachtete sie nicht.

»Hallo, Frau Zuermatt. Wie geht es Ihnen?«

Ich schaute ihm schweigend entgegen.

»Sie waren heute in der Pistoriusstraße?«

»Das wissen Sie.«

»Was wollten Sie dort?« Er bemerkte, dass die Schwester mithörte, und schloss vor ihr die Tür. »Sie wollten zu David Hilperth, nicht wahr?«

Ich nickte knapp.

»Sie standen auf der Straße und haben hochgesehen. Dabei kam es zu der – ich kann es nicht anders nennen – unseligen Verwechslung.«

»So?« Mein Lächeln sollte höhnisch wirken. Er sollte spüren, was er auch erzählte – ich glaubte ihm nicht.

»David Hilperth wohnt im dritten Stock«, sagte Stein. »Es war dunkel, es hat genieselt.«

»Wer hat Ihnen erzählt, dass ich zusammengebrochen bin?«

»Hilperth selbst.«

Ich hielt die Luft an; da hatte ich den Beweis. David, der Stein erst vor wenigen Stunden schroff abgewimmelt hatte, wandte sich kurze Zeit später an ihn. Der Betrug setzte sich fort.

»Wieso haben Sie es nicht selbst rausgekriegt?«, erwiderte ich. »Lassen Sie mich nicht beschatten? Sie hoffen doch, dass ich Sie zu meinem Mann führe. Nun habe ich Sie zu meinem Mann geführt, und Sie glauben mir nicht?«

»Wenn Sie mich bitte erklären lassen.« Stein kam so dicht ans Bett, dass seine Schenkel den Metallrahmen berührten. »Sie haben vorhin nicht Pascal Zuermatt gesehen, sondern seinen Bruder Roman.« Er machte eine Pause. »Hilperth hatte Besuch von Roman Zuermatt. Als die beiden das Blaulicht sahen, erkannten sie Sie auf der Bahre und haben mich angerufen. Vor kaum einer Stunde habe ich mit David Hilperth gesprochen, und mit Roman Zuermatt. Die Ähnlichkeit ist verblüffend.«

»Unmöglich! Ich kenne den Bruder von Pascal, die beiden sehen sich ähnlich, trotzdem hätte ich sie nicht verwechselt.«

»Ich hatte auch meine Zweifel«, sagte er. »Ich ließ mir Zuermatts Bahnticket zeigen, er ist bereits vor vierundzwanzig Stunden angereist. Er war wirklich bei Hilperth in der Wohnung.«

Ich suchte nach Logik im Betrug. »Wozu sollte ein Schweizer Vizebürgermeister David Hilperth in Frankfurt aufsuchen? David kennt weder Pascal noch dessen Familie.«

»Das kam mir auch merkwürdig vor.« Stein setzte eine Miene auf, die ausdrückte, dass das dicke Ende noch bevorstand. »Seit heute Abend haben meine Ermittlungen eine neue Richtung genommen.« Vorsichtig, als habe er Angst, meine Hand zu zerquetschen, fasste er danach. Seine war warm. »Es wird ein kleiner Schock für Sie sein. Bereit?«

Meine Gedanken irrten in alle Richtungen, ich wollte seiner Eröffnung zuvorkommen, doch es fiel mir nichts ein.

»Die Familie Zuermatt war über die unermüdlichen Nachforschungen, die Sie angestellt haben, beunruhigt. Ihr liegt daran, dass die Angelegenheit rasch wieder in geordnete Bahnen kommt, mit anderen Worten: dass Pascal für tot erklärt wird. Die Familie will alles vermeiden, was den Namen Zuermatt in Verruf bringt.«

Bis jetzt schockierte mich nichts an seinen Worten.

»Die Familie brauchte daher einen *Blitzableiter*, um Sie von Ihrer verbissenen Suche abzubringen. Sie sollten endlich akzeptieren, dass Ihr Mann ertrunken ist. Darum hat man Hilperth beauftragt, mit Ihnen in Kontakt zu treten. David Hilperth ist ein Frankfurter Broker, der auch Transaktionen für Zuermatts Firma abgewickelt hat. Doch stand er in so entferntem Kontakt zu Zuermatt selbst, dass nicht zu befürchten war, dass Sie diesen Kontakt durchschauen würden.«

Ich hatte manches vermutet, doch das keinesfalls. Ich bekam keine Luft mehr, riss den Mund auf.

»Soll ich den Arzt rufen?« Stein fasste meine Hand fester.

»Bleiben Sie. Sagen Sie mir alles. Bringen wir es hinter uns.«

»Hilperth hat mir anvertraut … Er sagte, dass Sie miteinander geschlafen haben.«

»Na und?« Ich zog meine Hand zurück.

»Er hat es so dargestellt, als ob die Initative von Ihnen ausgegangen sei.« Steins helle Augen fixierten mich.

Als schönes Erlebnis inmitten all der Enttäuschungen hatte ich mein Beisammensein mit David angesehen, als verrückten, leidenschaftlichen Moment, über den ich mich gefreut hatte, vielleicht sogar als Hoffnungsschimmer für den Schritt in ein neues Leben. David hatte behauptet, in mich verliebt zu sein, und mich glauben gemacht, er hätte mir aus Liebe geholfen. In Wirklichkeit war sein Liebesbekenntnis der Höhepunkt des Betrugs gewesen; der Betrüger war bei Erfüllung seines Auftrags so weit gegangen, mit mir zu schlafen.

»Weiter«, sagte ich.

»Als die Familie erfuhr, dass Sie nach Toronto zurückkehren würden, war sie einigermaßen beruhigt, umso irritierter natürlich, als Sie nur Tage später wieder bei Hilperth anriefen. Dass ich Sie in Amerika aufgespürt habe, muss für die Zuermatts ein Schock gewesen sein. Deshalb hat Hilperth Ihnen vorgeschlagen, nach Frankfurt zu kommen, um …«

»Um mich ruhigzustellen«, ging ich dazwischen. »Deshalb wollte er mich auch mit Dr. Hollmann zusammenbringen.«

»Natürlich.« Stein nickte. »Der Anwalt hätte Sie zweifellos auf die Linie der Zuermatts eingeschworen. Das ist übrigens der Grund für Roman Zuermatts Besuch in Frankfurt: Pascals Bruder hat Hollmann aufgesucht. Auch das kann er beweisen. Verstehen Sie mich recht, Frau Zuermatt. Ich glaube nach wie vor, dass Ihr Mann lebt.«

»Hören Sie mit dem verdammten *Frau Zuermatt* auf.« Ich fuhr mir durchs Haar, wollte einen klaren Kopf bekommen. »Sagen Sie Tony zu mir, wie alle anderen auch.«

»Das – verzeihen Sie –, das ist mir zu amerikanisch. Wir nennen uns hier nicht beim Vornamen, wenn wir nicht …«

»Miteinander vertraut sind?« Ich suchte in seinen Augen. »Sind wir das nicht allmählich?«

»Vielleicht.« Ein Anflug von Wärme, er hatte ein hübsches Lächeln. »Ich bin Beamter. Ich ermittle im Fall Ihres Mannes. Ich darf Sie nicht duzen.«

»Wie Sie wollen.« Ich machte eine wegwerfende Geste. »Ist mir auch egal.« In meinem überreizten Zustand hatte ich das lächerliche Gefühl, dass ich sogar von ihm zurückgestoßen wurde.

»Ihr Mann lebt«, wiederholte er. »Aber ich bin sicher, er wagt nicht, nach Frankfurt zu kommen. Wir müssen herauskriegen, wo sein Versteck ist.«

Ich rief mir das nächtliche Bild vor Augen: der Mann am Fenster, die Art, wie er das Rotweinglas gehalten hatte. »Das war nicht Pascals Bruder. Die beiden mögen sich ähnlich sehen, aber ich sage Ihnen, das ist Pascal gewesen!«

»Mit Spekulationen werden wir die Frage nicht beantworten.« Er beugte sich zu mir. »Gestern haben Sie mir Zutritt zur Villa angeboten. Als Ehefrau des Vermissten haben Sie das Recht dazu. Bleiben Sie dabei?«

»Ja. Jetzt erst recht.«

»Dann hole ich Sie in der Früh ab.«

Ich schlug die Decke zurück. »Nein, mir geht es schon viel besser.« Ich bemerkte seinen Blick auf meine nackten Beine und deckte mich wieder zu.

»Ruhen Sie sich aus.« Er berührte sanft meine Wange und verließ das Zimmer.

Einen Moment lang sank ich gegen das Kissen. Nachdem ich Pascal bei David gesehen hatte, war ich sicher gewesen, dass die Dinge kaum noch verworrener werden konnten. Nun war alles schlimmer gekommen, aber mir ging es besser. Die Ereignisse der Nacht hatten meinen Kampfgeist nicht geschwächt, sondern angestachelt. Jetzt wollte ich alles wissen, alles ans Licht bringen! Vorsichtig setzte ich meine Füße zu Boden. Als ich den ersten Schritt wagte, klingelte mein Handy. Ich erkannte Davids Nummer. Er hatte den Mut, mich anzurufen? Er wusste doch, dass ich im Krankenhaus war. Warum hatte er nicht sofort versucht, mir eine weitere Lügengeschichte zu erzählen? Weshalb hatte er erst mit dem Betrugsdezernat gesprochen? Es klingelte zum dritten Mal. Die Antwort war einfach: Weil David, weil die Zuermatts zuerst den Verdacht entkräften mussten, dass Pascal lebte und möglicherweise in Frankfurt war. Ich und meine Gefühle, meine Verquickung in die Angelegenheit waren zweitrangig. Mein Finger schwebte über der Taste. Ich war gespannt, wie David sich herausreden würde. Als ich ihn wegen der Sache mit Dr. Hollmann verdächtigt hatte, war er so weit gegangen, mir eine Liebeserklärung zu machen. Welche Tricks hatte er noch auf Lager? An meiner Neugier erkannte ich, dass es mir unmöglich war, so unvermittelt von Zuneigung auf Verachtung umzuschalten. Vor nicht einmal zwölf Stunden hatte ich mit David geschlafen. Mein Finger berührte die Taste mit dem roten Telefon, das Klingeln hörte auf.

Die Schwester brachte mir eine zweite Decke und erlaubte mir endlich zu schlafen. Langsam kehrte die Wärme zurück.

19

Es wurde fast Mittag, bevor meiner Aufbruchsstimmung der tatsächliche Aufbruch folgte. Man untersuchte mich ein weiteres Mal, Stein regelte die Formalitäten, damit ich das Krankenhaus auf eigenes Risiko verlassen konnte.

»Ich habe keinen richterlichen Beschluss«, erklärte er mir im Dienstwagen. Auch der zweite Ermittler war dabei, er wurde mir als Herr Wolfram vorgestellt. »Ich darf Fundgegenstände in der Villa nicht beschlagnahmen, darf sie mir von Ihnen aber zeigen lassen.«

Ich war von meinen Skrupeln befreit, wusste, auf welche Seite ich mich stellen sollte. Ich würde den Ermittlern Einlass gewähren, wollte Schränke öffnen, Papiere auf den Tisch bringen, Daten aufrufen.

»Ich war gestern im Wintergarten«, sagte ich, während wir an spiegelnden Bürotürmen vorbeifuhren. »Pascal hat dort eine Werkstatt. Ich fand Bilder von …« Ich nahm Robbies Fotografie heraus. »Ich hatte von der Existenz dieses Kindes keine Ahnung.«

»Wie haben Sie es erfahren?«

»Von Jessica.«

Verblüfft sah er mich an. »Sie haben mit seiner Exfrau gesprochen?« Stein gab mir das Bild zurück.

»Sie glaubt, dass Pascal tot ist.«

»Sie behauptet, dass sie glaubt, dass er tot ist.« Er steckte die Hand in die Lederjacke. »Diese Frau spielt in dem ganzen Gefüge eine ziemlich undurchsichtige Rolle.«

Ich nahm an, dass er rauchen wollte, doch seine Hand kam ohne Zigaretten wieder aus der Jacke hervor. »Wie meinen Sie das?«

»Ich bezweifle, dass Jessica sich aus dem Leben ihres Exmannes völlig zurückgezogen hat.«

»Natürlich nicht, sie haben zusammen ein Kind.«

»Es hat nicht nur mit dem Jungen zu tun. Die beiden haben sowohl ihre wirtschaftliche als auch die private Trennung in völligem Einvernehmen vollzogen. Wenn etwas so glatt abläuft, habe ich meine Zweifel.«

»Wieso?«

»Weil Trennungen, bei denen es um große Summen geht, fast immer einen Scherbenhaufen hinterlassen. Nicht bei den beiden: Zu gegebener Zeit stieg Jessica aus Pascals Firma aus, er kaufte ihre Anteile, und nach angemessener Frist ließen sie sich scheiden. Auch im Privatbereich wurde alles gerecht geteilt. Das ist mir noch nie untergekommen.«

»Wahrscheinlich war Jessica auf sein Geld nicht angewiesen.«

Er warf mir einen schrägen Blick zu. »Sie kommen mir manchmal wie eine Südseeinsulanerin vor, Frau Zuermatt.«

»Ach ja?«

»Ja. Wie ein Mädchen am Strand, das alles mit Muscheln bezahlt und von der Macht des Geldes noch nie etwas gehört hat.«

Er warf mir ein helles Lächeln zu. »Wer Geld hat, will mehr davon, das scheint ein Virus zu sein, der jeden ansteckt. Wieso sollte Jessica eine Ausnahme sein?«

Ich sah aus dem Fenster. »Vielleicht bin ich wirklich so eine Inselbewohnerin.«

Wir erreichten die Villa, ich brachte die Männer hinein, zusammen gingen wir durch die Räume im Erdgeschoss.

Im Wohnzimmer blieb ich stehen. »Glauben Sie, dass Roman Zuermatt sich mit mir in Verbindung setzen wird?«

»Wahrscheinlich nicht.« Stein sah sich nur um, während Wolfram eine Schatulle auf dem Couchtisch öffnete. »Ich habe den Eindruck, die Familie will Sie aus allem draußen halten. Außerdem kann Zuermatt nicht wissen, dass Sie so schnell aus der Klinik entlassen wurden. Er würde Sie also im Krankenhaus zu sprechen versuchen.«

David fiel mir ein; er hatte nicht noch einmal angerufen. Dass ich ihn *weggedrückt* hatte, war wohl deutlich genug gewesen. Oder war er ins Krankenhaus gefahren? Bis jetzt kannte ich nur die Version des Mannes vom Betrugsdezernat. Wäre es nicht fair gewesen, Davids Darstellung der Dinge wenigstens anzuhören?

»Wo ist das Arbeitszimmer?«, fragte Stein.

Ich ging den beiden auf der Treppe voraus. Vor der Tür blieb ich stehen. »Sie gehen hoffentlich mit dem nötigen …« Ich suchte das rechte Wort. »Respekt ans Werk.« Ich ließ die beiden eintreten.

»Sie können sich gern davon überzeugen.« Stein sah mir meine Zweifel offenbar an und wartete, bis ich ihnen gestattete zu beginnen.

»Der Safe ist dort drüben.«

»Haben Sie ihn geöffnet?«

Ich nickte.

»Woher kannten Sie die Kombination?«

Ich erklärte es ihm.

»Kam es Ihnen nicht merkwürdig vor, dass Ihr Mann Ihnen den Code anvertraute?« Er gab Wolfram ein Zeichen, der bückte sich vor dem Tresor.

»Damals nicht. Es war ein Scherz zwischen uns: Pascal nannte mir die Kombination eines Safes, der weit weg in einer Frankfurter Villa stand. Es gefiel mir, dass der Code meine Initialen enthält.«

Bevor Wolfram die Chiffre einstellte, fragte Stein: »Haben Sie etwas Interessantes darin gefunden?«

Der Papuastein fiel mir ein und *Licht über Maria.* »Nein.«

Wolfram zog Latexhandschuhe über, der Tresor ging zum zweiten Mal auf. Beide betrachteten die dunklen Fächer, dann begann Wolfram den Inhalt sicherzustellen.

»Was ist das?« Stein zeigte auf den Papuastein.

Ich berichtete, von wo er stammte und was er uns bedeutet hatte. Den Zettel verschwieg ich. Ich trug das kleine Papier bei mir, hatte es die ganze Zeit bei mir getragen. Warum holte ich es nicht hervor und forschte zusammen mit Stein nach *Licht über Maria*? Weil ich die verrückte Hoffnung hegte, dass diese Botschaft an mich gerichtet war? Ich wollte einfach nicht glauben, dass die drei Worte etwas mit Pascals fragwürdigen Transaktionen zu tun hatten.

Stein ging an den Bücherregalen entlang. »Erstaunlich viele religiöse Werke.«

»Wieso erstaunlich?«

»Für einen Geschäftsmann ist es ungewöhnlich, sich im Arbeitszimmer mit Gott zu umgeben.«

»Vielleicht hat er seine Gewinne mit Gottes Hilfe gemacht.« Mein Scherz war schal, Stein schmunzelte trotzdem. Er nahm einen Bildband von Velazquez und betrachtete eine Madonna im blauen Mantel.

»War Ihr Mann religiös?« Er schaute auf. »Verzeihung. *Ist* Ihr Mann religiös?«

Ich konnte nicht antworten. Die Madonna sprang mir ins Auge, ihr zum Jesuskind geneigter Kopf, der Heiligenschein. Die Muttergottes, dachte ich, *Licht über Maria*, der Heiligenschein: Pascal hatte keine Person dieses Namens gemeint, sondern die Madonna! Wieso hatte ich bis jetzt nicht begriffen, dass die drei Worte eine Metapher waren? *Licht über Maria* war die Umschreibung für *Heiligenschein*!

»Pascal ist Calvinist.« Ich spürte hektische Flecken auf meinen Wangen und legte die Handrücken darauf.

»Für einen calvinistischen Bilderstürmer hat er ganz schön frivole katholische Bildchen hier versammelt.« Stein zeigte mir die Abbildung eines nackten Christus in den Armen Marias.

»Brauchen Sie mich noch?« Mein Verdacht machte mich plötzlich ganz nervös.

»Wollen Sie denn nicht dabei sein?« Stein bemerkte meinen Stimmungsumschwung.

»Ich verstehe ja doch nichts davon.« Ich vermied es, ihn anzusehen. »Soll ich uns Kaffee machen?«

Vor dem Safe drehte sich Wolfram um. »Das wäre nett.«

Stein verengte die Augen und musterte mich, schließlich nickte er. »Schwarz, mit viel Zucker bitte.«

Draußen lehnte ich mich an die Wand und presste den Kopf gegen die Mauer. Ich war sicher, dass Pascal keine Madonna aus den Büchern gemeint hatte, die Bedeutung war konkreter. Ich lief ins Erdgeschoss, setzte die Espressomaschine auf und begann durch die Räume zu streifen.

Viele Bilder hingen an den Wänden, auch eine abstrakte Kreuzigung war dabei, nirgends die Gottesmutter. Ich wollte in den Wintergarten, wo ich die Fotos gefunden hatte, und durcheilte den Korridor, der in den gläsernen Raum mündete. Durch den Regen war es hier drin, wo keine Wände die Wärme speicherten, noch kühler geworden. Ich suchte flüchtig in den Schubladen und kehrte um. Langsam ging ich den Korridor zurück. Wie beim ersten Mal fühlte ich die Unebenheit zu meinen Füßen und strich mit dem Schuh darüber. Dieser Gang hatte kein Fenster, auch tagsüber herrschte hier Zwielicht. Ich lief zum Lichtschalter, der Lüster ging an. Ich ließ mich auf die Knie sinken und glitt mit den Fingern die Konturen des Reliefs entlang. Mit etwas Fantasie konnte man darin eine Madonnendarstellung erkennen. Hier der kleine Kopf, darunter ein weiter Mantel. Ich hatte gelesen, dass die Muttergottes in mittelalterlichen Darstellungen manchmal in Dreiecksform abgebildet worden war. Das Relief zeigte sonst kaum Details, vor allem keinen Heiligenschein. Für ein paar Momente war ich sicher gewesen, die richtige Maria gefunden zu haben. Enttäuscht starrte ich zu Boden.

»Licht über Maria. Licht *über* Maria.« Ich hob den Kopf. Der Lüster passte nicht hierher, sechs Arme, sechs Glühbirnen, zwei waren ausgefallen. Ich stand auf, reckte mich auf die Zehenspitzen – er hing zu hoch. Ich lief in die Werkstatt, holte einen Stuhl und stieg darauf. Staub auf der Oberseite, die Elektroinstallation war in der Kette verborgen, mit der die Lampe an der Decke befestigt war. Ich drehte eine der kaputten Glühbirnen heraus, starrte sie an und stieg wieder vom Stuhl.

»Haben Sie uns vergessen?«, rief Stein von oben.

Der Kaffee! In die Küche eilend, hörte ich das Brodeln des Kännchens, der Espresso war übergelaufen. Ich kühlte die Kanne unter kaltem Wasser und setzte sie zum zweiten Mal auf. Während ich ein Tablett vorbereitete, lag die Glühbirne auf der Anrichte. Wo mochte mein Denkfehler liegen, was hatte ich übersehen?

»Er kommt spät, dafür ist er stark«, sagte ich beim Eintreten.

Ich war überrascht, wie behutsam Stein und sein Mitarbeiter zu Werke gingen. Was sie an Unterlagen schon durchgearbeitet hatten, lag säuberlich sortiert auf einem Stapel. Die beiden saßen einander am Schreibtisch gegenüber und studierten Papiere.

»Vielen Dank.« Stein machte eine Ecke des Tisches frei, ich stellte das Tablett ab.

»Sieht nicht so aus, als ob Sie schon ein Beweisstück gefunden hätten«, kommentierte ich die leidenschaftslose Arbeit der beiden.

»So etwas kann Wochen dauern«, sagte Wolfram.

»Wochen?« Ich lachte. »Ich weiß nicht einmal, ob ich noch Wochen in Frankfurt sein werde. Wie soll es jetzt weitergehen?«

»Jetzt probieren wir erst mal Ihren Kaffee.« Stein nahm drei Stück Würfelzucker, bemerkte meinen spöttischen Blick und ließ sie in den Kaffee fallen. »Ich bin ein genusssüchtiger Mensch.«

20

Zum zweiten Mal schlief ich in dem fremden Haus. Stein und Wolfram waren spät aufgebrochen. Nur aus Bequemlichkeit hatte ich mir kein Hotelzimmer genommen, sondern war geblieben, obwohl die Möglichkeit bestand, dass Roman Zuermatt auftauchen und mir vorwerfen könnte, dem Betrugsdezernat Zutritt gewährt zu haben.

Als es mitten in der Nacht an der Haustür klingelte, schreckte ich aus dem Bett. Wer kam um diese Zeit ans Haus? Pascal – durchfuhr es mich. Nach dreimaligem Klingeln hörte es auf. Ich schlich die Treppe hinunter. Morgen bist du hier raus, sagte ich mir, du verbringst keine Nacht mehr in Pascals Villa.

Das Geräusch kam nicht vom Eingang, sondern von der Westseite. Versuchte jemand durch den Seiteneingang einzudringen? Dort hatte ich Stein hinausgelassen, war die Tür verriegelt? Mit nackten Füßen stand ich in der kalten Halle.

»Tony«, hörte ich, und gleich noch einmal: »Tony!«

Ich erkannte die Stimme, David musste im Garten stehen. Was für eine absurde Idee, mich um diese Zeit aufzusuchen! Wollte er das Gespräch erzwingen, das ich ihm am Telefon verweigert hatte? Ich gestand mir ein, dass ich trotz der unmöglichen Stunde seine Erklärung hören wollte. Ohne die Konsequenzen zu bedenken, ging ich zum Eingang und öffnete.

»Was willst du?«, rief ich in die Dunkelheit.

»Gott sei Dank, du hast mich gehört!« Er kam angelaufen und trug meinen Reisekoffer in der Hand. Es war fast rührend, wie er mit dem Koffer auf den Eingang zustolperte.

»Tut mir leid … verrückt, ich weiß«, keuchte er, »aber ich konnte nicht bis morgen warten.« Er sah aus, als wäre er Hals über Kopf aufgebrochen: Trenchcoat überm Hemd, keine Jacke. »Ich bringe dir deine Sachen.« Er schob den Koffer auf mich zu.

»Was willst du wirklich?« Ich behielt die Klinke in der Hand.

»Das weißt du.« Sein Haar war zerzaust. »Gibst du mir die Chance, dir alles zu erklären?«

»Du scheinst es damit nicht eilig gehabt zu haben.«

»Ich habe dich gestern angerufen, dein Telefon war abgeschaltet.« Er zeigte ins Innere. »Darf ich dir den Koffer reinbringen?«

»Das schaffe ich schon.« Ich stellte meinen kalten linken auf meinen kalten rechten Fuß. »Ich will eigentlich nur eines wissen: Hast du mich die ganze Zeit belogen, David?«

»So muss es dir natürlich vorkommen.«

»Ja oder nein?«

Er wurde ernst. »Ja, ich habe gelogen, Tony, und ich würde dir gern sagen, warum.«

Ich packte den Koffer, zog ihn über die Schwelle und schwang die Tür zu. »Ich will mit dem ganzen Irrsinn nichts mehr zu tun haben!« Sie fiel krachend ins Schloss. »Ich will mein normales Leben zurück!«

Einige Sekunden blieb es still.

»Ich auch«, hörte ich David von draußen.

Meine Unbeherrschtheit tat mir leid. Ich öffnete die Tür wieder ein Stück. »Warum bist du nach Saanen gefahren und hast mich angesprochen? Weshalb hast du mir den sensiblen Bergführer vorgespielt?«

»Alles, was anfangs passierte, ist unverzeihlich«, antwortete er. »Da wusste ich noch nicht, wer du bist – *wie* du bist. Ja, ich habe mich breitschlagen lassen, das zu tun. Ich sollte dich beruhigen und verhindern, dass du weiter Kontakt zur Familie aufnimmst. Danach bist du nach Toronto aufgebrochen, und ich dachte, es wäre vorbei. Als du mich aus Amerika angerufen hast, als du nach Frankfurt kamst, war für mich alles anders. Ich wollte dich nicht mehr betrügen.« Er trat einen Schritt näher.

»Du wolltest, dass ich mit Hollmann spreche! Du wolltest wissen, ob ich im Haus etwas Belastendes gefunden hätte, du …«

Während ich das Naheliegende aussprach, während das Bild von Davids Betrug immer deutlicher wurde, merkte ich, dass mich das Naheliegende kaum noch interessierte. Stattdessen tauchte die entscheidende Frage auf, die nur David beantworten konnte.

»War Pascal bei dir?«

Er schwieg.

»Ist er in deiner Wohnung gewesen?«

»O Gott, wie muss dir das vorgekommen sein?« Er schüttelte den Kopf. »Du stehst unten im Regen, und hinter meinem Fenster siehst du … Was für ein Albtraum!«

»Du kannst ihn beenden, indem du mir die Wahrheit sagst. War Pascal bei dir?«

»Es war nicht Pascal. Es war Roman Zuermatt. Deshalb mussten er und ich auch sofort diesen Mann vom Dezernat verständigen, als wir mitbekamen, dass du vor meinem Haus ohnmächtig geworden bist. Was glaubst du, welche Lawine ausgelöst worden wäre, falls Stein angenommen hätte, der tote Pascal sei in Frankfurt aufgetaucht!«

»David, wenn du mich jetzt belügst, kann ich dir nie wieder ein Wort glauben.«

»So wahr ich hier stehe, schwöre ich, dass mich Roman Zuermatt an diesem Abend besucht hat.«

»Aber ich habe Pascal erkannt, seine Art, ein Glas zu halten, seine Bewegungen – warum sagst du mir nicht, was wirklich in der Wohnung geschehen ist?«

»*Willst* du, dass es Pascal gewesen ist?«

»Ich will die Wahrheit! Fällt es dir so schwer, mir die Wahrheit zu sagen? Glaubst du, durch das bisschen Nieselregen war mein Blick so verschleiert, dass ich Pascal mit Roman verwechselt hätte?«

»Aber das hast du! Weil du dir wünschst, dass er lebt. Nur deshalb willst du ihn bei mir gesehen haben.«

»Lebt er? Gibt es ihn noch?« Während ich auf die Antwort wartete, ballte ich die Fäuste.

»Ich weiß es nicht.«

»Das kann nicht sein! Die Familie bringt dich dazu, den Spitzel zu machen – weshalb solltest du für den toten Pascal Zuermatt so etwas tun? Nur wenn er noch lebt, ergibt deine Handlungsweise überhaupt einen Sinn.«

»Willst du wissen, wieso ich mich dazu überreden ließ?«

»Sag es mir.«

Er machte ein bittendes Gesicht. »Können wir nicht reingehen, Tony?«

Meine Füße waren inzwischen Eisklumpen. Wortlos zog ich die Tür auf, schob den Koffer beiseite und wollte in die Küche, einen Tee machen. Mir fiel unser Sex auf den Steinfliesen ein, ich ging David in den Salon voraus.

»Wenn du was trinken willst, schenk dir selber ein.« Ich zeigte auf den Servierwagen mit den Flaschen. »Erzählst du mir jetzt die rührselige Story, dass du ganz unten warst, und die Zuermatts haben dir unter die Arme gegriffen, unter der Bedingung, dass du die Kleine aus Kanada gefügig machst?«

Er zögerte einen Moment. »Ich habe an der Börse spekuliert, habe Fehler gemacht. Meine Scheidung kam dazu.« Ein unsicheres Lächeln. »Es ist eine ziemlich unspektakuläre Geschichte, die Geschichte einer Insolvenz.«

»Du warst pleite?«

»Schlimmer als pleite, ich steckte tief in Verbindlichkeiten.«

»Deine Wohnung sieht nicht aus, als ob über dir der Pleitegeier kreist.«

»Der Termin für die Zwangsversteigerung war bereits angesetzt.«

»Aber dann haben die Zuermatts dir geholfen?«

»Die Familie hat mich überhaupt nur ausgesucht, weil sie meine Lage kannte. Wer sonst hätte sich wohl auf so etwas eingelassen?«

»Die Zuermatts sagten also, lass deinen Charme spielen, David, wickle die Kleine ein, sei seelenvoll und überzeugend, David. Am besten, du gehst mit ihr ins Bett.«

Schweigend goss er sich einen Magenbitter ein.

»Warum sagst du nichts?«

»Was meine Gefühle betrifft, habe ich nicht gelogen. Wir hätten nicht miteinander schlafen sollen, es hat alles nur schlimmer gemacht.« Er drehte sich um. »Du hast es gewollt.«

»Ach, du Armer!« Ich setzte mich aufs Sofa. »Hat es dich viel Überwindung gekostet?«

Er trank. »Ich erwarte nicht, dass du mir verzeihst. Ich wollte dir nur sagen, was mich betrifft, ist die Sache zu Ende. Das habe ich auch der Familie mitgeteilt. Ich bin raus.«

»Keine besondere Heldentat, jetzt, da ich dich durchschaut habe.« Allmählich wurde ich ruhiger. »Wer ist das – *die Familie*? Ich kann nicht glauben, dass die alte Frau in Saanen sich so eine Schweinerei ausdenkt.«

»Frau Zuermatt hat großen Einfluss – sie und Pascals Bruder natürlich.« Plötzlich nahm er meine Hand. »Ich war in der ganzen Sache doch nur ein unbedeutendes Rädchen. Bitte glaub mir das.«

Ohne lange zu überlegen, fragte ich: »*Licht über Maria* – was sagt dir das?«

»Wie bitte?«

»Du hast mich schon verstanden.«

»Licht über wem?« Davids Gesicht blieb ausdruckslos.

»Nicht so wichtig. Es wird bald hell, ich muss noch schlafen.«

»Ich gehe gleich, Tony. Aber …« Er kam näher. »Können wir nicht eines Tages, wenn alles vorbei ist, wieder Freunde sein?«

Das Wort gab mir einen Stich. »Wieso möchtest du das?«

»Weil ich nicht so bin, wie du mich kennengelernt hast. Ich bin für so einen Mist nicht geschaffen. Betrug und Intrige, das passt nicht zu mir.«

»Dafür hast du deine Sache aber ziemlich gut gemacht.«

»Weil ich dich mag. Das musst du gespürt haben.«

Verwundert, wie sehr mich seine Worte berührten, stand ich auf. »Ja. Und das macht die Sache noch schlimmer. Deshalb darfst du jetzt nicht angewinselt kommen und so tun, als sei alles über deinen Kopf hinweg passiert. Betrug bleibt Betrug, aus welchem Grund auch immer. Es war gut, dass du es mir gesagt hast, aber ich kann nicht mehr … Ich will dich nicht mehr sehen.«

Ich verließ den Salon, lief zum Eingang und öffnete ihm die Tür. Als ich hinausschaute, wirkten der Garten, die Stadt so friedlich, als hätte ich mir alles, was geschehen war, nur eingebildet. David ging. Unser Gespräch hatte mich nicht erleichtert, nur traurig gemacht.

21

Stein meldete sich nicht. Er ließ mich im Unklaren darüber, ob seine stundenlange Suche Erfolg gehabt hatte. Roman Zuermatt kam nicht in die Villa, auch der Anwalt nahm keinen Kontakt mit mir auf. Das Gespenst der Nacht – Pascal am Fenster – verwandelte sich in eine Erinnerung, von der ich nicht mehr hundertprozentig wusste, ob sie real war oder mich lediglich die Hoffnung geleitet hatte, ihn lebendig zu sehen.

Als ich an diesem Morgen meinen Koffer in der Halle entdeckte, wollte ich nur noch nach Hause. Ich musste meine Wohnung umkrempeln, die vielen Erinnerungsstücke entsorgen, die mir die gemeinsame Zeit mit Pascal verklärten. Es gab nichts zu verklären. Ich freute mich darauf zu arbeiten, auf die Übersetzung des Jugendbuches, den Anfang eines normalen Lebens. Irgendwann würde eine Akte geschlossen, ein Testament eröffnet werden, ich würde vielleicht etwas erben. Viel oder wenig – es war mir einerlei. Ich träumte nicht von großartigen Unternehmungen. Als deutlichstes Zeichen, dass das Kapitel Zuermatt für mich zu Ende war, würde ich meinen früheren Namen annehmen.

Mein Blick fiel in den Korridor, der zum Wintergarten führte. Ich betrat ihn und beugte mich über das Bodenrelief. Die abgetretenen Konturen konnten tatsächlich das Bild einer Madonna darstellen, vielleicht auch nicht, vielleicht war es nur irgendeine Frauenfigur, in der ich die Lösung von *Licht über Maria* erkennen wollte. Das Rätsel der drei Worte verlor für mich immer mehr an Bedeutung. Ich wollte nichts mehr auflösen, ich wollte fort. In der Küche entdeckte ich die kaputte Glühbirne auf der Anrichte. Das wenigstens konnte ich für die kleine Gestalt auf der Fliese noch tun: sie ins rechte Licht setzen. Ich fand zwei Glühlampen in der Kammer, holte den Stuhl aus Pascals Werkstatt, schraubte auch die zweite Birne heraus und ersetzte beide durch die neuen. Ich schaltete den Lüster ein, ein Licht brannte immer noch nicht. Ohne Erfolg ruckelte ich an der Birne, probierte sie in einer anderen Fassung aus, sie funktionierte einwandfrei. Ich holte eine Stehleiter, stieg so weit hinauf, dass ich mich unter der Decke bücken musste, und untersuchte die leere Fassung. Der Lüster war ausgeschaltet, ich würde keinen Schlag kriegen und fasste hinein. Der Fehler lag darin, dass die Glühbirne den Kontaktpunkt nicht erreichte, an dem sie Strom bekam. Dort war ein Hindernis, ein Papier, sehr dünn; meine Finger waren als Werkzeug zu grob, es musste mit viel Geschick in die Halterung eingebracht worden sein. Beim Absteigen strauchelte ich, hielt mich an der Wand fest. Nur ruhig jetzt, dachte ich, spürte aber, in die Werkstatt eilend, wie meine Knie weich wurden. Fahrig wählte ich einen Elektroschraubenzieher und eine Flachzange, kehrte auf die Leiter zurück und begann, das Papier vorsichtig zu lösen. Es war zu dunkel, ich holte eine Taschenlampe, nahm sie zwischen die Zähne und beleuchtete, was ich tat.

Das Papier knisterte, während ich mehr und mehr davon herauspulte. Mit dem Schraubenzieher hebelte ich, mit der Zange versuchte ich es zu fassen. Wer immer es da hineingetan hatte, musste auf die Geschicklichkeit des Finders vertraut haben. Was aber, überlegte ich, wenn es nie gefunden worden, wenn nach Vollstreckung des Testaments beschlossen worden wäre, das Haus zu verkaufen, das Inventar zur Auktion freizugeben, wenn ein Möbelpacker den Lüster abmontiert und fortgebracht hätte, jemand ihn gekauft und erst daheim entdeckt hätte, dass ein Lämpchen nicht funktionierte. Vielleicht hätte derjenige die Fassung einfach ausgetauscht, die alte fortgeworfen und nie, niemals wäre das Stück Papier entdeckt worden.

Mein Kiefer tat weh, weil ich die Lampe noch im Mund hielt, Schweiß auf der Stirn, der Rücken schmerzte vom gebückten Stehen. Das Papier ragte schon ein ganzes Stück hervor, ich umklammerte es mit der Zange und zog vorsichtig – es löste sich mit einem Ruck. Die Lampe zwischen den Zähnen, atmete ich durch die Nase. Am liebsten hätte ich das Papier gleich hier oben entrollt. Ich zwang mich zu Geduld, stieg ab, lief in die Werkstatt, gönnte mir sogar den Nervenkitzel, das Werkzeug ordentlich zurückzulegen. Ich setzte mich auf Pascals Stuhl und entfaltete das Papier. *Mein Liebling*, stand da. Ich ließ den Schauder verklingen, der mich bei diesem Wort erfasste, beugte mich vor und las.

Mein Liebling,
wenn Du das liest, hast Du viel durchmachen müssen. Dafür bitte ich Dich um Verzeihung und kann es mir selbst nicht verzeihen. Ich habe in meinem Leben viele falsche Dinge getan. Dich

zu lieben, mich mit Dir noch einmal ins Leben zu stürzen, war richtig. Unsere beiden letzten Jahre haben mir die Kraft gegeben, das Ganze durchzustehen.

Ich habe Dich nicht benutzt, wie sie Dir einreden werden. Die Wirtschaft habe ich benutzt, habe mich ihrer wie ein Taschenspieler bedient. Die Wirtschaft hat sich verändert, alles ist jetzt reglementiert: Was früher ein erlaubter Trick war, ist heute ein unerlaubter Trick. So kam ich in die Misere hinein, meine Nöte wurden so groß wie meine Gewinne, bis sich das eine mit dem anderen nicht mehr verbinden ließ. Du warst mein Rettungsfloß, Deine Liebe hat mich weitertreiben lassen, auf den Abgrund zu, der schließlich meine Rettung war.

Dass ich es Dir nicht erzählt habe, ist unverzeihlich, doch wie hättest Du den Druck, es zu wissen, aushalten sollen? Ich liebe Dich jetzt, da ich dies schreibe, ich werde Dich lieben, wenn Du es liest. Wie viel Zeit dann vergangen sein wird, kann ich nicht wissen. Durch mich ist niemand zu Schaden gekommen, keine Firma musste schließen, niemand verlor seine Arbeit. Ich habe Geld gemacht, indem ich zwei und zwei zusammenzählte, und es ergab fünf. Das nimmt man mir übel. In dieser Welt muss zwei und zwei immer vier ergeben.

Ich hätte Dir gern mehr von meiner Welt gezeigt. Eines Tages wird das wieder möglich sein. Dann ziehen wir zusammen hinaus, wir sollten Frankreich bereisen, Paris und den Süden. Unweit von Draguignan kenne ich ein Restaurant, dort werden wir Zwiebelsuppe essen. Es gibt keinen Fleck auf der Welt, wo sie bessere Zwiebelsuppe machen. Ich bin unerreichbar für Dich, das ist mein größter Kummer, bin ein Stück Papier in einem Lüster. Das ist wenig für einen Ehemann. Es wird nicht immer so sein,

meine Geliebte. Ich stelle mir vor, wo und wann wir uns wiedersehen. Es ist warm dort. Ich liebe Dich. Verzeih, dass ich Dein Leben so kompliziert mache. Vergiss mich nicht!
Pascal

Wie am Ende eines langen Korridors kam ich mir vor, eine Tür führte ins Freie, die Luft war frisch, zugleich kalt. Dass Pascal seine Liebe in solche Worte fasste, war fremd und verwirrend für mich. Mit einem Mal war er wieder lebendig. Ich hätte mich darüber freuen, hätte erleichtert sein sollen – war ich es? Endlich durfte ich meine Zweifel abstreifen: Mein Mann lebte, er wollte mich wiedersehen. Machte mich die Neuigkeit glücklich?

Während ich den Zettel mit beiden Händen hielt, fiel mein Blick auf die Schublade, in der ich Robbies Bilder gefunden hatte. Mit seinem Brief hatte Pascal nicht alle Fragen beseitigt, im Gegenteil, sie wurden greifbarer, drängten sich auf. Wie konnte er seine Liebe beteuern und kein Wort über seinen Sohn verlieren? Pascal hatte mich in Rio im Stich gelassen, mir all seine Vergehen verschwiegen – wie durfte er behaupten, dass er mich liebte? Die hundertzwanzig Millionen fielen mir ein, eine *Taschenspielerei* hatte er das genannt. Er machte, was er wollte, riss mich in alles mit hinein und erwartete, dass ich ihn unvermindert liebte? Gerade hatte ich mich entschlossen, nach Kanada zurückzukehren und von vorn zu beginnen; das war ein kraftvolles, wohltuendes Gefühl gewesen. Den Brief meines Mannes in Händen, fühlte ich keine Hoffnung, keine neue Kraft oder Vorfreude. Pascals Nachricht machte meine Zuversicht zunichte, machte die Zukunft eng und unabsehbar. Ich hoffte, wenn ich den Schock verkraftet, den Brief noch ein paarmal gelesen haben würde, dass ich die Umstände in optimistischem Licht sehen könnte. Ich stand da, in der Werkstatt meines Mannes, und fühlte nichts als Angst.

22

Ich wollte Karen anrufen – und legte wieder auf. Irgendjemandem musste ich mitteilen, was mir allein zu tragen fast unmöglich war. In mir war der unverständliche Skrupel, dass ich Pascal damit verraten würde. Hatte ich nicht vorgehabt, ihn ans Messer zu liefern? Warum rief ich Stein nicht an, übergab ihm den Zettel, ließ ihn Pascals Fingerabdrücke und andere Hinweise sicherstellen, die zum Verfasser des Briefes führen würden? Ich tat es nicht, weil sich mir Pascal mit seinem Schreiben geöffnet, sich angreifbar gemacht hatte. Er hatte die Nachricht sorgsam versteckt, mich durch den Hinweis im Papuastein auf die Spur geführt, da er gewusst hatte, die Erinnerung aus Papua würde nur mir etwas bedeuten. Es *war* ein Liebesbekenntnis, mich ins Vertrauen zu ziehen, und ich spürte die Last, die damit verbunden war.

Ich rief Tante Dora an, erwähnte den Brief aber mit keinem Wort. Sie fragte, wie das Wetter in Deutschland sei, klagte über Kleinigkeiten, die Herbstfeuchtigkeit nahe den Wasserfällen. Ich spielte ihr Lieblingsspiel mit, vom Süden zu träumen, und begleitete sie im Geist nach Mexiko, danach verabschiedeten wir uns. Ich saß auf dem Bett, Pascals Brief auf dem Schoß. Seine Botschaft klang, als gebe es außer mir keine Frau für ihn, als hätte ich ihm Mut und Kraft zu einem neuen Leben geschenkt. Und doch war in diesen Zeilen jemand anders spürbar. Er erwähnte diese Person mit keiner Silbe, aber ich konnte mich des Gefühls nicht erwehren, dass sie da war – Jessica.

Pascal hätte unmöglich alles einfach hinter sich lassen können; um seinen Coup zu landen, hatte er Hilfe gebraucht – seine Familie? Es war schwer vorstellbar, dass die alte Frau in Gstaad, dass der Vizebürgermeister zu so einer komplizierten Tat in der Lage wären. Vielleicht steckte der Anwalt dahinter, möglicherweise zog Dr. Hollmann die Fäden. Aber Pascal und Jessica waren durch ein Band miteinander verbunden, das stärker war als jedes andere: ihr Kind. Wenn er schrieb, dass er mich vermisste – wie sehr musste ihm sein Junge fehlen, wie schmerzlich war es für Pascal, Robbie in dem Glauben zu lassen, sein Vater sei tot?

Was ich gefunden hatte, war ein Fetzen Papier. Die Botschaft hatte mich berührt, doch die Stunden, die seitdem vergangen waren, ließen die innere Wahrheit des Papiers zerfallen. Diese Zeilen stammten aus der Vergangenheit, Pascal hatte sie geschrieben, als er die Zukunft nur in groben Zügen absehen konnte. Jessica aber war heute. Ich stellte mir vor, dass sie der wahre Kern der Familie war, die Mutter des Thronfolgers. Durch Robbie war Jessica mit den Zuermatts blutsverwandt. Genügte das nicht als Erklärung dafür, dass die Frau, von der Pascal sich getrennt hatte, großen Einfluss besaß? Je länger ich darüber nachdachte, desto deutlicher wurde es mir: Jessica musste an Pascals Plan teilgehabt haben. Durch ihren Beruf kannte sie sich in der Branche aus, sie bestimmte den Kurs, bis die Zeit, wenn man Pascal offiziell für tot erklärte, überstanden war und alle Gefahren abgewendet sein würden.

Eine dieser Gefahren war ich. Jessica wusste bestimmt, dass ich den Mann vom Betrugsdezernat in die Villa gelassen hatte. Wahrscheinlich wusste sie auch, dass ich durch meine nächtliche Beobachtung unter Davids Fenster den Plan gefährdet hatte. Aber Jessica schwieg, der Anwalt schwieg, Roman Zuermatt ließ sich nicht blicken. Was hatten sie vor, was würde ihr nächster Schritt sein? Pascals Zeilen über unsere gemeinsame Zukunft waren vage. Sie sollten mich träumen lassen, der Traum aber entrückte ihn mir noch mehr. Jedes Mal blieb ich an der merkwürdigen Stelle hängen, an der er von Zwiebelsuppe schrieb. Wozu die Ausführlichkeit, warum erwähnte er die Stadt Draguignan? Stein vermutete Pascal in Südamerika, was sollte der Ort in Frankreich bedeuten?

»Zwiebelsuppe.« Ich sagte das Wort in den stillen Raum und lachte über mich selbst – in einem fremden Haus zu sitzen und *Zwiebelsuppe* zu sagen, gespenstisch war das, surreal.

Im herbstlichen Frankfurt kam ich mir wie auf einem Präsentierteller vor: Nicht ich, die anderen entschieden, was weiter geschehen würde. Wie standen Pascal und die Familie, wie standen er und Jessica in Kontakt zueinander? Was machte Pascal in diesem Moment? Hatte ich doch ihn hinter dem Fenster gesehen, war er in Frankfurt gewesen, war er noch hier? In mir verfestigte sich die Gewissheit, dass nur Jessica mir Auskunft geben konnte. Da sie sich nicht bei mir meldete, musste ich es tun. Ich rief sie an. Die Mailbox bat um Nachrichten, ich hinterließ keine. Der Tag verstrich, während ich immer wieder ihre Nummer wählte und stets enttäuscht wurde.

Am nächsten Morgen stand Irina vor der Tür.

Misstrauisch, wie mich die Umstände gegen jedermann gemacht hatten, war mein erster Gedanke: Wer hat sie geschickt?

Kam Irina, um mich auszuhorchen, sich in mein Vertrauen zu schleichen? Sie war mit Pascal verwandt, gehörte aber nicht im engeren Sinn zur Familie. Ich hatte es damals, als sie uns in Toronto besuchte, so verstanden, dass die beiden entfernte Cousins wären, die in früher Jugend blendend miteinander ausgekommen waren. Irina war etwas jünger als Pascal, ein fröhlicher Single, gut gekleidet, ohne die teuren Marken, die sie trug, zur Schau zu stellen. Wenn ich mich recht erinnerte, arbeitete sie als leitende Angestellte in einem Auktionshaus. Vor zwei Jahren war sie als Touristin nach Kanada gekommen, hatte in einem Top-Hotel gewohnt und Pascal und mich fürstlich zum Essen ausgeführt. Eigentlich hatte sie tags darauf nach Montreal weiterreisen wollen, die Stimmung zwischen uns war aber so harmonisch und ausgelassen gewesen, dass sie ihre Weiterreise Tag um Tag verschob. Als Alibi dafür hatte ich ihr jede verdammte Sehenswürdigkeit Torontos gezeigt – vom Island Park bis zum St. Lawrence Market, vom CN Tower bis zur Steam-Whistle-Brauerei. Sie hatte bereitwillig aus ihrem Leben erzählt und uns glaubhaft gemacht, dass ein Dasein als Singlefrau im 21. Jahrhundert jedem anderen vorzuziehen sei. Auch wenn sie es für ihr eigenes Leben so entschieden hatte, erkannte sie die innige Beziehung zwischen Pascal und mir und ermunterte ihren Cousin, mich nicht mehr laufen zu lassen. Ich hätte ihn völlig verwandelt, sagte sie, er sei durch mich ein neuer Mensch geworden.

War es also überraschend, dass ich mich freute, Irina zu sehen, dass mein Misstrauen verflog, kaum dass sie die Schwelle übertrat? Ich lud sie zum Frühstück ein.

»Woher weißt du überhaupt, dass ich hier bin?« Ich ging in die Küche voraus.

»Von Roman«, antwortete sie offen.

Ihr Kontakt zu Pascals Bruder weckte sofort meinen Argwohn. »Was hat er dir erzählt?«

»Dass *Pascals Kleine* aufgetaucht ist und durch die Frankfurter Villa geistert.« Sie warf ihre Handtasche auf die Anrichte und schwang sich auf den Barhocker. »Ich mag den Herrn Bürgermeister nicht besonders. Er ist das totale Gegenteil von Pascal.« Als sie meinen fragenden Blick bemerkte, fuhr sie fort: »Er ruft mich manchmal an, wenn er in Frankfurt zu tun hat. Dann muss ich meistens ein stinklangweiliges Abendessen über mich ergehen lassen.«

»Ihr wart zusammen aus?« Ich hatte Kaffee aufgesetzt und öffnete den Kühlschrank.

»Diesmal bin ich drum rumgekommen, er musste nach Hause zurück.«

»Hast du ihm gesagt, dass du mich besuchen würdest?«

»Ja. Warum denn nicht?«

Mir wären hundert Gründe eingefallen, doch ich sagte: »Ich fürchte, ich kann dir nicht viel mehr anbieten als Toast und Quittenmarmelade.«

»Mein Leibgericht«, scherzte sie und sah sich um. »Hier hat sich gar nichts verändert.«

»Natürlich nicht. Das Haus war ja unbewohnt.«

»Ich dachte … Komisch oder, dass man denkt, wenn jemand stirbt, müsste sich alles ändern.«

»Das tut es auch«, antwortete ich. »Du würdest nicht glauben, wie sehr.«

Als ich die Teller brachte, streichelte sie voll Mitgefühl meinen Arm. »Auch mir fehlt er sehr, unser Pascal.«

Mit einem Mal stand der Totgeglaubte so greifbar im Raum wie in all den Stunden nicht, die ich hier verbracht hatte. Durch Irina bekam Pascal seine Menschlichkeit zurück, durch sie verstand ich das Gefühl wieder, das mich einmal zu ihm hingezogen hatte. Die vergangenen Tage hatten mir den unbekannten Pascal offenbart, den gerissenen Betrüger, das Phantom, dessen keiner habhaft wurde. Nun saß die lustige Irina in der Küche, und ich war imstande, die liebenswerte, verführerische Seite meines Mannes wiederzuentdecken.

Sie hatte davon gehört, dass für die Behörde Pascals Tod keineswegs bewiesen war. Ich erzählte ihr von Stein und seinen Ermittlungen in der Villa.

»Mein Cousin war ein Schlitzohr im großen Stil, daran besteht kein Zweifel«, sagte Irina, nachdem sie eine Weile zugehört hatte. »Aber eines ist so sicher wie das Amen in der Kirche: Es gibt auf dem Börsenpflaster keinen, der es zu etwas bringt und *kein* Schlitzohr ist.«

»Du glaubst nicht, dass er die … Verbrechen begangen hat, die ihm vorgeworfen werden?«

Ihr fröhlicher Ausdruck veränderte sich. »Ich sage dir, was ein Verbrechen ist: die armen Teile der Welt mit Entwicklungshilfe abzuspeisen und zugleich die Bodenschätze dieser Länder auszubeuten, damit unsere Wirtschaft floriert. Es ist ein Verbrechen, Millionen Tonnen Lebensmittel zu vernichten, um die Weltmarktpreise zu regulieren. Aber solche Verbrechen rufen nur in den seltensten Fällen das Betrugsdezernat auf den Plan.« Sie nahm den ersten Schluck Kaffee. »Pascal war kein Heiliger, aber … Hm, ich muss es anders ausdrücken: Ich will einfach daran glauben, dass er der geradlinige Mensch war, den ich ins

Herz geschlossen habe. Ich kenne Pascal seit zweiundvierzig Jahren. Ich kann mich nicht so sehr in ihm getäuscht haben.« Sie sah mich über ihre Designerbrille hinweg an. »Wie lange bleibst du hier?«

»Ich … Das habe ich noch nicht entschieden. Nicht mehr lange, glaube ich.«

»Wieso? Gefällt dir unser altes Frankfurt nicht?«

»O doch. Aber ich lebe seit Monaten in einer Zwischenwelt, angefüllt mit Angst, Zweifeln, Hoffnung und immer neuen Schauergeschichten über Pascal. Das muss ein Ende haben.« Ich brachte den Toast.

»Glaubst du, dass du die Vergangenheit loswirst, wenn du vor ihr davonläufst?«

»Ich laufe vor gar nichts davon. Ich will nur nach Hause und endlich wieder arbeiten.«

Irina griff zu und aß mit Appetit. Seit meiner Ankunft war es das erste Mal, dass in dieser Küche eine gemütliche Atmosphäre entstand. »Wie läuft es bei dir so?«

»Gut, wie immer. Antiquitäten kommen nie aus der Mode. Und der Kunstmarkt boomt. Wir versteigern Kunst wie die warmen Semmeln.«

»Ich wäre gern einmal bei so einer Auktion dabei.«

»Jederzeit. Begleite mich doch einfach.«

»Wie ich schon sagte, mein Koffer ist gepackt. Ich schaute in den Garten. »Schon merkwürdig. Obwohl das Pascals Villa ist, gelingt es mir nicht, mich hier wohlzufühlen.«

»Natürlich nicht. Das ist ein Geisterhaus«, antwortete sie mit der größten Selbstverständlichkeit.

»Was willst du damit sagen?«

»Das Haus strahlt Jessicas Charaker aus. Sie hat alles hier gestaltet. Und als es fertig war, ist sie aus Pascals Leben verschwunden. Er hat die Villa nie gemocht. Er war nicht gern hier.«

»Das hat er dir gesagt?«

»Am liebsten auf der Welt war Pascal in deiner miefigen Zweizimmer-Bude.« Sie lächelte. »*Das* hat er mir gesagt.«

»Und Robbie?« Die Frage drängte sich auf. »Hat er sich hier nicht mit Robbie getroffen?«

Ihr Blick war voll Verständnis. »Hast du es also inzwischen herausgekriegt?«

Ich nickte. »Wie erklärst du dir, warum dein toller Cousin mir das verschwiegen hat? Warum er mich die ganze Zeit von Frankfurt fernhielt und von seinem Kind?«

»Von wem weißt du es?«

Ich spürte, dass Irina der Antwort auswich, drängte sie aber nicht. »Von Robbies Mutter.«

»Du hast Jessica gesprochen?« Sie war ehrlich verblüfft.

»Warum nicht?« Ich musterte Irina und rief mir daneben Jessica vor Augen. Beide Frauen waren cool, attraktiv, beruflich erfolgreich, doch während Irina Wärme ausstrahlte, beherrschte Jessica lediglich die Mimikry der Freundlichkeit, ohne dabei ihr Herz zu öffnen. »Erzähl mir von Robbie. Was ist er für ein Junge?«

»Ich habe ihn nur ein- oder zweimal gesehen, da war er noch ein Baby. Seit Pascal mit Jessica zusammen war, ist unser Verhältnis leider ziemlich abgekühlt.«

»Wieso?«

»Weil ich sie nicht mag.«

»Was gefällt dir nicht an ihr?«

Irina schluckte einen Bissen, bevor sie antwortete. »Sie ist gefährlich.« Ich brauchte nicht weiter zu fragen, das Thema brachte sie in Fahrt. »Jessica will immer die Fäden ziehen. Vor allem will sie Macht über jeden, der von Bedeutung ist.«

Ich lächelte. »Dann habe ich von ihr nichts zu befürchten.«

»Wenn du dich da mal nicht irrst.« Sie legte das Besteck zusammen. »Du bist ein Stein in Jessicas Schuh, und der drückt sie gewaltig. Gerade für sie ist es wichtig, dass Pascals Tod offiziell wird.«

»Wieso? Die beiden haben bei der Scheidung finanziell alles geregelt.«

Sie legte den Kopf schief. »So naiv kannst du nicht sein. Es geht um Robbies Erbe. Du bist Pascals rechtmäßige Frau und damit die Haupterbin. Der Konflikt ist vorprogrammiert. Mich wundert, dass sie noch nichts gegen dich unternommen hat.«

Plötzlich kam ich mir wieder mutterseelenallein vor. »Hilfst du mir, Irina?«, sagte ich impulsiv. »Du bist die einzige der Zuermatts, der ich traue.«

»Ich bin keine Zuermatt. Ich war Pascals Freundin, eher sein Kumpel. Es tat mir leid, dass wir uns in letzter Zeit kaum gesehen haben.«

»Ich glaube, dass Pascal noch lebt«, sagte ich so leise, als ob wir belauscht würden. »Ich glaube, Jessica weiß das auch, mehr noch: Sie weiß, wo er sich aufhält. Vielleicht ist sie überhaupt die Einzige, die seinen Aufenthaltsort genau kennt.« Unsicher sah ich Irina an.

Ihre Miene war schwer zu deuten, es lag Rührung darin, Zweifel und Besorgnis. »Ich nehme an, du hast triftige Gründe für deine Annahme.« Sie musterte mich aufmerksam.

»Ja, Irina. Ich habe den Beweis.« Ich atmete tief durch. »Dieser Beweis ist sehr persönlicher Natur …«

Sie spürte meine Skrupel. »Erzähl mir nichts, was dir später leidtun könnte.«

Ich stand auf, ging ein paar Schritte. »Ich glaube, dass Jessica und Pascal sein Verschwinden gemeinsam geplant haben. Dass es wie ein tödlicher Unfall aussehen sollte, gehörte zu ihrem Plan. Mit anderen Worten: Wenn ich erfahren will, wo mein Mann ist, muss ich noch einmal mit Jessica sprechen.«

Nun, da die Katze aus dem Sack war, zögerte ich nicht, Irina der Reihe nach alles zu erzählen. Zu meiner Überraschung zweifelte sie meine Schlussfolgerungen nicht an, sondern bestärkte mich darin.

»Du glaubst also nicht, dass das nur Hirngespinste sind?« Ich war so erleichtert, dass ich lachen musste.

Wir hatten unsere Kaffeetassen genommen und waren in den Salon gegangen.

»Ob du mit allem recht hast, weiß ich nicht, aber in einer Sache täuschst du dich bestimmt nicht: Wenn ein Mensch in dieser Angelegenheit mehr weiß, dann ist es Jessica. Ruf sie an.«

»Das habe ich versucht – ich erreiche immer nur ihre Mailbox.«

»Sie lässt dich zappeln.« Irina strich an der Bücherwand entlang. »Wenn du bloß wartest, bis sie dir Audienz gewährt, akzeptierst du ihren Rhythmus, dann gibt sie das Tempo vor.« Sie zog ein Buch heraus. »Warum rufst du sie nicht im Büro an?«

»Meinst du?«

»Die Firma heißt Borlaise und Partner.« Sie blätterte. »Jessica soll begreifen, dass du ihr auf der Spur bist.«

Irinas Zuspruch ermutigte mich, andererseits gewann ich den Eindruck, dass ihre Feindschaft mit Jessica tiefer gehen musste, als sie zugab. »Du meinst, jetzt gleich?«

»Soll ich dich währenddessen allein lassen?«

»Nein«, erwiderte ich rasch. »Einen Schutzengel wie dich kann ich gut gebrauchen.«

»Ich hoffe, dich nicht zu enttäuschen.«

»Dir liegt Pascal genauso am Herzen wie mir.« Ich fand die Nummer und wählte. Nach dem ersten Klingeln wurde abgenommen.

»Borlaise und Partner«, sagte eine Frauenstimme – kühl, dabei gewinnend, geschäftig, aber nicht gestresst. »Sie sprechen mit Frau Kost.«

»Antonia Zuermatt hier. Bitte verbinden Sie mich mit Jessica.«

»Frau Faber ist diese Woche in Paris.«

»Paris?«

Der Name versetzte mir einen leichten Schauer. Für mich gebürtige Nordamerikanerin war Paris der Inbegriff des alten, des romantischen Europa. Paris war der Name eines Traumes, den jeder sich einmal erfüllen wollte. Pascal hatte mir Paris gezeigt. Es gab nur wenige Städte auf der Welt, die ein ähnliches Gefühl auslösten – New York, Rom vielleicht, Venedig. Wenn man wie ich aus Toronto kam, einer Millionenstadt, die niemanden zum Träumen brachte, war die Nennung von Paris gleich einem Zauberspruch.

»Das trifft sich gut«, antwortete ich spontan. »Ich fliege morgen nach Paris. Wo kann ich sie erreichen?«

»Das darf ich Ihnen nicht sagen. Geben Sie mir bitte Ihre Nummer, dann ruft Frau Faber Sie zurück.«

»Vielen Dank. Ich versuche es lieber auf ihrer Mobilnummer.« Ich legte auf und war im Begriff, die Sache verloren zu geben, aber Irina bedeutete mir, hartnäckig zu sein.

»Wir vom Auktionshaus haben auch unsere Tricks.« Sie zwinkerte. »Zum Beispiel, wenn du einen bedeutenden Kunstsammler erreichen willst, der für niemanden zu sprechen ist.« Sie nahm das Telefon. »Wie hieß die Sekretärin?«

Ich sagte ihr den Namen, den ich verstanden hatte.

»Also rufe ich jetzt eine andere Nebenstelle an.« Sie tat es. »Hallo, hier spricht Sarah Zeitler vom IWF. Ich bin in zehn Minuten mit Jessica verabredet und habe ihre Hoteladresse nicht dabei.« Sie lauschte. »Hören Sie, Kindchen, wenn Sie riskieren wollen, dass Frau Faber eine Verabredung mit dem Internationalen Währungsfonds verpasst, dann machen Sie weiter solche Mätzchen. Andernfalls verraten Sie mir das Hotel!«

Eine Minute später hatten wir die Adresse eines Pariser Hotels.

»Wer sagt's denn?« Irina grinste. »Die alten Tricks funktionieren am besten.«

Auch wenn ich mich freute, überstürzten sich doch die Ereignisse in einem Maß, dass ich ihnen immer nur hinterherzuhecheln schien. »Jetzt soll ich auf einmal nach Paris?«

»Du bist für Pascal um die halbe Welt gereist, warum nicht auch dorthin?«

In seinem Brief hatte er Paris erwähnt. Es war kindisch, irgendeine Erwartung damit zu verbinden, doch in diesem Moment hatte ich die verrückte Idee, wäre ich in Paris, würde ich Pascal begegnen. Eine Erinnerung zuckte auf, er und ich unweit des Louvre, er rannte, ein Croissant in der Hand, das Seineufer entlang, weil unser Wagen abgeschleppt wurde.

»Wie komme ich nach Paris?«, fragte ich Irina in meiner Verwirrung.

»Tja, das wird schwierig.« Sie grinste mich an. »Zu dumm, dass es in Frankfurt keinen Flughafen gibt.« Sie fasste mich bei den Schultern. »Du siehst aus wie ein verschreckter Vogel, der aus dem Nest gestoßen wurde.«

»Die Sache überfordert mich.« Ich ergriff Irinas Hände. »Ich nehme es als gutes Omen, dass du ausgerechnet heute aufgetaucht bist.«

»Danke.«

»Warum begleitest du mich nicht?« Ich meinte es ernst. »Wenn du an meiner Seite wärst, würde ich mich sicherer fühlen.« Da sie nicht gleich ablehnte, hakte ich nach. »Komm mit! Ein, zwei Tage Paris – klingt das nicht verlockend? Tu es Pascal zuliebe.«

Ich sah ihr an, dass sie den Gedanken verführerisch fand. »Ich könnte Montregys besuchen, einen Kunden von uns«, sagte sie wie zu sich selbst.

»Du willst es dir also überlegen?«

Irina spielte mit dem Anhänger ihrer Kette.

23

Wir saßen in einer Bar unweit der Börse, mit Blick auf den Bullen und den Bären. Das Gebäude ließ kaum vermuten, welche Art von Geschäften hinter seiner ehrwürdigen Fassade gemacht wurden.

»Meine Suche in der Villa hat nicht viel Belastendes zutage gebracht«, sagte Stein. »Aber in der Summe bestätigen die vielen kleinen Fakten meinen Verdacht.«

»Das klingt ziemlich mager.« Ich hatte ein Glas Wein vor mir stehen; draußen wurde es bereits dunkel. »Dafür die Reise in die USA, die viele Zeit, die Sie in den Fall bereits investiert haben – um ein paar kleine Fakten aufzudecken?«

»Ich bin enttäuscht, das streite ich nicht ab.« Stein trank Bier aus der Flasche. »Aber man kann auch den umgekehrten Schluss ziehen: Wenn ich bei einem Mann wie Pascal Zuermatt nichts Belastendes finde, wird er dadurch erst recht verdächtig.«

»Nun machen Sie aber mal einen Punkt.« Ich lachte. »*Wenn* Sie was finden, ist er verdächtig, und wenn Ihre Untersuchungen nichts ergeben, ist er genauso verdächtig? Was sind das für Methoden?«

»Wirtschaftsverbrecher sind die gerissensten von allen.« Er zeigte in die Runde. »Wir haben den richtigen Treffpunkt gewählt, hier ist die Höhle der Börsenlöwen. Das sind meine potenziellen Gegner. Sehen diese Leute wie Verbrecher aus?«

Er meinte es als Scherz, doch ich sah mich mit anderen Augen um. Überall Männer in diesen gut sitzenden, teuer wirkenden Anzügen. Dezente Platinringe, Uhren, Krawattenclips, Männer mit kantigen Haarschnitten. Nur wenige Frauen mischten sich in den Männerclub; sie schienen die Herren der Schöpfung an Härte und Glätte noch übertreffen zu wollen. Strenge Frisuren, knallenge Kostüme.

»Hatten Sie nie Lust, auch mal so ein cooler Börsencrack zu sein?« Ich zeigte in die Runde. »Ein Jongleur mit Bonds und Buxls und Fonds? Wollten Sie nie einen dicken Schlitten fahren und Ihre Einnahmen nicht in ein paar Tausendern monatlich, sondern in Millionen zählen?«

In seiner abgetragenen Lederjacke wirkte Stein, als wollte er sich von der Gesellschaft, die uns umgab, bewusst abgrenzen. »Mit den dicken Schlitten bleibt man nur im Verkehr stecken«, schmunzelte er. »Ich fahre lieber meinen Chopper.«

»Ihren was?«

»Ein Motorrad. Damit komme ich auch dann durch, wenn in Frankfurt mal wieder alles zusammenbricht.«

Er beugte sich so weit zurück, dass ich fürchtete, er würde vom Barhocker kippen.

»Die Welt ist verrückt geworden. Die Börse, die Weltwirtschaft, alles verrückt und krank. Stellen Sie sich vor, da telefoniert jemand mit einem Mann in Mumbai oder Dubai, einem Mann, der in nächster Zeit irgendetwas verkaufen wird. Ein Termingeschäft wird gemacht, ein Hedgefonds eingerichtet. Minuten später bekommt das ein Broker in Fernost mit, die Börsen in

Singapur und Peking reagieren darauf. Auch die Amerikaner wollen bei dem Mumbai-Dubai-Geschäft nicht außen vor bleiben, die Wall Street mischt mit. Die Börse in Frankfurt kriegt Wind davon, und schneller, als Sie das Wort *Joint Venture* aussprechen können, ist der Mann in Mumbai oder Dubai ein Master of the Universe. Alle wollen dieses *Ding* haben, das er verkauft oder von dem sie glauben, dass er es verkauft, und selbst wenn er etwas ganz anderes verkaufen würde – sie wollen es haben. Rund um den Globus setzen sie auf die Mumbai-Dubai-Sache, ohne zu wissen, wem sie eigentlich nützt. Der Mann in Mumbai kapiert selbst nicht recht, was passiert, er wollte doch bloß sein *Ding* auf den Markt werfen.

Weil sich niemand das Ding genauer angeschaut hat und es in Wirklichkeit gar kein Ding von weltweiter Bedeutung gibt, bricht das Mumbai-Dubai-Geschäft binnen Kurzem zusammen. Es war nur heiße Luft, die Blase platzt. Der Wert des Papiers fällt ins Bodenlose, der Mann in Mumbai ist ruiniert. So funktioniert Wirtschaft heute, so funktioniert Börse. Und weil das nicht nur mit den kleinen, sondern auch mit den dicken Fischen passiert, muss es Leute wie mich geben. Deshalb stehe ich gegenüber, auf der anderen Straßenseite der Börse, und passe auf.«

Mich überraschte, wie leidenschaftlich der sonst so reservierte Stein plötzlich wurde.

»In Deutschland gibt es gute Gesetze, mit denen faule Geschäfte – Scheingeschäfte – verhindert werden. Ich wollte, der Rest der Welt, vor allem die USA, würde ähnlich rigoros vorgehen.«

»Warum ist das nicht so?«

»*Freiheit* ist im Zusammenhang mit Economy das Zauberwort. Sobald sich die Obrigkeit, der Staat, zu sehr in die Wirtschaft einmischt und zu regulieren versucht, schreien alle: Kommunismus!« Aus müden Augen sah er mich an. »Als die Bankenkrise die Economy an den Rand des Ruins trieb, haben sie das Gegenteil geschrien: Helft uns, wir gehen unter, wir brauchen einen Rettungsfonds! Die Regierungen und die EZB und der Internationale Währungsfonds haben sich zusammengesetzt und geholfen: Der Rettungsfonds bestand aus Hunderten Milliarden Euro. Das ist die Scheinheiligkeit dieses sogenannten Freiheitsdenkens: Solange es uns gut geht, lasst uns bitte in Ruhe. Aber wenn wir selbst verschuldet in die Scheiße schlittern, nehmen wir eure Hilfe gern an.«

»Sind Sie etwa ein Kreuzritter für Moral in der Wirtschaft, Herr Stein?«

»Ich bin nur ein schlecht bezahlter Polizist. Aber ich habe ein besseres Gefühl dabei, als wenn ich einen Dreitausend-Euro-Anzug trage und mir jedes Jahr ein neues Auto kaufen würde.«

»Immerhin haben Sie einen Chopper.«

Er lachte still, ein warmer Moment verstrich zwischen uns. Ich trank mein Glas leer.

Er nickte zum Börsengebäude hinüber. »Ich kenne eine Menge Leute dort drüben. Die meisten leiden unter einem besonderen Trauma, das Trauma heißt *mehr.* So viel sie auch erwirtschaften, selbst wenn sie ein millionenschweres Vermögen haben, muss es immer noch mehr werden.«

»Mehr zu kriegen heißt nicht, mehr zu sein«, sagte ich.

»Eine simple Wahrheit, aber sie stimmt.«

Wir sahen uns an. Ich mochte den Mann mit seinem undankbaren Job, ich fand ihn ungewöhnlich. »Wollen wir noch etwas trinken?«

»Warum nicht.«

Ich machte dem Barmann ein Zeichen. »Sie wissen bereits so viel über mich und haben mir noch kein Wort von sich erzählt.«

»Da gibt es nicht viel Interessantes.«

»Sind Sie verheiratet?«

Er schwieg, bis der Barmann die volle Flasche vor ihm abgestellt hatte. »Nein.«

»Ein einsamer Wolf, der auf seinem Chopper durch Frankfurt braust?«

»Nein.« Er ploppte mit dem Finger in den Flaschenhals. »Ich habe eine Freundin.«

»Sie sagen das so, als ob es traurig wäre.«

Er zögerte ein zweites Mal. »Sie ist krank.«

»Das tut mir leid. Wie lange sind Sie zusammen?«

»Sieben Jahre.«

»Das ist eine ganze Menge heutzutage.«

»Ja, aber eine kurze Zeit, wenn man …«

Ich drängte ihn nicht weiterzusprechen.

»Die Ärzte können die Ursache nicht finden. Zuerst waren es angeblich die Lymphdrüsen, dann sollte es im Blut sitzen …« Er vermied meinen Blick. »Nicht zu wissen, was es ist, macht Sabine am meisten zu schaffen.«

»Wie alt ist sie?«

Er hob den Kopf. »Sie ist etwas jünger als ich, Ende dreißig. Ich müsste mehr bei ihr sein, ich will es auch, zugleich halte ich es fast nicht aus.«

Ich legte meine Hand auf seine. »Können Sie sich keine Auszeit nehmen und mit ihr wegfahren?«

Die Hand unter meiner rührte sich nicht. »Paris?«, sagte er nach einer Weile des Schweigens. »Wie schön.«

Ich hatte Stein angerufen und informiert, dass ich für ein paar Tage verreisen würde.

»Waren Sie mal dort?« Er nickte. »Mit Sabine?«

»Nein. Wir sind meistens nach Schottland gefahren. Ein schreckliches Land.«

»Wieso? Schottland soll sehr schön sein.«

»Diese elende Einsamkeit? Ich habe in den Highlands die schlimmste Depression meines Lebens gekriegt. Aber Sabine war dort so selig, dass ich mir nichts habe anmerken lassen.« Er warf mir einen Blick zu. »Paris – ich beneide Sie.«

»Sie können mich ja beschatten; dann hätten Sie Grund, auch hinzufahren.«

»Seien Sie bloß nicht so sicher, dass ich es nicht tun werde.« Er schaute auf die Uhr.

»Weshalb wollten Sie mich vor meiner Abreise sprechen?«

»Es muss einen Hinweis geben, den ich noch nicht gefunden habe«, antwortete er. »Finanzielle Transaktionen, die Ihr Mann kurz vor der Abreise nach Rio getätigt hat, deuten darauf hin.«

Warum fragen Sie nicht Jessica?, lag mir auf den Lippen. Ich wäre gern ehrlich zu ihm gewesen, aber das nächste Teil des Puzzles musste ich selbst einsetzen. »Kann Ihnen Pascals Familie nicht Auskunft geben?«

»Vielleicht. Allerdings sind mir in der Schweiz juristisch die Hände gebunden.« Steins zweites Bier war leer. Er griff nach seinem Portemonnaie.

»Lassen Sie mich das bezahlen.« Ich legte einen Schein hin und nahm das Wechselgeld entgegen.

Als wir ins Freie traten, war es dunkel geworden. Herbstnebel ließ das Börsengebäude aussehen wie ein romantisches Schloss.

»Ich wünsche Sabine alles Gute«, sagte ich zum Abschied.

Wir gingen in verschiedene Richtungen.

24

Angeschnallt lauschte ich dem Securityvortrag der Flugbegleiterin, freute mich auf eine Erfrischung, und hätte ich eine Kamera dabeigehabt, ich hätte von Irina und mir ein Foto gemacht. Pascals Cousine war abenteuerlustig genug, mich zu begleiten, ein Geschäftstermin in Paris verschaffte ihr das nötige Alibi. Frankfurt versank unter uns, die Wolken, die die Stadt verschlangen, waren wie das letzte Kapitel eines Buches, das ich zuschlug. Adieu, Schreckensvilla, Enthüllungen, Enttäuschungen, verpuffte Hoffnungen. Ich fragte mich, ob es jedem so erging, der nach Paris aufbrach: Ließ man ein großes Paket Sorgen einfach zurück?

Wir plauderten wie zwei Ladys, die ihr Leben auf der Sonnenseite des Lebens verbrachten. Ich hörte mich über Ayurveda und tantrischen Sex diskutieren, Irina machte mir die Vorteile des Singledaseins glaubhaft, vor allem, nicht unter den Launen eines gestressten Gatten leiden zu müssen.

Das Anschnallzeichen leuchtete auf. »Hast du nie daran gedacht, in Europa zu bleiben, zum Beispiel in Frankfurt?« Irina schob die Jalousie hoch und schnallte sich an. »Als Übersetzerin kannst du hüben und drüben arbeiten.«

»Meine Berufskontakte sind in Toronto. Ich müsste wieder bei null anfangen.« Über Irina hinweg spähte ich aus dem Fenster.

»Nicht unbedingt.« Sie gab ihren leeren Plastikbecher der Flugbegleiterin. »Das Auktionshaus, für das ich arbeite, ist international vernetzt. Wir brauchen ständig Dolmetscher, nicht nur für die Telefonauktionen, auch für Schriftsätze. Die Bezahlung ist gut.«

Überrascht sah ich sie an. »Machst du mir ein Jobangebot?«

»Ich wäre in der Position, dir eins zu machen. Würde es dich interessieren?«

Wir durchbrachen die Wolkendecke. Bisher hatte ich das Privileg genossen, für meinen kanadischen Verlag Bücher ins Amerikanische zu übertragen, Geschichten, die mich reizten, inspirierten, in andere Welten entführten. Aber wäre es nicht spannend, etwas Neues kennenzulernen?

»Danke, Irina, das ist sehr aufmerksam von dir. Ich bringe noch ein Projekt zu Ende und melde mich dann.«

»Mach dir keinen Kopf und lass dir Zeit.« Sie lehnte sich zurück und erwartete die Landung.

Auf dem Flug hatte ich von ihr so viele Paris-Tipps gekriegt, dass ich Wochen dort hätte verbringen müssen. Während der Taxifahrt vom Flughafen genoss ich die Aufregung, mich der großartigen Stadt zu nähern, und war vielleicht deshalb von der Realität so ernüchtert. Jessicas Hotel lag nicht in der Innenstadt, sondern auf Montmartre. Bei meinem Parisbesuch mit Pascal hatten wir auf den Stufen von Sacre Cœur gesessen und über die Stadt geschaut.

Als ich mich Montmartre diesmal näherte, wollte ich nicht glauben, dass mir der Irrsinn beim letzten Mal nicht aufgefallen war. Die Leute traten einander förmlich tot! Zehntausende mussten es sein, Touristen, die Barbaren der Neuzeit, die Paris überrannten wie die Heuschrecken. Von den Boulevards ergossen sie sich in die charmanten Gassen, in jedem Bistro und Café sah ich sie sitzen, ihre Kameras im Anschlag. Mit ihren halblangen Hosen und bequemen Latschen ruinierten sie das Flair, für das Paris angeblich berühmt war.

»Wir hätten nicht im selben Hotel wie Jessica absteigen sollen«, sagte Irina, die meinen Schock spürte.

»Pascal und ich haben damals auf der Île St. Louis gewohnt. Da war es nicht so extrem.« Obwohl es im Taxi stickig war, ließ ich das Fenster hochgleiten.

»Es gibt eine Tageszeit, zu der es angenehmer wird.« Sie lächelte.

»Wann?«

»Nach Mitternacht.« Irina hatte die Fahrpreisanzeige im Auge. »Ich hätte den Taxipreis am Flughafen aushandeln sollen. Fünfzig Euro – der Typ muss mit uns im Kreis gefahren sein.«

Das Hotel, von außen unscheinbar, offenbarte sich nach dem Eintritt als Nobelabsteige. Ich konnte mir eine Frau wie Jessica hier gut vorstellen. Mein Zimmer war erstaunlich geräumig, eine hübsche Mansarde mit Blick auf Sacre Cœur. Ich machte mich frisch, ruhte ein wenig aus, zog mich um und eilte zu meiner Verabredung mit Irina. Unser Tag versprach umso schöner zu werden, als wir bei goldenem Herbstwetter gelandet waren. Ich erkundigte mich an der Rezeption nach Jessica und bekam bestätigt, dass sie hier wohnte, aber nicht auf ihrem Zimmer sei.

Wie zwei alte Freundinnen traten Irina und ich ins helle Mittagslicht. Zielstrebig schlug sie eine Route den Berg hoch ein.

»Weißt du, was der Concièrge mir geantwortet hat, als ich nach Jessica fragte?« Ich folgte ihr um die nächste Ecke. »*Die Herrschaften sind aus dem Haus*. Jessica ist also nicht allein hier.«

»Wundert dich das?«

Ich hatte noch nie darüber nachgedacht, ob Pascals erste Frau nach der Trennung Single geblieben war. »Vielleicht ist es nur ein Kollege aus ihrem Büro.«

»Und der wohnt im selben Zimmer?« Irina grinste. »Glaubst du, nur wir verbinden in Paris das Angenehme mit dem Nützlichen? – Voilà!«

Sie zeigte auf ein altes Ladenschild mit der Aufschrift *Chapellerie*. Die Auslage war mit Hüten bestückt. Abenteuerlustig ging Irina darauf zu.

»Ich dachte, du bist geschäftlich hier.«

»Nicht nur.«

Bevor sie einen Hut kaufte, probierte sie praktisch das ganze Sortiment durch. Mit dem Hutkarton als Trophäe traten wir wieder auf die Straße.

»Wie wär's mit einem Kaffee?«, schlug ich vor.

»Später.«

Sie bog in eine der verwinkelten Gassen des Viertels, wo ich mich rettungslos verlaufen hätte. Irina manövrierte darin wie eine gebürtige Pariserin. Ihr nächstes Ziel war eine elegante Boutique. Mit den Worten »Die haben immer noch die alte Kollektion«, durchquerte sie den Schauraum und trieb mich wieder hinaus. Wir passierten das Viertel um die Rue des Abesses, ohne in einem Café einzukehren, schließlich zeigte Irina auf den Abgang zur Metrostation.

»Wir kaufen am besten eine Tageskarte.«

Einige Stockwerke tiefer hielt sie der Frau am Schalter ihre Kreditkarte hin. Während wir uns durch eine Reisegruppe drängten, die mit dem Drehkreuz Schwierigkeiten hatte, befiel mich eine plötzliche Unsicherheit vor der Begegnung mit Jessica. Wie konnte ich diese souveräne Frau aus der Reserve locken? Sollte ich ihr auf den Kopf zusagen, dass ich wusste, Pascal lebte, oder sollte ich sie in Sicherheit wiegen und die Konfrontation hinauszögern?

»Träumst du?« Irina war bereits auf dem Bahnsteig, während ich wie ein Schaf hinter dem Drehkreuz stand. Ich hielt den Magnetstreifen an die bezeichnete Stelle, erschrak, als mein Ticket eingezogen und beim nächsten Schlitz wieder ausgespuckt wurde. Wir stiegen zweimal um und erreichten das Rive gauche in so kurzer Zeit, dass ich nicht glauben konnte, halb Paris durchquert zu haben.

Endlich ließ sich Irina in einem Bistro nieder. »Darf ich dir etwas empfehlen?«

Gleich darauf servierte man uns die beste Quiche, die ich je gekostet hatte. Während ich mit Heißhunger aß, begriff ich, dass Irina nicht eingekehrt war, um sich zu stärken; sie hatte ihre geschäftliche Verabredung hierherbestellt. Ein grauhaariger Herr kam an unseren Tisch und wurde mir als Monsieur Montregys vorgestellt. Er war Besitzer einer Möbelkollektion aus der Zeit Napoleons III. Irina sprach fließend Französisch und versuchte ihn zu überreden, seine Sammlung zur Auktion freizugeben.

Ich ließ meinen Blick schweifen. Die Sonne fand zwischen den alten Dächern überraschende Durchschlupfe, sie beleuchtete pickende Tauben, die Markise einer Fleischerei, ein rotes Motorrad. Ich streckte die Beine aus und genoss die ruhigen Minuten. Auch wenn Irina und Montregys nicht handelseinig wurden, stießen sie mit einem Glas Champagner an, zu dem ich eingeladen wurde. Darauf setzten wir unseren Trip fort, wechselten ins Village Suisse, wo Irina ein weiteres Gespräch führte. Als wir das nächste Mal aus der Metro ins Freie traten, taten sich die Champs Élysées vor mir auf. Irina machte einen Abstecher zu *Gaultier* und ergatterte eine Tasche, die sie als günstig bezeichnete.

Ich war erschöpft; die Stadt überforderte mich. Ich nahm den eigentlichen Grund meines Aufenthalts zum Anlass, Irina die Rückkehr ins Hotel vorzuschlagen.

»Geh schon voraus«, sagte sie. »Ich habe noch einen Termin.«

Wir verabschiedeten uns auf der Sonnenseite der Prunkstraße, ich lief zu einem Taxistand. Als ich eingestiegen war, sah ich im Rückspiegel ein rotes Motorrad.

Wenig später manövrierte das Taxi durch Montmartre. Ich hatte vor, Jessica eine Nachricht zu hinterlassen, mich umzuziehen und einfach so lange zu warten, bis sie Zeit für mich haben würde. Ich sprang aus dem Wagen, ging mit schnellen Schritten ins Hotel, nahm die Magnetkarte für mein Zimmer aus der Tasche und entdeckte Jessica in der Lobby.

Sie saß in einem Sessel und hatte ein Wirtschaftsmagazin aufgeschlagen. Sie trug ein flaschengrünes Kostüm, das ihr wunderbar stand, während ich ihr, erschöpft von meinem Paris-Marathon, aufgelöst gegenübertrat. Als sie mich bemerkte, wirkte sie keineswegs überrascht; ihr Büro musste sie vorgewarnt haben. Von meiner Seite hatte es keinen Sinn, so zu tun, als sei dies ein zufälliges Zusammentreffen, also setzte ich mich ohne Umstände in den Sessel daneben.

»Das ist die beste Jahreszeit für Paris.« Sie behielt das Magazin auf dem Schoß. »Im Herbst schwärmen die Touristen nicht mehr so zahlreich durch die Stadt.«

»Mir genügen die, die noch da sind.«

»Wir sind schließlich auch nur Touristen.«

»Ich möchte mit Ihnen sprechen. Wann hätten Sie Zeit für mich?«

»Ich erwarte hier jemanden. Aber wenn es nicht zu lange dauert, ein paar Minuten bleiben mir noch.«

Ich erwog, dass ein Gespräch zwischen Tür und Angel nicht das war, weswegen ich den Trip unternommen hatte. Andererseits könnte Jessica einfach abreisen und mir einen Korb geben. Ich entschied mich für den Spatz in der Hand.

»Sie wissen, dass Pascal vor ein paar Tagen in Frankfurt war?«, begann ich ohne Umschweife.

»Pascal ist tot«, erwiderte sie so dezidiert, als seien Zeugen in der Nähe, die unsere Unterhaltung mithören könnten.

»Ihnen ist klar, dass das nicht stimmt.«

»Was bringt Sie auf diese Idee?«

»Ich habe Pascal gesehen. Im Apartment des jungen Mannes, den die Familie auf mich angesetzt hat.«

»Sie haben nicht Pascal gesehen, sondern Roman.« Eine winzige Falte bildete sich auf Jessicas Naselwurzel, Zeichen ihres Ärgers; sie hatte eine Antwort gegeben, die ihre Mitwisserschaft bewies.

»Man hat Ihnen also davon erzählt?«, hakte ich nach. »Oder sind Sie an dem Abend vielleicht selbst in Davids Wohnung gewesen?«

Sie presste die Lippen zusammen, zugleich zog sie ihr Handy

aus der Tasche, warf einen Blick auf das Display und steckte es wieder weg.

»Erklären Sie mir, weshalb David mich bespitzeln sollte? Wozu diente diese komplizierte Charade?«

»Ich kann Ihnen nicht folgen.«

»David hat es mir gegenüber zugegeben.« Ich wähnte mich auf der Überholspur, hoffte, Jessica in die Enge zu treiben. »Wollen Sie sich weiter den Anschein geben, als hätten Sie mit der ganzen Angelegenheit nichts zu tun?«

»Ich wurde vor drei Jahren von Pascal geschieden«, antwortete sie sanfter. »Seitdem lebe ich mein eigenes Leben, ich habe mir alles neu aufgebaut. Warum akzeptieren Sie das nicht?«

»Weil ein Täuschungsmanöver, wie Pascal es durchgezogen hat, ohne Hilfe nicht möglich wäre – ohne Ihre Hilfe.«

»Sind Sie verrückt, in der Öffentlichkeit eine derartige Verleumdung auszusprechen?«

Die Unruhe, mit der sie sich umblickte, machte mir Mut. »Es war von langer Hand vorbereitet, das ist mir mittlerweile klar. Darum weiß ich felsenfest, dass mein Mann nicht in Rio gestorben ist.«

»Nur um Ihren Gedankengang mitzuspielen«, sagte sie, »nehmen wir an, Pascal hätte wirklich geplant unterzutauchen. Warum sollte er so dramatische Mittel wählen? Warum nicht einfach verschwinden?«

»Weil die Suche nach ihm dann nie eingestellt würde. Sein Vermögen würde eingefroren werden, bis der Fall geklärt ist.«

»Man hat seine Konten auch jetzt gesperrt.«

»Aber nur so lange, bis er für tot erklärt wird. Danach muss das Betrugsdezernat den Fall abschließen, und Pascal kann irgendwo auf der Welt ein neues Leben beginnen.«

Sie beugte sich vor. »Pascal hat mich verlassen. Warum sollte ausgerechnet ich ihm bei seinen Plänen helfen?«

»Geld«, antwortete ich. »Hundertzwanzig Millionen sind ein starkes Motiv.«

»Diese Millionen sind ein Hirngespinst der Behörde. Hat der Ermittler Ihnen jemals irgendwelche stichhaltigen Beweise gezeigt?« Auf mein Schweigen fuhr sie fort: »Wie können Sie dann so leichtgläubig sein?«

»Ich kenne Pascal.«

»Das ist eine fadenscheinige Antwort.«

Sie hatte recht. Der einzige Beweis, auf den ich mich stützte, war Pascals Brief. Aber mein Mann hatte die Börsenaufsicht, das Betrugsdezernat und mich belogen – warum sollte er in seinem Liebesbrief nicht einfach weitergelogen haben? Trotz allem war ich sicher, Jessica gehörte zum Zuermatt-Clan. Ich hatte bloß keine Ahnung, wie ich es ihr entlocken sollte.

»Wenn Sie in die Sache nicht eingeweiht waren«, sagte ich, »muss die Familie dahinterstecken. Pascals Mutter schien mir sehr daran gelegen zu sein, dass der Fall bald abgeschlossen wird.«

»Ist das nicht verständlich? Man verdächtigt ihren Sohn, in eine Betrugsaffäre verstrickt zu sein. Lisbeth ist alt, sie will Frieden.«

»Ich hatte nicht den Eindruck, dass sie eine zerbrechliche alte Dame ist. Diese Frau haut so schnell nichts um.« Ich seufzte. »Da werde ich wohl noch einmal in die Schweiz müssen und mit Frau Zuermatt sprechen.«

Hinter Jessica öffnete sich die Fahrstuhltür. Ein kleiner Junge trat heraus, gefolgt von einer mütterlich wirkenden Person, die seine Jacke trug. Die Ähnlichkeit war nicht auffallend, und doch wusste ich, dort kam Pascals Sohn auf mich zu. Robbie war für einen Jungen seines Alters erstaunlich konservativ gekleidet. Gebügelte Hose, dunkler Pulli, das steife Hemd gab ihm etwas von einem Businessman im Taschenformat.

»Ich habe einen Papierflieger ins Zimmer gegenüber geschossen«, sagte er, als er seine Mutter erreichte.

»Was hast du?« Jessica wandte sich fragend an die andere Frau.

»Ich konnte es nicht verhindern.« Ihre Stimme war herb. »Die Fenster der Hotelzimmer liegen nahe beisammen.«

»Das Ding ging vielleicht ab!« Lachend nahm er Jessicas Hand. In seinem Lächeln erkannte ich Pascal. »Komm, ich hab Hunger.«

Jessica schaute auf die Uhr. »Wir sind in zwei Stunden wieder zurück«, sagte sie. »Solange haben Sie frei.«

Das Kindermädchen nickte und verschwand.

»Mein Sohn und ich gehen jetzt essen.«

Damit war unser Gespräch beendet. Ein Blick zwischen mir und Robbie, er musterte mich mit vollkommenem Desinteresse. Auch diesen Blick kannte ich von Pascal: Wenn ihm jemand nichts bedeutete, konnte er denjenigen einfach ausblenden. Jessica gab mir nicht die Hand, sondern legte ihren Arm um Robbies Schulter. Während sie das Hotel verließen, überkam mich die Erkenntnis, wie viel Jessica mir voraushatte. Welche Rolle hatte ich für Pascal gespielt, welche Rolle hatte er mir zugewiesen? Draußen gingen Mutter und Sohn an den Scheiben vorbei. Nun bekam die Bemerkung des Concièrge eine andere Bedeutung: *Die Herrschaften sind nicht auf dem Zimmer.* Jessica war nicht mit ihrem Geliebten in Paris, sondern mit jemand weitaus Wichtigerem: mit der großen Liebe ihres Lebens.

25

Trotz ihres anstrengenden Tages wirkte Irina frisch und war bestens gelaunt. Sie trug ein elegantes Kostüm. Wir aßen in einem gemütlichen Restaurant zu Abend. Sie ließ sich von meiner Begegnung mit Jessica berichten und fand, ich hätte mich ziemlich gut geschlagen.

»Aber ich habe nichts aus ihr rausgekriegt! Sie gibt nicht zu, dass Pascal lebt, dass er etwas verbrochen hat, sie gibt nicht zu, dass sie mit der Familie unter einer Decke steckt.«

Irina drehte ihr Glas am Stiel. »Die Zugeständnisse, die du von ihr erwartest, würde sie nicht ausplaudern, selbst wenn man sie tagelang unter der Verhörlampe schwitzen lassen würde. Allein die Tatsache, dass sie sich Zeit für dich genommen hat, zeigt, dass du richtig liegst.«

»Wieso?«

»Sie wollte wissen, wie viel du weißt und was du davon beweisen kannst.«

»Ich kann nichts beweisen.«

»Dessen scheint sie sich aber nicht sicher zu sein. Ich habe es dir schon mal gesagt: Du bist ein Stein in ihrem Schuh. Was glaubst du, weshalb sie den Auftritt sonst inszeniert hätte?«

»Welchen Auftritt?«

»Sie besitzt etwas, was du nicht hast, ein Kind von Pascal. Und genau aufs Stichwort ließ sie den Kleinen auftreten. Mithilfe des Jungen hat sie dir ihre Macht demonstriert.«

Mir fiel Jessica und ihr Handy ein. War es möglich, dass sie dem Kindermädchen eine SMS geschickt hatte, damit die beiden zum gewünschten Zeitpunkt in die Lobby kommen sollten? »Glaubst du?«

»Darauf würde ich wetten.« Irina biss von dem Amuse-Gueule aus Brokkoli-Mousse ab. »Gehen wir es noch einmal durch. Was hat sie genau gesagt?«

Ich spürte wenig Lust, Irinas detektivischen Trieb zu befriedigen, fand es allerdings rührend, wie sehr sie sich um meine Angelegenheit kümmerte. Geduldig wiederholte ich das Gespräch, das kaum zehn Minuten gedauert hatte. »Meine Drohung war natürlich lächerlich.«

»Welche Drohung?«

»Die Familie noch einmal in der Schweiz aufzusuchen. Ich würde die Mauer des Schweigens bei Mutter Zuermatt genauso wenig durchbrechen wie bei Jessica.«

»Du würdest sie daheim gar nicht antreffen.« Vor Irina wurde eine köstlich duftende Entenbrust abgestellt, während mir mein Ziegenkäse auf Blattsalat etwas mickerig vorkam. »Um diese Jahreszeit ist sie meistens in La Cébette.«

»Wo?« Mir lief das Wasser im Mund zusammen, als Irina in das rosige Fleisch biss.

»Ich bin nie dort gewesen. Es ist ein Landhaus. Hat Pascal es dir gegenüber nie erwähnt?«

»Nein. La Cébette? Wo liegt das, in der französischen Schweiz?«

»Weiter südlich. Lisbeth verbringt dort die sogenannte Übergangszeit.« Irina probierte das Kürbisgemüse und verdrehte genießerisch die Augen.

Ich biss ab. »Bloß – was sollte ich bei Pascals Mutter?«

»Stimmt.« Lächelnd erhob sie ihr Glas. »Wir beide können einfach Paris genießen!«

Ich stieß an, dabei war mir düster zumute. Eine weitere Hoffnung war zerplatzt. Daran konnten Paris, das Kerzenlicht, der gute Wein, auch die fröhlichen Gespräche um uns nichts ändern. Gerade weil hier alles so stimmungsvoll anmutete, war ich außerstande, es zu genießen. Es erschien mir wie vergeudete Zeit.

Nach dem Essen wäre Irina noch gern durch die Straßen flaniert; ich entschuldigte mich und ging früh auf mein Zimmer. In meiner Ratlosigkeit hätte ich fast losgeheult, stattdessen ging ich ins Bad. Kaltes Wasser half, die gewohnten Handgriffe halfen, ich machte mich bettfertig. Auch wenn ich mich in Irinas Gesellschaft wohlfühlte, war ich eigentlich allein. Es gab keinen Arm, in den ich mich schmiegen konnte, keine beruhigende Hand, die mir übers Haar strich. Ohne an die Kosten zu denken, nahm ich das Hoteltelefon und ließ mir eine internationale Freileitung geben. Ich rechnete die Zeitverschiebung um, bei Dora war es fünf Uhr nachmittags. Nach dem zweiten Klingeln nahm sie ab.

»Schätzchen, wo bist du?«, fragte Dora nach der Begrüßung.

Ich zögerte. Beim letzten Gespräch hatte sie davon geschwärmt, wie gern sie wieder einmal verreisen würde, jetzt sollte ich ihr gestehen, dass ich von Paris aus anrief?

»Was macht deine Arthritis?«, wich ich der Antwort aus.

»Mein rechter Arm fühlt sich an, als würde er gleich abfallen. Ich hinke wie Quasimodo, nachts gucke ich mir Sendungen mit fundamentalistischen Predigern an, bloß um meine Schmerzen zu vergessen. Noch Fragen?«

Ich grinste. Dora war ein altes Schlachtross, das sein Schicksal tapfer trug. »Ich wäre jetzt gern bei euch«, antwortete ich leise.

»Da hört sich jemand ziemlich mutlos an.«

»Mutlos und unglücklich.«

»Arme kleine Katze. – *Es ist Tony*«, sagte sie. Ich nahm an, Ernie war ins Zimmer gekommen.

»Lass mich Ernie Guten Tag sagen, oder Gute Nacht bei uns.«

Er übernahm den Hörer, wir plauderten ein paar Minuten, dann war Dora wieder an der Reihe.

»Wir sollten zusammen etwas planen«, sagte ich, ohne eine genaue Vorstellung, was ich damit meinte. »Wir sollten uns treffen, in Mexiko, oder wenigstens in Florida. Ich mache das möglich, ich verspreche es.«

»Versprich lieber nichts. Ich würde Gott und die Welt in Bewegung setzen, dem Armenhaus hier zu entfliehen, aber es ist härter, wenn man sich auf etwas freut, und dann wird nichts daraus. Also versprich uns nichts.«

Ich sank auf den Ellbogen. »Du hast recht. Ich bin wirklich die Letzte, die Versprechungen machen sollte.«

Den Hörer in der Hand, schaute ich in die Nacht. Die berühmte Kirche sah beleuchtet wunderschön aus. Nachdem wir aufgelegt hatten, deckte ich mich zu und schlief ein.

Als ich mich aufsetzte, glaubte ich, nur Minuten geschlafen zu haben. Aber der Radiowecker zeigte 03:26 Uhr. Ein Gedanke hatte mich geweckt, er kam von weit her, ich wollte mich an etwas erinnern. Ein Wort, ein Bild, ein Geruch? – Lisbeth Zermatt. Der Name war da, bevor mein Kopf wieder das Kissen berührte. Pascals Mutter entfloh dem einsetzenden Herbst in ein Haus im Süden. Wie hatte der Ort geheißen? Morgen würde ich Irina fragen können, aber der Morgen war viel zu weit weg. Ich stand auf und lief im T-Shirt durchs Zimmer. Ein Blick aus dem Fenster, die Beleuchtung von Sacre Cœur war erloschen. Ich versuchte das Wort zu formen, es tauchte einfach auf. *La Cébette.* Ein verschollener Rest an Französischkenntnissen flüsterte mir etwas ein, nicht deutlich genug. Im zweisprachigen Kanada war Französisch Pflichtfach; beschämend, wie wenig davon übrig geblieben war.

»Internet, Dummkopf«, sagte ich zu mir, packte den Laptop aus und sah die Balken der drahtlosen Netzverbindung aufblinken. Ich öffnete ein Übersetzungsportal. Langsam gab ich die Buchstaben ein: C-É-B-E-T-T-E. Ich drückte auf Enter.

Schon stand das Ergebnis da: *Cébette f. [cuis.] – kleine weiße Zwiebel aus Südostfrankreich.* Das machte mich nicht klüger. Zwiebel hieß auf Französisch normalerweise *l'oignon*, das Wort musste der Ausdruck für eine besondere Zwiebel sein. Meine Mutter kam mir in den Sinn. Sie hatte nicht gern mit Zwiebeln gekocht, da das Gemüse unserer Familie kollektiv Blähungen bescherte. Eigentlich hatte sie Zwiebeln nur für ein altes deutsches Rezept verwendet. Ich erinnerte mich an den Geschmack, eine dicke Suppe mit Innereien. Eine dicke deutsche Suppe.

Die Knie wurden mir weich, ich wollte mich aufs Bett setzen; es war tiefer als gedacht, ich plumpste darauf. Meine Erinnerung hatte mich auf einen Umweg geschickt, von dem ich mit dem Schlüsselwort zurückkehrte: Suppe. Zwiebelsuppe. Ich griff in meine Tasche und holte den gefalteten Zettel hervor.

Wir sollten Frankreich bereisen, hatte Pascal geschrieben, *Paris und den Süden. Unweit von Draguignan kenne ich ein Restaurant, dort werden wir Zwiebelsuppe essen. Es gibt keinen Fleck auf der Welt, wo sie bessere Zwiebelsuppe machen.*

Pascal war kein Schwärmer. Wenn ein Mann wie er in einem entscheidenden Brief zweimal das Wort Zwiebelsuppe verwendete, konnte das kein Zufall sein. Er baute auf meine Kombinationsgabe und meine Hartnäckigkeit. Er musste gewusst haben, dass ich die Suche nicht aufgeben würde, bis ich völlige Klarheit hatte. Wie verrückt das klang! Pascal hatte in der *Zwiebelsuppe* einen Hinweis versteckt? Mir war, als könnte ich ihn hinter diesen Zeilen sehen, wie er gegrinst hatte, als er das Zwiebelsuppenrätsel zu Papier brachte.

Es gab ein Haus, das hieß *La Cébette.* Das Internet half mir auch hier weiter: Es existierte ein Ort mit demselben Namen, ein Dorf, es lag – das wunderte mich kaum noch – in der Nähe von Draguignan. Alles war, wie Pascal es in seinem Brief vorausgesagt hatte. Ich war seiner Spur gefolgt und hatte das Rätsel gelöst. Ich war meiner Sache so sicher, dass ich lange vor dem Morgengrauen zu packen begann. Endlich kannte ich mein Ziel.

Stein, dachte ich eine Minute später. Der Ermittler und ich hatten ein Gespräch geführt, das man als privat bezeichnen konnte, dennoch hatte ich keinen Zweifel daran, dass er seine französischen Kollegen über meinen Aufenthalt in Paris in Kenntnis gesetzt hatte. Die Verfolgung eines Verdächtigen vom Kaliber Pascals endete nicht an Landesgrenzen, er wurde in ganz Europa gesucht, vielleicht weltweit. Wollte ich ihn als Erste finden, musste ich meine Reise tarnen. Nachdenklich griff ich zum Telefon.

»Zwei Fliegen mit einer Klappe«, sagte ich zu mir.

04:28 Uhr, das bedeutete halb elf auf der anderen Seite des Ozeans. Ich wählte die Nummer.

»Hallo?« Meine Tante gehörte nicht zu denen, die früh zu Bett gingen.

»Ich noch einmal«, flüsterte ich.

»Tony? – Gibt es denn in Frankfurt niemanden, mit dem du nachts quatschen kannst?« Ich hörte, wie sie sich im Bett herumwälzte.

»Ich dachte … Wir werden ja alle nicht jünger.«

»Eine tiefgründige Weisheit.« Dora kicherte. Sie war eine Person, die, selbst aus tiefem Schlaf gerissen, übergangslos in eine Plauderei einsteigen konnte.

»Warum sollen wir es immer und immer wieder verschieben? Du sagst, ich darf dir keine Versprechungen machen, darum frage ich dich direkt: Hast du Lust, mit Ernie nach Südfrankreich zu kommen?«

Es passierte nicht oft, dass meine Tante sprachlos war. In diesem Augenblick hörte es sich an, als sei die Verbindung abgebrochen. »Südfrankreich?« Ihre Stimme zitterte. »Wann meinst du, nächstes Jahr oder wann?«

»Wozu den Winter abwarten?« Ich schlug die Decke über meine Füße. »Kommt doch gleich.«

Wieder vergingen Sekunden. »Ich kann hier nicht weg.«

»Wieso?«

»Mein wöchentlicher Buchclub zum Beispiel. Wir lesen uns gegenseitig Romane vor, da müsste ich zuerst Ersatz beschaffen. Ernie hat einen Termin beim Zahnarzt und … Ach, mir fallen tausend Gründe ein.«

Ich verstand, was los war. Dora hatte so lange auf die schönen Dinge des Lebens verzichten müssen, sich so sehr in ihrer Welt der Hoffnung und Träumereien eingerichtet, dass die Vorstellung, tatsächlich in die Traumwelt zu fliegen, sie überforderte.

»Es gibt ein schönes Plätzchen unweit von Draguignan«, lockte ich, »das ich dir gern gezeigt hätte.«

»Draguignan in der Provence? Ach herrje, als junge Frau bin ich ausgiebig durch diese Gegend gefahren.«

»Ich weiß. Darum möchte ich dich ja auch als Reisebegleiterin.«

»Und Ernie? Ihm fehlt jedes mediterrane Flair! – Na ja, zur Not kann er uns die Koffer tragen.« Ich hatte Dora auf der richtigen Frequenz, sie machte wieder ihre Witze. »Wie stellst du dir das praktisch vor?«, fragte sie neugierig.

Ich hatte nicht die geringste Ahnung, weder was die Umstände, noch was den Preis betraf. »Das erledige ich alles«, antwortete ich ausweichend.

»Du hättest besser morgen früh angerufen, um so etwas zu fragen.«

»Wieso?«

»Weil ich jetzt natürlich kein Auge zukriege. Und wenn ich kein Auge zukriege, muss ich einen Kuchen backen. Und dann esse ich zu viel davon. Dabei sollte ich gerade jetzt nicht zunehmen, damit mir meine Sommergarderobe passt. Mein Gott! Wie lange habe ich die Klamotten für den Süden nicht mehr hervorgeholt. Hoffentlich sind nicht die Motten drin!«

»Hoffentlich.« Ich lächelte. »Sonst kaufen wir in Draguignan eben neue. Ich rufe dich morgen wieder an, einverstanden? Dann weiß ich mehr. Hol schon mal die Koffer heraus, Dora!«

Gleich darauf saß ich da, draußen war es dunkel, die Nachttischlampe warf Gebilde an die Wand. Meine Geldmittel waren fast aufgebraucht. Ein Flug für zwei Personen aus den USA nach Südfrankreich – wieso hatte ich nicht wenigstens die Preise gecheckt, bevor ich Dora den Mund wässerig machte? Unbedacht und ohne Strategie hatte ich die Würfel ins Rollen gebracht. *Zu Pascal*, lautete meine Strategie. Ich begann im Internet nach Frankreichflügen zu suchen.

26

Meine Kreditkarte hatte einen kleinen Überziehungsrahmen, aber der würde nicht reichen. Beim Frühstück schnitt ich das Thema Irina gegenüber an, schweren Herzens, es war mir unangenehm.

»Sollte Pascal leben, werde ich imstande sein, es dir sofort zurückzuzahlen«, sagte ich. »Ist er tot, werde ich etwas erben, das hat man mir zumindest versichert.« Währenddessen spähte ich zum Eingang des Frühstückszimmers, ob Jessica käme und ich Gelegenheit bekommen würde, Robbie ein weiteres Mal zu sehen.

»Mach nicht so eine Riesensache daraus.« Irina bestrich ein Brioche mit Konfitüre. »Wie viel brauchst du?«

»Ich wollte dir nur klarmachen, dass ich kein unsicherer Kandidat bin, wenn es ums Borgen geht.«

»Wie viel, Tony?«

Ich hatte ausgerechnet, dass ich ungefähr dreitausend Euro benötigen würde.

»Hm.« Irina kaute. Ich fürchtete, zu unverschämt gewesen zu sein. »So viel kann ich nicht aus dem Bankautomaten ziehen. Ich stelle dir einen Scheck aus.« Sie legte ihre Hand auf meine. »Ist doch nur Geld.«

»Das vergesse ich dir nie. Du kriegst es so schnell wie möglich zurück.«

»Hör schon auf.« Sie griff zur Tasche und holte ihr Scheckheft hervor. Ich trank meinen Milchkaffee.

»Schon erledigt.« Irina schob den Scheck über den Tisch. »Du hast da …« Sie zeigte auf meine Nasenspitze.

Ich wischte den Milchschaum ab und nahm das Papier dankend entgegen.

»Was unternimmst du heute?« Irina teilte einen Pfirsich mit dem Messer.

»Ich möchte eigentlich so bald wie möglich losfahren.«

»Heute schon?« Sie aß die triefende Frucht, hielt die Serviette unters Kinn.

»Wärst du mir deswegen böse?«

»Ich verstehe deinen Sinneswandel nicht ganz. Zuerst setzt du alles daran, Jessica zu sprechen, jetzt sind wir in Paris und könnten es genießen, und du hast es plötzlich eilig, wieder fortzukommen.«

Ich hätte ihr gern von meiner Idee mit La Cébette erzählt, doch dazu hätte ich ihr Pascals Brief zeigen müssen. Stattdessen sagte ich: »Ich habe das Gefühl, ich bin es meiner Tante schuldig. Die Gelegenheit kommt nicht so schnell wieder.«

»Na ja, wie du meinst.« Sie schien weniger beleidigt, als ich befürchtet hatte.

»Nochmals tausend Dank.«

Irina wischte sich umständlich die Finger ab. »Was sagt man in diesem Fall – *bon voyage*?«

»Du weißt nicht, wie sehr du mir geholfen hast.« Ich sah mich um. »Jessica ist nicht zum Frühstück gekommen.«

»Die hat bestimmt keine Lust, dir noch einmal zu begegnen.«

Ich küsste Irina zum Abschied. »Genieß Paris, auch ohne mich.«

Auf meinem Zimmer packte ich, so schnell es ging. Ich hatte Flüge für Dora und Ernie gefunden und besaß nun die Mittel, sie zu bezahlen. Auf einer Bank nahe dem Place Abbesses löste ich Irinas Scheck ein, die Summe wurde anstandslos meinem Konto gutgeschrieben. Ich kehrte ins Hotel zurück und telefonierte mit Dora. Als sie über den kurzfristigen Abreisetermin erschrak, sagte ich: »Es bedeutet mir viel. Bitte tut es für mich, du und Ernie.«

Das ließ sich Dora nicht zweimal sagen. Als Kreuzritterin in den Angelegenheiten ihrer Nichte nach Nizza zu fliegen war die schönste Aufgabe, die man ihr zumuten konnte. Minuten später waren die Flüge gebucht.

Ich selbst hatte nicht vor zu fliegen, stattdessen verließ ich das Hotel und bog um die nächste Ecke. Bei unserem Spaziergang am Vortag hatte ich eine kleine Autovermietung entdeckt, dort lag mein Ziel.

Im Büro von *Côte d'Azur Cars* lernte ich einen älteren Franzosen kennen. Der Mann hieß Albert und hatte die Angewohnheit, seinen Kugelschreiber ununterbrochen an- und auszuknipsen. Er sprach kaum Englisch, die Erörterung meines Problems nahm einige Zeit in Anspruch. Schließlich begriff er, dass ich One-Way mieten wollte; das würde den Preis verdoppeln. Albert war ehrlich genug, mir vorzuschlagen, zu einer größeren Mietwagenfirma zu gehen, die einen Wagen aus Paris im Süden stehen lassen konnte. Nach einer halben Stunde zweisprachiger Verhandlungen einigten wir uns auf einen annehmbaren Preis.

Wir gingen auf den Parkplatz, Albert erklärte mir das Auto, es war winzig und hatte schon bessere Tage gesehen.

»Soll ich ihn waschen?« Er bemerkte meinen skeptischen Blick. »Dann ist er wie neu.«

Es war mir recht, einen unauffälligen Wagen zu fahren. Ich bedankte mich und nahm den Vertrag entgegen. Durch ein verwirrendes Einbahnsystem fand ich auf Umwegen zum Hotel zurück, parkte, lief auf mein Zimmer und holte das Gepäck.

Der Concièrge stellte die Rechnung aus und tackerte den Kreditkartenbeleg daran. Ich griff nach meinem Koffer. »Nein, Madame, wir erledigen das.« Er schlug auf die Klingel.

Ein dunkelhäutiger Mann in Uniform, der mein Großvater hätte sein können, kam und bückte sich nach dem Koffer.

»Das ist nicht nötig.«

Als habe er nicht verstanden, zog er den Rollgriff heraus.

»Aber nur bis zur Tür.« Meine Augen suchten den Eingangsbereich ab. Mittlerweile hoffte ich, Jessica nicht noch einmal über den Weg zu laufen. Auf der anderen Straßenseite hielt ein rotes Motorrad.

»Soll ich Ihrer Freundin etwas ausrichten?«, fragte der Concièrge.

»Nicht nötig, sie weiß Bescheid.«

Endlich war ich draußen. Nach wenigen Metern nahm ich dem alten Mann den Koffer ab, gab ihm ein Trinkgeld und eilte weiter. Die Räder machten auf dem holperigen Pflaster ein unangenehmes Geräusch. Ich hievte mein Gepäck in den Wagen, sprang hinein und fand den Rückwärtsgang nicht gleich. Das Getriebe knirschte so hässlich, dass Passanten mit alarmierten Gesichtern stehen blieben.

Ich kannte mich in Paris nicht aus, war überfordert vom Verkehr in den verwinkelten Gassen, erreichte aber den Fuß des Berges und reihte mich auf dem Boulevard de Clichy in die rechte Spur ein. Ich erkannte Place Pigalle mit ihren Sexshops und Bars und fuhr die sündige Meile in westlicher Richtung. Monsieur Albert hatte mir eine Straßenkarte mitgegeben, ich breitete sie auf dem Beifahrersitz aus. Hinter mir hupte einer, weil ich die Abbiegespur blockierte, ich scherte aus, jetzt hupte mich der von links an. Hoffnungsvoll spähte ich zu den Wegweisern hoch; was erwartete ich dort zu lesen – *kürzeste Strecke zur Côte d'Azur?*

Am erstbesten Punkt, an dem man ungestraft halten konnte, parkte ich und rannte in den nächsten Handyshop.

»GPS?«, sagte ich zum Verkäufer.

Kein Kunde war im Laden, der Mann döste vor sich hin. Er hatte einen schwarzen Bart und trug ein bunt gemustertes Hemd.

»Haben Sie ein GPS für mich?«, versuchte ich es in holprigem Französisch.

Der Verkäufer sprach die Landessprache scheinbar schlechter als ich und antwortete in einem Kauderwelsch, das er sich für Touristen zurechtgelegt hatte.

»Wie heißt dieses Ding bei euch, wenn man im Auto sitzt, und der Satellit sagt, wo man hinmuss?«

»Satellit, ah yes.« Er präsentierte mir ein Mobiltelefon.

»Nein, nein!« Ich beschrieb es mit Händen und Füßen, rief immer wieder »GPS«.

Endlich begriff er etwas. »SDL?« Er zeigte zum Himmel.

»SDL?« Ich folgte seinem Fingerzeig. Dort oben drehte sich nur der Ventilator. »Ich brauche ein GPS!«

»Non, Madame.« Er wandte sich zum Regal und nahm ein verpacktes Gerät heraus. »SDL – *système de localisation.*«

Erleichtert erkannte ich eine bekannte Marke und nickte. »Genau das suche ich!«

Er forderte einen höheren Preis als den, der auf der Packung stand, ich fürchtete zeitraubendes Feilschen und bezahlte anstandslos. Zurück im Auto, verwirrt von Kabeln und Plastikteilen, bereute ich meine Voreiligkeit. Ich hätte mir das Ding gleich montieren lassen sollen. Immerhin schaffte ich es, das SDL mit dem Strom aus dem Zigarettenanzünder in Gang zu kriegen, und wartete auf ein Satellitensignal. Wieso hatte ich keinen Flug gebucht? Ich hätte mich im Taxi zum Airport fahren lassen, gemütlich einchecken können und wäre eine Stunde später am Mittelmeer gelandet. Stattdessen hatte ich bereits zwei Stunden vertan und stand immer noch im Verkehrschaos von Paris.

Im Rückspiegel sah ich, dass ein Polizist sich näherte. Ich wollte einer Auseinandersetzung entgehen, startete den Wagen und fuhr los. Da mein GPS sich weiterhin weigerte, mich zu beraten, blieb ich auf dem großen Boulevard. Nach einer Weile kam es mir vor, als ob die Wahrzeichen von Paris häufiger würden. Ich fuhr demnach nicht an die Peripherie, sondern näherte mich der Innenstadt.

»Mach schon, komm schon!«, versuchte ich das Kästchen mit dem Bildschirm zu animieren.

Immer weiter riss mich der Strom der Autos mit sich fort. Der Anblick, der mich an der nächsten Ampel erwartete, räumte alle Zweifel aus: Ich rollte auf den Arc de Triomphe zu, war im Herzen von Paris gelandet. Sternförmig näherten sich Verkehrsströme von allen Seiten.

»Bis hierher und nicht weiter«, sagte ich, fuhr an den Prunkbogen heran und stellte den Motor ab. An dieser berühmtesten Kreuzung aller Kreuzungen wollte ich die Hilfe aus dem Himmel abwarten. Irgendein Satellit sollte sich meiner erbarmen und mir den Weg weisen.

»Bring mich nach Süden, Schätzchen«, sagte ich zum SDL.

Nach fünfzig Metern fahren Sie geradeaus über den Kreisverkehr, antwortete eine männliche Computerstimme.

»Das lässt sich hören!« Ich startete und fuhr weiter. »Wie heißt du, mein Freund?«

Bleiben Sie auf der linken Spur.

»Du willst mir deinen Namen erst verraten, wenn wir uns besser kennen? Das verstehe ich.« Ich setzte den Blinker.

Ausfahrt vor Ihnen. Nehmen Sie die Ausfahrt.

»Worauf du dich verlassen kannst.« Ich folgte den Anweisungen meines neuen Freundes.

»Ich werde dich Pierre nennen, bist du damit einverstanden?«

Biegen Sie rechts ab. Dann fahren Sie auf die Autobahn.

»Zu Befehl, Pierre. Es ist nett, ein wenig Männerbegleitung zu haben.« Ich grinste. »Warst du schon mal an der Côte d'Azur? Nein? Ich auch nicht.«

27

Das Auto war mein Zuhause, ich hatte einen neuen Freund, auch wenn die Konversation mit ihm einseitig blieb. Wurde ich hungrig, hielt ich an einer Tankstelle und deckte mich mit ungesunden Sachen ein, war ich müde, suchte ich mir ein ruhiges Plätzchen und döste. Mit dem Auto durch Frankreich – Pascals Arbeitsstress hatte nie genug Zeit für so eine Reise gelassen. Immer musste alles gebucht und vorbereitet sein, damit die wenigen Tage, die wir zusammen hatten, perfekt verlaufen würden. Diesmal reichte mein Zeitfenster bis zu Doras Ankunft in Nizza. Ich hatte zwei Tage, um eine Strecke von 900 Kilometern zurückzulegen, stellte mir vor, dass ich mir in der Dämmerung ein Hotel suchen und ein Diner mit regionalen Köstlichkeiten genießen würde. Am nächsten Morgen wollte ich mein Croissant in den Milchkaffee tauchen und bester Laune weiterziehen.

Die Autobahn führte östlich an Orleans vorbei in Richtung Dijon. Je weiter ich nach Süden kam, desto mehr verschwand das flache Land, Wälder begrünten die Hügel, die auf ein kleines Gebirge zuführten. Beim nächsten Halt wurde mir klar, dass ich in einer Weingegend sein musste. Selbst im Tankstellen-Shop wurden Burgunderweine angeboten; ich kaufte eine Flasche.

Wenig später erhoben sich links und rechts der Autobahn Weinberge. Ich schaute und genoss, erfuhr währenddessen von meinem Begleiter, dass wir nicht über Dijon mussten, sondern westlich davon nach Süden abbiegen würden.

Welch ein Land! Auf einem Raum, der in Kanada nur den Bruchteil einer Provinz ausmachte, bewohnten die Menschen schöne alte Städte, hatten Zugang zu drei verschiedenen Meeren und konnten zwischen rauem und heißem Klima wählen. Ich hätte nicht über zwei Tage, sondern über Wochen verfügen mögen, damit ich wenigstens einen Bruchteil dieses Landes entdecken könnte. Das Wichtigste aber war: Die Fahrt lenkte mich von dem Geheimnis ab, um das mein Geist sonst ständig kreiste. Es gab eine Welt, in der der *Fall Zuermatt* nichts bedeutete, wo das Verschwinden Pascals nicht zählte. Ich hatte mir diese Welt so sehr gewünscht und unvermutet Zugang zu ihr gefunden. Es war nur ein Intermezzo, der Zustand würde nicht von Dauer sein, und doch genoss ich die Erholung unendlich.

Als es dämmerte, befand ich mich in der Gegend zwischen Dijon und Lyon und begann nach einer Unterkunft Ausschau zu halten. Ich verließ die Autobahn und fuhr in die Landschaft hinein. Nun huschten die Ortschaften nicht mehr vorbei, Häuser und Menschen, die in den Gärten die Herbstarbeit erledigten, kamen nahe. Die Straße führte auf schroffe Anhöhen, dann wieder zwischen sanfte Wiesen, die von Bächen durchzogen wurden. In den Dörfern standen Kirchen aus verwittertem Stein, die Kreuze hatten durch Sturm und Regen ihre kantige Form verloren. Ich fuhr durch ein urtümliches Land, das mit der Eleganz von Paris, der Milde der Weingegend nichts zu tun hatte. Die Städtchen wirkten nicht besonders einladend, fast als ob die Menschen froh wären, dass sich der Touristenstrom nur zögernd in ihre Gegend ergoss. Ich las manchen Hinweis auf einen *Gîte Rural* oder andere Zimmervermietungen, aber es war noch nicht das Richtige. Das Licht schwand, ich fürchtete, dass ich bald das Erstbeste würde nehmen müssen. Mich in der Finsternis über die kurvenreichen Straßen zu bewegen schien wenig ratsam.

Ein Schild wies auf das Schloss bei Ciry le Noble hin, das Zeichen darunter versetzte mich in erwartungsvolle Spannung. Das Piktogramm zeigte ein Bett sowie Messer und Gabel. Ich folgte dem Wegweiser, verlor bald darauf aber die Orientierung und befahl meinem Begleiter, mich nach Ciry le Noble zu bringen. *Drehen Sie wenn möglich um*, lautete seine schadenfrohe Antwort. Ciry war für mich plötzlich das einzig mögliche Ziel; entweder ich würde in Ciry le Noble übernachten oder gar nicht.

Das Schloss, das auf dem Hügel auftauchte, ließ mein Herz höherschlagen. Wirklich, ein Schloss! Geld sollte heute keine Rolle spielen, ich wollte in diesen Mauern schlafen und hielt vor dem beeindruckenden Gebäude. Es war alles da, um eine kanadische Touristin zu beeindrucken: Zinnen und Türmchen, filigrane Fenster, die bis zum Boden reichten, Balkone, Terrassen. In der Dunkelheit verschwamm ein Park, den ich am nächsten Tag durchstreifen wollte.

Ich war überzeugt gewesen, um diese Jahreszeit problemlos ein Zimmer zu bekommen. Die Luxuskarossen auf dem Parkplatz ließen mich zweifeln. Fast schämte ich mich, meinen Kleinwagen dort abzustellen und, den Koffer hinter mir herschleppend, das Schloss zu betreten. Niemand war an der Rezeption, eine Ahnengalerie starrte auf mich nieder, daneben ausgestopfte Hirschköpfe mit mächtigen Geweihen. Ich wagte nicht zu rufen, und eine Klingel gab es nicht.

Ein Herr im Nadelstreif durchquerte die Halle, er hielt einen *International Herald Tribune* unterm Arm.

»Kümmert man sich nicht um Sie?«, fragte er freundlich und wandte sich zum Korridor. »Etienne!«

Wie aus dem Boden gestampft stand ein Typ in Livree vor mir, er trug das Schlosswappen am Aufschlag. Ein Zimmer war verfügbar, es kostete mehr, als ich befürchtet hatte. Ich ließ mir den Schock nicht anmerken und checkte ein. Etienne kam nicht auf die Idee, mein Gepäck zu tragen, auch sonst zeigte sich kein Angestellter. Ich bekam einen kiloschweren Schlüssel mit Anhänger ausgehändigt und machte mich auf den Weg nach oben. Kein Fahrstuhl beeinträchtigte die historische Architektur, dafür wurde das Treppenhaus ab dem zweiten Stock so schmal, dass ich mit dem Koffer gegen die Wand schrammte. Schweißgebadet erreichte ich die Tür mit der Nummer 13. Ich hatte angenommen, aufgrund international anerkannten Aberglaubens gebe es in keinem Hotel eine Nummer 13. In diesem Schloss war man offenbar nicht abergläubisch.

Das Zimmer war beinahe rund und so winzig, dass jeder, der am Bett vorbeiwollte, dicht an der Wand lang musste. Ich war in einem der Türmchen einquartiert worden, es gefiel mir auf Anhieb. Genau wie das Bad, bei dem zwischen Kloschüssel und Duschkabine nur ein paar Zentimeter Platz waren. Im Bewusstsein, dass ein Abendessen hier ähnlich teuer sein würde wie die Übernachtung, duschte ich, zog mein bestes Kleid an und summte vor mich hin.

Es klopfte. Ich kannte die Gepflogenheiten in einem Schlosshotel nicht. Wurde man hier persönlich benachrichtigt, dass das Diner angerichtet sei? Ich öffnete in amüsierter Erwartung.

»Ich muss dich warnen, ich muss dich unbedingt warnen! Wenn du mir diesmal nicht zuhörst, könnte es schlimm für dich enden.«

Vor der Tür stand David. Er sah aus, als hätte er sich auf allen vieren durch den Wald bewegt. Das nasse Haar hing ihm ins Gesicht, die Schuhe waren dreckverschmiert, der Regenmantel hatte einen Riss. Für den Augenblick vergaß ich, dass er und ich geschiedene Leute waren, und ließ ihn sprachlos ein. Im nächsten Moment begriff ich, dass meine geschickt eingefädelte Reise umsonst gewesen war. Mühelos hatte David, hatte die Familie mich aufgespürt.

»Wer hat dich geschickt?«

»Hör auf.« Er schüttelte seinen Mantel aus. »Was immer ich sage, du glaubst mir ja doch nicht. Also spar dir dein Misstrauen und hör nur zu.«

»Wie siehst du aus?« Seine Hose war bis zu den Knien voll Morast.

»Ich habe meinen Wagen im Nachbarort abgestellt und wollte zu Fuß kommen.« Er schüttelte den Kopf. »Ich habe mich verlaufen.«

»Wieso parkst du nicht vor dem Schloss?«

»Weil sie nicht wissen dürfen, dass ich hier bin!« Mit irrsinnigem Gesichtsausdruck beugte er sich zu mir.

»Wer sind *sie*?«

»Du weißt es.«

»Die Familie?«

Er nickte. »Ich glaube, du hast immer noch nicht begriffen, wen du dir zu Feinden gemacht hast.«

Die Antwort traf mich so sehr, dass ich aufs Bett sank.

»Diese Leute sind mittlerweile zu allem fähig!«

»Warum? Warum nur?«

»Weil du so stur bist!« David beugte sich über mich. »Weil du deine verdammte Suche nicht aufgibst. Diese Leute wollen nicht, dass du *ihn* findest. Niemand soll ihn finden. Gib auf, Tony, ich flehe dich an!«

»Das bedeutet …« Langsam hob ich den Blick. »Dass ich richtig liege. Ich bin auf dem richtigen Weg, stimmt's?«

»Und wenn schon! Was bedeutet das? Sie wollen nicht, dass du dort ankommst.«

Ich schwieg mehrere Sekunden, dann fragte ich: »Weiß Pascal Bescheid? Steckt er mit ihnen unter einer Decke?«

»Das weiß ich nicht.«

»Lügner.«

»Was glaubst du denn, in welcher Position ich bin? Sie bezahlen mich. Ich kriege Geld dafür, dass ich ihnen verrate, wohin du dich aufmachst.«

»Seit wann folgst du mir?«

»Seit du nach Paris geflogen bist.«

»Hast du nicht versprochen, du hörst auf damit, du lässt dich von der Familie nicht mehr herumkommandieren?«

»Das wollte ich auch.« Er lächelte traurig. »Muss ich dir etwas vom *Fluch der üblen Tat* erzählen, die sich immer weiter fortschreibt? Sie haben mich in der Hand.«

Ich hätte mir im Moment nichts sehnlicher gewünscht als einen Menschen, dem ich trauen konnte. Aber nicht ihm, nicht

David! »Okay, du hast mich gewarnt. Jetzt kannst du wieder gehen.«

»Tony, es gießt in Strömen.«

Ich betrachtete sein nasses Haar; plötzlich hörte ich es auf das Dach des Turmes prasseln. Unter der Dusche war mir davon nichts aufgefallen. »Ich gehe essen.« Ich stand auf. »Du hast leider nicht die entsprechende Garderobe, um mich zu begleiten.«

»Mach nur deine Witze.« Er wischte sich das Wasser von der Stirn. »Dass du mich nicht mehr magst, nehme ich dir nicht übel. Aber muss ich deswegen verhungern? Ich habe den ganzen Tag im Auto gesessen.«

»Es hat dich niemand gezwungen!«

»Musst du unbedingt runtergehen?« Er setzte den Hundeblick auf. »Könntest du nicht eine Kleinigkeit aufs Zimmer bestellen?«

»Du spinnst wohl! Ich soll meinen Spitzel auch noch bewirten? Vielleicht bist du ja derjenige, vor dem ich mich in Acht nehmen sollte!«

»Du kannst mich durchsuchen, wenn du willst.« Ein missglücktes Lächeln. »Ich bin gänzlich ungefährlich.«

Am liebsten hätte ich ihn hinausgeworfen. Doch so verrückt es war, ich freute mich, Gesellschaft zu haben. Es lag noch nicht lange zurück, da hatte ich diesen Mann gemocht. Ich glaubte ihm nicht, vertraute ihm nicht, doch wenn ich ihn ansah, tat er mir leid.

»Nach dem Essen gehst du sofort.«

»Versprochen.« Seine Augen verrieten, wie erleichtert er war.

»Das ist ein Einzelzimmer. Ich kann nicht für zwei Personen bestellen.«

»Dann wirst du eben einen ziemlich großen Hunger haben müssen.« Er zog den nassen Mantel aus. »Darf ich mal ins Bad?«

Während er verschwand, wählte ich die Nummer des Restaurants. »Ich würde gern etwas für die Nummer dreizehn bestellen.«

»Cérteinement, Madame«, antwortete eine höfliche Stimme. »Darf ich Ihnen unser Fünfgängemenü empfehlen?«

»Fünf Gänge? Das hört sich gut an.«

»Wir beginnen mit einer Tomatensuppe mit Trüffelravioli, danach ein kalter Vorspeisenteller mit Spezialitäten der Region.«

Ich wählte die Haupt- und Nachspeise und schaute aus dem Fenster. Irgendwo in Frankreich, dachte ich, im Turmzimmer eines Schlosses, sitzt eine müde Kanadierin und hat einen Mann im Bad. Es klang weit romantischer, als es war.

28

Während ich mich hungrig über das Entrecote hermachte und neidisch jeden Bissen zählte, den David davon abschnitt, merkte ich zugleich, wie ich mich entspannte. David und ich saßen traulich auf dem Bett meines winzigen Zimmers, der Regen lief an den Fensterscheiben herab. Aus dem kalten Nieseln war ein Herbstregen geworden; ich hatte eine Wolldecke über meine Beine gelegt. Ich fand Davids Verhalten doppelzüngig und armselig, und doch konnte ich ihn nicht in Bausch und Bogen verachten. Er war schwach, er tarnte seine Schwäche mit Smartheit, trotzdem stimmte die Chemie zwischen uns.

Das Essen war mit einem Serviertisch hochgeschickt worden, der die Köstlichkeiten aber nicht alle fassen konnte; selbst auf dem Fensterbrett stand Geschirr. Nachdem der Hotelangestellte das Zimmer verlassen hatte, war David aus dem Bad gekommen. Ich hatte auf den reich gedeckten Tisch gezeigt.

»Wenn ich dir was abgeben soll, habe ich eine Bedingung: Kein Wort über Pascal, die Zuermatts, kein Wort über die ganze Angelegenheit, bis wir aufgegessen haben.«

Er hatte zugestimmt. Jetzt teilten wir uns bereits den dritten Gang. Das Fleisch war ein Gedicht, die grünen Bohnen schwammen in Knoblauchöl, und die gratinierten Kartoffeln zergingen auf der Zunge. Ich hatte eine Flasche Wein bestellt und staunte, wie schnell sich mein Glas leerte, während David nur wenig trank. Das Thema Pascal auszusparen stellte sich als schwieriger heraus als erwartet. So gut wie alles, was David und mich miteinander verband, hing mit den Zuermatts zusammen. Worüber konnten wir reden – über Frankreich, das Wetter, den Herbst?

»Wohin, glauben deine *Auftraggeber* eigentlich, dass ich unterwegs bin?« Ich brach meine eigenen Spielregeln.

»Es ist offensichtlich, dass du nach Süden fährst.«

»Beunruhigt sie das?«

»Was willst du in Südfrankreich, Tony?«

»Ich fahre nach Nizza, wo ich mit meiner Tante verabredet bin.«

Unser merkwürdiges Abendessen nahm die Form eines Verhörs an; wir versuchten einander auszuhorchen. War David wirklich gekommen, um mich zu warnen, oder wollte er mich bloß aufhalten? Sollte er mich daran hindern, nach La Cébette zu gelangen? Wie würde er das anstellen? Ich spürte seinen Ellbogen an meinem Arm, seinen Schenkel neben meinem.

David wechselte das Thema. »Du hast mal angedeutet, dass euer Haus in Toronto gebrannt hat. Wie ist das passiert?«

Auch wenn ich annahm, dass er sich nicht wirklich für meine Familiengeschichte interessierte, erzählte ich, dass es einen jahrelangen Zwist zwischen meinen Eltern und unserem Nachbarn gegeben hatte. Dem Nachbarn war die Zeder in unserem Garten ein Dorn im Auge, weil sie ihm die Sonne nahm. Mein Vater hatte sich geweigert, den Baum zu fällen. Es wurde ein zermürbender Kleinkrieg daraus. Mal lag unser Müll morgens in der Einfahrt, dann ließ sich mein Vater hinreißen, ein scharfes Reinigungsmittel über die Rosen des Nachbarn zu gießen. Einmal wurde sogar Hundescheiße an den Griff unserer Autotür geschmiert. Mein Vater war ein jähzorniger Mann mit wenig Rückgrat. Obwohl er sich kampfeslustig gab, zermürbte ihn die Auseinandersetzung. Dazu kam, dass sich die Gattinnen der Streithähne gut verstanden. Meine Mutter und die Frau des Nachbarn mussten jedes Mal schlichten, wenn sich einer der beiden wieder hatte hinreißen lassen.

»Den Rest erfährst du nach der nächsten Werbepause«, scherzte ich, und auf Davids verständnislosen Blick: »Ich muss mal.«

Als ich vom Bad zurückkam, hatte er uns nachgeschenkt, stieß mit mir an und nahm selbst einen kräftigen Schluck.

»Es war ein schlimmes Unglück. Der dämliche Nachbar versuchte in unserer Abwesenheit, die Zeder abzufackeln. Er stapelte Pappkartons rund um den Baum und tränkte alles mit Benzin. Dann setzte er sie in Brand. Die Zeder ist ein immergrüner Baum, doch wir hatten Herbst, die Nadeln waren trocken, der Plan des Brandstifters gelang. Dass die Holzverkleidung unseres Hauses ebenso ausgetrocknet war, hatte er übersehen. Es stand so schnell in Flammen, dass die Feuerwehr nichts weiter ausrichten konnte, als ein Übergreifen des Feuers zu verhindern.«

Ich sah David an. Der Ausdruck in seinen Augen hatte sich verändert. Nicht mehr der sympathische Schuft, der sich gratis den Bauch vollschlug – da war etwas anderes.

»Was ist?«

»Erzähl weiter.« Er legte die Serviette beiseite.

»Der Fall war klar: Der Nachbar kam wegen Brandstiftung ins Gefängnis, die Versicherung musste zahlen. Meine Eltern hätten sich ein neues Haus leisten können. Doch seit mein Vater in jener Nacht den verkohlten Strunk der Zeder gesehen hatte, wie sie leblos in den Himmel ragte, ging eine Veränderung in ihm vor.«

Ich rutschte zur Seite, David nahm von den Kartoffeln.

»Der sterbende Baum wurde ein Symbol für ihn, er verlor seine Energie und seinen ganzen Lebensmut. Er redete meiner Mutter aus, auf dem Grundstück ein neues Haus zu bauen; zu viele Erinnerungen, sagte er. Sie hätten sich woanders ein Haus kaufen können, doch merkwürdigerweise mietete er ein Apartment und legte das Geld in Papieren an. Was willst du?«, fragte ich, da David nicht auf seine Seite zurückrückte.

»Und die Papiere gingen den Bach runter, habe ich recht?«

»Genau.«

»Was geschah mit dem Nachbarn?« Scheinbar absichtslos legte er seine Hand neben meine Hüfte.

»Irgendwann kam er aus dem Knast und genoss von da an die viele Sonne, die auf sein Grundstück schien. David, hör mal, ich muss dir doch nicht klarmachen, dass zwischen uns nichts läuft?« Ich schob seine Hand zur Seite.

»Warum nicht?«

»Weil … Bist du verrückt?«

»Tony, seit wir in Frankfurt zusammen waren, kriege ich dich nicht mehr aus meinem Kopf. Obwohl du erfahren hast, was in der Schweiz gelaufen ist, obwohl du *alles* erfahren hast – ich kann es nicht ändern: Ich habe mich in dich verliebt.« Er rückte so heftig näher, dass der Teller zu Boden fiel. »Es tut mir wahnsinnig leid, dass wir uns unter solchen Umständen kennenlernen mussten, dass du mir wahrscheinlich nie mehr vertrauen wirst.« Zögernd berührte er meine Schulter.

»David!, wenn du selbst nicht kapierst, wie grotesk dein Angebot ist …!«

In seinen Augen war Wärme, zugleich Entschlossenheit. »Warum? Wieso können wir nicht einfach noch mal von vorn anfangen?« Er machte eine Geste nach draußen. »Eine Herbstnacht in einem französischen Schloss – wäre das nicht wunderbar?«

»David, du gehst jetzt.«

»Bei diesem Sauwetter?« Er verzog den Mund.

»Du gehst sofort! Ich will nicht, und Schluss.«

Was mir Angst machte, war nicht David, sondern ich selbst. In diesem Moment wäre ich zu einem verrückten Abenteuer bereit gewesen, hätte es sogar genossen. Ich fürchtete die Folgen, die daraus entstehen konnten, zugleich gefiel mir, dass er sich mir ausgesetzt hatte, dass er die Peinlichkeit in Kauf nahm, die sein absurdes Liebesbekenntnis heraufbeschwor. Er hatte sich quer durch Frankreich geschlagen und war seinem Ziel mit ähnlicher Beharrlichkeit gefolgt wie ich dem meinen. Zugleich agierte er immer noch für die Zuermatts. Wie viel an seinem Auftritt, seinem Bekenntnis gespielt war, wie viel echt, kümmerte mich nicht. Ich war kurz davor, mich der Amour fou hinzugeben, dem unerklärlichen Impuls, den Davids Angebot in mir auslöste. Auch wenn es nichts mit Liebe zu tun hatte, ich sehnte mich danach, mich fallen zu lassen, aber das hätte alles nur noch schlimmer gemacht. David wurde zum Sinnbild dessen, was ungeklärt, unerlöst in mir war, es bestätigte, dass ich der Lage nicht gewachsen, mir meiner selbst nicht sicher war. Ich sprang auf. Der Serviertisch schwankte, David hielt die Teller fest. Das Zimmer war zu klein, um direkt zur Tür zu stürzen. Ich arbeitete mich am Bett entlang.

»Tony, bitte, warum reden wir nicht darüber?« Ein Sprung, und er war bei mir, umklammerte mich. Bevor ich etwas erwidern konnte, war sein Mund auf meinem. Er küsste mich, presste mich an sich. Ich spürte, dass er mich aus dem Gleichgewicht bringen, mich im nächsten Moment aufs Bett werfen würde, spürte, dass ich selbst es wollte!

»Nicht …«, stammelte ich. Mein Widerstand würde brechen, sobald wir auf dem Bett lagen. Ich holte aus und schlug ihn. Er schrie vor Schreck, ich hatte ihn ins Gesicht getroffen. Ich zwängte mich an ihm vorbei. Froh, meinen Koffer nicht ausgepackt zu haben, ergriff ich ihn und die Handtasche, keine Schuhe. Ich war zur Tür draußen, bevor David sich aufgerichtet hatte, riss den Schlüssel von innen aus dem Schloss, steckte ihn außen an, schlug die Tür zu und sperrte zweimal ab. Barfuß eilte ich mit meinen Habseligkeiten zur Treppe, lief ins Erdgeschoss und spähte in die Halle. Wie vorhin war die Rezeption leer, Stimmengewirr drang aus dem Restaurant. Mit nackten Füßen rannte ich aus dem Haus und über spitzen Kies zum Auto. Es goss in Strömen. Als ich den Wagen erreichte, hing mein Kleid schwer an mir. Mit hektischen Fingern kramte ich den Schlüssel hervor, fand den rechten Druckknopf nicht, die Lichter blinkten, aber die Tür ließ sich nicht öffnen. Endlich hörte ich, wie die Verriegelung sich löste, und ich warf meinen Koffer auf den Rücksitz. Ein Blick nach oben, friedlich schimmerte Licht aus dem Türmchen. Dort stand ein Mann und versuchte, eine versperrte Tür aufzukriegen. Ein Mann, dem ich mich um jeden Preis entziehen musste. Kies spritzte, als ich aufs Gas trat und die Einfahrt des Schlosshotels hinunterbrauste.

Die Straße war frei, ich fuhr viel zu schnell, lenkte nicht kontrolliert, ich riss am Steuer. Schlingernd ging der Wagen in die Kurven. In mir fühlte sich alles erhitzt an, zugleich bleiern, als ob mich jetzt erst der Schock erfasste. Ich hätte bremsen sollen, stehen bleiben, ich konnte es nicht. Ich floh vor mir selbst und vermochte das Geschehene doch nicht hinter mir zu lassen. Ich trat aufs Gas.

Die Straße führte an einem Bachlauf entlang, links erhob sich ein Hügel. Ich wollte klar denken, doch ich dachte nicht, agierte wie unter Wasser. Bleib stehen, sagte ich mir, fahr weiter! Die Kurven, der Regen, ein Licht hinter mir. Ein einzelnes Licht, flackernd, verschwindend, da war es wieder. Wer folgte mir, David? Das Licht war schnell, ich wollte schneller sein, es kam näher und blendete mich. In den vielen Kurven, die aufeinander folgten, wusste ich nie, wie der Weg weitergehen würde. Das Licht fuhr dicht auf, wurde riesig, es fuhr neben mir. Das weiße Licht verwandelte sich in ein rotes, das Motorrad hatte mich überholt und bremste. Ich bremste mit, wurde langsamer, versuchte auszuscheren. Das rote Licht machte jede meiner Bewegungen mit und blieb hartnäckig vor mir.

Zur Linken sah ich einen Weg auftauchen und riss das Lenkrad herum. Das Motorrad war schneller, es sprang förmlich in den Weg hinein. Die schwere Maschine rutschte weg und legte sich quer. Meine Lichter beleuchteten sie, es war ein rotes Motorrad. Ich trat mit Wucht auf die Bremse. Der kleine Wagen tat alles, um weiterzufahren, schlitterte, brach aus. Der Boden war weich, Morast, ein Feldweg bei Regen, ich behielt den Fuß auf der Bremse. Endlich stand der Wagen. Ich hielt so dicht hinter dem Motorrad, dass ich es nicht mehr sehen konnte, nur das rote

Licht strahlte in die Nacht. Jetzt, da es still wurde, hörte ich die Motoren; im Leerlauf schnurrten sie friedlich miteinander. Im Licht der Scheinwerfer stand jemand auf, er trug einen Motorradanzug und löste den Kinnriemen seines Helmes.

29

Vor mir das Gesicht des Ermittlers

»Herr Stein«, flüsterte ich. »Wieso sind Sie … Wie haben Sie mich gefunden?«

»Ich hätte Sie fast verloren.« Sein Haar war vom Helm platt gedrückt. Er atmete schwer.

Ich zeigte auf das Motorrad. »Ist das Ihres?«

»Das ist kein Chopper. Wissen Sie nicht, wie ein Chopper aussieht?«

»Ehrlich gestanden, nein.«

»Das ist eine Straßenmaschine.«

»Sie fahren wie der Teufel.«

»Sie leider auch.«

Wir standen einander gegenüber, von der Situation beide überfordert. Schließlich fragte ich: »Warum verfolgen Sie mich?«

»Das wissen Sie.« Er betastete seinen Ellbogen, der offenbar schmerzte.

»Sind Sie verletzt?«

»Nein.«

»Was geschieht jetzt?«

»Das hängt von Ihnen ab.« Er trat einen Schritt näher. »Soll ich Sie in Ihr Hotel zurückbringen?«

Mir fiel David ein. Aufgeweckt durch die Nachtluft, war ich plötzlich sicher, es hätte eine andere Lösung gegeben, mit ihm ins Reine zu kommen. »Nein. Ich bin … ich will da nicht mehr hin.«

»Sie hatten Besuch. War das David Hilperth?« Ich nickte. »Sind Sie mit ihm verabredet gewesen?«

Mir wurde kalt in den nassen Sachen, es regnete unvermindert. Ich wusste, was Stein dachte. Ein romantischer Treffpunkt im Schloss, David und ich, ein geheimes Techtelmechtel. Der Ermittler vermutete, was tatsächlich beinahe passiert war.

»David ist mir gefolgt, genau wie Sie«, antwortete ich. »Zwei Männer verfolgen mich quer durch Frankreich.«

»Aus unterschiedlichen Gründen.«

»Er folgt mir aus ähnlichen Gründen wie Sie. Es geht um Pascal.«

»Wir sollten sehen, dass wir hier wegkommen. Sind Sie sicher, dass Sie nicht in Ihr schönes, warmes Quartier zurückwollen?« Er richtete seine Maschine auf.

»Vollkommen.«

»Fahren Sie mir nach?«

»Einverstanden.«

Er stieg auf. »Sie haben keine Schuhe an, Frau Zuermatt.«

Ich schaute an mir hinunter. Mit nackten Füßen stand ich im Schlamm.

Das Motorrad startete ohne Probleme; im Rückwärtsgang stieß ich den Waldweg zurück bis auf die Straße. Ich dachte daran, wie David die Hotelangestellten wohl dazu bringen würde, die Tür zu öffnen, wie er ihnen seine Anwesenheit erklären würde.

Eine halbe Stunde später saßen Stein und ich uns in einer Tankstellenraststätte gegenüber. Er war auf schnellstem Weg zur

Autobahn zurückgekehrt. Die Schilder kündigten bereits Städte der Provence an.

Er zeigte auf mein nasses Haar. »Sie werden sich verkühlen.«

»Ich bin nur ein bisschen zerknautscht.« Ich blies in meinen Kaffee. »Ich habe das rote Motorrad schon in Paris gesehen. Sie sind mir quer durch die Stadt gefolgt. Warum?«

»Weil Sie mir den Grund Ihrer Reise verschwiegen haben. Weil Sie mir eigentlich *nichts* von dem verraten haben, was Sie antreibt. Wollen Sie nicht endlich mit mir zusammenarbeiten? Das Ganze wird mir allmählich zu anstrengend.«

Ich schaute in seine freundlichen Augen. »Ich suche Pascal.« Wie einfach es war, den Satz auszusprechen, wie wohl es tat. »Deshalb bin ich nach Paris gefahren.«

Er langte zum Nebentisch und nahm den Zuckerstreuer. »Na endlich.« Er kippte ihn dreimal.

»Ich bin mittlerweile sicher, dass Pascal lebt. Ich wollte von Jessica erfahren, wo er sich aufhält.«

»Hat sie es Ihnen gesagt?«

Ich schüttelte den Kopf.

»Aber Sie haben eine Vermutung, Tony, nicht wahr?«

Ich schmunzelte. »Endlich sagen Sie Tony zu mir. Wie war Ihr Vorname noch mal?«

»Raimund.«

»Raimund passt nicht zu Ihnen. Aber ich kann unmöglich weiter *Herr Stein* zu Ihnen sagen. Wie wär's, wenn ich Sie Ray nenne?«

»Wenn es Sie glücklich macht.« Er legte den Kopf schief. »Sie dürfen mich nennen, wie Sie wollen, wenn Sie mir nur endlich die Wahrheit sagen.«

»Ray und Tony, das hört sich an …« Ich grinste. »Wie ein gut eingespieltes Team.«

»Sind Sie bereit, im Team zu spielen, Tony? Keine Lügen mehr, von denen ich weiß und von denen Sie wissen, dass ich es weiß?«

Ich schob meinen Becher beiseite und fuhr mir mit beiden Händen durchs Haar.

»Wissen Sie, wo Ihr Mann ist?«

»Nein.«

»Warum sind Sie dann von Paris so überstürzt aufgebrochen? Warum so zielsicher?«

»Ich fahre nach Nizza.«

»Was ist in Nizza?« Einen Moment sah es aus, als wollte er sein Notizbuch aus der Jacke ziehen.

»Ich will zum Flughafen, wo …« Ich schaute auf die Wanduhr. »Wo in sechzehn Stunden meine Tante landet.«

»Ihre *Tante*!« Er sah mich an, als wäre ich endgültig übergeschnappt.

»Meine Tante Dora. Sie haben sie kennengelernt.«

»Warum, in Gottes Namen, haben Sie Ihre Tante herbestellt?«

»Sie leidet unter Arthritis, ich spendiere ihr einen Trip in die Wärme.«

»Tony, bitte!« Er glaubte mir natürlich nicht.

Wir saßen an einem Tisch mit heller Kunststoffplatte, Stein schlürfte Kaffee, draußen war finstere Nacht. Ich wollte ihm endlich offenbaren, was ich wusste, durfte den Mann, der sich meines Vertrauens würdig erwies, nicht länger im Dunkeln tappen lassen. Im Moment, als ich ansetzte, beugte er sich zu mir.

»Die Zuermatts haben ein Haus im Süden. In einem Dorf nahe Draguignan. Ist das Ihr eigentliches Ziel?«

Meine Augen mussten groß wie Teller geworden sein, so sehr überraschte er mich. Meine lächerliche Tarnung mit Dora war aufgeflogen, ich hatte Stein unterschätzt.

»Ja«, sagte ich schlicht. »Dort will ich hin. Der Ort heißt La Cébette.«

»Ich weiß.« Er trank den Becher leer. »Die französische Polizei hat bereits vor Tagen Leute dorthin geschickt.« Er machte eine Pause. »Ich muss Sie enttäuschen: Da ist niemand. Am allerwenigsten Pascal Zuermatt.«

Die Neuigkeit fühlte sich an, als ob man sich monatelang auf ein Weihnachtsgeschenk gefreut hat, und Heiligabend liegt es nicht unter dem Baum. »Niemand?«, fragte ich tonlos.

»Das Haus ist seit Monaten unbenutzt. Das haben die Nachbarn bestätigt.«

Ich dachte an Zwiebelsuppe. Zwei mal zwei gibt fünf, dachte ich, nicht vier. Pascal hatte mich ein weiteres Mal abgehängt. Südamerika, ging mir durch den Kopf. Er war von der Muränenhöhle irgendwohin aufgebrochen, ohne es mir zu verraten. Und sein geheimnisvoller Brief bedeutete nicht das Geringste.

Stein beobachtete mich. »Wie finden Sie *jetzt* Ihre Idee, Tante Dora nach Nizza kommen zu lassen?«

»Richtig«, antwortete ich. »Sie wird es genießen.«

Wie eine Seiltänzerin kam ich mir vor. Das Seil war dünn gewesen, aber ich hatte darauf laufen können. Jetzt hatte Stein es durchgeschnitten. Was geschah nun mit der Seiltänzerin? Ich zögerte einen letzten Moment, griff in mein Portemonnaie und holte den zerknitterten Zettel hervor. Ich entfaltete Pascals Brief und strich ihn auf der Tischplatte glatt. Stein beugte sich vor.

30

Die Provence wusste noch nichts vom Herbst. Es fühlte sich an, als hätte der Sommer vergessen, seinen Abschied zu nehmen, er war nur ein wenig müde geworden. Auch hier fielen die Blätter, aber nicht wegen der Kälte, sie waren verdorrt. Gras gab es kaum, die Macchie-Sträucher leuchteten in dunklem Grün. An Olivenhainen waren wir vorbeigekommen, auch an Weinbergen. Sie sahen anders aus als in der Mitte Frankreichs, weicher, verspielter. In dieser Landschaft hätte ich nicht aufhören mögen, zu schauen und jedes Ziel zu vergessen.

Ich hielt an. »Ist das nicht ein hübsches Dorf?« Stein war mit dem Motorrad an meine Seite gekommen, ich zeigte in die Hügel. »Wie wär's mit Mittagessen?«

Nach unserem Gespräch in der Raststätte waren wir beide so müde gewesen, dass wir nicht weitergewollt und gleich im Motel übernachtet hatten. Morgens hatte er mir angeboten, mich den Rest der Strecke zu begleiten, von Nizza aus wollte er nach Hause fliegen.

»Eine Reise unter Polizeischutz?«, hatte ich gefragt und mich gleichzeitig auf seine Gesellschaft gefreut.

Noch in der Nacht waren wir die Möglichkeiten durchgegangen, wie Pascals Brief zu deuten sein könnte. Ich hatte Stein von meinem Treffen mit Jessica erzählt, auch von Irina, und dass sie es gewesen war, die mir den Namen La Cébette verraten hatte.

»Ist das die Antiquitätenhändlerin?«, hatte Ray gefragt.

»Sie arbeitet in einem Auktionshaus.«

»Was wissen Sie über diese Irina?«

»Sie und Pascal sind entfernt miteinander verwandt, wir kennen uns aus Toronto. Steht Irina auch unter Verdacht, mit Pascal unter einer Decke zu stecken?«

»Der Bekanntenkreis Ihres Mannes ist groß. Wir können die Untersuchung unmöglich auf alle Personen ausdehnen, mit denen er zu tun hatte.«

Wie sehr Ray und ich die Fakten auch umwälzten, wir fanden keine befriedigende Antwort. Sollten die Hinweise nichts bedeuten – *Licht über Maria*, Pascals Brief, Irinas Worte über La Cébette? Zwar war ich froh, mich Ray anzuvertrauen, mit seiner Hilfe lag das Puzzle ausgebreitet vor mir; das Bild, das es darstellte, vermochte ich trotzdem nicht zu erkennen. Im Augenblick konnte ich nichts weiter tun, als meiner Tante einen herzlichen Empfang zu bereiten.

Wir hatten Lyon und Valence hinter uns gelassen, die Straßenschilder kündigten Avignon an. Ray und ich fuhren in das Dorf in den Hügeln, fanden einen Gasthof und aßen zu Mittag. Als Vorspeise gab es Socca, etwas, das wie Pizza aussah, aber aus Kichererbsenmehl gemacht wurde. Nach dem schweren Rotwein von letzter Nacht blieb ich beim Wasser.

»Was ist gestern Abend im Schloss vorgefallen?« Ray schaute auf meine Füße. Ich trug flache Schuhe, das letzte Paar, das ich noch hatte. »Warum sind Sie Hals über Kopf abgehauen?«

Wir hatten das Thema nachts auch angeschnitten, ich hatte berichtet, dass David mich vor den Zuermatts warnen wollte. Seine Liebeserklärung behielt ich für mich.

»Zwischen uns ist nichts passiert.« Unsicher sah ich ihm in die Augen. »David wollte es, aber … es ist nicht dazu gekommen.«

»Verstehe.«

»Glauben Sie mir?«

»Ja«, antwortete er, doch die winzige Pause war mir nicht entgangen.

»Sie denken, ich bin ein Blatt im Wind«, sagte ich ohne Groll. »Der Sturm der Ereignisse reißt mich hierhin und dahin. Ich lasse einen Mann in mein Zimmer, von dem ich weiß, dass er für die Zuermatts arbeitet. Ich lade ihn zum Essen ein. Wieso soll ich nicht auch gleich mit ihm schlafen?«

»Sie haben mir gesagt, wie es wirklich war. Warum sollte ich Ihnen nicht glauben?«

»Weil ich in jedes Fettnäpfchen tappe, das vor mir auftaucht. Die andern können mit mir umspringen, wie sie wollen: Das glauben Sie doch von mir.«

Ich musste lachen. Wir saßen in der wunderbaren Landschaft, aßen und tranken, die Sonne schien, nur das Thema unseres Gesprächs passte nicht hierher.

Das Tagesgericht kam auf den Tisch, eine *Daube provençale*, Schmorfleisch mit verschiedenen Gemüsen und Kräutern.

»Das kann ich auch«, sagte Ray.

»Was können Sie?«

»Manchmal mache ich daheim *Daube*.« Er spießte ein Stück Hammelfleisch auf.

»Sie kochen? Ray, ich entdecke immer neue Seiten an Ihnen.«

»Es ist ein Bauerngericht. Geht ganz einfach.«

Neben dem Fleisch fand ich Rüben, Zucchini, Lauch. »Was ist das?«

»Schweinerippen. Man lässt die Knochen dran, das schmeckt besser. Die Bauern stellen nach dem Frühstück einen Topf mit den Zutaten in den Backofen und lassen das Ganze acht Stunden garen. Wenn sie von der Feldarbeit nach Hause kommen, ist das Abendessen fertig.« Er kostete. »Wacholder, das muss ich mir merken.«

»Kochen Sie häufig?« Ich hörte nach ein paar Bissen auf.

»Meistens stehe ich in der Küche, seit Sabine …«

»Wie geht es ihr?«, fragte ich fast erschrocken.

»Besser.« Ein angespanntes Lächeln. »Sie ist aufgestanden, hat sogar ihre Kunstbücher wieder hervorgeholt.«

»Was macht sie beruflich?«

»Sie ist Lehrerin. Kunsterziehung und Deutsch.« Seine Augen wurden lebhaft. »Der Arzt sagt, es sei möglicherweise das neue Medikament, das so gut anschlägt.«

»Sie wollen bestimmt so rasch wie möglich zu ihr zurück.«

Er sah mich an. »Die Sache in Frankreich ist für mich praktisch erledigt. Den Rest können die französischen Kollegen machen.«

»Sie glauben, dass ich Pascal hier nicht finden werde.«

»Glauben Sie denn noch daran?«

Ich blieb ihm die Antwort schuldig. »Sie werden Pascal weiter in Südamerika suchen?«

»Nicht ich, Interpol.« Er winkte dem Wirt. »Es gibt andere wichtige Fälle.«

»Fliegen Sie von Nizza direkt zurück?« Ich wunderte mich, dass ich es bedauerte.

»Was glauben Sie denn? Dass ich mit Ihrer Tante Urlaub an der Côte d'Azur mache?« Er lächelte.

Der Wirt brachte die Rechnung.

»Das Haus in La Cébette – steht das unter Beobachtung?«

Mit dem Ausdruck eines Fuchses sah er mich an. »Sie wollen immer noch dorthin, nicht wahr?«

»Ich weiß es ehrlich gesagt nicht. Ich weiß gar nichts mehr. Die Sonne macht mich froh, das Essen macht mich müde, mehr weiß ich im Augenblick nicht.«

»Das Haus wird nicht mehr bewacht.« Ray stand auf. »Der Enthusiasmus der französischen Kollegen, einen deutschen Betrüger zu fassen, ist nicht besonders groß.«

»Einen Schweizer Betrüger.« Ich folgte ihm zu den Fahrzeugen.

Bevor ich einstieg, sagte er: »Ich bleibe noch eine Nacht und nehme morgen früh die erste Maschine.« Mit einem breiten Grinsen fügte er hinzu: »Dann habe ich jetzt also die Ehre, Ihre Tante vom Flughafen abzuholen.«

Gemeinsam fuhren wir in die Hügel nördlich von Avignon.

31

»Die Zwischenlandung war ein Armageddon!«

Dora trug nicht wie Ernie bequeme Sachen zum Fliegen; sie hatte sich für die Ankunft hübsch gemacht. In einem dunklen Hosenanzug und mit einer Menge Modeschmuck behängt, kam sie auf mich zu.

»Warum ausgerechnet Brüssel?«, rief sie im Ton einer Vielfliegerin. »Weißt du, wie riesig der Flughafen ist? Ich bin seit Jahren nicht so weit gelatscht! Glaubst du, die hätten beim Sicherheitscheck ein paar Schalter mehr aufgemacht? Die Schlange war einen halben Kilometer lang.«

Während Dora die Erschöpfte spielte, sah Ernie frisch und angeheitert aus. Bestimmt hatte er vom Spirituosenangebot im Flugzeug kräftig Gebrauch gemacht.

»Es gab eine *Fast Lane*«, ereiferte Dora sich weiter. »Da wurden Politiker durchgeschleust. Eine Frechheit, alte Leute so lange stehen zu lassen! Was treiben denn all die Anzugträger in Brüssel?«

»Brüssel ist die Verwaltungshauptstadt der Europäischen Union.« Stein nahm Ernie die schweren Koffer ab. Dora trug nichts als ihren Beautycase.

»Ach, *Sie* sind das!«, zwitscherte sie. »Sie begleiten Tony im Urlaub? Ihr zwei hattet ja schon in Toronto viel zu besprechen.«

»Herr Stein hat beruflich hier zu tun.« Mir war Doras Eindeutigkeit peinlich.

»Frau Zuermatt und ich sind uns eher zufällig begegnet«, bekräftigte Ray.

»*Herr Stein – Frau Zuermatt?* So was von Höflichkeit!« Sie lachte. »Vor uns braucht ihr euch nicht zu verbiegen, stimmt's, Ernie?«

Bevor er antworten konnte, eilte Dora zum Ausgang voraus. Die Automatiktür glitt auseinander, sie trat ins Freie. »*Bonsoir*, Frankreich, *mon amour*!«

Ich gönnte ihr den Auftritt. Wie viele Jahre hatte sie es in ihrer Bruchbude aushalten müssen? Jetzt sollte sie das Land ihrer Träume genießen, schwelgen und laut sein, wie sie wollte.

»Habt ihr Hunger?«

»Und wie!« Dora nahm Kurs auf den Taxistand. »Das Zeug im Flieger war weitgehend ungenießbar.«

Ich lächelte, tja, so war das: Bis gestern hatte Dora sich von Lebensmitteln ernährt, bei denen das Verfallsdatum abgelaufen war, kaum zog sie in die Welt hinaus, wurde sie wählerisch. »Wir brauchen kein Taxi«, rief ich. »Wir haben einen Mietwagen.«

»Wo parkt ihr?«

Wahrscheinlich hatte Dora eine Stretchlimousine mit Chauffeur erwartet. Als wir den Kleinwagen erreichten, verbarg sie ihre Enttäuschung nicht. »Da passen ja nicht mal die Koffer rein.« Sie schob die Sonnenbrille hoch.

»Herr Stein fährt Motorrad«, sagte ich.

Wir mussten die Abdeckklappe aus dem Kofferraum nehmen, um das Gepäck zu verstauen. Ernie hatte genug Platz auf dem Rücksitz, verschwand aber fast unter Doras Handgepäck.

»Du hättest einen größeren Wagen nehmen sollen.« Sie machte es sich auf dem Beifahrersitz bequem.

Im Rückspiegel sah ich, dass Ray uns folgte. Ich fürchtete, dass Dora auch an dem von mir reservierten Hotel rummäkeln würde, doch es stellte sich als Volltreffer heraus. Eine Natursteinvilla außerhalb von Nizza, in den Hügeln gelegen, mit zauberhaftem Blick über die Bucht. Einziges Problem: Ich hatte zwei Zimmer bestellt, und es waren auch nur zwei Zimmer frei.

»Tut mir leid, wir sind ausgebucht«, sagte die junge Frau an der Rezeption und schaute zwischen Ray und mir hin und her. »Das Bett ist sehr bequem, Madame.«

»Wir sind nicht … zusammen hier«, beeilte ich mich zu sagen.

»Ich finde etwas anderes«, beruhigte mich Ray. »Es ist ja nur für eine Nacht.«

Der Satz ernüchterte mich. Ich hatte mich an den spröden Kerl mit seinem Detektivbenehmen gewöhnt. Die Vorstellung, Doras Tiraden allein über mich ergehen zu lassen, war beängstigend.

»Seit wann wurde die Bucht so verschandelt!« Sie hatte das Zimmerproblem nicht mitgekriegt und war an die Glasfront getreten. »Als ich letztes Mal hier war, sah das aus wie im Märchen! Diese Hoteltürme, diese Wohnbunker, das ist so traurig! Alles nur wegen des schnöden Mammons!«

»Essen Sie heute Abend mit uns?«, fragte ich Ray leise.

Mit Blick auf Dora sagte er: »Mal sehen. Ich will noch ein Geschenk für Sabine kaufen.« Ich konnte es ihm nicht verübeln. »Morgen möchte ich früh aufbrechen und muss noch den Flug buchen.«

Ich war ehrlich enttäuscht. Wenigstens heute Abend hatte ich ihn noch einmal zu sehen gehofft.

»Wo isst man hier gut?«, fragte Dora die Französin.

»Bei uns«, lächelte sie geschäftstüchtig. »Heute haben wir Live-Musik.«

»Wirklich?« Doras Augen wurden groß. Live-Musik bedeutete, dass sie aufstehen und singen würde, zur Erheiterung der Gäste, zur peinlichen Qual von Ernie und mir.

Die junge Frau zeigte auf ein Plakat, das eine fünfköpfige Combo zeigte.

»Ich bin dafür, dass wir hier essen«, bestimmte Dora. »Sind Sie unser Gast?«, fragte sie Stein.

»Das ist noch nicht sicher.« Er nahm die Koffer und trug sie zum Lift. Nachdem wir die Zimmer bezogen hatten, verabschiedete er sich.

Ich lag auf dem Bett und schaute mich in dem hübschen Raum um. Mit Bangen beobachtete ich, wie die roten Zahlen des Radioweckers sich dem Zeitpunkt näherten, an dem wir zum Abendessen verabredet waren. Dann würde die große Dora-Show beginnen. Sie wird bestimmt von der Band verlangen, *La Cucaracha* zu spielen, dachte ich, stand ärgerlich auf und ging ins Bad.

Erfrischt und mit klappernden Zähnen verließ ich wenige Minuten später die Dusche und zog mich für das Abendessen an. Ich war hergekommen, um das Rätsel Pascal zu lösen, setzte mich an den Laptop, öffnete das entsprechende Portal und ließ mir La Cébette auf der Straßenkarte zeigen. Die Stadt Draguignan lag eine Stunde von unserem Hotel entfernt, danach begann eine unwegsame Gegend mit kurvenreichen Straßen. Der Ort musste recht einsam liegen. Die Fahrtzeit wurde mit anderthalb Stunden berechnet.

Zwiebelsuppe. – Merkwürdigerweise glaubte ich Pascals kryptischer Andeutung mehr als den Angaben der Polizei. Pascal war nicht dort, hieß es, das Haus stand seit Monaten leer. Ich aber hatte einen weiten Weg zurückgelegt, um dieses Dorf zu erreichen, das Haus der Zuermatts. Es mutete wie ein ideales Versteck für jemanden an, der untertauchen wollte. Ich hatte nicht den Eindruck, Ray zu hintergehen, wenn ich den Trip nach La Cébette doch unternahm, ohne ihn. Während er nach Frankfurt fliegen würde, wäre ich unterwegs nach La Cébette. Morgen, beschloss ich. Dora brauchte von meiner Tour nichts zu wissen. Ich wollte zeitig aufbrechen und stellte den Radiowecker auf fünf Uhr früh.

Die Hotelleitung hatte uns einen Tisch mit schöner Aussicht reserviert, umso erfreulicher, da das Restaurant gut besucht war. Ein Blick auf den vollen Parkplatz ließ vermuten, dass viele Gäste von woanders gekommen waren, um hier zu essen. Dora schwebte in einem cremefarbenen Kleid ins Lokal, ein leichter Schal wehte um ihre Schulter. »Wie herrlich!« Sie trat auf die Terrasse. »Bei uns daheim regnet es in einem fort.« Sie zeigte in die Weite.

»Unser Tisch ist drinnen.« Ich wollte hineingehen.

»Sollten wir die Sommernacht nicht hier draußen genießen?« Sie lehnte sich ans Geländer.

»Es ist eine Herbstnacht«, konterte Ernie. »Hinterher bringt dich deine Arthritis wieder um.«

Dora folgte ihm an den Tisch, wo uns die junge Französin erwartete. Mithilfe einer weißen Schürze hatte sie sich von der Rezeptionistin in eine Kellnerin verwandelt und legte uns die Karten vor.

»Die Jakobsmuscheln sind frisch.«

Dora bediente sich beim Baguette und ließ sich ein Menü empfehlen. Ernie nahm das Gleiche. Ich wollte ein provençalisches Risotto ausprobieren, erfuhr aber, dass der Koch sich die Arbeit nur für wenigstens zwei Personen machte.

»Ich bin dabei«, sprang Ernie ein.

Ein anderer Kellner kam, öffnete den Wein und schenkte uns ein. Da saßen wir, meine kleine Familie und ich, und genossen einen Abend in Südfrankreich. Wegen des allgemeinen Andrangs dauerte es lange, bis der erste Gang kam. Die anstrengende Reise, die Zeitverschiebung waren an Dora nicht spurlos vorbeigegangen. Ernie unterdrückte so manches Gähnen, sie saß mit gebeugten Schultern da und gab sich Mühe, die gebotene Fröhlichkeit an den Tag zu legen.

Gerade wollte ich nach dem Essen fragen, da wurden dampfende Teller vor uns abgestellt, Doras Jakobsmuscheln und das duftende Risotto. Wie Verhungernde machten wir uns darüber her, mit jedem Bissen, jedem Schluck Rotwein erwachten unsere Lebensgeister wieder. Dora aß Ernie das halbe Risotto weg, ließ ihn aber von den Muscheln nicht probieren. Der zweite Gang, verschiedene Fleischsorten vom Grill, schmeckte ein wenig trocken, außerdem war ich schon von der Vorspeise satt. Die Französin empfahl einen Calvados zwischendurch, wir ließen uns nicht lange bitten. Ich fühlte mich weich und warm, der Plan, meine Verwandten an die Côte d'Azur einzuladen, löste sich zu guter Letzt doch ein.

»Ist hier noch ein Platz frei?« Ray kam zwischen den Tischen auf uns zu, quittierte Doras »Hallo und herzlich willkommen!« mit einem Lächeln und setzte sich.

Ich freute mich so sehr über sein Auftauchen, dass ich seinen Arm drückte und ihm das erste Glas eingoss. »Haben Sie ein Zimmer gefunden?«

»War gar nicht einfach. Im Herbst kommen die Pensionisten wie Zugvögel nach Südfrankreich.«

»Haben Sie Ihren Flug schon gebucht?«

Er nickte und stieß mit Dora und Ernie an. Ray brauchte nichts zu essen zu bestellen; von dem Fleisch war einiges übrig geblieben. Als Nachtisch wollten wir Tarte Citron. Gerade als serviert wurde, ging die Tür auf, jemand schleppte einen Kontrabass herein. Die Gäste applaudierten der Band, sie musste hier bekannt sein. Kurz darauf legten die Jungs los, wobei der *Junge* am Klavier fast in Doras Alter war. Sie spielten mit Verve, unüberhörbar ein Touristenprogramm. Es überraschte mich nicht, als Dora, nachdem wir gegessen hatten, aufstand, zur Combo ging und mit vom Wein geröteten Wangen fragte: »Kennt ihr *La Cucaracha*?«

Wunschgemäß erklang der Evergreen, Dora stellte sich in Positur. Ich sah Ernie an, er wäre gern in ein Mauseloch gekrochen, doch die anderen Gäste empfanden Doras Auftritt keineswegs als peinlich. Ihr Mut wurde beklatscht, von draußen kamen Gäste herein, um zuzuhören. Gerührt beobachtete ich meine alte Tante, die sich in den Hüften wiegte und dabei unglaublich jung wirkte. Ihre Stimme klang brüchig, was ihrer Leidenschaft keinen Abbruch tat. Mit einem Seitenblick prüfte ich, wie Ray die Darbietung aufnahm.

»La Cucaracha, la Cucaracha«, sang der Ermittler vom Betrugsdezernat leise mit. Er hatte einen Zahnstocher zwischen den Lippen.

32

Zu viert standen wir vor dem Fahrstuhl. Ernie hatte zu tief in den Calvados geschaut, Dora reichte ihm ihren stützenden Arm. Im Restaurant saßen nur noch ein paar späte Gäste, draußen fuhren die Musiker ab.

»Kann ich Sie einen Augenblick sprechen?« Rays Wangen waren gerötet.

»Kommen Sie mit rauf zu mir?« Ich nahm an, dass er sich von mir verabschieden wollte.

»Hab ich's mir doch gedacht!«, kicherte Dora. Sie erntete einen amüsierten Blick des Ermittlers.

Im ersten Stock sagten wir einander Gute Nacht. Ray und ich gingen nach drüben. Ich schloss die Tür, mein Blick fiel auf das zerwühlte Bett, meine persönlichen Gegenstände im Bad, alles wirkte unerwartet privat.

»Was werden Sie als Nächstes unternehmen?« Ray setzte sich auf den einzigen Stuhl.

»Die Zeit hier genießen«, antwortete ich harmlos, fürchtete aber, meine Absicht, nach La Cébette zu fahren, stehe mir auf die Stirn geschrieben. Mir fiel ein, dass ich mit Dora nichts für den kommenden Tag vereinbart hatte. Sie würde sich wundern, wenn ich nicht zum Frühstück erschien. »Und Sie, Ray?«

»Alles geht weiter wie immer.« Er saß nur da. Der Profi, der mit allen Wassern gewaschene Detektiv wusste nicht, wie er Adieu sagen sollte.

»Es war schön, mit Ihnen durch die Landschaft zu gondeln. Was geschieht mit dem Motorrad?«

»Ich gebe es am Flughafen ab.« Das wäre der Moment gewesen, Abschied zu nehmen, aber Ray blieb sitzen.

»Wollen Sie noch etwas trinken?«

»Haben Sie was da?«

»Es gibt keine Mini-Bar.« Ohne Ziel ging ich zur Balkontür, öffnete sie, ein Windstoß drang herein.

»Nachts wird es schon ziemlich kühl.« Er streckte die Beine aus.

Ich hatte ein schlechtes Gewissen, weil ich ihm mein Vorhaben verschwieg. »Ich hole uns was zu trinken.« Als ich losging, stieß ich mir den Zeh am Bettfuß. Es tat höllisch weh, ich versuchte mir nichts anmerken zu lassen.

»Bleiben Sie, ich mach das schon.« Ray hievte sich vom Stuhl hoch. »Halten Sie Ihren Zeh in kaltes Wasser.«

Er verließ das Zimmer. Ich ließ Wasser ins Bidet, zog den Strumpf aus und kühlte meinen Zeh. Ein Fuß im Bidet, ein Fuß auf dem Boden, die Fliesen fühlten sich kalt an. Mein Zeh wurde blau, tat aber nicht mehr weh.

Ray stand in der Badezimmertür, ohne dass ich ihn kommen gehört hatte. Er hielt eine Flasche Calvados hoch.

»Wo haben Sie die her?«

»Aus der Bar.« Er legte den Kopf schief. »Kommen Sie raus, oder soll ich zu Ihnen reinkommen?«

Ich hob den Fuß aus dem Bidet.

»Haben Sie Gläser?« Er nahm ungeniert auf dem Bett Platz.

»Nur das hier.« Ich befreite die Zahnputzbecher aus der Plastikverpackung.

»In Frankreich hat man eben Stil.« Er grinste und goss ein.

Ich trocknete meinen Fuß ab, setzte mich neben ihn. Die Becher ploppten gegeneinander, wir tranken.

»Grüßen Sie Sabine von mir – unbekannterweise.«

»Danke.« Er betrachtete das Landschaftsbild an der Wand. »Und sollten Sie Pascal vor mir finden, grüßen Sie ihn bitte auch.«

»Das werde ich tun.«

Ich saß mit Pascals Verfolger auf der Bettkante, trank Schnaps, unsere Schultern berührten sich fast. Die Lüge stand zwischen uns, das Geheimnis, das ich allein lüften wollte. Abrupt stand ich auf, die Matratze federte nach. »Zeit, ins Bett zu gehen.«

Mein Stimmungsumschwung verwirrte ihn. Gerade noch waren wir zwei müde Calvadostrinker nach Mitternacht gewesen, nun beendete ich den freundschaftlichen Ton. »Entschuldigung, Sie können natürlich austrinken.«

»Nein, Sie haben recht.« Er hob die Hand. »Es ist spät.« Ich hatte den Eindruck, er wollte mich berühren, doch er richtete nur den Kragen seiner Jacke.

»Vergessen Sie Ihre Flasche nicht.« Ich gab sie ihm.

»Gute Nacht, Tony.« Er sah mich versonnen an.

»Gute Reise, Ray.«

Wir drückten uns die Hand, er schüttelte meine ein wenig länger, ich küsste ihn kurz auf die Wange. Er ging und zog leise die Tür hinter sich zu. Allein stand ich im Zimmer, die Leuchtschrift des Weckers sprang auf 00:38.

Ich fiel in einen traumlosen Schlaf. Als ich im Dunklen erwachte, spürte ich die unangenehme Schwere, die einen Kater ankündigte. Ich hatte kein Aspirin dabei, auf dem Zimmer gab es nur Leitungswasser. Ich trank ein Glas, es schmeckte nach Chlor. Als mich endlich ein schwerer Schlummer umfing, klingelte der Wecker.

Benommen schaute ich in den Badezimmerspiegel und streckte die Zunge heraus – ein typischer Rotweinmund.

Es klopfte. Wer immer es war, nahm in Kauf, dass er mich weckte. Ich öffnete.

»Tut mir leid, du hast bestimmt noch geschlafen …« Ernie im Pyjama. Er stutzte, als er mich angezogen sah. »Dora geht es schlecht.«

»Dora – wieso?«

»Sie hat ihr Medikament genommen, aber die Reise, der Klimawechsel, keine Ahnung …« Er hatte sich nicht die Zeit genommen, seine Haarreste über der Glatze zu verteilen; wie Fischgräten standen sie zu Berge. »Sie kriegt keine Luft.«

»Ich komme.« Ich nahm meine Tasche und zog die Tür hinter mir zu.

»Wieso bist du schon auf?« Mit nackten Füßen tappte Ernie über die Fliesen.

Ohne ihm zu antworten, trat ich ins Zimmer. Dora saß aufrecht im Bett, in einem blütenweißen Nachthemd, und atmete röchelnd.

»Ich wollte nicht, dass … er dich weckt«, keuchte sie.

»Ich rufe einen Arzt.«

»Bist du wahnsinnig, im Ausland? Ich bin nicht … versichert!«

»Soll ich dich lieber ersticken lassen?«

»Wahrscheinlich bin ich nur … auf irgendein Mittelmeergewächs allergisch.« Auch Dora musterte mich, wie ich fix und fertig angezogen an ihrem Bett stand.

»Ich möchte unbedingt, dass ein Arzt kommt. Egal, was es kostet.« Ich lief ins Erdgeschoss, wo der Nachtportier verdutzt aufblickte. Ich erklärte ihm die Situation, er griff zum Telefon.

»Macht nicht so ein Brimborium!«, rief Dora, als ich zurückkam. »Wegen dem bisschen Atemnot muss man nicht gleich …«

»Du kannst die Arme nicht bewegen, hast du gesagt«, mischte sich Ernie ein.

»Dann bewege ich die Arme eben nicht!«

Ich verkniff mir ein Schmunzeln: Im weißen Nachthemd, mit ihrer gespielten Selbstlosigkeit, war meine Tante schon eine Nummer für sich.

Wenige Minuten später kam der Portier nach oben. »Der Arzt ist unterwegs.«

»Ich warte hier, bis er dich untersucht hat.« Ich setzte mich.

»Du *wartest*?« Verblüfft sah sie mich an. »Um diese Zeit? Hattest du denn etwas Besseres vor?«

»Ach wo. Jetzt sehen wir erst mal, dass es dir wieder gut geht.« Innerlich war ich unruhig, ich wollte los. Der Zwischenfall hatte mich wach gemacht, die frühe Morgenstunde passte zu einem Abenteuer wie diesem. Ich wollte zu dem Haus fahren, das nach einer Zwiebel benannt war.

Dora sah mich neugierig an. »Du unternimmst einen Ausflug im Morgengrauen? Aber bestimmt nicht allein!« Sie zwinkerte. »Seht ihr euch den Sonnenaufgang über dem Cap d'Antibes an?«

»Das liegt ganz woanders, Dora.«

»Lass dich nicht aufhalten!« Sie schob mich von der Bettkante. »Na los! Ich werde mit dem Arzt schon irgendwie klarkommen.«

»Ich lasse dir meine Kreditkarte da. Falls es etwas zu unterschreiben gibt, hole ich das später nach.« Ich lief zur Tür.

»Grüß Raimund von mir!«, rief Dora.

Lächelnd eilte ich die Treppe hinunter.

33

Zu Beginn der Fahrt tauchte die Morgendämmerung die kleinen Ortschaften oberhalb der Küste in rosafarbenes Licht. Olivenhaine und Obstplantagen wechselten sich ab, die Schönheit dieser Stunde war nicht zu übertreffen. Kurz darauf regnete es in Strömen. Die Wolken waren vom Meer aufgetaucht und hatten das Verheißungsvolle des Morgens verschluckt. Ich erreichte Draguignan über die Schnellstraße und zweigte dahinter in die Berge ab. Die Gipfel waren in Nebel gehüllt. Müde fuhr ich mir über die Augen, der Alkohol machte sich bemerkbar. Ich bedauerte, an der Autobahn keinen Kaffee getrunken zu haben; hier im Niemandsland würde ich kaum ein Lokal finden. *Niemandsland*, dachte ich, war das der Ort, an dem ich Pascal wiederbegegnen sollte?

Benommen vor Müdigkeit begann ich vor mich hin zu spinnen. Angenommen, ich fände eine Spur von Pascal, angenommen, ich fände ihn selbst – was würde ich tun? Ihm die Dinge vorhalten, die er sich hatte zuschulden kommen lassen, ihm verzeihen, in seine Arme fliegen? Würde ich ihn an Stein ausliefern? Ich war immer noch Pascals Frau. Würde ich ihm bei der Flucht helfen, ihn vielleicht sogar begleiten? Sah ich mich nicht längst als seine Witwe an? Seit er sich in Rio von mir verabschiedet hatte, war er nicht nur verschwunden, er hatte sich vor meinen Augen regelrecht aufgelöst. Den Pascal, in den ich mich verliebt hatte, gab es nicht mehr. Es gab *uns* nicht mehr. Und doch war ich mit dem Ziel unterwegs, ihn zu finden, ihn wiederzusehen. Allein fuhr ich in eine unbekannte Bergwelt, der Nebel war ein Sinnbild meiner Situation.

Ich riss die Augen auf, die Müdigkeit, meine wirren Gedanken hatten mich beinahe einschlafen lassen. Die Felswand war gefährlich nahe gekommen. Ich starrte in den Regen. Die Strecke war ein ununterbrochenes Auf und Ab, die vielen Kurven brachten meinen Magen in Aufruhr. Ich wollte halten, frische Luft schnappen, aber es gab keinen Standstreifen. Mitten auf der Straße blieb ich stehen und stieg aus. Rund um mich nichts als Wald. Ich beugte mich in den Wagen, prüfte die Anzeige auf dem SDL und stellte fest, dass das Gerät keine Straße mehr anzeigte, auch kein Ziel. Hier gab es kein Satellitensignal. Hatte ich eine Abzweigung verpasst und mich verfahren? Ich sprang ein paarmal auf und ab, um meinen Blutdruck in Gang zu bringen, und stieg wieder ein. Zwischen Föhren und Kiefern ging es weiter, den nächsten Hügel hinauf.

An der höchsten Stelle erwartete mich ein verwittertes, kaum lesbares Schild: *La Cébette.* Ich versuchte den Wald mit den Augen zu durchdringen. Das sollte es sein? Die Gegend hatte nichts Außergewöhnliches, keinen Anreiz; warum sollte sich Pascal hier ein Haus gekauft haben? Ich fuhr weiter. Nach wenigen Hundert Metern tauchte eine Tankstelle auf; zumindest stand dort eine Zapfsäule. Das Neonschild über dem Eingang wirkte uralt. Obwohl es gerade mal sieben Uhr früh war, hatte die Tankstelle offen. Ich trat in das niedrige Gebäude.

»Guten Morgen, Madame«, begrüßte mich der junge Mann hinterm Tresen. »Volltanken?«

»Nein, ich möchte Kaffee.«

»Tout de suite.« Er hantierte an der Maschine.

»Ich hätte gern von denen …« Ich zeigte auf die Croissants in der Vitrine.

»Bitte bedienen Sie sich.«

Ich nahm zwei Stück und biss hungrig hinein. Der Kaffee kam in einer henkellosen Schale. Nach der frostigen Anreise tat die Wärme gut.

»Wo soll es hingehen?« Er füllte die Croissants auf.

»Ich suche das Haus der Zuermatts.«

»Dann sind Sie fast am Ziel. In den Ort hinein und an der Kapelle rechts. Wo es nicht mehr weitergeht, ist *La Cébette.*«

Ich leckte mir über die Lippen. »Ich dachte, das Dorf heißt La Cébette.«

»So ist es. Das Dorf wurde nach dem Herrenhaus benannt. Früher wohnten dort der Graf und die Baronesse. Nachdem er gestorben war, verkaufte sie das Anwesen an die Schweizer.«

»Dann gehört es den Zuermatts noch nicht lange?«

»Gerade mal …« Er rechnete nach. »Drei Jahre.«

»Wer hat es gekauft, die alte Dame, Madame Zuermatt?«

Er schüttelte den Kopf. »Ihr Sohn.«

Die Schale in der Hand, hielt ich inne. Pascal hatte das Haus gekauft, nachdem wir bereits zusammen gewesen waren. Er hatte mir nie etwas davon erzählt. War das nicht der Beweis, dass er sich einen Fluchtort zugelegt hatte, den er vor mir geheim hielt? Ich schaute hinaus, der Regen ließ nach, die Umgebung wurde realer. Ich tauchte mein Hörnchen in den Kaffee. Was immer mich dort erwartete, ich würde es nicht mit leerem Magen durchstehen müssen. »Bring es hinter dich«, flüsterte ich.

»Pardon, Madame?«

»Nichts.« Ich zahlte die Rechnung.

»Ich bezweifle, dass jemand drüben ist«, sagte der junge Mann. »Ich habe die Herrschaften dieses Jahr noch gar nicht gesehen.« Er gab mir das Wechselgeld.

»Danke.« Ich stieß die Tür auf.

Den Rest der Strecke saß ich kerzengerade im Auto und erwartete, dass die Kapelle auftauchte. Als ich sie am Straßenrand entdeckte, war es bloß eine Marienstatue in einer Nische. *Licht über Maria*: Da war es wieder. Von der Asphaltstraße bog ich auf einen Schotterweg, fuhr im Schritttempo weiter, im trüben Morgenlicht erkannte ich ein Haus. Ich hielt vor dem Tor. Der kleinere Flügel stand offen, nicht, als ob jemand erwartet würde, eher als hätte der Wind ihn aufgestoßen. Während ich das Grundstück betrat, bemerkte ich rechts und links zwei kleinere Häuser, sie flankierten die Villa.

Pascals Haus war ein Steinbau, aus dem neunzehnten Jahrhundert vielleicht, nicht protzig wie Villen in der Stadt, eher der Stammsitz einer Familie von Landadeligen. Reich, aber unauffällig, gediegen und doch bodenständig. Das Grundstück wirkte ungepflegt, alles strahlte Verlassenheit aus. Ich erreichte die Terrasse, der Marmor war an vielen Stellen gesprungen. Hatte das Portal aus der Entfernung elegant gewirkt, sah ich nun: Die Farbe war abgeblättert. Risse durchzogen die Mauer, wie verwehte Boten des letzten Sommers lagen Blätter da. Es gab keine Klingel, nur einen bronzenen Türklopfer.

Ich ging mit langsamen Schritten um das Haus. Die Fenster

waren nicht vergittert, woraus ich schloss, in der Gegend brauchte man vor Dieben keine Angst zu haben. Und doch war es seltsam: Ein einsames Haus, das die Aura des Reichtums besaß, in einer abgelegenen Gegend – lud das nicht geradezu zum Einbruch ein? Die Seitenfront endete in einer Pergola. Ein Steinofen weckte die Vorstellung von Sommerabenden, an denen Brot gebacken wurde oder Pizza; bei einem schönen Landwein stieß man auf das Leben an. Nicht hier, dachte ich. Das war kein Haus, in dem Glück gesucht wurde, dieses Haus diente einem besonderen Zweck. Es war zur Ausführung eines Planes erworben worden, sollte Zufluchtsort eines Betrügers sein. Ich ging zur Hintertür. Ähnlich wie in der Frankfurter Villa führte sie in die Küche. Ich drückte die Klinke, es war nicht abgesperrt.

Ein quälender Laut fuhr mir durch alle Glieder, ich erschrak so heftig, dass ich keine weitere Bewegung wagte. Ich hatte die Tür geöffnet und den ersten Schritt in die Küche getan. Der Ton war unmenschlich hoch und laut, ich presste die Hände auf beide Ohren – Alarm! Wieso hatte ich nicht an eine Sicherheitsanlage gedacht? Deshalb gab es keine Gitter! Wie ein tapsiger Bär hatte ich mich benommen, nun ergriff ich die Flucht. Stürzte aus der Küche, rannte um die Villa, zum Eingang zurück, wollte klopfen und mich entschuldigen. Der schrille Ton zerriss die Stille des Waldes.

Ich war nicht die Einzige, die das Geräusch aufgeschreckt hatte. Durch den Garten des Nachbarhauses näherte sich eine Frau. Erstaunlich, wie ruhig sie herankam. Hätte ich nicht ein Einbrecher sein können? Die Frau war zierlich, hatte rötlich braunes Haar und eine geschmeidige Figur.

»Es tut mir leid!«, rief ich ihr entgegen. »Ich habe die Tür geöffnet und dabei …«

Sie bedeutete mir mit einer Geste, dass sie mich bei dem Lärm nicht verstand. Wir begegneten uns an der Grundgrenze, sie lief an mir vorbei, einen Schlüsselbund in der Hand. Kaum war sie durch die Vordertür im Haus verschwunden, endete der Alarm. Die Stille war wohltuend. Die Frau kam zurück, ich ging ihr entgegen.

»Vielen Dank. Verzeihen Sie nochmals. Ich bin Antonia Zuermatt.«

Keine Überraschung in ihrem Gesicht, keine Frage. »Sandrine«, antwortete sie.

»Sie sind die Nachbarin der Zuermatts?« Sie nickte. »Ich hatte gehofft, jemanden anzutreffen.«

»Sie haben abgesagt.«

»Wer hat abgesagt?«

»Madame Zuermatt.« Sie schaute zum Auto, als vergewissere sie sich, dass ich allein war.

»Und Pascal – ihr Sohn? Ist er hier gewesen?«

Sie schüttelte den Kopf. Nicht so, als ob hier ein Geheimnis zu lüften wäre; sie schüttelte nur den Kopf. »Es ist niemand da.«

»Sie kennen Pascal?« Ich lächelte. »Natürlich.«

»Wir sind schließlich Nachbarn.«

»Wann war er das letzte Mal hier?« Auf ihr Zögern setzte ich rasch hinzu: »Antonia – Tony, ich bin seine Frau. Wollen Sie meinen Ausweis sehen?«

»Nicht nötig.« Ihr Blick war freundlich. Die Polizei hatte sie bestimmt das Gleiche gefragt, Sandrine musste wissen, dass meine Fragen nicht nur allgemeiner Natur waren. Sie wirkte wie eine Nachbarin, die den Schlüssel für das Nebenhaus besitzt, nach den Blumen schaut, lüftet, die Post ins Haus trägt.

»Wohnen Sie hier allein?« In der Garage ihres Hauses sah ich ein Auto stehen.

»Mein Mann ist früh zur Arbeit gefahren.«

»Kümmern Sie sich in Abwesenheit der Zuermatts um deren Haus?«

»Nein.« Sie klapperte mit dem Schlüsselbund. »Das macht eine Frau aus dem Dorf.«

Es wäre natürlich gewesen, mich zu fragen, wieso ich unangekündigt und ohne Verabredung den weiten Weg hier heraus gemacht hatte. Es wäre logisch gewesen, sich nach Pascal zu erkundigen, warum er nicht mitgekommen war oder, da Sandrine von seinem Verschwinden wahrscheinlich gehört hatte, ob es in dem Fall etwas Neues gebe. Die Nachbarin stellte keine Fragen, stand nur mit dem Schlüsselbund da und sah mich mit diesem hellen Blick an.

»Jetzt bin ich die ganze Strecke umsonst gefahren. Und dazu der Schreck in der Morgenstunde …«

»Hätten Sie bloß vorher angerufen.«

»Ja, das wäre … besser gewesen.« Mir fiel etwas ein. »Im Fall, dass mit dem Haus etwas sein sollte – ein Wasserrohrbruch, ein Sturmschaden, Sie wissen schon –, wie erreichen Sie die Zuermatts dann?«

»Ich rufe die Madame in der Schweiz an.«

»In Saanen?« Sie nickte. »Eine andere Telefonnummer haben Sie nicht? Eine Mobilnummer?«

Sie schüttelte den Kopf.

»Tja, dann …« Unser Gespräch am Gartenzaun ließ sich

schwerlich länger fortsetzen. Da sie mich nicht zu sich hineinbat, schien mein nächster Schritt die Rückfahrt zu sein. »Dann möchte ich nicht länger stören.«

»Waren Sie schon einmal in La Cébette?«

»Nein, es ist das erste Mal.«

»Dann haben Sie das Haus noch nie gesehen.«

»Nein. Pascal und ich …« Ich verstummte.

»Wenn es Sie interessiert …« Sie hielt mir die Schlüssel entgegen.

»Ich möchte Ihnen nicht noch mehr Umstände machen.«

»Es sind keine Umstände. Sie gehen rein und sehen sich um, solange Sie wollen.«

Schon hielt ich den Schlüsselbund in der Hand. »Und Sie?«

»Ich bin hier drüben.« Sie zeigte auf ihr Haus. »Wenn Sie fertig sind, schließen Sie einfach ab. Ich stelle die Alarmanlage später wieder an.« Zum ersten Mal lächelte sie.

»Danke.« Ich suchte nach Worten. »Das ist sehr freundlich von Ihnen. Sind Sie sicher, dass Sie keinen Ausweis von mir sehen wollen? Ich könnte sonst wer sein.«

»Nein, das könnten Sie nicht.« Auf meinen überraschten Blick hin antwortete sie: »Pascal hat von Ihnen erzählt. Er hat Sie gut beschrieben.«

Eine Welle der Wärme durchströmte mich. »Hat er das?«

»Sie können im Haus alles benutzen.« Sandrine machte kehrt. »Strom und Wasser sind nicht abgestellt.«

Wir gingen in unterschiedliche Richtungen. Zum zweiten Mal betrat ich die Marmorfliesen, sah mich um, Sandrine war bereits verschwunden. Ich steckte den Schlüssel ins Schloss, die Tür schwang auf.

Auch wenn die Lage mitten im Wald düster wirkte, das Innere des Hauses war wunderbar. Ob Pascal nach dem Kauf die Atmosphäre der Villa nur bewahrt oder sie von Grund auf saniert hatte, konnte ich nicht sagen. Alt und Neu waren raffiniert kombiniert. Der Boden der Halle, die in den Wohnraum überging, bestand aus polierten Steinplatten, der offene Kamin musste uralt sein. Die Feuerstelle war vom Ruß geschwärzt; ich trat näher, keine Asche, hier hatte lange kein Feuer mehr gebrannt. Seitlich lag genügend Brennholz, auch Reisig bereit. Die geschwungene Treppe rahmte den Kamin gleichsam ein, er stellte das Herz des Hauses dar, dessen Grundriss im Obergeschoss von einer breiten Galerie eingefasst wurde. In einer Nische rechts vom Kamin, wo früher Vorräte gelagert worden sein mochten, befand sich die Hi-Fi-Anlage und andere Elektronik. Ein grünes Licht ließ mich vermuten, dies könnte die ausgeschaltete Alarmanlage sein.

Ich ging weiter. Auch wenn ich mir meiner Fremdheit bewusst war, stellten sich Gefühle, Vorstellungen ein, wie es wäre, in diesem Haus zu leben, wie ich mit meinem Mann hier beisammen gewesen sein könnte, statt in der beengten Zweizimmerwohnung in Kanada. Es tat mir leid, nie für ihn in dieser Küche hantiert zu haben. Der Küchenblock war im Halbrund angelegt, als Fliesen hatte man Mosaike verwendet. Der Esstisch war dunkel, die Stühle hatten hohe Lehnen. Als ich aus dem Küchenfenster schaute, entdeckte ich einen Swimmingpool. Dornen wucherten in das abgelassene Becken hinein. Wie schön man es sich hier machen könnte! Die Ruhe und Einsamkeit, der Luxus des Hauses, das kleine Dorf, in dem man das Nötigste einkaufen konnte.

Ohne Zeitgefühl, wie lange ich mich schon in Pascals Haus aufhielt, öffnete ich Tür um Tür. Es fanden sich kaum persönliche Merkmale der Bewohner, alles war in einem Zustand, dass man sich wünschte, die Räume zu beleben. Ich wollte die Läden aufstoßen, Gartenmöbel auf die Terrasse stellen, wollte mit der Heckenschere dem Dornengestrüpp zu Leibe rücken und den Swimmingpool einlassen. Das Haus inspirierte, belebte mich, für eine Weile vergaß ich, dass ich nicht seinetwegen, sondern wegen meines verschollenen Mannes gekommen war.

Ich hatte eine lange Reise auf mich genommen, war David wiederbegegnet, von Ray begleitet worden, ich hatte meine Verwandtschaft in diesen Winkel der Welt gelockt – alles mit dem Ziel, Pascal zu finden. Nun war ich in seine Aura eingedrungen und verspürte keine Lust mehr, ans Meer zurückzufahren und mit Dora und Ernie den Tag zu verbringen. Als zu allem Überfluss die Sonne hervorkam, trug ich kurzerhand einen Sessel ins Freie, zog Schuhe und Strümpfe, sogar meine Jeans aus und legte mich ins Freie. Ich nahm ein Sonnenbad vor Pascals Haus!

Üppig und verwildert lag der Garten da. Hier gab es kein Nadelholz, stattdessen Obstbäume, sie trugen schwer an Äpfeln und Pflaumen. Ich fragte mich, ob jemand kommen würde, sie zu ernten. Ich holte eine Schale aus der Küche und pflückte sie mit Früchten voll. Mittlerweile hatte ich auch meine Bluse ausgezogen, die Wärme tat wohl, sie war imstande, Zweifel und Düsternis zu vertreiben. Ich lag am Rand von Pascals Garten und aß sein Obst. In diesem Moment war ich glücklich. Ich hatte mich richtig entschieden, nach La Cébette zu kommen. Indem ich den Dämonen gegenübertrat, hatte ich sie vertrieben.

Nach einer weiteren Weile sorgte ich mich, dass Sandrine meinen langen Aufenthalt unverschämt finden könnte; ich sollte den Schlüssel nun wirklich zurückbringen. Verrückte Gedanken spukten mir durch den Kopf – ob man das Haus mieten könnte, eines Tages, wenn ich wiederkommen wollte, um ein paar Wochen, einen Monat hier zu leben? Die Vernunft sagte mir, es würde ein Traum bleiben. Pascals Schicksal, die juristischen Umstände würden es verhindern.

Die Mittagszeit musste bereits überschritten sein, trotz des Obstes bekam ich Hunger. Ich hätte mir im Dorf etwas zu essen kaufen und ins Haus zurückkehren mögen, aber die Höflichkeit ließ das nicht zu. Sandrine hatte sich mehr als großzügig gezeigt, mich so lange hierzulassen. Nun würde ich alles in Ordnung bringen, absperren und den Schlüssel abgeben. Ich würde zu meiner Verwandtschaft zurückfahren und auch dort meine Verpflichtungen erfüllen – Doras Traum an der Côte d'Azur.

Ich rekelte mich ein letztes Mal in der Sonne, zog meine Strümpfe an, schlüpfte in Jeans und Bluse. Das Herz wurde mir schwer – schon wieder fortgehen. Ständig verließ ich Orte, die mit Pascal zu tun hatten, ohne Erfüllung, ohne Frieden. Beim Hineintragen kam mir der Sessel schwerer vor. Ich erreichte den Kamin – hier war bestimmt Pascals Lieblingsplätzchen. Hier hätten wir es uns gemütlich gemacht, wenn es dunkel oder kühl geworden wäre. Zur Vordertür gewandt, schaute ich mich noch einmal um; stand alles wieder an seinem Platz? Durch das seitliche Fenster sah ich jemanden im Garten auftauchen, seine Statur war sportlich. Die Person kam vom Wald her zielstrebig auf das Haus zu und trat durch die Küchentür ein.

34

Ich hatte angenommen, der Moment, in dem ich Pascal wiedersehen würde, müsste ein besonderer Moment sein, ich hatte ein außergewöhnliches Gefühl erwartet. Pascal kam einfach herein, durchquerte die Küche, für ein paar Sekunden verlor ich ihn aus den Augen, bis er aus dem Wohnraum in die Halle trat. Seine Schritte hallten auf Stein. Er trug eine weite Hose, einen schlichten Pullover und feste Schuhe. Auch wenn er eine gute Farbe hatte, schien mir seine Haut fahl. Er hatte abgenommen. Keine Umarmung, keine Berührung.

»Hallo, Pascal.«

»Hast du es leicht gefunden?« Er fragte, als wären wir zu einem Picknick verabredet, als läge zwischen uns nicht die Kluft des verlorenen Vertrauens.

»Nein. Ich habe es nur unter größten Mühen gefunden.« Die kleinste Bewegung fiel mir schwer. Ich konnte nicht auf ihn zugehen, konnte mich nicht setzen, stand in der Halle, als gebe es kein Entkommen.

»Du bist allein?«

»Hat Sandrine dir das nicht mitgeteilt?«

»Sie sagt, dass du allein gekommen bist. Das muss nicht bedeuten …«

»Sei unbesorgt.«

»Das kann ich leider nicht.« Eine Geste Richtung Küche. »Wollen wir was trinken?«

Seine Distanziertheit beleidigte mich, ich rührte mich nicht von der Stelle. Er behandelte mich wie eine Komplizin, der man nicht trauen kann.

»Du bewohnst das Haus also doch?«

»Nein, ich wohne …« Er unterbrach sich. »Komm.« Er streckte die Hand aus.

Der Weg durch den Raum kam mir wie eine Reise vor. Ich gab ihm die Hand. Die Oberfläche seiner Haut, die Art, wie sein Daumen meine Handwurzel berührte, waren mir vertraut. Auch wenn seine Worte kühl klangen – in seinem Blick lag Verletzlichkeit.

»Du hast dir viel Zeit gelassen.«

»Rede keinen Unsinn«, antwortete ich. »Alles, was ich hatte, war ein Zettel mit Andeutungen über Zwiebelsuppe.«

Er hakte mich unter und dirigierte mich in Richtung Küche. »Ich wusste, dass du auf die Lösung kommen würdest.«

Widerwillig ging ich neben ihm her. »Wieso hast du mich nicht eingeweiht? Wieso hast du mir nicht gesagt, was dein Plan ist?«

Pascal holte Luft, um eine geschmeidige Antwort zu geben, dann stockte er. »Weil es ein finsterer Plan ist, mein Liebling.« Er lächelte traurig. »Und du bist nicht der Mensch, der mit einem finsteren Plan leben sollte.«

Es war das erste offene Wort, das erste Zeichen, dass er sich der Tragweite dieser Begegnung bewusst war.

»Ich konnte mir genau vorstellen, was du durchmachen würdest, wusste, dass die Zeit die Hölle für dich ist, und musste es dir trotzdem antun.«

»Warum, Pascal?« In der dämmerigen Küche löste ich mich von seiner Seite. »Glaubst du, ich hätte dich verraten?«

Er atmete durch. »So war es einfacher. Indem du nichts wusstest, nicht einmal einen Verdacht hattest, warst du meine beste Rückendeckung.«

»Das beantwortet meine Frage nicht.«

»Ich müsste ganz weit ausholen, damit du mich verstehst.«

»Tu das.« Ein Luftzug drang aus dem Garten. »Wieso gehen wir nicht ein paar Schritte?«

»Später vielleicht.« Er hielt sich von der Tür fern. »Ich habe dich damals in Toronto gesehen und gewusst, zwischen uns wird etwas passieren.«

»Auf der Comicmesse?«

Er nickte. »Das scheint so lange her zu sein.«

»Nur drei Jahre. – Was sollte *passieren*, Pascal? Du warst verheiratet.«

»Jessica und ich waren längst nicht mehr zusammen.«

»Außer in geschäftlichen Dingen.«

»Stimmt.« Er sah mich an wie ein Junge, der beim Klauen erwischt wird.

»Du hast eine Frau gesucht, die in dein Schema passt. Jung sollte sie sein, denn Männer in mittleren Jahren verlassen ihre Frauen meistens wegen einer Jüngeren. Die Gesuchte musste unerfahren in der Geschäftswelt sein, sie durfte deine Machenschaften nie durchschauen. Eine Fremde sollte es sein, jemand ohne Verbindungen zu deiner Welt. Es durfte ja keine gemeinsamen Freunde und Bekannte geben, die mir irgendwann die Augen hätten öffnen können. Da kam dir eine Ausländerin natürlich gelegen.«

Pascal ging auf und ab, ich trat ihm in den Weg. »Wenn du genau wusstest, was du mir antust, und es trotzdem getan hast, heißt das, du hast mich nie wirklich geliebt.«

Eine lange Pause. »Ich gebe zu, es war *nicht* Liebe auf den ersten Blick. Aber Liebe war es doch. Es *ist* Liebe«, sagte er.

»Ich war mit dir zusammen und doch eine Einsiedlerin! Du hast einen Kokon aus Nichtwissen um mich gesponnen. Du hast mich von Frankfurt ferngehalten, von deiner Familie, deinem ganzen bisherigen Leben. Nur in der winzigen Wohnung in Toronto konnten wir wirklich zusammen sein!« Ich sah in das ernste männliche Gesicht. »In solchen Zeiten glaubte ich, dass du mich liebst.«

»Das habe ich.«

»Du hast mich belogen.«

»Nicht in allem.«

»Du hast mich von deinem Jungen ferngehalten.«

»Robbie?«, fragte er, als hätte ich einen Punkt erwähnt, der mit unserer Situation absolut nichts zu tun hatte. »Ich wollte dir von Robbie erzählen. Ich hätte es tun sollen. Aber du warst für mich der einzige unberührte Ort auf der Welt. Der Ort, wo ich all den Müll, den ich mir aufgehalst hatte, hinter mir lassen konnte. Meine Zuflucht.«

»Dein Sohn ist kein Müll!«

»Robert ist ein toller Junge. Ich hätte dir bestimmt von ihm erzählt, später, wenn alles vorbei gewesen wäre.«

»Wann? Wo?«, rief ich aufgebracht. »In Timbuktu oder auf einer fernen Südseeinsel? Das passt alles nicht zusammen, Pascal:

Du hast mich mit eiskaltem Kalkül ausgewählt, weil ich deinem Plan am besten diente. Du hast dich in meine Liebe gestohlen, ohne selbst zu lieben! Und jetzt erzählst du mir, ich sei deine *Zuflucht* gewesen? Du hast mich in Rio sitzen lassen, ohne die geringste Ahnung, was geschehen ist! Ich bin von Pontius zu Pilatus gelaufen, um zu beweisen, dass du noch lebst! Wenn du mich angeblich liebst: Warum hast du mir nicht vertraut?«

Er krampfte die Hände ineinander. »Auch wenn es verrückt klingt: Beides ist richtig. Ich liebe dich, und ich habe dich hintergangen.«

»Ist das die berühmte männliche Entschuldigung für alles: Ich kann nichts dafür, es war stärker als ich?«

»Als ich dich kennenlernte, hast du mir gefallen. Ich habe dich für meine Zwecke ausgesucht. Wir wurden ein Paar, und du hast mich geheiratet. In Toronto hast du mich gelehrt, einfache Dinge zu schätzen: einen Spaziergang am See, mit den Fingern essen, eine albern zugebrachte Nacht.« Sein Blick ging ins Freie. »Es war nach einem Jahr – ja, ziemlich genau ein Jahr, nachdem wir uns kennengelernt hatten, da habe ich mich in dich verliebt.«

»Nach einem Jahr? Was hat sich da für dich verändert?«

»Sehr viel. Alles.« Er nahm meine Hand. »Der Ring – weißt du noch, als ich ihn dir geschenkt habe?« Mit dem Daumen glitt er über den Brillanten.

Ich sah uns wieder auf der Straße der Juweliere stehen, Pascal hatte mir den Ring mit den Worten angesteckt: *Du bist meine geliebte Frau.* Ich spürte Tränen aufsteigen und wandte mich ab. Obwohl ich ahnte, dass er die Wahrheit sagte, konnten seine Worte das Geschehene unmöglich aus der Welt schaffen.

»Hast du David auf mich angesetzt?«

Statt einer Antwort ging er zur Anrichte, nahm eine offene Rotweinflasche aus dem Schrank und goss zwei Gläser ein.

»Ich weiß, dass du David finanziell in der Hand hast. Warst du es, der ihm den Auftrag erteilte, sich um mich zu *kümmern*?«

Er trank, bevor er mir mein Glas gab. »Ich wusste, dass er in der Schweiz mit dir Kontakt aufnehmen sollte.«

»Wieso, Pascal?«

»Weil du einfach nicht akzeptieren wolltest, was sonst jeder geglaubt hat! Dass ich beim Tauchen ertrunken bin!«

»Das heißt …« Ich stieß ein ungläubiges Lachen aus. »Indem ich das Natürliche tat, indem ich hoffte, dass du am Leben bist, habe ich dich in Schwierigkeiten gebracht?«

»Jede Menge Schwierigkeiten.« Er nahm einen tiefen Schluck.

»Wie weit hast du David erlaubt zu gehen? Ein bisschen trösten? Oder ein bisschen trösten und ein bisschen anfassen? Oder durfte er als Tröster sogar mit mir schlafen?«

»Hör auf! Er sollte dich nur überzeugen, dass ich …« Pascal stockte.

»Dass du tot bist!«, schrie ich. »Da wird also ein passabel aussehender Typ losgeschickt, damit er mich von deinem Tod überzeugt! Ist dir klar, wie krank das ist?«

»Wir mussten sichergehen.«

»Wir?« Ich trat einen Schritt zurück. »Wer ist wir? Deine Mutter, dein Bruder?«

»Mama? Nein«, antwortete Pascal erstaunt. »Sie hat nicht das Geringste damit zu tun. Auch Roman nicht.«

»Ich dachte die ganze Zeit, *der gefährliche Zuermatt-Clan* ist hinter mir her?«

»Wovon redest du?« Seine Überraschung war echt.

»Ich hatte angenommen … David handelt im Auftrag deiner Familie.«

Pascal schüttelte den Kopf. »Es wäre unmöglich gewesen, so viele Menschen in meine Absicht einzuweihen. Irgendwann wäre unweigerlich etwas durchgesickert.«

Ich richtete mich kerzengerade auf. »Wer ist *Wir*?«

»Ich dachte, das hättest du längst begriffen. Du selbst bist auf sie zugegangen – Jessica natürlich.«

Obwohl es meine Vermutung bestätigte, verunsicherte mich die Antwort. »Nur Jessica und du?«

»Nur wir beide.« Auf meinen ungläubigen Blick hin sagte er: »Meine Mutter hätte niemals bei so etwas mitgemacht. Was das Verhältnis zu meiner Familie betrifft, habe ich dir die Wahrheit gesagt. Von Anfang an schätzte Mama die Art Geschäfte nicht, die ich mache. Außerdem war das Betrugsdezernat bei seinen Nachforschungen nicht zimperlich: Sie haben auch sie damit belästigt.« Er sah mich an. »Und eine Sache wird Lisbeth mir nie vergeben: die Scheidung. Ein Zuermatt steht zu seinem Versprechen, ein Zuermatt lässt sich nicht scheiden. Wenn sie gewusst hätte …«

»Dass deine Scheidung auch nur Betrug war«, ging ich dazwischen. Mir wurde es in der Küche zu eng. »Ich muss hier raus.«

Pascal hielt mich fest. »Nicht!«

»Warum?«

»Ich gehe nur in der Dämmerung ins Freie oder nachts.«

»Glaubst du, die Polizei beobachtet das Haus noch? Dann hätten sie mein Auto längst entdeckt.«

»Ich darf nichts riskieren.«

»Was ist das für ein Leben, Pascal? Willst du immer so weitermachen?«

»Nicht für immer. Ich habe vorgesorgt.«

»Ach ja – die Millionen«, sagte ich spöttisch. »Wo hast du sie? In Monaco? Auf den Kaimaninseln? Vergraben im moosigen Waldboden? Mach, was du willst, Pascal, ich muss an die Luft!«

»Warte.« Er trat als Erster aus der Küchentür, sah sich um und nahm den Weg zu den Dornen.

»Schließt du nicht ab? Ich habe den Schlüssel.«

»Komm, komm!«

Ich folgte ihm durch verwildertes Gras, die Sonne brannte auf meine Stirn. Das Gestrüpp, das den Swimmingpool zuwucherte, zog sich bis zu einer Erlengruppe hin. Dort war ein schmales Weidestück, dahinter begann der Wald. Bei den Erlen holte ich ihn ein.

»Du und Jessica wart also von Anfang an Komplizen. Eure geschäftliche Trennung, die saubere Abwicklung der Scheidung: alles ein abgekartetes Spiel.« Ich lehnte mich an einen Stamm. »Stein lag also die ganze Zeit richtig mit seiner Vermutung.«

»Dieser Stein!« Pascal zog den Pullover aus; er trug ein schwarzes T-Shirt darunter. »Er ist wie eine Zecke, die sich festgesogen hat.«

»Du machst deinen Job – er seinen.« Ich konnte meine Schadenfreude nicht verhehlen. »Könnte sein, dass er seinen besser gemacht hat.«

»Es ist noch nicht vorbei.«

»Dein Versteckspiel war umsonst. Stein weiß, dass du lebst.«

Abrupt drehte er sich um. »Weiß er, dass du hier bist? Hat er dich begleitet?«

Nie hatte ich Angst bei Pascal gesehen, mein Mann schien jeder Situation gewachsen zu sein. Nun machte seine Panik mich traurig. Seine Welt hatte sich für ihn immer weiter verengt.

»Wenn ich Stein mitgebracht hätte, stünden wir jetzt nicht hier. Unser Gespräch wäre längst beendet.«

»Vielleicht hast du ja den Auftrag, mich auszuhorchen.« Es sollte wie ein Scherz klingen, doch seine geballten Fäuste bezeugten das Gegenteil.

»Wenn du nicht in der Villa wohnst, wo lebst du dann, Pascal?«

»Sandrines Familie gehört der Wald hier im Umkreis. Für die Holzfäller steht ein Bauwagen auf einer Lichtung.«

Wir sahen uns an. »*Das* ist aus deiner waghalsigen Flucht geworden – ein Bauwagen im Wald?«

»Ich kann dort nicht mehr lange bleiben.«

»Wieso bist du überhaupt hier, ist das nicht viel zu riskant?«

Er schien die Frage nicht gehört zu haben.

»Der Herbst ist da, Zeit für die Waldarbeit. Die Holzfäller rücken an.«

Wir überquerten die Weide und tauchten in den Wald ein. Es roch nach Harz und sonnenbeschienenen Fichtennadeln. Die dämmerige Stille legte sich auf unser Gemüt, Pascal schritt ruhiger aus. Miteinander zu gehen weckte in mir die Illusion, es sei fast wie früher. Wir liefen schon eine Zeit lang, als ich plötzlich seine Hand in meiner spürte. Ich fasste sie, drückte sie fest. So kamen wir tiefer und tiefer ins Gehölz hinein.

Bis zu diesem Augenblick hatte ich nur daran gedacht, was Pascals Flucht in Bezug auf unsere persönliche Geschichte bedeutete. Während ich mit ihm über sandigen Boden und Wurzelgestrüpp lief, während sich Schatten und Sonnenflecken abwechselten, wurde mir bewusst, dass ich mit einem gesuchten Verbrecher unterwegs war. Er hatte Gesetze gebrochen, internationale Regeln verletzt, und auch wenn er seine Taten in dem

Brief als Taschenspielerei verharmloste, musste irgendjemand unter seinem Betrug gelitten haben, zu Schaden gekommen sein. Ich lebte schon so selbstverständlich mit der Realität, dass mein Mann in betrügerischer Absicht seinen Tod vorgetäuscht hatte und vor dem Gesetz geflohen war, dass mir erst jetzt in den Sinn kam, die Frage der Moral zu stellen: Tut dir nicht leid, was du getan hast? Warum kannst du deine Schuld nicht eingestehen, den Schaden wiedergutmachen, die Strafe verbüßen und danach frei atmen? Willst du dein Leben nicht neu beginnen, statt den Betrug immer weiter fortzusetzen – mit welchem Erfolg? Du bewohnst einen Bauwagen in den Wäldern und traust dich bei Tageslicht nicht aus dem Haus. Das hätte ich Pascal sagen sollen, fürchtete aber, bei solchen Gewissenstönen würde er sich sofort verschließen.

»Etwas ist schiefgegangen, nicht wahr?«, begann ich. »Dass du hier bist, unter diesen Umständen, war nicht geplant.«

Noch immer hielt er meine Hand. »Natürlich nicht. Ich hatte einen tollen Platz zum Leben gefunden. Nichts Hinterwäldlerisches, kein obskures Versteck. Eine Ranch, Tony, ein wunderbares Stück Land, nicht weit von Buenos Aires.« Es klang schwärmerisch, als ob es sich um eine Ferienimmobilie handelte. »Wir hätten dort neu beginnen können.«

»Wir?«

Er lächelte. »Ich wollte dich nachholen, ich will es immer noch. Wenn ich nur erst aus diesen lächerlichen Schwierigkeiten heraus bin.« Er kickte einen Tannenzapfen beiseite.

»Auch in Argentinien gibt es Polizei. Es gibt internationale Abkommen. Wieso glaubst du, dass du dort unbehelligt bleiben würdest?«

»Die Ranch liegt im Grenzgebiet … also eigentlich in Uruguay. Ich habe das mit den dortigen Leuten geregelt.«

»Noch ein Betrug? Ein falscher Name, falsche Pässe, Schmiergeld – darauf willst du deine Zukunft aufbauen?«

Pascal trat so weit zurück, dass unsere Arme auf Spannung waren. Er begann mich im Kreis zu drehen. »Es ist riskant, ja! Aber mit dir will ich noch etwas wagen! Ich will alles hinter mir lassen, mit dir, Tony!«

Widerwillig ließ ich mich mitziehen. »Das könntest du auch, wenn du dich den Behörden stellst.«

Er hielt abrupt an. »Ist das dein Vorschlag? Ich soll mich stellen?«

Vom Schwung taumelte ich weiter. »Ich würde zu dir halten. Ich bin deine Frau.« In meinem Kopf drehte sich alles, ich hielt mich an einem Baum fest.

Sein Blick war nicht vorwurfsvoll, nur ernüchtert. »So siehst du das also.«

»Ist es dir noch nie in den Sinn gekommen? Reue, Bedauern – kommt das in deinem Universum nicht vor?«

»Jetzt werde nicht melodramatisch.« Er verschränkte die Arme. »Weißt du überhaupt, was das in meinem Fall bedeutet? Mit Selbstanzeige und Bußgeldzahlung kommt einer wie ich nicht davon.«

»Und wenn schon. Wie hoch kann die Strafe sein?« Ich war froh, dass er überhaupt auf das Thema einging.

»Ich bin über fünfzig, Tony. In meinem Alter bekommt Gefängnis den Beigeschmack des Endgültigen.«

»Wer wird hier melodramatisch?« Ich wollte ihn umarmen, aber er wies mich ab. »Ein paar harte Jahre, und danach die Freiheit! Überleg es dir! Ein Mann wie du kommt immer wieder auf die Beine. Was wäre die Alternative – eine Ranch in Uruguay? Kein halbes Jahr hältst du es dort aus!«

Wortlos ging er weiter.

Ich lief ihm nach. »Was sagst du dazu?«

Er schritt so schnell aus, dass ich rennen musste. Wir waren auf einem schnurgeraden Weg. Grobe Reifenspuren zeugten von schweren Holztransporten.

»Pascal, ich bin so froh, dass ich dich gefunden habe und wir über alles reden! Zum ersten Mal habe ich das Gefühl, dass der Irrsinn nicht umsonst war. In Fällen wie bei dir, wenn es um so viel Geld geht, werden da nicht … Absprachen getroffen über Wiedergutmachung und … wenn du das Geld zurückgibst, Reue zeigst …« Ich packte seinen Arm. »Ich kenne Stein, er ist kein Bluthund. Er würde bestimmt …«

»Hör auf. Dein Modell funktioniert nicht.«

»Wieso nicht?«

»Weil Jessica mich betrogen hat.«

Ich war so verblüfft, dass ich beinahe hinfiel.

»Für eine Wiedergutmachung, wie sie in diesem Fall nötig wäre, gibt es kein Geld. Jessica hat es eingefroren. Ich habe keinen Zugriff mehr.«

»Ihr seid doch Partner, Komplizen. Könntest du Jessica nicht sofort auffliegen lassen?«

»Da ich offiziell nicht am Leben bin, kann ich nicht plötzlich auftauchen und mich gegen sie wehren.«

»Warum tut sie das?«

»Deinetwegen.«

»Meinetwegen?«

»Jessica hat damals akzeptiert, dass ich als Tarnung, als Mittel zum Zweck, eine neue Frau brauchte. Sie konnte nicht meine Ehefrau bleiben, weil sie sonst in alles mit hineingezogen worden wäre. Die Scheidung war notwendig. Meine Beziehung zu dir, unsere Heirat machte die Trennung von Jessica noch glaubwürdiger.« Gezogen von der schnurgeraden Linie des Weges gingen wir weiter. »Womit sie nicht rechnen konnte, und ich auch nicht, war, dass plötzlich Liebe ins Spiel kam. Jessica glaubte, dass unser Sohn als Band stark genug ist, mich zu halten. Sie glaubte, dass wir irgendwann wieder zusammen sein würden.«

»Sie liebt dich noch?« Ich rief mir die kühl wirkende Frau ins Gedächtnis. Nichts in ihrem Verhalten hätte mich zu dieser Schlussfolgerung gebracht.

»Ja, sie liebt mich. Aus Liebe, nicht aus Gewinnsucht, hat sie sich auf das Spiel eingelassen. Auch ich habe geglaubt, dass unsere Beziehung stark genug ist. Aber dann kamst du in mein Leben.« Er blieb stehen und nahm meinen Kopf in beide Hände. »Es ist verrückt, aber ich will dich, Tony, nur dich! Ich habe Jessica reinen Wein eingeschenkt, ihr gesagt, dass ich dich nachholen werde. Ich habe ihr gesagt, dass ich die Trennung nicht wieder rückgängig machen werde.«

Mein Gesicht schmerzte, so fest hielt er es. »Und sie?«

»Sie hat sehr vernünftig reagiert und weiterhin alles durchgezogen wie geplant. Sogar als ich untergetaucht war, spielte sie weiter mit – scheinbar.« Er zog mich in seine Arme. »Liebling, ich hätte Jessica besser kennen müssen. Wenn sie verletzt wird, schlägt sie nicht sofort zurück – sie wartet den richtigen Zeitpunkt ab. Sie trifft einen, wo man es am wenigsten erwartet.« Er streichelte mich.

Ich lehnte mich zurück, um ihn anzusehen. »Was heißt das?«

»Nach meinem *Tod*, den du nicht akzeptieren wolltest, hatte Jessica die Idee, David zu dir zu schicken. Ich mag ihn. Er sollte dir klarmachen, dass es zu deinem Besten ist, wenn du mich tot glaubst. Als du wieder in Toronto warst, glaubten wir, die Sache wäre erledigt. Bis dich der Ermittler gefunden und gegen mich aufgehetzt hat. Als du David dann in Frankfurt anriefst, hatte sich etwas verändert. Jessica hatte ihn in ihre Dienste genommen. Von nun an sah sein Auftrag anders aus.«

»David hat für Jessica gearbeitet?«

»Natürlich! Er ist ihr Spitzel. Warum, glaubst du, wollte er unbedingt in die Villa?«

»Um nach Geschäftspapieren zu suchen, dachte ich.«

»Ich hatte längst alles vernichtet.« Pascal zog mich weiter. »Komm, wir haben es fast geschafft. Jessica wusste, dass ich dich früher oder später zu mir holen wollte. Sie war sicher, dass ich dir in der Villa eine Nachricht hinterlassen habe.«

»Das hast du auch.«

»Natürlich. Ich hatte meinen Brief für den Zeitpunkt hinterlegt, wenn mein Tod offiziell geworden wäre, wenn du ganz legal in die Villa gedurft und dort den Hinweis im Papuastein entdeckt hättest. Leider musste durch Jessicas Betrug alles anders ablaufen. Ich konnte nicht in Südamerika bleiben. Ich musste handeln, musste Jessica die Stirn bieten!«

Wir waren immer schneller geworden. Vor uns lichteten sich die Bäume, es wurde heller.

»Dann bist du wirklich nach Frankfurt gekommen?«, rief ich im Laufen. »Du warst da! Du warst bei David!«

»Nein, Liebling.« Er keuchte. »Das konnte ich um keinen Preis riskieren.«

»Aber ich habe dich gesehen! In Davids Wohnung, in jener Nacht!«

Schwer atmend lehnte er sich an einen Baum. »Du hast meinen Bruder gesehen.«

»Unmöglich …!«

»Glaub mir. Er war gerade in der Stadt, um mit Hollmann zu verhandeln. Du hast nicht mich, sondern Roman gesehen.«

Ich trat dicht vor ihn. »Du bist nach Europa zurückgekommen, und hast mich nicht wenigstens angerufen? Du hast darauf vertraut, dass ich mit deinen … deinen Papierschnipseln klarkomme?«

»Im Gegenteil.« Er lachte erschöpft. »Ich habe dir einen hilfreichen Engel geschickt.«

Ich sah ihn an, ohne zu verstehen.

»Ich konnte weder David noch meinem Bruder trauen. Aber es gab jemanden, der seit jeher mein Vertrauen besitzt.«

»Irina!«, stieß ich hervor.

»Ja. Sie war bereit, dich zu mir zu bringen. Aber da die Leute vom Betrugsdezernat es auf dich abgesehen hatten, musste Irina sehr subtil vorgehen.«

»Irina war so *subtil*, dass ich nicht im Traum darauf gekommen wäre, dass sie dahintersteckt.«

Wir gingen weiter.

»Ganz unauffällig hat sie mir den Tipp mit La Cébette gegeben und sogar das nötige Geld für die Reise geliehen. Als ich ihr mitteilte, dass ich nach Südfrankreich aufbrechen würde, hat sie wunderbar die Enttäuschte gespielt.«

Eine gestürzte Tanne kreuzte unseren Weg. Pascal zeigte auf die Lichtung. »Voilà, da hast du meine Luxusbleibe.«

Der Bauwagen war offenbar seit Langem nicht mehr bewegt worden. Die Holzfäller hatten ihn durch eine Art Vorbau vergrößert, es sah aus wie ein Häuschen im Wald. Pascal machte eine elegante Geste, als ob er mich in ein Schloss einladen würde. »Ich wollte einfach nicht länger auf dich warten, Tony. Ich musste dich wiedersehen, so bald wie möglich.«

Er stieß die Tür auf, ich folgte ihm in die finstere Behausung. Es roch nach Ruß. In der Ecke stand ein Metallofen, das Ofenrohr stieß durch das Wagendach. Ein Tisch, zwei Betten – mehr gab es nicht. Ich entdeckte leere Konservendosen, ein Messer, alte Zeitungen, Wolldecken. Die Matratze war unbezogen.

»Pascal«, flüsterte ich. »Wie kannst du hier nur leben?«

»Wir werden fortgehen, schon bald.« Er setzte sich auf die Pritsche. »Ich finde einen Weg. Dann fangen wir noch einmal ganz neu an.« Er streckte die Hand nach mir aus. Zögernd ließ ich mich auf das harte Bett sinken. Pascal küsste mich. Ich schlang meine Arme um ihn und erwiderte seinen Kuss.

35

Pascals Körper, seine Leidenschaft, die spürbare Verzweiflung, mit der er mich liebte – es kam mir vor, als ob ich mich einem anderen Mann hingab, einem fremden Mann, der mir gleichzeitig zutiefst vertraut war. Der Ort hatte nichts Verzauberndes, keine romantische Liebe im Wald; es war ein Sichaneinanderklammern in einer schmutzigen Bleibe. Ich starrte an die Decke, sah die blinde Fensterscheibe, das Bett knarrte. Pascal und ich hatten uns an wunderschönen, luxuriösen Orten geliebt, diesmal war es die leidenschaftliche Beschwörung dessen, was wir uns beide wünschten. Er liebte mich voll Hoffnung, wütend, als wollte er erzwingen, was praktisch unmöglich geworden war. Es war Liebe im Jetzt; irgendwann würden wir einsehen müssen, dass es keine Fortsetzung gab. Ich spürte es, und es zerriss mir das Herz. Während ich für Pascal Liebe, Zärtlichkeit und Leidenschaft empfand, brach ich in Tränen aus, weinte an seiner Schulter. Er küsste mein nasses Gesicht, vielleicht, weil er nicht wahrhaben wollte, was es bedeutete. In der kurzen Zeit im Bauwagen setzten wir uns über die Wirklichkeit hinweg, die Liebe hob uns aus ihr heraus. Dahinter lauerte das Ende.

Wir blieben noch eine Weile still liegen, zogen uns dann

schweigend an. Draußen setzten wir uns ins Moos und warteten die Dämmerung ab.

»Lass uns gehen.« Er stand auf.

»So machst du das?«, fragte ich. »Du verbringst die Nacht im Haus?«

»Nicht immer. Nur wenn ich Lebensmittel brauche.«

»Bist du bei so einem Leben nicht verrückt geworden, du, der alles im Sekundentakt erledigt – die Börse, deine Geschäfte?«

»Es kommt der Punkt, an dem man dieses *Außerhalbstehen* beinahe als Privileg empfindet. Als eine Art Auszeit.«

Wir begannen den Rückweg. Während sich die Farben nach und nach verloren, der Wald zuerst blau, schließlich grau wurde, sprachen wir kaum. Als wir die Weide erreichten, war es dunkel. In Sandrines Haus brannte Licht.

»Hast du Sandrine dafür bezahlt, dass sie dich nicht verrät?«

Er hielt den Weidedraht für mich nieder. »Sie und ihr Mann steckten in finanziellen Schwierigkeiten. Da habe ich …«

Ich lächelte. »Ohne Vertrauen geht es eben nicht.«

»Wovon sprichst du?« Wir erreichten den Pool.

»Du wolltest alles im Alleingang machen und musstest den Menschen schließlich doch vertrauen. Zuerst Jessica, dann Irina und Sandrine – warum hast du mir nicht vertraut? Weil du der Macher für mich bleiben wolltest, der alles im Griff hat?«

Er fasste in mein Haar und sah mich nachdenklich an. »Vielleicht.«

»Dabei bist du mir so viel lieber.«

»Wie denn, Tony?«

»Liebevoll und verletzlich. Ein Mann, der auch verlieren kann und es zugibt.«

Sein Ausdruck änderte sich. »Ich habe nicht verloren.«

»Alles ist fort – das Geld, dein guter Ruf. Auch ich bin schon fort gewesen.«

Mit raschen Schritten ging er zum Haus. »Du hast zu mir gefunden, jetzt bist du hier.« Ohne Licht zu machen, schlüpfte er hinein und hielt mir die Tür auf. »Alles andere hole ich mir wieder.«

»Immer noch kämpfen? Immer weiterkämpfen? Hast du nicht endlich genug?«

»Jessica enthält mir mein Eigentum vor«, antwortete er nüchtern. »Aber sie wird damit nicht durchkommen. Ich hatte Zeit zum Nachdenken. Es gibt Möglichkeiten, die ich nutzen werde.« Er durchquerte die Küche. »Dazu muss ich von hier fort, und das kann ich jetzt endlich! Wir sind wieder zusammen. Mein Plan ist einfach.«

Ich hörte zu und beobachtete, wie er sich wieder in den alten Pascal zurückverwandelte. Während der gemeinsamen Stunden im Wald hatte er mir einen Blick auf seine hilflose, verunsicherte Seite gewährt. Sobald er sein Ziel wieder vor Augen hatte, zeigte sich Pascal als Kämpfer. Man hatte ihn entwaffnet, ihn fast bewegungsunfähig gemacht, und doch würde er hinausziehen, sobald die Lage es erlaubte.

Er schloss die Vorhänge und machte Feuer. Es brannte stimmungsvoll in dem alten Kamin, Pascal breitete mehrere Decken übereinander und lud mich ein, es mir mit ihm darauf bequem zu machen. Da waren wir nun zusammen in seinem Haus in Südfrankreich, es wäre leicht gewesen, sich so manches zu erträumen. Ich konnte es nicht, konnte nicht einmal Pascals Zärtlichkeit genießen. Als er versuchte, mich ein weiteres Mal zu verführen, wehrte ich ab.

»Was ist?«

»Nicht jetzt.«

»Warum nicht?«

Die ehrliche Antwort wäre gewesen, dass ich aufgewacht war. Ich hatte meine Suche zu Ende gebracht und ihn gefunden, um zu erkennen, dass ich von diesem Mann kein Glück erwarten durfte. Seine verrückten Pläne hatten mit mir nicht das Geringste zu tun. Ich hätte es längst begreifen und mich nicht an eine Sache hängen sollen, die bereits verloren war. Aber ich hatte ein Versprechen gegeben, das mir mehr bedeutete, als Pascal ahnte. Auch in den schlechten Zeiten wollte ich als seine Ehefrau zu ihm stehen – wenn er zur Umkehr bereit war. Ich hielt mich nicht für besonders moralisch, aber hier ging es um Anstand. Es ging darum, die Dinge in Ordnung zu bringen, die Zukunft nicht auf Lügen aufzubauen.

»Ich kann nur bei dir bleiben, wenn du zur Polizei gehst, Pascal.«

Er versuchte, salopp darüber hinwegzugehen. »Das hatten wir doch schon. Nach einem Leben voller Arbeit lasse ich nicht einfach alles hinter mir.«

»Nenn das Kind beim Namen«, fuhr ich ihn an. »Du hast betrogen! Selbst wenn das in eurem Business Routine ist, will ich nichts damit zu tun haben. Du hast Geld genommen, das dir nicht zusteht. Gib es zurück. Wenn du dich freiwillig auf die Seite des Gesetzes stellst, nimmst du Jessica alle Macht.«

Mein Vorschlag machte ihn wütend, aber er beherrschte sich. »Du hörst dich an wie mein alter Religionslehrer.« Pascal legte die Hand auf meinen Schenkel.

»Das ist mir egal.« Ich streichelte seine Hand. »Du willst meine Loyalität? Ich biete sie dir an, wenn du dein Leben in Ordnung bringst. Ich will von Uruguay und deiner Rache an Jessica nichts hören.«

»Du weißt, dass du mit einem Ultimatum das Gegenteil bei mir bewirkst.« Er sah mich durchdringend an.

Nicht zum ersten Mal bemerkte ich, dass Pascal unterschiedliche Augen hatte. Fast bei jedem Menschen konnte man das beobachten, eine hellere, weltzugewandte Seite und eine, auf der manches verborgen blieb. Noch nie war mir der Unterschied so deutlich aufgefallen. Pascals rechtes Auge blickte herzlich und liebesbereit, das linke war kleiner, das Lid hing ein wenig herab. In diesem Auge fand ich die Bereitschaft zum Bösen. Im Schein des Feuers bekam die Zweiteilung meines Mannes etwas Diabolisches, aber ich erschrak nicht mehr davor. Da saß der Mensch, mit dem ich beinahe überall hingegangen wäre; beide Seiten gehörten zu ihm. Ich aber durfte mit diesem Mann nicht mehr zusammen sein, wollte ich mein eigenes Leben nicht verlieren.

»Überleg es dir trotzdem«, antwortete ich. »Sieh es nicht als Ultimatum an, eher als Kur, als Therapie.«

»Du bist kein Seelenklempner.« Sein Griff auf meinem Schenkel wurde schmerzhaft. »Du bist meine Frau. In guten und in schlechten Tagen – erinnerst du dich?«

Ich schob seine Hand fort. »Würde ich mich nicht daran erinnern, hätte es viele Möglichkeiten gegeben, dich zu verraten.« Er schwieg betroffen. »Du verlangst, dass ich dich nehme, wie du bist. Ich beanspruche das gleiche Recht. Wenn du mich willst, musst du akzeptieren, dass ich in Unehrlichkeit nicht leben kann.«

»Tony, bitte …« Er wechselte die Strategie. »Alle haben mich verlassen. Alle sind mir in den Rücken gefallen. Ich brauche einen Menschen, der zu mir hält. Vielleicht kann ich später alles ins Reine bringen, aber noch nicht jetzt. Meine Verhandlungsposition ist im Augenblick zu schlecht. Ich muss erst mein Geld zurückbekommen, dann kann ich mit der Behörde einen Deal aushandeln. Was hältst du davon?« Da ich nicht reagierte, setzte er hinzu: »Willst du, dass Jessica gewinnt? Weil ich *dich* liebe, hat sie mich betrogen. Gib mir Gelegenheit, zurückzuholen, was mir zusteht, danach werde ich deine Forderungen erfüllen.«

»Du bist ein Meister im Verhandeln, das hätte ich wissen müssen.« Mein Lächeln fiel traurig aus. »Ich kann mich leider nicht darauf einlassen.«

»Ich verstehe. Ich will dich auch gar nicht in Dinge hineinziehen, die du ablehnst. Aber wenn du schon nicht mit mir an einem Strang ziehst, unternimm wenigstens nichts gegen mich. Gib mir noch etwas Zeit – um diesen Gefallen bitte ich dich. Ich schwöre dir, dass unsere Wege sich wieder treffen werden. Lass es mich bitte auf meine Art versuchen.«

»Ich habe noch nie etwas gegen dich unternommen.« Ich rückte von ihm ab.

»Als meine Frau können sie dich auch nicht dazu zwingen«, antwortete er. »Nur noch ein bisschen Zeit, Tony. Würdest du das für mich tun?«

»Wie lange?«

»Ich werde von hier verschwinden.«

»Ich dachte, du hast kein Geld.«

Er schmunzelte. »*Kein* Geld ist vielleicht nicht ganz korrekt. Ich verfüge nicht über die Summen, um die es hier geht, aber …« Ihm kam ein Gedanke. »Brauchst du etwas? Die Reise muss dich einiges gekostet haben. Warte.«

Er sprang auf, verschwand im angrenzenden Zimmer und kam mit einem Bündel Scheinen zurück. »Das müsste für einige Zeit reichen.«

Es schienen mehrere Tausend, vielleicht zehntausend Euro zu sein. Der Moment, als Pascal mir das Schweigegeld hinhielt, brannte sich in meine Netzhaut ein. Er bedeutete das endgültige Aus.

»Danke, nein. Ich will das nicht.« Auch ich stand auf.

»Nur für den Übergang«, beeilte er sich zu sagen. »Nimm es, ich hätte dir längst etwas zukommen lassen sollen.«

»Ich brauche nichts.« Ich zog mich zur Tür zurück.

»Wo willst du hin?«

»Ich muss ins Hotel.«

»Aber wir haben doch noch kaum Zeit miteinander verbracht.«

»Ich habe Dora und Ernie zu einem Trip ans Meer eingeladen, um meine Fahrt nach Südfrankreich zu tarnen.« Es war die Wahrheit, zugleich eine Ausrede, um von ihm fortzukommen.

»Wie heißt das Hotel?« Ich sagte es ihm. »Gut. Vielleicht hast du recht. Fahr zurück. Ich melde mich bei dir. Bald schon, das verspreche ich.« An der Tür holte er mich ein. »Geh nicht vorn hinaus!«

»Natürlich.« Ich wandte mich zur Küche.

»Warte.« Er lief zur Kommode und kam mit einem Mobiltelefon zurück. »Ich kann dich unter deiner Nummer nicht anrufen, es ist zu gefährlich. Lass das Ding eingeschaltet. Das werden sie nicht so schnell orten.«

Der Blick, den wir tauschten, war freudlos. Das bisschen Liebe, das mit dem Wiedersehen aufgeflammt war, hatte sich in

Luft aufgelöst. Ich wollte fort aus diesem Haus, und auch er schien fast erleichtert zu sein, mich loszuwerden. Wir hatten versucht, einen Traum fortzuspinnen, dabei standen wir längst an unterschiedlichen Ufern.

»Mach's gut, Pascal.«

»Tony …« Er zog mich an sich, küsste mich fest auf den Mund.

»Ich muss jetzt gehen.« Ich trat in die Nacht.

Pascal blieb in der Türöffnung stehen. Trotz der Finsternis rannte ich zum Auto, startete und fuhr los. Mein elektronischer Gefährte wies mir den Weg zurück.

36

Dora hatte sich den Tag über ausgeruht und schlief bereits, als ich das Hotel erreichte. Ein Arzt war da gewesen, erzählte mir Ernie. Nach der Behandlung hatte das Asthma aufgehört, die Gelenkschmerzen peinigten sie immer noch. Ernie und ich redeten nicht lange, ihm war die Sorge um seinen kranken Paradiesvogel anzusehen. Wie Dora nahm er an, ich hätte den Tag mit Stein verbracht. Ich sagte lediglich, dass Ray inzwischen abgereist sei. Wir trennten uns vor unseren Zimmern.

Die Geschehnisse der letzten Stunden wühlten mich auf, gleichzeitig war ich wie betäubt. Ich legte mich angezogen aufs Bett, hielt es aber nicht lange aus und ging in die Lobby. Im Restaurant war nicht mehr viel los, ich trank einen Pernod an der Bar. Der Alkohol wirkte, und mir wurde bewusst, dass ich seit Stunden nichts gegessen hatte.

»Hätten Sie noch eine Kleinigkeit?«, fragte ich die Französin.

»Die Küche hat schon zu.« Als sie meinen enttäuschten Blick sah, erbarmte sie sich. »Ich kann Ihnen etwas Kaltes zurechtmachen.«

Als einziger Gast setzte ich mich an einen Tisch am Fenster. Der Blick auf die Bucht von Nizza ließ die jüngsten Ereignisse unwirklich erscheinen. Mir war flau im Magen, der Anisschnaps benebelte mich. Ich hatte heute so viel über Liebe und Liebesabsichten geredet und gehört, dass sich die sogenannte Liebe wie ein Gericht anfühlte, an dem man sich überessen hat. Die innere Wandlung Pascals ging mir durch den Sinn, jene Veränderung ein Jahr nach unserer Hochzeit, als er sich erst wirklich in mich verliebt hatte. Wenn das stimmte, wieso war er nicht von seinem grotesken Plan abgegangen, der ein einziger Betrug an mir gewesen war? Warum hatte er Jessica mehr vertraut als mir, war mit ihr den Weg bis zu Ende gegangen, bis zu seinem Tod in der Muränenhöhle? War es des Kindes wegen? Hatte Jessica ihn durch Robbie so sehr in der Hand, dass er mich trotz seiner Liebe in unfassbare Schwierigkeiten brachte? Mir fielen Vorfälle in Toronto ein, als ich mitten in der Nacht erwacht war und hatte Pascal telefonieren sehen. Er war dazu ins Bad gegangen, angeblich, um mich nicht zu stören. Ich hatte angenommen, es habe mit den Öffnungszeiten der europäischen und asiatischen Börsen zu tun. Jetzt hielt ich es für genauso wahrscheinlich, dass Pascal mit seinem Sohn geredet hatte, bevor Robbie zur Schule musste.

Als der Imbiss serviert wurde, nahm ich lediglich eine Scheibe Schinken, ein Stück Weißbrot, spießte eine Olive auf. Ich war im Geist bei Pascal. Nicht bei dem Flüchtling, der mich in seiner Panik, ich könnte ihn an die Behörden ausliefern, mit Geld zum Schweigen bringen wollte. Nach und nach fielen mir Ereignisse ein, die Pascal in liebenswürdigem Licht zeigten. Mir war die Aufmerksamkeit nicht entgangen, mit der er mich damals behandelt hatte. Ein Zeichen dafür war, dass er die Romane las, die ich übersetzte. Wir waren am Lake Ontario spazieren gegangen und hatten uns über die Geschichten in diesen Büchern unterhalten. Er hatte sich für meine Arbeit interessiert und mir das Gefühl gegeben, nicht seine millionenschweren Transaktionen seien bedeutend, sondern die Poesie eines Buches. Während dieser Zeit hatten wir auch unsere gemeinsame Zuneigung zu Meerestieren entdeckt. Lange bevor Pascal mich zu dem verhängnisvollen Tauchurlaub einlud, waren wir ins *Seaquarium* gegangen und hatten uns Meeresschildkröten angesehen. Geraume Zeit hatten wir uns an der Ruhe dieser Tiere erfreut. Wir waren mit dem Aufseher ins Gespräch gekommen, hatten erfahren, dass die Schildkröten vor Jahrmillionen Landlebewesen gewesen waren, sich aber wieder ins Meer zurückbewegt hatten. Wie schön war es gewesen, mit Pascal danach an der Promenade zu sitzen, während es allmählich dämmerte.

Ich fasste an meine Jacke, zog das Portemonnaie hervor und betrachtete das Bußgeld-Ticket, das ich seit Jahr und Tag aufbewahrte. Es war unleserlich für mich, da es in thailändischer Schrift ausgestellt war. Pascal hatte mich spontan zu einem Badeurlaub überredet, wir waren losgeflogen, in Bangkok hatte er ein Auto gemietet. Kaum der Stadt entkommen, hatten wir gehalten und gegessen. Als wir weiterfahren wollten, war der Wagen verschwunden gewesen. Wir hatten an Diebstahl gedacht, doch das Auto war von der Polizei abgeschleppt worden. Die Formalitäten, es wiederzukriegen, hatten sich derart in die Länge gezogen, dass wir vor Ort übernachten mussten. Es wurde die berauschendste Liebesnacht, an die ich mich erinnern konnte. Pascal und ich waren in Innigkeit, Glück und Leidenschaft verschmolzen und hatten am nächsten Morgen so lange geschlafen, dass uns die Polizei aus dem Bett läuten musste, um uns den Wagen zu übergeben. Seitdem trug ich den thailändischen Bußgeldzettel bei mir.

Pascal und ich waren im Moment nur durch eine kurze Fahrtstrecke getrennt, wir hielten uns beide in Südfrankreich auf, waren immer noch ein Ehepaar – dennoch konnten wir nicht zusammenkommen. Alles in mir krampfte sich zusammen, auch vor dem Entschluss, den ich erst vor ein paar Stunden gefasst hatte. Ich schob den Teller von mir, die Französin war froh, das Restaurant endlich schließen zu können.

Ich lief ins Freie, die Schotterstraße stellte ein helles Band in der Nacht dar, ich ging los. Pascal hatte nie versucht, mit mir über seine beruflichen Machenschaften zu sprechen und mich für seine Seite einzunehmen. Oder doch? Mir fiel ein Theaterbesuch ein. Es war keine gute Aufführung gewesen, eine Tourneeproduktion, die durch Nordamerika tingelte, sie spielten die *Threepenny Opera.* Ich hatte einiges von dem Stück gehört, es aber noch nie gesehen. Ich wusste, dass die Uraufführung auf Deutsch gewesen war und versuchte, mir die Songtexte im Original vorzustellen. Die Figur des Mackie Messer kannte ich nur aus Interpretationen des *Haifisch-Songs*, nun lernte ich Mack the Knife zum ersten Mal auf der Bühne kennen. In der Pause fragte mich Pascal, wie mir der *Held* gefallen würde.

»Er führt ein Doppelleben«, antwortete ich. »Erstaunlich, dass seiner Geliebten Polly das nicht auffällt.«

»Ein Doppelleben – wie meinst du das?«

»Wenn er bei ihr ist, wenn er Polly liebt, ist Mackie absolut gut.« Wir schlenderten durch das Theaterfoyer. »Aber wenn es ums Business geht, scheut er vor den schlimmsten Verbrechen nicht zurück. Ich glaube, eine Frau würde spüren, wenn sich ihr Mann so verhält.«

»Meinst du wirklich?«

Auf der mondbeschienenen Straße blieb ich stehen. Gott im Himmel, Pascal hatte mir durch diese Aufführung eine Parabel unserer eigenen Beziehung vorgeführt. Ich hatte es nicht verstanden. Hatte er mir die Wahrheit sagen, mich einweihen wollen? Hatte Jessica ihn daran gehindert?

All das hätte ich ihn fragen müssen! Nach Monaten der Trennung waren wir nur einen Tag zusammen gewesen. Konnte man nach so kurzer Zeit eine schwerwiegende Entscheidung wie meine fällen? Ich hielt ihm zugute, dass er während unserer gemeinsamen Stunden nicht einmal versucht hatte, seine Taten als richtig hinzustellen. Er lebte mit seiner Schuld und hatte wahrscheinlich nicht erwartet, dass ich ihm verzeihen könnte – bis wir miteinander geschlafen hatten. Das Band der körperlichen Liebe war auch für mich sehr stark. Ich hatte mich aus Vernunftgründen gegen Pascal entschieden. Nun aber zu Fuß unterwegs auf der einsamen Serpentinenstraße, verlor die Vernunft ihre Kraft, die Intimität, das gegenseitige Begehren kehrte zurück. Ich fürchtete, diesem Mann auch in Zukunft nicht gegenübertreten zu können, ohne etwas Ähnliches zu empfinden. Dieses Gefühl ließ mich an meiner Entscheidung zweifeln. Ich musste all den Wirrnissen entgehen.

Nichts Besseres fiel mir ein, als umzukehren und Schlaf zu suchen. Ein neuer Tag würde vielleicht bessere Antworten bringen. Ich ging zu Bett. Bevor ich das Licht löschte, legte ich Pascals Handy eingeschaltet auf den Nachttisch, das Display erlosch nach ein paar Sekunden.

Am nächsten Morgen nahm ich mir vor, mich endlich wieder um meine Gäste zu kümmern. Auch wenn ich nicht in Stimmung war, mit Dora Touristenattraktionen abzuklappern, war ich ihr das schuldig. Es wurde jedoch Vormittag, bevor Dora und Ernie sich zeigten. Wir trafen uns zu einem späten Frühstück auf der Terrasse.

»Was hältst du davon, wenn wir den Nachmittag in Nizza verbringen?« Ich aß ausgiebig, seit gestern hatte ich einiges nachzuholen.

Dora schnitt ihr Gemüseomelette in kleine Stücke. »Ich möchte heute nichts Anstrengendes unternehmen.«

»Warum fahren wir nicht ans Meer, mieten drei Liegestühle und lassen es uns gut gehen?«

Sie nahm einen winzigen Bissen. »Hier ist es doch aber auch ganz schön.«

Ich sah sie an. Der nächtliche Anfall hatte sie verändert, ihr die Abenteuerlust, den Mut genommen. Sie war in der Fremde, sie fühlte sich krank. Jahrzehntelang hatte sie von den Traumplätzen der Erde geschwärmt, nun war sie im Paradies angekommen und wollte sich am liebsten in ihrer Höhle verkriechen.

Ich berührte ihre Hand. »Warum bleibst du nicht einfach im Bett?«

»Ins Bett kann ich mich legen, wenn ich wieder in meinem Armenhaus bin.« Sie wies aufs Meer. »Ist das nicht herrlich?«

Auch ich ließ den Blick schweifen. Das Besondere an der Landschaft war das Aufeinandertreffen von Weichheit und Härte. Die schroffen Felsen, die hellen Häuser, die das Licht als messerscharfe Konturen herausriss. Zugleich war der Himmel von Herbstschleiern überzogen, Meer und Horizont verschwammen. In dieser müden Luft verschwand der Hintergrund allmählich in blauen und violetten Tönen.

»Sag mir einfach, was du unternehmen willst«, sagte ich, während wir in die Ferne schauten.

»Dora will von den Dingen träumen.« Ernie saß zurückgelehnt im Korbsessel. »Sie will darüber plaudern, was man machen *könnte*, wie es sein *würde*, wenn man dort und dort *wäre*. Sie braucht es nicht in Wirklichkeit zu erleben.«

Er schaute seine Lebensgefährtin mit einer Nüchternheit, zugleich aber mit solcher Liebe an, dass ich mich fragte, ob ich die Rollenverteilung der beiden bisher missverstanden hatte. Dora, die Dampfwalze, die den trägen Ernie durch ihre Energie mitriss, daneben durfte er im Schatten ihrer Power faulenzen. Ich hatte ihn immer als den Unterdrückten in dieser Partnerschaft angesehen, in Wirklichkeit waren sie bestens aufeinander abgestimmt. Dora zog ihre Show ab und tat, als ob sie die Welt aus den Angeln heben könnte. Ernie akzeptierte, dass diese Attitüde nichts als heiße Luft war, ließ sich von ihr von oben herab behandeln und hielt ihr trotzdem die Treue.

Sie widersprach ihm nicht, zeigte stattdessen auf eine Kaktusgruppe am Fuß der Hotelanlage. »Solche gibt es auch in Mexiko. Dort sind die Kakteen natürlich um einiges größer.«

Wir ließen einen ruhigen Tag an uns vorübergleiten, nach all der Aufregung war mir das willkommen. Ich dachte an Pascal, dachte an unser Ende und bezweifelte es zugleich. Dora, Ernie und ich kreisten um die Terrasse, ließen uns Kleinigkeiten servieren, verschwanden auf den Zimmern, dösten und kehrten ausgeruht wieder. Der Tag neigte sich. Die junge Französin fragte mich, was wir abends essen wollten, ich gab die Frage an Dora weiter.

»Ist es eigentlich weit nach Monte Carlo?« Sie hatte sich umgezogen, trug nicht mehr ihr Hauskleid, sondern einen schicken Hosenanzug.

Ich stand in ihrer Zimmertür. »Du willst nach Monaco fahren, aus heiterem Himmel?«

»Der Himmel ist für mich gottlob wieder heiter«, antwortete sie. »Die Schmerzen sind weg, der ruhige Tag hatte eine belebende Wirkung auf mich.«

Ich lächelte über das unverwüstliche Mädchen, das seine Lippen vor dem Spiegel nachzog.

»Ist es also weit nach Monte?«

»Bloß eine halbe Stunde.«

»Das liegt ja um die Ecke! Muss ich meinen Pass mitnehmen?«

Der Umschwung traf mich, wie meistens bei ihr, unvorbereitet. Mir gefiel die Idee auf Anhieb, weil sie mich auf andere Gedanken bringen würde. »Einverstanden.« Ich umarmte sie. »Ich hab dich sehr lieb, weißt du das?«

»Nur weil ich nach Monte Carlo will?« Sie gab mir einen Kuss und wischte den Lippenstift von meiner Wange. »Ernie!«, rief sie. Er kam aus dem Bad. »Zieh dein weißes Hemd an und nimm die dunkle Krawatte, wir fahren nach …«

»Hab's schon gehört. Und deine Arthritis?«

»Ich fühle mich tausendmal besser.«

»Dann treffen wir uns in zwanzig Minuten am Auto«, sagte ich.

Ich erkundigte mich an der Rezeption und erfuhr, dass es in Monaco keine Grenzkontrollen geben würde und dort die gleiche Währung galt wie in Frankreich. Ich duschte, zog mich um, nahm meine Papiere mit und die Kreditkarte. Einen Moment zögerte ich, bevor ich Pascals Mobiltelefon ebenfalls in die Tasche steckte. Mir fiel das Geldbündel ein, das er mir angeboten hatte. Amüsiert schnaubte ich durch die Nase: In Monaco würde man so etwas bestimmt gut gebrauchen können.

Ungeduldig erwartete mich Dora auf dem Parkplatz. »Dass ich das noch erlebe – Monte Carlo!«

»Du solltest so etwas öfter tragen!«, begrüßte ich Ernie. In dem dunklen Anzug wirkte er wie ein verkappter Mafiaboss. Er schien jedes Haar einzeln über die Glatze drapiert zu haben. Dem Geruch nach hatte er Haarspray verwendet.

»Lass uns fahren.« Er grinste. »Damit Dora ihr Rendezvous mit dem Fürsten nicht verpasst.«

»Der alte Fürst ist ja leider gestorben«, sagte sie beim Einsteigen. »Und der junge hat schon geheiratet.«

»Du wärest eine wunderbare Nachfolgerin für Grace Kelly gewesen!«

Wir fuhren die Route in die Berge hoch, wo wir bald darauf auf die Autobahn nach Monaco stießen.

37

Als wir vom Cap-d'Ail her in das Fürstentum einfuhren, erwartete uns ein Verkehr, der an eine asiatische Großstadt erinnerte. Das störte Dora nicht, sie begrüßte, was sie sah, mit beglückten Ausrufen.

»Kinder, schaut nur, wie prachtvoll, der Fels und die Burg! Sie haben das Krankenhaus nach Grace Kelly benannt! O mein Gott, wir fahren am Casino vorbei!«

Da wir es zu Fuß nicht schaffen würden, machte ich ihr die Freude, den Zwergstaat im Auto zu erkunden. Wir quälten uns von Ampel zu Ampel, das gab Dora Gelegenheit, zu schauen, zu staunen und Ernie anzustoßen, der alles, was sie entdeckte, bestätigen musste. Wir kamen dem Palast der Grimaldi so nahe, wie es möglich war, warfen einen Blick auf den kleinen Sandstrand, fuhren den Hügel hoch, wo sich uns der Jardin d'Exotique in steiler Hanglage präsentierte. Schließlich endeten wir wieder am Meer. Für Dora war der Jachthafen der Inbegriff mondänen Lebens, an diesem Tag fühlte sie sich als Teil davon. Mir fielen die vielen leeren Anlegeplätze auf; offenbar hatten sich die Superreichen bereits in wärmere Gefilde aufgemacht.

»Wollen wir unsere Glücksfee auf die Probe stellen?« Dora zwinkerte abenteuerlustig.

»Glücksfee?« Ich musterte sie von der Seite. »Was möchte deine Glücksfee denn ausprobieren?«

»Deine Tante möchte zocken«, knurrte Ernie vom Rücksitz.

»Du unromantischer Bastard!« Sie wandte sich um. »Ich suche die Eleganz der großen Welt. Das ist natürlich ein Fremdwort für dich.«

»Du willst *spielen*?« Hinter mir hupte einer. Ich hatte übersehen, dass es grün war.

»Für mein Leben gern!« Sie klimperte mit den Wimpern.

»Ich weiß nicht, ob ich so viel dabeihabe.«

»Glaubst du, ich bin eine Anfängerin? Ernie und ich haben schon in Acapulco und Las Vegas gespielt. Kein Mensch kann gegen das Casino gewinnen. Mir geht es nur um den Kick!«

»Einverstanden!« Ich dachte an die astronomischen Summen, mit denen Pascal jonglierte; warum sollte ich meiner Tante diesen kleinen Wunsch nicht erfüllen?

Sie musterte Ernie. »Gut, dass du den Anzug trägst. Sonst würden sie dich nämlich nicht reinlassen.«

Das GPS verriet mir, wie ich zum Casino zurückfinden würde. Wenig später hielten wir vor der berühmtesten Spielbank der Welt. Das Schlösschen, die beiden Türme mit der großen Uhr dazwischen wirkten wie aus dem Bilderbuch. Die monegassische Fahne wehte in Rot und Weiß, Palmen auf dem Vorplatz, die erleuchteten Fenster, alles strahlte die Eleganz aus, nach der Dora sich sehnte.

Als ich in der Einfahrt hielt, musterten mich die Türsteher auf eine Weise, die sagte, Autos wie meines hatten auf diesem Boden nichts verloren. Hier fuhren Nobelkarossen vor, die ein Chauffeur lenkte, hier stieg der Finanzadel aus, wenn er ein paar Millionen verspielen wollte.

»Zum Parkhaus dort entlang«, sagte der Casinoangestellte, während mich von hinten der Lichtkegel eines Bentley erfasste. Ich gab Gas. Wir stellten unseren Wagen in der billigsten Zone ab.

Als wir uns dem Gebäude zu Fuß näherten, war ich froh, die legere Hose und eine Lederjacke gewählt zu haben, ich wollte mich mit den Snobs, die dort ein und aus gingen, nicht vergleichen. Dora hingegen schwebte auf das Casino zu, als sei sie eine dieser VIPs, nickte dem Uniformierten zu und lief einige Schritte vor uns in den Tempel des Vergnügens. Ich hakte mich bei Ernie unter.

»Wetten, da drin verleugnet sie uns? Bestreitet, dass zwei so runtergekommene Individuen zu ihr gehören.«

»Wo bleibt ihr?« Dora war an einem marmornen Portal stehen geblieben, dort wurde Eintritt erhoben.

Ich bezahlte für uns drei. »Juckt es dich schon in den Fingern? Hörst du bereits die Jetons klappern?«

Man nahm Dora die Handtasche ab, die durch einen Scanner geschoben wurde. Über eine geschwungene Freitreppe gelangten wir in den zentralen Spielsaal. Die gläserne Kuppel beeindruckte mich; sie überspannte fast den ganzen Raum, das Licht von acht Kronleuchtern brach sich darin. Die Spieltische waren zwanglos angeordnet. So früh am Abend hatten noch nicht viele Spieler hierhergefunden. Unvermutet war ich in eine Welt eingetreten, die besser zu Pascal passte als zu mir. Leute seiner Einkommensklasse amüsierten sich hier und genossen den Kick. Summen, die für Normalsterbliche ein Vermögen bedeuteten, in wenigen Minuten zu verspielen.

»Was willst du als Erstes ausprobieren?«, fragte ich meine vor Glück strahlende Tante.

»Die Bar«, sagte Ernie trocken. »Ich will ein Glas in der Hand halten, wenn ich mir hinter Dora die Beine in den Bauch stehen muss.«

»Zuerst die Jetons«, drängte sie.

Während ich an der Kasse eine kleine Summe umtauschte, ließ Ernie sich einen Whisky eingießen. Dora nahm einen Cocktail.

»Was ist deine Glückszahl?«, fragte sie mich, als wir zu den Roulettetischen zurückkehrten. Ein Angestellter trug die Drinks hinter uns her.

»Keine Ahnung. Ich setze im Casino immer auf Rot. Da verliert man auch, aber es dauert länger.«

»Bei mir ist es die Siebzehn. Mein ganzes Leben hat die Siebzehn mir Glück gebracht.« Sie wies auf einen Tisch in der Mitte, der Angestellte brachte das Tablett dorthin und zog Dora den Stuhl zurück.

»Wann hattest du schon mal Glück?« Ernie stellte sich hinter sie.

»Mit meinem Glück war es vorbei, als ich dich kennenlernte.« Behutsam, als ob die Plastikdinger aus Gold wären, stapelte Dora das Häufchen vor sich. »Santé!« Sie trank einen Schluck, nahm den obersten Jeton und schob ihn auf das grüne Tuch. »Siebzehn«, sagte sie zum Croupier, einem braun gebrannten Schönling, der ihren Einsatz mit gelangweilter Miene auf der Zahl platzierte.

»Dix-sept, Madame.«

Außer uns saß eine italienische Familie am Tisch, der man ansah, dass die Umgebung für sie ebenso ungewohnt war wie für mich. Die Frau besprach sich ausgiebig mit ihrem Ehemann, bevor sie einen Einsatz wagte. Ein Herr mit grauer Gesichtsfarbe hatte sein Spielkapital in einer merkwürdigen Ordnung gestapelt, zu seiner Rechten befand sich ein Büchlein, in dem er die Gewinnzahlen notierte. Am Kopfende saß erhöht der Chefcroupier. Ihm war das geringe Interesse anzumerken, das die ärmliche Besetzung des Tisches weckte.

Als der Croupier die Kugel mit Schwung in den Kessel warf und das Rad gegenläufig drehte, kam noch ein junges Paar angelaufen und platzierte unter Gekicher einige Jetons. Das *Faites vos jeux* löste einen verzückten Seufzer Doras aus; sie befand sich im siebten Himmel. *Rien ne va plus* – die Kugel hatte noch ziemlichen Schwung drauf, huschte über das polierte Holz, bevor sie sich in die Niederungen der Zahlen herabließ, hierhin, dorthin sprang und ihr kokettes Spiel auf der 9 beendete.

»Neuf, rouge, impair, manque.« Der Croupier streifte Doras Chip mit dem Queue ein.

Enttäuscht sah sie zu Ernie hoch.

»Rom wurde auch nicht an einem Tag erbaut«, beruhigte er sie. »Gleich noch mal.«

Während ich die beiden lächelnd betrachtete, spürte ich ein Vibrieren in meiner Tasche und begriff erst nach Sekunden, wer mich da zu erreichen versuchte. Unauffällig tastete ich nach Pascals Handy, bedeutete Ernie, ich sei gleich wieder da, und entfernte mich vom Spieltisch. Der Teppich, über den ich lief, machte meine Schritte unhörbar. Ich hielt das Telefon ans Ohr.

»Ja?«

»Nimm die kleine Treppe bei den Waschräumen.«

»Wo bist du?«

»Komm zum Eingang runter«, antwortete Pascal ruhig.

»Heißt das, du bist …?«

»Bis gleich.« Die Leitung war tot.

Ich war erschrocken, zugleich erregt. Pascal, das Phantom, dem ich monatelang hinterhergerannt war, folgte nun mir. Er musste mein Hotel gefunden haben und mir bis Monaco nachgefahren sein. All das riskierte er, um mich zu sehen? War es nicht wie eine Szene im Film – das kanadische Aschenputtel wurde vom Multimillionär ins mondäne Spielcasino verfolgt? Ich erreichte die Waschräume, fand die schmale Treppe, die in die Halle und von dort zum Ausgang führte.

»Ich will nur ein wenig frische Luft schnappen«, sagte ich zum Türsteher; er beachtete mich kaum. Neugierig trat ich ins Freie.

Pascal hielt sich im Schatten einer Säule auf, er trug Sakko und Krawatte und wirkte wie ein gewöhnlicher Casinobesucher. Nur seine unruhigen Augen verrieten, unter welcher Anspannung er stand.

»Komm«, sagte er, bevor ich ihn erreichte.

»Wohin?«

»Komm einfach mit.«

»Ich kann Dora und Ernie nicht sich selbst überlassen.«

»Verdammt, Tony, ich sollte hier nicht … Hunderte Leute können mich sehen!«

»Wieso hast du nicht angerufen, damit wir einen Treffpunkt vereinbaren?«

»Weil ich dich jetzt sprechen muss!« Sein Blick war voll Hingabe, Verzweiflung, voll Leidenschaft. »Bitte!«

Dora und Ernie würden mich erst mal nicht vermissen. Seite an Seite mit Pascal lief ich die Auffahrt hinunter.

»Tony, es tut mir leid.« Er fasste meinen Arm. »Ich habe mich wie ein Idiot benommen. In Wirklichkeit wollte ich dir sagen, dass du mir das Wichtigste auf der Welt bist. Wenn du nicht bei mir bleibst, weiß ich nicht, wozu das alles gut war. Ich liebe dich! Ich liebe dich mehr als meine Sicherheit, mein Vermögen, meine Zukunft. Du *bist* meine Zukunft!« Wir erreichten die Straße. »Ich will, dass es weitergeht, dass unsere Liebe weitergeht! Kannst du mir noch einmal vertrauen, Tony?«

Seine hitzige Liebeserklärung zu hören war schrecklich und faszinierend zugleich. Seine Stärke, diese Leidenschaft waren Pascals Art, Liebe zu zeigen. Wie hatte ich auf die Idee kommen können, ihn mir als reumütigen Büßer zu wünschen? Das wäre nicht Pascal gewesen. Indem er sich der Gefahr aussetzte, um mich wiederzugewinnen, trat mir der echte Pascal entgegen. Ich war dagegen nicht immun.

»Weißt du, was es bedeutet, dass du mir die Treue gehalten hast? Mir, einem gesuchten Betrüger, der sich monatelang tot stellt? Du hast mich nicht verraten! Weil du mir ähnlich bist!«

»Nein, Pascal, bestimmt nicht!«

»Es ist Liebe, verdammt noch mal!«, sagte er bewegt.

»Ja – wahrscheinlich ist es Liebe.« Ich fühlte, wie sich sein Arm um meine Taille legte. Wir liefen zum Wasser hinunter. Für einen Moment fiel mir David ein; mit ihm hatte ich Pascal die Treue gebrochen; doch das kam mir unendlich weit weg vor.

»Wir pfeifen auf Uruguay und alles andere.« Er schritt rasch aus. »Ich stelle mich – werde mich stellen.« Auf mein freudiges Innehalten schüttelte er den Kopf. »Nicht ganz so, wie du es dir wünschst. Ich stelle mich der Herausforderung. Ich mache ein Geschäft mit den Hyänen.«

»Den Behörden?«, fragte ich verblüfft. »Aber ich dachte, Jessica hat alles Geld.«

»Das war ihr Druckmittel«, nickte er vehement. »Damit wollte sie mich stoppen. Aber jetzt komme ich ihr zuvor.«

»Wie … Ich verstehe nicht …!«

»Ich werde der reuige Sünder sein, den du dir wünschst, das schwarze Schaf, das zur Herde zurückfindet. Aber alles hat seinen Preis, auch meine Reue!« Sein verschmitzter Ausdruck ließ mich ahnen, Pascal sah einen Weg für sich zurück auf die Gewinnerstraße. Wir liefen weiter. Obwohl es eine Fußgängerunterführung gab, überquerten wir den breiten Boulevard, der uns noch vom Strand trennte.

»Wo willst du hin?« Ich drehte mich um; das Casino erhob sich protzig auf dem Hügel.

»Wir müssen das gemeinsam planen. Es wird schwierig, alles richtig zu koordinieren. O Gott, bin ich froh, dass du wieder da bist!« Er riss mich in seine Arme, hob mich mühelos hoch und drehte sich im Kreis. »Ich werde mich nicht länger verstecken, im Gegenteil! Meine Wandlung vom Saulus zum Paulus soll ein Medienspektakel werden!« Er lachte. »Du hast mich auf die Idee gebracht, Tony! Jetzt wird alles gut, das verspreche ich dir!«

Wir kamen ans Wasser. Eine halbhohe Mauer trennte den öffentlichen Teil von den Bereichen, zu denen nur Jachtbesitzer

Zugang hatten. Dahinter befand sich ein Maschendrahtzaun. Aus dieser Richtung kam jemand auf uns zu. Pascal schaute aufs Meer, die Lichter der vor Anker liegenden Schiffe spiegelten sich auf der glatten Oberfläche.

»Können wir Sie sprechen, Herr Zuermatt?«, sagte der Mann, der sich ohne Hast näherte. Unweit davon bemerkte ich zwei weitere, die aus dem Schatten einer Palme traten. Ich erschrak so sehr, dass ich mir auf die Zunge biss.

»Einen Augenblick bitte, Herr Zuermatt!«

Ich kannte diese Stimme, sie war mir sogar vertraut. Dass Ray hier auftauchte, dass er überhaupt in Monaco war, bedeutete, er war nicht abgereist. Es bedeutete, auch er hatte mich belogen. Ich begriff es in derselben Sekunde, doch es war zu spät, etwas zu unternehmen.

»Sie scheinen mich zu verwechseln«, antwortete Pascal. Zugleich fixierte er mich mit einem Blick, der mir Angst machte. Aus diesem Blick sprach Gewalt.

»Ich wusste nichts davon«, murmelte ich. »Ich … habe ihnen nichts verraten.«

Stein blieb stehen. »Bitte machen Sie uns keine Schwierigkeiten.«

»Wie haben Sie mich genannt?« Pascal erkannte, dass die beiden anderen ihm den Rückzug abschnitten. Er war immer noch durchtrainiert. Seine Muskeln strafften sich, im nächsten Moment würde er losrennen.

Ich hielt seinen Arm fest. »Du wolltest dich stellen, Pascal! Tu es jetzt! Du hast die Gelegenheit dazu.«

»Nicht so!« Er versuchte mich wegzustoßen. »Nicht in Handschellen. Das ist nicht mein Stil.«

Ich ließ mich nicht abschütteln. Stein kam näher. Plötzlich bemerkte ich etwas Dunkles in Pascals Hand.

»Stehen bleiben! Nicht weiter!« Sein linker Arm umfasste mich von hinten. Mit der Rechten zielte er auf Ray. Die Waffe in Pascals Hand hätte mich schockieren, ernüchtern sollen. *Mack the Knife*, dachte ich. Im Grunde passte alles zusammen. Mein Mackie Messer wehrte sich mit aller Gewalt.

»Nicht weiter!«, rief Pascal auch den anderen zu. Die Szene erstarrte.

»Das ist sinnlos«, sagte Ray mit erstaunlicher Ruhe. »Es macht Ihre Lage nur schlimmer.« Er war unrasiert und trug seine Lederjacke.

»Ich werde jetzt gehen. Und Sie werden mich nicht aufhalten.« Auch Pascal ließ sich die Spannung nicht anmerken.

»Die monegassische Polizei wird gleich hier sein.«

»Ich fürchte, sie kommt zu spät.« Die ganze Zeit über schloss sich Pascals Arm fest über meiner Brust. Mir wurde klar, dass ich nicht mehr als seine Partnerin hier stand, sondern als Geisel.

»Kommen Sie bitte zu mir herüber, Tony.« Ray setzte seinen ruhigen Verhandlungsstil fort.

»Das wird sie nicht.« Pascal tat einen Schritt Richtung Straße und zog mich mit sich. »Sie begleitet mich.« Als er meine Gegenwehr spürte, wurde sein Griff härter.

»Sie bedrohen Ihre Frau?« Ray folgte uns Schritt für Schritt. »Geiselnahme steht bis jetzt noch nicht auf der Liste Ihrer Straftaten.«

Ich verstand, was Pascal vorhatte. Er wollte die Unterführung erreichen und sich von dort auf und davon machen. Da ihn die Realität einholte, als er wieder der Verfolgte war, lösten sich seine verstiegenen Pläne in Nichts auf. Von seinem Arm festgehalten, ging ich mit, strauchelte, meine Füße schleiften über den Asphalt.

Ray gab den anderen ein Zeichen, nichts zu riskieren. Er selbst ließ sich nicht abschütteln. »Herr Zuermatt, Sie sollten jetzt mit mir kommen.« Sein Ton hatte etwas Väterliches, ich staunte über seine Furchtlosigkeit.

Mit gestrecktem Arm zielte Pascal auf ihn. »Ich schieße, wenn Sie mich dazu zwingen.«

»Das glaube ich nicht.« Ray kam mit langsamen Schritten auf uns zu.

Ob Pascal schießen würde oder nicht, gab nicht den Ausschlag. Ich sah in diesem Moment nur bestätigt, was ich vielleicht die ganze Zeit über gewusst hatte: Pascals Handeln war von Zerstörung geprägt. Er würde im Chaos untergehen; ob jetzt oder später, spielte keine Rolle. Er bedrohte Ray, der nur seinen Job tat und loyal zu mir gewesen war. Dass er mich als Lockvogel benutzt hatte, um den Betrüger Zuermatt zu stellen, nahm ich ihm nicht übel. Ray war ein guter Mensch – der Gedanke stand klar vor mir. Sollte er nicht von Pascal ablassen, würde der auf ihn schießen. Pascal war der Irrsinn in Person. Dass er mich liebte, änderte nichts daran.

Ich stieß ihm meinen Ellbogen in den Bauch und drehte mich um. Aus Verblüffung taumelte er und sah mich an. Es war undenkbar für ihn, dass ich mich gegen ihn stellte. Ich langte nach der Waffe. Ein wirkungsvoller Griff gelang mir nicht. Unser Kampf wurde ein ungeschicktes Gezerre, ein Klammern, mein verzweifelter Versuch, seine Macht zu brechen. Wir keuchten, starrten uns an, es mutete wie ein Tanz an, bei dem die Partner die Schritte nicht beherrschten. Ich stolperte und fiel rücklings hin. Da spürte ich einen Schatten über mir. Stein war da.

Als ich mich aufrichtete, war der Kampf bereits entschieden. Die Waffe befand sich in Rays Händen. Die Lautlosigkeit, mit der alles abgelaufen war, verlieh dem Moment etwas Gespenstisches. Ebenso lautlos gab Pascal auf. Der Ermittler hatte ihn bei den Armen gepackt und erwartete das Herankommen seiner Kollegen. Langsam stand ich auf. Sekunden verstrichen, niemand sagte etwas. Ich musste an eine Party denken, bei der keiner der Anwesenden wusste, wie er ein Gespräch eröffnen sollte. Schließlich ergriff Pascal das Wort.

»Wo bringen Sie mich hin?«

»Zunächst nach Frankreich«, antwortete Ray. »Wollen Sie sich von Ihrer Frau verabschieden?«

Die Polizisten blieben hinter ihm, während Pascal auf mich zutrat. Seine Enttäuschung, seine Verachtung standen ihm ins Gesicht geschrieben, dennoch zwang er sich zu einem Lächeln. »Unser Glück war kürzer als gedacht.« Er drehte sich um und ging mit den beiden Männern fort.

Ray trat auf mich zu. »Kann ich etwas für Sie tun?«

»Nein.« Ich wollte ihn nicht kühl behandeln und tat es doch. Im Augenblick war er derjenige, der meinen Mann zur Strecke gebracht hatte.

»Soll ich Sie irgendwo hinfahren?«

»Nicht nötig, ich bin mit dem Auto hier.«

»Und Ihre Tante?«

»Die spielt Roulette.«

Rays Gesicht verzog sich zu einem Lächeln. »Es kommt Ihnen jetzt bestimmt alles unwirklich vor. Aber nach einiger Zeit …«

»Oh, es ist sehr wirklich, Ray«, antwortete ich ernst. »Alles ist wirklich. Und ich bin froh darüber.«

»Ich bin nur ein Ermittler, Tony, kein Richter«, sagte er, als hätte er sich zu entschuldigen.

Ich wandte mich zur Unterführung.

»Grüßen Sie Ihre Verwandten von mir.«

»Danke.« Wir gaben uns nicht die Hand. Ich ging los.

»Im Zuge der Ermittlungen werden wir Sie noch brauchen«, rief er mir nach.

»Sie wissen, wie Sie mich erreichen.« Ich sah mich kurz um. »Das wussten Sie immer.«

Ich nahm die Treppe, die zu dem unterirdischen Gang führte, und ging unter dem Boulevard hindurch. Auf dem Weg zum Casino wurde ich langsamer, in der Auffahrt blieb ich stehen. Das Perpetuum mobile, in dem ich mich seit Monaten befand, war zum Stillstand gekommen. Das Beklemmendste daran war die Leere.

Beim Eintritt in die Spielbank musste ich meinen Ausweis zeigen, auch mein Ticket wurde kontrolliert. Ich ging die Freitreppe hoch. Selten im Leben hatte ich so undeutlich vor mir gesehen, was als Nächstes passieren würde.

»Siiiebzehn!«, ertönte ein lang gezogener Schrei von oben.

Ich hatte nicht den geringsten Zweifel, wer sich dort so maßlos freute. Beim Betreten des Saales sah ich die große Frau im Hosenanzug aufspringen. Hinter ihr trat Ernie einen Schritt zurück.

»Siebzehn!«, tirilierte Dora. »Die Siebzehn hat gewonnen!«

Der Miene des Croupiers war anzumerken, dass diese Art aufgeregter Touristen nichts Neues für ihn war. An einem langen Queue wurde Dora ein beachtlicher Stapel Jetons zugeschoben.

»Am besten, wir tauschen es gleich ein«, sagte Ernie. »Sonst verspielst du es nur wieder.«

Schützend hielt Dora die Hände über ihren Schatz. Dann entdeckte sie mich, ihre Miene zerfloss zu einem Strahlen.

»Siebzehn!«, rief sie. »Einmal im Leben haben wir Glück!«

38

Pascal versuchte, mit den Behörden zu schachern. Er besaß die Frechheit, denjenigen, die ihn des Betrugs überführen wollten, ein Geschäft vorzuschlagen. Er leugnete nicht länger, sondern drehte den Spieß um. Er rächte sich an Jessica, indem er auspackte und den Behörden seine Kooperation anbot. Da die Staatsdiener witterten, dass sie einen Teil des Geldes, das sie verloren geglaubt hatten, zurückbekommen würden, zeigten sie Interesse an Pascals Vorschlag. Da seine Einvernahme, auch die Ermittlungen seiner Verbindung zu Jessica, einige Zeit in Anspruch nehmen würden, erlaubte man mir nach dreitägigen Befragungen, die Heimreise anzutreten. Dora und Ernie waren zu diesem Zeitpunkt bereits wieder in Niagara Falls, um achttausend Euro reicher – für sie ein kleines Vermögen.

Ich selbst versuchte den Einstieg in ein neues Leben. Dass es so langsam und mühselig ging, verdeutlichte mir, wie stark mir die Jahre mit Pascal gefühlsmäßig anhingen. Auch wenn die offizielle Anerkennung seines Todes noch ausgestanden hatte, war ich als seine Witwe angesehen worden. Nun war ich wieder mit ihm verheiratet – und einer meiner nächsten Schritte musste sein, die Scheidung einzureichen. Ich hatte dabei das irrationale

Gefühl, meinem Mann jetzt, da er um seine Existenz kämpfte, in den Rücken zu fallen. Mein kanadischer Anwalt riet dringend zur Scheidung, Dr. Hollmann schlug selbstverständlich vor, noch damit zu warten.

Was mir ein wenig Sicherheit gab, war der Umstand, dass zwischen mir und den Ereignissen in Frankfurt ein breiter Ozean lag. Ich war zu Hause, meine kleine Wohnung umfing mich. Bald nach meiner Rückkehr rief ich Karen an. Ängstlich fragte ich, ob die Übersetzung des Jugendbuches inzwischen vergeben worden sei, und freute mich riesig, dass sie mir den Job reserviert hatte.

Zu arbeiten, ohne Furcht zu leben, meine Freiheit zu genießen und nicht mehr im Bann eines dunklen Geheimnisses zu stehen, war meine simple Lebensstrategie. Tagsüber gelang mir das erstaunlich gut, auch deshalb, weil ich nicht daheim arbeitete, sondern jeden Morgen in ein Verlagsbüro fuhr, das Karen mir zur Verfügung stellte. Ich begann mit der Übersetzung des Jugendromans, in der Mittagspause nahm ich den Lunch in der City ein, arbeitete nachmittags weiter, machte Besorgungen und kehrte mit einer gesunden Müdigkeit in mein Apartment zurück. Durch den Job lernte ich neue Verlagsleute kennen und wurde hin und wieder zu einem Drink eingeladen. Geduldig bastelte ich an dem, was sich wie ein normales Leben anfühlte. Ich genoss den Alltag wie andere einen Traumurlaub.

Öfter als früher setzte ich mich ins Auto, fuhr die anderthalb Stunden an die Grenze und besuchte Dora und Ernie. Dank seiner Strenge wirtschaftete Dora vernünftig mit dem unverhofften Geld. Seit die beiden glaubten, durch Monte Carlo sei das Glück bei ihnen eingezogen, schien es tatsächlich so zu sein.

Man hatte mir versichert, die Scheidung würde sich weitgehend schriftlich abwickeln lassen. Dennoch lag ein beängstigendes Ereignis noch vor mir – der Prozessbeginn. Die Vorstellung, wie es sein würde, Pascal auf der Anklagebank zu sehen, raubte mir den Schlaf. Manchmal wachte ich in der Nacht auf, Laken und Schlafanzug waren durchgeschwitzt. Die Geister, die sein Betrug in mein Leben gebracht hatte, ließen mich nicht in Ruhe. Der Damm aus Normalität, den ich tagsüber errichtete, brach nachts zusammen. Lange vor Tagesanbruch machte ich mir Tee, schlich durch die Wohnung, schaute fern, um mich abzulenken. Meistens kam die Müdigkeit erst im Morgengrauen, bleiern schlief ich bis zum Weckerläuten.

Ich hatte den Behörden glaubhaft versichert, dass ich nichts über Pascals Geschäfte wüsste und nichts beisteuern könnte als das, was ich bei den Vernehmungen angegeben hatte. Da die Scheidung noch nicht ausgesprochen war, würde ich ohnehin nicht als Belastungszeugin gegen ihn aussagen müssen. Dennoch bestand die Staatsanwaltschaft Frankfurt darauf, dass ich zu Beginn des Prozesses dabei sein sollte. Ich versuchte mir das Ereignis auszumalen. Ein nüchterner Gerichtssaal, Pascal und seine Verteidiger, Jessica im strengen Kostüm, vielleicht würde sie Robbie an ihrer Seite haben. Ob sie als Zeugin oder als Mitangeklagte erscheinen musste, hatte man mir nicht mitgeteilt. In einer Reihe dieses Saales würde ich selbst sitzen, ohne Zweifel, auf welcher Seite ich stand, zugleich voll Mitgefühl für Pascal, der seinen entscheidenden Kampf ausfechten musste. Es war eine schlimme Vorstellung. Je näher der Termin rückte, desto mehr litt ich darunter.

Die Adventszeit war vorüber, der Verhandlungsbeginn war auf

Mitte Januar anberaumt worden. Ich hatte Dora und Ernie reinen Wein über Pascal und die Vorfälle in Südfrankreich eingeschenkt. Als ich sie während der Weihnachtstage besuchte, versuchten sie mir Mut zu machen. Doras Art, das zu tun, war ein tolles Menü an Heiligabend, dessen Krönung ihr berühmter Blueberry Pie war. Wir scherzten darüber, dass die Früchte bei ihrem letzten Heidelbeerkuchen aus dem Abfall gestammt hatten. Zu später Stunde genossen wir den Pie bei einem Glas Sekt und zündeten die Christbaumkerzen noch einmal an.

»Wirst du Herrn Stein in Frankfurt wiedersehen?«, fragte sie bedeutungsvoll.

»Zwangsläufig.« Ich ließ den noch warmen Mürbeteig auf der Zunge zergehen.

»Na komm, zwangsläufig – das nehme ich dir nicht ab.« Dora schüttelte ihre Mähne. »Der Mann ist dir doch nicht gleichgültig.«

»Nein, aber die Umstände, die uns zusammengeführt haben, sind zu außergewöhnlich, als dass …«

Ich schaute ins Kerzenlicht. Dora hatte mich auf etwas aufmerksam gemacht, das bis jetzt keinen Platz in mir gehabt hatte: ein anderer Mann. Ich lebte in Scheidung. Bald würde ich frei und ungebunden sein, irgendwann würde ich einen anderen kennenlernen, wahrscheinlich einen Kanadier, jemanden, mit dem ich auch in der Liebe einen Neuanfang machen könnte. Mein Gefühl für Ray war voll Wärme, voll Heiterkeit. Doras Anspielung löste die Vorfreude aus, ihn wiederzusehen.

»Wir wollen auf ein glückliches neues Jahr trinken!« Ich stieß mit den beiden an. »Merry Christmas and a Happy New Year!« Wir ließen die Gläser klingen.

Nachdem wir bereits zu Bett gegangen waren, griff ich noch einmal zum Telefon. Ich hatte Rays Karte in der Hand und zögerte. War Weihnachten nicht die Zeit im Jahr, in der man jemanden einfach anrufen konnte? Ich wollte Rays Stimme hören und ihm alles erdenklich Gute wünschen. Sabine fiel mir ein. Er hatte sie bei keinem unserer Telefonate erwähnt, als wir über Pascal und die Gerichtsverhandlung redeten. Heute Nacht wollte ich erfahren, wie es Ray wirklich ging.

»Ja?« Die Stimme am anderen Ende klang muffelig, gar nicht weihnachtlich.

»Ist das … bin ich richtig … Herr Stein?« Ich war verwirrt. Mein Anruf kam mir nun doch wie ein Überfall vor.

»Tony – na so was!« Es war Ray, und war es irgendwie doch nicht.

»Störe ich? Heiligabend sind Sie wahrscheinlich bei Ihren Eltern oder mit Sabine …«

»Meine Eltern machen eine Kreuzfahrt. Die sind irgendwo, wo es warm ist.«

»Und Sabine?« Ich wollte nicht aufdringlich sein, aber der sonst so beherrschte Ermittler klang verändert.

»Haben Sie einen Moment Zeit?«, fragte er mit einem Seufzen.

»Sonst hätte ich nicht angerufen.«

»Sie ist – wie sagt man? – auf und davon.«

»Sabine?«

»Tja, die Menschen sind eben unberechenbar«, sagte er nach einer Pause. »Besonders die, die man besonders gut zu kennen glaubt.« Eine Bewegung im Hintergrund, etwas fiel zu Boden. »Eine Frau, die dem Tod ins Gesicht geschaut hat, deren Krankheit uns so innig zusammenbrachte wie selten zu der Zeit, als sie noch gesund war. Die Frau, die mir sagte, welche Blumen ich auf ihr Grab legen soll, wenn es so weit ist.« Er räusperte sich. »Und eines schönen Tages sieht es so aus, als ob sie das Schlimmste überstanden hätte …« Er sprach nicht weiter.

»Aber das ist doch wunderbar!«

»Wir haben uns auch unsagbar gefreut. Und ich …« Er suchte nach Worten. »Meine Liebe war mit einem Mal so groß … Ich sah wieder ein Leben vor uns, ein gemeinsames Leben!«

Wie gut ich diesen Wunsch kannte, wie sehr ich ihn verstand, und doch sagte ich nichts.

»Sie schien meine Gefühle und Hoffnungen zu teilen.« Es hörte sich an, als ob er aufstand. Glas klirrte. »Zwei Tage vor Heiligabend sagte sie mir dann, dass sie ganz von vorn beginnen will.«

»Das ist nur natürlich«, anwortete ich und wusste zugleich, er wollte auf etwas anderes hinaus.

»Sie sagte: Von nun an will ich keine Zwänge mehr. Ich lasse mich weder von der Krankheit noch von dir zu irgendetwas zwingen.« Eine Pause, er schien zu trinken. »Ich verstand nicht gleich, was sie meinte. Dann rückte sie damit heraus. Ein Leben mit mir bedeutet, immer nur zu warten. Es bedeutet, nur nach meinem Terminkalender Pläne zu machen. Meine Fälle, sagt Sabine, seien mir wichtiger als sie.«

Ich musste daran denken, wie Ray tagelang mit mir durch Frankreich gefahren war, wie er von dem schlechten Gewissen sprach, das ihn ihretwegen quälte. »Und jetzt?«, fragte ich Ray leise.

»Jetzt stehen hier die letzten Sachen von ihr, die sie irgendwann abholen wird. Über Weihnachten ist sie in …« Papier raschelte. »In Zell am See, zum Skilaufen.«

»Allein?« Die Frage rutschte mir heraus.

»Mit einer Gruppe von Freunden. Ihr Ex ist auch dabei. Ein toller Skiläufer, soweit ich weiß.«

»Ray, das tut mir so leid. Glauben Sie nicht, dass Sabines Wunsch nach vollkommener Freiheit nur eine vorübergehende Phase ist? Sie hat das Schlimmste durchgemacht, das man erleben kann …«

»Kann sein, schon möglich, wer weiß?« Er lachte kurz. »Jedenfalls sitze ich hier an Heiligabend mutterseelenallein in meinem nicht besonders gemütlichen Apartment und freue mich, dass mich eine – tja, was sind Sie? –, dass mich *mein alter Fall* anruft.«

Er meinte es nicht ernst, trotzdem fragte ich: »Bin ich wirklich nur ein alter Fall für Sie?«

»Nein, das wissen Sie. Spätestens seit Südfrankreich. Wie ist Weihnachten bei Ihnen?«, wechselte er das Thema.

»Ich bin bei Dora und Ernie. Es ist stimmungsvoll.«

»Ich wäre gern bei euch. Ich mag Dora, die alte Fregatte.« Er kicherte.

»Sie haben ganz schön was getrunken, stimmt's?«

»Natürlich! Was soll ich wohl sonst allein hier machen?«

»Ich würde Ihnen gern ein Stück Blueberry Pie vorbeibringen.«

»Tun Sie's doch!«

Wir redeten noch ein bisschen, wir lachten ein bisschen. Wir legten auf. Wie veränderlich war doch das Leben, wie seltsam die Liebe! Ich schaute aus dem Fenster. Selbst an Heiligabend standen Trucks auf dem Parkplatz. Einige hatten hinter der Windschutzscheibe die Weihnachtsbeleuchtung angemacht. Die Fahrer rauchten im Freien.

39

Drei Wochen später packte ich meinen kleinen Koffer, äußeres Zeichen dafür, dass ich nur einen Kurztrip plante. Einmal Frankfurt und zurück, lautete meine Devise. Ich sah mich aus dieser Stadt, die vor allem Bedrückendes für mich hatte, schon wieder abreisen.

Der Flug verlief angenehm. Wie beim letzten Mal nahm ich vom Flughafen die Bahn und stieg am Frankfurter Hauptbahnhof aus. Die Adventsbeleuchtung war noch nicht abmontiert worden, alles wirkte schmutzig und grau. Die Zeit der frohen Feste war vorbei. Missmutig zog ich mein Köfferchen hinter mir her. Jemand von der Staatsanwaltschaft hatte mir ein Zimmer reserviert, sogar angeboten, mich abzuholen. Ich wollte das nicht. Je weniger ich mit diesen Leuten zu tun hatte, desto besser. Ich wollte ins Hotel, die Tür hinter mir schließen und nichts von Frankfurt sehen.

»Taxi gefällig?«

Ich hatte beschlossen, mein Hotel zu Fuß zu erreichen, und war am Taxistand bereits vorbeigelaufen. Verwundert drehte ich mich um. »Nein, danke, ich …«

In dem dunkelblauen Mantel, ohne Schal und Kopfbedeckung, aber mit Krawatte, sah David wie das Klischee eines Business-Menschen aus. Hinter ihm wuchs die Frankfurter Skyline empor.

»David! Woher wusstest du, wann ich komme?«

»Bin ich wieder zu übergriffig?«, fragte er smart. »Solche Kleinigkeiten sind leicht rauszukriegen.« Er kam ein paar Schritte näher. »Hier sind wir uns schon einmal begegnet, weißt du noch?«

»Als ob ich das vergessen könnte.«

Während der Zeit meiner schlaflosen Nächte hatte ich öfter an David denken müssen. Ich erinnerte mich unserer Begegnungen nicht mit Abscheu; es lag eher Bedauern darin. Alles Angenehme, das ich mit ihm erlebt hatte, unsere Bergtour, das Frühstück in Frankfurt, sogar unser verrücktes Beisammensein im Schlosshotel, war überschattet von der raffinierten Taktik, mit der er gehandelt hatte. Er war charmant, leichtfüßig und absolut nicht vertrauenswürdig. Dass ich ihn immer noch mochte, änderte nichts an meiner Einschätzung seines Charakters.

»Kann ich dich irgendwo hinbringen?«, fragte er.

»Nein, danke.« Ich fand es nicht unangenehm, willkommen geheißen zu werden, zugleich fühlte ich mich überrumpelt.

»Darf ich dich wenigstens ein paar Schritte begleiten?« Er stellte den Mantelkragen hoch. Bevor ich ein weiteres Mal ablehnen konnte, nahm er den Griff meines Rollkoffers. »Gott, wie ich den Winter hasse! Ich möchte diese Monate am liebsten verschlafen.«

»Warum fährst du nicht in die Wärme?« Mein Koffer holperte auf dem Pflaster, als wir losgingen.

»Das kann ich mir nicht leisten.« Ein paar schweigende Schritte. »Es ist schwierig, nach einer Pleite wieder auf die Beine zu kommen.«

»Pascal scheint es zu gelingen.« Ich wollte das Thema weit von mir schieben, aber zwischen David und mir ließ es sich nicht ausklammern.

»Diesmal werden dem Hai wohl die Zähne gezogen«, antwortete er.

Eine rote Ampel zwang uns, stehen zu bleiben.

»Hast du ihn gesehen?«

»Nein.« Ein ernster Blick. »Ähnlich wie du möchte ich mit der ganzen Sache nichts mehr zu tun haben.«

»Und Jessica?«

Bevor er antworten konnte, unterbrach ein lautes Geknatter unser Gespräch. Während die Autos langsam anfuhren, kam aus dem Hintergrund eine schwere Maschine heran. Geschickt nutzte der Fahrer die kleinste Lücke und hielt vor uns.

»Das Empfangskomitee kommt zu spät. Entschuldigen Sie.« Er setzte den Helm ab.

»Ray!« Unwillkürlich tat ich einen Schritt auf ihn zu. »Zu spät?« Ich war völlig verwirrt. Neben mir der frierende David, meinen Koffer in der Hand, vor mir der Ermittler auf dem Motorrad. »Ist denn ganz Frankfurt auf den Beinen, um mich zu begrüßen?«

»Sieht so aus.« Ray warf David einen abschätzigen Blick zu. Er zeigte auf seine Maschine. »Sie wollten doch mal eine Spritztour mit mir machen. Wäre jetzt nicht der ideale Zeitpunkt?«

»Im Januar?«, mischte sich David ein.

Das Motorrad war blau, hatte eine erhöhte Lenkstange, die Fußstützen waren weit vorn. Es sah gemütlich aus, wie Ray darauf thronte. »Das ist Ihr Chopper?« Der Beifahrersitz kam mir winzig vor.

Er strubbelte sein Haar und sah mich aus diesen verdammt hellen Augen an. »Zögern Sie nicht lange. Wir haben Schneeluft. Sie werden es lieben!«

»Du wirst dir eher den Hintern abfrieren«, ging David dazwischen.

»Ich kann leider nicht«, antwortete ich lächelnd. »Ich habe den Koffer dabei.«

Hinter Ray hielten die Autos bei Rot. Die Fußgängerampel sprang auf Grün.

»Wollen wir?« David packte den Rollgriff fester und zog den Koffer auf die Straße.

»Weißt du was?« Ich blieb auf meiner Straßenseite. »Du hast bestimmt rausgekriegt, in welchem Hotel mich die Staatsanwaltschaft untergebacht hat.«

»Ja, und?« Mitten auf der Straße drehte sich David um.

»Sei so nett und bring meinen Koffer dorthin!«

Ich musste über den verdutzten David lachen, der sich nicht vom Fleck rührte, während Passanten die Straße in beiden Richtungen überquerten. Ich musterte Ray; er war unrasiert und trug einen Wollschal zur Lederjacke.

»Ich bin noch nie Chopper gefahren.« Ich schwang mich auf den Rücksitz. »Lassen Sie's erst mal langsam angehen.«

Bevor er den Helm aufsetzte, begegneten sich unsere Blicke. In seinen Augen spiegelte sich etwas. Vielleicht Freude.

***

Cuisine petit prix

des recettes pour tous les jours & pour recevoir

tomawak éditions

Sommaire

POUR TOUS LES JOURS

Une entrée
page 6

Un plat
page 44

Un dessert
page 86

POUR RECEVOIR

Un apéritif
page 122

Une entrée
page 138

Un plat
page 164

Un dessert
page 210

Index
page 258

Pour tous les jours

UNE ENTRÉE

page 6

UN PLAT

page 44

UN DESSERT

page 86

Pour 6 personnes

- 4 betteraves cuites
- 1 branche de céleri
- 15 cl de bouillon de légumes froid
- 5 cl de crème fraiche liquide
- 2 cuill. à soupe de vinaigre balsamique
- 1 petite barquette de jeunes pousses (facultatif)
- 1 pincée de muscade
- Sel, poivre

Soupe froide de betterave

Préparation : 10 min - Pas de cuisson
Réfrigération : 1 h - Difficulté : très facile

✗ Coupez les betteraves en morceaux. Épluchez et émincez le céleri. Mettez les morceaux de betterave et de céleri dans le bol d'un mixeur. Mixez à puissance maximale en versant le bouillon de légumes petit à petit.

✗ Versez la soupe obtenue dans un saladier. Incorporez le vinaigre balsamique, la muscade et la crème fraîche, puis mélangez bien. Placez au frais pendant au moins 1 heure.

✗ Au moment de servir, sortez la soupe froide du réfrigérateur et assaisonnez-la à votre convenance. Mélangez.

✗ Répartissez la soupe dans des verres et décorez de jeunes pousses avant de servir.

Idée plus : Pour obtenir une superbe couleur rose clair, ajoutez une cuillère à soupe de mascarpone avant de mixer.
Variez les saveurs en mixant une demi-pomme granny avec les betteraves et ajoutez le jus d'un demi-citron.

Gaspacho de carotte
à la pomme et à l'anis

Préparation : 10 min - Pas de cuisson
Réfrigération : 1 h - Difficulté : très facile

✗ Pelez et coupez les carottes en morceaux. Lavez et coupez les pommes en quatre et retirez les cœurs. Coupez les quartiers en morceaux. Pressez le citron.

✗ Mettez la centrifugeuse en marche et passez les morceaux de carottes et de pommes en vous servant du poussoir. Introduisez les graines d'anis également et terminez en ajoutant le jus de citron. Versez le jus obtenu dans un saladier.

✗ Lavez, séchez et effeuillez le cerfeuil. Réservez-en six petites pluches pour la décoration, puis hachez très finement le reste et ajoutez-le au gaspacho. Salez et donnez un tour de moulin, puis mélangez le tout. Placez au frais pendant 1 heure.

✗ Au moment de servir, répartissez le gaspacho de carotte dans des verres. Décorez d'une pluche de cerfeuil et servez très frais.

Idée plus : Si vous ne possédez pas de centrifugeuse, faites cuire les carottes coupées en cubes pendant 15 minutes. Mixez-les ensuite avec les pommes, les graines d'anis et le jus de citron, puis laissez refroidir jusqu'au lendemain

Pour 6 personnes

- 6 carottes
- 2 pommes granny
- 1 citron jaune
- 1 cuill. à café rase de graines d'anis
- 2 tiges de cerfeuil
- Sel, poivre blanc du moulin

Pour 6 personnes

- ½ chou pommé
- 2 pommes de terre
- 2 poireaux
- ½ laitue
- 200 g de petits pois (frais ou surgelés)
- 1 poignée d'oseille
- 1 bouquet de cerfeuil
- 70 g de beurre demi-sel
- Sel poivre

Soupe des Hortillons

Préparation : 20 min - Cuisson : 40 min
Difficulté : très facile

✗ Émincez et lavez le chou. Épluchez et coupez les poireaux en tronçons, puis lavez-les. Pelez et coupez les pommes de terre en cubes.

✗ Faites fondre 40 g de beurre dans une cocotte, puis ajoutez le chou et les poireaux. Faites-les suer pendant 10 minutes à feu doux en remuant régulièrement.

✗ Ajoutez les cubes de pommes de terre, versez 1 l d'eau, salez et poivrez. Portez à ébullition, ajoutez les petits pois et baissez le feu. Laissez cuire pendant 20 minutes à petits frémissements.

✗ Pendant ce temps, émincez grossièrement la laitue. Nettoyez l'oseille. Lavez et effeuillez le cerfeuil. Faites fondre le reste de beurre dans une sauteuse. Ajoutez la laitue, l'oseille et le cerfeuil, puis faites-les étuver 5 minutes à feu doux et à couvert.

✗ Versez ensuite la laitue, l'oseille et le cerfeuil dans la cocotte, mélangez et rectifiez l'assaisonnement. Répartissez la soupe dans des bols et servez accompagné de tranches de pain.

Variante : La recette traditionnelle de la soupe des Hortillons se réalise avec de l'oseille et du cerfeuil. Si vous n'en trouvez pas, remplacez-les par des pousses d'épinards et du persil plat.

Soupe de légumes verts
au camembert

Préparation : 20 min - Cuisson : 35 min
Difficulté : très facile

✗ Épluchez et coupez les pommes de terre en cubes. Épluchez et émincez les poireaux. Nettoyez les épinards et le cœur de laitue. Lavez tous les légumes. Lavez, séchez et effeuillez le cerfeuil.

✗ Faites fondre le beurre dans une cocotte et faites revenir tous les légumes 5 minutes à feu doux en mélangeant. Ajoutez le cerfeuil et mouillez avec le bouillon. Salez légèrement. Couvrez et faites cuire pendant 20 minutes.

✗ Pendant ce temps, retirez la croûte du fromage et coupez-le en morceaux. Retirez le couvercle de la cocotte et ajoutez le fromage, sauf six petits morceaux.

✗ Poursuivez la cuisson 10 minutes en remuant, puis retirez du feu. Mixez finement la soupe à l'aide d'un mixeur plongeant et remettez-la à chauffer à feu très doux. Ajoutez la crème fraîche, mélangez et rectifiez l'assaisonnement.

✗ Lavez, séchez et ciselez la ciboulette. Répartissez la soupe dans des bols, ajoutez les morceaux de fromage réservés et parsemez de ciboulette. Donnez un tour de moulin à poivre et servez.

Idée plus : *Servez cette soupe de légumes avec des fines tranches de poitrine fumée, grillées à sec.*

Pour 6 personnes

- 1 camembert au lait cru
- 2 l de bouillon de volaille
- 500 g d'épinards en branches
- 300 g de petits pois écossés
- 2 poireaux
- 2 pommes de terre
- 1 cœur de laitue
- 1 bouquet de cerfeuil
- 1 bouquet de ciboulette
- 1 cuill. à soupe de crème fraîche épaisse
- 30 g de beurre
- Sel, poivre du moulin

Pour 6 personnes

- 250 g de nouilles asiatiques en sachet
- 4 cubes de bouillon de légumes
- 2 tiges de cerfeuil
- 1 poivron rouge
- 1 tige de ciboule
- 1 pincée de gingembre en poudre
- 1 pincée de coriandre en poudre
- 1 cuill. à soupe d'huile d'arachide
- Quelques gouttes d'huile de sésame (facultatif)

Bouillon de légumes
aux nouilles asiatiques

Préparation : 15 min - Cuisson : 15 min
Difficulté : très facile

✗ Lavez le poivron. Coupez-le en deux, retirez le pédoncule et épépinez le poivron. Coupez-le ensuite en lamelles et hachez-les finement. Pelez et hachez la ciboule.

✗ Faites chauffer l'huile d'arachide dans une casserole et faites revenir le poivron et la ciboule hachés pendant 10 minutes en remuant à feu doux. Ajoutez le gingembre et la coriandre, et mélangez bien.

✗ Versez 1 l d'eau dans la casserole, émiettez les cubes de bouillon et portez à ébullition. Plongez alors les nouilles dans le bouillon et faites-les cuire le temps indiqué sur le sachet.

✗ Lavez, séchez, effeuillez et hachez finement le cerfeuil. En fin de cuisson, arrosez le bouillon de légumes d'un filet d'huile de sésame et parsemez de cerfeuil. Répartissez le bouillon et les nouilles dans des bols, et servez immédiatement.

Idée plus : Réalisez votre bouillon de légumes maison : épluchez 1 navet, 2 carottes, 1 blanc de poireau, 1 branche de céleri, 1 branche de thym et 2 gousses d'ail. Coupez-les en morceaux et mettez-les dans une grande cocotte. Piquez 1 oignon de 4 clous de girofle. Ajoutez-le dans la cocotte avec quelques feuilles de laurier, du sel et du poivre. Couvrez largement d'eau froide et faites cuire 1 heure à gros bouillons. À la fin de la cuisson, filtrez le bouillon de légumes et rectifiez l'assaisonnement. N'hésitez pas à réaliser le bouillon de légumes en grande quantité, il se conserve 4 ou 5 jours au réfrigérateur. Vous pouvez également le congeler.

Bouillon de spaghettis
à la coriandre

Préparation : 20 min - Cuisson : 50 min
Difficulté : très facile

✗ Lavez et épépinez les poivrons. Coupez-les en petits dés. Pelez et émincez les oignons. Épluchez et émincez finement le blanc de poireau. Lavez, séchez, effeuillez et hachez la coriandre. Cassez les spaghettis en petits tronçons.

✗ Faites chauffer l'huile dans une marmite et faites revenir les oignons, le blanc de poireau et les poivrons pendant 5 minutes à feu moyen en remuant. Ajoutez le concentré de tomates et le piment de Cayenne, puis salez. Versez 2 l d'eau froide, mélangez le tout et portez à ébullition.

✗ À ébullition, émiettez les cubes de bouillon dans l'eau de cuisson et mélangez bien pour les dissoudre. Poursuivez la cuisson pendant 30 minutes à petits frémissements.

✗ Ajoutez les spaghettis et faites cuire 10 minutes supplémentaires. Ajoutez la coriandre hachée et rectifiez l'assaisonnement en toute fin de cuisson. Mélangez le bouillon de pâtes, puis répartissez-le dans des bols. Servez immédiatement.

Budget malin : Voilà un plat complet et rassasiant pour le soir. Selon les ingrédients disponibles, remplacez les spaghettis par d'autres pâtes (coquillettes, macaronis…). N'hésitez pas à remplacer la coriandre fraîche par 1 cuillère à café de graines de coriandre concassées. Ajoutez-les en même temps que le bouillon.

Pour 6 personnes

- 200 g de spaghettis
- 1 poivron vert
- 1 poivron rouge
- 2 oignons
- 1 blanc de poireau
- 1 petit bouquet de coriandre
- 1 cuill. à soupe de concentré de tomates
- 1 pincée de piment de Cayenne
- 4 cubes de bouillon de volaille
- 3 cuill. à soupe d'huile
- Sel

Soupe de chou rouge
au lard fumé

Préparation : 20 min - Cuisson : 1 h 40
Difficulté : très facile

✗ Émincez et lavez le chou rouge. Pelez et émincez les oignons. Pelez les pommes de terre, puis coupez-les en morceaux.

✗ Faites chauffer l'huile de tournesol dans une cocotte et faites suer les oignons pendant 5 minutes à feu doux. Ajoutez le chou, les pommes de terre, puis salez très légèrement et poivrez. Mélangez bien et versez 2 l de bouillon.

✗ Plongez le morceau de lard fumé dans la cocotte et portez à ébullition. Baissez ensuite le feu, couvrez et faites cuire 1 heure 30 en remuant de temps en temps.

✗ Retirez le lard de la cocotte et mixez la soupe jusqu'à ce qu'elle soit fine. Remettez-la sur feu doux, puis incorporez la crème aigre et rectifiez l'assaisonnement. Répartissez la soupe dans des ramequins et servez aussitôt accompagné de petits feuilletés au paprika.

Variante : Vous pouvez remplacer le lard fumé par des lardons fumés. Faites-les griller à blanc dans une poêle et parsemez-en la soupe juste avant de servir.

Pour 6 personnes

- ½ chou rouge
- 2 pommes de terre
- 2 oignons
- 1 morceau de lard fumé
- 2 l de bouillon (légumes ou volaille)
- 2 cuill. à soupe de crème aigre
- 2 cuill. à soupe d'huile de tournesol
- Sel poivre

Soupe de légumes rôtis

Préparation : 20 min - Cuisson : 25 min
Difficulté : facile

✗ Préchauffez le four th 7 (210 °C). Lavez les poivrons, séchez-les et coupez-les en deux. Épépinez-les. Lavez et séchez les tomates. Coupez les tomates et les poivrons en dés. Posez-les dans un plat allant au four et versez une petite louche de bouillon dans le plat. Enfournez et faites cuire pendant 15 minutes.

✗ Lavez, séchez et effeuillez le basilic. Pelez et émincez les oignons. Faites chauffer l'huile dans une cocotte et faites revenir les oignons sans coloration en remuant.

✗ Réservez un quart des poivrons et des tomates dans leur jus de cuisson, puis ajoutez le reste dans la cocotte. Poivrez et versez le reste de bouillon de légumes par-dessus. Portez à ébullition, puis mixez les légumes dans le bouillon de cuisson.

✗ Remettez sur feu doux, ajoutez les légumes réservés et salez légèrement. Aux premiers frémissements, retirez du feu. Répartissez la soupe de légumes rôtis dans des bols, décorez de feuilles de basilic et servez avec des tranches de pain grillé.

Budget malin : Selon les épices dont vous disposez, ajoutez une pointe de paprika ou de curcuma 5 minutes avant la fin de la cuisson.
Profitez de l'été et des légumes bon marché pour congeler les poivrons et les courgettes. Détaillez-les en lamelles, vous les cuisinerez avec plaisir durant l'hiver.

Pour 6 personnes

- 4 poivrons
- 4 tomates
- 2 oignons
- 50 cl de bouillon de légumes
- Quelques feuilles de basilic
- 2 cuill. à soupe d'huile
- Sel poivre

Gâteau mexicain

Préparation : 20 min - Cuisson : 30 min
Difficulté : très facile

Pour 6 personnes

- 100 g de farine de maïs
- 100 g de farine de blé
- 1 œuf
- 15 cl de lait
- 75 g de beurre + 1 noix pour le moule
- 75 g de tomme fraîche
- 2 oignons
- 2 cuill. à soupe d'huile d'arachide
- 1 pincée de sel

✗ Mélangez les deux farines et le sel dans un saladier. Dans un autre saladier, battez l'œuf et le lait. Faites fondre le beurre et laissez-le tiédir.

✗ Préchauffez le four th 6 (180 °C). Pelez et hachez les oignons. Découpez le fromage en petits dés. Faites chauffer l'huile dans une poêle et faites revenir le hachis d'oignons à feu doux en remuant régulièrement.

✗ Incorporez le beurre fondu, les oignons et le fromage dans le mélange œuf/lait en mélangeant bien, puis versez la préparation dans le mélange farines/sel. Remuez jusqu'à obtention d'une préparation homogène.

✗ Beurrez un moule rectangulaire. Versez la pâte dedans, enfournez et faites cuire pendant 25 minutes.

✗ Sortez le gâteau du four et laissez tiédir avant de le démouler. Coupez le gâteau en parts et servez tiède ou froid.

Idée plus : Servez ce gâteau comme un cake, à l'apéritif coupé en dés, ou en entrée accompagné d'une salade verte. Vous pouvez remplacer, selon les ingrédients disponibles, la tomme par de l'emmental, du comté, de la tomme de Savoie ou du fromage de chèvre.

Bouchées au camembert

Préparation : 10 min - Cuisson : 10 min
Réfrigération : 1 h - Difficulté : très facile

✗ Mélangez la farine, la chapelure, du sel et du poivre dans une assiette creuse. Battez les œufs en omelette dans une autre assiette.

✗ Coupez le camembert en petits quartiers. Passez-les dans l'œuf battu, puis dans la chapelure pour bien les enrober. Posez-les dans une assiette et placez au frais pendant 1 heure.

✗ Faites chauffer l'huile. Quand elle est chaude, plongez les bouchées de camembert dedans par petites quantités à l'aide d'une écumoire. Faites-les frire 2 minutes environ en les retournant sans arrêt.

✗ Égouttez-les au fur et à mesure sur du papier absorbant. Recommencez l'opération jusqu'à épuisement des ingrédients.

✗ Répartissez les bouchées de camembert dans des assiettes, salez et poivrez. Servez aussitôt accompagné d'une salade de pommes.

Budget malin : *Réalisez votre chapelure maison en écrasant des biscottes ou bien du pain ou du pain de mie grillés. Pour obtenir une chapelure très fine, mixez-les rapidement.*

Pour 6 personnes

- 1 camembert pas trop fait
- 2 œufs
- 6 cuill. à soupe de chapelure
- 1 cuill. à soupe de farine
- Huile de friture
- Sel, poivre

Mini-cakes au jambon
et aux olives

Préparation : 15 min - Cuisson : 25 min
Difficulté : très facile

✗ Préchauffez le four th 6/7 (200 °C). Tamisez la farine et la levure dans un saladier, puis creusez un puits au centre. Cassez les œufs et mélangez au fouet en incorporant l'huile petit à petit, puis versez la crème liquide. Fouettez bien.

✗ Lavez, séchez, effeuillez et hachez le persil. Coupez le jambon en tout petits dés. Hachez grossièrement les olives. Ajoutez le persil, le jambon et les olives dans la pâte. Mélangez bien.

✗ Beurrez des mini-moules à cake. Répartissez la préparation et enfournez. Faites cuire 5 minutes, puis baissez à th 6 (180 °C) et poursuivez la cuisson 20 minutes. Vérifiez la cuisson avec la lame d'un couteau. Elle doit ressortir sèche.

✗ Sortez les mini-cakes du four et laissez-les tiédir avant de les démouler. Servez-les tièdes ou froids.

Pour 6 personnes

- 2 tranches épaisses de jambon blanc
- 150 g d'olives vertes dénoyautées
- 200 g de farine
- 1 sachet de levure
- 3 œufs
- 10 cl de crème fraîche liquide
- 10 cl d'huile (olive ou arachide)
- 2 tiges de persil
- 25 g de beurre
- Sel, poivre

Budget malin : *Variez la garniture selon les ingrédients (ou les restes) disponibles : feta/tomate, reste de ratatouille, reste de poisson poché, et adaptez l'huile (olive ou arachide) à la garniture.*

Croquettes de courge

Préparation : 20 min - Cuisson : 45 min
Difficulté : facile

✗ Épluchez les pommes de terre et coupez-les en cubes. Mettez-les dans une casserole, couvrez-les d'eau froide, salez et portez à ébullition. Faites-les cuire 20 minutes. Pendant ce temps, épluchez et râpez la courge. Faites chauffer l'huile dans une poêle et faites revenir la courge râpée pendant 10 minutes à feu doux et en remuant.

✗ Égouttez les pommes de terre et passez-les au presse-purée. Versez la purée dans un saladier, puis ajoutez la courge râpée, la farine et trois œufs. Mélangez bien. Saupoudrez de muscade, salez et poivrez. Travaillez le mélange à la main jusqu'à ce qu'il soit bien homogène.

✗ Faites chauffer l'huile de friture. Façonnez des boulettes de la grosseur d'une noix. Battez l'œuf restant dans une assiette creuse. Versez la chapelure dans une autre assiette.

✗ Roulez les boulettes de purée dans l'œuf battu, puis dans la chapelure et plongez-les par petites quantités dans l'huile chaude. Faites-les frire 5 minutes en les retournant sans arrêt avec une écumoire.

✗ Retirez les croquettes de l'huile de friture et laissez-les s'égoutter sur du papier absorbant. Recommencez l'opération jusqu'à épuisement des boulettes. Servez tiède avec une salade verte.

Idée plus : *Les courges ou les potimarrons entiers se conservent plusieurs semaines dans un endroit frais. Vous pouvez également les détailler en gros cubes et les congeler crus.*

Pour 6 personnes

- 800 g de courge
- 2 pommes de terre
- 4 œufs
- 1 cuill. à soupe de farine
- 100 g de chapelure fine
- 1 pincée de noix de muscade en poudre
- 1 cuill. à soupe d'huile de colza
- Huile de friture
- Sel, poivre

Pour 6 personnes

- 3 petites baguettes
- 6 tomates olivettes
- 3 boules de mozzarella
- 1 bouquet de thym frais
- 2 gousses d'ail
- Huile d'olive
- Fleur de sel

Crostinis à la tomate

Préparation : 10 min - Cuisson : 5 min
Difficulté : très facile

✗ Préchauffez le four en position gril. Coupez les baguettes en deux dans la longueur. Lavez et coupez les tomates en rondelles.

✗ Égouttez la mozzarella et coupez-la en tranches. Lavez, séchez et effeuillez le thym. Coupez les gousses d'ail en deux et frottez-en la mie de pain.

✗ Posez les baguettes sur une grille recouverte de papier aluminium et arrosez-les d'un filet d'huile d'olive. Répartissez les rondelles de tomates sur le pain, parsemez de fleur de sel et enfournez. Faites griller 5 minutes.

✗ Sortez les crostinis du four et posez aussitôt les tranches de mozzarella sur les tomates. Arrosez d'un filet d'huile d'olive et parsemez de thym avant de servir.

Budget malin : *Variez les garnitures selon les ingrédients du placard : fromage de chèvre, rondelles de concombre, d'oignons, lamelles de pommes ou de poires, roquefort et noix...*

Rouleau de printemps

Préparation : 20 min - Pas de cuisson
Difficulté : facile

✗ Décortiquez les crevettes. Épluchez les carottes et le radis noir. Râpez-les avec une grosse râpe ou une mandoline. Pelez les oignons et hachez-les grossièrement, puis émincez les tiges. Effeuillez la menthe. Mélangez tous les ingrédients dans un saladier. Salez.

✗ Confectionnez les rouleaux de printemps l'un après l'autre : trempez une galette de riz dans un saladier d'eau froide pour la ramollir, puis posez-la sur un linge humide. Déposez deux cuillères à soupe de préparation au centre, en faisant une ligne horizontale assez épaisse. Donnez un tour de moulin à poivre, puis ajoutez un peu de piment.

✗ Rabattez les côtés de la galette de riz sur la garniture, puis rabattez la partie devant vous et roulez la galette sur elle-même en enfermant la garniture à l'intérieur. Filmez le rouleau et renouvelez l'opération avec les autres galettes de riz. Placez les rouleaux de printemps au frais.

✗ Préparez la sauce : faites dissoudre le sucre dans le vinaigre et la sauce soja dans un bol, puis ajoutez une pincée de piment et l'huile de sésame. Émulsionnez bien.

✗ Sortez les rouleaux de printemps du réfrigérateur et retirez le film alimentaire. Servez accompagné de la sauce dans des petits bols individuels.

Variante : Les rouleaux de printemps sont aussi faciles à réaliser que bon marché. Variez leur garniture selon les ingrédients disponibles : filets de poulet, pousses de soja, laitue, surimi, concombre...

Pour 6 personnes

- 18 crevettes roses cuites
- 6 galettes de riz
- 2 carottes
- 2 oignons blancs
- 1 radis noir
- 2 tiges de menthe
- 1 pincée de piment
- Sel, poivre

Pour la sauce :

- 1 ½ cuill. à soupe de cassonade
- 5 cuill. à soupe de sauce soja
- 1 ½ cuill. à soupe de vinaigre de riz
- 4 cuill. à soupe d'huile de sésame (ou autre)

Pour 6 personnes

- 3 courgettes
- 3 tiges de coriandre
- ½ cuill. à café de cumin en poudre
- 6 œufs
- 10 cl de crème fraîche liquide
- 2 cuill. à soupe de parmesan (ou d'emmental râpé)
- 2 cuill. à soupe d'huile d'olive
- Beurre pour le moule
- Sel, poivre

Flan aux courgettes
et à la coriandre

Préparation : 20 min - Cuisson : 55 min
Difficulté : très facile

✗ Lavez et râpez les courgettes. Faites chauffer l'huile d'olive dans une sauteuse. Ajoutez les courgettes râpées et faites-les revenir pendant 10 minutes à feu doux. Laissez-les s'égoutter dans une passoire.

✗ Préchauffez le four th 6 (180 °C). Lavez et ciselez la coriandre. Battez les œufs en omelette dans un saladier avec la crème fraîche. Ajoutez la coriandre, une cuillère à soupe de fromage râpé, salez et poivrez. Incorporez ensuite les courgettes bien égouttées. Mélangez bien.

✗ Beurrez un moule à manqué carré ou rectangulaire. Versez la préparation dans le moule et placez-le dans un bain-marie. Enfournez et faites cuire 30 minutes, puis saupoudrez le flan du reste de fromage râpé. Poursuivez la cuisson 15 minutes.

✗ Retirez le moule du four et du bain-marie, puis laissez refroidir avant de découper le flan en petites parts. Servez tiède ou froid.

Budget malin : *Utilisez un reste de ratatouille ou de légumes cuits (courgettes, poireaux, carottes...) pour réaliser des flans de légumes express et bon marché. Variez les épices selon celles à votre disposition (muscade, curcuma, paprika,...).*

Petits flans
au fromage persillé

Préparation : 15 min - Cuisson : 35 min
Difficulté : très facile

✗ Versez le lait et la crème dans une casserole. Ajoutez le fromage émietté et faites chauffer à feu doux en remuant jusqu'à ce que le fromage ait fondu dans le liquide. Retirez du feu et laissez refroidir complètement.

✗ Préchauffez le four th 5 (150 °C). Battez les œufs en omelette. Versez la crème de roquefort par-dessus en fouettant. Ciselez la ciboulette et ajoutez-la dans le mélange. Salez très légèrement et poivrez.

✗ Beurrez six ramequins et posez-les dans un bain-marie. Répartissez la préparation dans les ramequins, enfournez et faites cuire 20 minutes. Couvrez les ramequins d'une feuille de papier aluminium et prolongez la cuisson 10 minutes.

✗ Sortez les flans du four et laissez-les tiédir avant de démouler. Servez tiède avec une salade verte.

Variante : Incorporez des dés de jambon dans la préparation et, selon les ingrédients disponibles, remplacez le fromage persillé par de la feta, du chèvre...

Pour 6 personnes

- 150 g de fromage persillé (Fourme d'Ambert, St Agur, gorgonzola, roquefort...)
- 4 œufs
- 30 cl de lait
- 30 cl de crème fraîche liquide
- 1 bouquet de ciboulette
- Beurre pour les moules
- Sel, poivre

Légumes gratinés
au fromage

Préparation : 20 min - Cuisson : 15 min
Difficulté : très facile

Pour 6 personnes

- 4 carottes
- 2 poivrons jaunes
- 1 poivron vert
- 1 quartier de céleri-rave
- 2 oignons blancs
- 125 g de cerneaux de noix
- 3 petits fromages (chèvre, brebis ou vache)
- 3 tiges de basilic
- 4 cuill. à soupe d'huile d'olive
- Sel, poivre

✗ Épluchez les carottes et le céleri-rave. Lavez les poivrons et épépinez-les. Coupez les carottes, les poivrons et le céleri-rave en petits bâtonnets fins. Pelez et émincez les oignons. Lavez, séchez, effeuillez et hachez le basilic.

✗ Faites chauffer l'huile dans une grande sauteuse. Ajoutez tous les légumes, l'émincé d'oignons et le basilic. Salez et poivrez. Faites revenir les légumes pendant 10 minutes en remuant très régulièrement.

✗ Préchauffez le four en position gril. Coupez les fromages en deux dans l'épaisseur. Répartissez les légumes dans des plats individuels allant au four. Concassez grossièrement les cerneaux de noix et parsemez-en les légumes. Répartissez les fromages dans les plats, puis salez et poivrez.

✗ Enfournez haut dans le four et faites gratiner 5 minutes. Le fromage doit être doré et légèrement fondu. Servez dès la sortie du four.

Budget malin : Adaptez ce gratin de légumes selon la saison : fenouil, tomates, courgettes, pommes de terre, brocoli...

Brocolis à la muscade,
sauce à la pomme

Préparation : 15 min - Cuisson : 15 min
Difficulté : très facile

✗ Coupez les brocolis en petits bouquets. Faites-les cuire 15 minutes dans de l'eau bouillante salée.

✗ Pendant ce temps, pressez le citron. Épluchez la pomme. Coupez-la en quartiers, retirez le cœur et les pépins, puis coupez les quartiers en petits morceaux. Arrosez-les de la moitié du jus de citron.

✗ Mettez les quartiers de pommes dans le bol d'un mixeur avec le yaourt, du sel et du poivre, et mixez jusqu'à obtention d'un mélange homogène. Versez la sauce dans un bol et réservez.

✗ Égouttez les brocolis et répartissez-les dans des assiettes. Émulsionnez le reste de jus de citron et l'huile d'olive, puis arrosez les brocolis du mélange. Nappez les brocolis de sauce à la pomme. Saupoudrez de muscade, parsemez de flocons d'avoine et servez aussitôt.

Idée plus : *Pour un plat unique, faites mariner des lamelles de blancs de poulet dans de la sauce soja et des épices. Faites-les dorer dans une poêle et ajoutez-les aux brocolis juste avant de servir.*

Pour 6 personnes

- 2 brocolis
- 1 pomme granny
- 1 citron
- 1 yaourt nature (yaourt grec)
- 2 pincées de noix de muscade râpée
- 1 cuill. à soupe de flocons d'avoine
- 2 cuill. à soupe d'huile d'olive
- Sel, poivre

Artichauts aux amandes

Préparation : 20 min - Cuisson : 1 h 15
Difficulté : facile

Pour 6 personnes

- 6 petits artichauts (frais ou surgelés)
- 20 cl de crème fraîche liquide
- 6 gousses d'ail
- 75 g d'amandes mondées
- 1 feuille de laurier
- 1 branche de thym
- 3 cuill. à soupe d'huile d'olive
- Sel, poivre

✗ Coupez le haut des feuilles des artichauts. Cassez les queues. Coupez ensuite les artichauts en quatre. Faites chauffer l'huile d'olive dans une sauteuse et faites revenir les artichauts pendant 3 minutes à feu moyen en remuant. Ajoutez le thym et le laurier, puis versez 20 cl d'eau. Salez et poivrez, couvrez et faites cuire 1 heure.

✗ Pendant ce temps, pelez et hachez grossièrement les gousses d'ail. Faites chauffer une poêle à blanc et faites torréfier les amandes. Quand elles sont dorées, versez-les immédiatement sur une planche et concassez-les grossièrement.

✗ Versez la crème dans une casserole. Ajoutez l'ail et la moitié des amandes concassées, salez et poivrez. Portez à ébullition. Aux premiers frémissements, retirez du feu, couvrez et laissez infuser 10 minutes.

✗ Mixez la crème et sa garniture à l'aide d'un mixeur plongeant jusqu'à obtention d'une sauce homogène, puis maintenez au chaud sur feu très doux en remuant régulièrement.

✗ Égouttez les artichauts et répartissez-les dans des assiettes. Nappez-les de sauce blanche et parsemez-les des amandes concassées restantes. Servez immédiatement.

Budget malin : La saison des artichauts s'étale de mai à septembre. Si vous ne trouvez pas d'artichauts poivrade bon marché (ou en dehors de la saison), utilisez des artichauts en conserve ou des fonds d'artichauts surgelés.

Betteraves farcies
aux carottes confites

Préparation : 20 min - Cuisson : 35 min
Difficulté : très facile

✗ Pressez l'orange. Épluchez les carottes et coupez-les en morceaux. Mettez-les dans une casserole, ajoutez de l'eau froide à fleur et le jus d'orange. Salez. Couvrez et faites cuire 35 minutes.

✗ Pendant ce temps, lavez, séchez et effeuillez la coriandre. Concassez grossièrement les cerneaux de noix. Épluchez les betteraves, puis détaillez-les en rondelles fines.

✗ Mettez les carottes dans le bol d'un mixeur. Ajoutez le beurre coupé en parcelles, la moitié des cerneaux de noix concassés et la coriandre. Salez et poivrez. Mixez jusqu'à obtention d'une purée fine.

✗ Préparez les millefeuilles directement dans des assiettes : posez une rondelle de betterave, recouvrez-la d'une petite quenelle de purée de carottes et recouvrez d'une seconde rondelle de betterave. Parsemez du reste des cerneaux de noix concassés et servez aussitôt avec une salade verte.

Idée plus : Jouez avec les couleurs et remplacez la purée de carottes par une purée de fèves ou de petits pois frais ou surgelés. Relevez le goût avec du piment d'Espelette.

Pour 6 personnes

- 2 betteraves cuites
- 500 g de carottes
- 1 orange
- 75 g de cerneaux de noix
- 75 g de beurre demi-sel
- 1 tige de coriandre
- 1 pincée de cumin (ou de gingembre)
- Sel, poivre

Lasagnes végétariennes

Préparation : 20 min - Cuisson : 20 min
Difficulté : facile

Pour 6 personnes

- 12 feuilles de lasagnes vertes
- 2 aubergines
- 4 tomates
- 2 boules de mozzarella
- 1 petite boîte de tomates pelées
- 1 poivron rouge
- 3 petits oignons nouveaux
- 2 gousses d'ail
- 1 pincée de paprika
- ½ cuill. à café de piment d'Espelette
- Huile d'olive
- Sel, poivre

✗ Préchauffez le four th 6 (180 °C). Lavez et coupez les aubergines en rondelles fines. Posez-les les unes à côté des autres sur la plaque du four recouverte de papier sulfurisé. Arrosez-les d'un filet d'huile d'olive, salez et saupoudrez de piment d'Espelette. Faites cuire 20 minutes en les retournant à mi-cuisson.

✗ Pendant ce temps, plongez le poivron dans une casserole d'eau bouillante et faites-le blanchir 10 minutes. Égouttez et rafraîchissez-le, puis pelez et épépinez-le. Pelez et hachez les gousses d'ail. Versez les tomates pelées et leur jus dans le bol d'un mixeur. Ajoutez le poivron, l'ail et le paprika, salez et mixez jusqu'à obtention d'une sauce lisse. Réservez au frais.

✗ Faites cuire les lasagnes 10 minutes dans de l'eau bouillante salée, puis égouttez-les sur un linge. Sortez les rondelles d'aubergines du four. Coupez la mozzarella en tranches. Pelez et hachez finement les oignons. Lavez et coupez les tomates en rondelles.

✗ Montez les lasagnes végétariennes dans des bols en alternant rondelles d'aubergines, de tomates et rondelles de mozzarella. Parsemez de hachis d'oignon entre chaque couche, puis salez et poivrez. Terminez par une feuille de lasagne. Versez le coulis de tomates dans le fond des bols et servez bien frais.

Idée plus : Si vous ne trouvez pas de lasagnes vertes, remplacez-les par des lasagnes classiques et pour la petite touche de couleur, ajoutez un peu de pesto.

Tomate verte-mozzarella

Préparation : 10 min - Pas de cuisson
Difficulté : très facile

✗ Lavez les tomates, puis coupez-les en rondelles épaisses et salez-les. Égouttez la mozzarella et coupez-la en rondelles épaisses. Lavez et essorez le cœur de frisée.

✗ Montez le millefeuille directement dans les assiettes en alternant une rondelle de tomate, une rondelle de mozzarella et quelques feuilles de salade.

✗ Recommencez l'opération jusqu'à épuisement des ingrédients sans oublier de saler et de poivrer légèrement chaque couche.

✗ Mélangez le jus de citron et l'huile d'olive. Arrosez-en les millefeuilles et servez aussitôt.

Idée plus : Ajoutez quelques petites feuilles de basilic ou du thym entre les tranches de mozzarella et la salade.

Pour 6 personnes

- 6 tomates vertes
- 3 boules de mozzarella
- 1 cœur de salade frisée
- Le jus d'un demi-citron
- Huile d'olive
- Sel, poivre blanc du moulin

Tomates farcies
à la semoule

Préparation : 20 min - Pas de cuisson
Réfrigération : 1 h - Difficulté : très facile

✗ Versez la semoule dans un saladier. Pressez le citron et émulsionnez le jus avec l'huile d'olive et l'oignon haché. Versez la sauce sur la semoule et laissez reposer 1 heure au frais.

✗ Coupez les olives en rondelles. Lavez, séchez, et épépinez le poivron. Coupez-le en tout petits dés. Lavez, séchez, effeuillez et hachez le basilic. Pelez et hachez finement l'oignon. Égouttez le thon, puis émiettez-le.

✗ Incorporez le poivron, les olives, le thon, le basilic et l'oignon à la semoule, salez et poivrez, puis mélangez.

✗ Lavez et séchez les tomates. Coupez-leur un chapeau, puis évidez-les délicatement. Garnissez les tomates de semoule et recouvrez des chapeaux. Réservez les tomates farcies au frais jusqu'au moment de servir.

Pour 6 personnes

- 6 tomates bien mûres
- 400 g de semoule fine
- 1 poivron rouge
- 75 g d'olives noires dénoyautées
- 1 boîte de thon au naturel
- 1 petit bouquet de basilic
- 1 oignon
- 1 citron jaune
- Huile d'olive
- Sel, poivre

Idée plus : Voici quelques idées de garniture pour vos tomates :

- Macédoine de légumes, mayonnaise et thon
- Salade de riz, maïs et dés de jambon
- Quinoa, jambon cru, concombre
- Concombre, menthe, feta

Taboulé de millet
aux légumes

Préparation : 20 min - Cuisson : 30 min
Réfrigération : 1 h - Difficulté : très facile

✗ Faites cuire le millet comme indiqué sur le paquet. Égouttez et rafraîchissez-le sous l'eau froide. Égouttez-le soigneusement et versez-le dans un saladier.

✗ Plongez les fèves 2 minutes dans de l'eau bouillante, puis égouttez et rafraîchissez-les. Retirez la fine pellicule de peau qui les recouvre. Détaillez les tomates confites en petites lamelles. Égouttez les asperges.

✗ Pelez le pamplemousse à vif. Détachez les quartiers les uns des autres en passant la lame d'un couteau à dents entre les fines membranes qui les séparent. Travaillez au-dessus d'un saladier pour récupérer le jus. Hachez grossièrement la chair de pamplemousse.

✗ Lavez, séchez, effeuillez et hachez le persil et la menthe. Ajoutez le pamplemousse, les asperges, les fèves, les tomates confites et les herbes dans le saladier de millet. Pressez les citrons verts et mélangez le jus et l'huile. Salez et poivrez. Versez la sauce sur la salade, mélangez bien et rectifiez l'assaisonnement. Placez au frais pendant au moins 1 heure avant de servir.

Budget malin : Profitez de la pleine saison des tomates pour réaliser vous-même des tomates confites : coupez huit tomates en deux, posez-les sur la plaque du four côté bombé vers le haut. Saupoudrez légèrement de sucre, arrosez d'huile d'olive et faites cuire 3 heures th 5 (150 °C). Mettez-les dans un plat creux, arrosez à nouveau d'huile d'olive, parsemez d'herbes selon vos goûts, salez et poivrez. Placez au frais jusqu'au lendemain.

Pour 6 personnes

- 100 g de millet en grains
- 1 pamplemousse rose
- 1 petite boîte d'asperges
- 100 g de fèves (fraîches ou surgelées)
- 75 g de tomates confites
- 3 citrons verts
- 3 tiges de persil plat
- 3 tiges de menthe
- 5 cl d'huile

Salade de cocos
à l'ail rose et au romarin

Préparation : 15 min - Cuisson : 1 h - Repos : 2 h
Réfrigération : 1 h - Difficulté : très facile

✗ Faites tremper les cocos dans de l'eau froide pendant 2 heures. Égouttez-les. Versez-les dans une casserole, puis ajoutez les gousses d'ail en chemise et les branches de romarin. Salez et portez à ébullition. Faites cuire 1 heure environ à petits frémissements.

✗ Égouttez les cocos et leur garniture. Versez-les dans un saladier et laissez refroidir complètement. Pelez les oignons tiges, puis émincez-les finement. Émulsionnez l'huile et le vinaigre, du sel et du poivre.

✗ Une fois les cocos refroidis, arrosez-les de la vinaigrette, puis ajoutez les oignons dans le saladier. Mélangez bien et réservez au frais pendant au moins 1 heure.

✗ Au moment de servir, rectifiez l'assaisonnement. Répartissez la salade dans des assiettes et servez avec des tranches de pain de campagne.

Idée plus : *Ajoutez un reste de saucisse de Toulouse ou de rôti coupé en rondelles. Pour un plat plus festif, ajoutez une cuisse de canard confite effilochée.*

Pour 6 personnes

- 500 g de cocos frais
- 3 oignons tiges
- 3 gousses d'ail rose
- 2 branches de romarin
- 2 cuill. à soupe de vinaigre de vin
- 6 cuill. à soupe d'huile d'olive
- Sel, poivre

Salade au rocamadour

Préparation : 15 min - Cuisson : 5 min
Difficulté : très facile

✗ Préchauffez le four th 6 (180 °C). Lavez et essorez le mesclun. Coupez-les figues en deux. Faites dorer les amandes dans une poêle chauffée à blanc, puis concassez-les grossièrement.

✗ Posez les rocamadours sur la plaque du four recouverte de papier aluminium. Arrosez d'un filet de miel, salez et poivrez. Enfournez et faites cuire 5 minutes.

✗ Pendant ce temps, Faites saisir les tranches de lard fumé dans une poêle chauffée à blanc jusqu'à ce qu'elles soient dorées et croustillantes.

✗ Émulsionnez les deux huiles et le vinaigre, du sel et du poivre. Versez la vinaigrette sur le mesclun et mélangez. Dressez les assiettes : répartissez le mesclun, posez les rocamadours par-dessus, puis les figues et le lard croustillant. Parsemez des amandes concassées et servez rapidement.

Budget malin : En dehors de la saison des figues fraîches, remplacez-les par des figues moelleuses coupées en petits dés, par des abricots ou par des pruneaux.

Pour 6 personnes

- 125 g de mesclun
- 6 rocamadours (ou petits fromages de chèvre secs)
- 6 tranches fines de lard fumé
- 6 figues
- 20 g d'amandes mondées (ou de pignons de pin)
- 1 cuill. à soupe de miel liquide
- 1 cuill. à café d'huile de noisettes (facultatif)
- 1 cuill. à café de vinaigre de vin
- 1 cuill. à soupe d'huile de tournesol
- Fleur de sel
- Poivre du moulin

Salade de quinoa
à la grenade

Préparation : 10 min environ - Cuisson : 20 min
Difficulté : très facile

✗ Rincez le quinoa plusieurs fois de suite. Faites-le cuire comme indiqué sur le paquet. Égouttez-le soigneusement et versez-le dans un saladier. Laissez refroidir.

✗ Pendant ce temps, épluchez, lavez et essorez la mâche. Ouvrez les grenades en deux et prélevez les graines en ôtant bien la peau qui les sépare.

✗ Faites dorer les pignons de pin dans une poêle chauffée à blanc. Pressez le citron, puis ajoutez-lui le gingembre, du sel et du poivre. Lavez, séchez, effeuillez et hachez le cerfeuil.

✗ Ajoutez les graines de grenades, le cerfeuil et les pignons au quinoa. Arrosez de jus de citron et d'un large filet d'huile d'olive, puis mélangez bien.

✗ Répartissez la salade de quinoa dans des assiettes. Ajoutez les feuilles de mâche et servez aussitôt.

Pour 6 personnes

- 300 g de quinoa
- 2 grenades
- 50 g de pignons de pin (facultatif)
- 1 belle poignée de mâche
- 1 citron
- 1 pointe de gingembre en poudre
- 2 tiges de cerfeuil
- Huile d'olive
- Sel, poivre

Variante : Selon la saison, remplacez les grenades par des petits dés de poivrons rouges ou de pamplemousse rose pour le côté acidulé. Faites cuire le quinoa la veille pour qu'il soit plus sec.

Salade de betterave

Préparation : 10 min - Cuisson : 3 min
Difficulté : très facile

✗ Faites dorer les amandes effilées dans une poêle chauffée à blanc. Dès qu'elles sont dorées, retirez-les de la poêle et réservez.

✗ Lavez, séchez, effeuillez et hachez finement le persil. Mélangez la crème fraîche, l'huile de noix, le jus de citron et le persil. Salez et poivrez. Réservez au frais.

✗ Coupez le fromage en morceaux ou en lamelles. Lavez et essorez la laitue. Épluchez les betteraves, puis coupez-les en petits cubes.

✗ Répartissez les feuilles de laitue et les cubes de betteraves dans des coupelles, puis ajoutez les morceaux de fromage. Arrosez de la vinaigrette crémée, parsemez des amandes grillées et servez aussitôt.

Idée plus : *La betterave rouge se marie également très bien avec la pomme verte qui lui apporte une touche acidulée et du croquant. Dans ce cas, ne mettez pas de fromage.*

Pour 6 personnes

- 1 laitue
- 2 betteraves rouges cuites
- 100 g de fromage persillé (Fourme d'Ambert, bleu d'Auvergne, chèvre frais...)
- 50 g d'amandes effilées (ou de noix)
- 2 tiges de persil
- 5 cl de crème fraîche liquide
- 1 cuill. à soupe de jus de citron
- ½ cuill. à café d'huile de noix (facultatif)
- Sel, poivre

Pour 6 personnes

- 1 brocoli (ou 150 g de fleurettes de brocoli)
- 1 quartier de chou rouge
- 1 botte de radis
- 2 carottes
- 1 cuill. à soupe de graines de sésame
- 1 cuill. à soupe de vinaigre de vin
- 3 cuill. à soupe d'huile de tournesol
- Quelques gouttes d'huile de sésame (facultatif)
- Sel, poivre

Salade de choux
aux radis et au sésame

Préparation : 15 min - Cuisson : 20 min
Difficulté : très facile

✗ Portez une grande casserole d'eau salée à ébullition. Plongez les fleurettes de brocoli et faites-les cuire 15 minutes. Égouttez-les, puis hachez-les grossièrement. Laissez refroidir.

✗ Pelez et râpez les carottes avec une grosse râpe. Émincez finement le chou et lavez-le. Plongez-le dans de l'eau bouillante et faites-le blanchir 3 minutes. Égouttez et rafraîchissez-le, puis laissez refroidir.

✗ Nettoyez les radis et coupez-les en rondelles fines. Mélangez le chou rouge, les carottes râpées, les rondelles de radis, le brocoli haché et les graines de sésame.

✗ Émulsionnez le vinaigre, les deux huiles, du sel et du poivre. Arrosez la salade de la vinaigrette et mélangez le tout. Servez frais.

Idée plus : *Pour une note sucrée salée, remplacez les carottes par une pomme râpée à la grosse râpe.*

Rémoulade de pomme verte,
carotte et céleri

Préparation : 10 min - Cuisson : 2 min -
Réfrigération : 1 h - Difficulté : très facile

✗ Épluchez et râpez le céleri avec une grosse râpe. Faites-le blanchir 2 minutes dans de l'eau bouillante salée. Égouttez le céleri et rafraîchissez-le sous l'eau froide. Laissez-le s'égoutter.

✗ Pelez et râpez les carottes et les pommes avec une grosse râpe dans deux saladiers distincts. Arrosez les pommes râpées de jus de citron et mélangez.

✗ Mélangez le jaune d'œuf et la moutarde dans un grand bol. Salez et poivrez. Incorporez l'huile de tournesol en filet en fouettant sans arrêt jusqu'à obtention d'une mayonnaise bien ferme.

✗ Rassemblez le céleri, les carottes et les pommes dans un saladier, puis ajoutez la mayonnaise. Mélangez bien et rectifiez l'assaisonnement. Laissez reposer 1 heure au frais, sous film alimentaire. Répartissez dans des petites assiettes et servez.

Idée plus : *Pour que le céleri reste bien blanc, arrosez-le de jus de citron avant de le mélanger à la mayonnaise.*

Pour 6 personnes

- 1 quartier de céleri-rave
- 2 pommes granny
- 2 carottes
- 3 cuill. à soupe de jus de citron
- 1 cuill. à soupe de moutarde
- 1 jaune d'œuf
- Huile de tournesol
- Sel, poivre

Pour 6 personnes

- 6 pommes de terre nouvelles
- 250 g de pousses d'épinards (ou de pousses de salade)
- 1 botte de radis
- 1 bouquet de ciboulette
- 1 échalote
- 1 cuill. à soupe de vinaigre de vin
- 3 cuill. à soupe d'huile (olive ou tournesol)
- Sel, poivre

Salade de printemps

Préparation : 15 min - Cuisson : 30 min
Difficulté : très facile

✗ Lavez les pommes de terre et mettez-les dans une casserole. Couvrez-les d'eau, salez et portez à ébullition. Laissez cuire 20 minutes. Égouttez les pommes de terre et laissez-les refroidir.

✗ Pendant ce temps, nettoyez les radis. Coupez-les ensuite en rondelles. Lavez et essorez les pousses d'épinards. Lavez, séchez et ciselez la ciboulette.

✗ Pelez et hachez très finement l'échalote. Émulsionnez le vinaigre, l'huile, du sel et du poivre, puis ajoutez les échalotes. Épluchez et coupez les pommes de terre en rondelles épaisses.

✗ Mettez les rondelles de pommes de terre, les rondelles de radis et les pousses d'épinards dans un saladier. Arrosez-les de la vinaigrette à l'échalote et mélangez bien.

✗ Répartissez la salade de pommes de terre dans des assiettes. Parsemez de ciboulette et servez aussitôt.

Variante : Selon la saison, remplacez les radis par des rondelles de concombre, du fenouil cru émincé, des avocats, des cœurs d'artichauts ou de palmiers...

Salade grecque

Préparation : 15 min - Pas de cuisson
Difficulté : très facile

✗ Lavez et séchez le concombre. Détaillez-le en lamelles fines à l'aide d'un économe. Mettez-les dans une passoire, salez légèrement et laissez dégorger.

✗ Lavez et séchez les tomates, puis coupez-les en quartiers. Lavez le poivron, coupez-le en deux, épépinez-le et coupez-le en lanières. Lavez, séchez et effeuillez la menthe et le persil.

✗ Pelez et émincez très finement les oignons. Rincez et égouttez les lamelles de concombre dans du papier absorbant. Cassez les tacos en morceaux. Égouttez la feta.

✗ Mélangez les lamelles de concombre, les tomates, les olives, les feuilles de menthe et de persil, les lanières de poivron et les oignons. Émiettez la feta au-dessus du saladier, salez légèrement et poivrez, puis arrosez d'huile d'olive. Mélangez délicatement.

✗ Ajoutez les tacos et mélangez à nouveau. Répartissez la salade dans des assiettes creuses et servez aussitôt.

Variante : La salade grecque s'assaisonne d'huile d'olive uniquement. Selon vos goûts, vous pouvez réaliser une vinaigrette classique.

Pour 6 personnes

- 1 concombre
- 3 petites tomates
- 1 poivron vert
- 200 g de feta
- 3 tiges de menthe
- 3 tiges de persil plat
- 3 petits oignons blancs
- 1 poignée de tacos
- 50 g d'olives noires dénoyautées
- Huile d'olive
- Sel, poivre

Pour 6 personnes

- 3 poignées de mesclun (ou de jeunes pousses)
- 2 belles carottes
- 1 panais
- 250 g d'emmental
- 1 cuill. à soupe de vinaigre de cidre
- 1 cuill. à café d'huile de noix (facultatif)
- 3 cuill. à soupe d'huile
- Sel, poivre

Salade d'hiver

Préparation : 10 min - Pas de cuisson
Difficulté : très facile

✗ Rincez et essorez le mesclun. Épluchez les carottes et râpez-les avec une grosse râpe. Épluchez le panais, puis détaillez-le en tagliatelles à l'aide d'un économe ou d'une mandoline.

✗ Émulsionnez les deux huiles avec le vinaigre de cidre, du sel et du poivre. Réalisez des copeaux d'emmental.

✗ Rassemblez le mesclun, les carottes râpées et les tagliatelles de panais dans un saladier, puis arrosez de vinaigrette et mélangez bien. Rectifiez l'assaisonnement.

✗ Ajoutez les copeaux d'emmental dans la salade et mélangez succinctement. Servez aussitôt.

Idée plus : Pour des notes exotiques, remplacez l'huile de noix par une cuillère à café de miel et une pincée de gingembre.

Salade aux anchois

Préparation : 15 min - Cuisson : 10 min
Difficulté : très facile

✗ Lavez et essorez la laitue. Ciselez-la et mettez-la dans un saladier. Égouttez les anchois, puis réservez-les. Gardez l'huile pour la vinaigrette.

✗ Portez une casserole d'eau salée à ébullition. Plongez les œufs et faites-les cuire 10 minutes. Égouttez les œufs et rafraîchissez-les, puis écalez-les et coupez-les en deux.

✗ Coupez la baguette en petites tranches et faites-les griller. Coupez la gousse d'ail en deux et frottez-en les tranches de pain grillé. Cassez ensuite les tranches de pain en petits croûtons.

✗ Mélangez la moutarde, du sel et du poivre. Ajoutez le vinaigre, puis émulsionnez le tout avec les deux huiles. Versez la vinaigrette sur la laitue et mélangez bien. Répartissez la salade dans des assiettes, puis ajoutez les œufs durs, les croûtons et les anchois. Parsemez du fromage râpé et servez aussitôt.

Budget malin : *Faites de cette salade un plat complet pour le soir : ajoutez des quartiers de tomates, des rondelles d'oignons blancs et une pomme de terre cuite coupée en dés.*

Pour 6 personnes

- 100 g d'anchois à l'huile
- 1 laitue
- 1 gousse d'ail
- 6 œufs
- 75 g d'emmental râpé
- ½ baguette
- 1 cuill. à café de moutarde
- 1 cuill. à soupe de vinaigre de vin
- 3 cuill. à soupe d'huile de tournesol
- Sel, poivre

Pour 6 personnes

- 300 g de quinoa
- 1 oignon rouge
- 1 botte de radis
- ½ concombre
- 1 branche de céleri
- ½ melon (ou quelques tomates cerises)
- 1 petit bouquet de menthe
- 1 cuill. à café de moutarde à l'ancienne
- 1 cuill. à soupe de vinaigre de vin
- 3 cuill. à soupe d'huile (olive ou arachide)
- Sel, poivre

Salade croquante
au quinoa

Préparation : 20 min - Cuisson : 10 min
Difficulté : très facile

✗ Rincez plusieurs fois le quinoa à l'eau fraîche. Faites-le cuire comme indiqué sur le paquet. Égouttez-le, puis versez-le dans un saladier et laissez-le refroidir.

✗ Nettoyez les radis. Épluchez l'oignon, le concombre et le céleri. Coupez les radis en petites rondelles. Émincez finement l'oignon et le céleri. Râpez le concombre avec une grosse râpe. Épépinez le melon et prélevez des billes de chair à l'aide d'une cuillère parisienne.

✗ Lavez, séchez et effeuillez la menthe. Hachez-la grossièrement. Mélangez la moutarde à l'ancienne, le vinaigre et l'huile. Salez et poivrez.

✗ Ajoutez l'oignon, les rondelles de radis, les billes de melon, le concombre, le céleri et la menthe dans le saladier de quinoa. Arrosez de la vinaigrette et mélangez bien le tout. Réservez au frais jusqu'au moment de servir.

Budget malin : *Le quinoa est une graine cultivée en Amérique du Sud. Assimilé à une céréale, il est à la fois très bon marché et simple à préparer. Riche en protéines et en acides aminés, il remplace volontiers le riz et les pâtes dans les salades ou en accompagnement d'une viande ou d'un poisson.*

Salade de courgettes
et feta

Préparation : 15 min - Pas de cuisson
Difficulté : très facile

✗ Lavez et séchez les courgettes. Détaillez-les en lamelles fines dans un saladier avec un économe ou une mandoline. Pressez le citron et arrosez les lamelles de courgettes du jus. Saupoudrez de cumin et mélangez.

✗ Lavez et séchez les tomates cerises, puis coupez-les en deux. Lavez et essorez la roquette. Ajoutez les tomates cerises, la roquette et les olives noires aux courgettes.

✗ Arrosez la salade de courgettes d'huile d'olive, puis salez et poivrez. Mélangez bien et répartissez la salade dans des coupelles.

✗ Égouttez la feta, puis émiettez-la directement dans les coupelles. Lavez, séchez et ciselez finement la ciboulette. Parsemez-en la salade et servez aussitôt.

Variante : *Remplacez la roquette par une salade croquante coupée en lamelles.*

Pour 6 personnes

- 2 courgettes
- 250 g de tomates cerises
- 75 g d'olives noires dénoyautées
- 1 poignée de roquette
- 200 g de feta
- 4 brins de ciboulette
- 1 citron jaune
- 1 pincée de cumin moulu
- 5 cl d'huile d'olive
- Sel, poivre

Salade bistrot

Préparation : 30 min - Cuisson : 7 min
Difficulté : très facile

Pour 6 personnes

- 1 botte de radis
- 3 branches de céleri
- 1 bulbe de fenouil
- 2 petits oignons blancs
- 1 salade
- 1 poignée de roquette
- 2 brins d'aneth
- 6 œufs
- 6 tranches de baguette
- 1 cuill. à soupe de vinaigre de vin
- 1 cuill. à café de moutarde à l'ancienne
- 4 cuill. à soupe d'huile d'olive
- Sel, poivre du moulin

Pour l'anchoïade :

- 75 g d'anchois à l'huile
- 75 g d'anchois au sel
- 2 gousses d'ail
- 1 figue sèche
- 1 cuill. à soupe d'huile d'olive

✗ Préparez l'anchoïade : égouttez les anchois. Pelez les gousses d'ail. Coupez la figue en morceaux. Mettez tous ces ingrédients dans le bol d'un mixeur et mixez par à-coups en ajoutant une cuillère à soupe d'huile d'olive. Versez le mélange dans un bol et placez au frais sous film alimentaire.

✗ Nettoyez les radis, le céleri, le fenouil, la salade et la roquette. Coupez les radis en rondelles, émincez le céleri, le fenouil et la salade. Épluchez les oignons, puis émincez-les. Effeuillez l'aneth. Rassemblez tous ces ingrédients dans un saladier. Mélangez le vinaigre et la moutarde. Salez et poivrez. Émulsionnez avec le reste d'huile, puis versez la vinaigrette les légumes et mélangez bien.

✗ Faites cuire les œufs 7 minutes dans une casserole d'eau bouillante salée. Rafraîchissez-les sous l'eau froide, puis écalez-les.

✗ Faites toaster les tranches de baguette. Tartinez-les d'anchoïade. Répartissez la salade de légumes dans des assiettes, puis disposez sur chacune un toast à l'anchoïade.

✗ Disposez les œufs dans les assiettes et entaillez-les légèrement pour faire couler le jaune. Donnez un tour de moulin à poivre et servez immédiatement.

Idée plus : Vous pouvez conserver l'anchoïade plusieurs jours au frais dans un bocal hermétique. Recouvrez d'huile d'olive et complétez le niveau d'huile à chaque fois que vous prélevez de l'anchoïade.

Salade d'endives
au fenouil

Préparation : 15 min - Pas de cuisson
Difficulté : très facile

✗ Coupez la base des endives. Réservez une endive et coupez les deux autres en deux dans la longueur avant de les émincer finement. Coupez les bulbes de fenouil en deux. Ôtez les feuilles extérieures et émincez finement les cœurs de fenouil. Lavez, séchez et effeuillez le persil. Hachez-le grossièrement.

✗ Coupez le fromage de chèvre en petits dés. Concassez finement les noisettes. Pressez le citron, puis émulsionnez le jus avec la crème en fouettant. Salez et donnez un tour de moulin à poivre.

✗ Mélangez le fenouil et les endives émincés, les dés de fromage, les noisettes concassées, le persil et la sauce dans un saladier. Rectifiez l'assaisonnement.

✗ Effeuillez la dernière endive et tapissez de feuilles les parois de petits bols. Remplissez de salade et servez aussitôt.

Idée plus : *Servez aussi cette recette à l'apéritif en présentant les endives en barquettes. Selon vos goûts, remplacez le citron par une cuillère à soupe d'huile de noix et ajoutez une pointe de miel.*

Pour 6 personnes

- 3 endives
- 2 bulbes de fenouil
- 1 fromage de chèvre sec
- 50 g de noisettes décortiquées
- 15 cl de crème fraîche liquide
- 1 citron
- 2 tiges de persil plat
- Sel, poivre du moulin

Pour 6 personnes

- 1 rouleau de pâte brisée
- 1 bûchette de fromage de chèvre
- 100 g de lardons (nature ou fumés)
- 150 g de crème fraîche
- 15 cl de lait
- 2 œufs
- 50 g de cerneaux de noix
- Beurre pour le moule
- Sel, poivre

Quiche au chèvre
et aux lardons

Préparation : 15 min - Cuisson : 30 min
Difficulté : très facile

✗ Préchauffez le four th 6 (180 °C). Beurrez un moule à tarte et garnissez-le de pâte. Piquez la pâte avec une fourchette. Recouvrez de papier sulfurisé et remplissez le fond de tarte de haricots secs. Enfournez et faites cuire 10 minutes.

✗ Pendant ce temps, faites revenir les lardons dans une poêle chauffée à blanc. Coupez la bûchette de chèvre en rondelles épaisses. Fouettez la crème fraîche avec le lait et les œufs entiers. Salez légèrement et poivrez.

✗ Sortez le fond de tarte du four. Retirez le papier sulfurisé et les haricots secs. Disposez les rondelles de fromage sur le fond de tarte et parsemez de lardons. Arrosez le tout de la crème.

✗ Concassez grossièrement les cerneaux de noix et parsemez-en la quiche. Enfournez et faites cuire 20 minutes. Sortez la quiche du four et laissez-la tiédir quelques minutes. Servez accompagné d'une salade.

Idée plus : Pour une note sucrée salée, mettez une pointe de miel sur chaque rondelle de chèvre. Vous pouvez aussi remplacer le fromage de chèvre par du roquefort, du comté, de la mozzarella... ou par un autre fromage, selon les restes disponibles dans votre réfrigérateur.

Tarte fine aux poireaux

Préparation : 20 min - Cuisson : 40 min
Difficulté : très facile

✗ Épluchez, émincez et lavez les poireaux. Faites chauffer 30 g de beurre et l'huile dans une cocotte. Ajoutez les poireaux émincés et faites-les suer 20 minutes à feu doux en remuant régulièrement.

✗ Faites fondre le reste de beurre et badigeonnez-en les feuilles de brick. Chemisez un moule à tarte de papier sulfurisé, puis tapissez-le des feuilles de brick posées les unes par-dessus les autres.

✗ Préchauffez le four th 6 (180 °C). Lavez le citron. Râpez le zeste et coupez quelques fines rondelles. Fouettez la crème et l'œuf dans un saladier. Salez et poivrez, puis ajoutez le cumin et le zeste de citron. Mélangez bien.

✗ Incorporez les poireaux et les crevettes roses à la crème, et mélangez. Versez la préparation dans le moule en une couche uniforme, puis posez les tranches de citron par-dessus. Enfournez et faites cuire 20 minutes. Servez dès la sortie du four.

Budget malin : Utilisez des crevettes roses en conserve ou surgelées, meilleur marché que les fraîches. Vous pouvez aussi les remplacer par une poignée de lardons préalablement grillés, des petits dés de saumon ou un reste de poisson effiloché.

Pour 6 personnes

- 4 feuilles de brick
- 3 poireaux
- 250 g de petites crevettes roses
- 1 citron
- 150 g de crème fraîche épaisse
- 1 œuf
- 40 g de beurre
- 1 pointe de cumin en poudre
- 1 cuill. à soupe d'huile de tournesol
- Sel, poivre

Tarte aux épinards

Préparation : 20 min - Cuisson : 40 min
Difficulté : très facile

Pour 6 personnes

- 1 rouleau de pâte feuilletée
- 1 kg d'épinards en branches
- 2 boules de mozzarella
- 2 cuill. à soupe de crème fraîche
- 1 pincée de noix de muscade moulue
- 2 tiges de sauge (facultatif)
- 1 cuill. à café de baies roses concassées
- 50 g de beurre
- Sel, poivre

✗ Nettoyez et essorez les épinards. Faites fondre le beurre dans une casserole et faites suer les épinards à feu doux en remuant régulièrement. Quand les épinards ont fondu, ajoutez la crème et la muscade, puis salez et poivrez. Mélangez bien le tout et retirez du feu.

✗ Étalez la pâte feuilletée sur une feuille de papier sulfurisé. Piquez la pâte avec une fourchette, sauf le contour pour qu'il gonfle à la cuisson. Étalez les épinards au centre de la pâte, en laissant une petite marge libre tout autour.

✗ Préchauffez le four th 7 (210 °C). Hachez grossièrement la mozzarella et parsemez-en les épinards. Parsemez la tarte de baies roses concassées et enfournez. Faites cuire 25 minutes.

✗ Lavez, séchez et effeuillez la sauge. 3 minutes avant la fin de la cuisson, parsemez la tarte de feuilles de sauge. Terminez la cuisson et servez dès la sortie du four.

Budget malin : *Selon la saison et le marché, remplacez les épinards par deux poireaux émincés et la mozzarella par du chèvre sec ou du roquefort.*

Quiche
façon jardinière de légumes

Préparation : 20 min - Cuisson : 1 h
Difficulté : très facile

✗ Égouttez les petits pois. Pelez et coupez les carottes en rondelles. Lavez et coupez les pommes de terre en petits quartiers. Faites cuire les pommes de terre et les carottes dans une casserole d'eau salée pendant 20 minutes, départ eau froide.

✗ Plongez le pavé de saumon dans une casserole d'eau bouillante et faites-le pocher 5 minutes. Égouttez et émiettez-le grossièrement. Fouettez la crème fraîche et l'œuf dans un saladier. Salez et poivrez. Ajoutez le saumon, les petits pois, les carottes et les pommes de terre. Mélangez bien.

✗ Préchauffez le four th 6 (180 °C). Garnissez de pâte un moule à tarte beurré. Piquez la pâte avec une fourchette, puis versez la préparation sur le fond de tarte.

✗ Enfournez et faites cuire 35 minutes. Sortez la quiche du four et laissez-la tiédir avant de la démouler.

Budget malin : Cette recette peut être réalisée sans le saumon, ou avec un reste de poisson cuit, une poignée de lardons, des cubes de jambon...

Pour 6 personnes

- 1 rouleau de pâte brisée
- 1 pavé de saumon
- 200 g de petits pois en conserve ou surgelés
- 2 carottes
- 4 petites pommes de terre
- 250 g de crème fraîche
- 1 œuf
- Beurre pour le moule
- Sel, poivre

Piperade à l'œuf

Préparation : 20 min - Cuisson : 1 h
Difficulté : très facile

Pour 6 personnes

- 6 œufs
- 4 tomates
- 2 poivrons verts
- 2 poivrons rouges
- 2 oignons
- 20 g de beurre
- 1 cuill. à café rase de paprika
- Quelques feuilles de basilic
- 6 cuill. à soupe d'huile d'olive
- 2 cuill. à soupe d'huile de tournesol
- Sel, poivre

✗ Épépinez et émincez finement les poivrons. Pelez et émincez les oignons. Plongez les tomates, après les avoir incisées, dans de l'eau bouillante. Quand la peau commence à se détacher, égouttez et rafraîchissez-les. Épépinez et coupez-les en morceaux.

✗ Faites chauffer l'huile d'olive dans une cocotte et faites suer les oignons 10 minutes en remuant. Ajoutez les poivrons et poursuivez la cuisson 10 minutes en remuant toujours. Versez les morceaux de tomates, salez et poivrez. Couvrez la cocotte et baissez le feu, puis laissez cuire 45 minutes en remuant de temps en temps.

✗ Préchauffez le four th 3/4 (100 °C). Répartissez la piperade dans un plat et recouvrez-le de papier aluminium. Enfournez et maintenez au chaud.

✗ Cassez les œufs dans un saladier. Faites chauffer le beurre et l'huile dans une poêle. Versez les œufs et faites-les cuire jusqu'à ce que les bords du blanc soient légèrement croustillants. Sortez la piperade du four et retirez le papier aluminium. Disposez les œufs par-dessus et saupoudrez de paprika. Décorez de basilic et servez aussitôt.

Variante : Augmentez les proportions et utilisez le reste de piperade le lendemain pour accompagner un plat de pâtes ou de blé.

Burger d'omelette
au fromage frais

Préparation : 25 min - Cuisson : 15 min
Difficulté : difficile

✗ Pelez l'ail. Mixez le fromage frais dans un bol avec l'ail, le jus de citron, du sel et du poivre. Huilez l'intérieur de deux cercles de présentation ou d'emporte-pièces ronds de 8 cm de diamètre sur 4 cm de hauteur. Ciselez la ciboulette. Lavez et séchez le mesclun. Coupez les tranches de jambon en deux dans la longueur.

✗ Battez les œufs en omelette, puis ajoutez la ciboulette, salez et poivrez. Faites fondre une noix de beurre dans une grande poêle et placez les emporte-pièces dans la poêle. Versez les œufs battus à mi-hauteur et faites cuire 2 à 3 minutes avant de retirer les emporte-pièces.

✗ Retournez les disques d'omelette et poursuivez la cuisson 2 minutes. Retirez-les de la poêle et réservez au chaud. Recommencez l'opération jusqu'à obtenir douze disques d'omelette.

✗ Répartissez six omelettes dans des assiettes. Garnissez-les d'une cuillère à soupe de fromage frais, de rubans de jambon cru et de mesclun. Recouvrez d'un autre disque d'omelette. Servez aussitôt.

Variante : Selon les ingrédients disponibles, remplacez le fromage frais par des tranches de fromage de chèvre et le jambon cru par du jambon blanc, ou faites une association crème de gruyère et blanc de poulet.

Pour 6 personnes

- 12 œufs
- 250 g de fromage frais (P'tit Billy ou Carré Frais)
- 3 tranches de jambon cru
- 45 g de beurre
- 1 poignée de mesclun ou de mâche
- 1 bouquet de ciboulette
- 1 gousse d'ail
- 1 cuill. à soupe de jus de citron
- Huile
- Sel, poivre

Œufs cocotte
au fromage de chèvre

Préparation : 10 min - Cuisson : 8 min
Difficulté : très facile

Pour 6 personnes

- 6 œufs
- 20 cl de crème fraîche liquide
- 1 bûchette de fromage de chèvre
- 3 brins de cerfeuil
- 1 petit bouquet de ciboulette
- 40 g de beurre
- 1 pincée de muscade en poudre
- Sel, poivre

✗ Lavez et séchez les herbes. Effeuillez le cerfeuil et ciselez la ciboulette. Coupez le fromage de chèvre en rondelles.

✗ Préchauffez le four th 7 (210 °C). Versez la crème dans un grand bol, salez et poivrez. Ajoutez les herbes et la muscade, et mélangez. Beurrez six ramequins.

✗ Répartissez la crème aux herbes dans les ramequins, puis cassez un œuf dans chacun d'eux. Ajoutez les tranches de fromage de chèvre.

✗ Posez les ramequins dans un plat à bords hauts allant au four et versez deux verres d'eau bouillante dans le fond. Enfournez et faites cuire 8 à 10 minutes.

✗ Servez dès la sortie du four avec des mouillettes de pain.

Idée plus : Déposez une feuille de papier sulfurisé dans le fond du plat servant au bain-marie, afin d'éviter que les ramequins ne se soulèvent lors de l'ébullition.

Petits gratins de courgettes
à la brousse

Préparation : 10 min - Cuisson : 20 min
Difficulté : très facile

✗ Préchauffez le four th 6 (180 °C). Lavez les courgettes et râpez-les très finement dans un saladier à l'aide d'une mandoline. Pelez et hachez les oignons blancs, et ajoutez-les dans le saladier.

✗ Émiettez la brousse dans le bol d'un mixeur. Battez l'œuf en omelette avec la crème et ajoutez-la dans le bol du mixeur. Mixez jusqu'à obtention d'une préparation lisse.

✗ Versez la brousse crémée sur les courgettes dans le saladier. Salez et poivrez, puis ajoutez le cumin. Mélangez bien.

✗ Répartissez la préparation dans des ramequins, enfournez et faites cuire 20 minutes. Servez les gratins avec une salade de pousses d'épinards.

Variante : Selon la saison, remplacez les courgettes par des épinards, des brocolis ou des poireaux. La brousse peut être remplacée par du fromage frais (P'tit Billy, St Môret, ricotta...).

Pour 6 personnes

- 3 courgettes
- 2 oignons blancs
- 250 g de brousse
- 1 œuf
- 20 cl de crème fleurette
- 2 pincées de cumin en poudre
- Sel, poivre

Pour 6 personnes

- 8 œufs
- 8 grandes feuilles de laitue
- 8 tranches fines de jambon blanc
- 3 grosses tomates
- 4 cuill. à soupe d'huile d'arachide
- Vinaigre balsamique
- Huile (olive ou tournesol)
- Sel poivre

Rouleaux d'omelette
au jambon

Préparation : 15 min - Cuisson : 10 min
Difficulté : facile

✗ Battez quatre œufs en omelette. Salez et poivrez-les. Faites chauffer deux cuillères à soupe d'huile d'arachide dans une grande poêle antiadhésive. Versez les œufs battus et faites-les cuire pendant 3 minutes à feu doux.

✗ Quand les bords de l'omelette sont pris, retournez-la à l'aide d'un grand couvercle. Poursuivez la cuisson 2 minutes et faites glisser l'omelette sur un linge. Recommencez l'opération avec les autres œufs et le reste d'huile d'arachide.

✗ Lavez et essorez les feuilles de laitue. Répartissez-les sur les deux omelettes, puis recouvrez-les des tranches de jambon. Roulez ensuite les omelettes sur elles-mêmes en enfermant la garniture à l'intérieur. Emballez les rouleaux d'omelette dans du film alimentaire. Réservez.

✗ Lavez les tomates et coupez-les en rondelles. Répartissez-les dans des assiettes. Salez et poivrez. Arrosez d'un trait de vinaigre balsamique et d'un filet d'huile. Retirez le film autour des rouleaux d'omelette et coupez-les en tronçons. Répartissez-les dans les assiettes sur les tomates.

Budget malin : *Voici une recette toute simple qui permet d'utiliser les restes : un reste de jambon blanc ou cru, un blanc de poulet émincé, quelques feuilles d'épinards ou de salade...*

Soufflé aux épinards

Préparation : 25 min - Cuisson : 35 min
Difficulté : difficile

✗ Nettoyez les épinards. Pelez et hachez l'ail. Faites fondre 20 g de beurre dans une casserole et faites revenir l'ail quelques secondes en remuant. Ajoutez les épinards et faites-les suer à feu doux en remuant régulièrement jusqu'à ce qu'ils aient fondu. Laissez-les s'égoutter et refroidir dans une passoire.

✗ Pendant ce temps, versez le lait dans une casserole. Ajoutez la muscade et portez à ébullition. Faites fondre le reste de beurre dans une casserole. Quand il mousse, ajoutez la farine et la fécule d'un seul coup. Faites cuire 3 minutes en remuant sans arrêt jusqu'à obtention d'un roux. Versez le lait bouillant et poursuivez la cuisson à feu doux en remuant sans arrêt jusqu'aux premiers bouillons. Retirez aussitôt du feu et laissez refroidir.

✗ Séparez les blancs des jaunes d'œufs, puis ajoutez les jaunes un par un dans la préparation en remuant bien entre chaque. Hachez grossièrement les épinards et ajoutez-les. Salez et poivrez. Laissez refroidir en remuant régulièrement.

✗ Préchauffez le four th 6/7 (190 °C). Beurrez six ramequins. Montez les blancs en neige très ferme et incorporez-les délicatement. Répartissez la préparation dans les ramequins et faites cuire 25 minutes sans ouvrir la porte du four. Servez sans attendre.

Idée plus : *Pour réussir un soufflé, graissez bien les moules jusqu'en haut afin que la pâte gonfle uniformément et ne touchez pas les bords avec vos doigts. Enfin, n'ouvrez pas la porte du four en cours de cuisson au risque de voir le soufflé retomber !*

Pour 6 personnes

- 500 g d'épinards en branches
- 30 cl de lait
- 50 g de farine
- 70 g de beurre + 20 g pour les moules
- 10 g de fécule
- 3 œufs
- 1 gousse d'ail
- 1 pincée de noix de muscade moulue
- Sel, poivre

Pour 6 personnes

- 6 l de moules
- 30 cl de vin blanc sec
- 2 petits poireaux nouveaux
- 1 oignon
- 2 feuilles de laurier
- 3 branches de persil plat
- 2 cuill. à soupe d'huile d'olive
- Poivre

Moules au vin blanc

Préparation : 25 min - Cuisson : 35 min
Difficulté : très facile

✗ Nettoyez et ébarbez soigneusement les moules. Lavez les poireaux et tronçonnez-les. Pelez et coupez l'oignon en rondelles. Effeuillez le persil.

✗ Faites chauffer l'huile dans une cocotte, puis faites revenir l'oignon et les poireaux pendant 20 minutes à feu doux sans coloration, en remuant régulièrement.

✗ Ajoutez les moules, le persil et les feuilles de laurier, puis versez le vin blanc. Couvrez la cocotte et faites cuire à feu vif en secouant la cocotte de temps en temps jusqu'à ce que les moules soient bien ouvertes. Poivrez.

✗ Répartissez les moules dans des assiettes creuses ou des cassolettes, puis arrosez-les du jus de cuisson au vin blanc. Servez aussitôt.

Variante : Les moules et les coques sont généralement bon marché. Profitez-en pour les mettre à vos menus et variez les accompagnements. Pour une sauce crémée, il suffit de sortir les moules de la cocotte, d'ajouter 10 cl de crème liquide et de faire réduire sur feu vif. Remplacez le vin par de la bière, parfumez la sauce avec de la coriandre, ajoutez quelques rondelles de chorizo... Tous les accords sont permis !

Gratin de merlan
et raviolis

Préparation : 15 min - Cuisson : 20 min
Difficulté : très facile

✗ Préchauffez le four th 7 (210 °C). Coupez les pavés de merlan en morceaux et faites-les cuire 5 minutes dans un cuit-vapeur. Mélangez la chapelure et le parmesan.

✗ Portez une grande casserole d'eau salée à ébullition. Versez les pâtes et faites-les cuire le temps indiqué sur le paquet. Égouttez-les.

✗ Versez la crème dans une casserole, salez et ajoutez le curry. Portez à frémissements et retirez du feu. Mélangez les morceaux de poisson, les pâtes, la crème et la ciboulette dans un grand saladier.

✗ Beurrez un plat à gratin et versez la préparation dedans. Saupoudrez de chapelure au parmesan, enfournez et faites cuire 10 minutes. Servez chaud.

Variante : A réaliser avec toutes sortes de poissons (saumon, cabillaud, lieu...) et toutes sortes de pâtes (farcies ou non), en privilégiant les pâtes larges qui vont bien absorber la sauce.

Un plat pour tous les jours

Pour 6 personnes

- 500 g de raviolis ou de tortellinis
- 3 pavés de merlan
- 1 bouquet de ciboulette
- ½ cuill. à café de curry en poudre
- 50 g de chapelure
- 50 g de parmesan râpé
- 20 cl de crème fraîche liquide
- Beurre pour le plat
- Sel

Poulet aux amandes
et aux citrons confits

Préparation : 20 min - Cuisson : 1 h 30
Difficulté : très facile

Pour 6 personnes

- 1 poulet coupé en morceaux
- 2 citrons confits
- 75 g d'amandes mondées
- 1 cuill. à soupe de miel
- 3 pincées de curcuma en poudre
- 2 feuilles de laurier
- 1 échalote
- 6 cuill. à soupe d'huile d'olive
- Sel, poivre

✗ Pelez et émincez très finement l'échalote. Faites chauffer l'huile dans une cocotte et faites dorer les morceaux de poulet de tous les côtés. Quand ils sont bien colorés, retirez-les de la cocotte.

✗ Retirez la moitié de la graisse de la cocotte et placez sur feu doux. Faites fondre l'échalote émincée en remuant, puis ajoutez les amandes, le miel, le curcuma et le laurier. Mélangez bien, puis remettez les morceaux de poulet.

✗ Versez un verre d'eau dans la cocotte, salez et poivrez. Couvrez et faites mijoter pendant 1 heure à feu doux en remuant de temps en temps.

✗ Coupez les citrons confits en quartiers. À la fin du temps de cuisson, ajoutez les quartiers de citrons dans la cocotte et poursuivez la cuisson pendant 30 minutes à couvert.

✗ Répartissez le poulet et sa garniture dans des assiettes, arrosez de jus de cuisson et servez avec une semoule fine aux raisins.

Budget malin : *Réalisez vous-même des citrons confits. Versez un verre d'eau et un verre de sucre en poudre dans une casserole. Ajoutez un citron bien lavé tranché en quartiers et portez à ébullition. Laissez confire à petits bouillons en remuant régulièrement pendant 20 minutes environ, jusqu'à ce que les quartiers deviennent translucides. Laissez refroidir 10 minutes avant de filtrer le contenu de la casserole et de récupérer les quartiers de citron.*

Poulet basquaise

Préparation : 20 min - Cuisson : 1 h 10
Difficulté : très facile

✗ Salez et poivrez les morceaux de poulet, puis saupoudrez-les de paprika. Pelez et émincez les oignons et l'ail. Faites blanchir les lardons 2 à 3 minutes dans de l'eau bouillante, puis égouttez-les.

✗ Lavez les poivrons et les tomates. Retirez les pédoncules. Coupez les poivrons en deux et épépinez-les. Détaillez-les en lamelles. Coupez les tomates en morceaux.

✗ Faites chauffer l'huile dans une grande cocotte. Faites dorer les morceaux de poulet. Quand ils sont bien dorés, retirez-les de la cocotte et remplacez-les par le hachis d'ail et d'oignons. Ajoutez les lardons et faites cuire 2 minutes en remuant, puis remettez les morceaux de poulet.

✗ Ajoutez les poivrons et les tomates. Laissez cuire 2 minutes à feu vif en remuant. Salez et poivrez. Baissez le feu, versez le vin blanc et un demi-verre d'eau. Ajoutez le bouquet garni, couvrez et faites mijoter pendant 1 heure à feu très doux. Servez avec des pâtes ou du riz.

Budget malin : *achetez des découpes de poulet qui sont souvent plus économiques qu'un poulet entier (hauts de cuisses, ailes, pilons...).*

Pour 6 personnes

- 1 poulet coupé en morceaux
- 3 oignons
- 4 poivrons rouges
- 4 tomates
- 100 g de lardons
- 3 gousses d'ail
- 10 cl de vin blanc sec
- 1 cuill. à soupe de paprika
- 1 bouquet garni
- 10 cl d'huile d'olive
- Sel, poivre

Pour 6 personnes

- 750 g d'aiguillettes de poulet
- 2 œufs
- 150 g de chapelure
- 6 tiges d'estragon
- Huile de friture
- Sel, poivre

Aiguillettes de poulet
panées

Préparation : 20 min - Cuisson : 20 min
Difficulté : très facile

✗ Battez les œufs en omelette dans une assiette creuse. Versez la chapelure dans une seconde assiette. Lavez et ciselez l'estragon, et mélangez-le à la chapelure. Salez et poivrez les aiguillettes de poulet.

✗ Faites chauffer l'huile de friture. Passez les aiguillettes dans l'œuf battu, puis roulez-les dans la chapelure afin de bien les enrober.

✗ Plongez-les délicatement par petites quantités dans l'huile chaude. Faites-les frire 5 minutes en les retournant sans arrêt à l'aide d'une écumoire. Elles doivent être bien dorées et croustillantes.

✗ Égouttez les aiguillettes panées au fur et à mesure sur du papier absorbant. Recommencez l'opération avec le reste des aiguillettes. Servez accompagné d'une salade de pommes vertes et de concombre.

Idée plus : *Réalisez une chapelure maison avec du pain sec ou des biscottes et parfumez-la avec des pistaches ou des noisettes mixées, ou en y ajoutant du parmesan râpé.*

Poulet mariné
au citron vert

Préparation : 15 min - Cuisson : 40 min
Marinade : 30 min - Difficulté : très facile

✗ Posez les blancs de poulet dans un plat allant au four. Pressez les citrons, puis émulsionnez le jus avec trois cuillères à soupe d'huile d'olive, du sel et du poivre. Arrosez-en les blancs de poulet et laissez mariner 30 minutes au frais sous film alimentaire.

✗ Préchauffez le four th 6 (180 °C). Pelez et hachez finement l'ail. Mélangez l'ail et la chapelure, salez et poivrez. Lavez et coupez les tomates en deux. Lavez et coupez les courgettes en rondelles fines.

✗ Posez les demi-tomates sur la plaque du four recouverte de papier aluminium. Faites des petits tas de rondelles de courgettes. Arrosez les tomates et les courgettes d'un filet d'huile d'olive, puis saupoudrez de chapelure.

✗ Enfournez les légumes en même temps que les blancs de poulet et faites cuire 40 minutes en arrosant régulièrement la viande de sa marinade. Retournez les blancs à mi-cuisson.

✗ Juste avant la fin du temps de cuisson, effeuillez et hachez le persil. Sortez les blancs de poulet et les légumes du four, puis répartissez-les dans des assiettes. Parsemez de persil haché et servez aussitôt.

Variante : Testez d'autres idées de marinade pour le poulet : sauce soja/ miel/ gingembre, yaourt nature/ sauce tandoori, huile de sésame/ citron/ citronnelle...

Pour 6 personnes

- 6 blancs de poulet
- 2 citrons verts
- 3 tomates
- 2 courgettes
- 50 g de chapelure fine
- 2 gousses d'ail
- 2 tiges de persil plat
- Huile d'olive
- Sel, poivre

Pour 6 personnes

- 1 filet mignon de porc
- 6 tranches fines de jambon cru
- 1 grappe de raisin blanc
- 1 cuill. à café de miel
- 1 branche de thym
- 2 pincées de piment doux
- 3 cives (ou 3 oignons blancs)
- 6 cuill. à soupe d'huile d'olive
- Sel, poivre du moulin

Brochette de porc
sucrée salée

Préparation : 25 min - Cuisson : 15 min
Marinade : 30 min - Difficulté : facile

✗ Coupez le filet mignon en cubes et mettez-les dans un plat creux. Mélangez l'huile d'olive et le miel, puis arrosez la viande. Effeuillez le thym. Parsemez-en la viande, saupoudrez de piment et salez. Mélangez et laissez mariner 30 minutes.

✗ Préchauffez le four th 6 (180 °C). Coupez les tranches de jambon en lanières. Égrainez le raisin. Ébouillantez quelques secondes les grains, puis égouttez et rafraîchissez-les. Pelez-les. Épluchez les cives, puis émincez-les.

✗ Égouttez les cubes de viande. Faites chauffer un peu d'huile de marinade dans une poêle et faites revenir la viande 5 minutes environ à feu vif en remuant. Retirez du feu.

✗ Piquez les cubes de viande sur des brochettes en les alternant avec les lanières de jambon et les grains de raisin. Posez les brochettes sur la plaque du four recouverte de papier aluminium, salez et poivrez. Parsemez les brochettes de cives, enfournez et faites cuire 10 minutes. Servez accompagné d'une salade.

Budget malin : *Remplacez les raisins par de gros raisins secs préalablement gonflés dans de l'eau bouillante.*

Filet mignon
et penne au chorizo

Préparation : 20 min - Cuisson : 30 min
Difficulté : facile

✗ Faites chauffer deux cuillères à soupe d'huile d'olive dans une cocotte et faites dorer le filet mignon de tous les côtés. Quand il est bien coloré, versez le bouillon dans la cocotte, salez légèrement et poivrez. Couvrez et faites cuire 20 minutes.

✗ Égouttez les tomates pelées et concassez-les. Coupez le chorizo en rondelles fines. Pelez et hachez l'ail. Effeuillez le basilic.

✗ Faites chauffer le reste d'huile d'olive dans une sauteuse et faites revenir l'ail et les rondelles de chorizo pendant 1 minute en remuant. Ajoutez les tomates et 5 cl d'eau, du sel et du poivre. Laissez mijoter à feu doux et à couvert.

✗ Portez une grande casserole d'eau salée à ébullition. Plongez les pâtes et faites-les cuire le temps indiqué sur le paquet. Égouttez-les bien et versez-les sur les tomates au chorizo. Ajoutez les olives et mélangez.

✗ Retirez le filet mignon de la cocotte, puis coupez-le en tranches. Répartissez les pâtes dans des assiettes creuses, ajoutez les tranches de filet mignon et parsemez de copeaux de parmesan. Décorez de feuilles de basilic et servez aussitôt.

Variante : *Selon les ingrédients du placard, remplacez le chorizo et les tomates par des pruneaux. Remplacez dans ce cas les olives par une demi-cuillère à café de cumin et de coriandre moulus.*

Pour 6 personnes

- 800 g de filet mignon de porc
- 500 g de penne
- 250 g de tomates pelées au jus
- 1 morceau de chorizo
- 75 g d'olives noires
- 30 g de copeaux de parmesan
- 1 gousse d'ail
- 1 branche de basilic
- 25 cl de bouillon de volaille
- 5 cuill. à soupe d'huile d'olive
- Sel, poivre

Foie
aux légumes verts croquants

Préparation : 20 min - Cuisson : 20 min
Difficulté : très facile

Pour 6 personnes

- 6 tranches de foie (veau, agneau, porc...)
- 1 chou romanesco
- 250 g de haricots verts
- 1 oignon violet
- 150 g de champignons noirs en bocal
- 3 cuill. à soupe de vinaigre de vin
- 15 cl de bouillon de viande
- 1 échalote
- 2 tiges de persil
- 30 g de beurre
- 2 cuill. à soupe d'huile d'arachide
- Sel, poivre

✗ Pelez et émincez l'échalote. Pelez et émincez l'oignon violet. Coupez le chou romanesco en petits bouquets. Effilez les haricots verts. Effeuillez le persil. Rincez et égouttez les champignons noirs.

✗ Faites cuire les haricots verts, les bouquets de romanesco et l'oignon violet dans un cuit-vapeur pendant 10 minutes. Pendant ce temps, faites chauffer le beurre et l'huile dans une grande poêle antiadhésive. Posez les tranches de foie dans la poêle et faites-les cuire 3 minutes de chaque côté selon la cuisson souhaitée. Salez et poivrez. Réservez-les au chaud entre deux assiettes.

✗ Versez le vinaigre pour déglacer la poêle, puis ajoutez le bouillon. Portez à ébullition et grattez le fond de la poêle avec une cuillère en bois pour décoller les sucs. Ajoutez le hachis d'échalotes et les champignons noirs, puis laissez cuire 5 minutes à feu doux. Salez et poivrez.

✗ Répartissez les tranches de foie dans des assiettes. Arrosez de jus aux champignons noirs, ajoutez les légumes croquants, parsemez de persil et servez aussitôt.

Budget malin : *Invitez plus souvent le foie à votre table. Très bon marché (le foie de veau est un peu plus cher), il est une excellente source de vitamine A et de fer.*

Saucisse grillée,
purée de carottes

Préparation : 30 min - Cuisson : 50 min
Difficulté : facile

✗ Épluchez et coupez les carottes et les pommes de terre en morceaux. Mettez-les dans une casserole, couvrez d'eau et salez. Portez à ébullition et faites cuire 25 minutes.

✗ Pendant ce temps, pelez et émincez les oignons. Faites chauffer l'huile dans une poêle et faites revenir les oignons 20 minutes environ à feu doux en remuant de temps en temps. Ils doivent fondre et blondir sans trop colorer.

✗ Préchauffez le four th 6/7 (200 °C). Piquez les saucisses. Placez-les dans un plat avec les gousses d'ail entières et non pelées, puis versez le bouillon. Enfournez et faites cuire 25 minutes.

✗ Retirez les saucisses du plat et mettez le four en position gril. Posez les saucisses sur la grille du four recouverte de papier aluminium et prolongez la cuisson 10 minutes en les retournant régulièrement. Récupérez les gousses d'ail.

✗ Égouttez les légumes et passez-les au moulin à légumes. Versez la purée dans une casserole et faites-la réchauffer à feu doux en incorporant le beurre en parcelles. Ajoutez la pointe de muscade, salez et poivrez. Répartissez la purée dans des assiettes, puis ajoutez la fondue d'oignons, les gousses d'ail en chemise et les saucisses. Décorez de basilic avant de servir.

Variante : Variez les couleurs et les saveurs pour changer de la traditionnelle purée de pommes de terre. Utilisez quelques pommes de terre pour la texture et ajoutez d'autres légumes (brocolis, courgettes, épinards, patates douces, aubergine, potiron...).

Pour 6 personnes

- 6 saucisses de Toulouse
- 1 kg de carottes
- 2 pommes de terre
- 3 oignons
- 6 gousses d'ail
- 1 tige de basilic
- 5 cl de bouillon de volaille
- 100 g de beurre demi-sel
- 1 pointe de noix de muscade moulue (ou de cumin moulu)
- 3 cuill. à soupe d'huile
- Sel, poivre

Pour 6 personnes

- 12 tacos
- 750 g de bœuf haché
- 2 papayes vertes
- 2 papayes oranges
- 2 oignons violets
- Quelques gouttes de Tabasco
- 1 cuill. à café de chili en poudre
- 1 pincée d'origan
- 2 barquettes d'alfalfa
- 1 citron vert
- 2 cuill. à soupe d'huile d'arachide
- Quelques gouttes d'huile de sésame (facultatif)
- Sel, poivre

Tacos au bœuf épicé, salade de papaye

Préparation : 15 min - Cuisson : 15 min
Difficulté : très facile

✗ Épluchez et épépinez les papayes. Coupez-les en bâtonnets et mettez-les dans un saladier. Pressez le citron vert. Mélangez le jus à l'huile de sésame, puis versez sur les papayes. Salez et poivrez, mélangez et réservez au frais sous film alimentaire.

✗ Pelez et émincez les oignons. Faites chauffer l'huile d'arachide dans une poêle et faites revenir les oignons. Ajoutez le bœuf haché en remuant, le chili, l'origan et le Tabasco. Salez légèrement, mélangez bien et retirez du feu.

✗ Répartissez la viande dans les tacos, puis ajoutez un peu d'alfalfa. Disposez les tacos dans des barquettes et servez accompagné de la salade de papaye.

Budget malin : Si vous avez une épicerie exotique à proximité de chez vous, profitez-en pour découvrir la papaye verte qui se consomme râpée ou émincée, en légume, ou la papaye orange (mûre) qui se consomme en fruit. La papaye est un des fruits exotiques les moins onéreux.

Fajitas au poulet

Préparation : 20 min - Cuisson : 15 min
Marinade : 30 min - Difficulté : facile

✗ Coupez les blancs de poulet en cubes et mettez-les dans un plat creux. Pressez les citrons et mélangez le jus avec le Tabasco. Pelez et hachez finement l'ail, puis ajoutez-le dans la sauce. Versez-la sur les cubes de poulet, salez et mélangez bien. Laissez mariner 30 minutes au frais.

✗ Pendant ce temps, coupez le concombre en petits dés. Lavez et coupez les poivrons en deux. Épépinez-les et coupez-les en petites et fines lanières. Pelez et coupez les oignons en petits dés. Effeuillez la coriandre. Préchauffez le four th 5 (150 °C).

✗ Emballez les tortillas dans du papier aluminium et faites les réchauffer 5 minutes au four. Faites chauffer l'huile dans une grande poêle. Faites revenir les poivrons et les oignons pendant 3 minutes à feu vif en remuant, puis ajoutez les cubes de poulet. Laissez cuire pendant 10 minutes à feu moyen en remuant régulièrement. Retirez du feu. Incorporez les dés de concombre dans la poêlée et rectifiez l'assaisonnement. Mélangez bien le tout.

✗ Étalez les tortillas sur le plan de travail. Garnissez-les de la préparation, ajoutez les feuilles de coriandre et roulez-les. Servez accompagné d'une sauce crémée au poivre noir.

Idée plus : *Déglacez la poêle de cuisson du poulet avec 15 cl de crème fraîche, à feu vif. Ajoutez une cuillère à café de poivre noir grossièrement moulu et laissez épaissir avant de servir avec les fajitas.*

Pour 6 personnes

- 6 tortillas
- 3 blancs de poulet
- 2 poivrons rouges
- ½ concombre
- 2 oignons rouges
- 2 citrons verts
- 1 gousse d'ail
- Quelques gouttes de Tabasco
- Quelques tiges de coriandre
- 3 cuill. à soupe d'huile
- Sel, poivre

Pour 6 personnes

- 500 g de tagliatelles fraîches (vertes ou nature)
- 1 pied de brocoli
- 1 grosse poignée d'épinards en branches
- 50 g de parmesan râpé
- 2 cuill. à soupe de crème fraîche épaisse
- 30 g de beurre
- Sel, poivre

Tagliatelles au brocoli

Préparation : 15 min - Cuisson : 20 min
Difficulté : très facile

✗ Lavez et essorez les épinards. Portez à ébullition une casserole d'eau salée. Plongez les fleurettes de brocoli et faites-les cuire 5 minutes. Laissez-les s'égoutter dans une passoire.

✗ Faites fondre le beurre dans une sauteuse et faites revenir les épinards 5 minutes en remuant. Ajoutez la crème fraîche, mélangez, puis salez et poivrez. Ajoutez les fleurettes de brocoli et maintenez sur feu très doux à couvert.

✗ Portez une grande casserole d'eau salée à ébullition. Plongez les pâtes et faites-les cuire le temps indiqué sur le paquet pour une cuisson al dente.

✗ Égouttez les tagliatelles et versez-les sur les légumes. Mélangez bien et rectifiez l'assaisonnement. Répartissez dans des assiettes creuses et parsemez de parmesan râpé avant de servir.

Variante : Comme à l'italienne, remplacez les épinards par une poignée de roquette fraîche ajoutée sur les pâtes juste avant de servir.

Farfalle à la gremolata

Préparation : 15 min - Cuisson : 12 min
Difficulté : très facile

✗ Lavez le citron. Prélevez le zeste avec un économe, puis hachez-le finement. Lavez et effeuillez le persil. Pelez l'ail.

✗ Mixez le zeste de citron, le persil, l'ail et les anchois avec une cuillère à soupe d'huile d'olive. Ajoutez deux cuillères à soupe de parmesan râpé et mélangez.

✗ Coupez les tomates confites en petits morceaux. Portez une grande casserole d'eau salée à ébullition. Versez les pâtes et faites-les cuire le temps indiqué sur le paquet pour une cuisson al dente. Laissez-les s'égoutter dans une passoire.

✗ Faites chauffer une cuillère à soupe d'huile d'olive dans une sauteuse. Versez les pâtes, la gremolata et les tomates confites, et poivrez. Faites réchauffer 2 minutes en remuant.

✗ Répartissez les pâtes dans des assiettes légèrement creuses. Servez immédiatement accompagné de parmesan râpé.

Budget malin : *La sauce gremolata fait partie des grands classiques de la cuisine italienne. Elle est souvent servie en accompagnement de l'osso bucco. Pour des saveurs plus douces, vous pouvez la réaliser avec le zeste d'une demi-orange.*

Pour 6 personnes

- 500 g de farfalle
- 50 g de tomates confites (facultatif)
- 1 citron jaune
- 1 gros bouquet de persil plat
- 2 gousses d'ail
- 1 petite boîte de filets d'anchois
- Parmesan râpé
- Huile d'olive
- Sel, poivre

Pour 6 personnes

- 500 g de nouilles chinoises
- Un reste de viande (poulet, bœuf, agneau...)
- 2 bâtons de citronnelle
- 1 oignon rouge
- 2 cuill. à soupe de cacahuètes
- 1 petit bouquet de ciboulette
- 1 cuill. à soupe de miel
- 1 cuill. à soupe de sauce soja
- 1 pincée de coriandre en poudre
- 1 pincée de gingembre en poudre
- Huile d'arachide
- Sel, poivre

Nouilles sautées
à la citronnelle

Préparation : 15 min - Cuisson : 15 min
Difficulté : facile

✗ Plongez les nouilles dans de l'eau bouillante salée et faites-les cuire le temps indiqué sur le paquet. Égouttez-les, versez un filet d'huile et laissez refroidir.

✗ Coupez la viande en fines lanières. Pelez et émincez l'oignon. Épluchez, puis émincez les bâtons de citronnelle. Concassez grossièrement les cacahuètes.

✗ Faites chauffer deux cuillères à soupe d'huile dans une poêle et faites revenir la viande à feu vif. Arrosez de miel, ajoutez la sauce soja, salez et poivrez. Laissez caraméliser à feu moyen en remuant régulièrement.

✗ Faites chauffer de l'huile dans un wok ou dans une sauteuse. Versez les épices et la citronnelle, puis les nouilles et l'oignon émincé. Faites sauter pendant 5 minutes à feu vif en remuant sans arrêt.

✗ Ajoutez la viande caramélisée, les cacahuètes et la ciboulette ciselée, puis rectifiez l'assaisonnement. Mélangez bien et répartissez les nouilles sautées dans des bols. Servez aussitôt.

Idée plus : Pour accentuer le côté sucré salé, ajoutez quelques dés d'ananas au sirop en fin de cuisson de la viande.

Porc caramélisé
au sésame

Préparation : 25 min - Cuisson : 35 min
Difficulté : facile

✗ Coupez le filet mignon en petits cubes. Versez le sucre dans une casserole. Ajoutez 5 cl d'eau et faites cuire sans remuer jusqu'à obtention d'un caramel clair. Ajoutez doucement la sauce soja (faites attention aux projections), mélangez et retirez du feu.

✗ Faites chauffer deux cuillères à soupe d'huile dans un wok ou dans une sauteuse, et faites dorer la viande. Saupoudrez de gingembre et arrosez de caramel au soja, puis ajoutez la sauce nuoc-mâm. Mélangez. Laissez cuire pendant 15 minutes à couvert et à feu doux en remuant de temps en temps.

✗ Pendant ce temps, faites cuire les nouilles de riz le temps indiqué sur le paquet. Égouttez-les. Épluchez et émincez le céleri. Effilez les haricots verts, puis coupez-les en deux. Faites cuire le céleri et les haricots verts 15 minutes dans de l'eau bouillante salée, puis égouttez-les bien.

✗ Faites chauffer le reste d'huile dans une sauteuse. Versez les nouilles et les légumes, et faites-les revenir rapidement à feu vif. Salez et poivrez, puis retirez du feu. Répartissez aussitôt les nouilles sautées dans des bols, puis ajoutez le filet mignon caramélisé par-dessus. Parsemez de graines de sésame juste avant de servir.

Variante : *Vous pouvez remplacer le filet mignon par de l'échine de porc, meilleur marché, ou réaliser de la même façon du poulet ou du bœuf caramélisé.*

Pour 6 personnes

- 500 g de filet mignon de porc
- 500 g de nouilles de riz
- 1 cuill. à café de gingembre en poudre
- 3 cuill. à soupe de sauce nuoc-mâm
- 2 cuill. à soupe de sauce soja
- 50 g de sucre en poudre
- 1 branche de céleri
- 100 g de haricots verts
- 1 cuill. à soupe de graines de sésame
- 4 cuill. à soupe d'huile de tournesol
- Sel, poivre

Lasagnes aux tomates
et au basilic

Préparation : 15 min - Cuisson : 25 min
Difficulté : très facile

✗ Préchauffez le four th 6 (180 °C). Coupez les tomates en rondelles. Effeuillez le basilic. Hachez la mozzarella.

✗ Faites fondre le beurre dans une casserole. Ajoutez la farine et faites cuire 3 minutes en remuant sans arrêt. Versez ensuite le lait et poursuivez la cuisson en fouettant sans arrêt jusqu'à obtention d'une sauce onctueuse et épaisse. Retirez du feu.

✗ Huilez un plat à gratin. Placez trois feuilles de lasagnes dans le fond du plat. Recouvrez de rondelles de tomates et d'une couche de sauce béchamel. Salez et poivrez, puis parsemez de feuilles de basilic.

✗ Recommencez l'opération deux fois et recouvrez de mozzarella hachée la dernière couche de tomates. Arrosez d'un filet d'huile, enfournez et faites cuire 20 minutes. Laissez reposer 5 minutes avant de servir.

Variante : Pour un plat plus complet, ajoutez un reste de poulet, de jambon ou de rôti haché. Et n'hésitez pas à le préparer la veille, il vous suffira de l'enfourner quelques minutes avant de servir.

Pour 6 personnes

- 9 grandes feuilles de lasagnes
- 1 kg de tomates
- 1 bouquet de basilic
- 2 boules de mozzarella
- 30 g de beurre
- 30 g de farine
- 50 cl de lait
- Huile d'olive
- Sel, poivre

Risotto au jambon
et au pecorino

Préparation : 20 min - Cuisson : 40 min
Difficulté : facile

✗ Pelez et hachez finement les oignons. Faites chauffer le bouillon. Hachez grossièrement le jambon blanc et coupez le jambon cru en fines lanières. Faites chauffer l'huile dans une sauteuse et faites revenir les oignons sans coloration.

✗ Quand ils ont fondu, versez le riz et remuez jusqu'à ce qu'il soit translucide. Mouillez avec le vin, puis laissez cuire à feu doux en remuant sans arrêt jusqu'à ce que le riz ait absorbé tout le vin. Coupez le beurre en parcelles.

✗ Versez le bouillon, louche après louche, en remuant sans arrêt et en attendant bien que le riz l'ait absorbé avant de verser la louche suivante.

✗ Quand le riz a absorbé la totalité du bouillon, ajoutez le beurre très froid en parcelles, le jambon haché, les lanières de jambon cru et le pecorino râpé. Coupez le feu, couvrez et laissez reposer 2 minutes environ.

✗ Retirez le couvercle de la sauteuse et mélangez rapidement. Donnez un tour de poivre, décorez des copeaux de pecorino et servez immédiatement.

Variante : Vous pouvez remplacer le pecorino par de l'emmental ou du comté. Si vous n'avez pas de riz spécial risotto, remplacez-le par du riz rond à dessert.

Pour 6 personnes

- 400 g de riz spécial risotto
- 2 tranches de jambon blanc
- 2 tranches de jambon cru
- 100 g de pecorino râpé
- 2 oignons
- 50 cl de bouillon de volaille
- 10 cl de vin blanc sec
- 100 g de beurre très froid
- Quelques copeaux de pecorino
- 3 cuill. à soupe d'huile
- Poivre du moulin

Pour 6 personnes

- 500 g de riz
- 250 g de fèves (fraîches ou surgelées)
- 1 bouquet de menthe
- 2 échalotes
- 75 cl de bouillon de légumes
- 50 g de copeaux de parmesan
- 50 g de beurre
- 3 cuill. à soupe d'huile
- Sel, poivre

Riz aux fèves et à la menthe

Préparation : 25 min - Cuisson : 25 min
Difficulté : très facile

✗ Effeuillez et ciselez la menthe. Pelez et hachez les échalotes. Plongez les fèves dans de l'eau bouillante pendant 2 minutes. Égouttez et versez-les dans un bol d'eau glacée.

✗ Faites chauffer l'huile dans une sauteuse et faites suer les échalotes pendant 2 minutes à feu doux en remuant. Ajoutez le riz et remuez jusqu'à ce qu'il soit translucide. Versez le bouillon de légumes et laissez cuire à feu moyen jusqu'à ce que le riz ait totalement absorbé le liquide.

✗ Pendant ce temps, retirez la fine pellicule de peau recouvrant les fèves en la pinçant. Quand le riz a absorbé tout le bouillon, incorporez le beurre en parcelles, puis les fèves. Retirez du feu, rectifiez l'assaisonnement, puis ajoutez la menthe et mélangez bien.

✗ Répartissez rapidement le riz dans des assiettes et parsemez des copeaux de parmesan. Servez aussitôt.

Idée plus : Agrémentez ce riz aux fèves d'une poignée de lardons grillés. Selon la saison ou les ingrédients disponibles, remplacez les fèves par des petits pois frais, en boîte ou surgelés.

Riz complet aux légumes

Préparation : 15 min - Cuisson : 35 min
Difficulté : très facile

✗ Portez une grande casserole d'eau salée à ébullition avec une branche de romarin. Retirez le romarin et versez le riz complet. Faites-le cuire le temps indiqué sur le paquet, puis égouttez-le.

✗ Essuyez les champignons, ôtez les pieds et coupez les chapeaux en quartiers. Pelez et hachez grossièrement les échalotes.

✗ Faites chauffer l'huile dans une sauteuse et faites revenir les échalotes hachées en remuant jusqu'à ce qu'elles soient dorées. Ajoutez les champignons et poursuivez la cuisson 5 minutes à feu vif en remuant.

✗ Versez le riz dans la sauteuse et poursuivez la cuisson en remuant jusqu'à ce qu'il colore légèrement. Ajoutez alors les asperges, rectifiez l'assaisonnement et mélangez délicatement. Répartissez le tout dans des assiettes, décorez d'une branche de romarin et servez.

Budget malin : *L'association riz complet et légumes constitue un plat très équilibré pour le dîner. Selon la saison, utilisez des légumes frais (brocolis, courgettes...) ou, pour gagner du temps, des légumes surgelés ou en conserve.*

Pour 6 personnes

- 500 g de riz complet
- 1 bocal d'asperges vertes
- 250 g de champignons de Paris
- 1 petit bouquet de romarin
- 2 échalotes
- 4 cuill. à soupe d'huile d'olive
- Sel, poivre

Galettes de riz
au lait de coco

Préparation : 25 min - Cuisson : 30 min
Réfrigération : 12 h - Difficulté : facile

Pour 6 personnes

- 300 g de riz (basmati, thaï...)
- 30 cl de lait de coco
- 2 œufs
- 1 oignon
- 3 cuill. à soupe de noisettes concassées
- 1 cuill. à soupe de coriandre ciselée
- 2 cuill. à soupe d'huile
- Beurre
- Sel, poivre

✗ La veille, pelez et hachez l'oignon. Faites chauffer l'huile dans une sauteuse et faites-le dorer. Ajoutez les noisettes concassées et prolongez la cuisson 2 minutes en remuant. Versez le riz en pluie et mélangez jusqu'à ce qu'il devienne translucide. Versez le lait de coco et 30 cl d'eau sur le riz et salez. Portez à ébullition et laissez cuire à feu doux jusqu'à absorption complète du liquide. Retirez du feu, laissez refroidir, puis incorporez la coriandre ciselée et les œufs battus.

✗ Étalez la préparation sur la plaque du four recouverte de papier sulfurisé beurré, sur une épaisseur de 1,5 cm environ. Placez au frais couvert de film alimentaire jusqu'au lendemain.

✗ Le jour même, 15 minutes avant de servir, découpez des disques dans la plaque de riz à l'aide d'un emporte-pièce.

✗ Faites fondre une noisette de beurre dans une poêle antiadhésive. Posez quelques galettes de riz et faites-les dorer sur les deux faces à feu doux. Posez-les au fur et à mesure sur du papier absorbant. Recommencez l'opération avec toutes les galettes, en remettant un peu de beurre dans la poêle au cours de la cuisson. Salez, poivrez et servez tiède avec une viande ou du poisson grillé.

Budget malin : *Vous pouvez réaliser cette recette avec un reste de riz cuit : mélangez le riz, les œufs, une cuillère à café de farine et 10 cl de lait de coco. Ajoutez la coriandre et les noisettes, et façonnez des petites galettes que vous ferez dorer de la même manière.*

Risotto à la tomate

Préparation : 20 min - Cuisson : 30 min
Difficulté : facile

✗ Pelez et hachez finement l'oignon. Épépinez et coupez le poivron en lanières fines. Nettoyez et émincez les champignons. Égouttez les tomates et réservez la moitié du jus. Concassez-les grossièrement. Faites chauffer le bouillon.

✗ Faites revenir les lanières de poivrons dans une poêle avec deux cuillères à soupe d'huile pendant 5 minutes à feu doux. Ajoutez les champignons et poursuivez la cuisson 3 minutes à feu vif en remuant. Versez les tomates concassées et leur jus, salez et poivrez, puis laissez mijoter 10 minutes à feu doux.

✗ Faites chauffer le reste d'huile dans une sauteuse et faites revenir l'oignon sans coloration. Versez le riz et remuez jusqu'à ce qu'il soit translucide. Mouillez avec le vin blanc et laissez cuire à feu doux en remuant sans arrêt jusqu'à ce que le riz ait absorbé tout le vin.

✗ Versez le bouillon, louche après louche, en remuant sans arrêt et en attendant que le riz ait absorbé tout le bouillon avant de verser la louche suivante. Ajoutez les légumes et mélangez. Le riz est cuit lorsqu'il a totalement absorbé le liquide. Poivrez. Ajoutez le beurre en parcelles et le parmesan, et couvrez pendant 2 minutes. Mélangez rapidement et servez aussitôt.

Variante : *Pensez au risotto pour un plat simple de tous les jours. Voici quelques idées d'associations : oignon/safran, petits pois/jambon ou crevettes... Et une règle d'or : jamais de crème, c'est le beurre et le parmesan, ajoutés à la fin de la cuisson, qui donnent la texture crémeuse !*

Pour 6 personnes

- 400 g de riz spécial risotto
- 250 g de tomates pelées au jus
- 250 g de champignons de Paris
- 1 oignon
- 1 poivron jaune
- 50 cl de bouillon (légumes ou volaille)
- 10 cl de vin blanc sec
- 30 g de beurre très froid
- 5 cuill. à soupe d'huile
- 50 g de parmesan râpé
- Sel, poivre du moulin

Pour 6 personnes

- 2 aubergines
- 2 courgettes
- 1 poivron rouge
- 1 poivron vert
- 1 poivron jaune
- 300 g de tomates cerises (12 tomates cerises environ)
- 1 petit bouquet de thym
- 2 feuilles de laurier
- 5 cl d'huile d'olive
- Sel, poivre

Brochette de légumes

Préparation : 20 min - Cuisson : 35 min
Marinade : 30 min - Difficulté : très facile

✗ Lavez tous les légumes. Pelez les courgettes en gardant une bande de peau sur deux. Coupez les poivrons en deux, épépinez-les et coupez-les en lanières. Détaillez les aubergines en cubes et tranchez les courgettes en rondelles épaisses.

✗ Mettez les aubergines et les poivrons dans le panier d'un cuit-vapeur. Faites-les cuire 10 minutes, puis ajoutez les courgettes et poursuivez la cuisson 10 minutes.

✗ Rassemblez tous les légumes dans un plat creux et arrosez-les d'huile d'olive.

✗ Effeuillez le thym. Ajoutez-le avec le laurier dans le plat, puis laissez mariner 30 minutes.

✗ Préchauffez le four th 6 (180 °C). Piquez tous les légumes sur les brochettes en les alternant et posez-les sur la plaque du four recouverte de papier aluminium. Salez et poivrez, puis arrosez généreusement d'huile de marinade. Enfournez et faites cuire 15 minutes.

✗ Servez les brochettes de légumes dès la sortie du four en accompagnement d'une grillade.

Budget malin : *Le fait de précuire les légumes à la vapeur permet d'obtenir des légumes moins secs. Vous pouvez faire cuire les brochettes directement dans le four. Comptez alors 25 à 30 minutes de cuisson et arrosez-les souvent de marinade.*

Tomates farcies
aux champignons

Préparation : 20 min - Pas de cuisson
Difficulté : très facile

✗ Pressez le citron. Lavez les champignons et coupez les pieds. Détaillez les chapeaux en petits dés et mettez-les dans un saladier. Arrosez-les de la moitié du jus de citron et mélangez.

✗ Effeuillez le persil. Réservez quelques feuilles pour la décoration et hachez le reste. Pelez et hachez finement l'ail et l'échalote. Lavez et séchez les tomates. Coupez les chapeaux, puis évidez délicatement les tomates. Salez-les légèrement et posez-les à l'envers dans un plat.

✗ Battez la crème liquide au fouet pour la faire mousser. Mélangez la moutarde, le vinaigre, du sel et du poivre, le reste du jus de citron et l'huile. Fouettez jusqu'à ce que la sauce devienne crémeuse. Incorporez le persil, l'ail, l'échalote, la crème et les dés de champignons.

✗ Garnissez les tomates de farce aux champignons, puis recouvrez des chapeaux.

✗ Répartissez les tomates farcies dans des assiettes. Décorez de feuilles de persil et servez frais.

Variante : *En été, remplacez les champignons par des petits dés de concombre et le persil par de la menthe.*

Pour 6 personnes

- 12 grosses tomates
- 10 cl de crème liquide
- 250 g de champignons de Paris
- 1 petit bouquet de persil plat
- 1 échalote
- 1 gousse d'ail
- 1 cuill. à café de moutarde
- 1 citron
- 1 cuill. à café de vinaigre de vin
- 2 cuill. à soupe d'huile
- Sel, poivre

Pour 6 personnes

- 800 g de semoule fine
- 4 carottes
- 2 aubergines
- 2 branches de céleri
- 4 navets
- 4 courgettes
- 4 tomates
- 3 oignons
- 3 gousses d'ail
- 1 cuill. à soupe de coulis de tomates
- 2 cuill. à café de ras-el-hanout
- 1 cuill. à café de graines de coriandre
- 1 poignée de raisins secs
- 6 tiges de coriandre fraîche
- 100 g de beurre
- Huile
- Sel, poivre

Couscous de légumes

Préparation : 45 min - Cuisson : 55 min
Difficulté : facile

✗ Pelez l'ail et les oignons. Hachez-les. Pelez et épépinez les tomates après les avoir plongées 1 minute dans de l'eau bouillante. Concassez-les. Faites chauffer trois cuillères à soupe d'huile dans la partie basse du couscoussier et faites revenir l'ail et les oignons en remuant. Ajoutez les épices, les tomates, le coulis de tomates et la moitié de la coriandre fraîche. Couvrez d'eau à fleur, salez et poivrez, puis portez à ébullition. Baissez ensuite le feu et laissez mijoter pendant 20 minutes.

✗ Versez la semoule dans un plat, arrosez de 20 cl d'eau, mélangez et laissez reposer 10 minutes. Ajoutez 8 cl d'eau et laissez reposer 5 minutes supplémentaires. Égrainez la semoule, puis versez-la dans la partie supérieure du couscoussier recouverte d'une mousseline (ou faites-la cuire séparément si vous ne possédez pas de couscoussier).

✗ Lavez et pelez les légumes, puis coupez-les en morceaux. Effilez le céleri. Ajoutez tous les légumes, sauf les courgettes, dans le bouillon, posez la partie supérieure du couscoussier par-dessus et faites cuire 35 minutes.

✗ 15 minutes avant la fin de la cuisson, ajoutez les courgettes, les raisins secs et le reste de coriandre dans la partie basse du couscoussier. Quand le couscous est prêt, versez la semoule dans un grand plat, parsemez-la de beurre en parcelles et égrainez-la à la fourchette. Répartissez la semoule dans des bols. Égouttez les légumes et répartissez-les dans des bols. Servez avec le bouillon à part.

Curry de légumes

Préparation : 20 min - Cuisson : 20 min
Difficulté : très facile

✗ Coupez le brocoli en petits bouquets. Épluchez les carottes, les navets et les oignons. Émincez les oignons. Coupez les courgettes et l'aubergine en longueur, puis en tranches. Coupez les carottes en bâtonnets et les navets en rondelles.

✗ Faites chauffer l'huile dans une sauteuse (ou un wok) et faites revenir les oignons pendant 5 minutes à feu vif en remuant.

✗ Ajoutez l'aubergine, les carottes et les navets. Poursuivez la cuisson 5 minutes à feu vif, puis ajoutez les courgettes et le brocoli.

✗ Saupoudrez les légumes de curry et mélangez bien. Arrosez de sauce soja, couvrez et poursuivez la cuisson 10 minutes à feu moyen (les légumes doivent être juste cuits, mais fermes).

✗ Retirez du feu et répartissez le curry dans des assiettes ou des coupelles. Servez aussitôt accompagné de riz blanc.

Budget malin : *Voilà une recette idéale pour recycler une tête de brocoli et quelques légumes oubliés dans le bas du réfrigérateur.*

Pour 6 personnes

- 1 pied de brocoli
- 2 courgettes
- 1 aubergine
- 2 carottes
- 2 navets
- 2 oignons
- 1 cuill. à soupe rase de curry en poudre
- 1 cuill. à soupe de sauce soja
- 3 cuill. à soupe d'huile de tournesol

Gratin de penne
au saumon

Préparation : 20 min - Cuisson : 25 min
Difficulté : très facile

Pour 6 personnes
- 500 g de pâtes penne
- Un reste de saumon cuit
- 350 g d'épinards frais
- 80 g de gruyère râpé
- 30 cl de crème fleurette
- 30 g de beurre
- 2 cuill. à soupe d'huile d'olive
- Sel, poivre

✗ Portez une grande casserole d'eau salée à ébullition. Plongez les pâtes et faites-les cuire le temps indiqué sur le paquet. Égouttez et rafraîchissez-les.

✗ Nettoyez les épinards. Faites chauffer l'huile dans une sauteuse et faites fondre les épinards pendant 5 minutes environ. Ajoutez la crème fleurette, du sel et du poivre. Retirez du feu. Effilochez le saumon.

✗ Préchauffez le four th 7 (210 °C). Versez les épinards et la crème dans le bol d'un mixeur, et faites tourner par à-coups, puis versez la crème d'épinards obtenue dans un plat à gratin.

✗ Recouvrez de penne, puis ajoutez le saumon. Parsemez de beurre en parcelles et de gruyère, salez et poivrez. Enfournez et faites gratiner 10 à 15 minutes. Servez dès la sortie du four.

Variante : Selon les ingrédients disponibles, remplacez le saumon par un autre poisson cuit (colin, cabillaud...) ou par des lanières de jambon cru, des dés de jambon blanc... Et remplacez les épinards par de la roquette.

Crumble de courgettes
au thon

Préparation : 15 min - Cuisson : 30 min
Difficulté : très facile

✗ Lavez et coupez les courgettes en rondelles. Faites-les cuire pendant 15 minutes dans de l'eau bouillante salée. Égouttez-les bien. Égouttez le thon et émiettez-le grossièrement.

✗ Préchauffez le four th 7 (210 °C). Effeuillez et hachez le persil. Pelez et hachez l'ail. Coupez les tomates séchées en lanières.

✗ Mélangez la chapelure, les tomates séchées, deux cuillères à soupe d'huile d'olive, le persil et l'ail hachés dans un saladier. Salez et poivrez.

✗ Étalez les courgettes dans le fond d'un plat à gratin. Arrosez-les du reste d'huile d'olive, salez et poivrez. Ajoutez les morceaux de thon, puis recouvrez du mélange à la chapelure. Enfournez et faites cuire 15 minutes. Servez le gratin très chaud.

Variante : Réalisez cette recette en variant les légumes selon le marché et la saison (carottes, pommes de terres, patates douces, aubergines...) ou remplacez le thon par de la viande ou du jambon haché.

Pour 6 personnes

- 5 courgettes
- 400 g de thon au naturel en conserve
- 200 g de chapelure
- 100 g de tomates séchées
- 2 gousses d'ail
- 3 brins de persil plat
- 4 cuill. à soupe d'huile d'olive
- Sel, poivre

Pour 6 personnes

- 500 g de filets de merlan (ou autre poisson blanc)
- 1 quartier de citrouille
- 3 pommes de terre
- 100 g de noisettes mondées (facultatif)
- 100 g de beurre demi-sel
- 30 cl de fumet de poisson
- Noix de muscade
- Sel, poivre

Gratinée de poisson
à la citrouille

Préparation : 25 min - Cuisson : 40 min
Difficulté : très facile

✗ Coupez la citrouille en morceaux. Épépinez-la et retirez les filaments. Pelez et coupez les pommes de terre en cubes. Mettez les morceaux de citrouille et de pommes de terre dans une casserole. Couvrez d'eau « à fleur », salez et portez à ébullition. Faites cuire 20 minutes.

✗ Pendant ce temps, portez le fumet de poisson à ébullition. Plongez les filets de merlan, retirez du feu et couvrez. Laissez pocher 10 minutes. Coupez le beurre en parcelles. Préchauffez le four th 6 (180 °C).

✗ Égouttez les morceaux de citrouille et de pommes de terre. Passez-les au moulin à légumes et versez la purée obtenue dans une casserole. Placez sur feu très doux et incorporez le beurre en remuant sans arrêt. Ajoutez une pointe de muscade, salez et poivrez. Mélangez bien.

✗ Égouttez les filets de merlan à l'aide d'une écumoire et défaites-les en petits morceaux tout en retirant les arêtes pouvant s'y trouver. Répartissez le poisson dans le fond d'un plat à gratin beurré et recouvrez-le de purée de citrouille. Concassez les noisettes et parsemez-les sur la purée. Enfournez le gratin et faites cuire 5 à 7 minutes. Servez dès la sortie du four.

Idée plus : *Profitez de la saison de la citrouille pour en acheter un quartier de plus, détaillez-le en gros cubes et congelez-les. Vous pourrez vous en servir pour réaliser des potages.*

Gratin de poireaux
au jambon

Préparation : 20 min - Cuisson : 50 min
Difficulté : très facile

✗ Nettoyez les poireaux, retirez la partie verte et coupez-les en deux dans la longueur. Mettez-les dans une casserole d'eau bouillante salée et faites cuire 20 minutes.

✗ Pendant ce temps, faites fondre le beurre dans une casserole. Versez la farine d'un seul coup et faites cuire 2 minutes en fouettant. Retirez du feu, puis versez le lait en fouettant toujours. Remettez sur feu doux et faites cuire jusqu'à épaississement. Ajoutez la muscade, salez et poivrez. Mélangez bien. Effeuillez le thym.

✗ Préchauffez le four th 7 (210 °C). Égouttez les poireaux. Étalez les tranches de jambon sur le plan de travail. Répartissez les poireaux au centre de chaque tranche, puis enroulez le jambon sur la garniture.

✗ Posez les rouleaux de poireaux au jambon les uns à côté des autres dans un plat à gratin beurré. Nappez-les de sauce béchamel et parsemez de thym et de gruyère râpé. Enfournez et faites gratiner 20 minutes. Servez dès la sortie du four.

Variante : Préparez de la même façon des endives ou des petites courgettes que vous laisserez entières. Vous pouvez aussi remplacer le fromage râpé par du fromage bleu émietté.

Un plat pour tous les jours

Pour 6 personnes

- 6 gros poireaux
- 6 grandes tranches de jambon
- 75 g de beurre + 1 noix pour le moule
- 75 g de farine
- 75 cl de lait
- 50 g de gruyère râpé
- 1 brin de thym
- 1 pointe de noix de muscade râpée
- Sel, poivre

Pour 6 personnes

- 6 pommes de terre
- 4 pommes à cuire
- 500 g de reblochon
- 100 g de lardons fins
- 2 oignons
- 1 verre de vin blanc sec (facultatif)
- 3 cuill. à soupe d'huile
- Sel, poivre

Tartiflette
aux deux pommes

Préparation : 25 min - Cuisson : 45 min
Difficulté : très facile

✗ Lavez les pommes de terre et faites-les cuire dans une casserole d'eau salée, départ eau froide. Comptez 15 minutes après le début de l'ébullition.

✗ Coupez les pommes en quartiers. Retirez les cœurs, puis détaillez les quartiers en tranches fines. Pelez et émincez les oignons. Faites chauffer l'huile dans une poêle et faites revenir les oignons. Quand ils sont translucides, ajoutez les lardons et poursuivez la cuisson jusqu'à ce que les oignons et les lardons soient dorés.

✗ Préchauffez le four th 6 (180 °C). Huilez un plat à gratin. Pelez et coupez les pommes de terre en rondelles. Coupez le fromage en lamelles. Faites une couche de pommes de terre dans le plat, puis recouvrez de pommes. Parsemez de lardons et d'oignons, et recouvrez d'une couche de fromage. Salez et poivrez.

✗ Recommencez l'opération jusqu'en haut du plat en terminant par une couche de fromage, puis versez le vin blanc et enfournez la tartiflette pendant 20 minutes. Servez dès la sortie du four.

Variante : Vous pouvez remplacer le reblochon par du fromage à raclette. Si vous ne souhaitez pas entamer une bouteille de vin blanc, remplacez-le par un verre de bouillon, ou par de la crème fraîche.

Gratin de polenta
aux tomates et aux olives

Préparation : 10 min - Cuisson : 20 min
Difficulté : très facile

✗ Versez le bouillon dans une casserole. Ajoutez 15 g de sel et portez à ébullition. Quand l'eau bout, versez la polenta en pluie en mélangeant avec une spatule en bois. Baissez le feu et laissez cuire pendant 10 à 15 minutes (adaptez le temps de cuisson aux indications du paquet) en mélangeant régulièrement. Poivrez.

✗ En fin de cuisson, ajoutez le beurre en parcelles et la crème fraîche. Mélangez bien. Coupez les tomates séchées en lamelles. Hachez grossièrement les olives. Ajoutez les tomates et les olives dans la polenta, et mélangez.

✗ Répartissez la polenta dans un grand plat ou dans six ramequins. Préchauffez le four en position grill.

✗ Recouvrez la polenta de copeaux de parmesan et enfournez. Faites gratiner en laissant la porte du four entrouverte jusqu'à ce que le parmesan soit légèrement doré. Servez aussitôt.

Variante : vous pouvez également verser la polenta dans un plat huilé. Tassez bien et faites durcir au réfrigérateur. Coupez la polenta en tranches et faites-les revenir dans une poêle huilée.

Pour 6 personnes

- 250 g de polenta
- 1 l de bouillon de légumes
- 60 g de beurre
- 2 cuill. à soupe de crème fraîche
- 150 g de tomates séchées
- 100 g de copeaux de parmesan
- 1 poignée d'olives noires
- Sel, poivre du moulin

Pour 6 personnes

- 6 poires avec leurs queues
- 300 g de sucre en poudre
- 1 cuill. à café de poivre de Sichuan (facultatif)
- 25 cl de muscat

Poire pochée au muscat

Préparation : 15 min - Cuisson : 40 min
Difficulté : très facile

✗ Versez le sucre dans une grande casserole pouvant contenir toutes les poires. Ajoutez le muscat et 10 cl d'eau. Mélangez jusqu'à complète dissolution du sucre, puis ajoutez le poivre de Sichuan.

✗ Placez la casserole sur feu vif et portez à ébullition. Baissez le feu et laissez cuire 10 minutes environ à petits frémissements. Pelez les poires en prenant soin de ne pas les abîmer et en laissant la queue.

✗ Posez les poires dans le sirop bouillant, debout les unes à côté des autres. Faites-les cuire 30 minutes en les arrosant régulièrement de leur sirop de cuisson.

✗ Retirez les poires de la casserole, égouttez-les et disposez-les dans un plat creux. Arrosez-les du sirop et laissez refroidir. Servez avec des petits biscuits ou une boule de glace.

Variante : Si vous ne trouvez pas de poivre de Sichuan, remplacez-le par du mélange 5 épices, des graines de coriandre, des baies de genièvre ou de l'anis étoilé...

Pomme au four
aux fruits secs

Préparation : 10 min - Cuisson : 50 min
Difficulté : très facile

✗ Préchauffez le four th 5 (150 °C). Coupez le haut des pommes, puis évidez-les. Posez les pommes dans un plat beurré allant au four.

✗ Concassez grossièrement les fruits secs. Mettez-les dans une casserole, ajoutez le miel et faites chauffer à feu doux en remuant jusqu'à ce que les fruits soient bien enrobés de miel.

✗ Garnissez chaque pomme de fruits secs et nappez de miel. Enfournez et faites cuire 45 minutes en arrosant régulièrement les pommes de leur jus de cuisson.

✗ Faites toaster les tranches de pain d'épices, puis posez-les dans des assiettes. Ajoutez une pomme garnie sur chaque tranche, arrosez du jus de cuisson et servez aussitôt.

Variante : Si vous n'avez pas de pain d'épices sous la main, remplacez-le par des tranches de pain de mie ou de brioche poêlées façon pain perdu.

Pour 6 personnes

- 6 pommes
- 6 tranches de pain d'épices
- 6 cuill. à soupe de miel liquide
- 30 g de pistaches non salées mondées
- 30 g d'amandes mondées
- 30 g de cerneaux de noix
- 1 poignée de raisins secs

Compote de pomme
meringuée

Préparation : 25 min - Cuisson : 50 min
Difficulté : difficile

Pour 6 personnes

Pour la compote :

- 1 kg de pommes
- 1 bâton de cannelle
- 1 citron
- 80 g de sucre en poudre

Pour la meringue :

- 2 blancs d'œufs
- 100 g de sucre en poudre
- 10 g d'amandes effilées (facultatif)
- 7 cl d'eau

✗ Pelez les pommes et coupez-les en quartiers. Retirez le cœur et les pépins, puis coupez-les en petits cubes. Versez-les dans une casserole, arrosez de jus de citron et saupoudrez de sucre. Ajoutez le bâton de cannelle, mélangez bien et couvrez. Faites cuire 40 minutes à feu doux en remuant régulièrement.

✗ À la fin de la cuisson, retirez le bâton de cannelle. Répartissez la compote dans des ramequins allant au four. Préchauffez le four en position gril.

✗ Préparez la meringue : versez le sucre et l'eau dans une casserole, et faites chauffer sans ébullition jusqu'à formation d'un caramel transparent. Ne laissez prendre aucune couleur.

✗ Montez les blancs en neige très ferme. Versez le caramel en filet sur les blancs en neige en continuant de fouetter sans arrêt jusqu'à complet refroidissement.

✗ Mettez la meringue dans une poche à douille cannelée. Garnissez les compotes de meringue et parsemez d'amandes effilées. Enfournez haut dans le four et faites dorer la meringue 5 minutes environ, porte entrouverte. Laissez refroidir avant de servir.

Variante : Selon les ingrédients du placard, variez les épices (étoile de badiane, clou de girofle, gingembre ou tout simplement vanille...)

Soufflé pomme-cannelle

Préparation : 25 min - Cuisson : 35 min
Difficulté : difficile

✗ Beurrez généreusement six mini-cocottes ou six ramequins et saupoudrez de sucre cristallisé. Réservez au réfrigérateur. Épluchez les pommes et évidez-les à l'aide d'un vide-pomme. Enfoncez un bâton de cannelle au cœur de chaque pomme et posez-les dans les cocottes. Saupoudrez légèrement de sucre cristallisé.

✗ Versez le lait, le sucre en poudre, le sucre vanillé et la cannelle dans une casserole. Mélangez pour dissoudre les sucres et portez à ébullition. Faites fondre le beurre dans une autre casserole. Quand il commence à mousser, versez d'un seul coup la farine et la fécule, puis mélangez bien.

✗ Versez le lait bouillant en filet sur le mélange beurre/farine en remuant sans arrêt. Poursuivez la cuisson en remuant jusqu'à la première ébullition, puis retirez la casserole du feu. Ajoutez les jaunes d'œufs un par un en mélangeant bien entre chaque.

✗ Préchauffez le four th 6/7 (200 °C). Montez les blancs en neige bien ferme avec le sel, incorporez une cuillère à soupe de blancs en neige et mélangez bien. Incorporez ensuite délicatement le reste des blancs en soulevant bien pour ne pas les casser.

✗ Répartissez la préparation tout autour des pommes et enfournez. Faites cuire 30 minutes sans jamais ouvrir la porte du four. Servez les soufflés dès la fin de la cuisson, légèrement saupoudrés de sucre glace.

Idée plus : *Le soufflé est un dessert simple à réaliser et très bon marché. Veillez à bien beurrer les moules et n'ouvrez jamais la porte du four sous peine de le voir retomber.*

Pour 6 personnes

- 6 petites pommes
- 30 cl de lait
- 60 g de sucre en poudre
- 40 g de farine
- 40 g de beurre + 1 noix pour le moule
- 10 g de fécule
- 3 œufs
- ½ sachet de sucre vanillé
- 2 cuill. à soupe de cannelle en poudre
- 6 bâtons de cannelle
- Sucre cristallisé
- Sucre glace
- 1 pincée de sel

Pour 6 personnes

- 6 bananes
- 200 g de pépites de chocolat
- 1 citron
- ½ cuill. à café de gingembre en poudre
- 1 cuill. à soupe de sucre en poudre

Salade de bananes
aux pépites de chocolat

Préparation : 5 min - Pas de cuisson
Difficulté : très facile

✗ Pressez le citron. Mélangez le jus, le sucre et le gingembre.

✗ Épluchez les bananes et coupez-les en deux dans la longueur, puis en demi-rondelles.

✗ Mettez les bananes dans un saladier et arrosez-les du jus de citron. Mélangez bien.

✗ Ajoutez les pépites de chocolat dans le saladier, mélangez et servez.

Budget malin : *Les pépites de chocolat permettent de gagner du temps, mais vous pouvez les remplacer avantageusement par une tablette de chocolat concassée.*

Verrine pomme-chocolat

Préparation : 15 min - Cuisson : 35 min
Difficulté : très facile

✗ Pelez et coupez les pommes en quatre. Retirez les cœurs et coupez les quartiers en morceaux dans une casserole. Saupoudrez-les de sucre.

✗ Fendez la gousse de vanille en deux dans la longueur. Ajoutez-la aux pommes avec un demi-verre d'eau et faites cuire pendant 30 minutes à feu doux en remuant régulièrement.

✗ Retirez la casserole du feu et ôtez la gousse de vanille. Écrasez grossièrement la compote à la fourchette, puis laissez-la tiédir. Concassez les palets bretons.

✗ Faites fondre le chocolat avec la crème fraîche dans un bain-marie. Fouettez pour bien lisser le mélange. Répartissez les biscuits concassés dans six verrines, versez le chocolat chaud et recouvrez de compote de pommes. Servez immédiatement.

Variante : Variez les saveurs en remplaçant les palets bretons par des crêpes dentelles émiettées, des spéculoos, des cookies au chocolat... En fonction de la saison, réalisez une compote de poires, d'abricots ou de nectarines.

Pour 6 personnes

- 6 pommes
- 250 g de chocolat noir à pâtisserie
- 6 palets bretons
- 2 cuill. à soupe de sucre en poudre
- 1 gousse de vanille
- 1 cuill. à soupe de crème fraîche

Clafoutis aux pêches,
glace au romarin

Préparation : 45 min - Cuisson : 40 min - Repos : 1 h
Sorbetière : 20 min - Congélation : 2 h - Difficulté : facile

✗ Préparez la glace : portez le lait et la moitié du sucre à ébullition, et retirez du feu. Effeuillez le romarin. Ajoutez-le dans la casserole de lait. Couvrez et laissez infuser 30 minutes. Fouettez les jaunes d'œufs et le reste du sucre jusqu'à ce que le mélange blanchisse. Versez le lait chaud en fouettant sans arrêt, puis passez la préparation au travers d'une passoire fine. Laissez reposer 30 minutes, puis écumez.

✗ Remettez la préparation sur feu doux et faites cuire en remuant sans arrêt avec une spatule en bois jusqu'à ce que la crème nappe la spatule. Retirez du feu et incorporez la crème liquide en remuant. Versez la préparation refroidie dans une sorbetière et faites turbiner 20 à 30 minutes. Versez la crème glacée dans un bac à glace et placez au congélateur.

✗ Préparez les clafoutis : beurrez six ramequins. Préchauffez le four th 6/7 (200 °C). Versez la farine dans un saladier et cassez les œufs. Versez le sucre en poudre et fouettez bien en ajoutant le lait petit à petit jusqu'à obtention d'une pâte lisse.

✗ Pelez les pêches, coupez-les en quartiers et répartissez-les dans les ramequins. Saupoudrez de sucre vanillé et versez la pâte par-dessus. Enfournez et faites cuire 35 minutes. Servez les clafoutis tièdes ou froids avec une boule de glace au romarin.

Pour 6 personnes

Pour les clafoutis :

- 3 pêches
- 180 g de sucre en poudre
- 100 g de farine
- 40 cl de lait
- 4 œufs
- 20 g de sucre vanillé
- Beurre pour le moule

Pour la glace au romarin :

- ½ l de lait entier
- 120 g de sucre en poudre
- 6 jaunes d'œufs
- 20 cl de crème fraîche liquide
- 2 tiges de romarin

Budget malin : *Réalisez vos glaces maison, c'est très économique ! Si vous ne possédez pas de sorbetière, battez deux blancs d'œufs en neige et incorporez-les à la préparation froide. Mettez au congélateur et fouettez au batteur électrique toutes les 20 minutes jusqu'à ce que la glace soit bien prise.*

Crumble aux pommes

Préparation : 20 min - Cuisson : 35 min
Difficulté : facile

✗ Préchauffez le four th 6 (180 °C). Pelez les pommes, retirez le cœur et les pépins, et coupez-les en petits cubes. Beurrez six ramequins allant au four.

✗ Mettez 80 g de beurre coupé en parcelles au congélateur pendant 10 minutes environ. Faites fondre le reste du beurre dans une poêle. Ajoutez les pommes, le sucre en poudre et la cannelle, et faites cuire à feu doux en remuant régulièrement jusqu'à ce que les pommes soient caramélisées.

✗ Mélangez la farine, le sucre roux et le beurre froid dans un saladier. Travaillez du bout des doigts jusqu'à obtention d'une pâte granuleuse.

✗ Retirez la compotée de pommes du feu et répartissez-la dans des coupelles. Recouvrez de pâte, enfournez et faites cuire 30 minutes. Sortez les ramequins du four et laissez-les tiédir.

Variante : *Ayez le réflexe crumble pour recycler un reste de fruits un peu mûrs. Pour varier les saveurs, remplacez une partie de la farine par du pain d'épices un peu sec ou par un reste de poudre d'amandes...*

Pour 6 personnes

- 6 pommes reinette
- 100 g de farine
- 100 g de sucre roux
- 120 g de beurre + 20 g pour les ramequins
- 50 g de sucre en poudre
- 1 cuill. à café de cannelle en poudre

Pour 6 personnes

- 1 l de lait entier
- 1 yaourt nature au lait entier
- 5 cl d'eau de fleur d'oranger (facultatif) ou un autre parfum

Yaourt maison

Préparation : 10 min - Cuisson : 50 min
Repos : 5 h - Difficulté : très facile

✗ Versez le lait dans une casserole et faites-le bouillir 30 minutes à petits frémissements. Retirez du feu et laissez-le tiédir (45 °C). Vous pouvez y plonger le doigt pendant 10 secondes sans vous brûler.

✗ Fouettez le yaourt et le parfum choisi (eau de fleur d'oranger, citron, vanille...), puis incorporez le lait tiède. Versez le mélange dans des petits pots et fermez avec les couvercles ou avec du film alimentaire maintenu par un élastique.

✗ Pour une cuisson au four : préchauffez th 3 (45 °C). Posez les yaourts dans un grand plat allant au four et versez de l'eau dans le plat à hauteur du lait dans les pots. Enfournez et faites cuire 20 minutes, puis éteignez le four et laissez le plat dans le four fermé pendant 5 heures. Placez ensuite au frais.

✗ Pour une cuisson à la cocotte minute : mettez les yaourts dans la cocotte et versez de l'eau chauffée à 45 °C jusqu'au niveau du lait dans les pots. Fermez le couvercle et laissez ainsi pendant 5 heures.

✗ Stockez vos yaourts au réfrigérateur jusqu'au moment de les consommer.

Budget malin : c'est simple et très économique de réaliser des yaourts maison sans yaourtière. Utilisez la chaleur résiduelle du four après la cuisson d'un gâteau, vous économiserez ainsi le préchauffage du four.

Verrine de fromage blanc
aux framboises

Préparation : 10 min - Pas de cuisson
Difficulté : très facile

✗ Réservez un quart des framboises, puis écrasez grossièrement le reste dans un saladier. Ajoutez le fromage blanc et le sucre, et mélangez bien.

✗ Dans un autre saladier, mélangez les flocons d'avoine et le sirop de framboises. Répartissez-les dans six verrines en tassant légèrement.

✗ Recouvrez les flocons d'avoine de fromage blanc aux framboises et placez au frais jusqu'au moment de servir.

✗ Sortez les verrines du réfrigérateur et décorez-les des framboises entières. Servez frais.

Variante : Vous pouvez remplacer les flocons d'avoine par du pain d'épices émietté, des meringues ou des macarons concassés... Et pour les gourmands, ajoutez des pépites de chocolat !

Pour 6 personnes

- 300 g de fromage blanc lisse
- 200 g de framboises
- 150 g de flocons d'avoine
- 50 g de sucre en poudre
- 3 cuill. à soupe de sirop de framboises

Pour 6 personnes

- 8 jaunes d'œufs
- 100 g de sucre en poudre
- 50 g de sucre cristallisé
- 30 cl de lait
- 40 cl de crème fraîche liquide
- 2 gousses de vanille

Crème brûlée

Préparation : 15 min - Cuisson : 1 h 20
Réfrigération : 12 h - Difficulté : facile

✗ La veille, préchauffez le four th 3/4 (100 °C). Versez la crème liquide et le lait dans une casserole. Fendez les gousses de vanille en deux et grattez l'intérieur avec la pointe d'un couteau pour prélever les graines. Ajoutez les graines et la gousse de vanille, puis portez à ébullition.

✗ Pendant ce temps, fouettez les jaunes d'œufs et le sucre en poudre dans un saladier jusqu'à ce que le mélange blanchisse. Versez doucement le lait et la crème en remuant avec une spatule en bois. Filtrez la préparation au travers d'une passoire fine et écumez pour retirer la mousse.

✗ Passez l'intérieur de six ramequins sous l'eau froide et égouttez-les sans les essuyer. Répartissez aussitôt la crème et posez les ramequins dans un grand plat rempli d'eau chaude au tiers de sa hauteur. Enfournez et faites cuire entre 50 minutes et 1 heure 15.

✗ À la fin de la cuisson, sortez les crèmes du four et du bain-marie. Laissez-les refroidir complètement et placez-les au frais jusqu'au lendemain.

✗ Au moment de servir, saupoudrez les crèmes de sucre cristallisé. Faites-les caraméliser sous le gril du four ou à l'aide d'un chalumeau, et servez aussitôt.

Idée plus : Voilà un dessert délicieux et économique que vous pouvez parfumer de multiples façons : à la cannelle, à la fleur d'oranger, aux pruneaux, à la pomme…
Avec les blancs d'œufs inutilisés, vous pouvez réaliser des meringues (recette page 253).

Crème à l'orange

Préparation : 10 min - Cuisson : 10 min
Réfrigération : 2 h - Difficulté : très facile

✗ Brossez les oranges sous l'eau tiède. Séchez-les et râpez finement le zeste.

✗ Fouettez les jaunes d'œufs avec le sucre, l'extrait de vanille liquide, l'eau de fleur d'oranger, les deux tiers du zeste d'orange et la Maïzena dans un saladier.

✗ Portez le lait à ébullition. Aux premiers frémissements, versez-le en filet sur la préparation en fouettant vivement. Transvasez le mélange dans la casserole et faites cuire à feu très doux en fouettant sans arrêt jusqu'à ce que la préparation épaississe.

✗ Répartissez la crème à l'orange dans des verrines. Laissez refroidir complètement, puis placez au frais pendant au moins 2 heures. Décorez du reste de zeste d'orange et servez.

Variante : Vous pouvez remplacer l'eau de fleur d'oranger par le jus d'une orange préalablement filtré.

Pour 6 personnes

- 2 oranges
- 50 cl de lait entier
- 2 jaunes d'œufs
- 75 g de sucre en poudre
- 2 cuill. à soupe rases de Maïzena
- ½ cuill. à soupe d'extrait de vanille liquide (ou 1 gousse de vanille)
- 1 cuill. à soupe d'eau de fleur d'oranger

Pour 6 personnes

- 25 cl de crème fraîche liquide entière très froide
- 40 g de miel liquide + 6 cuill. à café
- 2 feuilles de gélatine
- 1 cuill. à soupe de sucre en poudre
- 1 gousse de vanille

Panacotta au miel

Préparation : 15 min - Cuisson : 5 min
Réfrigération : 3 h - Difficulté : très facile

✗ Faites ramollir la gélatine dans de l'eau froide. Versez la moitié de la crème fraîche, 40 g de miel et la gousse de vanille fendue en deux dans une casserole, et portez à ébullition. Laissez bouillir 5 minutes.

✗ Retirez la préparation du feu. Essorez la gélatine et faites-la fondre dans la crème bouillante en fouettant. Laissez refroidir en fouettant régulièrement.

✗ Montez le reste de crème liquide en chantilly bien ferme. Versez le sucre en pluie à la fin. Incorporez-la délicatement à la crème au miel froide.

✗ Répartissez la préparation dans six petits moules et placez au frais pendant au moins 3 heures. Démoulez la panacotta et servez nappé de miel.

Variante : Parfumez votre panacotta selon les ingrédients du placard : café, poudre d'amandes, infusion de thym... Servez avec un coulis de fruits, un caramel ou du chocolat fondu.

Œufs au lait

Préparation : 10 min - Cuisson : 40 min
Difficulté : très facile

✗ Beurrez six ramequins. Versez le lait dans une casserole avec le sucre et la gousse de vanille fendue en deux dans la longueur. Mélangez et portez à ébullition. Retirez la gousse de vanille.

✗ Battez les œufs en omelette dans un saladier et versez le lait en remuant sans arrêt.

✗ Répartissez la préparation dans les ramequins et posez-les dans un bain-marie. Enfournez 20 minutes th 4 (120 °C) sans préchauffer le four, puis faites cuire 10 minutes th 6 (180 °C). Positionnez le four sur th 7 (210 °C) et terminez la cuisson pendant 5 minutes.

✗ Vérifiez la cuisson avec la lame d'un couteau pointu : elle doit ressortir propre. Sortez alors les œufs au lait du four et du bain-marie, puis laissez refroidir complètement.

Budget malin : *Recette simple, délicieuse et économique. Tous les ingrédients sont dans le placard !*

Pour 6 personnes

- 6 œufs
- 150 g de sucre en poudre
- 1 l de lait
- 1 gousse de vanille
- 25 g de beurre pour les ramequins

Pour 6 personnes

- 150 g de chocolat noir
- 120 g de sucre en poudre
- 8 jaunes d'œufs
- 1 l de lait
- 1 sachet de sucre vanillé

Petits pots de crème
au chocolat

Préparation : 15 min - Cuisson : 30 min
Réfrigération : 4 h - Difficulté : très facile

✗ Préchauffez le four th 6 (180 °C). Cassez le chocolat en morceaux dans un saladier. Ajoutez deux cuillères à soupe de lait et faites-le fondre dans un bain-marie. Versez le lait dans une casserole, ajoutez le sucre vanillé et portez à ébullition.

✗ Fouettez les jaunes d'œufs et le sucre jusqu'à ce que le mélange blanchisse. Incorporez le chocolat fondu et mélangez bien. Lorsque le lait bout, versez-le en filet sur la préparation au chocolat en fouettant sans arrêt.

✗ Versez la préparation au travers d'une passoire dans six petits pots résistant à la chaleur. Posez les petits pots dans un plat allant au four et remplissez d'eau chaude à mi-hauteur. Recouvrez d'une feuille de papier aluminium et faites cuire 25 minutes.

✗ Sortez les crèmes du four et du bain-marie. Laissez-les refroidir avant de les placer au frais pendant 4 heures et servez.

Idée plus : Gardez les blancs d'œufs pour réaliser des meringues (recette page 253) ou une mousse de ricotta aux fruits (recette page 101).

Mousse de ricotta
à la pêche

Préparation : 15 min - Pas de cuisson
Réfrigération : 3 h - Difficulté : très facile

✗ Mélangez la ricotta, la crème fraîche et le sucre en fouettant bien.

✗ Montez les blancs en neige bien ferme, puis incorporez-les délicatement à la préparation.

✗ Plongez les pêches 30 secondes dans de l'eau bouillante pour les peler facilement, puis coupez-les en tout petits dés. Ajoutez-les à la préparation. Répartissez la mousse de ricotta dans des verrines et placez au frais pendant au moins 3 heures avant de servir.

Variante : En dehors de la saison des pêches, utilisez celles en conserve. Égouttez-les bien et séchez-les dans du papier absorbant.
Utilisez les jaunes d'œufs pour réaliser quatre petits pots de crème au chocolat (recette page 100 – divisez les ingrédients par deux).

Un dessert pour tous les jours

Pour 6 personnes

- 250 g de ricotta
- 4 blancs d'œufs
- 150 g de crème fraîche épaisse
- 2 pêches jaunes
- 100 g de sucre en poudre

Crêpes au chocolat

Préparation : 30 min - Cuisson : 20 min
Repos : 1 h - Difficulté : facile

Pour 6 personnes :

Pour la pâte à crêpes :

- 150 g de farine
- 2 œufs
- 25 g de beurre
- 25 cl de lait
- 15 g de sucre en poudre
- Huile
- ½ pincée de sel

Pour la sauce au chocolat :

- 150 g de chocolat noir
- 15 cl de crème fraîche liquide
- 15 cl d'eau
- 2 cuill. à soupe de cassonade

✗ Mettez la farine, le sucre et le sel dans un saladier. Cassez les œufs dans un puits au centre. Incorporez la farine petit à petit à la fourchette. Quand la pâte devient trop épaisse, versez le lait en filet en continuant de fouetter à la fourchette. La pâte obtenue doit être lisse et onctueuse. Faites fondre le beurre et ajoutez-le à la pâte. Couvrez le saladier d'un linge et laissez reposer 1 heure.

✗ Préparez la sauce au chocolat. Concassez le chocolat et mettez-le dans un saladier. Dans une petite casserole, portez la crème à ébullition avec l'eau et le sucre. Versez la crème sur le chocolat et laissez reposer 1 à 2 minutes. À l'aide d'une cuillère en bois, mélangez doucement la crème avec le chocolat jusqu'à obtention d'une sauce homogène.

✗ Huilez une grande poêle antiadhésive et versez une louche de pâte en tournant la poêle dans tous les sens pour que la pâte se répartisse sur toute la surface. Laissez cuire 1 à 2 minutes, puis retournez la crêpe. Poursuivez la cuisson 1 minute et faites glisser la crêpe dans une assiette. Recommencez l'opération jusqu'à épuisement de la pâte. Servez les crêpes accompagnées de la sauce au chocolat.

Idée plus : *Si votre pâte à crêpes contient des grumeaux, tamisez-la au travers d'un chinois avant de la faire reposer.*

Pancakes aux pommes

Préparation : 25 min - Cuisson : 20 min
Repos : 1 h - Difficulté : facile

✗ Mettez la farine, la levure et une cuillère de sucre dans un saladier. Mélangez et creusez un puits. Battez le lait, la crème et l'œuf entier, puis versez dans le puits. Fouettez doucement en incorporant la farine petit à petit.

✗ Faites fondre 30 g de beurre et laissez-le tiédir. Versez-le doucement dans la pâte en mélangeant sans arrêt. Ajoutez le jus de pomme et mélangez à nouveau. La pâte doit être lisse et un peu épaisse.

✗ Montez les blancs en neige pas trop ferme avec le sel et incorporez-les à la pâte. Couvrez d'un linge et laissez reposer 1 heure à température ambiante.

✗ Coupez les pommes en rondelles fines et arrosez du jus de citron. Faites chauffer une petite poêle et badigeonnez-la de beurre. Versez une petite louche de pâte, déposez une rondelle de pomme et laissez cuire 2 minutes environ sur feu moyen. Retournez le pancake et poursuivez la cuisson 1 minute pour faire dorer la pomme.

✗ Posez les pancakes sur un linge et emballez-les pour qu'ils restent chauds. Poursuivez ainsi la cuisson des pancakes en remettant un peu de beurre dans la poêle si nécessaire. Saupoudrez-les de sucre en poudre et servez tiède.

Astuce : *une cuisson lente et à feu doux est le secret des pancakes bien moelleux. En supprimant le beurre et la crème, vous obtiendrez des pancakes plus secs, mais aussi plus lights.*

Pour 6 personnes

- 3 ou 4 pommes
- 10 cl de jus de pomme
- 250 g de farine
- 30 cl de lait
- 10 cl de crème liquide
- 3 cuill. à soupe de sucre en poudre
- 1 œuf entier + 2 blancs
- 1 sachet de levure
- Le jus d'un citron
- 50 g de beurre
- Huile
- 1 pincée de sel

Pour 6 personnes

- 340 g de farine
- 50 g de beurre
- 45 g de sucre en poudre
- 15 g de levure du boulanger
- 2 œufs
- 15 cl de lait
- 1 grosse pincée de sel
- Huile de friture
- Sucre glace

Beignets

Préparation : 25 min - Cuisson : 20 min
Repos : 4 h - Difficulté : facile

✗ Sortez le beurre du réfrigérateur et laissez-le ramollir à température ambiante. Faites chauffer le lait et délayez la levure. Battez les œufs en omelette. Tamisez la farine au-dessus d'un saladier et versez la levure diluée, le beurre coupé en parcelles, le sucre en poudre et le sel.

✗ Mélangez à la spatule, puis versez le tout sur le plan de travail. Pétrissez la pâte à la main jusqu'à obtention d'une pâte homogène. Formez une boule, couvrez-la d'un linge et laissez reposer 2 à 4 heures à température ambiante.

✗ Étalez la pâte sur 2 cm d'épaisseur environ et découpez des disques de 10 cm environ de diamètre à l'aide d'un emporte-pièce. Faites un trou au centre de la pâte avec votre index, en tournant plusieurs fois le beignet autour de votre index. Laissez reposer 2 heures dans un endroit chaud.

✗ Faites chauffer l'huile de friture, puis plongez les beignets par deux. Faites-les dorer 5 à 6 minutes en les retournant à mi-cuisson, puis égouttez-les à l'aide d'une écumoire. Posez-les au fur et à mesure sur du papier absorbant et renouvelez l'opération avec tous les beignets.

Idée plus : *À l'aide d'une poche à douille, garnissez les beignets de compote de pommes, de confiture ou de Nutella après avoir réalisé une petite entaille sur le côté, puis saupoudrez-les de sucre glace.*

Donuts choco-coco

Préparation : 45 min - Cuisson : 30 min
Repos : 4 h - Difficulté : difficile

✗ Délayez la levure dans le lait tiède. Mélangez la farine, le sel, la cannelle et le sucre, puis creusez un puits. Battez un œuf et versez-le dans le puits. Mélangez en incorporant le maximum de farine. Ajoutez l'autre œuf battu en omelette, puis le beurre fondu. Travaillez bien en ajoutant le lait et la levure au fur et à mesure jusqu'à obtention d'une pâte élastique. Formez une boule, couvrez-la d'un linge humide et laissez reposer jusqu'à ce que la pâte ait doublé de volume.

✗ Travaillez la pâte à nouveau, en la tapant sur le plan de travail. Lorsqu'elle est souple, roulez-la en boule et laissez-la lever à nouveau pendant 3 heures.

✗ Faites chauffer l'huile de friture. Travaillez rapidement la pâte, puis divisez-la en douze boules. Aplatissez-les légèrement. Faites un trou au centre à l'aide de votre index, en tournant la boule plusieurs fois autour de votre index.

✗ Plongez les donuts par deux dans l'huile chaude. Faites-les cuire 2 minutes après qu'ils soient remontés à la surface. Retournez-les et faites les cuire 1 minute supplémentaire. Égouttez-les sur du papier absorbant.

✗ Faites fondre le chocolat dans un bain-marie avec l'eau et le beurre. Dès que le chocolat est fondu, versez 50 g de noix de coco râpée et mélangez bien. Plongez le dessus des donuts dans le glaçage au chocolat, déposez-les sur une grille et saupoudrez-les du reste de noix de coco.

Idée plus : *Pour une version plus « light », oubliez le glaçage au chocolat et saupoudrez légèrement les donuts de sucre en poudre.*

Pour 6 personnes

- 350 g de farine
- 15 g de levure de boulanger
- 2 œufs
- 80 g de sucre en poudre
- 30 g de beurre
- 15 cl de lait tiède
- ½ cuill. à café de cannelle
- 1 pincée de sel
- Huile de friture

Pour le glaçage au chocolat et à la noix de coco :

- 200 g de chocolat noir
- 100 g de noix de coco râpé
- 50 g de beurre
- 10 cl d'eau

Brioche aux raisins secs

Préparation : 25 min - Cuisson : 35 min
Repos : 3 h - Difficulté : facile

Pour 6 personnes

- 250 g de farine
- 10 g de levure de boulanger
- 100 g de beurre + 1 noix pour le moule
- 3 œufs
- 15 cl de lait
- 150 g de raisins secs
- 2 cuill. à soupe de sucre en poudre
- 2 pincées de sel

✗ Délayez la levure dans un peu de lait tiède. Tamisez la farine dans un saladier, ajoutez le sucre et le sel, puis creusez un puits au centre. Ajoutez les œufs, la levure et le beurre coupé en parcelles, puis travaillez la pâte en ajoutant le lait petit à petit. Pétrissez bien jusqu'à obtention d'une pâte souple et homogène.

✗ Ajoutez les raisins secs et continuez à travailler longuement la pâte. Couvrez d'un linge et laissez reposer 2 heures à température ambiante.

✗ Beurrez un moule à brioche. Travaillez à nouveau la pâte et mettez-la dans le moule. Couvrez et laissez reposer à nouveau pendant 1 heure.

✗ Préchauffez le four th 6 (180 °C). Enfournez et faites cuire 35 minutes. Sortez la brioche du four et laissez-la tiédir avant de démouler. Servez la brioche tiède coupée en tranches épaisses.

Budget malin : *Cette brioche maison, délicieuse et économique, sera toujours la bienvenue sur la table du petit-déjeuner ou du goûter. Il vous reste quelques tranches un peu sèches ? Réalisez du pain perdu !*

Biscuit roulé

Préparation : 30 min - Cuisson : 15 min
Difficulté : facile

✗ Coupez la gousse de vanille en deux dans le sens de la longueur et retirez les graines se trouvant à l'intérieur à l'aide de la pointe d'un couteau. Mélangez-les au sucre. Séparez trois blancs et trois jaunes d'œufs. À l'aide d'un batteur, montez les trois blancs en neige avec le sel, en versant 50 g de sucre petit à petit.

✗ Dans un autre saladier, battez très longuement les œufs entiers et les trois jaunes avec le sucre restant jusqu'à ce que le mélange devienne blanc et mousseux. Incorporez délicatement les blancs d'œufs. Homogénéisez la pâte, puis incorporez la farine tamisée.

✗ Préchauffez le four à 190 °C. Recouvrez une plaque à pâtisserie de papier sulfurisé. Versez la pâte, puis égalisez son épaisseur à l'aide d'une spatule. Enfournez pendant 15 minutes. La pâte doit gonfler et dorer. Sortez la pâte du four et faites-la glisser avec le papier sur le plan de travail. Couvrez-la d'un linge et laissez refroidir.

✗ Retournez le biscuit en vous aidant du linge pour que la feuille de papier sulfurisé se retrouve sur le dessus, puis retirez-la délicatement. Faites tiédir la confiture dans une casserole et étalez-la sur le gâteau. En vous aidant du linge, roulez la pâte sur elle-même afin d'obtenir un long boudin d'une épaisseur d'environ 10 cm. Mettez-le sur un plat et saupoudrez de sucre glace. Servez aussitôt ou gardez au frais.

Variante : Le biscuit roulé est le gâteau idéal des goûters improvisés. Vous pouvez remplacer la confiture par une sauce au chocolat (recette page 102), de la crème pâtissière à la vanille...

Pour 6 personnes

- 200 g de sucre en poudre
- 100 g de farine
- 6 œufs
- 1 gousse de vanille
- 1 pincée de sel
- 150 g de confiture de votre choix
- Sucre glace (facultatif)

Cheese-cake sans cuisson
au coulis de framboises

Préparation : 20 min - Cuisson : 2 min
Réfrigération : 2 h - Difficulté : très facile

Pour 6 personnes

- 500 g de fromage frais (Philadelphia, Carré Frais)
- 1 paquet de biscuits (sablés, Petits Bruns...)
- 250 g de framboises
- 125 g de sucre en poudre
- 100 g de beurre
- 10 cl de crème fraîche liquide
- 50 g de pistaches non salées mondées
- 30 g de noisettes
- Le jus d'un demi-citron
- 2 feuilles de gélatine

✗ Faites ramollir les feuilles de gélatine dans de l'eau froide. Faites légèrement chauffer la crème, puis retirez du feu. Essorez la gélatine et faites-la fondre dans la crème chaude en fouettant. Battez le fromage frais et le sucre en poudre dans un saladier, puis ajoutez la crème en fouettant bien.

✗ Concassez les pistaches et ajoutez-les à la préparation. Faites fondre le beurre. Concassez les biscuits et les noisettes dans un saladier. Versez le beurre fondu par-dessus et mélangez jusqu'à obtention d'une pâte.

✗ Chemisez un moule à fond amovible de papier sulfurisé. Étalez la pâte dans le fond en tassant bien. Versez la préparation au fromage par-dessus et placez au frais pendant au moins 2 heures.

✗ Mixez les framboises avec le jus de citron. Passez le coulis obtenu au travers d'une passoire fine pour en retirer les grains. Réservez au frais.

✗ Au moment de servir, démoulez le cheese-cake et coupez-le en parts. Nappez de coulis de framboises avant de servir.

Variante : *Variez les coulis selon les fruits disponibles (cerises, fraises, oranges, citrons...). Privilégiez les fruits acidulés pour contrebalancer la saveur du fromage.*

Carrot cake

Préparation : 15 min - Cuisson : 1 h 15
Difficulté : très facile

✗ Tamisez ensemble la farine, la levure, la cannelle, la muscade, le gingembre et le sel dans un saladier. Dans un autre saladier, fouettez les œufs avec le sucre, puis ajoutez l'huile en filet en battant bien.

✗ Préchauffez le four th 5/6 (160 °C). Rassemblez les deux préparations, puis incorporez les noisettes et les carottes râpées. Mélangez bien.

✗ Beurrez un moule à manqué et versez la pâte. Enfournez et faites cuire 1 heure 15.

✗ Sortez le gâteau du four, puis laissez-le tiédir avant de le démouler. Servez froid avec de la crème fraîche épaisse.

Idée plus : *Laissez de préférence reposer le carrot cake 1 journée, il sera encore meilleur. Servez-le recouvert d'un glaçage au fromage frais : mélangez 50 g de beurre ramolli avec 100 g de fromage frais (St Môret, Carré Frais) et deux cuillères à café de sucre glace jusqu'à obtention d'une préparation crémeuse. Laissez le glaçage reposer avant de l'utiliser, puis nappez-en le carrot cake.*

Pour 6 personnes

- 375 g de carottes finement râpées
- 200 g de sucre en poudre
- 250 g de farine
- 20 cl d'huile d'arachide
- 3 œufs
- 125 g de noisettes concassées (ou des noix)
- 1 sachet de levure
- 1 cuill. à café de cannelle en poudre
- ½ cuill. à café de gingembre en poudre
- 1 pincée de noix de muscade en poudre
- 1 pincée de sel
- Beurre pour le moule

Pour 6 personnes

- 400 g de mie de pain rassis
- 40 cl de lait
- 25 cl de jus d'orange
- 150 g de pruneaux dénoyautés
- 4 œufs
- 150 g de sucre en poudre
- 15 cl de caramel liquide
- 1 cuill. à soupe de farine
- 1 morceau d'écorce d'orange confite (facultatif)

Petit pudding

Préparation : 25 min - Cuisson : 55 min
Difficulté : facile

✗ Faites chauffer le lait. Mettez la mie de pain rassis dans un saladier et versez le lait chaud par-dessus en mélangeant. Laissez reposer 15 minutes, puis ajoutez le jus d'orange. Écrasez la mie de pain pour bien l'incorporer.

✗ Préchauffez le four th 6 (180 °C). Fouettez les œufs et le sucre. Ajoutez la farine tamisée, mélangez bien, puis versez la mie de pain et son jus. Battez à la fourchette jusqu'à obtention d'une préparation homogène.

✗ Versez le caramel liquide dans six moules à savarin individuels et inclinez les moules dans tous les sens pour bien napper l'intérieur de caramel.

✗ Coupez les pruneaux en petits morceaux, puis incorporez-les à la préparation. Répartissez-la dans les moules caramélisés. Enfournez et faites cuire 50 minutes.

✗ Sortez les puddings du four et laissez-les refroidir complètement avant de démouler. Parsemez de petits morceaux d'écorce d'orange avant de servir.

Budget malin : *Le pudding est une recette idéale pour recycler un reste de pain rassis. Vous pouvez le parfumer avec des raisins secs trempés dans du rhum, des fruits confits, des pommes... Pour un dessert plus festif, accompagnez-le d'une crème anglaise ou d'une boule de glace à la vanille.*

Fondant au chocolat

Préparation : 10 min - Cuisson : 25 min
Difficulté : très facile

✗ Préchauffez le four th 6/7 (190 °C). Cassez le chocolat en morceaux dans un saladier résistant à la chaleur. Ajoutez le beurre coupé en parcelles et faites fondre le chocolat.

✗ Fouettez le chocolat fondu pour le lisser, puis ajoutez la farine tamisée et le sucre glace en fouettant toujours. Séparez les blancs des jaunes. Incorporez les jaunes un par un, en fouettant bien entre chaque. Montez les blancs en neige et incorporez-les délicatement.

✗ Beurrez un moule carré. Versez la pâte, enfournez et faites cuire 20 à 22 minutes.

✗ Sortez le fondant et laissez-le refroidir complètement avant de démouler. Coupez-le en parts et servez avec une crème anglaise.

Idée plus : Recette de la crème anglaise : portez à ébullition 50 cl de lait avec une gousse de vanille fendue en deux. Fouettez quatre jaunes d'œufs avec 80 g de sucre, puis versez le lait bouillant en filet en mélangeant bien. Reversez le tout dans la casserole et faites cuire en mélangeant jusqu'à ce que la crème épaississe et nappe la spatule. Versez dans un saladier froid pour stopper la cuisson.

Pour 6 personnes

- 200 g de chocolat noir à pâtisserie
- 150 g de beurre + 1 noix pour le moule
- 100 g de sucre glace
- 5 œufs
- 50 g de farine

Cheese-cake au citron vert

Préparation : 20 min - Cuisson : 45 min - Repos : 1 h
Réfrigération : 4 h - Difficulté : facile

Pour 6 personnes

- 500 g de fromage frais (Philadelphia, St Môret, Carré Frais)
- 200 g de Petits Beurre (ou Thé brun)
- 120 g de sucre en poudre
- 2 œufs
- 80 g de beurre fondu
- 1 cuill. à soupe de farine
- 1 petit citron vert

✗ Concassez finement les biscuits et mélangez-les avec le beurre fondu. Étalez la pâte obtenue au fond d'un moule à fond amovible de 18 cm de diamètre, tassez bien et placez au réfrigérateur.

✗ Préchauffez le four th 6 (180 °C). Brossez le citron sous l'eau tiède, séchez-le et râpez le zeste à la grille fine, puis pressez-le.

✗ Fouettez le fromage frais, puis ajoutez le sucre, la farine et le zeste de citron. Battez les œufs en omelette, puis incorporez-les à la préparation. Ajoutez le jus de citron et mélangez bien.

✗ Versez le mélange sur le fond de tarte froid et lissez le dessus à l'aide d'une spatule. Enfournez et faites cuire 45 minutes.

✗ Sortez le cheese-cake du four et laissez-le refroidir 1 heure à température ambiante. Placez-le ensuite 4 heures au réfrigérateur. Démoulez et servez frais.

Variante : Servez le cheese-cake accompagné d'un coulis de fruits ou d'une sauce au caramel. Selon les ingrédients du placard, remplacez les Petits Beurre par d'autres biscuits (spéculoos, palets bretons, galettes St Michel...)

Tartelette Tatin
aux poires

Préparation : 20 min - Cuisson : 40 min
Difficulté : facile

✗ Préchauffez le four th 6 (180 °C). Beurrez six moules à tartelettes. Pelez et coupez les poires en quartiers. Retirez les cœurs et coupez les quartiers en morceaux. Concassez grossièrement les noisettes.

✗ Versez le sucre dans une poêle. Ajoutez le beurre coupé en parcelles et faites cuire à feu doux jusqu'à obtention d'un caramel ambré.

✗ Versez les morceaux de poires dans la poêle et faites cuire en remuant jusqu'à ce que les poires soient caramélisées. Ajoutez les noisettes concassées et mélangez. Répartissez les poires et leur caramel dans les moules en une couche uniforme.

✗ Étalez la pâte sur le plan de travail fariné et découpez six disques à la mesure des moules. Posez les disques de pâte sur les poires et enfoncez les bords de la pâte entre les fruits et la paroi des moules. Enfournez et faites cuire 30 minutes. La pâte doit être dorée et gonflée.

✗ Sortez les tartelettes du four, puis posez une assiette à dessert sur chacune d'entre elles pour faire retomber la pâte. Laissez reposer 5 minutes, puis démoulez les tartelettes et servez tiède.

Budget malin : Réalisez votre pâte brisée maison : coupez 125 g de beurre froid en petits morceaux. Mélangez dans un saladier 250 g de farine avec une pincée de sel et le beurre. Pétrissez du bout des doigts jusqu'à obtention d'une pâte sableuse. Liez la pâte avec 5 cl de lait. Roulez la pâte obtenue en boule, emballez-la dans du film alimentaire et laissez reposer 1 heure au réfrigérateur.

Pour 6 personnes

- *450 g de pâte brisée*
- *6 poires*
- *75 g de noisettes*
- *150 g de sucre en poudre*
- *50 g de beurre demi-sel*
- *Beurre pour les moules*

Tarte fine aux pommes

Préparation : 10 min - Cuisson : 25 min
Difficulté : très facile

Pour 6 personnes

- 2 rouleaux de pâte feuilletée
- 6 pommes
- 2 sachets de sucre vanillé
- 50 g de beurre

✗ Préchauffez le four th 6/7 (200 °C). Épluchez et coupez les pommes en quartiers. Retirez les cœurs et détaillez les quartiers en lamelles très fines.

✗ Étalez finement la pâte sur un plan de travail fariné et piquez-la à l'aide d'une fourchette. Découpez six disques de pâte et posez-les bien à plat sur la plaque du four recouverte de papier sulfurisé beurré.

✗ Répartissez les lamelles de pommes en rosace sur les disques de pâte en les faisant se chevaucher légèrement.

✗ Saupoudrez les tartes de sucre vanillé, puis parsemez de noisettes de beurre. Enfournez et faites cuire 25 minutes.

✗ Servez les tartes fines tièdes accompagnées d'une boule de glace à la vanille.

Budget malin : *Faites vous-même votre sucre vanillé : après avoir gratté l'intérieur de deux gousses de vanille, coupez les gousses en petits morceaux. Mélangez à 100 g de sucre en poudre et mixez-le. Passez ensuite au tamis et mélangez à 400 g de sucre en poudre. Versez-le dans un bocal hermétique. Vous aurez ainsi toujours du sucre vanillé sous la main.*

Tartelette de flan
au caramel

Préparation : 20 min - Cuisson : 45 min
Réfrigération : 1 h - Difficulté : facile

✗ Préchauffez le four th 5 (150 °C). Mettez les morceaux de sucre dans une casserole. Ajoutez le jus d'orange et faites cuire à feu doux jusqu'à obtention d'un caramel foncé. Versez alors le lait en filet en fouettant sans arrêt, puis laissez cuire jusqu'aux premiers frémissements avant de retirer du feu.

✗ Fouettez les œufs avec le sucre et le zeste d'orange, puis ajoutez la farine tamisée. Mélangez et versez le lait chaud en filet en fouettant sans arrêt.

✗ Beurrez six moules à tartelettes. Garnissez les moules de pâte brisée, piquez-la avec une fourchette et versez la préparation. Enfournez et faites cuire 35 minutes. Si la pâte colore trop vite, recouvrez les tartelettes de papier aluminium.

✗ Sortez les tartelettes du four, posez-les sur une grille et laissez-les refroidir complètement avant de servir.

Variante : Vous pouvez réaliser cette recette sans pâte brisée et confectionner des petits flans directement dans des mini-moules. Prolongez alors la cuisson de 5 à 10 minutes afin qu'ils soient plus fermes.

Pour 6 personnes

- 250 g de pâte brisée
- 4 œufs
- 1 l de lait
- 100 g de sucre en morceaux
- 150 g de sucre en poudre
- 100 g de farine
- 2 cuill. à soupe de jus d'orange
- 1 cuill. à soupe de zeste d'orange râpé
- Beurre pour les moules

Tartelette au chocolat
au lait

Préparation : 20 min - Cuisson : 20 min
Réfrigération : 1 h 30 - Difficulté : très facile

✗ Préparez la pâte : versez la farine, le sucre et le sel dans un saladier. Ajoutez le beurre mou en parcelles et travaillez du bout des doigts jusqu'à obtention d'un mélange sableux. Ajoutez alors un demi-verre d'eau petit à petit et travaillez la pâte avec la paume de la main pour obtenir une préparation homogène et lisse. Formez une boule, couvrez-la d'un linge et laissez reposer pendant 30 minutes au frais.

✗ Préchauffez le four th 6 (180 °C). Beurrez et farinez douze mini-moules à tartelettes. Étalez la pâte sur un plan de travail fariné, puis garnissez-en les moules. Piquez la pâte avec une fourchette, couvrez de papier sulfurisé et remplissez de haricots secs.

✗ Enfournez les fonds de tartelettes et faites-les cuire 20 minutes environ. Sortez-les du four, puis retirez le papier et les haricots secs. Démoulez-les et laissez-les refroidir sur une grille.

✗ Râpez le chocolat dans un saladier. Faites bouillir la crème avec la cannelle, puis versez-la sur le chocolat en remuant jusqu'à obtention d'une crème lisse. Incorporez alors le beurre en parcelles. Versez la crème au chocolat dans les fonds de tartelettes et placez-les au frais pendant 1 heure avant de servir.

Variante : Selon les ingrédients du placard, remplacez la moitié de la crème par du lait de coco.

Pour 6 personnes

Pour la pâte :

- 180 g de farine
  + un peu pour les moules
- 100 g de beurre mou
  + 1 noix pour les moules
- 1 cuill. à café de sucre en poudre
- 1 pincée de sel

Pour la garniture :

- 200 g de chocolat au lait à pâtisserie
- 20 cl de crème fraîche liquide
- 20 g de beurre
- 1 cuill. à café de cannelle en poudre

Apple pie

Préparation : 20 min - Cuisson : 40 min
Difficulté : facile

✗ Pressez le citron. Pelez les pommes. Coupez-les en quatre et retirez les cœurs. Coupez ensuite les quartiers en lamelles fines. Mettez-les dans un saladier, arrosez de jus de citron, puis saupoudrez de sucre et de cannelle. Mélangez bien.

✗ Préchauffez le four th 7 (210 °C). Beurrez six moules individuels. Étalez la pâte sur le plan de travail fariné. Découpez six disques pour garnir le fond et les bords des moules et six autres du même diamètre que celui des moules en guise de couvercles.

✗ Chemisez les moules des disques de pâte les plus grands. Répartissez les lamelles de pommes en couches successives et recouvrez-les des couvercles de pâte. Soudez bien les bords des deux pâtes ensemble.

✗ Faites un petit trou au centre de chaque tourte et réalisez une cheminée avec un petit rouleau de papier aluminium. Battez le jaune d'œuf avec une cuillère à soupe d'eau et badigeonnez le dessus des tourtes. Enfournez et faites cuire 40 minutes.

✗ Sortez les apple pies du four et laissez-les tiédir. Retirez le papier aluminium et servez tiède.

Idée plus : *Servez les apple pies avec une cuillère de crème fraîche épaisse ou une boule de glace à la vanille.*

Pour 6 personnes

- 6 pommes
- 2 rouleaux de pâte brisée (recette page 236)
- 2 cuill. à soupe de cannelle en poudre
- 2 cuill. à soupe de sucre roux
- 1 citron
- 1 jaune d'œuf
- Beurre pour les moules

Mini-cakes
aux framboises

Préparation : 15 min - Cuisson : 25 min
Difficulté : très facile

✗ Préchauffez le four th 7 (210 °C). Travaillez le beurre à la spatule jusqu'à ce qu'il prenne une consistance crémeuse.

✗ Ajoutez le sucre en poudre et le sel en mélangeant sans cesse jusqu'à ce que la préparation soit onctueuse, puis incorporez les œufs un par un. Tamisez la farine et la levure, et mélangez bien.

✗ Répartissez la pâte dans des petits moules individuels beurrés jusqu'aux deux tiers de leur hauteur. Enfoncez les framboises dans la pâte. Posez les moules sur une plaque à pâtisserie, enfournez et faites cuire 10 minutes.

✗ Baissez ensuite le four th 5 (150 °C) et poursuivez la cuisson 15 minutes. Démoulez dès la sortie du four et laissez refroidir sur une grille. Servez les mini-cakes aux framboises saupoudrés de sucre glace.

Variante : Selon les ingrédients disponibles, remplacez les framboises par des raisins secs gonflés dans un peu d'eau chaude, des pépites de chocolat, des zestes d'agrumes...

Pour 6 personnes

- 125 g de framboises
- 150 g de beurre + 1 noix pour les moules
- 100 g de sucre en poudre
- 3 œufs
- 175 g de farine
- ½ sachet de levure
- Sucre glace
- 1 pincée de sel

Lunettes à la confiture

Préparation : 30 min - Cuisson : 15 min
Réfrigération : 1 h - Difficulté : facile

✗ Préparez la pâte sablée : coupez le beurre en petits morceaux. Dans un saladier, versez la farine, le sucre, l'œuf et le sel. Du bout des doigts, amalgamez l'œuf et la farine jusqu'à obtention d'un sable de couleur jaune. Liez la pâte avec le beurre. Travaillez-la jusqu'à ce qu'elle se transforme en un pâton homogène. Emballez la pâte dans du film alimentaire et laissez reposer 1 heure au réfrigérateur.

✗ Préchauffez le four th 6 (170 °C). À l'aide d'un rouleau à pâtisserie, étalez la pâte sur une épaisseur de 3 à 4 mm et découpez des gâteaux de forme ronde. À l'aide d'un emporte-pièce, faites sur la moitié d'entre eux une découpe en forme de cœur.

✗ Disposez tous les biscuits sur une plaque à pâtisserie garnie de papier sulfurisé et faites cuire pendant 15 minutes de façon à obtenir des gâteaux bien dorés. Sortez-les du four et laissez refroidir sur une grille.

✗ Étalez sur les biscuits pleins une petite cuillère a café de confiture. Couvrez des biscuits en cœur et saupoudrez de sucre glace. Servez aussitôt ou gardez au réfrigérateur.

Budget malin : *Réalisez vous-même la confiture de fruits rouges. Pour cela, mixez 250 g de fruits rouges, passez-les au moulin à légumes, puis pesez la purée : vous allez obtenir un peu moins de 200 g. Ajoutez 150 g de sucre, le jus d'un demi-citron et versez le tout dans une casserole. Faites cuire à gros bouillons pendant 10 minutes (si vous possédez un thermomètre à sucre, votre confiture doit être aux alentours de 106 °C). Laissez refroidir la confiture avant de l'étaler sur les biscuits.*

Un dessert pour tous les jours

Pour 6 personnes

- 250 g de confiture de fruits rouges (framboises, fraises…)
- 100 g de sucre glace

Pour la pâte sablée :

- 250 g de farine
- 125 g de sucre semoule
- 125 g de beurre
- 1 œuf
- 1 pincée de sel

Pour recevoir

UN APÉRITIF
UNE ENTRÉE

page 138

page 122

UN PLAT

page 164

UN DESSERT

page 210

Pour 6 personnes

- 400 g de filets de sardines à l'huile
- 100 g de fromage frais (P'tit Billy, Philadelphia, St Môret)
- 2 petits oignons blancs
- 75 g d'olives vertes dénoyautées
- le jus d'un demi-citron
- Quelques brins de ciboulette
- Sel, poivre

Rillettes de sardines

Préparation : 15 min - Pas de cuisson
Réfrigération : 15 min - Difficulté : très facile

✗ Coupez les filets de sardines en morceaux et retirez l'arête centrale. Pelez et émincez les oignons.

✗ Mettez les morceaux de sardines, les olives et les oignons émincés dans le bol d'un mixeur, et mixez par à-coups jusqu'à obtention d'un hachis homogène.

✗ Versez le hachis dans un saladier, puis ajoutez le fromage frais et le jus de citron. Salez et poivrez, puis mélangez bien.

✗ Répartissez les rillettes de sardines dans des petits bocaux individuels et placez au frais 15 minutes minimum. Parsemez de ciboulette ciselée et dégustez sur du pain frais.

Variante : *Réalisez de la même manière un beurre de sardines en remplaçant le fromage frais par 70 g de beurre demi-sel ramolli et ajoutez le jus d'un demi-citron.*

Anchoïade

Préparation : 25 min - Pas de cuisson
Difficulté : très facile

✗ Faites tremper les anchois au sel dans de l'eau froide. Rincez et égouttez-les. Égouttez les anchois à l'huile. Pelez les gousses d'ail. Coupez la figue en morceaux. Rassemblez tous ces ingrédients dans le bol d'un mixeur et mixez par à-coups en ajoutant au fur et à mesure l'huile et le vinaigre. Versez le hachis dans un bol et placez au frais recouvert de film alimentaire.

✗ Pelez les carottes et coupez-les en bâtonnets. Lavez et coupez les tomates en quartiers. Lavez et séchez les fleurettes de chou-fleur. Coupez la base un peu dure des endives, puis coupez-les en quartiers. Coupez les branches de céleri en bâtonnets. Nettoyez les radis. Nettoyez les champignons et coupez-les en quartiers. Écalez les œufs durs et coupez-les en deux.

✗ Versez l'anchoïade dans un bol et posez-le au centre d'un plat. Répartissez les légumes et les œufs tout autour.

Variante : Variez les légumes : poivrons, concombres, oignons blancs... Et selon les ingrédients du placard, remplacez la sauce aux anchois par une sauce au yaourt relevée avec du gingembre ou du paprika, une mayonnaise à l'ail...

Pour 6 personnes

- 150 g d'anchois à l'huile
- 150 g d'anchois au sel
- 5 gousses d'ail
- 1 figue sèche
- 2 cuill. à soupe d'huile d'olive
- 1 cuill. à café de vinaigre
- 2 carottes
- 2 tomates
- 1 boîte de radis
- 2 endives
- 2 branches de céleri
- 200 g de petits champignons de Paris
- 3 œufs durs
- 250 g de fleurettes de chou-fleur

Pour 6 personnes

- 80 g de beurre
- 120 g de farine
- 10 cl de lait
- 3 gros œufs
- 15 cl d'eau
- 50 g de parmesan râpé
- ½ cuill. à café de sel

Gougères au parmesan

Préparation : 20 min - Cuisson : 40 min
Difficulté : très facile

✗ Portez à ébullition l'eau et le lait dans une casserole avec le sel et le beurre coupé en parcelles.

✗ Dès que le beurre est fondu, retirez la casserole du feu et versez la farine d'un seul coup. Mélangez bien, puis remettez la casserole sur le feu. Remuez avec une cuillère en bois jusqu'à ce que la pâte se décolle des parois de la casserole et retirez du feu.

✗ Préchauffez le four th 6 (180 °C). Cassez les œufs un par un dans la casserole en mélangeant bien entre chaque, puis incorporez le parmesan râpé.

✗ Remplissez une poche à douille cannelée de pâte et réalisez des petits tas sur la plaque du four recouverte de papier sulfurisé, en les espaçant d'au moins 2 cm. Enfournez et faites cuire 25 minutes en baissant le four th 5 (150 °C) à mi-cuisson. Sortez les gougères et laissez-les refroidir avant de servir.

Variante : *Servez ces gougères nature ou farcissez-les avec les ingrédients de votre choix : fromage de chèvre frais, béchamel, rillettes...*

Conchiglie
farcies au fromage frais

Préparation : 15 min - Cuisson : 10 min
Difficulté : très facile

✗ Faites cuire les pâtes dans de l'eau bouillante salée le temps indiqué sur le paquet pour une cuisson al dente. Égouttez-les bien. Placez-les dans un saladier, puis arrosez-les d'huile d'olive et laissez refroidir.

✗ Hachez grossièrement la roquette et les tomates séchées et mixez avec le fromage frais jusqu'à obtention d'un mélange homogène.

✗ Versez dans un saladier, salez et poivrez, puis mélangez bien. Garnissez les conchiglie de la préparation.

✗ Répartissez les conchiglie farcies dans des petits plats, piquez-les sur un pic en bois et servez avec une sauce vinaigrette.

Variante : Pensez à stocker un paquet de grosses pâtes « coquillage » dans votre placard : adaptez les farces aux ingrédients disponibles (thon/sauce tomate, ricotta/épinards ou jambon/fromage frais...), elles constitueront un plat improvisé du plus bel effet.

Pour 6 personnes

- 300 g de conchiglie
- 300 g de fromage frais
- 150 g de tomates séchées
- 2 poignées de roquette
- Huile d'olive
- Sel, poivre

Mini-cannelés,
cœur à la béchamel

Préparation : 30 min - Cuisson : 25 min
Congélation : 4 h - Difficulté : difficile

✗ Versez la sauce béchamel dans six compartiments d'un bac à glaçons et mettez au congélateur pendant 4 heures.

✗ Fouettez les œufs et la farine, salez et poivrez. Écrasez le chou-fleur à la fourchette dans un saladier. Ajoutez le comté râpé, le lait, la crème liquide, l'huile d'olive et la noix de muscade.

✗ Préchauffez le four th 7 (210 °C). Versez cette préparation sur la précédente et mélangez bien. Huilez les moules à cannelés, puis répartissez la préparation au chou-fleur jusqu'à 1 cm du bord.

✗ Démoulez les glaçons de béchamel et enfoncez-les dans chaque cannelé. Enfournez immédiatement et faites cuire pendant 25 minutes. Démoulez les cannelés 5 minutes après la sortie du four et servez aussitôt.

Pour 6 personnes

- 100 g de chou-fleur cuit
- 50 g de comté râpé
- 6 cuill. à soupe de béchamel
- 2 œufs
- 30 g de farine
- 10 cl de lait
- 10 cl de crème liquide
- ½ cuill. à café de noix de muscade râpée
- 1 cuill. à soupe d'huile d'olive
- Sel, poivre

Variante : Recette de la béchamel maison : faites fondre 10 g de beurre dans une casserole. Incorporez 10 g de farine, mélangez jusqu'à obtenir un roux, puis versez 10 cl de lait en fouettant jusqu'à épaississement. Retirez du feu. Ajoutez une pointe de muscade et assaisonnez.

Bouchées de chèvre
aux tomates confites

Préparation : 5 min - Pas de cuisson
Difficulté : très facile

✗ Écrasez le fromage de chèvre à la fourchette. Ajoutez le gingembre moulu, puis salez et poivrez légèrement. Coupez les tomates séchées en fine lanières et posez-les à plat sur une assiette. Concassez les grains de poivre et versez-les dans une soucoupe.

✗ Lavez et ciselez la ciboulette et la coriandre. Posez-les dans deux assiettes séparées. Façonnez des boulettes de chèvre de la taille d'une bouchée. Roulez les boulettes dans les lanières de tomates séchées, puis dans les herbes et enfin dans le poivre.

✗ Disposez les boulettes de chèvre dans des petites assiettes. Piquez-les avec des pics à cocktail. Recouvrez de film alimentaire et placez au frais jusqu'au moment de servir.

Variante : Selon vos envies, réalisez des boulettes de chèvre avec des pistaches, des pignons de pin, ou des épices (paprika, graines de cumin...).

Pour 6 personnes

- 500 g de fromage de chèvre frais
- 50 g de tomates séchées
- 1 petit bouquet de ciboulette
- 4 tiges de coriandre
- 1 pointe de gingembre moulu
- 2 cuill. à soupe de poivre en grains
- Sel, poivre

Canapés de polenta
à la tapenade

Préparation : 15 min - Cuisson : 10 min
Difficulté : très facile

✗ Recouvrez une plaque à pâtisserie de papier sulfurisé. Portez 40 cl d'eau salée à ébullition, puis versez la polenta en pluie en mélangeant. Faites cuire 5 minutes en remuant sans arrêt, jusqu'à ce que la préparation se détache de la casserole. Ajoutez le parmesan, poivrez et mélangez bien.

✗ Versez la polenta sur la plaque, étalez-la en une couche d'environ 1,5 cm et laissez refroidir.

✗ Coupez la mozzarella en lamelles. Lavez et effeuillez le basilic. Coupez la polenta en petits carrés. Faites chauffer le beurre dans une poêle et faites dorer les carrés de polenta des deux côtés. Disposez-les dans un plat.

✗ Garnissez les canapés d'un peu de tapenade verte et de lamelles de mozzarella. Décorez de feuilles de basilic et servez dans des petites assiettes.

Pour 6 personnes

- 100 g de polenta précuite
- 1 pot de tapenade verte
- 1 boule de mozzarella
- 30 g de parmesan râpé
- 40 g de beurre
- Basilic
- Sel, poivre

Budget malin : Simple à préparer, très économique et rassasiante, la polenta est obtenue à partir de la farine de maïs. Elle constitue une excellente alternative aux classiques pâtes et riz.
Réalisez votre tapenade maison : couvrez une dizaine d'anchois d'eau froide et faites-les dessaler 30 minutes. Pressez un demi-citron. Mixez 200 g d'olives vertes, les anchois, 50 g de câpres et le jus de citron. Poivrez légèrement. Ajoutez 5 cuillères à soupe d'huile en filet et mixez à nouveau. Réservez au frais sous un film alimentaire jusqu'au moment de servir.

Sushis de poireaux
aux crevettes

Préparation : 20 min - Cuisson : 10 min
Réfrigération : 30 min - Difficulté : très facile

✗ Épluchez et nettoyez les poireaux, conservez les blancs et gardez le vert pour une autre utilisation. Coupez-les en tronçons de 6 cm environ. Faites les cuire 10 minutes à la vapeur.

✗ Pendant ce temps, décortiquez les crevettes grises. Pelez et hachez les champignons de Paris. Ciselez la ciboulette.

✗ Pressez le citron. Mélangez le jus avec les yaourts grecs, du sel et du poivre. Ajoutez les crevettes, les champignons et la ciboulette, et mélangez bien.

✗ Laissez refroidir les tronçons de poireaux, puis évidez-les. Posez-les debout dans un plat. Remplissez-les de préparation et décorez de feuilles de persil. Placez-les au frais pendant au moins 30 minutes avant de servir.

Budget malin : *Utilisez le vert des poireaux pour réaliser un bouillon ou une soupe de légumes mixés.*

Pour 6 personnes

- 3 gros poireaux
- 200 g de crevettes grises (ou 1 boîte de crevettes au naturel)
- 3 gros champignons de Paris
- 2 yaourts grecs
- 1 citron
- 1 tige de persil plat
- 4 tiges de ciboulette
- Sel poivre du moulin

Pour 6 personnes

- 1 rouleau de pâte brisée (recette page 236)
- 500 g de fromage frais (P'tit Billy)
- ½ concombre
- 2 tiges de menthe
- 1 cuill. à soupe de jus de citron
- 2 cuill. à soupe d'huile d'olive
- Beurre pour les moules
- Sel, poivre

Mini-tartelettes
au fromage frais

Préparation : 15 min - Cuisson : 15 min
Difficulté : facile

✗ Préchauffez le four th 6 (180 °C). Beurrez douze mini-moules à tartelettes. Étalez la pâte sur un plan de travail et découpez des disques à la dimension des moules, puis garnissez-les de pâte. Recouvrez les fonds de tartelettes de papier sulfurisé et remplissez-les de haricots secs. Enfournez et faites cuire 15 minutes environ.

✗ Pendant ce temps, lavez et pelez le concombre, coupez-le en deux dans la longueur et épépinez-le. Coupez-le ensuite en rondelles très fines. Écrasez le fromage frais à la fourchette dans un saladier avec le jus de citron, l'huile d'olive, du sel et du poivre. Ajoutez les rondelles de concombre dans le fromage et mélangez bien. Rectifiez l'assaisonnement.

✗ Sortez les fonds de tartelettes du four et retirez le papier sulfurisé et les haricots secs. Démoulez et laissez refroidir sur une grille. Effeuillez les tiges de menthe.

✗ Garnissez les fonds de tartelettes avec la préparation. Décorez de feuilles de menthe et servez bien frais.

Variante : *Remplacez le concombre par des petits dés de poivron rouge et relevez le fromage frais d'une pointe de paprika.*

Brick de sardines
à la tomate

Préparation : 15 min - Cuisson : 8 min
Difficulté : très facile

✗ Préchauffez le four th 6 (180 °C). Effeuillez le persil et ciselez-le finement. Pelez et hachez l'ail.

✗ Faites fondre légèrement le beurre dans une petite casserole. Découpez les feuilles de brick en deux et posez-les bien à plat sur le plan de travail. Badigeonnez chaque demi-feuille de beurre fondu à l'aide d'un pinceau. Déposez une sardine sur chaque brick, arrosez de coulis de tomates et parsemez d'ail et de persil. Salez et poivrez. Repliez les bricks en forme de triangle, puis badigeonnez-les à nouveau de beurre sur les deux faces.

✗ Posez les bricks sur la plaque du four recouverte de papier sulfurisé et enfournez. Faites cuire 3 à 4 minutes de chaque côté en veillant à ce qu'elles ne dorent pas trop.

✗ Sortez les bricks du four et laissez-les tiédir quelques minutes avant de servir.

Variante : Variez la garniture selon les ingrédients dont vous disposez : un reste d'agneau ou de volaille haché, du fromage de chèvre et quelques raisins secs, du fromage frais et de la menthe...

Pour 6 personnes

- 12 feuilles de brick
- 1 grosse boîte de sardines à l'huile
- 20 cl de coulis de tomates
- 1 gousse d'ail
- 1 bouquet de persil
- 40 g de beurre
- Sel, poivre

Pour 6 personnes

- 2 rouleaux de pâte brisée (recette page 236)
- 150 g de roquefort
- 250 g d'épinards
- 1 pointe de muscade râpée
- 1 cuill. à soupe de crème fraîche
- 1 jaune d'œuf
- 20 g de beurre
- Poivre

Chausson au roquefort

Préparation : 20 min - Cuisson : 30 min
Difficulté : facile

✗ Préchauffez le four th 6 (180 °C). Nettoyez les épinards. Faites fondre le beurre dans une casserole, puis faites suer les épinards pendant 10 minutes à feu doux. Ajoutez le roquefort émietté, la crème, la muscade et le poivre. Mélangez bien jusqu'à ce que le fromage ait totalement fondu, puis retirez du feu.

✗ Étalez les pâtes sur le plan de travail. Découpez douze disques de 10 cm de diamètre environ.

✗ Garnissez chaque disque de préparation au roquefort et aux épinards. Repliez-les en deux et soudez bien les bords.

✗ Posez les chaussons sur la plaque du four recouverte de papier sulfurisé. Battez le jaune d'œuf avec une cuillère à soupe d'eau et badigeonnez les chaussons. Faites cuire 15 à 20 minutes et servez dès la sortie du four accompagné d'une salade verte.

Budget malin : *Un reste de viande, une boîte de sardines, de l'ail et de la sauce tomate, du poulet et de la béchamel... Inventez vos recettes de chaussons selon les ingrédients disponibles. Pour que la garniture des chaussons ne s'échappe pas, soudez bien les bords de la pâte : un peu d'eau appliquée au pinceau fera office de colle.*

Verrine de sardines
aux oignons confits

Préparation : 20 min - Cuisson : 1 h
Réfrigération : 30 min - Difficulté : très facile

✗ Préparez la confiture d'oignons : pelez et émincez les oignons. Versez le vinaigre et le sucre en poudre dans une casserole, et portez à ébullition. Aux premiers bouillons, baissez le feu, ajoutez les oignons et mélangez bien. Laissez cuire 15 minutes, puis ajoutez les baies roses. Mélangez et poursuivez la cuisson pendant 45 minutes à feu très doux, en remuant régulièrement. À la fin du temps de cuisson, retirez la confiture d'oignons du feu et laissez-la refroidir complètement.

✗ Préparez les sardines : effeuillez et ciselez grossièrement l'aneth. Concassez les baies roses. Pelez et écrasez les gousses d'ail. Mettez les sardines dans un plat creux, côté peau en dessous. Salez et parsemez d'aneth, de baies roses et d'ail écrasé. Arrosez de jus de citron et d'huile d'olive, puis placez au frais 30 minutes sous film alimentaire.

✗ Répartissez les filets de sardines dans des verrines et arrosez-les d'un peu de marinade. Ajoutez la confiture d'oignons et servez frais.

Variante : Vous pouvez remplacer les filets de sardines par des filets de maquereaux ou, pour une version terroir, par des tranches de magret fumé.

Pour 6 personnes

Pour la confiture d'oignons :

- 6 gros oignons violets
- 100 g de sucre en poudre
- 15 cl de vinaigre de vin
- 1 cuill. à café de baies roses

Pour les sardines :

- 18 filets de sardines désarêtés
- 1 petit bouquet d'aneth
- 10 cl d'huile d'olive
- Le jus d'un demi-citron
- 2 gousses d'ail
- 1 cuill. à café de baies roses
- Sel de Guérande (facultatif)

Cake tomate-mozzarella

Préparation : 15 min - Cuisson : 45 min
Difficulté : très facile

Pour 6 personnes

- 200 g de farine
- 1 sachet de levure
- 10 cl d'huile (d'olive ou d'arachide)
- 10 cl de lait
- 3 œufs
- 1 petite boîte de tomates pelées au jus (ou des tomates fraîches)
- 1 boule de mozzarella
- 1 tige de basilic
- 10 g de beurre pour le moule
- 1 cuill. à café de sel
- ½ cuill. à café de poivre moulu

✗ Préchauffez le four th 6/7 (200 °C). Tamisez la farine et la levure dans un saladier, et creusez un puits au centre. Versez l'huile et le lait, salez et poivrez. Incorporez les œufs un par un, en mélangeant bien entre chaque.

✗ Égouttez les tomates et hachez-les grossièrement. Coupez la mozzarella en petits dés. Lavez, séchez, effeuillez et hachez le basilic. Ajoutez les tomates, la mozzarella et le basilic à la pâte, puis mélangez bien.

✗ Beurrez et farinez un moule à cake. Versez la pâte dedans et tapez doucement le fond du moule sur le plan de travail pour éliminer les bulles d'air. Enfournez et faites cuire 10 minutes, puis baissez le four th 6 (180 °C) et prolongez la cuisson 35 minutes.

✗ Vérifiez la cuisson avec la lame d'un couteau. Elle doit ressortir propre, et le cake doit être bombé et bien doré. Laissez tiédir et démoulez sur une grille. Servez tiède ou froid.

Variante : Feta/lardons, olives/jambon, jambon cru/pruneaux, variez les parfums de votre cake selon la saison et le marché... Il sera toujours le bienvenu à l'apéritif ou pour un dîner léger, accompagné d'une salade de crudités !

Croquettes de fromage

Préparation : 20 min - Cuisson : 10 min
Réfrigération : 1 h 30 - Difficulté : facile

✗ Faites fondre le beurre dans une casserole. Ajoutez la farine d'un seul coup et mélangez vivement pendant 2 minutes. Ajoutez le lait et faites cuire à feu doux en fouettant sans arrêt jusqu'à obtention d'une sauce épaisse. Salez et poivrez, puis ajoutez la muscade et le fromage. Retirez du feu et mélangez bien.

✗ Versez la préparation dans un grand plat, étalez-la et laissez refroidir. Placez ensuite au frais pendant 1 heure.

✗ Prélevez une cuillère à soupe de préparation et roulez-la en petite boulette. Roulez-la dans la chapelure. Recommencez l'opération jusqu'à épuisement de la préparation au fromage. Remettez les boulettes au fromage au réfrigérateur pendant 30 minutes.

✗ Faites chauffer l'huile de friture. Plongez délicatement les boulettes dans l'huile très chaude, par deux ou trois. Faites-les dorer et égouttez-les sur du papier absorbant.

✗ Servez les croquettes à l'apéritif, ou accompagnées d'une salade et d'une sauce aigre-douce

Budget malin : Cette recette est idéale pour recycler des restes de fromage : cantal, camembert, emmental, roquefort... Remplacez la muscade par du cumin ou du paprika selon le goût plus ou moins prononcé du fromage.

Pour 6 personnes

- 150 g de fromage râpé
- 50 g de beurre
- 75 g de farine
- 50 cl de lait
- 75 g de chapelure fine
- 1 pincée de noix de muscade moulue
- Huile de friture
- Sel, poivre

Sorbet à l'avocat

Préparation : 20 min - Pas de cuisson - Sorbetière : 30 min
Congélation : 3 h - Difficulté : très facile

✗ Pelez les avocats, coupez-les en morceaux et placez-les dans le bol d'un mixeur. Pressez trois citrons verts et ajoutez le jus.

✗ Versez l'eau, le sucre et une pincée de sel. Mixez la préparation jusqu'à obtention d'une purée lisse. Donnez un tour de moulin à poivre. Mettez la préparation dans une sorbetière et faites turbiner 30 minutes. Placez le sorbet dans un bac à glace et mettez-le au congélateur pendant 3 heures au minimum.

✗ Brossez le citron vert restant et coupez-le en fines rondelles. Lavez et effeuillez le céleri.

✗ Au moment de servir, formez des boules de sorbet, décorez-les de feuilles de céleri et de rondelles de citron, et servez aussitôt.

Variante : *Utilisez cette base de recette pour réaliser d'autres sorbets de légumes. Remplacez l'avocat par la même quantité de betterave, de poivron, de tomate... Et pour une version «crème glacée», ajoutez un yaourt grec à la purée de légume.*

Pour 6 personnes

- 3 avocats mûrs
- 4 citrons verts
- 10 cl d'eau
- 1 branche de céleri
- 1 cuill. à café de sucre en poudre
- Fleur de sel (ou sel fin)
- Poivre blanc du moulin

Biscuits au thym
et à la crème de roquefort

Préparation : 20 min - Cuisson : 12 min
Réfrigération : 1 h - Difficulté : facile

✗ Préparez la pâte : travaillez le beurre en pommade dans un saladier. Tamisez la farine et la levure puis incorporez les œufs un à un, le thym effeuillé et une pincée de sel. Travaillez rapidement à la main jusqu'à obtention d'une pâte homogène et lisse. Emballez-la dans du film alimentaire et placez au frais pendant 1 heure.

✗ Préparez la garniture : écrasez le roquefort, mélangez avec la crème fraîche, puis ajoutez les baies roses.

✗ Préchauffez le four th 7 (210 °C). Recouvrez la plaque du four de papier sulfurisé. Étalez la pâte sur un plan de travail fariné sur une épaisseur de ½ cm environ. Découpez douze disques de 2 à 3 cm de diamètre et posez-les sur la plaque. Enfournez et faites cuire 12 minutes.

✗ Sortez les biscuits du four et laissez-les refroidir sur une grille. Garnissez six sablés de préparation au fromage, puis posez un autre sablé. Disposez dans une assiette, décorez de brins de thym et servez.

Variante : Le roquefort s'accorde très bien avec les noix. Vous pouvez ajouter quelques cerneaux concassés à la garniture. Pour une version estivale, réalisez une garniture avec du fromage frais, du piment d'Espelette et des petits dés de tomates confites.

Pour 6 personnes

Pour les biscuits

- 100 g de beurre demi-sel
- 150 g de farine
- 10 g de levure
- 2 œufs
- 2 brins de thym
- Sel

Pour la garniture :

- 250 g de roquefort
- 2 cuil. à soupe de crème fraîche épaisse
- 1 cuil. à café de baies roses

Pour 6 personnes

- 3 concombres
- 3 carottes
- 2 citrons jaunes
- 2 tiges de persil plat
- 2 oignons blancs
- 2 cuill. à soupe de graines de sésame
- 2 cuill. à soupe d'huile de pépins de raisin
- 1 cuill. à soupe d'huile de noisette
- Quelques gouttes de Tabasco
- Sel, poivre

Soupe de concombre
aux carottes et au sésame

Préparation : 10 min - Pas de cuisson
Réfrigération : 1 h - Difficulté : très facile

✗ Râpez finement les carottes et mettez-les dans un saladier. Effeuillez le persil et ajoutez-le.

✗ Pressez un citron et versez le jus sur les carottes. Versez l'huile de pépins de raisin et l'huile de noisette, puis salez et poivrez. Parsemez de la moitié des graines de sésame. Mélangez et réservez au frais.

✗ Préparez la soupe de concombre : pelez et hachez les oignons, et pressez le second citron. Lavez et coupez les concombres, retirez les graines, puis coupez les concombres en morceaux. Mettez-les dans le bol d'un mixeur avec le jus de citron, les oignons, du sel et du poivre et quelques gouttes de Tabasco. Mixez jusqu'à obtention d'une soupe épaisse. Versez la soupe dans des verres et placez au réfrigérateur.

✗ Au moment de servir, répartissez les carottes râpées sur les soupes de concombre, parsemez du reste de graines de sésame et servez bien frais.

Budget malin : *Tomate, courgette, concombre, poivron… Profitez des légumes d'été pour réaliser des soupes froides maison. Agrémentées d'herbes fraîches ou d'épices, c'est délicieux et 100% vitaminé !*

Soupe de potimarron
aux noisettes

Préparation : 20 min - Cuisson : 1 h
Difficulté : très facile

✗ Coupez le potimarron en gros morceaux et épluchez-le. Pelez et coupez la pomme de terre en morceaux. Pelez et hachez la gousse d'ail. Lavez et ciselez la ciboulette. Concassez grossièrement la moitié des noisettes.

✗ Faites fondre le beurre dans une grande cocotte. Faites revenir l'ail, les morceaux de potimarron et de pomme de terre quelques minutes en remuant. Couvrez d'eau à fleur et laissez cuire à petits bouillons jusqu'à ce que le potiron et la pomme de terre soient tendres.

✗ Quand le potimarron et la pomme de terre sont cuits, mixez la soupe finement avec la moitié des noisettes. Assaisonnez bien.

✗ Faites griller le reste des noisettes dans une poêle chauffée à blanc. Mettez la soupe sur feu doux, ajoutez la crème fraîche et faites réchauffer doucement en remuant. Répartissez dans des bols, parsemez de noisettes grillées et de ciboulette, et servez très chaud.

Variante : Cette soupe est très facile à réaliser et vous pouvez la préparer la veille. Vous pouvez ajouter une poignée de lardons grillés ou des petits croûtons de pain aillés.

Pour 6 personnes

- 1 potimarron
- 1 pomme de terre (facultatif)
- 1 gousse d'ail
- Quelques brins de ciboulette
- 25 cl de crème fraîche épaisse
- 1 cuil. à soupe de noisettes
- 30 g de beurre
- Sel, poivre

Terrine de poisson
aux légumes

Préparation : 20 min - Cuisson : 1 h
Difficulté : facile

Pour 6 personnes

- 700 g de filets de merlan
- 2 carottes
- 250 g de petits pois (frais ou surgelés)
- 3 œufs
- 20 cl de crème fraîche liquide
- ½ citron
- 1 pointe de paprika
- Sel, poivre blanc

✗ Écossez les petits pois. Pelez les carottes et coupez-les en rondelles. Faites-les cuire 30 minutes dans de l'eau bouillante salée. Ajoutez les petits pois 10 minutes avant la fin de la cuisson. Égouttez les légumes et versez-les dans un grand saladier. Préchauffez le four th 5 (150 °C).

✗ Pressez le citron. Coupez les filets de merlan en morceaux et mettez-les dans le bol d'un mixeur avec le jus de citron. Mixez à puissance maximale jusqu'à obtention d'un hachis fin. Ajoutez alors les œufs et mixez à nouveau quelques secondes toujours à puissance maximale.

✗ Ajoutez la crème liquide et mixez par à-coups jusqu'à obtention d'un hachis homogène. Versez-le dans le saladier avec les légumes, salez, poivrez, ajoutez le paprika et mélangez bien.

✗ Versez la préparation dans une terrine possédant un couvercle. Tassez et lissez bien, puis couvrez. Placez dans un bain-marie et faites cuire 1 heure.

✗ Sortez la terrine du four et du bain-marie. Laissez-la refroidir, puis réservez au frais. Servez la terrine coupée en tranches épaisses, accompagnée de moutarde, de mayonnaise et de rondelles d'oignon violet.

Variante : Vous pouvez réaliser cette terrine avec un reste de poisson cuit (saumon, lieu...). Ajoutez une boîte de crevettes roses et les légumes à votre disposition (brocolis, courgettes...).

Terrine de poivrons marinés au morbier

Préparation : 45 min - Cuisson : 30 min
Réfrigération : 3 h 45 - Marinade : 1 h - Difficulté : facile

✗ Préchauffez le four en position gril. Posez les poivrons sur une plaque recouverte de papier aluminium. Faites-les griller 20 à 30 minutes en les retournant régulièrement. Quand ils sont complètement noirs, sortez-les du four, mettez-les dans un sac en plastique bien fermé et laissez refroidir. Pelez-les, épépinez-les et taillez-les en larges lamelles. Posez-les dans un plat creux, arrosez-les d'un filet d'huile d'olive, salez et donnez deux tours de poivre. Laissez mariner 1 heure au frais sous film alimentaire.

✗ Faites ramollir les feuilles de gélatine dans de l'eau froide. Hachez le basilic. Portez le bouillon de légumes à ébullition. Hors du feu, ajoutez le basilic, puis incorporez la gélatine bien essorée en fouettant.

✗ Retirez la croûte du fromage et coupez-le en tranches. Chemisez une terrine de film alimentaire. Couvrez le fond de la terrine de fromage. Recouvrez de lamelles de poivrons, puis versez une louche de bouillon de manière à ce qu'il affleure les poivrons. Placez au frais 15 minutes.

✗ Montez ainsi la terrine en alternant une couche de fromage et une couche de poivrons, et en remettant la terrine au frais 15 minutes entre chaque couche. Réservez le bouillon à température ambiante afin qu'il ne fige pas. Terminez par une couche de poivrons et placez au frais pendant 3 heures. Servez en tranches épaisses avec une salade de roquette.

Variante : Testez aussi cette recette en remplaçant le morbier par du fromage de chèvre frais ou de la mozzarella.

Pour 6 personnes

- 2 poivrons rouges
- 2 poivrons verts
- 2 poivrons jaunes
- 300 g de morbier
- 6 feuilles de gélatine
- 1 l de bouillon de légumes
- 1 bouquet de basilic
- Huile d'olive
- Fleur de sel
- Poivre blanc

Pour 6 personnes

- 100 g de quinoa
- 1 courgette
- 1 poivron rouge
- 250 g de seitan
- 2 navets
- 1 carotte
- 1 orange
- Huile d'olive
- Sel, poivre

Timbale de quinoa

Préparation : 20 min - Cuisson : 45 min
Réfrigération : 30 min - Difficulté : très facile

✗ Faites cuire le seitan le temps indiqué sur le paquet, puis laissez-le refroidir et coupez-le en petits dés. Rincez le quinoa. Faites-le cuire 15 minutes environ, puis égouttez-le et laissez refroidir.

✗ Épluchez la carotte et les navets, épépinez le poivron et coupez les extrémités de la courgette. Taillez les légumes en tout petits dés, plongez-les dans de l'eau bouillante salée et faites cuire 20 minutes. Égouttez-les et rafraîchissez-les.

✗ Dans un saladier, mélangez le quinoa, le seitan et les dés de légumes. Arrosez d'un filet d'huile d'olive, salez et poivrez, et mélangez bien. Pelez l'orange à vif, détachez les quartiers, puis retirez la membrane les recouvrant. Remplissez six ramequins de salade au quinoa en tassant bien et placez-les au frais pendant 30 minutes minimum.

✗ Juste avant de servir, retournez-les dans les assiettes et décorez de quartiers d'orange.

Variante : *Le seitan est un aliment à base de protéine de blé utilisé dans la cuisine végétarienne. Vous le trouverez dans les épiceries bio. Invitez-le de temps en temps dans vos assiettes, tout comme le tofu, en remplacement des protéines animales.*

Flan tricolore de légumes

Préparation : 15 min - Cuisson : 40 min
Difficulté : très facile

✗ Préchauffez le four th 6 (180 °C). Beurrez généreusement six ramequins.

✗ Versez les trois purées dans trois saladiers différents. Cassez deux œufs dans chaque purée. Ajoutez 20 cl de crème à la purée de brocolis, 20 cl de crème à la purée de carottes et 10 cl de crème à la purée de tomates. Fouettez bien, salez et poivrez.

✗ Ajoutez la muscade dans la purée de brocolis, le gingembre dans la purée de tomates et le cumin dans la purée de carottes. Répartissez la purée de tomates dans le fond des ramequins, recouvrez-la de purée de carottes et terminez par la purée de brocolis.

✗ Posez les ramequins dans un grand plat rempli d'eau aux deux tiers, enfournez et faites cuire 40 minutes. Sortez-les du four et laissez tiédir. Démoulez les flans dans des assiettes et servez accompagné d'une salade.

Budget malin : *Variez les légumes selon les saisons : petits pois/menthe, courgettes/cumin, pommes de terre/muscade...*

Pour 6 personnes

- 300 g de purée de brocolis
- 300 g de purée de carottes
- 300 g de purée de tomates
- 6 œufs
- 50 cl de crème fraîche épaisse
- 1 pincée de gingembre en poudre
- 1 pincée de cumin en poudre
- 1 pincée de noix de muscade râpée
- 30 g de beurre pour les moules
- Sel, poivre

Millefeuille de betterave
et de navet

Préparation : 15 min - Cuisson : 20 min
Difficulté : très facile

✗ Épluchez les navets en les gardant entiers. Plongez-les dans de l'eau bouillante salée et faites-les cuire 20 minutes.

✗ Pendant ce temps, pelez et coupez les betteraves en rondelles de ½ cm d'épaisseur environ.

✗ Faites griller les graines quelques secondes dans une poêle chauffée à blanc.

✗ Égouttez et rafraîchissez les navets. Coupez-les en rondelles de ½ cm d'épaisseur environ et arrosez-les de jus de citron.

✗ Montez les millefeuilles en alternant une rondelle de navet et une rondelle de betterave. Salez et poivrez chaque rondelle, et arrosez de quelques gouttes d'huile de noisette. Parsemez de graines juste avant de servir.

Variante : Vous pouvez remplacer les navets par des pommes acidulées qui s'associent également très bien avec la douceur de la betterave. En hiver, testez l'association betterave/avocat et en été celle betterave/mozzarella...

Pour 6 personnes

- 3 betteraves cuites
- 3 navets
- 50 g de graines mélangées (tournesol, sésame...)
- Le jus d'un demi-citron
- Huile de noisette
- Sel, poivre

Tian de légumes
façon millefeuille

Préparation : 15 min - Cuisson : 45 min
Difficulté : facile

✗ Préchauffez le four th 5 (150 °C). Recouvrez une plaque de cuisson de papier sulfurisé. Posez six cercles de présentation sur la plaque.

✗ Lavez et coupez les légumes en rondelles régulières. Pelez et hachez finement l'ail. Lavez et effeuillez le thym. Posez une couche d'aubergine dans le fond des cercles. Parsemez d'ail haché, salez et poivrez.

✗ Recouvrez d'une couche de tomate, salez et terminez par une couche de courgette. Salez, poivrez et parsemez de baies roses moulues. Arrosez d'huile d'olive, puis couvrez de papier aluminium. Enfournez et faites cuire 45 minutes.

✗ Sortez la plaque du four, glissez une large spatule sous les cercles et posez-les dans des assiettes. Ôtez les cercles avec un gant de cuisine en prenant garde de ne pas vous brûler. Décorez de thym et servez accompagné de parmesan râpé.

Variante : Utilisez des légumes de saison : chou-fleur, brocoli, pomme de terre, carotte, potimarron, oignons...

Pour 6 personnes

- 2 aubergines
- 3 courgettes
- 4 tomates
- 2 brins de thym
- 1 cuill. à café rase de baies roses moulues
- 1 gousse d'ail
- 5 cl d'huile d'olive
- Sel, poivre

Terrine de poireaux

Préparation : 25 min - Cuisson : 25 min - Marinade : 20 min
Réfrigération : 3 h - Difficulté : facile

Pour 6 personnes

- 12 petits poireaux
- 1 bouquet de cerfeuil
- 2 gousses d'ail
- 3 feuilles de gélatine
- 2 cuill. à soupe de vinaigre de vin
- 6 cuill. à soupe d'huile d'olive
- Sel, poivre

✗ Épluchez les poireaux. Coupez uniquement les extrémités et lavez-les. Faites-les cuire 15 minutes dans de l'eau bouillante salée. Égouttez-les en les pressant bien pour retirer l'eau. Posez-les dans un plat creux, les uns à côté des autres.

✗ Pelez et hachez les gousses d'ail. Émulsionnez l'huile d'olive, le vinaigre, l'ail, du sel et du poivre. Arrosez les poireaux de la vinaigrette et laissez-les mariner 20 minutes à température ambiante.

✗ Faites ramollir la gélatine dans de l'eau froide. Hachez grossièrement le cerfeuil. Portez 30 cl d'eau à ébullition. Ajoutez le cerfeuil, retirez du feu, puis couvrez et laissez infuser 10 minutes. Essorez la gélatine et faites-la fondre dans l'infusion de cerfeuil en fouettant.

✗ Disposez les poireaux dans une terrine, en couches successives. Arrosez-les d'infusion de cerfeuil. Placez au frais pendant au moins 3 heures avant de servir assaisonnée de la vinaigrette.

Variante : deux ou trois tomates un peu trop mûres dans le bac à légumes ? Coupez-les en rondelles, ajoutez-les dans la marinade avec les poireaux et posez-les entre deux couches de poireaux. Une fois la terrine bien froide, découpez-la en tranche épaisse, vous obtiendrez un bel effet de couleur.

Aspic de jambon
au raisin

Préparation : 15 min - Cuisson : 3 min
Réfrigération : 2 h - Difficulté : très facile

✗ Faites ramollir les feuilles de gélatine dans de l'eau froide. Portez le bouillon à ébullition. Aux premiers frémissements, retirez du feu. Essorez les feuilles de gélatine et faites-les fondre dans le bouillon en fouettant. Poivrez.

✗ Coupez les tranches de jambon en petits cubes. Coupez les grains des raisins en deux. Épépinez-les à l'aide d'un pic en bois. Effeuillez et hachez finement le persil.

✗ Mélangez les cubes de jambon, le raisin et le persil dans un saladier. Poivrez légèrement.

✗ Répartissez la préparation dans six verrines, puis versez la gelée par-dessus. Placez au frais pendant au moins 2 heures avant de servir.

Variante : Voici une entrée bluffante à réaliser avec toutes sortes d'ingrédients : un œuf dur entier et des lamelles de jambon cru, des dés de poulet et de la macédoine de légumes... Il suffit juste d'un peu de bouillon (de volaille ou de légumes), quelques feuilles de gélatine et le tour est joué ! À parfumer avec 10 cl de vin cuit (porto, muscat...) si vous aimez.

Pour 6 personnes

- 3 tranches épaisses de jambon blanc
- 1 petite grappe de raisin blanc
- 1 petite grappe de raisin (rose ou noir)
- 1 bouquet de persil plat
- 30 cl de bouillon de volaille
- 4 feuilles de gélatine
- Poivre

Pour 6 personnes

- 300 g de betterave rouge cuite
- 100 g de chèvre frais (P'tit Billy, St Môret)
- 30 cl de crème fraîche liquide
- 2 feuilles de gélatine
- 12 radis
- 1 cuill. à soupe de pistaches mondées
- Sel, poivre

Pour le pesto de verveine :

- 1 petit bouquet de verveine (ou de la roquette)
- 1 gousse d'ail
- 30 g de pignons de pin
- 60 g de parmesan râpé
- 1 cuill. à soupe d'huile d'olive
- Sel, poivre

Bavarois de betterave
au pesto de verveine

Préparation : 30 min - Cuisson : 5 min
Réfrigération : 3 h - Difficulté : facile

✗ Pelez les betteraves, puis mixez-les avec le chèvre frais et l'huile jusqu'à obtention d'une purée fine. Salez et poivrez. Faites ramollir les feuilles de gélatine dans de l'eau froide. Faites chauffer 5 cl de crème. Aux premiers frémissements, retirez du feu. Essorez bien la gélatine et faites-la fondre dans la crème chaude en fouettant. Versez la crème dans la purée de betteraves et mélangez bien.

✗ Montez le reste de crème en chantilly ferme. Assaisonnez-la et incorporez-la à la purée de betteraves. Répartissez la mousse dans six ramequins et placez au frais 3 heures minimum.

✗ Préparez le pesto de verveine. Mettez les feuilles de verveine dans un pilon. Ajoutez les pignons de pin, le parmesan, l'ail haché, du sel et du poivre. Écrasez le tout à l'aide du pilon en versant l'huile d'olive en filet. Réservez au frais.

✗ Juste avant de servir, coupez les radis en rondelles très fines et concassez les pistaches. Plongez rapidement le fond des ramequins dans un saladier d'eau chaude, puis démoulez les bavarois. Répartissez-les dans des assiettes. Décorez de radis, de pistaches et de pesto de verveine. Servez sans attendre.

Variante : la verveine est une plante aromatique au parfum très délicat qui pousse en été. En dehors de la saison, remplacez-la par deux poignées de roquette.

Petits flans aux herbes

Préparation : 10 min - Cuisson : 45 min
Difficulté : très facile

✗ Préchauffez le four th 5 (150 °C). Pelez et hachez la gousse d'ail. Versez le lait et la crème dans une casserole. Ajoutez l'ail haché et portez à ébullition.

✗ Battez les œufs en omelette. Versez doucement le mélange crème/lait dans les œufs battus en fouettant.

✗ Lavez, séchez et hachez le persil, la cibculette et le basilic. Incorporez-les à la pâte. Répartissez la préparation dans des ramequins préalablement beurrés.

✗ Placez les ramequins dans un bain-marie, enfournez et faites cuire 40 minutes. Sortez les flans aux herbes du four et laissez-les tiédir avant de servir.

Variante : Variez les parfums selon les ingrédients disponibles. Remplacez le persil par de la coriandre, de l'aneth, de la menthe... Ajoutez quelques olives noires coupées en dés, une échalote préalablement revenue dans du beurre...

Pour 6 personnes

- 1 bouquet de persil
- 1 bouquet de ciboulette
- 3 branches de basilic (facultatif)
- 30 cl de crème fraîche
- 30 cl de lait
- 1 gousse d'ail
- 4 œufs entiers + 2 jaunes
- Beurre pour les ramequins
- Sel poivre

Pour 6 personnes

- 500 g de carottes
- 50 cl de lait
- 30 g de beurre
  + 1 noix pour les moules
- 30 g de farine
- 3 portions de Vache qui rit
- 3 œufs
- Sel, poivre

Soufflé de carottes
à la Vache qui rit

Préparation : 20 min - Cuisson : 1 h 15
Difficulté : facile

✗ Épluchez et coupez les carottes en morceaux. Faites-les cuire 40 minutes dans une casserole d'eau bouillante salée.

✗ Pendant ce temps, faites fondre le beurre dans une grande casserole. Versez la farine d'un seul coup et faites cuire 5 minutes à feu doux en mélangeant au fouet. Ajoutez le lait en fouettant, salez et poivrez. Poursuivez la cuisson 10 minutes à feu doux.

✗ Préchauffez le four th 6 (180 °C). Beurrez et farinez six petits moules à soufflé. Égouttez les carottes et passez-les au presse-purée. Ajoutez la Vache qui rit et mélangez bien. Séparez les blancs des jaunes d'œufs. Incorporez la béchamel et les jaunes d'œufs à la purée de carottes.

✗ Montez les blancs en neige très ferme avec une pincée de sel. Incorporez-les à la préparation en soulevant bien pour ne pas casser les blancs en neige, puis répartissez-la dans les moules jusqu'à 1 cm du bord. Enfournez et faites cuire 20 minutes sans ouvrir la porte du four. Servez dès la sortie du four.

Variante : Pour de nouvelles saveurs, remplacez une partie des carottes par des panais. Selon la saison, réalisez ces soufflés avec du chou fleur, des petits pois, des brocolis...

Flan d'épinards
au curry

Préparation : 10 min - Cuisson : 50 min
Difficulté : très facile

✗ Épluchez, lavez et séchez les épinards. Faites fondre le beurre dans une sauteuse et faites suer les épinards quelques minutes en remuant. Couvrez et laissez cuire 10 minutes.

✗ Préchauffez le four th 6/7 (200 °C). Versez la crème dans le bol d'un mixeur, puis ajoutez les œufs, le curry, du sel et du poivre. Faites tourner 1 minute à vitesse rapide.

✗ Reversez la crème dans un saladier, ajoutez les épinards et mélangez bien. Beurrez des ramequins.

✗ Répartissez la préparation et posez les ramequins dans un plat creux allant au four rempli d'eau bouillante. Enfournez et faites cuire 35 à 40 minutes. Servez dès la sortie du four.

Budget malin : Utilisez un reste d'épinards pour réaliser ces flans. Servez-les seuls en entrée ou pour un dîner léger, accompagnés d'une salade.

Pour 6 personnes

- 500 g d'épinards en branche (frais ou surgelés)
- 3 œufs
- 30 g de beurre + 1 noix pour les ramequins
- 20 cl de crème fraîche
- 1 cuill. à café rase de curry
- Sel, poivre

Gâteau roulé au poulet

Préparation : 30 min - Cuisson : 30 min
Difficulté : facile

Pour 6 personnes

- 2 blancs de poulet
- 2 jaunes d'œufs
- 3 blancs d'œufs
- 65 g de farine
- ½ sachet de levure
- 1 petite boîte de sauce tomate (95 g environ)
- 1 petit bouquet de basilic
- 1 gousse d'ail
- 1 échalote
- 2 cuill. à soupe d'huile
- Beurre
- Sel, poivre

✗ Préchauffez le four th 6 (180 °C). Fouettez les jaunes d'œufs dans un saladier. Ajoutez la sauce tomate et mélangez bien. Versez la farine et la levure tamisées, salez et poivrez. Montez les blancs en neige bien ferme, puis incorporez-les à la pâte en soulevant bien pour ne pas les casser.

✗ Beurrez une plaque à pâtisserie rectangulaire. Versez la pâte sur la plaque en une couche fine et régulière. Enfournez et faites cuire 10 minutes. Retournez le biscuit sur un linge et roulez-le encore chaud sur lui-même dans le linge.

✗ Coupez les blancs de poulet en petits cubes. Pelez et hachez l'ail et l'échalote. Effeuillez et hachez le basilic.

✗ Faites chauffer l'huile dans une poêle, et faites revenir le hachis d'ail et d'échalote pendant 3 minutes en remuant. Ajoutez les cubes de poulet et le basilic, salez et poivrez. Laissez cuire 15 minutes à feu doux et à couvert.

✗ Déroulez le biscuit à la tomate et garnissez-le de farce au poulet, puis roulez à nouveau le biscuit sur lui-même en enfermant la garniture à l'intérieur. Servez tiède ou froid accompagné d'une salade.

Variante : Pour des saveurs plus relevées, ajoutez quelques gouttes de Tabasco ou une pointe de cumin dans la pâte.

Cheese-cake
poire-roquefort

Préparation : 20 min - Pas de cuisson
Réfrigération : 1 h 30 - Difficulté : facile

✗ Coupez la mie de pain en petits morceaux et mettez-la dans un mixeur avec le beurre et la moitié des cerneaux de noix. Mixez jusqu'à obtention d'une pâte homogène.

✗ Garnissez une plaque à pâtisserie de papier sulfurisé et posez six rectangles de présentation. Étalez une couche de pâte de 1 cm en tassant bien et placez 30 minutes au frais.

✗ Mixez le roquefort avec la crème fraîche et donnez un tour de moulin à poivre. Remplissez les rectangles de la préparation au roquefort et remettez 1 heure au frais.

✗ Pelez les poires et coupez-les en lamelles. Répartissez-les sur les cheese-cakes. Glissez une spatule plate sous les rectangles et posez-les dans des assiettes. Retirez les rectangles. Concassez le reste de cerneaux de noix, parsemez-en les poires, puis donnez un tour de poivre avant de servir.

Variante : *Le succès de cette recette repose sur le contraste entre la douceur de la poire et le goût prononcé du roquefort. Vous pouvez remplacer le roquefort par un bleu et la poire par une variété de pomme douce (Jonagold, Gala...).*

Pour 6 personnes

- 350 g de roquefort
- 3 poires bien mûres
- 250 g de mie de pain de seigle ou d'épeautre
- 150 g de beurre salé
- 100 g de cerneaux de noix
- 20 cl de crème fraîche
- Poivre blanc du moulin

Pour 6 personnes

- 2 kg de coques (ou autres coquillages de saison)
- 2 oranges non traitées
- 6 tiges de coriandre
- 15 cl de vin blanc sec
- Sel, poivre

Papillote de coquillages
au zeste d'orange

Préparation : 20 min - Cuisson : 20 min
Difficulté : très facile

✗ Faites tremper les coques dans de l'eau froide en les brassant régulièrement pour les débarrasser de leur sable. Lavez et séchez les oranges. Prélevez le zeste et coupez-le en petites lamelles fines. Plongez le zeste dans de l'eau bouillante pendant 1 minute, puis égouttez-le.

✗ Préchauffez le four th 7 (210 °C). Lavez et effeuillez la coriandre. Pressez les oranges, puis mélangez le jus et le vin blanc. Salez et poivrez légèrement.

✗ Garnissez six feuilles de papier sulfurisé de coques, puis arrosez les coquillages du mélange jus d'orange/vin blanc. Ajoutez le zeste d'orange et parsemez de feuilles de coriandre.

✗ Fermez hermétiquement les papillotes à l'aide de ficelle de cuisine et posez-les sur la plaque du four. Versez un verre d'eau dans le fond de la plaque, enfournez et faites cuire 15 à 20 minutes.

✗ Retirez les papillotes du four et disposez-les dans des assiettes creuses. Laissez reposer 1 ou 2 minutes avant de les ouvrir.

Idée plus : *Servez ces papillotes seules en entrée, ou en plat accompagnées de spaghettis arrosés d'un filet d'huile d'olive.*

Tapas de moules
aux tomates

Préparation : 20 min - Cuisson : 20 min
Difficulté : très facile

✗ Lavez et ébarbez les moules. Mettez-les dans une cocotte avec le vin blanc et couvrez. Faites cuire jusqu'à ce que les moules soient bien ouvertes. Filtrez le jus de cuisson, réservez-le et gardez les moules au chaud.

✗ Pelez et hachez grossièrement l'ail. Faites-le revenir dans la cocotte avec un filet d'huile, puis versez le jus de cuisson. Laissez bouillir doucement.

✗ Lavez et coupez les tomates en petits dés. Effeuillez et ciselez le persil. Ajoutez les tomates et le persil dans le jus réduit. Poivrez et poursuivez la cuisson à feu très doux.

✗ Retirez la partie supérieure des coquilles des moules. Répartissez les moules dans des assiettes, arrosez du jus de cuisson et servez.

Idée plus : Ne salez pas les moules lorsque vous les faites cuire. En revanche, poivrez et variez les plaisirs en ajoutant des épices (curry, safran, curcuma, paprika...).

Une entrée pour recevoir

Pour 6 personnes

- 3 l de moules
- 3 tomates
- 1 bouquet de persil plat
- 2 gousses d'ail
- 20 cl de vin blanc sec
- Huile
- Poivre

Pour 6 personnes

- 500 g de filets de lieu ou de cabillaud
- ½ concombre
- 4 brins de persil plat
- 1 bouquet de ciboulette
- 2 citrons verts
- 10 cl de lait de coco
- 3 cuill. à soupe d'huile d'olive
- Sel, poivre du moulin

Tartare de poisson blanc
aux herbes

Préparation : 15 min - Pas de cuisson
Réfrigération : 30 min - Difficulté : facile

✗ Lavez et séchez le concombre, puis coupez-le en deux. Retirez les graines et découpez-le en tout petits dés. Ciselez le persil plat et la moitié de la ciboulette.

✗ Posez les filets de poisson sur une planche et hachez-les finement au couteau. Mettez-les dans un saladier, ajoutez les dés de concombre et les herbes ciselées. Pressez les citrons.

✗ Mélangez le jus de citron, l'huile, le lait de coco, puis salez et poivrez. Versez la préparation sur le tartare de poisson et mélangez bien. Recouvrez d'un film alimentaire et réservez au réfrigérateur 30 minutes.

✗ Au moment de servir, remplissez six ramequins de tartare en tassant bien et démoulez-les dans des assiettes. Décorez du reste de brins de ciboulette et servez sans attendre.

Idée plus : ***Réalisez vos tartares de poisson au maximum 30 minutes avant de les consommer et servez-les dans des petites assiettes préalablement glacées quelques minutes au congélateur.***

Sardines marinées
à la mangue rôtie

Préparation : 15 min - Cuisson : 15 min
Marinade : 30 min - Difficulté : facile

✗ Écrasez les graines de coriandre. Pressez les oranges. Mélangez le jus à l'huile d'olive. Effeuillez les tiges de coriandre.

✗ Mettez les sardines dans un plat creux. Parsemez-les de graines de coriandre, de sel et de poivre. Arrosez-les du mélange jus d'orange/huile d'olive, puis ajoutez les feuilles de coriandre. Couvrez de film alimentaire et laissez mariner au frais 30 minutes environ.

✗ Pelez les mangues et coupez la chair en lamelles. Faites fondre le beurre à feu doux dans une sauteuse. Posez les lamelles de mangues, salez et poivrez. Laissez rôtir, toujours à feu doux, pendant 15 minutes en les retournant à mi-cuisson.

✗ Égouttez les sardines et répartissez-les dans les assiettes. Ajoutez les lamelles de mangues au moment de servir.

Idée plus : ***Pour une présentation originale présentez cette entrée dans des boîtes de sardine à l'huile posées sur des assiettes colorées.***

Pour 6 personnes

- 24 sardines vidées et étêtées
- 2 mangues pas trop mûres
- 2 oranges
- 3 tiges de coriandre
- 1 cuill. à café de graines de coriandre
- 30 g de beurre demi-sel
- 5 cl d'huile d'olive
- Fleur de sel (facultatif)
- Poivre du moulin

Salade de moules
au pamplemousse

Préparation : 35 min - Cuisson : 40 min
Difficulté : facile

Pour 6 personnes

- 2 l de moules
- 2 pamplemousses roses
- 1 chou-fleur détaillé en petits bouquets
- 1 petit bouquet de ciboulette
- 2 citrons verts ou jaunes
- 1 bouquet garni
- 1 oignon
- 1 gousse d'ail
- 10 cl de vin blanc sec
- 1 cuill. à soupe d'huile
- 1 cuill. à café de poivre en grains
- Sel, poivre

✗ Lavez et ébarbez les moules. Pelez et hachez grossièrement l'oignon et l'ail. Faites chauffer l'huile dans une cocotte et faites revenir le hachis d'ail et d'oignon. Ajoutez le bouquet garni, le poivre en grains, puis les moules. Mélangez et arrosez de vin blanc. Couvrez et laissez cuire jusqu'à ce que les coquillages soient bien ouverts. Faites cuire les bouquets de chou-fleur 20 minutes dans de l'eau bouillante salée.

✗ Retirez les moules de la cocotte. Filtrez le jus de cuisson et versez-le dans une petite casserole. Décortiquez les moules et mettez-les dans un saladier

✗ Pelez les pamplemousses à vif, puis détachez les quartiers les uns des autres en passant la lame d'un couteau entre les fines membranes qui les séparent. Travaillez au-dessus d'un saladier pour récupérer le jus s'écoulant des fruits au cours de cette opération. Filtrez-le. Pressez un citron et mélangez le jus à celui du pamplemousse. Coupez les quartiers d'agrumes en petits morceaux et ajoutez-les aux moules.

✗ Portez à ébullition le jus de cuisson des moules et faites-le réduire de moitié. Retirez du feu et versez le jus d'agrumes en fouettant. Ajoutez le chou-fleur dans le saladier, poivrez, puis arrosez de sauce aux agrumes. Ciselez la ciboulette, ajoutez-la dans le saladier et mélangez bien. Répartissez la salade dans des verrines et décorez d'une rondelle de citron avant de servir.

Idée plus : En dehors de la saison des moules, remplacez-les par des coques

Avocat farci

Préparation : 20 min - Pas de cuisson
Difficulté : très facile

✗ Coupez les avocats en deux. Retirez les noyaux. Creusez délicatement chaque demi-avocat pour préserver la peau intacte, puis prélevez la chair et coupez-la en dés. Arrosez les dés d'avocats et les coques évidées du jus de citron.

✗ Pelez les pamplemousses à vif. Détachez les quartiers les uns des autres en passant la lame d'un couteau entre les fines membranes qui les séparent. Travaillez au-dessus d'un saladier afin de récupérer le jus des pamplemousses. Coupez les quartiers de pamplemousses en deux.

✗ Détaillez la feta en dés. Lavez et séchez la menthe. Effeuillez et ciselez une branche de menthe et réservez le reste pour la décoration. Émulsionnez l'huile d'olive avec le jus des pamplemousses, du sel et du poivre.

✗ Garnissez chaque coque évidée de dés d'avocats, de quartiers de pamplemousses et de feta, puis arrosez de vinaigrette. Parsemez de menthe ciselée et servez frais.

Variante : Pour une entrée plus festive, ajoutez quelques crevettes roses que vous aurez fait mariner dans de l'huile d'olive et du jus de citron relevés d'une pointe de piment.

Pour 6 personnes

- 3 avocats
- 2 pamplemousses roses
- 200 g de feta
- 1 jus de citron
- 1 bouquet de menthe
- 3 cuill. à soupe d'huile
- Sel, poivre

Salade de carottes
aux raisins secs

Préparation : 10 min - Pas de cuisson
Difficulté : très facile

✗ Faites tremper les raisins secs dans le jus d'orange. Épluchez et râpez les carottes. Mettez-les dans un saladier.

✗ Pelez les oranges à vif, puis détachez les quartiers les uns des autres en passant la lame d'un couteau à dents entre les fines membranes les séparant. Ajoutez les quartiers d'oranges aux carottes râpées.

✗ Égouttez les raisins et réservez le jus d'orange. Ajoutez les raisins dans le saladier. Effeuillez et hachez la menthe et la coriandre, et ajoutez-les à leur tour.

✗ Fouettez le jus d'orange récupéré avec les deux huiles, le cumin, du sel et du poivre. Versez la sauce sur la salade, mélangez et réservez au frais jusqu'au moment de servir.

Pour 6 personnes

- 4 carottes
- 2 oranges
- 50 g de raisins secs blonds
- 5 cl de jus d'orange pressée
- 2 tiges de menthe
- 2 tiges de coriandre
- 1 cuill. à café de graines de cumin
- Quelques gouttes d'huile de sésame
- 2 cuill. à soupe d'huile de pépins de raisins (ou arachide)
- Sel, poivre

Budget malin : *Voici une recette qui améliore les traditionnelles carottes râpées : simple et économique, avec des saveurs exotiques en plus ! Vous pouvez aussi accommoder les carottes râpées avec un yaourt mélangé au jus d'une orange et assaisonné de cumin, de sel et de poivre.*

Salade de roquette
à l'orange

Préparation : 10 min - Cuisson : 3 min
Difficulté : très facile

✗ Lavez et essorez la roquette. Pelez deux oranges à vif, puis coupez-les en rondelles fines.

✗ Plongez le poivron quelques minutes dans de l'eau bouillante. Égouttez et rafraîchissez-le. Pelez et épépinez-le, puis coupez-le en petits cubes. Hachez les olives noires. Pressez l'orange restante.

✗ Mélangez l'huile d'olive, le jus d'orange, de citron, du sel et du poivre. Mettez la roquette dans un saladier. Arrosez-la de vinaigrette, puis mélangez.

✗ Ajoutez les rondelles d'oranges et les cubes de poivron. Mélangez à nouveau. Rectifiez l'assaisonnement si nécessaire, répartissez dans des assiettes et parsemez d'olives hachées juste avant de servir.

Variante : *Relevez la saveur de cette salade fraîcheur avec un oignon rouge coupé en rondelles fines.*

Pour 6 personnes

- 125 g de roquette
- 3 oranges
- 1 poivron orange
- 50 g d'olives noires dénoyautées
- 1 cuill. à soupe de jus de citron
- 3 cuill. à soupe d'huile d'olive
- Sel, poivre

Pour 6 personnes

- ¼ de boule de céleri-rave
- 2 gros navets
- 2 tomates
- 50 g d'algues (séchées ou en conserve)
- 1 bouquet de persil plat
- 2 cuill. à soupe de sauce soja
- 5 cl d'huile de sésame (ou d'arachide)
- 1 tige de citronnelle
- Sel, poivre

Salade asiatique
aux algues

Préparation : 15 min - Cuisson : 5 min
Difficulté : très facile

✗ Pelez le céleri-rave et les navets. Râpez-les avec une grosse râpe, puis plongez-les dans de l'eau bouillante salée pendant 5 minutes. Égouttez-les, rafraîchissez-les et mettez-les dans un saladier.

✗ Incisez en croix la partie arrondie des tomates. Plongez-les dans de l'eau bouillante jusqu'à ce que la peau commence à se détacher. Égouttez et rafraîchissez les tomates. Pelez-les et coupez-les en tranches. Émincez la citronnelle.

✗ Effeuillez et hachez le persil. Mélangez la sauce soja, l'huile, du sel et du poivre.

✗ Ajoutez les tranches de tomates, les algues, la citronnelle et le persil haché dans le saladier. Arrosez de vinaigrette, puis mélangez.

✗ Répartissez-les dans des assiettes en formant un léger dôme et servez sans attendre.

Variante : Vous trouverez les algues comestibles au rayon saurisserie ou asiatique. La citronnelle peut être remplacée par un morceau de gingembre frais râpé.

Salade de morue fumée

Préparation : 10 min - Pas de cuisson
Difficulté : très facile

✗ Épluchez, lavez et essorez la salade, puis émincez-la. Pelez les oranges à vif. Coupez-les en deux, puis en demi-rondelles fines.

✗ Mélangez la moutarde, le jus de citron, du sel et du poivre. Ajoutez l'huile de pépins de raisin et émulsionnez bien.

✗ Détachez les pétales de rose, lavez-les et séchez-les délicatement. Coupez la base blanche qui est amère. Mélangez la salade, les rondelles d'oranges et la sauce dans un saladier. Lavez et effeuillez le persil.

✗ Répartissez la salade dans des assiettes. Disposez les tranches de morue fumée et parsemez de pétales de rose. Décorez de feuilles de persil et servez aussitôt.

Variante : Donnez une touche chic et colorée à vos salades en utilisant des fleurs de jardin comestibles : soucis, capucines, fleurs de courgettes... Elles apporteront une touche de fantaisie à vos préparations.

Pour 6 personnes

- 300 g de morue fumée tranchée très finement (ou du haddock ou de la truite fumée)
- 3 oranges
- 1 salade
- 1 rose de jardin (facultatif)
- 1 cuill. à café rase de moutarde
- 1 cuill. à soupe de jus de citron
- 4 cuill. à soupe d'huile de pépins de raisin
- Persil
- Sel, poivre

Quiche au saumon
et aux légumes

Préparation : 30 min - Cuisson : 50 min
Difficulté : très facile

✗ Faites pocher le pavé de saumon 8 à 10 minutes dans une casserole d'eau bouillante salée, avec le bouquet garni. Lavez et coupez les courgettes en rondelles fines. Lavez le poivron, épépinez-le et détaillez-le en lamelles. Pelez et émincez l'oignon. Faites fondre le beurre dans une sauteuse, puis faites revenir l'oignon et le poivron à feu doux jusqu'à ce que l'oignon devienne translucide. Ajoutez les courgettes, le paprika, salez et laissez cuire 10 minutes environ à feu doux.

✗ Préchauffez le four th 6 (180 °C). Étalez la pâte sur le plan de travail fariné. garnissez un moule à tarte préalablement beurré et piquez la pâte avec une fourchette. Fouettez la crème avec les œufs, la moutarde et le fromage. Coupez le pavé de saumon en petits morceaux et arrosez du jus de citron.

✗ Versez les légumes dans le fond de tarte. Ajoutez les morceaux de saumon et versez la préparation au fromage.

✗ Faites cuire 30 à 35 minutes. Sortez la quiche du four, laissez-la légèrement tiédir avant de la démouler et servez accompagné d'une salade.

Budget malin : Remplacez le pavé de saumon par une boîte de saumon au naturel et variez les légumes selon la saison : brocoli, poireau, épinards...

Pour 6 personnes

- 1 rouleau de pâte brisée (recette page 236)
- 1 pavé de saumon
- 2 courgettes
- 1 poivron vert
- 1 oignon
- 1 bouquet garni
- Le jus d'un demi-citron
- 25 cl de crème fraîche épaisse
- 2 œufs
- 50 g de beurre + 1 noix pour le moule
- 50 g de fromage râpé
- ½ cuill. à café de paprika
- 1 cuill. à soupe de moutarde
- Sel

Tatin d'aubergine
à l'agneau

Préparation : 30 min - Cuisson : 1 h 40
Difficulté : facile

✗ Lavez et coupez une aubergine en petits cubes. Coupez les tomates en petits morceaux. Pelez et émincez finement les oignons. Faites chauffer quatre cuillères à soupe d'huile dans une cocotte et faites revenir les oignons à feu moyen en remuant. Ajoutez la viande et poursuivez la cuisson 5 minutes en remuant.

✗ Ajoutez les cubes d'aubergine et de tomates, les raisins secs et les épices. Salez et versez un grand verre d'eau dans la cocotte. Laissez mijoter pendant 1 heure à feu doux en remuant régulièrement.

✗ Préchauffez le four th 6 (180 °C). Lavez et coupez la deuxième aubergine en tranches. Posez-les sur la plaque du four recouverte de papier aluminium. Arrosez-les d'huile d'olive, salez et poivrez, puis enfournez. Faites-les cuire 15 minutes.

✗ Huilez un moule à manqué. Disposez les tranches d'aubergine en rosace dans le fond du plat. Étalez la préparation à la viande sur les tranches d'aubergine et lissez bien. Posez la pâte brisée par-dessus et enfoncez les bords de la pâte entre les parois du moule et la garniture. Enfournez et faites cuire 35 minutes.

✗ Sortez la tarte du four et posez aussitôt un couvercle par-dessus pour faire retomber la pâte. Laissez reposer la tarte ainsi pendant 5 minutes avant de la démouler. Servez aussitôt.

Idée plus : L'agneau se marie très bien avec les aubergines, mais vous pouvez le remplacer par du poulet, du bœuf ou du porc ou même réaliser cette Tatin d'aubergine sans y mettre de viande.

Pour 6 personnes

- 400 g d'agneau haché grossièrement (collier, poitrine...)
- 1 rouleau de pâte brisée
- 2 aubergines
- 2 tomates
- 50 g de raisins secs
- 2 oignons
- 2 pincées de cumin moulu
- 3 pincées coriandre moulue
- 1 pincée de cannelle en poudre
- Huile d'olive
- Sel, poivre

Un plat pour recevoir

Quiche aux pommes de terre

Préparation : 25 min - Cuisson : 50 min
Difficulté : facile

✗ Épluchez les pommes de terre et coupez-les en rondelles épaisses. Coupez la saucisse fumée en rondelles. À l'aide d'un emporte-pièce du diamètre de la saucisse, creusez le centre de chaque rondelle de pomme de terre. Faites précuire les rondelles de pommes de terre 5 à 7 minutes dans de l'eau bouillante salée.

✗ Préchauffez le four th 6 (180 °C). Fouettez les œufs avec le lait et la crème liquide, puis ajoutez le gruyère râpé. Salez légèrement et poivrez. Beurrez un moule à tarte et garnissez-le de pâte. Piquez-la avec une fourchette.

✗ Versez la préparation au gruyère dans le fond de tarte. Posez les rondelles de pommes de terre par-dessus et enfoncez les morceaux de saucisse dans les trous prévus à cet effet (vous pouvez aussi poser les saucisses directement sur les pommes de terre sans les creuser). Enfournez et faites cuire 40 minutes.

✗ Sortez la quiche du four et laissez tiédir 5 minutes avant de démouler. Servez avec une salade verte.

Pour 6 personnes

- 1 rouleau de pâte brisée (recette page 236)
- 1 saucisse fumée (de Montbéliard, Morteau...)
- 2 grosses pommes de terre
- 2 œufs
- 20 cl de lait
- 10 cl de crème liquide
- 100 g de gruyère râpé
- Beurre
- Sel, poivre

Budget malin : Remplacez le gruyère râpé par un reste de fromage : camembert, cantal, maroilles, reblochon...

Mont d'Or en papillote
aux fruits d'automne

Préparation : 20 min - Cuisson : 15 min
Difficulté : très facile

✗ Préchauffez le four th 6 (180 °C). Pelez et coupez la pomme en deux, puis en lamelles fines. Lavez et coupez les grains de raisin en deux.

✗ Retirez le fromage de sa boîte et conservez celle-ci. Coupez le Mont d'Or en deux dans l'épaisseur. Creusez le fromage en son milieu et replacez la partie inférieure dans la boîte.

✗ Garnissez le centre du fromage de lamelles de pommes, de grains de raisin et de cerneaux de noix, puis versez le vin blanc. Poivrez et recouvrez de la partie supérieure du fromage.

✗ Posez la boîte au centre d'une grande feuille de papier aluminium. Rabattez la feuille de manière à enfermer complètement la boîte de fromage dans l'aluminium. Enfournez et faites cuire 15 minutes.

✗ Servez dès la sortie du four accompagné d'une salade verte et d'un plateau de charcuterie.

Variante : Pour une recette plus traditionnelle, faites simplement un trou au centre du fromage et versez la même quantité de vin blanc, ainsi qu'une pointe d'ail haché. Accompagnez de pommes de terre vapeur et de pain de campagne.

Pour 6 personnes

- 1 Mont d'Or
- 1 pomme
- 30 g de cerneaux de noix concassés
- 6 grains de raisin
- 6 cl de vin blanc sec (Jura, Savoie)
- Poivre blanc du moulin

Gratin d'aubergines, crème aux anchois

Préparation : 20 min - Cuisson : 55 min
Difficulté : très facile

Pour 6 personnes

- 3 aubergines
- 150 g de crème fraîche
- 80 g de poudre d'amandes
- 1 boîte d'anchois à l'huile
- 3 brins de thym
- 3 gousses d'ail
- 50 g de chapelure
- Sel, poivre

✗ Préchauffez le four th 6 (180 °C). Enveloppez chaque aubergine dans du papier aluminium avec une gousse d'ail écrasée et du thym. Posez-les sur la grille du four et faites cuire 45 minutes.

✗ Mixez la crème fraîche avec la poudre d'amandes et les anchois égouttés. Poivrez et salez très légèrement. Laissez refroidir les aubergines, puis coupez-les en deux dans la hauteur. Évidez-les légèrement pour retirer les graines.

✗ Posez les aubergines dans un plat à gratin les unes à côté des autres, côté plat sur le dessus. Salez et poivrez.

✗ Nappez les aubergines de crème d'amandes aux anchois et saupoudrez de chapelure. Enfournez et faites gratiner 10 minutes environ. Servez dès la sortie du four, seul ou en accompagnement d'une viande ou d'un poisson grillé.

Variante : Variez la farce selon les ingrédients disponibles : mozzarella/tomates séchées, ricotta/olive, fromage de chèvre/lardons...

Œuf en meurette

Préparation : 20 min - Cuisson : 40 min
Difficulté : facile

✗ Pelez et hachez l'ail, l'oignon et les échalotes. Faites fondre 25 g de beurre dans une petite casserole, puis ajoutez la farine et mélangez jusqu'à obtention d'un roux. Faites fondre le reste de beurre dans une poêle et faites revenir le hachis d'ail, d'oignon et d'échalotes sans coloration. Faites griller les lardons dans une poêle chauffée à blanc.

✗ Ajoutez le vin dans la poêle en fouettant, puis salez et poivrez. Mouillez avec un verre d'eau et laissez cuire pendant 30 minutes à feu très doux. Incorporez le roux petit à petit pour épaissir et lier la sauce. En fin de cuisson, ajoutez les lardons.

✗ Portez une casserole d'eau vinaigrée à ébullition, puis baissez le feu. Cassez les œufs un par un et faites-les pocher dans l'eau frémissante à l'aide d'une écumoire. Égouttez les œufs pochés sur du papier absorbant.

✗ Faites griller les tranches de pain de campagne et disposez-les dans des assiettes creuses. Répartissez la sauce au vin par-dessus. Posez délicatement les œufs sur les tranches de pain. Parsemez de ciboulette ciselée et servez sans attendre.

Idée plus : Pour réussir plus facilement vos œufs pochés, tapissez une tasse de film alimentaire. Cassez un œuf dedans, refermez le film et nouez-le. Plongez-le ensuite 2 ou 3 minutes dans de l'eau bouillante vinaigrée.

Un plat pour recevoir

Pour 6 personnes

- 6 œufs
- 50 g de lardons fin
- 50 cl de vin rouge
- 6 tranches de pain de campagne
- 2 gousses d'ail
- 3 échalotes
- 1 oignon
- 50 g de beurre
- 25 g de farine
- Ciboulette
- Vinaigre de vin blanc
- Sel, poivre

Gratin savoyard
au reblochon

Préparation : 20 min - Cuisson : 1 h 15
Difficulté : très facile

Pour 6 personnes

- 800 g de pommes de terre
- 300 g de reblochon (ou beaufort, tomme…)
- 4 tranches très fines de jambon cru
- 3 oignons
- 1 poignée de raisins secs
- 1 ½ l de lait
- 3 œufs
- 1 pincée de muscade moulue
- 3 cuill. à soupe d'huile
- Sel, poivre

✗ Pelez et lavez les pommes de terre. Mettez-les dans une casserole, couvrez d'eau froide, salez et faites cuire 20 minutes.

✗ Égouttez les pommes de terre, laissez-les refroidir et coupez-les en rondelles épaisses. Faites gonfler les raisins secs dans un bol d'eau tiède. Coupez le fromage en lamelles et les tranches de jambon en fines lanières.

✗ Fouettez le lait avec les œufs, la muscade, du sel et du poivre. Pelez et émincez les oignons. Faites-les suer à feu doux dans l'huile pendant 15 minutes en remuant régulièrement.

✗ Préchauffez le four th 6 (180 °C). Mettez les oignons dans un plat à gratin. Ajoutez les raisins secs égouttés, puis posez les rondelles de pommes de terre à la verticale, en les alternant avec les lanières de jambon et les lamelles de fromage. Versez le lait battu.

✗ Enfournez et faites cuire 40 minutes. Servez dès la sortie du four accompagné d'une salade.

Astuce : *Préparez ce gratin la veille en réduisant le temps de cuisson de 10 minutes. Vous n'aurez plus qu'à le réchauffer avant de le servir. Les saveurs vont se mélanger et votre gratin sera encore meilleur !*

Tartiflette au saumon

Préparation : 25 min - Cuisson : 1 h
Difficulté : facile

✗ Faites cuire les pavés de saumon 15 minutes à la vapeur ou au court-bouillon. Épluchez les pommes de terre et mettez-les dans une casserole. Couvrez-les d'eau froide, salez et faites-les cuire 15 minutes après ébullition. Égouttez-les et coupez-les en rondelles.

✗ Pelez et hachez les échalotes. Émiettez les pavés de saumon dans un saladier. Salez et poivrez-les. Ajoutez le persil et l'échalote, puis mélangez. Retirez la croûte du fromage et coupez-le en tranches fines.

✗ Préchauffez le four th 6 (180 °C). Beurrez un plat à gratin. Remplissez-le en alternant une couche de pommes de terre, une couche de saumon et une couche de fromage.

✗ Avant de poser la dernière couche de fromage, versez la crème, puis recouvrez de fromage. Enfournez et faites cuire 20 minutes. Servez dès la sortie du four avec une salade verte.

Idée plus : *Vous pouvez ajouter quelques dés de saumon fumé dans votre tartiflette.*

Un plat pour recevoir

Pour 6 personnes

- 2 pavés de saumon
- 1 kg de pommes de terre
- 25 cl de crème fraîche
- ½ reblochon
- 2 échalotes
- 1 cuill. à soupe de persil haché
- Beurre pour le plat
- Sel, poivre

Pour 6 personnes

- 3 endives
- 3 pommes
- ½ reblochon
- 10 cl de bouillon de légumes
- Quelques cerneaux de noix
- 70 g de beurre + 1 noix pour le plat
- 25 cl de lait
- 1 œuf
- Sel, poivre

Gratin d'endives
aux pommes

Préparation : 30 min - Cuisson : 50 min
Difficulté : facile

✗ Coupez le demi-reblochon en deux. Retirez la croûte de l'une des moitiés et coupez-la en morceaux. Versez le lait dans une casserole, ajoutez le fromage en morceaux et poivrez. Faites chauffer doucement jusqu'à ce que le fromage soit fondu. Versez dans un saladier et laissez refroidir.

✗ Émincez les endives. Faites fondre 35 g de beurre dans une casserole et ajoutez-les. Faites-les revenir 2 minutes à feu doux en remuant, puis poivrez et versez le bouillon. Laissez cuire à petits frémissements jusqu'à absorption du liquide.

✗ Pelez et coupez les pommes en quartiers fins. Faites fondre 35 g de beurre dans une sauteuse et faites-les cuire à feu doux pendant 15 minutes en les retournant régulièrement. Salez et poivrez.

✗ Préchauffez le four th 7 (210 °C). Battez l'œuf dans le lait au fromage. Coupez le reste de reblochon en morceaux. Concassez grossièrement les noix. Beurrez un plat à gratin. Mélangez les pommes, les endives et les cerneaux de noix. Répartissez le mélange dans le plat et versez le lait au fromage par-dessus. Recouvrez de morceaux de reblochon et faites cuire 30 minutes.

✗ À mi-cuisson, couvrez le plat d'une feuille de papier aluminium. Servez dès la sortie du four avec une salade verte.

Variante : Pour des saveurs plus « terroir », vous pouvez remplacer les pommes par des pommes de terre coupées en rondelles. Faites-les préalablement revenir dans du beurre.

Gratin de macaronis
au cantal

Préparation : 15 min - Cuisson : 20 min
Difficulté : très facile

✗ Faites cuire les macaronis dans de l'eau bouillante salée le temps indiqué sur le paquet pour une cuisson al dente. Égouttez-les, puis rafraîchissez-les. Versez-les dans un saladier, arrosez d'huile et mélangez bien.

✗ Dans une grande casserole, faites chauffer la crème avec le lait. Ajoutez la moitié du cantal râpé, poivrez et mélangez bien pour faire fondre le fromage. Ajoutez les macaronis et continuez à mélanger.

✗ Préchauffez le four th 6 (180 °C). Beurrez un plat à gratin. Versez les pâtes dans le plat. Parsemez de morceaux de beurre et du reste de fromage.

✗ Enfournez et faites cuire 15 à 20 minutes. Mettez ensuite le four en position gril et poursuivez la cuisson 2 minutes pour obtenir une croûte bien dorée. Servez le gratin dès la sortie du four accompagné d'une salade d'endives.

Budget malin : *Le gratin de pâtes se fait généralement avec des pâtes creuses (macaronis, coquillettes…) qui retiennent la sauce, mais il est aussi délicieux avec toutes sortes de pâtes. Ne jetez pas vos restes de pâtes. Au contraire, augmentez les quantités et recyclez-les le lendemain en gratin.*

Un plat pour recevoir

Pour 6 personnes

- 450 g de gros macaronis
- 20 cl de lait
- 3 cuill. à soupe de crème fraîche
- 120 g de cantal doux fraîchement râpé
- 40 g de beurre + 1 noix pour le plat
- 1 cuill. à soupe d'huile d'olive
- Sel, poivre

Pour 6 personnes

- 600 g de filets de colin
- 5 œufs
- 1 petite boîte de concentré de tomates
- 1 cuill. à café de curry en poudre
- 1 sachet de court-bouillon
- ½ citron
- Beurre pour le moule
- Sel poivre

Couronne de colin

Préparation : 20 min - Cuisson : 45 min
Difficulté : très facile

✗ Faites pocher les filets de colin 5 minutes dans le court-bouillon. Égouttez-les et effilochez-les finement à la fourchette. Versez dans un saladier. Salez, poivrez et mélangez bien.

✗ Préchauffez le four th 7 (210 °C). Pressez le demi-citron. Battez les œufs en omelette dans un grand saladier, salez et poivrez. Ajoutez le poisson, le jus de citron, le concentré de tomates et le curry. Mélangez bien.

✗ Beurrez un moule à savarin. Versez la préparation dans le moule. Enfournez et faites cuire 40 minutes.

✗ Sortez le moule du four et laissez refroidir complètement avant de démouler. Servez avec une salade de mâche.

Idée plus : *Servez avec une mayonnaise et des rondelles de citron. Vous pouvez aussi ajouter une julienne de légumes dans la préparation.*

Nuggets de poisson, sauce au cumin

Préparation : 15 min - Cuisson : 15 min
Difficulté : très facile

✗ Coupez le poisson en cubes. Mettez-les dans un saladier, salez, poivrez et arrosez d'un filet de jus de citron. Placez au frais.

✗ Préparez la sauce : pressez le citron. Mélangez le jus avec le yaourt, la moutarde et le cumin. Parsemez de ciboulette ciselée.

✗ Battez les œufs en omelette dans une assiette creuse. Versez la chapelure dans une autre assiette creuse. Roulez les cubes de poisson dans l'œuf battu, puis dans la chapelure. Posez-les au fur et à mesure dans une assiette.

✗ Faites chauffer l'huile de friture. Plongez les cubes de poisson panés dans l'huile, par deux ou trois. Faites-les frire pendant environ 5 minutes en les retournant sans arrêt avec une écumoire : ils doivent être dorés et croustillants. Égouttez les nuggets au fur et à mesure sur du papier absorbant. Recommencez l'opération avec le reste des nuggets. Servez bien chaud avec des quartiers de citron et la sauce au cumin.

Variante : *Préparez de la même manière des nuggets de poulet en utilisant des blancs de poulet coupés en lanières.*

Pour 6 personnes

Pour les nuggets :

- 500 g de poisson blanc sans peau (merlu, colin, cabillaud...)
- 2 œufs
- 150 g de chapelure
- ½ citron
- Huile de friture
- Sel, poivre

Pour la sauce :

- 1 yaourt nature
- 1 cuill. à café de moutarde
- 1 cuill. à café de cumin
- 1 citron
- Quelques brins de ciboulette

Pour 6 personnes

- 3 l de coques
- 3 tranches de jambon cru
- 3 poivrons marinés (recette page 203)
- 1 échalote
- 15 cl de vin blanc sec
- 2 cuill. à soupe d'huile
- Sel poivre

Coques au jambon
et aux poivrons

Préparation : 15 min - Cuisson : 15 min
Difficulté : très facile

✗ La veille, faites tremper les coques dans un grand récipient d'eau froide. Brassez-les régulièrement pour les débarrasser de leur sable. Renouvelez l'opération jusqu'à ce que l'eau soit claire et jetez les coquilles ouvertes, ainsi que celles qui restent à la surface.

✗ Pelez et hachez l'échalote. Coupez les poivrons en petits dés. Coupez les tranches de jambon en lanières.

✗ Faites chauffer l'huile dans une cocotte. Faites revenir l'échalote et les poivrons. Versez le vin blanc, puis ajoutez les coques, salez et poivrez. Remuez bien et couvrez. Faites cuire jusqu'à ce que les coquillages soient bien ouverts (10 à 15 minutes environ).

✗ En fin de cuisson, ajoutez les lanières de jambon. Répartissez les coques dans des assiettes creuses. Arrosez du jus de cuisson et servez aussitôt accompagné de spaghettis.

Astuce : *Ne faites pas cuire les coques au-delà de 15 minutes car elles perdraient leur saveur et deviendraient caoutchouteuses.*

Mouclade

Préparation : 20 min - Cuisson : 40 min
Difficulté : très facile

✗ Lavez et ébarbez les moules. Mettez-les dans une grande casserole, puis ajoutez le bouquet garni et le vin blanc. Couvrez et laissez cuire jusqu'à ce que les moules soient bien ouvertes. Pelez et émincez les échalotes et les oignons blancs. Lavez et effeuillez le cerfeuil.

✗ Retirez les moules de la casserole à l'aide d'une écumoire, filtrez le jus de cuisson et mettez-le de côté.

✗ Faites fondre le beurre dans une cocotte et faites suer les échalotes et les oignons à feu doux, sans coloration. Versez le cognac et mélangez bien. Ajoutez le jus de cuisson des moules, laissez réduire à petit feu pendant 25 minutes et poivrez.

✗ Fouettez la crème fraîche avec les jaunes d'œufs et le curry. Versez ce mélange dans le jus réduit en fouettant. Ajoutez les moules et mélangez bien. Faites réchauffer 3 minutes sans laisser bouillir. Parsemez de cerfeuil et servez rapidement.

Idée plus : *Pour une jolie présentation, retirez la coquille du dessus des moules. Posez-les dans un grand plat à gratin et nappez-les de la sauce.*

Pour 6 personnes

- 4 l de moules
- 3 verres de vin blanc sec
- 1 botte de petits oignons blancs
- 3 échalotes
- 100 g de crème fraîche
- 3 jaunes d'œufs
- 5 cl de cognac
- ½ cuill. à café de curry
- 1 bouquet garni
- 1 petit bouquet de cerfeuil
- 75 g de beurre
- Poivre

Filet de truite
en croûte de céréales

Préparation : 20 min - Cuisson : 1 h 25
Repos : 2 h - Difficulté : très facile

Pour 6 personnes

- 6 filets de truite saumonée sans peau
- 100 g de müesli
- 500 g de haricots blancs (lingots ou mogettes)
- 2 œufs
- 1 oignon
- 1 carotte
- 1 citron
- 1 bouquet garni
- 4 tiges de cerfeuil
- 3 pincées de baies roses moulues
- 30 g de beurre
- 5 cuill. à soupe d'huile d'olive
- Sel, poivre du moulin

✗ Faites tremper les haricots 2 heures dans de l'eau froide. Pelez l'oignon et la carotte. Mettez les haricots égouttés dans une casserole avec l'oignon, la carotte coupée en tronçons et le bouquet garni. Couvrez largement d'eau froide. Salez, portez à ébullition et faites cuire 1 heure 15 à petit feu. Lavez et hachez le cerfeuil. À la fin du temps de cuisson, égouttez les haricots et mettez-les dans un saladier. Arrosez d'huile d'olive, poivrez, puis ajoutez le cerfeuil et les baies roses moulues. Mélangez bien et réservez.

✗ Concassez grossièrement le müesli et versez-le sur une assiette. Battez les œufs en omelette dans une assiette. Passez les filets de truite dans l'œuf, puis dans le müesli.

✗ Faites fondre le beurre dans une poêle. Faites cuire les filets de truite 8 à 10 minutes en les retournant délicatement à mi-cuisson. Salez, poivrez.

✗ Servez les filets de truite accompagnés de la salade de haricots et de quartiers de citron.

Variante : Selon les ingrédients du placard, vous pouvez remplacer le müesli par des amandes, des noisettes concassées, ou encore de la chapelure.

Moules au roquefort

Préparation : 25 min - Cuisson : 20 min
Difficulté : très facile

✗ Lavez et ébarbez les moules. Épluchez et hachez les échalotes. Faites chauffer l'huile dans une grande cocotte et faites revenir les échalotes 2 minutes en remuant.

✗ Versez les moules, salez très légèrement et poivrez. Mélangez bien, puis arrosez de vin blanc et laissez cuire 15 minutes à couvert (jusqu'à ce que les moules soient bien ouvertes).

✗ Retirez les moules de la cocotte à l'aide d'une écumoire et filtrez le jus de cuisson. Reversez-le dans la cocotte et faites-le réduire d'un tiers à feu vif. Émiettez le roquefort. Effeuillez et hachez grossièrement le persil.

✗ Incorporez la crème fraîche et le roquefort au jus de cuisson des moules en fouettant sans arrêt. Rectifiez l'assaisonnement et remettez les moules dans la cocotte. Parsemez de persil, mélangez et servez immédiatement.

Idée plus : Les moules sont un plat très bon marché. Profitez de la saison (de septembre à février) pour les déguster plus souvent. Variez les plaisirs et cuisinez-les au curry, à la tomate, marinières (au vin blanc) ou à la bière...

Pour 6 personnes

- 5 l de moules
- 150 g de roquefort
- 150 g de crème fraîche épaisse
- 20 cl de vin blanc sec
- 1 bouquet de persil
- 2 échalotes
- 3 cuill. à soupe d'huile
- Sel, poivre

Blanquette de saumon
aux épices douces

Préparation : 20 min - Cuisson : 1 h 15
Difficulté : facile

Pour 6 personnes

- 800 g de filets de saumon épais sans peau
- 1 oignon
- 1 carotte
- 1 branche de céleri
- 1 bouquet garni
- 1 clou de girofle
- 2 étoiles de badiane (anis étoilé)
- 2 gousses de vanille
- 15 cl de vin blanc sec
- 30 g de beurre
- 30 g de farine
- 15 cl de crème épaisse
- 1 jaune d'œuf
- Sel, poivre

✗ Pelez l'oignon et coupez-le en quatre. Pelez et coupez la carotte en gros tronçons. Versez 1 l d'eau dans une grande cocotte. Ajoutez le vin blanc, le bouquet garni, la carotte, l'oignon piqué du clou de girofle et du sel. Portez à ébullition et faites cuire à petits frémissements pendant 1 heure .

✗ Fendez les gousses de vanille en deux dans la longueur. Épluchez et émincez finement la branche de céleri. En fin de cuisson, filtrez le bouillon, puis ajoutez les étoiles de badiane et la vanille. Couvrez et réservez.

✗ Coupez le filet de saumon en morceaux. Faites fondre le beurre dans une sauteuse. Faites revenir les morceaux de saumon et le céleri à feu doux sans coloration, puis saupoudrez de farine. Versez le bouillon dans la sauteuse au travers d'une passoire afin de récupérer la badiane et la vanille, et laissez cuire doucement pendant 10 minutes.

✗ Battez le jaune d'œuf dans la crème. Retirez le saumon de la sauteuse à l'aide d'une écumoire. Versez une louche de sauce dans le mélange crème/œuf, puis fouettez, reversez le tout dans la cocotte et mélangez bien. Remettez le saumon et laissez cuire doucement pendant 5 minutes sans laisser bouillir. Rectifiez l'assaisonnement et servez aussitôt avec du riz blanc ou des pâtes fraîches.

Variante : *Vous pouvez réaliser cette blanquette avec d'autres poissons à chair ferme (cabillaud, lieu, colin...) et ajouter une poignée de crevettes ou de moules en fin de cuisson.*

Papillote de poisson
au confit de fenouil

Préparation : 25 min - Cuisson : 50 min
Difficulté : très facile

✗ Épluchez et émincez les bulbes de fenouil. Grattez les carottes. Faites chauffer l'huile d'olive dans une casserole et faites revenir le fenouil pendant 2 minutes en remuant.

✗ Baissez le feu sous la casserole. Ajoutez un demi-verre d'eau, les graines d'anis et le sucre, puis salez. Faites cuire à feu doux 20 minutes en remuant régulièrement. Faites cuire les carottes 10 minutes dans de l'eau bouillante salée.

✗ Découpez six grands carrés de papier sulfurisé. Répartissez le fenouil au centre des carrés, puis disposez les pavés de cabillaud et les carottes par-dessus.

✗ Préchauffez le four th 7 (210 °C). Effeuillez et hachez le persil. Parsemez-en le poisson et les légumes, puis poivrez. Ajoutez une étoile de badiane dans chaque papillote et salez à nouveau. Fermez les papillotes et posez-les sur la plaque du four. Versez un petit verre d'eau et faites cuire 20 minutes.

✗ Retirez les papillotes du four et patientez 2 minutes environ avant de les ouvrir.

Variante : *Selon la saison et le marché, remplacez le fenouil par des côtes de blette ou des blancs de poireaux.*

Pour 6 personnes

- 3 filets de cabillaud un peu épais
- 1 botte de carottes
- 3 bulbes de fenouil
- 6 étoiles de badiane (anis étoilé)
- 2 branches de persil
- 1 cuill. à café de graines d'anis
- 1 cuill. à café rase de poivres mélangés moulus
- 1 cuill. à café de sucre en poudre
- 5 cuill. à soupe d'huile d'olive
- Fleur de sel

Poularde un peu canaille

Préparation : 40 min - Cuisson : 1 h 20
Difficulté : facile

Pour 6 personnes

- 1 poularde coupée en morceaux
- 1 botte de petits navets nouveaux
- 2 pâtissons
- 6 pommes de terre vitelotte
- 2 carottes
- ½ chou vert
- 2 l de bouillon de volaille
- 1 bouquet garni
- 1 cuill. à café de baies roses
- 2 gousses d'ail
- 1 oignon
- 2 cuill. à soupe d'huile
- Sel, poivre

Pour la sauce :

- 2 bouquets de persil
- 1 petit bocal de câpres
- 2 œufs durs
- 2 échalotes
- 10 cl d'huile d'olive
- Sel, poivre

✗ Pelez et hachez l'oignon et les gousses d'ail. Faites chauffer l'huile dans une grande cocotte, puis faites dorer rapidement les morceaux de poularde. Retirez-les de la cocotte et remplacez-les par le hachis d'oignon et d'ail. Faites-le suer à feu doux pendant 5 minutes en remuant, puis remettez les morceaux de poularde. Salez, poivrez, ajoutez les baies roses et le bouquet garni. Versez le bouillon, couvrez et laissez cuire à feu doux pendant 1 heure 15.

✗ Nettoyez les pâtissons et le chou vert. Pelez les navets, les pommes de terre et les carottes. Coupez les carottes en petits cubes, le chou et les pâtissons en petits quartiers et les pommes de terre en deux. 20 minutes avant la fin de la cuisson de la poularde, ajoutez les légumes dans la cocotte et terminez la cuisson à couvert.

✗ Préparez la sauce : effeuillez le persil, pelez et hachez grossièrement les échalotes. Écalez les œufs et coupez-les en morceaux. Mettez le persil, les câpres égouttées, les œufs durs et les échalotes dans un mixeur. Mixez par à-coups jusqu'à obtention d'un hachis grossier. Ajoutez l'huile d'olive, salez et poivrez. Donnez deux coups de mixeur et versez dans un bol.

✗ Répartissez la poularde et les légumes dans des assiettes creuses. Arrosez de bouillon de cuisson et servez avec la sauce à part.

Variante : Selon le marché, remplacez la poularde par un poulet ou une pintade, et variez les légumes selon la saison.

Poulet au lait de coco

Préparation : 20 min - Cuisson : 20 min
Difficulté : facile

✗ Coupez les blancs de poulet en lanières. Écrasez les graines de coriandre. Lavez, épépinez et émincez les piments. Épluchez et coupez les oignons en petits tronçons.

✗ Faites chauffer l'huile dans une poêle. Faites dorer les lanières de poulet et les oignons 5 minutes à feu doux en remuant, puis saupoudrez de gingembre. Retirez-les et laissez la poêle sur le feu.

✗ Versez aussitôt la crème liquide, le lait de coco, du sel et du poivre. Ajoutez les graines de coriandre et les piments. Faites chauffer à feu doux en remuant. Aux premiers frémissements, remettez les lanières de poulet et les oignons. Baissez le feu au minimum, couvrez et laissez cuire 15 minutes en remuant de temps en temps.

✗ Répartissez les lanières de poulet, la garniture et la sauce dans des bols, puis décorez d'une tige de coriandre et servez immédiatement.

Budget malin : *Vous pouvez réaliser cette recette avec un reste de poulet et remplacer les piments par de la purée de piment, des piments séchés ou, pour une saveur moins épicée, par du paprika.*

Pour 6 personnes

- 4 blancs de poulet
- 1 botte d'oignons nouveaux
- 2 petits piments doux
- 20 cl de lait de coco
- 10 cl de crème liquide
- 1 cuill. à café de graines de coriandre
- 1 pincée de gingembre en poudre
- 6 tiges de coriandre
- 1 cuill. à soupe d'huile d'olive
- Sel, poivre

Poulet à la provençale

Préparation : 20 min - Cuisson : 1 h 10
Difficulté : très facile

Pour 6 personnes

- 1 poulet coupé en morceaux
- 2 poivrons rouges
- 250 g de champignons de Paris
- 75 g d'olives noires
- 2 oignons
- 3 gousses d'ail
- 1 petit bouquet de ciboulette
- 1 petite boîte de tomates pelées
- ½ cuill. à café de piment doux
- Huile d'olive
- Sel, poivre

✗ Lavez, épépinez et coupez les poivrons en lanières fines. Pelez et émincez finement les oignons. Nettoyez et émincez les champignons de Paris. Égouttez les tomates pelées et réservez leur jus. Hachez-les grossièrement. Pelez et hachez l'ail.

✗ Faites chauffer quatre cuillères à soupe d'huile dans une grande cocotte. Faites rapidement dorer les morceaux de poulet. Retirez-les de la cocotte et essuyez-la. Versez un filet d'huile et faites revenir les oignons, l'ail et les poivrons 5 minutes à feu doux en remuant.

✗ Lavez et ciselez la ciboulette. Remettez les morceaux de poulet dans la cocotte. Ajoutez les tomates hachées et leur jus, les champignons et les olives. Salez, poivrez et ajoutez le piment. Versez deux verres d'eau dans la cocotte. Couvrez et laissez mijoter pendant 1 heure .

✗ En fin de cuisson, parsemez le poulet de ciboulette et rectifiez l'assaisonnement. Répartissez dans des assiettes et servez accompagné de pâtes ou de riz.

Idée plus : *Comme tous les plats mijotés, le poulet à la provençale sera encore meilleur cuit la veille et réchauffé le jour même.*

Brochette de lapin
aux herbes

Préparation : 20 min - Cuisson : 15 min
Marinade : 1 h - Difficulté : très facile

✗ Coupez la tomate en tout petits dés. Pelez et émincez finement l'échalote. Pelez et hachez les gousses d'ail.

✗ Mélangez l'huile d'olive, les dés de tomate, l'échalote, l'ail et les herbes. Salez et poivrez. Mettez les cubes de lapin dans un plat creux, arrosez-les de marinade, mélangez et gardez 1 heure au frais.

✗ Préparez un barbecue. Piquez les cubes de lapin sur des brochettes. Posez les brochettes sur une grille et placez-la au-dessus des braises. Faites cuire 15 minutes en retournant les brochettes régulièrement et en les arrosant de la marinade. Vous pouvez également faire cuire les brochettes au four th 6/7 (200 °C). Posez les brochettes sur la grille du four et retournez-les plusieurs fois en cours de cuisson en les arrosant de marinade.

✗ Servez accompagné de tomates provençales ou de pommes de terre sautées.

Variante : Le lapin s'associe également très bien avec des saveurs sucrées/salées. Réalisez une marinade avec du miel, le jus d'un citron, de l'huile d'olive ou bien avec du cidre, de l'huile d'arachide et des morceaux de pommes…

Un plat pour recevoir

Pour 6 personnes

- 1 lapin désossé détaillé en cubes (1 kg environ)
- 1 tomate
- 1 bouquet d'herbes fraîches (ou 1 cuill. à soupe d'herbes de Provence sèches)
- 2 gousses d'ail
- 1 échalote
- 20 cl d'huile d'olive
- Sel, poivre

Pour 6 personnes

- 1,2 kg de paleron ou de gîte
- 1 kg de carottes
- 20 cl de vin rouge
- 1 oignon
- 1 tête d'ail
- Quelques brins de thym
- 2 cuill. à soupe de fond de veau en poudre
- 4 cuill. à soupe d'huile d'arachide
- Sel, poivre

Bœuf-carottes

Préparation : 20 min - Cuisson : 3 h
Difficulté : très facile

✗ Versez 1,5 l d'eau dans une casserole, diluez le fond de veau et portez à ébullition en fouettant. Coupez la viande en morceaux.

✗ Pelez les carottes et coupez-les en grosses rondelles. Coupez la tête d'ail en deux. Pelez et émincez l'oignon.

✗ Faites chauffer l'huile dans une grande cocotte et faites revenir la viande avec l'oignon. Versez le vin rouge, portez à ébullition et laissez réduire de moitié.

✗ Ajoutez les carottes et l'ail dans la cocotte. Mouillez avec le fond de veau, salez et poivrez. Couvrez et faites cuire 3 heures à feu doux. Servez le bœuf-carottes très chaud, parsemé de thym.

Idée plus : Si vous souhaitez épaissir la sauce, fouettez une cuillère à soupe de farine avec une louche de sauce, et reversez le tout dans la cocotte. Servez-le avec des tagliatelles ou des pommes de terre vapeur.

Chili con carne en gratin

Préparation : 20 min - Cuisson : 3 h 20
Repos : 12 h - Difficulté : très facile

✗ La veille, faites tremper les haricots dans une grande quantité d'eau froide.

✗ Le jour même, pelez et hachez les oignons. Pelez et hachez l'ail. Égouttez les haricots rouges, le maïs et les tomates. Concassez grossièrement les tomates. Épépinez et hachez grossièrement les poivrons.

✗ Faites chauffer l'huile dans une grande cocotte et faites revenir l'ail, les oignons et les poivrons. Ajoutez la viande et laissez cuire à feu moyen 5 minutes en remuant.

✗ Versez les haricots dans la cocotte, mélangez en incorporant toutes les épices, puis salez et poivrez. Laissez cuire 3 minutes, baissez le feu et mouillez avec le bouillon. Ajoutez les tomates pelées, couvrez la cocotte et laissez mijoter pendant 3 heures en remuant de temps en temps. Ajoutez de l'eau en cours de cuisson si nécessaire.

✗ 15 minutes avant la fin de la cuisson, ajoutez le maïs et préchauffez le four en position gril. Mélangez la chapelure et le parmesan et versez le chili dans un plat à gratin. Saupoudrez du mélange chapelure/parmesan et enfournez. Faites cuire 15 minutes. Servez dès la sortie du four.

Variante : Pour une recette express, utilisez des haricots rouges en boîte et laissez cuire 20 minutes avant de faire gratiner.

Un plat pour recevoir

Pour 6 personnes

- 1,2 kg de viande de bœuf hachée grossièrement
- 600 g de haricots rouges
- 1 grosse boîte de tomates pelées au jus
- 1 boîte de maïs en grains
- 2 oignons
- 2 poivrons rouges
- 3 gousses d'ail
- 50 cl de bouillon de bœuf
- 3 cuill. à café de chili en poudre
- 1 cuill. à soupe d'origan
- Piment de Cayenne (facultatif)
- 1 cuill. à soupe de cumin
- 1 cuill. à soupe d'origan
- 3 cuill. à soupe de chapelure fine
- 1 cuill. à soupe de parmesan râpé
- 5 cuill. à soupe d'huile
- Sel, poivre

Pot-au-feu en gratin

Pour 6 personnes

- 1,2 kg de viande de pot-au-feu (gîte, paleron)
- 1 bouquet garni
- 8 carottes
- 8 navets
- 2 oignons
- 2 clous de girofle
- 25 g de grains de poivre concassés
- 2 branches de laurier
- 1 branche de thym
- 50 cl de lait
- 30 g de farine
- 50 g de chapelure fine
- 50 g de beurre + 1 noix pour le plat
- Gros sel
- Sel, poivre

Préparation : 40 min - Cuisson : 3 h 30
Difficulté : facile

✗ Pelez les oignons et piquez-les d'un clou de girofle. Mettez la viande dans une grande marmite. Couvrez d'eau froide et portez à ébullition, et laissez bouillir 5 minutes. Égouttez la viande. Videz la marmite et rincez-la. Remettez la viande dans la marmite avec les oignons piqués, le bouquet garni, le thym et le laurier. Couvrez à nouveau d'eau froide, portez à ébullition, puis baissez le feu et laissez cuire 1 heure en écumant régulièrement.

✗ Épluchez les carottes et les navets. Coupez-les en morceaux. À la fin de l'heure de cuisson, ajoutez le poivre en grains et deux cuillères à soupe de gros sel. Faites cuire 1 heure 15, puis ajoutez les carottes et les navets, et poursuivez la cuisson 45 minutes à petits frémissements.

✗ Égouttez la viande et les légumes. Coupez la viande en cubes. Répartissez les cubes de viande, les carottes et les navets dans un plat à gratin beurré.

✗ Préchauffez le four th 7 (210 °C). Faites fondre le beurre dans une casserole. Ajoutez la farine et mélangez pendant 2 à 3 minutes. Versez le lait et faites cuire à feu doux en fouettant sans arrêt jusqu'à obtention d'une sauce crémeuse. Salez et poivrez. Versez la sauce sur la viande et les légumes. Saupoudrez de chapelure et enfournez. Faites gratiner 15 minutes environ. Servez dès la sortie du four accompagné de cornichons et de moutardes variées.

Budget malin : *Voilà une idée originale pour recycler un reste de pot-au-feu ou simplement revisiter la présentation du classique pot-au-feu.*

Agneau aux épices

Préparation : 20 min - Cuisson : 1 h 30
Marinade : 1 h - Difficulté : très facile

✗ Pelez et hachez grossièrement les oignons blancs. Concassez les graines de coriandre. Mélangez une cuillère à soupe d'huile avec le miel, les oignons hachés et les épices. Ajoutez les morceaux d'agneau et mélangez pour bien les enrober. Laissez mariner 1 heure au frais.

✗ Faites chauffer le reste d'huile dans une cocotte. Faites dorer les morceaux de viande, puis ajoutez la marinade.

✗ Poursuivez la cuisson à feu vif en remuant sans arrêt. Ajoutez le concentré de tomates, salez, poivrez et mélangez bien. Versez 50 cl d'eau dans la cocotte, portez à ébullition pendant 5 minutes, puis baissez le feu au minimum et couvrez. Effeuillez et ciselez la coriandre.

✗ Faites cuire 1 heure 30 en remuant régulièrement. Ajoutez la coriandre fraîche 5 minutes avant la fin de la cuisson. Terminez la cuisson à découvert et servez très chaud avec des carottes confites.

Budget malin : *Demandez à votre boucher de vous conseiller les morceaux les plus économiques pour réaliser vos mijotés.*

Pour 6 personnes

- 1 kg d'agneau découpé en cubes (collier, poitrine...)
- 2 oignons blancs
- 1 bâton de cannelle
- 2 étoiles de badiane
- 1 clou de girofle
- 1 cuill. à café rase de graines de coriandre
- 1 cuill. à café de cumin en poudre
- 1 cuill. à soupe de miel
- 4 cuill. à soupe d'huile
- 1 boîte de concentré de tomates
- Quelques tiges de coriandre
- Sel, poivre

Boulettes de viande
aux légumes d'été

Préparation : 30 min - Cuisson : 30 min
Difficulté : facile

✗ Effeuillez et hachez finement la menthe. Pelez et hachez les oignons. Faites tremper le pain de mie dans le lait. Dans un saladier, mélangez la viande, la menthe, les oignons, l'œuf et le pain de mie. Ajoutez le cumin et le pastis. Salez et poivrez. Façonnez des boulettes de viande, posez-les dans une assiette et réservez au frais sous film alimentaire.

✗ Coupez les courgettes en rondelles. Coupez les poivrons en deux, épépinez-les et coupez-les en lanières. Faites cuire le boulgour comme indiqué sur le paquet, puis égouttez-le.

✗ Faites chauffer quatre cuillères à soupe d'huile d'olive dans une grande sauteuse et faites revenir le poivron 5 minutes. Ajoutez les courgettes, du sel et du poivre, puis baissez le feu. Laissez mijoter 15 minutes en remuant de temps en temps.

✗ Faites chauffer trois cuillères à soupe d'huile dans une poêle. Faites cuire les boulettes de viande 6 minutes environ en les retournant régulièrement pour qu'elles soient uniformément dorées. Égouttez-les sur du papier absorbant.

✗ Retirez les légumes de la sauteuse et remplacez-les par le boulgour. Faites-le revenir pendant 1 minute en remuant, puis ajoutez les légumes et les boulettes. Rectifiez l'assaisonnement et mélangez. Servez aussitôt, directement dans le plat de cuisson.

Pour 6 personnes

- 1 kg de viande hachée (bœuf, agneau…)
- Quelques feuilles de menthe
- 2 oignons
- 3 courgettes
- 1 poivron rouge
- 1 poivron jaune
- 1 œuf
- 2 cuill. à soupe de lait
- 1 tranche de pain de mie
- 1 cuill. à soupe de cumin
- 1 cuill. à soupe de pastis
- 300 g de boulgour
- Huile d'olive
- Sel, poivre

Budget malin : *Les boulettes de viande sont idéales pour recycler un reste de viande hachée. Quelques idées d'associations : bœuf/paprika, poulet/curry, agneau/cumin/coriandre…*

Bœuf aux épices douces
et aux lentilles corail

Préparation : 15 min - Cuisson : 30 min
Marinade : 1 h - Difficulté : facile

✗ Coupez la viande en lanières fines et mettez-les dans un plat. Concassez les graines de coriandre et les graines d'anis. Mélangez-les à l'huile d'arachide, puis ajoutez le cumin, la cardamome et la cannelle. Versez la marinade sur la viande, salez, poivrez et mélangez. Placez au frais pendant 1 heure sous film alimentaire.

✗ Portez à ébullition une grande casserole d'eau additionnée de paprika. Versez les lentilles corail et faites-les cuire pendant 15 minutes. À la fin de la cuisson, réservez une louche d'eau de cuisson.

✗ Préchauffez le four th 7 (210 °C). Égouttez les lentilles. Coupez les tomates en tout petits dés. Mélangez les lentilles et les tomates avec la viande et sa marinade. Répartissez dans les papillotes et arrosez d'un peu d'eau de cuisson des lentilles.

✗ Fermez les papillotes et faites-les cuire 15 minutes. Laissez reposer les papillotes fermées pendant quelques minutes avant de servir, afin que les arômes parfument la viande et les lentilles.

Variante : Selon les ingrédients du placard, remplacez les lentilles corail par du riz. Faites-le précuire pendant 4 minutes après ébullition, puis égouttez-le et répartissez-le dans les papillotes. Réalisez un puits au centre du riz et ajoutez la viande et sa marinade.

Un plat pour recevoir

Pour 6 personnes

- 500 g de bœuf
- 300 g de lentilles corail
- 2 tomates
- 1 cuill. à café de graines de coriandre
- 1 cuill. à café de cumin en poudre
- 1 cuill. à café de graines d'anis
- 2 pincées de cardamome moulue
- 1 pincée de cannelle en poudre
- 1 cuill. à soupe de paprika
- 5 cl d'huile d'arachide
- Sel, poivre

Pour 6 personnes

- 24 rondelles de bacon fumé
- 1 chorizo
- 250 g de dattes
- 1 bouquet de persil plat
- 1 tomate
- 30 cl de coulis de tomates
- 2 pincées de piment de Cayenne
- 2 cuill. à soupe d'huile
- Sel

Boulettes de chorizo

Préparation : 30 min - Cuisson : 20 min
Difficulté : facile

✗ Dénoyautez les dattes. Coupez le chorizo en morceaux. Coupez la tomate en morceaux. Effeuillez et ciselez le persil.

✗ Mettez les dattes et le chorizo dans le bol d'un mixeur. Ajoutez les morceaux de tomates ainsi que la moitié du persil, et mixez jusqu'à obtention d'un hachis grossier. Façonnez de grosses boulettes et enveloppez-les dans les rondelles de bacon, puis ficelez-les.

✗ Versez le coulis de tomates dans une sauteuse. Ajoutez le piment de Cayenne, salez et faites chauffer 10 minutes à feu doux en remuant de temps en temps.

✗ Pendant ce temps, faites chauffer l'huile dans une poêle et faites dorer les boulettes de tous les côtés. Égouttez-les sur du papier absorbant et posez-les dans le coulis de tomates. Couvrez et faites cuire 10 minutes. Parsemez du reste de persil et servez très chaud.

Variante : *Avec un reste de chorizo, quelques fruits secs (abricots, pruneaux...), un reste de jambon cru ou de poitrine fumée, voilà un repas improvisé pour le soir, à servir avec du riz ou des pâtes.*

Travers de porc fumés

Préparation : 20 min - Cuisson : 30 min
Réfrigération : 24 h - Difficulté : facile

✗ La veille, mélangez toutes les épices et les herbes dans un bol. Mélangez tous les liquides dans un autre bol et versez-le sur les épices. Fouettez bien. Badigeonnez la viande de marinade, puis emballez-la dans du film alimentaire. Placez au frais pendant 24 heures.

✗ Le lendemain, allumez un barbecue. Quand les braises sont prêtes, posez la moitié des branches de romarin dessus. Recouvrez d'une grille et posez le reste des branches de romarin par-dessus.

✗ Retirez le film alimentaire. Posez le travers de porc sur le romarin placé sur la grille du barbecue et couvrez avec un plat en métal retourné pour mettre la viande « sous cloche ».

✗ Faites cuire jusqu'à ce que les branches de romarin se consument complètement, ainsi la viande va cuire dans la fumée dégagée par les branches de romarin. Dès que le dessous du travers est grillé, retournez-le et poursuivez la cuisson jusqu'à ce qu'il soit bien grillé des deux côtés. Servez accompagné d'une salade de maïs.

Idée plus : *Faites pocher le travers de porc 10 minutes dans de l'eau bouillante avant de le faire mariner. Il sera ainsi plus moelleux et moins gras.*

Pour 6 personnes

- 1 kg de travers de porc
- 1 cuill. à soupe de gingembre moulu
- 1 pincée de cannelle en poudre
- 1 pincée de laurier sec moulu
- 1 pincée de poivre noir moulu
- 1 pincée de cumin en poudre
- 1 pincée de paprika
- 1 pincée de curcuma
- 1 étoile de badiane moulue
- 20 cl de Worcestershire sauce
- 10 cl de sauce soja
- 6 cl de vinaigre balsamique
- 10 cl de brandy
- 1 bouquet de romarin

Poêlon de porc épicé
sauté aux légumes

Préparation : 20 min - Cuisson : 35 min
Difficulté : très facile

✗ Épluchez les légumes. Coupez les pommes de terre en quartiers, les carottes et les courgettes en rondelles. Faites blanchir les carottes 10 minutes dans de l'eau bouillante salée et égouttez-les. Mélangez le concentré de tomates, le piment et le paprika avec une cuillère à soupe d'eau chaude.

✗ Faites chauffer l'huile dans une sauteuse. Faites dorer les morceaux de viande à feu vif jusqu'à ce qu'ils soient bien colorés. Retirez-les et remplacez-les par les pommes de terre. Faites-les revenir 10 minutes à feu moyen.

✗ Ajoutez les carottes, les morceaux de viande et les courgettes. Faites sauter à feu moyen pendant 5 minutes, puis versez le concentré de tomates épicé. Salez, mélangez et poursuivez la cuisson 5 minutes. Pressez le citron vert.

✗ En fin de cuisson, arrosez la viande et les légumes de jus de citron. Rectifiez l'assaisonnement. Parsemez de coriandre hachée juste avant de servir.

Variante : Utilisez les épices disponibles dans le placard : coriandre, cumin, curcuma... ou, si vous en avez, un mélange d'épices (massalé, ras-el-hanout, colombo...)

Pour 6 personnes

- 750 g de sauté de porc en cubes (épaule, palette)
- 3 carottes
- 3 pommes de terre
- 3 courgettes
- 1 boîte de concentré de tomates
- 1 cuill. à café de piment de Cayenne
- 1 cuill. à café de paprika
- 1 citron vert
- 1 cuill. à soupe de coriandre hachée
- 4 cuill. à soupe d'huile
- Sel

Rôti de porc
à l'infusion de romarin

Préparation : 25 min - Cuisson : 1 h
Difficulté : facile

✗ Pelez et hachez l'ail. Écrasez le fromage frais à la fourchette dans un saladier. Ajoutez une cuillère à soupe d'huile d'olive et l'ail, puis salez et poivrez. Effeuillez et hachez une branche de romarin. Ajoutez-le dans le fromage et mélangez bien.

✗ Préchauffez le four th 7 (210 °C). Fendez le rôti de porc en deux dans l'épaisseur sans séparer les deux moitiés. Farcissez le rôti de fromage frais, ficelez-le et posez-le dans un grand plat allant au four. Portez 5 cl d'eau à ébullition avec la branche de romarin restante. Retirez du feu, couvrez et laissez infuser 10 minutes.

✗ Grattez les pommes de terre et mettez-les autour du rôti. Versez l'infusion de romarin dans le plat. Arrosez les pommes de terre et le rôti avec le reste d'huile d'olive. Salez et poivrez.

✗ Faites cuire pendant 1 heure en arrosant régulièrement le rôti et les pommes de terre de leur jus de cuisson. Découpez le rôti en tranches et servez avec les pommes de terre et le jus de cuisson.

Variante : Variez les saveurs en remplaçant le fromage frais par de la tomme, du cheddar, du maroilles... Selon le fromage utilisé, remplacez le romarin par du thym.

Pour 6 personnes

- 1 rôti de porc de 1,5 kg environ
- 200 g de fromage frais
- 2 branches de romarin
- 1 gousse d'ail
- 1 kg de petites pommes de terre nouvelles
- 5 cl d'huile d'olive
- Sel, poivre

Wok de porc
à la ciboule

Préparation : 25 min - Cuisson : 25 min
Difficulté : très facile

✗ Lavez et émincez les ciboules. Pelez et hachez finement l'ail. Lavez et essorez les germes de soja. Égouttez les pousses de bambou. Portez une casserole d'eau salée à ébullition. Effilez et lavez les haricots verts. Coupez la viande en lamelles. Faites cuire les haricots verts 10 minutes, puis égouttez-les et passez-les rapidement sous l'eau froide.

✗ Versez l'huile dans un wok et faites revenir l'ail et les ciboules. Ajoutez les lamelles de viande et faites-les sauter 5 minutes à feu vif. Salez légèrement et poivrez. Effeuillez et ciselez la coriandre.

✗ Ajoutez tous les légumes dans le wok, saupoudrez de gingembre, arrosez de sauce soja et faites sauter 5 minutes. Parsemez de coriandre juste avant de servir.

Variante : *Cette recette très simple s'accorde avec tous les légumes : bâtonnets de carotte, poivron, courgette, brocoli... Seul impératif : ils doivent rester croquants !*

Pour 6 personnes

- 600 g d'échine de porc (ou de filet)
- 3 ciboules
- 2 gousses d'ail
- 350 g de germes de soja
- 200 g de haricots verts
- 200 g de pousses de bambou
- 3 cuill. à soupe de sauce soja
- Quelques tiges de coriandre
- 1 cuill. à café de gingembre en poudre (facultatif)
- 5 cuill. à soupe d'huile d'arachide
- Sel poivre

Brochette de porc
à l'ananas

Préparation : 15 min - Cuisson : 15 min
Marinade : 30 min - Difficulté : très facile

✗ Égouttez les tranches d'ananas et réservez deux cuillères à soupe de sirop. Pelez les oignons et coupez-les en deux. Concassez les graines de coriandre. Mélangez le sirop réservé avec la sauce soja et l'huile. Salez, poivrez et ajoutez les graines de coriandre écrasées.

✗ Coupez le filet mignon en petits cubes et mettez-les dans un plat creux avec les oignons. Arrosez de la marinade et parsemez de piment doux. Mélangez et placez au frais 30 minutes sous film alimentaire.

✗ Préchauffez le four th 7 (210 °C). Coupez les tranches d'ananas en petits morceaux triangulaires. Égouttez les morceaux de porc et piquez-les sur des brochettes en bois préalablement trempées dans de l'eau, en les alternant avec les morceaux d'ananas et les oignons.

✗ Posez les brochettes sur la plaque du four recouverte de papier aluminium. Enfournez les brochettes et faites-les cuire 15 minutes en les retournant régulièrement et en les badigeonnant régulièrement de marinade. Servez dès la sortie du four, accompagné de riz ou de nouilles chinoises.

Variante : *Délicieux aussi en remplaçant le porc par du poulet ou du poisson blanc. Vous pouvez également piquer quelques dés de lard fumé sur vos brochettes.*

Un plat pour recevoir

Pour 6 personnes

- 750 g de filet mignon de porc (ou d'échine)
- 1 boîte d'ananas au sirop
- 3 oignons nouveaux
- 1 cuill. à soupe de sauce soja
- 1 cuill. à café de graines de coriandre
- 1 pincée de piment doux
- 4 cuill. à soupe d'huile
- Sel, poivre

Cassoulet

Préparation : 35 min - Cuisson : 3 h
Repos : 12 h - Difficulté : facile

✗ La veille, faites tremper les haricots dans de l'eau froide pendant 12 heures. Le jour même, faites blanchir le jambonneau dans de l'eau bouillante une dizaine de minutes. Égouttez et réservez. Épluchez l'oignon et coupez-le en quatre. Égouttez les haricots et mettez-les dans une marmite avec le jambonneau, l'oignon et les branches de thym. Couvrez d'eau froide « à fleur ».

✗ Portez à ébullition, puis baissez le feu et laissez cuire 1 heure à petits bouillons. Piquez les saucisses de Toulouse et faites-les pocher 5 minutes dans une casserole d'eau bouillante. Frottez l'intérieur d'une cocotte allant au four et possédant un couvercle avec la gousse d'ail fendue en deux. Mixez les tomates avec leur jus.

✗ Préchauffez le four th 5 (150 °C). Égouttez le jambonneau et les haricots, et récupérez le bouillon. Coupez le jambonneau en tranches. Mélangez le bouillon récupéré avec le coulis de tomates.

✗ Posez la couenne dans le fond de la cocotte. Versez la moitié des haricots par-dessus, puis recouvrez des tranches de jambonneau et des saucisses. Poivrez et salez très légèrement, et recouvrez du reste de haricots. Arrosez de bouillon à la tomate et couvrez. Enfournez, faites cuire 2 heures et servez dès la sortie du four.

Pour 6 personnes

- 1 kg de haricots blancs secs
- 6 saucisses de Toulouse
- 1 jambonneau
- 225 g de couenne fraîche
- 1 grosse boîte de tomates pelées
- 1 gousse d'ail
- 1 oignon
- 2 branches de thym
- Sel, poivre

Idée plus : 5 minutes avant la fin de la cuisson, retirez le couvercle et parsemez le cassoulet de chapelure. Faites gratiner sous le gril du four 5 minutes, porte du four entrouverte.

Ragoût de lentilles

Préparation : 15 min - Cuisson : 40 min
Difficulté : très facile

✗ Pelez et hachez les échalotes. Pelez, lavez la carotte et coupez-la en tout petits dés. Lavez, épépinez et coupez le poivron en cubes. Lavez, épépinez et hachez le piment. Lavez et effeuillez le persil.

✗ Faites chauffer l'huile dans une cocotte. Ajoutez les échalotes, la carotte, le piment et le poivron, et faites-les revenir pendant 5 minutes en remuant.

✗ Versez les lentilles, salez, poivrez et ajoutez la feuille de laurier. Mélangez et couvrez de bouillon de légumes « à fleur ». Faites cuire pendant 35 minutes à feu doux.

✗ À la fin du temps de cuisson, rectifiez l'assaisonnement. Répartissez les lentilles dans des assiettes creuses, décorez de feuilles de persil et servez aussitôt.

Variante : *Les lentilles constituent à elles seules un plat complet. Si vous le souhaitez, vous pouvez ajouter des lardons grillés ou des rondelles de saucisses fumées.*

Pour 6 personnes

- 500 g de lentilles vertes
- 3 échalotes
- 1 carotte
- 1 petit piment rouge
- 1 poivron rouge
- 1 feuille de laurier
- 3 tiges de persil plat
- 1 l de bouillon de légumes
- 2 cuill. à soupe d'huile d'olive
- Sel, poivre

Gnocchis au fromage
et aux herbes

Préparation : 35 min - Cuisson : 25 min
Réfrigération : 1 h - Difficulté : difficile

Pour 6 personnes

- 800 g de pommes de terre
- 60 g de beurre
- 1 œuf
- 1 jaune d'œuf
- 200 g de farine
- 250 g de fromage de chèvre frais
- 1 cuill. à café d'herbes fraîches ou séchées (thym, sauge, ciboulette...)
- Sel, poivre du moulin

✗ Couvrez les pommes de terre d'eau froide, portez à ébullition et faites cuire 20 minutes. Pelez-les et passez-les au moulin à légumes. Mettez la purée obtenue dans un grand saladier. Ajoutez l'œuf entier, le jaune et le beurre coupé en parcelles, et mélangez bien.

✗ Tamisez 150 g de farine dans la purée et malaxez. Farinez le plan de travail. Versez la pâte dessus, pétrissez-la quelques minutes et formez une boule. Étalez-la au rouleau à pâtisserie sur une épaisseur de 2 mm environ, puis découpez-la en carrés de 4 cm de côté.

✗ Mélangez le fromage frais et les herbes à la fourchette. Salez et poivrez. Garnissez les carrés de pâte avec le fromage et refermez-les sur eux-mêmes en pressant pour bien souder les bords. Roulez les gnocchis au fur et à mesure dans la farine. Placez-les au frais pendant 1 heure.

✗ Portez une grande casserole d'eau salée à ébullition. Faites cuire les gnocchis jusqu'à ce qu'ils remontent à la surface. Égouttez-les et répartissez-les aussitôt dans les assiettes. Donnez un tour de moulin à poivre avant de servir.

Idée plus : *Faites dorer les gnocchis rapidement à la poêle dans un peu de beurre et servez-les avec une sauce tomate maison.*

Boulgour aux aubergines

Préparation : 15 min - Cuisson : 35 min
Difficulté : très facile

✗ Lavez et coupez les aubergines en petits cubes. Lavez et coupez les tomates en petits morceaux. Effeuillez et hachez la menthe. Pelez et hachez l'ail.

✗ Faites chauffer l'huile d'olive dans une cocotte. Faites revenir l'ail haché 1 minute en remuant. Ajoutez les aubergines. Baissez le feu et faites cuire doucement à couvert pendant 15 minutes.

✗ Ajoutez les tomates, salez, poivrez, saupoudrez de cumin et mélangez bien. Poursuivez la cuisson 15 minutes en remuant de temps en temps. Faites cuire le boulgour le temps indiqué sur le paquet, puis égouttez-le bien.

✗ Versez le boulgour dans la cocotte. Mélangez, rectifiez l'assaisonnement et servez parsemé de menthe hachée.

Variante : *À réaliser aussi avec des courgettes ou en hiver avec des brocolis. Pour un plat complet, ajoutez un reste de viande hachée en même temps que les aubergines.*

Pour 6 personnes

- 300 g de boulgour
- 2 aubergines
- 3 tomates
- 1 petit bouquet de menthe
- 2 gousses d'ail
- 1 cuill. à café de cumin
- 5 cl d'huile d'olive
- Sel, poivre

Pommes de terre farcies

Préparation : 30 min - Cuisson : 1 h 15
Difficulté : très facile

Pour 6 personnes :

- 12 grosses pommes de terre
- 200 g de lardons fumés
- 80 g d'emmental râpé
- 1 bouquet de ciboulette
- 120 g de beurre à température ambiante
- 20 cl de crème fraîche liquide
- Sel, poivre

✗ Lavez et séchez les pommes de terre. Faites-les cuire 20 minutes dans de l'eau salée, départ eau froide. Laissez-les tiédir.

✗ Faites revenir les lardons dans une poêle chauffée à blanc. Coupez les pommes de terre aux trois quarts de leur épaisseur. Évidez-les délicatement sans les abîmer et écrasez la chair à la fourchette.

✗ Préchauffez le four th 6 (180 °C). Mélangez la chair des pommes de terre, la crème fraîche, les lardons, l'emmenthal râpé, du sel et du poivre.

✗ Posez les coques de pommes de terre dans un plat allant au four, les unes à côté des autres. Remplissez-les de la purée au fromage et aux lardons. Enfournez et faites cuire 15 minutes. Lavez et ciselez la ciboulette.

✗ Parsemez les pommes de terre farcies de ciboulette et servez accompagné d'une salade verte.

Variante : *Variez la farce selon les ingrédients disponibles : chèvre/coppa, saumon fumé/fromage frais, oignons/reblochon...*

Timbale de riz
aux légumes

Préparation : 20 min - Cuisson : 45 min
Difficulté : facile

✗ Faites chauffer le bouillon de volaille. Pelez et hachez l'oignon. Faites chauffer l'huile dans une sauteuse et faites revenir l'oignon. Ajoutez le riz et mélangez jusqu'à ce qu'il devienne translucide. Ajoutez le curcuma. Versez le bouillon petit à petit sur le riz et laissez cuire à feu doux jusqu'à ce qu'il l'ait totalement absorbé.

✗ Épluchez et émincez la branche de céleri. Pelez et coupez les carottes en tout petits dés. Portez une casserole d'eau salée à ébullition et faites cuire les dés de carottes et le céleri pendant 5 minutes. Ajoutez les petits pois et prolongez la cuisson 10 minutes. Égouttez les légumes et réservez-les.

✗ Égouttez les poivrons et les cœurs d'artichauts. Coupez les cœurs d'artichauts en quatre et les poivrons en lamelles. Ajoutez les petits pois, les carottes et le céleri dans le riz. Rectifiez l'assaisonnement, mélangez et retirez du feu.

✗ Remplissez six ramequins de riz en tassant bien. Démoulez-les dans des assiettes. Ajoutez les artichauts et les poivrons dessus avant de servir.

Budget malin : *Profitez de la saison des poivrons pour réaliser des poivrons marinés maison : faites griller les poivrons sous le gril du four en les retournant souvent, jusqu'à ce qu'ils soient complètement noirs. Sortez-les du four et enfermez-les dans un sac plastique. Laissez refroidir. Pelez les poivrons et épépinez-les. Coupez-les en lamelles dans un plat creux et arrosez-les de 5 cuillères à soupe d'huile d'olive. Parsemez les poivrons d'ail haché et de thym, salez et poivrez. Faites mariner 30 minutes à température ambiante.*

Un plat pour recevoir

Pour 6 personnes

- 350 g de riz
- 2 cuill. à café de curcuma
- 1 branche de céleri
- 2 carottes
- 150 g de petits pois
- 1 oignon
- 3 cœurs d'artichauts à l'huile (facultatif)
- 1 bocal de poivrons marinés à l'huile
- 50 cl de bouillon de volaille
- 2 cuill. à soupe d'huile
- Sel

Poêlée de légumes confits, sauce pesto

Préparation : 25 min - Cuisson : 55 min
Difficulté : très facile

Pour 6 personnes

- 2 courgettes
- 1 poivron rouge
- 1 poivron vert
- 2 oignons
- 5 cl de coulis de tomates

Pour le pesto :

- 1 bouquet de basilic
- 1 cuill. à soupe de pignons de pin
- 4 gousses d'ail
- 15 cl d'huile d'olive
- Sel, poivre

✗ Lavez les courgettes et les poivrons. Épluchez les oignons. Taillez tous les légumes en tout petits dés. Faites chauffer 5 cl d'huile d'olive dans une sauteuse. Faites revenir les dés de poivrons et d'oignons 5 minutes à feu vif en remuant. Salez et poivrez. Baissez le feu et laissez cuire doucement pendant 30 minutes en remuant régulièrement. Ajoutez les dés de courgettes et poursuivez la cuisson 20 minutes, toujours à feu doux, en remuant de temps en temps.

✗ Préparez le pesto : effeuillez le basilic et pelez les gousses d'ail. Mettez le basilic, les gousses d'ail et les pignons de pin dans le bol d'un mixeur. Mixez rapidement, puis versez le reste d'huile d'olive petit à petit et mélangez à nouveau. Salez, poivrez et versez le pesto dans un bol.

✗ 5 minutes avant la fin de la cuisson des légumes, ajoutez le coulis de tomates dans la sauteuse. Rectifiez l'assaisonnement et mélangez.

✗ Servez le confit de légumes avec la sauce pesto, seul ou en accompagnement d'un filet de poisson grillé ou d'aiguillettes de poulet.

Budget malin : Profitez de l'été pour réaliser votre pesto maison : c'est simple et tellement plus économique ! Conservez-le dans un bocal stérilisé et ajoutez une couche d'huile d'olive sur le dessus avant de fermer le bocal.

Curry de légumes

Préparation : 20 min - Cuisson : 35 min
Difficulté : très facile

✗ Épluchez et lavez tous les légumes. Ouvrez les poivrons en deux, épépinez-les et coupez-les en lamelles. Coupez les carottes en bâtonnets et les courgettes en petites rondelles. Pelez et hachez les ciboules. Détaillez les tranches d'ananas en petits morceaux. Pressez le citron vert.

✗ Faites chauffer l'huile dans une grande sauteuse. Ajoutez les ciboules et faites-les revenir 2 minutes à feu vif en remuant. Ajoutez tous les légumes, ainsi que les morceaux d'ananas, et le gingembre râpé.

✗ Saupoudrez de curry et arrosez de jus de citron. Mélangez bien et versez le lait de coco. Ajoutez la feuille de laurier, salez et couvrez. Laissez cuire 30 minutes à feu doux.

✗ Faites cuire le riz basmati comme indiqué sur le paquet. Égouttez-le et remplissez six ramequins en tassant bien. Démoulez le riz dans des assiettes creuses, entourez-le de curry de légumes et servez aussitôt.

Variante : *Pour un plat plus complet, ajoutez en même temps que les légumes, un blanc de poulet coupé en dés ou quelques crevettes roses.*

Pour 6 personnes

- 2 courgettes
- 1 poivron rouge
- 1 poivron jaune
- 1 poivron vert
- 2 carottes
- 2 ciboules
- 4 tranches d'ananas au sirop
- 50 cl de lait de coco
- 1 cuill. à café de gingembre frais râpé
- 2 cuill. à soupe de curry en poudre
- 1 feuille de laurier
- 1 citron vert
- 300 g de riz basmati
- 3 cuill. à soupe d'huile
- Sel

Potée au potimarron
et à la saucisse fumée

Préparation : 20 min - Cuisson : 1 h 40
Difficulté : très facile

✗ Séparez les feuilles de chou les unes des autres et lavez-les. Plongez-les dans de l'eau bouillante et faites-les blanchir 10 minutes. Égouttez-les, passez-les aussitôt sous l'eau froide et réservez-les.

✗ Épluchez et épépinez le potimarron. Coupez-le en tranches. Coupez les saucisses en rondelles. Coupez le lard fumé en morceaux. Pelez les oignons, émincez-en un et piquez le deuxième avec les clous de girofle.

✗ Faites revenir les morceaux de lard fumé dans une cocotte. Ajoutez l'oignon émincé et faites rissoler 5 minutes à feu doux en remuant. Ajoutez les feuilles de chou, les lamelles de potimarron et l'oignon piqué.

✗ Versez le vin blanc et deux verres d'eau. Salez légèrement et poivrez. Couvrez et laissez cuire à feu doux. Au bout de 1 heure de cuisson, ajoutez les rondelles de saucisses et poursuivez la cuisson 30 minutes à couvert. Servez très chaud accompagné de moutarde.

Variante : *Selon la saison, remplacez le potimarron par des pommes de terre que vous ajouterez 30 minutes avant la fin de la cuisson.*

Pour 6 personnes

- ½ chou vert pommé
- ½ potimarron
- 2 saucisses fumées
- 1 tranche épaisse de lard fumé
- 30 cl de vin blanc sec
- 2 oignons
- 2 clous de girofle
- Sel, poivre

Mijoté de haricots
de Soissons

Préparation : 15 min - Repos : 12 h
Cuisson : 1 h 10 - Difficulté : très facile

✗ Faites tremper les haricots 12 heures dans de l'eau froide.

✗ Épluchez les légumes. Émincez l'oignon et hachez les gousses d'ail. Coupez les carottes en rondelles et les tomates en quartiers. Lavez les feuilles de laitue et égouttez les haricots blancs.

✗ Faites chauffer l'huile dans une cocotte. Faites revenir l'oignon et l'ail pendant 3 minutes en remuant. Ajoutez les haricots et le concentré de tomates, et mélangez bien. Versez de l'eau « à fleur » et portez à ébullition.

✗ Baissez le feu, puis ajoutez les carottes, les tomates et le bouquet garni. Salez et poivrez. Couvrez et laissez mijoter 1 heure en remuant de temps en temps.

✗ Ajoutez les feuilles de laitue 10 minutes avant la fin de la cuisson. Mélangez et terminez la cuisson à découvert. Servez très chaud directement dans la cocotte.

Budget malin : N'hésitez pas à préparer une plus grande quantité de haricots blancs, vous pourrez les servir le lendemain en vinaigrette avec un hachis de persil et d'échalotes.

Un plat pour recevoir

Pour 6 personnes

- 500 g de haricots de Soissons (ou autres haricots secs)
- 3 carottes
- 3 tomates
- 3 feuilles de laitue
- 1 petite boîte de concentré de tomates
- 2 gousses d'ail
- 1 oignon
- 1 bouquet garni
- 2 cuill. à soupe d'huile d'olive
- Sel, poivre

Penne au brocoli
à l'ail en chemise

Préparation : 15 min - Cuisson : 30 min
Difficulté : très facile

Pour 6 personnes

- 400 g de penne
- 250 g de fleurettes de brocolis
- 12 gousses d'ail (rose ou blanc selon la saison)
- 10 cl de bouillon de légumes
- 100 g de pecorino râpé
- Huile d'olive
- Sel, poivre

✗ Coupez la pointe des têtes d'ail afin que leur peau n'explose pas à la cuisson. Faites chauffer deux cuillères à soupe d'huile d'olive dans une grande sauteuse. Faites dorer les gousses d'ail entières et non pelées, arrosez du bouillon, couvrez et laissez mijoter pendant 20 minutes environ à feu doux.

✗ Portez une casserole d'eau salée à ébullition et faites cuire les fleurettes de brocolis pendant 5 minutes. Égouttez et rafraîchissez-les, mettez-les de côté.

✗ Faites cuire les pâtes dans de l'eau bouillante salée le temps indiqué sur le paquet pour une cuisson al dente. Égouttez-les rapidement, arrosez-les de deux cuillères à soupe d'huile et mélangez.

✗ Mettez les pâtes et les fleurettes de brocolis dans la sauteuse contenant l'ail, et faites chauffer pendant 1 minute. Salez, poivrez et mélangez bien. Répartissez les pâtes dans des assiettes. Parsemez de pecorino râpé et servez immédiatement.

Idée plus : *L'ail en chemise, cuit dans sa gousse, rehausse la saveur d'un plat d'une manière beaucoup plus parfumée que l'ail haché.*

Penne all'arrabiatta

Préparation : 20 min - Cuisson : 40 min
Difficulté : facile

✗ Hachez les tomates grossièrement au couteau. Pelez et hachez les gousses d'ail et les oignons. Coupez la poitrine fumée en petits lardons. Épépinez et hachez le piment.

✗ Faites chauffer deux cuillères à soupe d'huile d'olive dans une sauteuse et faites revenir les lardons, l'ail, les oignons et le piment quelques minutes à feu vif. Ajoutez les tomates hachées, salez et baissez le feu. Laissez cuire 30 minutes à feu doux.

✗ Portez une grande casserole d'eau salée à ébullition. Versez les pâtes et faites cuire le temps indiqué sur le paquet pour une cuisson al dente. Égouttez-les et versez-les dans la sauteuse. Mélangez et poursuivez la cuisson pendant 1 minute.

✗ Répartissez les pâtes dans des assiettes creuses et parsemez de thym. Servez aussitôt accompagné de parmesan râpé.

Astuce : *Préparez la sauce all'arrabiatta (à l'enragée) à l'avance. Réchauffez-la dans une grande poêle et versez les pâtes égouttées. Mélangez, poêlez pendant 1 minute à feu vif et servez.*

Pour 6 personnes :

- 500 g de penne
- 2 grosses boîtes de tomates pelées au jus
- 150 g de poitrine fumée
- 1 petit piment rouge
- 2 oignons
- 4 gousses d'ail
- 2 brins de thym
- 2 cuill. à soupe d'huile d'olive
- Sel

Pour 6 personnes

- 6 grosses pommes acidulées
- 6 cuill. à soupe bombées de confiture de mûres
- 10 cl d'eau de fleur d'oranger
- 3 cuill. à soupe de miel
- 2 tranches de pain d'épices

Pomme au four
au pain d'épices

Préparation : 20 min - Cuisson : 1 h
Difficulté : très facile

✗ Préchauffez le four th 5 (150 °C). Dans une petite casserole, faites tiédir ensemble l'eau de fleur d'oranger et le miel. Lavez et séchez les pommes. Coupez-les aux trois quarts de leur hauteur, puis évidez-les délicatement.

✗ Posez les pommes évidées dans un plat allant au four et remplissez-les de confiture. Arrosez les pommes du sirop. Enfournez et faites cuire pendant 1 heure, en arrosant régulièrement les pommes de leur jus de cuisson.

✗ Juste avant de servir, faites griller les tranches de pain d'épices, puis émiettez-les grossièrement. Disposez les pommes dans des assiettes et arrosez-les de jus de cuisson. Parsemez de pain d'épices et servez tiède accompagné d'une boule de glace à la vanille.

Idée plus : *Mélangez à la confiture, des fruits secs coupés en morceaux (raisins, abricots, figues...) et farcissez les pommes de ce mélange.*

Poire-cassis
à la citronnelle

Préparation : 20 min - Cuisson : 35 min
Difficulté : très facile

✗ Égrainez le raisin. Plongez les grains quelques secondes dans de l'eau bouillante. Égouttez et rafraîchissez-les, puis pelez-les.

✗ Épluchez les poires et coupez-les en deux. Effeuillez la citronnelle. Versez 80 cl d'eau dans une grande sauteuse. Ajoutez le sucre, la crème de cassis et les feuilles de citronnelle en mélangeant, et portez à ébullition. Laissez bouillir 5 minutes.

✗ Plongez les poires dans le sirop à la crème de cassis. Baissez le feu sous la sauteuse et laissez cuire 30 minutes à feu doux. Ajoutez le raisin 5 minutes avant la fin de la cuisson.

✗ Retirez du feu et mettez les fruits dans un saladier. Arrosez du jus de cuisson et laissez refroidir complètement avant de placer au frais.

✗ Au moment de servir, répartissez les fruits dans des assiettes creuses, arrosez d'un peu de jus et servez frais accompagné d'une crème glacée à la vanille.

Variante : Remplacez le sirop à la citronnelle par un sirop de fruits rouges parfumé à la vanille : faites fondre 200 g de fruits rouges surgelés avec les graines d'une gousse de vanille et les mêmes quantités d'eau et de sucre. N'hésitez pas à laisser les poires infuser dans le sirop durant toute 1 nuit.

Un dessert pour recevoir

Pour 6 personnes

- 6 petites poires
- 1 grappe de raisin blanc
- 1 branche de citronnelle
- 10 cl de crème de cassis
- 100 g de sucre en poudre

Compote pomme-banane

Préparation : 15 min - Cuisson : 45 min
Difficulté : très facile

Pour 6 personnes

- 6 pommes
- 4 bananes
- 50 g de chocolat noir
- 1 sachet de sucre vanillé
- 50 g de sucre en poudre

✗ Pelez les pommes et les bananes. Coupez les bananes en rondelles et les pommes en quatre. Retirez les cœurs des pommes, puis coupez les quartiers en petits morceaux.

✗ Mettez les bananes et les pommes dans une casserole. Ajoutez les deux sucres et un verre d'eau, couvrez et faites cuire 45 minutes à feu doux en remuant régulièrement.

✗ Égouttez les fruits et mixez-les ensemble jusqu'à obtention d'une compote fine. Versez-la dans un saladier et laissez refroidir complètement. Placez au frais sous film alimentaire.

✗ Au moment de servir, répartissez la compote dans des ramequins ou des coupelles. Réalisez des copeaux de chocolat à l'aide d'un économe et parsemez-les sur les compotes.

Idée plus : Pensez aux compotes maison : été comme hiver, elles permettent d'utiliser des fruits un peu mûrs. Et s'il en reste, elles agrémenteront un yaourt ou un fromage frais le lendemain.
D'autres associations : pomme/poire/gingembre/vanille, abricots/lavande, prune/cannelle, banane/kiwi, poire/coco...

Carpaccio de pommes
et noix de pécan

Préparation : 10 min - Pas de cuisson
Difficulté : très facile

✗ Lavez les pommes et séchez-les. Évidez-les avec un vide-pomme, puis émincez-les en très fines rondelles à l'aide d'une mandoline. Pressez le citron et arrosez aussitôt les lamelles de pommes au fur et à mesure que vous les détaillez pour qu'elles ne noircissent pas.

✗ Répartissez les pommes dans des assiettes et arrosez-les de sirop d'érable et de calvados.

✗ Concassez les noix de pécan et parsemez-en les carpaccios avant de servir.

Variante : Si vous n'en avez pas, remplacez le sirop d'érable par du miel liquide.

Pour 6 personnes

- 3 pommes vertes
- 3 pommes rouges
- 75 g de noix de pécan
- 1 citron
- 6 cuill. à soupe de sirop d'érable
- 6 cuill. à soupe de calvados (facultatif)

Pour 6 personnes

- 6 palets bretons
- 350 g de fraises
- 25 cl de crème entière liquide très froide
- 100 g de chocolat blanc
- 50 g de sucre en poudre
- 6 cuill. à soupe de liqueur de fraises

Verrine croustillante
aux fraises

Préparation : 15 min - Cuisson : 5 min
Réfrigération : 2 h - Difficulté : facile

✗ Cassez le chocolat blanc dans une casserole. Ajoutez 5 cl de crème liquide et faites chauffer à feu très doux en remuant sans arrêt jusqu'à ce que le chocolat ait fondu. Ajoutez le reste de crème en mélangeant, puis retirez du feu.

✗ Versez la crème au chocolat blanc dans un siphon au travers d'un tamis. Fermez le siphon et percutez la cartouche de gaz. Secouez vivement le siphon pendant 2 minutes, puis placez-le au frais, en position horizontale, pendant au moins 2 heures.

✗ Lavez, séchez, équeutez et coupez les fraises en petits morceaux dans un saladier. Ajoutez le sucre et mélangez. Concassez les biscuits dans le fond de six verrines. Arrosez de liqueur de fraises et recouvrez des fraises. Réservez au frais.

✗ Quelques minutes avant de servir, fixez l'embout sur le siphon et secouez à nouveau. Garnissez les verrines de chantilly au chocolat blanc et servez aussitôt.

Idée plus : Si vous ne possédez pas de siphon, montez la chantilly à part. Mélangez la crème au chocolat avec le tiers de la chantilly afin d'homogénéiser les deux préparations, puis incorporez délicatement le reste de chantilly.

Gelée à la framboise

Préparation : 15 min - Cuisson : 5 min
Réfrigération : 2 h - Difficulté : facile

✗ Faites ramollir les feuilles de gélatine dans de l'eau froide. Versez le lait dans une casserole, ajoutez le sucre et portez à ébullition à feu doux. Aux premiers frémissements, retirez du feu. Essorez la gélatine et faites-la fondre dans le lait chaud en fouettant.

✗ Réservez quelques framboises pour la décoration et mixez le reste jusqu'à obtention d'une purée. Passez-la au travers d'un tamis pour retirer tous les petits grains. Mélangez la purée de framboises et la crème liquide, puis versez le tout dans le lait. Mélangez.

✗ Humidifiez l'intérieur de petits moules en silicone. Répartissez la préparation et placez au frais pendant au moins 2 heures. Râpez finement le chocolat blanc et réservez au frais.

✗ Au moment de servir, plongez les petits moules quelques secondes dans de l'eau bouillante, puis démoulez-les dans des coupelles. Entourez les gelées du chocolat râpé et décorez d'une framboise. Servez aussitôt.

Idée plus : À tester aussi en amuse-bouche salé avec une gelée d'avocat sur un coulis de tomates.

Pour 6 personnes

- 250 g de framboises (fraîches ou surgelées)
- 50 cl de lait
- 25 cl de crème liquide
- 100 g de sucre en poudre
- 100 g de chocolat blanc
- 5 feuilles de gélatine

Pour 6 personnes :

- *8 œufs*
- *1 l de lait entier*
- *200 g de sucre en poudre*
- *200 g de sucre glace*
- *1 gousse de vanille*

Île flottante

Préparation : 35 min - Cuisson : 20 min
Difficulté : difficile

✗ Versez le lait et 20 g de sucre dans une casserole. Ajoutez la gousse de vanille fendue en deux et faites cuire à feu doux en remuant. Séparez les blancs des jaunes d'œufs et réservez les jaunes au frais. Montez les blancs en neige très ferme en incorporant le sucre glace en pluie à la fin.

✗ Quand le lait frémit, retirez la gousse de vanille et maintenez un léger frémissement du lait. Réalisez de grosses quenelles de blancs en neige et déposez-les très délicatement, deux par deux, dans le lait chaud. Laissez cuire 2 minutes, puis retournez-les et prolongez la cuisson pendant 2 minutes. Retirez les blancs en neige de la casserole à l'aide d'une écumoire et posez-les sur du papier absorbant. Recommencez l'opération jusqu'à épuisement des blancs et réservez au frais. Écumez le lait, puis placez la casserole sur feu vif et portez à ébullition.

✗ Fouettez les jaunes d'œufs et 80 g de sucre. Versez une louche du lait bouillant dans le mélange, en fouettant. Reversez aussitôt le tout dans la casserole de lait et baissez le feu. Faites cuire à feu doux en mélangeant sans arrêt jusqu'à ce que la crème nappe la cuillère en bois. Versez dans un saladier et laissez-la refroidir, en fouettant régulièrement.

✗ Juste avant de servir, faites chauffer 100 g de sucre avec deux cuillères à soupe d'eau jusqu'à obtention d'un caramel doré. Répartissez la crème dans six coupelles, disposez deux îles flottantes dessus et arrosez de caramel.

Variante : ***Vous pouvez remplacer le caramel par des pralines roses.***

Panacotta poire chocolat

Préparation : 25 min - Cuisson : 15 min
Réfrigération : 3 h - Difficulté : facile

✗ Râpez grossièrement le chocolat. Faites ramollir les feuilles de gélatine dans de l'eau froide. Versez le lait, la crème et les deux sucres dans une casserole, puis ajoutez le chocolat râpé et faites chauffer à feu doux (sans faire bouillir) en remuant jusqu'à ce que le chocolat soit fondu.

✗ Retirez la crème chocolatée du feu. Essorez la gélatine et faites-la fondre dans la crème chaude en fouettant. Laissez refroidir en mélangeant régulièrement.

✗ Répartissez la crème dans des verres à pied et placez au frais pendant au moins 3 heures.

✗ Faites dorer les amandes effilées dans une poêle chauffée à blanc. Pelez et coupez les poires en lamelles fines. Faites fondre le beurre dans une poêle. Faites rapidement dorer les lamelles de poires et saupoudrez-les de cannelle. Répartissez-les sur les panacottas, parsemez des amandes grillées et servez aussitôt.

Variante : Conservez la base de cette recette de panacotta pour réaliser d'autres panacottas parfumées au citron (le zeste et le jus de citron), à la noix de coco, aux épices douces, au café...

Un dessert pour recevoir

Pour 6 personnes

- 3 poires
- 25 cl de crème liquide entière très froide
- 20 cl de lait frais entier
- 50 g de sucre en poudre
- 100 g de chocolat noir
- 3 feuilles de gélatine
- 1 sachet de sucre vanillé
- 1 cuill. à café rase de cannelle en poudre
- 30 g d'amandes effilées
- 20 g de beurre

Mousse au chocolat blanc

Préparation : 15 min - Cuisson : 5 min
Réfrigération : 3 h - Difficulté : très facile

Pour 6 personnes

- 200 g de chocolat blanc
- 2 cuill. à soupe de crème fraîche liquide
- 5 œufs
- 20 g de sucre en poudre
- 1 cuill. à soupe de rhum blanc
- 1 pincée de sel

✗ Râpez le chocolat blanc à la grosse râpe. Faites-le fondre avec la crème liquide dans un bain-marie, sans ébullition, en remuant sans arrêt à l'aide d'une cuillère en bois. Laissez tiédir.

✗ Séparez les blancs des jaunes d'œufs et réservez les blancs au frais. Fouettez les jaunes d'œufs et le sucre jusqu'à ce que le mélange blanchisse. Versez le chocolat dans la préparation, ajoutez le rhum et mélangez bien.

✗ Montez les blancs en neige très ferme avec une pincée de sel. Incorporez-les très délicatement à la préparation. Répartissez la mousse dans des coupes et placez au frais pendant au moins 3 heures avant de servir.

Idée plus : Pour un dessert encore plus gourmand, saupoudrez les mousses de spéculoos émiettés.
Après les fêtes de Pâques, recyclez en mousse les chocolats que les enfants n'ont pas mangés !

Tiramisu
au chocolat au lait

Préparation : 20 min - Cuisson : 5 min
Réfrigération : 2 h - Difficulté : très facile

✗ Cassez les œufs et séparez les blancs des jaunes. Faites blanchir les jaunes avec le sucre jusqu'à ce que le mélange devienne mousseux, puis ajoutez le mascarpone et mélangez bien. Montez les blancs en neige très ferme et incorporez-les délicatement à la préparation au mascarpone. Réservez au frais.

✗ Râpez finement le chocolat dans un saladier. Faites chauffer la crème liquide. Versez-la sur le chocolat râpé en remuant jusqu'à obtention d'un mélange lisse. Ajoutez les deux cuillères à soupe de jus d'orange et mélangez.

✗ Trempez les biscuits dans le jus d'orange et répartissez-les dans le fond de six verres. Versez par-dessus une couche de crème au mascarpone, puis une couche de chocolat à l'orange. Terminez par une couche de crème au mascarpone. Recouvrez les tiramisus de film alimentaire et placez-les au frais pendant au moins 2 heures pour qu'ils soient bien frais.

✗ Au moment de servir, saupoudrez-les de cacao amer et décorez de zeste d'orange confit.

Idée plus : *Réalisez des écorces d'oranges confites : lavez et prélevez la peau de deux oranges à l'aide d'un petit couteau très tranchant. Retirez la partie blanche intérieure de la peau et coupez ensuite le zeste en petits bâtonnets. Versez 100 g de sucre en poudre et 8 cl d'eau dans une casserole. Portez à ébullition, puis ajoutez les bâtonnets de zeste. Faites confire pendant 20 minutes à feu doux. Égouttez-les et roulez-les aussitôt dans deux cuillères à soupe de sucre cristallisé.*

Pour 6 personnes :

- 350 g de mascarpone
- 200 g de chocolat au lait
- 18 biscuits « pavesini »
- 4 œufs
- 100 g de sucre en poudre
- 15 cl de jus d'orange + 2 cuill. à soupe
- 30 cl de crème liquide
- 60 g de cacao amer en poudre
- 1 cuill. à soupe de zeste d'orange confit

Pour 6 personnes

- 150 g de riz rond à dessert
- 1,5 l de lait frais entier
- 75 g de sucre semoule

Pour le caramel :

- 100 g de sucre semoule
- 30 g de beurre salé à température ambiante
- 2 cuill. à soupe de crème fraîche liquide

Riz au lait et caramel
au beurre salé

Préparation : 25 min - Cuisson : 1 h
Repos : 4 h

✗ Préparez d'abord le caramel au beurre salé. Dans une casserole, faites fondre le sucre avec deux cuillères à soupe d'eau jusqu'à ce qu'il se transforme en un beau caramel doré. Dans le même temps, faites chauffer la crème à feu doux et versez-la sur le caramel sans cesser de remuer (laissez la casserole de caramel sur le feu et faites attention aux projections lorsque vous versez la crème). Coupez alors le feu, puis incorporez petit à petit le beurre en mélangeant toujours afin que le beurre soit bien lié au caramel. Répartissez dans des ramequins ou des verrines.

✗ Préparez le riz : versez-le dans une passoire et rincez-le longuement jusqu'à ce que l'eau qui s'en écoule soit translucide. Laissez-le s'égoutter.

✗ Dans une casserole, rassemblez le riz bien égoutté, le sucre et le lait, et portez à ébullition. Mettez le feu au minimum et laissez cuire à couvert pendant 50 minutes. Mélangez et vérifiez de temps en temps qu'il reste du lait. Coupez alors le feu et répartissez le riz dans les ramequins avec le caramel. Laissez refroidir à température ambiante avant de placer au réfrigérateur pendant 4 heures.

Variante : Vous pouvez ajouter dans le riz au lait les graines d'une gousse de vanille, de la cannelle ou du gingembre en poudre.

Crème brûlée aux pêches

Préparation : 20 min - Cuisson : 1 h 20
Réfrigération : 4 h - Difficulté : facile

✗ Entaillez en croix la base des pêches, puis plongez-les pendant quelques secondes dans de l'eau bouillante. Laissez refroidir, puis pelez-les.

✗ Versez la crème et le lait dans une casserole. Fendez les gousses de vanille dans la longueur et grattez l'intérieur pour prélever les graines. Ajoutez les graines et les gousses dans la casserole, et portez à ébullition. Retirez du feu et laissez tiédir.

✗ Fouettez les jaunes d'œufs et le sucre, jusqu'à ce que le mélange blanchisse. Versez doucement le mélange crème/lait dans les jaunes d'œufs blanchis, en remuant avec une spatule en bois. Passez la préparation au travers d'une passoire fine, puis écumez pour retirer la mousse.

✗ Préchauffez le four th 3/4 (100 °C). Passez l'intérieur des ramequins sous l'eau froide, égouttez-les et répartissez la crème. Coupez les pêches en tranches très fines et disposez-les en rosace. Posez les ramequins dans la lèche-frite du four et versez un peu d'eau bouillante dans le fond de la lèche-frite. Faites cuire 50 minutes à 1 heure 15 selon la taille des ramequins. À la fin de la cuisson, laissez refroidir et placez au frais pendant 4 heures minimum.Au moment de servir, saupoudrez de cassonade, puis faites caraméliser sous le gril du four ou à l'aide d'un chalumeau. Servez aussitôt.

Astuce : *Si vous faites caraméliser les crèmes sous le gril du four, placez les crèmes très froides dans la lèche-frite remplie de glaçons. Une crème moelleuse et froide, et une surface croustillante et tiède : c'est le secret de la crème brûlée !*

Pour 6 personnes :

- 3 pêches blanches
- 10 jaunes d'œufs
- 180 g de sucre en poudre
- 50 cl de crème liquide entière
- 50 cl de lait entier
- 2 gousses de vanille
- 3 cuill. à soupe de cassonade

Clafoutis aux fruits d'hiver

Préparation : 20 min - Cuisson : 40 min
Difficulté : très facile

Pour 6 personnes

- 400 g de fruits d'hiver (pommes, poires, oranges...)
- 80 g de fruits secs (raisins, pruneaux, abricots)
- 30 g de sucre en poudre
- Le jus d'un citron

Pour la pâte :

- 200 g de farine
- 180 g de sucre en poudre
- 60 g de poudre d'amandes
- 8 petits œufs
- 25 cl de lait
- 25 cl de crème liquide
- 1 noix de beurre pour les moules

✗ Pelez les fruits, puis détaillez-les en morceaux. Mettez-les dans un saladier avec les fruits secs, puis arrosez-les de jus de citron et saupoudrez de sucre. Mélangez délicatement.

✗ Préchauffez le four th 6 (180 °C). Mélangez la poudre d'amandes, la farine et le sucre, puis réalisez un puits au centre. Cassez les œufs au centre et fouettez progressivement pour les incorporer, en battant de plus en plus énergiquement à la fin. Versez le lait en filet en l'incorporant au fur et à mesure, puis ajoutez la crème liquide.

✗ Beurrez des ramequins, puis disposez les fruits dans le fond. Versez ensuite la pâte jusqu'aux trois quarts des moules.

✗ Enfournez et faites cuire les clafoutis pendant 35 à 40 minutes. À la sortie du four, laissez les clafoutis refroidir à température ambiante. Servez tiède ou à température ambiante.

Astuce : *Vérifiez la cuisson des clafoutis avec la pointe d'un couteau, elle doit ressortir sèche. Vous pouvez utiliser des fruits en conserve, mais dans ce cas, séchez-les bien dans du papier absorbant afin qu'ils ne rendent pas d'eau.*

Flan aux poires

Préparation : 15 min - Cuisson : 30 min
Difficulté : très facile

✗ Pelez les poires, puis coupez-les en quartiers et retirez les cœurs. Beurrez un grand plat à bords hauts. Coupez chaque quartier de poire en deux ou trois, selon leur grosseur, et rangez-les au fur et à mesure dans le plat.

✗ Préchauffez le four th 6/7 (200 °C). Faites chauffer le lait avec le beurre et le sucre vanillé. Retirez du feu dès les premiers frémissements. Mélangez dans un saladier la farine, 80 g de sucre en poudre et le sel. Incorporez les œufs entiers un par un, puis versez le lait en filet, en l'incorporant au fur et à mesure à la pâte.

✗ Versez la préparation sur les poires, puis saupoudrez du reste de sucre en poudre. Enfournez et faites cuire pendant 30 minutes. Vérifiez la cuisson avec la pointe d'un couteau. Servez tiède ou froid.

Idée plus : *Parfumez le flan avec deux cuillères à soupe de rhum, un filet de calvados ou des pépites de chocolat.*

Pour 6 personnes

- 6 poires bien mûres (ou 2 boîtes de poires au sirop)
- 100 g de sucre en poudre
- 1 sachet de sucre vanillé
- 80 g de farine
- 2 œufs
- 40 g de beurre + 1 noix pour le plat
- 30 cl de lait
- 1 pincée de sel

Gâteau fondant
aux pommes

Préparation : 35 min - Cuisson : 50 min
Difficulté : facile

✗ Beurrez généreusement un moule à manqué. Découpez un rond de papier sulfurisé de la taille du fond du moule. Recouvrez le fond du moule et beurrez le papier. Faites fondre le beurre.

✗ Faites blanchir les œufs avec 80 g de sucre en poudre. Le mélange doit devenir blanc et mousseux. Ajoutez le sucre vanillé, puis tamisez la farine et la levure au-dessus du saladier. Mélangez bien et ajoutez progressivement le beurre fondu et le lait.

✗ Préchauffez le four th 6 (180 °C). Pelez les pommes et coupez-les en quartiers. Retirez les cœurs, puis coupez-les en lamelles fines. Incorporez les pommes à la pâte en mélangeant délicatement. Versez la pâte dans le moule, saupoudrez du reste de sucre et enfournez 50 minutes. Vérifiez la cuisson en enfonçant la pointe d'un couteau dans le gâteau. La lame doit ressortir sèche. Laissez le gâteau refroidir avant de le démouler et de le couper en parts.

Pour 6 personnes

- 5 petites pommes acidulées
- 100 g de sucre en poudre
- 60 g de farine
- 1 sachet de sucre vanillé
- 1 sachet de levure
- 3 œufs
- 10 cl de lait entier
- 80 g de beurre + 1 noix pour le moule

Variante : *Vous pouvez parfumer ce gâteau avec un filet de rhum. Vous pouvez aussi le réaliser dans des moules à muffins. Dans ce cas, coupez les pommes en petits dés et comptez 20 minutes de cuisson.*

Charlotte de fruits en gelée

Préparation : 20 min - Cuisson : 10 min
Réfrigération : 12 h - Difficulté : facile

✗ Rincez les fraises, puis équeutez-les et coupez-les en deux. Pressez le citron. Lavez les pommes, retirez les cœurs à l'aide d'un vide-pomme et coupez-les en rondelles très fines à l'aide d'une mandoline. Citronnez au fur et à mesure les rondelles de pommes afin qu'elles ne s'oxydent pas.

✗ Réalisez une couche de fraises dans le fond d'un moule à charlotte, puis répartissez par-dessus une couche de pommes, et ainsi de suite, jusqu'à épuisement des ingrédients. Disposez joliment les fruits en contact avec le moule afin d'obtenir un bel effet, une fois la charlotte démoulée.

✗ Faites dissoudre le sucre en poudre et le sucre vanillé dans 40 cl d'eau, et portez à ébullition. Laissez frémir pendant 5 minutes, puis ajoutez l'agar-agar hors du feu. Mélangez bien, puis remettez sur le feu et faites bouillir 30 secondes. Versez le sirop sur les fruits et placez au frais jusqu'au lendemain.

✗ Quelques minutes avant de servir, plongez quelques secondes le moule dans un saladier d'eau chaude et démoulez aussitôt. Dégustez très frais.

Variante : Vous pouvez remplacer l'agar-agar par quatre feuilles de gélatine. Faites-la fondre dans le sirop chaud, mais pas bouillant et ne remettez pas sur le feu, car la gélatine perd ses propriétés lorsqu'elle est portée à ébullition. N'hésitez pas à parfumer le sirop : avec un bouquet de verveine, de menthe (laissez infuser, puis filtrez) ou avec un vin doux liquoreux...

Pour 6 personnes

- 500 g de fraises (ou d'autres fruits de saison)
- 3 pommes acidulées
- 70 g de sucre en poudre
- 1 sachet de sucre vanillé
- 1 cuill. à café rase d'agar-agar
- 1 citron

Roulé de crêpes
au chocolat maison

Préparation : 30 min - Cuisson : 20 min
Repos : 1 h - Réfrigération : 3 h - Difficulté : facile

Pour 6 personnes

Pour la pâte à crêpes :

- Ingrédients page 102

Pour la pâte au chocolat :

- 150 g de noisettes mondées
- 130 g de chocolat au lait
- 70 g de sucre glace
- 1 sachet de sucre vanillé
- 2 cuill. à soupe de cacao en poudre
- 1 cuill. à soupe d'huile

Pour la décoration :

- Perles en sucre
- Vermicelles en chocolat

✗ Réalisez la pâte à crêpes et les crêpes selon la recette page 102.

✗ Faites griller les noisettes dans une poêle à sec, laissez-les tiédir, puis frottez-les afin de retirer la peau brune qui les entoure. Mixez les noisettes jusqu'à obtention d'un mélange sableux très fin. Râpez le chocolat dans un saladier, puis faites-le fondre au bain-marie. Lorsque le chocolat est lisse, retirez du bain-marie et incorporez aussitôt le sucre vanillé. Tamisez par-dessus le cacao et le sucre glace. Mélangez bien, puis incorporez l'huile et les noisettes. Mixez le tout afin d'obtenir un mélange bien homogène et réservez à température ambiante.

✗ Sur le plan de travail recouvert de film alimentaire, posez deux crêpes l'une sur l'autre. Posez en décalé deux autres crêpes superposées afin d'obtenir une très grande crêpe. Recouvrez-les de pâte chocolatée et posez quatre autres crêpes de la même manière. Garnissez à nouveau de pâte au chocolat et roulez les crêpes sur elles-mêmes de façon à obtenir un roulé. Enfermez le roulé dans le film alimentaire et placez au frais pendant 3 heures.

✗ Juste avant de servir, recouvrez du reste de pâte au chocolat et décorez de perles de sucre et de vermicelles en chocolat.

Idée plus : *Utilisez une huile neutre (de type huile d'arachide), ou si vous en avez dans votre placard, une huile de noisette, qui accentuera l'arôme de cette pâte au chocolat.*

Cheese-cake au kiwi

Préparation : 30 min - Cuisson : 1 h
Réfrigération : 3 h - Difficulté : facile

✗ Préchauffez le four th 6 (180 °C).

✗ Chemisez un moule rond à fond amovible de papier sulfurisé. Épluchez les kiwis. Coupez-en deux en rondelles et le troisième en petits dés. Tapissez les parois du moule de rondelles de kiwis. Réservez les dés de kiwis.

✗ Faites fondre le beurre. Émiettez les biscuits finement et incorporez-les au beurre fondu. Tapissez le fond du moule de la pâte en tassant bien et placez au frais.

✗ Fouettez le fromage frais avec le sucre, les graines de la gousse de vanille, les œufs battus en omelette, la crème fraîche et les dés de kiwis. Mélangez à nouveau.

✗ Versez la préparation dans le moule, enfournez et faites cuire 1 heure. Sortez le cheese-cake du four et laissez-le refroidir complètement avant de placer au frais au moins 3 heures. Démoulez froid.

Variante : Si vous n'appréciez pas le goût du kiwi, remplacez-les dans la garniture par le zeste et le jus d'un citron.

Pour 6 personnes

- 500 g de biscuits (Petits Bruns, spéculoos, sablés)
- 3 kiwis
- 250 g de beurre
- 600 g de fromage frais (St Môret, Carré Frais)
- 150 g de sucre en poudre
- 2 œufs entiers + 2 jaunes
- 10 cl de crème fraîche
- 1 gousse de vanille

Far au caramel
au beurre salé

Préparation : 25 min - Cuisson : 50 min
Repos : 1 h - Difficulté : très facile

Pour 6 personnes

- 350 g de pruneaux dénoyautés
- 250 g de farine
- 140 g de sucre en poudre
- 1 l de lait
- 5 œufs
- 1 gousse de vanille
- 1 pincée de sel
- 2 noix de beurre pour le moule

Pour le caramel au beurre salé :

- 150 g de sucre en poudre
- 40 g de beurre salé
- 4 cuill. à soupe de crème fraîche liquide

✗ Préparez le caramel au beurre salé : versez le sucre et trois cuillères à soupe d'eau dans une casserole. Placez sur feu vif et faites cuire sans remuer jusqu'à obtention d'un caramel ambré. Retirez du feu, puis incorporez le beurre en parcelles et la crème en remuant. Poursuivez la cuisson 1 minute, puis laissez refroidir à température ambiante.

✗ Versez la farine, le sucre et le sel dans un grand saladier. Creusez une fontaine au centre et cassez les œufs un à un, en incorporant la farine au fouet au fur et à mesure, puis versez le lait en filet, toujours en fouettant. La pâte obtenue doit être épaisse et coulante. Fendez la gousse de vanille en deux et récupérez les graines en passant la pointe d'un couteau à l'intérieur de la gousse. Ajoutez les graines dans la pâte et mélangez bien. Couvrez la pâte d'un linge et laissez-la reposer 1 heure.

✗ Préchauffez le four th 6 (180 °C). Beurrez généreusement un grand plat rectangulaire allant au four. Versez un tiers de pâte dans le fond du plat. Ajoutez les pruneaux, puis versez le reste de pâte par-dessus. Enfournez et faites cuire 45 minutes.

✗ Sortez le plat du four et laissez tiédir le far. Une fois tiédi, démoulez-le sur une grande planche et laissez-le refroidir complètement. Découpez ensuite le far en tranches et servez avec le caramel au beurre salé.

Idée plus : 5 minutes avant la fin de la cuisson, ajoutez quelques noisettes de beurre salé sur le far et, selon les occasions, servez-le directement dans le plat.

Gâteau au chocolat

Préparation : 20 min - Cuisson : 30 min
Difficulté : facile

✗ Râpez le chocolat dans une casserole. Ajoutez le beurre en parcelles. Faites-les fondre au bain-marie, en remuant. Versez la préparation dans un saladier et lissez-la bien.

✗ Séparez les blancs des jaunes d'œufs. Ajoutez les jaunes dans la préparation au chocolat, en mélangeant bien. Incorporez ensuite dans l'ordre, le sucre, la farine tamisée, la levure et la Maïzena.

✗ Préchauffez le four th 6 (180 °C). Montez les blancs en neige ferme. Incorporez trois cuillères à soupe de blancs montés à la préparation au chocolat en fouettant, puis incorporez le reste des blancs délicatement en soulevant bien la préparation.

✗ Chemisez le fond d'un moule à tarte de papier sulfurisé, puis beurrez le papier. Versez-y la préparation, enfournez et faites cuire 25 minutes.

✗ Sortez le gâteau du four, laissez-le tiédir avant de démouler. Lorsque le gâteau est froid, saupoudrez-le de sucre glace en utilisant une passoire fine afin de ne pas faire de grumeaux. Servez seul ou avec une crème anglaise.

Astuce : *Lorsque vous incorporez des blancs en neige, commencez par incorporer une petite quantité de blancs montés en fouettant, afin d'homogénéiser les deux préparations. Il vous sera ensuite beaucoup plus facile d'incorporer le reste des blancs sans les casser.*

Pour 6 personnes

- 200 g de chocolat noir à 70%
- 5 œufs
- 200 g de sucre en poudre
- 100 g de beurre + 1 noix pour le moule
- 35 g de farine
- 35 g de Maïzena
- 1 cuill. à café de levure
- Sucre glace (facultatif)

Croustade aux pommes

Préparation : 20 min - Cuisson : 40 min
Difficulté : facile

Pour 6 personnes

- 1 kg de pommes
- 500 g de pâte feuilletée
- 50 g de beurre demi-sel + 1 noix pour le moule
- 1 cuill. à café rase de cannelle en poudre
- 50 g de sucre cristallisé
- 50 g de cassonade
- 1 jaune d'œuf

✗ Pelez les pommes et coupez-les en quatre. Retirez les cœurs et les pépins, puis coupez les quartiers en morceaux. Faites fondre le beurre dans une grande sauteuse. Ajoutez les morceaux de pommes, puis saupoudrez-les de cassonade et de cannelle. Faites-les cuire 20 minutes à feu doux en remuant régulièrement. Quand les pommes sont fondantes et légèrement caramélisées, retirez du feu.

✗ Préchauffez le four th 7 (210 °C). Beurrez un grand moule. Versez la compotée de pommes dans le moule. Étalez très finement la pâte feuilletée sur le plan de travail fariné. Découpez-la en plusieurs triangles et piquez-les avec une fourchette. Disposez les triangles de pâte en patchwork sur les pommes, en les faisant se chevaucher.

✗ Battez le jaune d'œuf avec un peu d'eau et badigeonnez-en la pâte avec un pinceau. Saupoudrez de sucre cristallisé, enfournez et faites cuire 20 minutes.

✗ Sortez la croustade du four et laissez-la tiédir. Servez directement dans le moule accompagné de crème fraîche épaisse.

Variante : Vous pouvez ajouter deux cuillères à soupe de rhum sur les pommes en fin de cuisson.

Tourteau fromager

Préparation : 30 min - Cuisson : 1 h
Difficulté : facile

✗ Préparez la pâte brisée (recette page 236). Garnissez-en un moule à tourteau si vous en possédez un, ou une tourtière (moule à gâteau à bords assez hauts). Recouvrez le fond du moule de papier cuisson, puis de haricots secs (ou de graines de cuisson). Faites cuire la pâte à blanc pendant 15 minutes à 170 °C.

✗ Séparez les blancs des jaunes d'œufs. Montez les blancs en neige avec une pincée de sel en versant le sucre petit à petit. Dans un saladier, fouettez le fromage avec les jaunes d'œufs, la cassonade et la farine. Ajoutez un tiers des blancs en neige et fouettez vigoureusement, puis versez le reste des blancs et mélangez délicatement.

✗ Versez la préparation au fromage sur la pâte et enfournez th 6 (180 °C) pendant 45 minutes. Le dessus du gâteau doit fortement brunir. Sortez-le du four et laissez refroidir avant de le démouler.

Astuce : *Le dessus du tourteau fromager est traditionnellement très noir. Pour obtenir une couleur très foncée, placez le gâteau dans la partie haute du four pendant les 10 dernières minutes de cuisson et montez le four à 220 °C.*

Pour 6 personnes

Pour la pâte brisée :

- 200 g de farine
- 100 g de beurre doux
- 5 cl de lait
- 1 pincée de sel

Pour la garniture :

- 250 g de fromage de chèvre frais
- 75 g de sucre semoule
- 75 g de cassonade
- 60 g de farine
- 6 œufs

Cake moelleux
au thé matcha

Préparation : 15 min - Cuisson : 40 min
Difficulté : très facile

Pour 6 personnes

- 1 cuill. à soupe bombée de thé matcha
- 200 g de farine
- 150 g de beurre + 1 noix pour le moule
- 180 g de sucre en poudre
- 3 gros œufs
- ½ sachet de levure
- 1 pincée de sel

✗ Préchauffez le four th 7 (210 °C). Travaillez le beurre à la spatule jusqu'à ce qu'il prenne une consistance crémeuse. Ajoutez le sucre et le sel, puis tamisez le thé matcha au travers d'une passoire très fine. Continuez à mélanger jusqu'à ce que la préparation soit onctueuse.

✗ Incorporez les œufs un par un, puis la farine et la levure tamisées ensemble. Mélangez bien. Beurrez et farinez un moule à cake, puis versez la pâte dedans. Enfournez et faites cuire 10 minutes, puis baissez le four th 5 (150 °C) et poursuivez la cuisson 30 minutes.

✗ Vérifiez la cuisson avec la pointe d'un couteau : elle doit ressortir sèche. Sortez alors le cake du four et démoulez-le aussitôt sur une grille. Servez tiède ou froid.

Idée plus : Pour un bel effet coloré, ajoutez quelques framboises surgelées dans la pâte.

Charlotte aux fraises

Préparation : 30 min - Pas de cuisson
Repos : 4 h - Difficulté : difficile

✗ Faites ramollir la gélatine dans un bol d'eau froide. Rincez les fraises et retirez le pédoncule. Réservez-en une dizaine pour la décoration et passez le reste au mixeur avec le sucre en poudre. Réservez une petite tasse de coulis pour tremper les biscuits. Le reste servira à élaborer la mousse.

✗ Préparez la mousse : faites bouillir un verre de coulis dans une casserole. Hors du feu, incorporez la gélatine bien essorée en fouettant. Mélangez avec le reste du coulis et laissez refroidir. Montez la crème fraîche et le sucre glace en chantilly. Quand elle est bien épaisse, ajoutez le coulis et mélangez bien.

✗ Préparez le sirop et la charlotte. Mélangez le coulis réservé avec deux cuillères à soupe d'eau et le sirop de fraises. Trempez un à un les biscuits côté non sucré dans le sirop, puis tapissez-en le pourtour du moule (face sucrée contre le moule). Versez la mousse de fraises et refermez la charlotte en recouvrant la mousse d'une couche de biscuits.

✗ Placez au réfrigérateur pendant 4 heures minimum. Démoulez la charlotte en trempant le fond du moule quelques secondes dans de l'eau chaude, puis retournez-la sur un plat de service. Décorez le dessus des fraises réservées et servez aussitôt accompagné d'un coulis de fruits rouges.

Variante : Selon la saison, réalisez de la même manière une charlotte aux poires, aux framboises, aux fruits rouges ou aux abricots. Adaptez la quantité de sucre aux fruits utilisés, et si vous utilisez des fruits en conserve, séchez-les bien.

Un dessert pour recevoir

Pour 6 personnes

- 1 vingtaine de biscuits à la cuillère
- 600 g de fraises
- 80 g de sucre en poudre
- 20 g de sucre glace
- 40 cl de crème liquide entière
- 4 feuilles de gélatine
- 2 cuill. à soupe de sirop de fraises (ou de liqueur de fraises)

Galette des Rois
poires-chocolat

Préparation : 20 min - Cuisson : 40 min
Réfrigération : 2 h - Difficulté : très facile

Pour 6 personnes

- 2 rouleaux de pâte feuilletée
- 4 poires
- 60 g de pépites de chocolat
- 100 g de cassonade + 2 cuill. à soupe
- 100 g de beurre à température ambiante + 1 noix
- 2 œufs + 1 jaune
- 125 g de poudre d'amandes

✗ Pelez et coupez les poires en quartiers. Retirez les cœurs, puis coupez-les en tranches épaisses. Faites fondre une noix de beurre dans une poêle. Ajoutez les poires, saupoudrez de deux cuillères à soupe de cassonade et faites-les légèrement caraméliser.

✗ Fouettez le beurre avec la cassonade dans un bol, puis ajoutez la poudre d'amandes et les œufs entiers.

✗ Posez une pâte feuilletée sur la plaque du four recouverte de papier sulfurisé. Humidifiez le tour sur 2 cm de large. Étalez la crème d'amandes sur la pâte en laissant le pourtour libre. Ajoutez les quartiers de poires et les pépites de chocolat. Posez la deuxième pâte feuilletée et pressez les bords pour souder les deux pâtes. Appuyez tout autour avec le dos d'un couteau pour former des stries. Placez 2 heures au frais.

✗ Préchauffez le four th 7/8 (220-240 °C). Faites un dessin sur la surface de la pâte avec la pointe d'un couteau. Battez le jaune d'œuf avec une cuillère à café d'eau et badigeonnez-en la galette. Faites cuire 15 minutes, puis baissez le four th 6 (180 °C) et poursuivez la cuisson 20 minutes.

✗ Laissez refroidir la galette des Rois sur une grille et servez tiède.

Variante : Nature à la frangipane, à la compote de pommes, aux poires caramélisées arrosées d'eau de fleur d'oranger, aux dattes... Inventez vos galettes des Rois maison.

Bûche légère pomme-poire

Préparation : 20 min - Cuisson : 20 min
Réfrigération : 8 h - Difficulté : facile

✗ Épluchez et coupez les pommes en quartiers, puis retirez les cœurs. Diluez la cannelle dans un peu d'eau dans une sauteuse, et faites cuire les pommes 20 minutes à feu doux et à couvert. Faites ramollir la gélatine dans de l'eau froide.

✗ Faites chauffer le jus de citron avec le sucre glace dans une petite casserole. Essorez fortement la gélatine et faites-la fondre en fouettant dans le jus de citron. Retirez les pommes du feu, versez un tiers de jus de citron et mélangez bien. Laissez refroidir.

✗ Pelez et coupez les poires en quartiers. Retirez les cœurs et mixez les poires. Mélangez le reste de jus de citron à la purée de poires. Montez les blancs en neige, puis incorporez-les délicatement à la purée de poires.

✗ Chemisez un moule de film alimentaire. Réalisez une couche de compote de pommes, puis une couche de mousse de poires. Placez la terrine et le reste des ingrédients au frais 30 minutes, et recommencez l'opération. Placez au frais pendant 6 à 8 heures avant de démouler et de servir.

Variante : À réaliser en été avec des pêches pochées dans un sirop de muscat, ou avec une mousse de framboises. Pour une prise plus rapide, montez les desserts dans des verrines. Comptez 2 à 3 heures de réfrigération.

Pour 6 personnes

- 4 poires
- 4 pommes
- 3 blancs d'œufs
- 1 cuill. à café rase de cannelle en poudre
- 3 feuilles de gélatine
- Le jus d'un citron
- 1 cuill. à soupe de sucre glace

Tarte normande

Préparation : 20 min - Cuisson : 30 min
Réfrigération : 1 h - Repos : 2 h - Difficulté : facile

Pour 6 personnes

- 6 pommes golden
- 50 g de cassonade
- 30 cl de crème fraîche liquide
- 2 œufs
- 3 cuill. à soupe de gelée de pommes
- 2 cuill. à soupe de calvados

Pour la pâte brisée :

- 250 g de farine
- 125 g de beurre
- 5 cl de lait
- 1 pincée de sel

✗ Mettez la farine, le beurre coupé en parcelles et le sel dans un saladier. Mélangez du bout des doigts jusqu'à obtention d'une texture sableuse. Liez rapidement la pâte avec le lait, sans trop la travailler afin qu'elle ne devienne pas élastique. Roulez-la en boule, recouvrez-la de film alimentaire et laissez reposer 1 heure au réfrigérateur.

✗ Préchauffez le four th 6 (170 °C). Étalez la pâte sur une épaisseur de 2 à 3 mm, puis garnissez-en un moule. Recouvrez le fond de papier sulfurisé, puis de haricots secs et faites cuire à blanc pendant 10 à 12 minutes. Retirez les graines et le papier, et poursuivez la cuisson 5 à 8 minutes afin de faire dorer le fond.

✗ Dans un saladier, fouettez les œufs avec la crème, le calvados et la moitié de la cassonade. Épluchez les pommes, coupez-les en quartiers et retirez le cœur, puis coupez-les en tranches fines.

✗ Lorsque le fond de tarte est cuit, sortez-le du four et montez la température du four à 190 °C. Répartissez les pommes en les serrant bien. Versez la crème aux œufs par-dessus et saupoudrez du reste de cassonade. Enfournez pendant 15 à 20 minutes. Après avoir vérifié la cuisson avec la pointe d'un couteau, sortez la tarte du four et laissez-la refroidir 2 heures avant de la démouler. Faites fondre la gelée de pommes, puis badigeonnez-en la tarte et servez.

Idée plus : *Après avoir garni le moule de pâte, réservez le tout au réfrigérateur pendant 1 heure, ainsi, la pâte ne se rétractera pas à la cuisson.*

Tartelette fine
poire-cannelle

Préparation : 20 min - Cuisson : 20 min
Difficulté : très facile

✗ Étalez la pâte sur le plan de travail. À l'aide d'un emporte-pièce (ou d'un moule à tartelette afin d'obtenir le tour cannelé), découpez six fonds de tartelettes dans la pâte feuilletée. Mettez-les sur une plaque recouverte de papier sulfurisé, puis réservez-les au frais.

✗ Pressez le demi-citron. Épluchez les poires et coupez-les en quatre. Retirez les cœurs et les pépins, puis émincez les quartiers en lamelles très fines. Arrosez-les de jus de citron afin qu'elles ne noircissent pas.

✗ Préchauffez le four th 7 (210 °C). Répartissez les lamelles de poires sur la pâte en les faisant se chevaucher légèrement et en laissant tout autour une petite marge.

✗ Mélangez la cannelle et la cassonade, et saupoudrez-en la tarte. Enfournez et faites cuire 20 minutes environ. À la sortie du four, faites refroidir les tartes fines sur une grille. Servez-les tièdes ou froides avec une noisette de crème fraîche.

Variante : *À tester aussi en version salée en remplaçant le sucre et la cannelle par du roquefort (ou du gorgonzola) émietté et des cerneaux de noix concassés.*

Pour 6 personnes

Pour la garniture :

- 2 rouleaux de pâte feuilletée
- 6 poires
- ½ citron
- 2 cuill. à soupe de cassonade
- 1 cuill. à soupe de cannelle

Tarte aux fraises
et au fromage blanc

Préparation : 30 min - Cuisson : 20 min
Réfrigération : 1 h - Difficulté : facile

Pour 6 personnes

- 350 g de fraises
- 250 g de fromage blanc
- 50 g de sucre glace
- 2 cuill. à soupe de zeste de citron jaune
- 1 cuill. à soupe de menthe ciselée
- 50 g de gelée de groseilles
- 1 cuill. à soupe de jus de citron
- Beurre pour le moule

Pour la pâte :

- 220 g de farine
- 125 g de beurre mou
- 80 g de sucre glace
- 40 g de poudre d'amandes
- 1 œuf

✗ Préparez la pâte : mettez la farine, le sucre glace, la poudre d'amandes et le beurre dans le bol d'un mixeur. Faites tourner jusqu'à obtention d'un mélange sableux. Ajoutez alors l'œuf entier et mixez par à-coups jusqu'à formation d'une boule. Emballez-la dans du film alimentaire et placez au frais pendant 1 heure.

✗ Préchauffez le four th 7 (210 °C). Beurrez un moule à tarte. Abaissez et étalez la pâte sur le plan de travail fariné, garnissez-en le moule et piquez-la avec une fourchette, puis enfournez. Faites cuire 10 minutes. Baissez ensuite le four th 6 (180 °C) et poursuivez la cuisson 10 minutes. Sortez le fond de tarte du four et laissez refroidir.

✗ Lavez, séchez et équeutez les fraises. Dans un saladier, mélangez au fouet à main le fromage blanc, les deux tiers du zeste de citron et le sucre glace.

✗ Faites légèrement chauffer la gelée de groseilles avec le jus de citron, puis versez-la sur le fond de tarte. Recouvrez de fromage blanc, puis disposez les fraises par-dessus. Parsemez du reste de zeste de citron et de menthe ciselée juste avant de servir.

Idée plus : Si vous souhaitez préparer cette tarte à l'avance, et pour éviter que le fromage blanc ne détrempe la pâte, badigeonnez le fond de tarte de blanc d'œuf battu (il doit être mousseux) à la fin de la cuisson à blanc, puis enfournez à nouveau pendant 1 minute.

Tarte aux mûres

Préparation : 15 min - Cuisson : 25 min
Difficulté : très facile

✗ Étalez la pâte sur le plan de travail fariné. Garnissez-en un moule beurré et piquez la pâte avec une fourchette. Réservez au frais.

✗ Préchauffez le four th 6 (180 °C). Battez le beurre au fouet électrique dans un saladier jusqu'à ce qu'il prenne la consistance d'une crème. Ajoutez 75 g de sucre et l'œuf, et fouettez bien. Incorporez la farine et la poudre d'amandes en dernier en fouettant toujours.

✗ Garnissez le fond de tarte de crème d'amandes et lissez bien à l'aide d'une spatule. Recouvrez entièrement des mûres, parsemez d'amandes effilées, enfournez et faites cuire 25 minutes.

✗ Sortez la tarte du four et laissez refroidir complètement avant de la démouler. Poudrez du reste de sucre et servez.

Idée plus : Si vous récoltez des mûres pour réaliser des confitures, réservez les fruits les plus beaux et congelez-les (étalez-les à plat sur une plaque pendant 1 nuit). Vous les sortirez avec grand plaisir en hiver pour réaliser de délicieux desserts.

Un dessert pour recevoir

Pour 6 personnes

- 250 g de pâte brisée
- 350 g de mûres
- 100 g de poudre d'amandes
- 85 g de sucre en poudre
- 15 g d'amandes effilées (facultatif)
- 40 g de farine
- 100 g de beurre mou + 1 noix pour le moule
- 1 œuf

Parfait glacé à l'orange

Préparation : 20 min - Cuisson : 15 min
Congélation : 3 h - Difficulté : difficile

Pour 6 personnes

- 1 orange non traitée
- 100 g de miel liquide
- 100 g de sucre en poudre
- 5 jaunes d'œufs
- 50 cl de crème fraîche entière liquide très froide

✗ Brossez l'orange sous l'eau tiède, séchez-la, râpez très finement le zeste, puis pressez-la. Versez le jus d'orange et 20 cl d'eau dans une casserole. Ajoutez le zeste, le miel et le sucre, puis portez à ébullition. Retirez la casserole du feu et laissez tiédir.

✗ Mettez les jaunes d'œufs dans un saladier résistant à la chaleur. Posez le saladier dans un bain-marie chaud, mais pas bouillant et fouettez sans cesse afin d'incorporer le maximum d'air. Sans cesser de fouetter, incorporez le sirop à l'orange en filet. La préparation doit doubler de volume et être mousseuse.

✗ Lorsque la préparation atteint 50 °C (vous pouvez poser la main sur le saladier sans vous brûler), retirez du bain-marie et continuez à fouetter jusqu'à complet refroidissement. Montez la crème liquide en chantilly très ferme et incorporez-la très délicatement à la préparation.

✗ Chemisez six petits moules de mousseline ou de film alimentaire en le laissant largement dépasser sur les côtés. Répartissez la préparation et rabattez la mousseline par-dessus. Placez au congélateur pendant 3 heures. Placez le fond des moules dans de l'eau chaude quelques secondes avant de les démouler et servez-les immédiatement.

Variante : Selon la saison, remplacez le miel par une purée de fruits du moment (fraises, pêches, framboises...) ou, pour une version très tendance, par une dosette de safran.

Mini-vacherin
aux framboises

Préparation : 15 min - Pas de cuisson
Difficulté : très facile

✗ Sortez la glace à la vanille du congélateur afin qu'elle ramollisse. Coupez les meringues en deux avec un couteau à pain. Coupez la glace à la vanille en six parts épaisses.

✗ Placez une tranche de glace vanille entre deux moitiés de meringue et appuyez doucement pour les souder.

✗ Disposez les mini-vacherins dans un plat, sur la tranche, puis incrustez quelques framboises dans la glace.

✗ Concassez finement les pistaches et parsemez-en les vacherins. Saupoudrez de sucre glace. Servez aussitôt ou réservez au congélateur.

Idée plus : À réaliser aussi dans des verrines, en émiettant grossièrement des meringues (ou des macarons ratés) dans le fond.

Pour 6 personnes

- 6 grosses meringues blanches (recette page 253)
- 50 cl de glace à la vanille
- 250 g de framboises
- 30 g de pistaches mondées non salées
- Sucre glace

Pour 6 personnes

Pour la pâte :

- 250 g de farine
- 100 g de beurre mou + 1 noix pour les moules
- 30 g de beurre bien froid
- 1 cuill. à soupe de sucre roux
- 1 cuill. à café de cannelle en poudre
- 1 pincée de sel

Pour la crème chiboust :

- 35 cl de lait
- 2 jaunes d'œufs
- 50 g de sucre en poudre
- 50 g de Maïzena
- 15 cl de crème liquide très froide

Pour la meringue :

- 2 blancs d'œufs
- 100 g de sucre en poudre
- 7 cl d'eau

Pour le caramel :

- 100 g de sucre en poudre
- 2 cuill. à soupe d'eau

Tartelette chiboust

Préparation : 45 min - Cuisson : 50 min
Réfrigération : 30 min - Difficulté : difficile

✗ Préparez la pâte (recette page 236), faites-la reposer 1 heure au frais, puis garnissez-en des moules à tartelettes. Faites cuire la pâte à blanc pendant 20 à 25 minutes.

✗ Préparez la crème chiboust : portez le lait à ébullition. Fouettez les jaunes d'œufs avec le sucre. Tamisez la Maïzena. Versez une louche de lait bouillant dans le mélange en fouettant, puis reversez le tout dans la casserole. Faites cuire à feu doux jusqu'à épaississement. Versez la crème dans un saladier et laissez-la refroidir en fouettant de temps en temps. Montez la crème liquide en chantilly. Une fois la crème pâtissière refroidie, incorporez-lui délicatement la chantilly. Répartissez la crème chiboust dans les fonds de tartelettes et placez au frais.

✗ Préparez la meringue : versez le sucre et l'eau dans une casserole, et faites-les chauffer jusqu'à obtention d'un caramel transparent. Ne laissez prendre aucune couleur. Pendant cette cuisson, montez les blancs en neige, puis versez le caramel en filet en continuant à fouetter sans arrêt et ce jusqu'à complet refroidissement. Garnissez les tartelettes de meringue et remettez au frais.

✗ Préparez le caramel : versez le sucre et l'eau dans une casserole. Faites chauffer à feu doux sans jamais remuer jusqu'à obtention d'un caramel ambré. Versez-le aussitôt en filet sur les tartelettes et servez immédiatement.

Biscuit caramel
à la mousse anisée

Préparation : 1 h - Cuisson : 35 min
Réfrigération : 3 h 30 - Difficulté : difficile

✗ Préparez les biscuits : battez le beurre en pommade. Incorporez le sucre et le sel, puis versez la farine d'un seul coup. Ajoutez le jaune d'œuf et travaillez à la main jusqu'à obtention d'une pâte homogène. Roulez-la en boule et placez 1 heure au frais sous film alimentaire.

✗ Préparez la mousse : faites ramollir la gélatine dans de l'eau froide. Portez le lait à ébullition avec le pastis. Séparez les blancs des jaunes d'œufs. Fouettez les jaunes avec le sucre, puis tamisez la farine par-dessus. Versez le lait en filet en remuant, puis transvasez le tout dans la casserole. Faites cuire en fouettant jusqu'à ce que la crème se détache des parois de la casserole, puis retirez du feu. Essorez la gélatine et incorporez-la en fouettant. Laissez refroidir.

✗ Préchauffez le four th 6 (180 °C). Posez six cercles à pâtisserie sur la plaque du four recouverte de papier sulfurisé. Chemisez-les de papier sulfurisé. Étalez la pâte à biscuit sur le plan de travail fariné sur 1 cm d'épaisseur. Découpez six biscuits du même diamètre que celui des cercles et placez-les dans le fond des cercles. Faites cuire 20 minutes.

✗ Montez les blancs en neige ferme et incorporez-les à la mousse anisée froide. Faites chauffer 100 g de sucre avec deux cuillères à soupe d'eau jusqu'à obtention d'un caramel. Hors du feu, ajoutez le beurre, puis la crème. Maintenez au chaud. Sortez les biscuits du four et laissez-les refroidir. Versez une fine couche de caramel sur chaque biscuit, puis recouvrez de mousse. Placez 2 heures au frais.

✗ 30 minutes avant de servir, versez le sucre restant dans une casserole. Ajoutez une cuillère à soupe d'eau et faites chauffer jusqu'à obtention d'une caramel ambré. Retirez du feu et versez une couche de caramel sur chaque mousse. Remettez au frais 30 minutes. Démoulez les biscuits dans des assiettes et servez.

Pour 6 personnes

Pour les biscuits :

- 175 g de beurre demi-sel mou
- 180 g de farine
- 80 g de sucre en poudre
- 1 jaune d'œuf
- 1 pincée de sel

Pour la mousse anisée :

- 35 cl de lait
- 1 cuill. à soupe de pastis
- 2 œufs
- 50 g de sucre en poudre
- 50 g de farine
- 1 feuille de gélatine

Pour le caramel :

- 150 g de sucre en poudre
- 40 g de beurre demi-sel
- 2 cuill. à soupe de crème liquide

Tartelette
au citron meringuée

Préparation : 35 min - Cuisson : 25 min
Difficulté : facile

Pour 6 personnes

- 1 boule de pâte sablée (recette page 251)
- 3 citrons non traités
- 80 g de sucre en poudre
- 50 g de beurre ramolli
- 2 œufs

Pour la meringue :

- 100 g de sucre en poudre
- 2 blancs d'œufs
- 7 cl d'eau

✗ Lavez les citrons et séchez-les. Râpez finement le zeste de deux citrons et pressez les trois citrons. Fouettez les œufs entiers avec le sucre, puis ajoutez le zeste, le jus de citron et le beurre en parcelles. Mélangez le tout, puis faites chauffer sur un bain-marie, sans cesser de mélanger. Aux premiers frémissements, retirez la crème au citron du feu. Stoppez la cuisson en plongeant le saladier dans un bac d'eau glacée, puis laissez tiédir en mélangeant de temps en temps.

✗ Préchauffez le four th 6 (180 °C). Étalez la pâte sablée sur une épaisseur de 1,5 cm. À l'aide d'un emporte-pièce rectangulaire, découpez la pâte. Posez les rectangles de pâte au fur et à mesure sur une plaque recouverte de papier sulfurisé. Creusez légèrement l'intérieur des rectangles de pâte et piquez-la. Enfournez et faites cuire 15 minutes.

✗ Préparez la meringue : versez le sucre et l'eau dans une casserole, et faites chauffer jusqu'à obtention d'un caramel transparent. Pendant cette cuisson, montez les blancs en neige très ferme, puis versez dessus le caramel transparent en filet, en continuant à fouetter sans arrêt et ce jusqu'à complet refroidissement. Versez la meringue dans une poche à douille cannelée.

✗ Garnissez les fonds sablés de crème au citron (vous pouvez utiliser un emporte-pièce pour une jolie présentation) et décorez de meringue.

Astuce : *Placez les rectangles de pâte au réfrigérateur avant de les enfourner, cela évitera à la pâte de se rétracter.*

Éclair à la framboise

Préparation : 20 min - Cuisson : 40 min
Difficulté : difficile

✗ Préparez la crème pâtissière : portez le lait à ébullition avec le sucre vanillé. Fouettez les jaunes d'œufs et le sucre jusqu'à ce que le mélange blanchisse fortement. Ajoutez la Maïzena, puis versez le lait bouillant en un mince filet. Mélangez bien et reversez le tout dans la casserole. Portez à nouveau à ébullition, puis laissez cuire 2 à 3 minutes sans cesser de remuer à l'aide d'un fouet. Ajoutez le sirop de framboises à la fin, puis versez dans une poche à douille Laissez refroidir au réfrigérateur.

✗ Réalisez la pâte à choux : faites fondre le beurre dans une casserole avec le sucre, le sel et l'eau. Portez à ébullition, puis ajoutez le lait en poudre et versez la farine en une seule fois. Mélangez afin d'obtenir une pâte homogène et faites-la sécher en la remuant pendant 2 à 3 minutes jusqu'à ce qu'elle se décolle des parois de la casserole. Coupez le feu, puis incorporez les œufs entiers un à un. Versez la crème dans une poche à douille lisse. Préchauffez le four th 5/6 (170 °C). Sur une plaque à pâtisserie garnie de papier sulfurisé, faites des éclairs de 10 cm de long. Espacez-les bien car ils vont fortement gonfler lors de la cuisson. Badigeonnez le dessus avec le jaune d'œuf battu avec un peu d'eau et enfournez pendant 20 minutes. Laissez-les refroidir sur une grille avant de les garnir de crème à la framboise.

✗ Faites fondre le fondant au bain-marie. Aromatisez-le avec le sirop de framboises. Ajoutez quelques gouttes de colorant, puis mélangez bien. Glacez les éclairs en les trempant un à un dans le fondant, puis gardez au frais jusqu'au moment de servir.

Pour 6 personnes

Pour la pâte à choux :

- 60 g de farine
- 40 g de beurre
- 2 œufs + 1 jaune
- 1 cuill. à café rase de sucre en poudre
- 1 cuill. à soupe de lait en poudre
- 25 cl d'eau
- 1 pincée de sel

Pour la crème pâtissière :

- 40 g de sucre en poudre
- 1 sachet de sucre vanillé
- 1 cuill. à café de Maïzena
- 25 cl de lait frais entier
- 2 jaunes d'œufs
- 1 cuill. à café de sirop de framboises

Pour le fondant :

- 200 g de fondant
- 1 cuill. à café de sirop de framboises
- Colorant rouge

Petits gâteaux
à la crème moka

Préparation : 1 h - Cuisson : 35 min
Réfrigération : 1 h - Difficulté : difficile

Pour 6 personnes

Pour la pâte :

- 250 g de farine
- 150 g de beurre mou + 1 noix pour les moules
- 100 g de sucre en poudre
- 1 cuill. à café de cannelle en poudre
- 1 œuf

Pour la crème moka :

- 4 jaunes d'œufs
- 120 g de beurre
- 120 g de sucre en morceaux
- 2 cuill. à café d'arôme de café

✗ Préparez la pâte : versez la farine sur le plan de travail, ajoutez le beurre en parcelles, puis le sucre et la cannelle. Travaillez du bout des doigts jusqu'à obtention d'un mélange sableux. Creusez un puits au centre et cassez l'œuf. Travaillez la pâte en intégrant petit à petit la pâte à l'œuf jusqu'à obtention d'une pâte homogène. Roulez-la en boule et placez 1 heure au frais sous film alimentaire.

✗ Préchauffez le four th 6 (180 °C). Beurrez six petits moules à bords hauts. Abaissez la pâte, puis étalez-la sur le plan de travail fariné. Découpez des disques de pâte à la mesure des moules et garnissez-en les moules. Recouvrez la pâte de papier sulfurisé et remplissez-les de haricots secs, enfournez et faites cuire 20 minutes. Retirez les haricots secs et le papier et prolongez la cuisson 5 minutes.

✗ Préparez la crème moka : coupez le beurre en petits morceaux et laissez-le ramollir à température ambiante. Versez les jaunes d'œufs dans un saladier et fouettez légèrement. Faites chauffer le sucre avec 10 cl d'eau dans une casserole 5 minutes à feu doux jusqu'à obtention d'un sirop, en secouant la casserole de temps en temps.

✗ Versez le sirop bouillant en filet sur les jaunes d'œufs en fouettant sans arrêt jusqu'à complet refroidissement. Fouettez le beurre jusqu'à ce qu'il prenne la consistance d'une crème. Incorporez-lui alors le mélange œufs/sirop en mélangeant bien. Lorsque la crème est lisse et brillante, ajoutez l'arôme de café, mélangez et remplissez-en une poche à douille cannelée. Répartissez la crème moka sur les fonds de tartelettes et placez au frais jusqu'au moment de servir.

Cupcake choco-piment

Préparation : 20 min - Cuisson : 25 min
Difficulté : très facile

✗ Préchauffez le four th 6 (180 °C). Faites fondre le chocolat au bain-marie avec deux cuillères à soupe d'eau. Fouettez bien pour lisser.

✗ Battez le beurre et le sucre jusqu'à ce que le mélange blanchisse. Ajoutez les œufs battus en omelette, puis le chocolat fondu et le piment. Mélangez bien. Incorporez la farine et la levure, puis versez le lait. Fouettez bien le tout.

✗ Humidifiez l'intérieur de petits moules en silicone et répartissez la pâte. Enfournez et faites cuire 15 minutes. Sortez les gâteaux du four et laissez-les refroidir sur une grille.

✗ Préparez la décoration : mélangez à la fourchette le fromage frais, le beurre, le sucre glace et les graines de la gousse de vanille jusqu'à obtention d'une crème homogène. Versez-la dans une poche à douille de très petit diamètre et garnissez les cupcakes de serpentins de crème. Décorez des billes et des vermicelles au chocolat, puis placez au frais jusqu'au moment de servir.

Idée plus : *Vous pouvez parfumer le glaçage avec du chocolat fondu, de la purée de fruits frais, du zeste d'orange... S'il est trop liquide, réservez-le au réfrigérateur avant de l'utiliser.*

Pour 6 personnes

- 90 g de chocolat noir
- 125 g de farine
- ½ sachet de levure
- 100 g de sucre en poudre
- 2 œufs
- 80 g de beurre
- 12 cl de lait
- ½ cuill. à café rase de piment d'Espelette

Pour la décoration :

- 100 g de fromage frais (Carré Frais, Philadelphia)
- 2 cuill. à café de sucre glace
- 50 g de beurre mou
- 1 gousse de vanille
- Billes de chocolat (noir et au lait)
- Vermicelles chocolat

Cookies aux pépites
de chocolat

Préparation : 15 min - Cuisson : 15 min
Réfrigération : 1 h - Difficulté : très facile

✗ Hachez grossièrement le chocolat. Coupez le beurre en parcelles. Dans un grand saladier, mélangez les sucres et le beurre.

✗ Ajoutez l'œuf, la farine, le sel et les pépites de chocolat. Chaque fois que vous ajoutez un ingrédient, le mélange doit être homogène avant d'ajouter le suivant. Laissez reposer la pâte 1 heure au réfrigérateur.

✗ Préchauffez le four th 6 (180 °C). Formez des boules de la taille d'une balle de golf sur une plaque de cuisson garnie de papier sulfurisé. Aplatissez-les légèrement à l'aide du dos d'une cuillère à soupe. Enfournez pendant 15 minutes. Laissez refroidir et dégustez.

Astuce : Respectez le temps de repos de la pâte au réfrigérateur, afin qu'elle soit moins collante et plus facile à travailler. Si vous aimez les cookies croustillants, utilisez du beurre à température ambiante. Si vous les préférez moelleux, faites fondre le beurre au préalable.

Pour 6 personnes

- 150 g de farine
- 150 g de chocolat noir à pâtisserie
- 125 g de beurre à température ambiante
- 75 g de sucre en poudre
- 75 g de sucre roux
- 1 œuf
- 1 pincée de sel

Sablés à la lavande

Préparation : 30 min - Cuisson : 15 min
Repos : 1 h - Difficulté : facile

✗ Coupez le beurre en petits morceaux. Dans un saladier, versez la farine, le sucre, l'œuf et le sel. Du bout des doigts, amalgamez l'œuf et la farine jusqu'à obtention d'un sable de couleur jaune. Ajoutez la lavande, puis liez alors la pâte avec le beurre. Travaillez la pâte pour obtenir un pâton homogène où tous les ingrédients sont bien liés. Couvrez la pâte de film alimentaire et laissez reposer 1 heure au frais.

✗ Sur le plan de travail fariné, étalez la pâte sur une épaisseur de 2 à 3 mm. Découpez des sablés à l'aide d'un emporte-pièce et posez-les sur une plaque à pâtisserie recouverte de papier sulfurisé. Travaillez à nouveau la pâte, puis étalez les chutes pour réaliser les derniers sablés.

✗ Préchauffez le four th 6 (180 °C), puis enfournez pendant 12 à 15 minutes. Les sablés doivent dorer. Sortez les sablés du four et retirez-les de la plaque. Laissez-les refroidir sur une grille avant de servir.

Idée plus : *Mélangez un jaune d'œuf et une cuillère à soupe d'eau, et badigeonnez-en les sablés à l'aide d'un pinceau.*

Pour une vingtaine de sablés

- 250 g de farine
- 125 g de sucre semoule
- 125 g de beurre froid
- 1 œuf entier
- 1 cuil. à café de fleurs de lavande
- 1 pincée de sel

Palmiers

Préparation : 15 min - Cuisson : 15 min
Difficulté : facile

Pour 6 personnes :

- 500 g de pâte feuilletée en bloc à étaler
- 250 g de sucre cristallisé + 4 cuill. à soupe

✗ Saupoudrez le plan de travail de quatre cuillères à soupe de sucre cristallisé. Étalez la pâte sur le sucre de manière à ce qu'elle ait ½ cm d'épaisseur et qu'elle forme un rectangle de 30 cm sur 20 cm environ. Parez les bords pour qu'ils soient bien nets.

✗ Disposez le rectangle de pâte de telle sorte que le petit côté soit devant vous. Saupoudrez la pâte de la moitié du sucre, en une couche régulière. Rabattez les grands côtés en les faisant se rejoindre au centre, puis repliez-les une deuxième fois de la même façon afin d'obtenir un boudin de pâte.

✗ Découpez la pâte en tronçons de 1 cm environ. Préchauffez le four th 7 (210 °C).

✗ Recouvrez la plaque du four de papier sulfurisé. Roulez les palmiers dans le reste de sucre et disposez-les sur la plaque, en les espaçant de 6 à 8 cm environ. Enfournez et faites cuire 15 minutes, en les retournant à mi-cuisson.

✗ Sortez les palmiers du four, posez-les sur une grille et laissez-les refroidir avant de servir.

Idée plus : Les pâtissiers réalisent souvent les palmiers avec les chutes de pâte feuilletée. Afin de ne pas « casser » le feuilletage, ne retravaillez pas la pâte et ne la roulez pas en boule : empilez les chutes, puis étalez-les. Congelez vos chutes de pâte afin de réaliser des mini-feuilletés sucrés ou salés.

Barquette au lemon curd

Préparation : 15 min - Réfrigération : 2 h
Cuisson : 15 min - Difficulté : facile

✗ Préparez la pâte sablée : mettez la farine, le sucre, l'œuf et le sel dans un saladier. Mélangez du bout des doigts jusqu'à obtention d'une texture sableuse. Liez la pâte avec le beurre coupé en parcelles jusqu'à ce qu'elle soit homogène. Roulez-la en boule, recouvrez-la de film alimentaire et laissez reposer 1 heure au réfrigérateur.

✗ Préchauffez le four th 6 (170 °C). Étalez la pâte sur une épaisseur de 2 à 3 mm, puis garnissez-en des moules à tartelettes. Faites cuire la pâte à blanc pendant 12 à 15 minutes.

✗ Râpez la peau d'un citron afin de récupérer le zeste. Pressez les trois citrons et mettez le jus dans une casserole. Dans un saladier, cassez les œufs et fouettez-les vigoureusement avec le sucre, le zeste et la Maïzena. Versez dans le jus de citron et faites épaissir à feu doux jusqu'à ébullition. Coupez le feu et laissez reposer quelques minutes afin de faire baisser la température de la crème.

✗ Dans un petit plat à bords hauts, coupez le beurre coupé en parcelles et ajoutez la crème au citron. À l'aide d'un bras mixeur, mélangez longuement ces ingrédients afin d'aérer la crème, puis placez 1 heure au réfrigérateur. Garnissez les barquettes de lemon curd et réservez à température ambiante jusqu'au moment de servir.

Utilisation : *La pâte sablée est la pâte à tarte des grandes occasions. À l'inverse de la pâte brisée, c'est une pâte souple que l'on peut retravailler plusieurs fois, ce qui est indispensable pour garnir des petits moules à tartelettes et récupérer les chutes.*

Pour 6 personnes

Pour la pâte sablée :

- 250 g de farine
- 125 g de sucre semoule
- 125 g de beurre froid
- 1 œuf entier
- 1 pincée de sel

Pour le lemon curd :

- 3 citrons jaunes
- 150 g de beurre doux
- 120 g de sucre semoule
- 1 cuill. à café de Maïzena
- 2 œufs

Un dessert pour recevoir

Pour 6 personnes

- 140 g de beurre à température ambiante + 1 noix pour le moule
- 100 g de sucre en poudre
- 140 g de farine
- 2 œufs
- 2 pincées de levure chimique
- 1 gousse de vanille
- 1 citron jaune
- 1 pincée de sel

Madeleines

Préparation : 20 min - Cuisson : 10 min
Difficulté : facile

✗ Coupez la gousse de vanille en deux dans le sens de la longueur et grattez l'intérieur avec la pointe d'un couteau pour récupérer les graines. Mélangez-les avec le sucre. Nettoyez le citron et râpez le zeste.

✗ Séparez les blancs des jaunes d'œufs, puis montez les blancs en neige. Fouettez le beurre et le sucre jusqu'à obtention d'un mélange homogène. Ajoutez la farine, la levure, les jaunes d'œufs, le zeste et le sel. Mélangez délicatement le tout avec les blancs d'œufs.

✗ Préchauffez le four th 5/6 (160 °C). Graissez légèrement des moules à madeleines et versez la pâte dans les empreintes. Ne remplissez pas trop les moules car les madeleines vont gonfler à la cuisson et déborderaient des empreintes.

✗ Enfournez 10 à 12 minutes. Les madeleines doivent être dorées et gonflées. Laissez tiédir avant de les démouler et faites-les sécher sur une grille.

Idée plus : *Pour les gourmands, trempez les dessus des madeleines refroidies dans du chocolat de couverture fondu, puis laissez durcir.*

Meringues aux framboises

Préparation : 15 min - Cuisson : 1 h 40
Repos : 12 h - Difficulté : facile

✗ La veille, préchauffez le four th 3/4 (110 °C). Beurrez une plaque à pâtisserie.

✗ Montez les blancs en neige bien ferme et incorporez le sucre en poudre en pluie en fouettant toujours. Ajoutez le sirop de framboises et quelques gouttes de colorant. Saupoudrez les blancs en neige de sucre glace et mélangez délicatement, en soulevant bien la préparation avec une spatule.

✗ Mettez les blancs en neige dans une poche à douille cannelée, puis déposez des petits tas sur la plaque, en les espaçant car ils gonflent à la cuisson. Enfournez et faites cuire 10 minutes, puis baissez la température du four th 3 (90 °C) et poursuivez la cuisson 1 heure 30.

✗ À la fin du temps de cuisson, ouvrez la porte du four et laissez refroidir les meringues dans le four jusqu'au lendemain. Conservez les meringues dans une boîte hermétique.

Idée plus : Pour obtenir des blancs en neige très fermes, utilisez de préférence des blancs d'œufs séparés des jaunes depuis 3 ou 4 jours. Laissez les blancs 2 à 3 heures à température ambiante avant de les monter en neige.

Pour 6 personnes

- 4 blancs d'œufs
- 125 g de sucre en poudre
- 125 g de sucre glace
- 1 cuill. à soupe de sirop de framboises
- Colorant alimentaire rouge (facultatif)
- Beurre pour la plaque

Mendiants
aux deux chocolats

Préparation : 25 min - Cuisson : 10 min
Réfrigération : 14 h - Difficulté : facile

✗ La veille, versez la crème dans une casserole et faites-la chauffer à feu doux. Coupez le beurre en parcelles dans un saladier, puis râpez les deux chocolats par-dessus.

✗ Aux premiers frémissements de la crème, versez-la sur les chocolats et le beurre, et faites fondre en remuant. Couvrez de film alimentaire et placez au frais pendant 12 heures.

✗ Le jour même, faites tremper les raisins secs dans de l'eau tiède. Si besoin, coupez en deux les noisettes et les amandes. Coupez l'écorce d'orange et de citron en lamelles.

✗ Faites ramollir la ganache au chocolat dans un bain-marie. Égouttez les raisins. Étalez une grande feuille de papier sulfurisé dans un plateau. À l'aide d'une grande cuillère, réalisez des petits disques de ganache sur le papier sulfurisé. Enfoncez-y légèrement quelques fruits secs et les lamelles d'écorces confites. Placez au frais pendant au moins 2 heures.

Pour 6 personnes

- 150 g de chocolat noir
- 150 g de chocolat au lait
- 50 g de beurre
- 50 g de raisins secs
- 50 g de noisettes
- 50 g d'amandes
- 50 g d'écorce de citron confit
- 50 g d'écorce d'orange confite
- 30 cl de crème fraîche épaisse

Budget malin : *Réalisez vous-mêmes les écorces d'agrumes confits (recette page 219). Pour varier les plaisirs et les présentations, réalisez des mendiants en séparant les variétés de chocolat.*

Fondant
au chocolat coulant

Préparation : 15 min - Cuisson : 10 min
Difficulté : très facile

✗ Préchauffez le four th 8 (240 °C). Faites fondre le beurre et les 150 g de chocolat noir au bain-marie. Lissez bien le mélange au fouet.

✗ Fouettez les œufs entiers et le sucre. Ajoutez la farine, puis le mélange chocolat et beurre fondus, en remuant sans arrêt.

✗ Beurrez six petits moules individuels. Remplissez-les à moitié de pâte et posez au centre deux carrés de chocolat noir. Répartissez le reste de pâte dans les moules et enfournez.

✗ Faites cuire 8 à 10 minutes et sortez les fondants du four. Avec un couteau, ouvrez légèrement les fondants pour faire apparaître le coulant et servez aussitôt.

Astuce : *Gagnez du temps en faisant fondre le chocolat et le beurre au micro-ondes. Faites tourner 30 secondes à puissance maximale, mélangez et recommencez l'opération deux fois.*

Un dessert pour recevoir

Pour 6 personnes

- 150 g de chocolat noir
- 12 carrés de chocolat noir
- 90 g de sucre en poudre
- 4 œufs
- 80 g de beurre + 1 noisette pour les moules
- 2 cuill. à soupe rases de farine

Index

UNE ENTRÉE

UN PLAT

UN DESSERT

Soupes

Bouillon de légumes aux nouilles asiatiques . . 10
Bouillon de spaghettis à la coriandre 11
Gaspacho de carotte à la pomme et à l'anis . . . 7
Soupe de chou rouge au lard fumé 12
Soupe de légumes rôtis 13
Soupe de légumes verts au camembert 9
Soupe des Hortillons 8
Soupe froide de betterave 6

Légumes

Artichauts aux amandes 24
Betteraves farcies aux carottes confites 25
Brocolis à la muscade, sauce à la pomme . . . 23
Lasagnes végétariennes 26
Légumes gratinés au fromage 22
Rémoulade de pomme verte, carotte et céleri . 35
Tomate verte-mozzarella 27
Tomates farcies à la semoule 28

Salades

Salade au rocamadour 31
Salade aux anchois 39
Salade bistrot 42
Salade croquante au quinoa 40
Salade de betterave 33
Salade de choux aux radis et au sésame 34
Salade de cocos à l'ail rose et au romarin 30
Salade de courgettes et feta 41
Salade de printemps 36
Salade de quinoa à la grenade 32
Salade d'endives au fenouil 43
Salade d'hiver 38
Salade grecque 37
Taboulé de millet aux légumes 29

Cakes, flans

Flan aux courgettes et à la coriandre 20
Mini-cakes au jambon et aux olives 16
Petits flans au fromage persillé 21

Autres

Bouchées au camembert 15
Croquettes de courge 17
Crostinis à la tomate 18
Gâteau mexicain 14
Rouleau de printemps 19

Apéritif

Anchoïade. 123
Biscuits au thym et à la crème de roquefort . 137
Bouchées de chèvre aux tomates confites . . 127
Brick de sardines à la tomate 131
Cake tomate-mozzarella. 134
Canapés de polenta à la tapenade. 128
Chausson au roquefort 132
Conchiglie farcies au fromage frais 125
Croquettes de fromage 135
Gougères au parmesan 124
Mini-cannelés, cœur de béchamel 126
Mini-tartelettes au fromage frais 130
Rillettes de sardines. 122
Sorbet à l'avocat 136
Sushis de poireaux aux crevettes 129
Verrine de sardines aux oignons confits 133

Soupes

Soupe de concombre
aux carottes et au sésame. 138
Soupe de potimarron aux noisettes 139

Flans, soufflés

Bavarois de betterave au pesto de verveine . 148
Flan tricolore de légumes. 143
Flan d'épinards au curry. 151
Petits flans aux herbes. 149
Soufflé de carottes à la Vache qui rit. 150

Poissons, fruits de mer

Papillote de coquillages au zeste d'orange . . 154
Salade de moules au pamplemousse. 158
Sardines marinées à la mangue rôtie 157
Tapas de moules aux tomates 155
Tartare de poisson blanc aux herbes 156

Terrines

Aspic de jambon au raisin 147
Terrine de poireaux 146
Terrine de poisson aux légumes 140
Terrine de poivrons marinés au morbier . . . 141

Légumes

Avocat farci 159
Millefeuille de betterave et de navet 144
Tian de légumes façon millefeuille. 145
Timbale de quinoa 142

Salades

Salade asiatique aux algues. 162
Salade de carottes aux raisins secs 160
Salade de morue fumée 163
Salade de roquette à l'orange 161

Autres

Cheese-cake poire-roquefort 153
Gâteau roulé au poulet 152

UN PLAT POUR TOUS LES JOURS

Tartes, quiches

Quiche au chèvre et aux lardons 44

Quiche façon jardinière de légumes 47

Tarte aux épinards 46

Tarte fine aux poireaux 45

Gratins, soufflés

Gratin de poireaux au jambon 83

Gratin de polenta aux tomates et aux olives . . 85

Petits gratins de courgettes à la brousse 51

Soufflé aux épinards 53

Riz, pâtes

Farfalle à la gremolata 67

Galettes de riz au lait de coco 74

Gratin de penne au saumon. 80

Lasagnes aux tomates et au basilic 70

Nouilles sautées à la citronnelle 68

Risotto à la tomate. 75

Risotto au jambon et au pecorino 71

Riz aux fèves et à la menthe. 72

Riz complet aux légumes 73

Tagliatelles au brocoli 66

Tartiflette aux deux pommes. 84

Œufs

Burger d'omelette au fromage frais 49

Œufs cocotte au fromage de chèvre 50

Rouleaux d'omelette au jambon 52

Poissons

Gratin de merlan et raviolis 55

Gratinée de poisson à la citrouille 82

Moules au vin blanc. 54

Viandes

Aiguillettes de poulet panées 58

Brochette de porc sucré salée 60

Filet mignon et penne au chorizo 61

Foie aux légumes verts croquants 62

Porc caramélisé au sésame 69

Poulet aux amandes et aux citrons confits . . . 56

Poulet basquaise. 57

Poulet mariné au citron vert 59

Saucisse grillée, purée de carottes. 63

Légumes

Brochette de légumes 76

Couscous de légumes 78

Crumble de courgettes au thon 81

Curry de légumes 79

Piperade à l'œuf 48

Tomates farcies aux champignons 77

Autres

Fajitas au poulet 65

Tacos au bœuf épicé, salade de papaye 64

Tartes, quiches

Quiche au saumon et aux légumes 164
Quiche aux pommes de terre. 163
Tatin d'aubergine à l'agneau 165

Poissons, fruits de mer

Blanquette de saumon aux épices douces . . 180
Coques au jambon et aux poivrons 176
Couronne de colin. 174
Filet de truite en croûte de céréales 178
Mouclade 177
Moules au roquefort. 179
Nuggets de poisson, sauce au cumin 175
Papillote de poisson au confit de fenouil 181

Viandes

Agneau aux épices 189
Bœuf aux épices douces et aux lentilles corail 191
Bœuf-carottes 186
Boulettes de chorizo 192
Boulettes de viande aux légumes d'été. 190
Brochette de lapin aux herbes 185
Brochette de porc à l'ananas 197
Cassoulet 198
Chili con carne en gratin 187
Poêlon de porc épicé sauté aux légumes . . . 194
Pot-au-feu en gratin. 188
Poularde un peu canaille 182
Poulet à la provençale 184
Poulet au lait de coco 183
Rôti de porc à l'infusion de romarin. 195
Travers de porc fumés 193
Wok de porc à la ciboule 196

Légumes

Boulgour aux aubergines 201
Curry de légumes 205
Mijoté de haricots de Soissons 207
Poêlée de légumes confits, sauce pesto . . . 204
Pommes de terre farcies 202
Potée au potimarron et à la saucisse fumée . 206
Ragoût de lentilles 199

Gratins

Gratin d'aubergines, crème aux anchois 168
Gratin d'endives aux pommes 172
Gratin savoyard au reblochon. 170
Tartiflette au saumon 171

Riz, pâtes, gratins

Gnocchis au fromage et aux herbes. 200
Gratin de macaronis au cantal 173
Penne all'arrabiatta. 209
Penne au brocoli à l'ail en chemise. 208
Timbale de riz aux légumes 203

Autres

Œuf en meurette 169
Mont d'Or aux fruits d'automne 167

Crêpes, beignets, brioches

Beignets 104
Brioche aux raisins secs 106
Crêpes au chocolat 102
Donuts choco-coco 105
Pancakes aux pommes 103

Crèmes, flans, soufflés

Crème à l'orange 97
Crème brûlée 96
Mousse de ricotta à la pêche 101
Œufs au lait 99
Panacotta au miel 98
Petits pots de crème au chocolat 100
Soufflé pomme-cannelle 89

Fruits

Compote de pomme meringuée 88
Poire pochée au muscat 86
Pomme au four aux fruits secs 87
Salade de bananes aux pépites de chocolat . 90
Verrine pomme-chocolat 91

Yaourts

Verrine de fromage blanc aux framboises 95
Yaourt maison 94

Gâteaux

Apple pie 117
Biscuit roulé 107
Carrot cake 109
Cheese-cake au citron vert 112
Cheese-cake sans cuisson
au coulis de framboises 108
Clafoutis aux pêches, glace au romarin 92
Crumble aux pommes 93
Fondant au chocolat 111
Petit pudding 110

Tartes

Tarte fine aux pommes 114
Tartelette au chocolat au lait 116
Tartelette de flan au caramel 115
Tartelette Tatin aux poires 113

Petits gâteaux

Lunettes à la confiture 119
Mini-cakes aux framboises 118

Crèmes, flans, soufflés

Clafoutis aux fruits d'hiver 222
Crème brûlée aux pêches 221
Far au caramel au beurre salé 228
Flan aux poires 223
Gelée à la framboise 215
Île flottante 216
Mousse au chocolat blanc 218
Panacotta poire-chocolat 217
Riz au lait et caramel au beurre salé 220
Tiramisu au chocolat au lait 219

Fruits

Carpaccio de pommes et noix de pécan . . . 213
Compote pomme-banane 212
Poire-cassis à la citronnelle 211
Pomme au four au pain d'épices 210
Verrine croustillante aux fraises 214

Gâteaux

Bûche légère pomme-poire 235
Cake moelleux au thé matcha 232
Charlotte aux fraises 233
Charlotte de fruits en gelée 225
Cheese-cake au kiwi 227
Croustade aux pommes 230
Galette des Rois poires-chocolat 234
Gâteau au chocolat 229
Gâteau fondant aux pommes 224
Roulé de crêpes au chocolat maison 226
Tourteau fromager 231

Tartes

Tarte aux fraises et au fromage blanc 238
Tarte aux mûres 239
Tarte normande 236
Tartelette au citron meringuée 244
Tartelette chiboust 242
Tartelette fine poire-cannelle 237

Glaces

Mini-vacherin aux framboises 241
Parfait glacé à l'orange 240

Petits gâteaux

Barquette au lemon curd 251
Biscuit caramel à la mousse anisée 243
Cookies aux pépites de chocolat 248
Cupcake choco-piment 247
Éclair à la framboise 245
Fondant au chocolat coulant 255
Madeleines 252
Mendiants aux deux chocolats 254
Meringues aux framboises 253
Palmiers 250
Petits gâteaux à la crème moka 246
Sablés à la lavande 249

Textes des recettes :
Agence Sucré Salé – Juliette Bordat
Thomas Feller pour les pages : 106, 107, 119, 231, 232, 236, 245, 249, 251 et 252

Crédits iconographiques : Agence Sucré Salé

Photographes : Adam, Amiel, Amon, Aubergine studio, Bagros, Balme, Baudonnet, Berrué, Bilic, Boulay, Carnet, Caste, Clément, Court, Dearnley/Supperdelux, Derennes, Dieterlen, Duca, Faccioli, Fondacci/Markesana, Food § Drink, Garcia, Gelberger, Georges, Guedes Janssen, Kettenhofen, Langot, Lawton, Leser, Marielle, Nicoloso, Norris, Nurra, Paquin, Radvaner, Riou, Rivière, Roche, Ruchaud, Ryman, Sitecom, Studio Sucré Salé, Supiros, Sudres Swalens, Thys, Thys/Supperdelux, Veigas, Viel et White.

Conception et adaptation : Idées Book
Création et mise en page : a linea communication
Code éditeur : 978-2-36646
Dépôt légal : septembre 2012
Imprimé et relié en Italie par Europrinting S.p.A. – Casarile (Milano)
Tomawak Éditions - Le Gué - 35380 Plélan le Grand